KB065005

국역
석문선생문집

國譯 石門先生文集

역자 신두환

1958년 경북 의성 출생으로 성균관대학교 대학원 한문학과에서 한국한문학을 전공하고 문학박사 학위를 받았다. 성균관대학교, 서울시립대학교, 서경대학교 등에서 강사로 활동했으며, 한국문인협회 회원이면서 시인이자 칼럼니스트이다. 현재 국립 안동대학교 한문학과 교수로 재직중이다.
저서로는 『조선전기 민족예악과 관각문학』, 『남인 사림의 거장 식산 이만부』, 『선비 왕을 꾸짖다』, 『생활한자의 미학산책』, 『한국 한시 미학비평 강의』, 『용재 이종준』, 『한국학과 인문학(공저)』, 『한국학과 현대문화(공저)』, 『우담집』(공역) 외 다수가 있다.

국역 석문선생문집

2019년 8월 30일 초판 1쇄 발행

저자 정영방
역자 신두환
발행인 김흥국
발행처 보고사

등록 1990년 12월 13일 제6-0429호
주소 경기도 파주시 회동길 337-15 보고사 2층
전화 031-955-9797(대표), 02-922-5120~1(편집), 02-922-2246(영업)
팩스 02-922-6990
메일 kanapub3@naver.com/bogosabooks@naver.com
http://www.bogosabooks.co.kr

ISBN 979-11-5516-927-8 93810
ⓒ신두환, 2019

정가 45,000원
사전 동의 없는 무단 전재 및 복제를 금합니다.
잘못 만들어진 책은 바꾸어 드립니다.

국역
석문선생문집

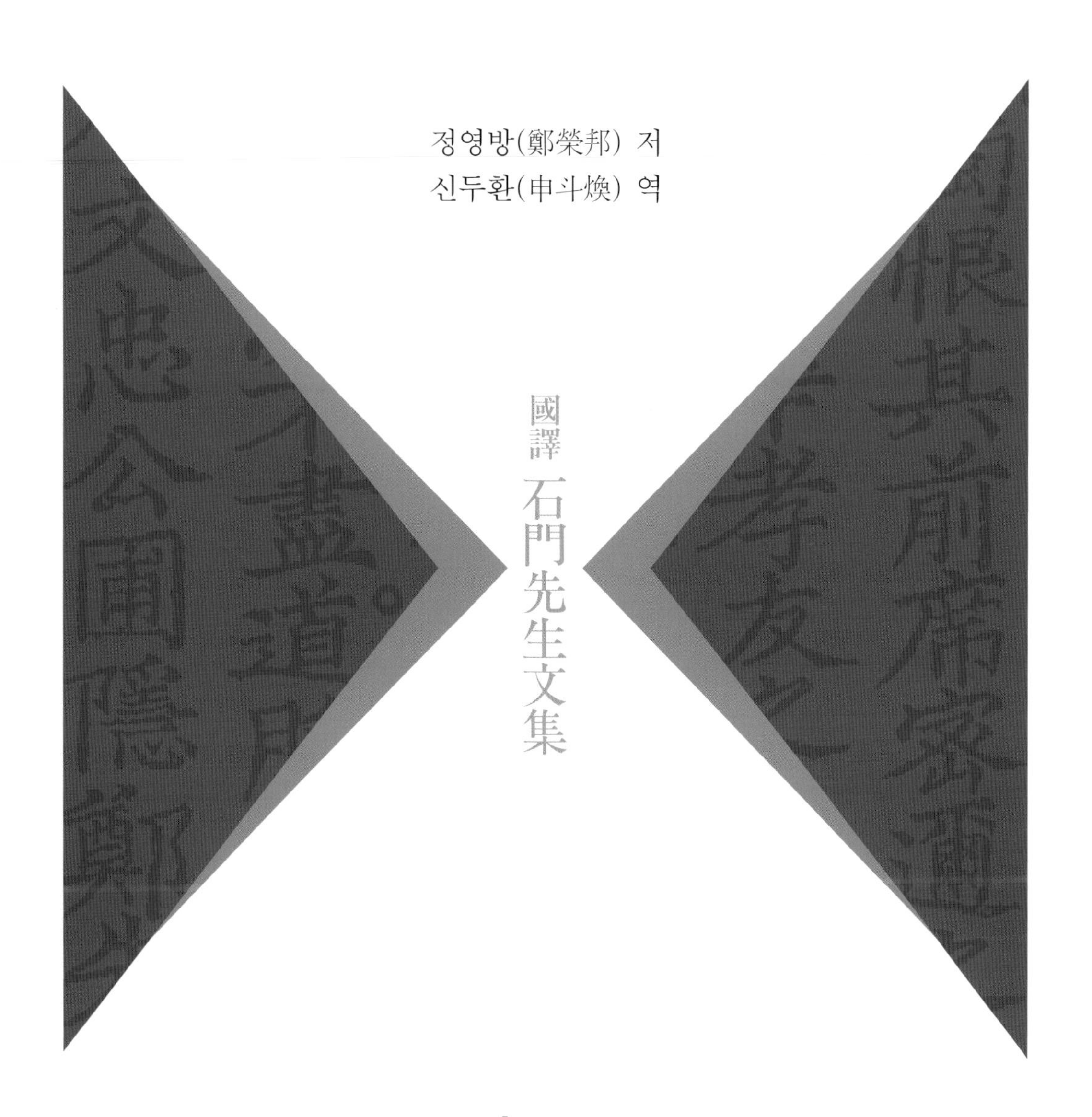

정영방(鄭榮邦) 저
신두환(申斗煥) 역

國譯 石門先生文集

보고사
BOGOSA

경정(敬亭)

서석지(瑞石池)

정영방(鄭榮邦) 선생이 광해군 5년(1613)에 조성한 것으로 전해지는 연못

읍취정(挹翠亭)

주일재(主一齋)

석문 선생 사당

석문 선생 유허비

석문 선생 사적비

선바위(立石)

자금병(紫錦屛)

석문선생문집 목판

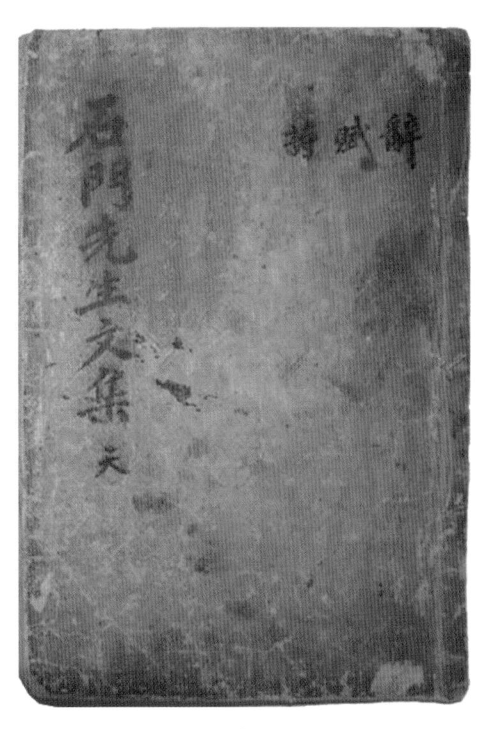

석문선생문집

석문 선생이 강학하던 지포강당(芝圃講堂)

석문 선생 묘소

석문종택(石門宗宅)

간행사

석문 정영방 선생은 임진왜란을 몸소 겪으셨고 퇴계와 남명의 학통을 이은 한강 정구 선생에게 입문하였지만 그가 택한 길은 스승과 달랐다. 스승이 벼슬을 권유하자 영덕대게를 선물하여 거절의 뜻을 표시하였으며 산림을 택해 자연에 묻혔다. 그의 학문과 시는 독특한 경지를 이루어 내었다. '서석지'를 위시한 그의 산수에 대한 향유와 시문은 감동이었다. 선생의 유려한 문장과 뛰어난 시상은 독자를 압도한다. 특히 석문 선생의 성리학을 바탕으로 자연에 몰입한 자연미의 새로운 발견과 강호가도는 우리 문학사에 영원히 빛날 업적이다. 그가 실천한 충효정신과 형제간의 우애, 그리고 우국애민의 선비정신은 우리가 본받아야 할 생생한 교훈이다. 그리고 임진왜란의 생생한 자료는 사료적 가치가 있어 영조 때 이미 역사적 사료로 사용된 적이 있었다. 《석문선생문집》의 국역은 다른 점도 중요하지만 시를 살리는 데 중점을 두어야 한다.

시인 정지용(鄭芝溶)은 "옥에 티나 미인의 이마에 사마귀 하나쯤이야 그런대로 봐줄 수는 있겠으나 서정시에 말 한 개 밉게 놓이는 것은 도저히 용서할 수 없다."라고 하였다. 석문 선생의 한시 번역에 있어서 글자 하나 잘못 놓이는 것은 도저히 용서할 수 없다. 이런 취지로 번역에 임하다 보니 다소 원문의 글자를 뛰어넘는 해석들이 있을 수 있다. 이것은 번역을 책임진 역자의 고집이었다.

자신의 몸에 병이 생기면 훌륭한 명의를 찾듯이 자기 조상의 문집을 잘 번역하기 위해서는 훌륭한 번역가를 찾게 되는 것은 당연한 이치이다. 번역은 단순히 글자를 쫓아서 번역하다 보면 도대체 무슨 말인지 모른다. 번역은 제2의 창작이다. 김소월의 스승 김억은 한문 번역에 대해 다음과 같이 이야기한다.

저 시대색이라든가 풍토미(風土味)라든가 하는 것을 엿보기 위해서는 그 용어

> 라든가 특수성 같은 것을 그대로 가져와야 할 것인 줄 압니다. 그러나 그것도 실감을 준다는 점에서는 의미가 없는 것이기 때문에 용어로 고어를 쓰지 아니하였고 명사 같은 것도 그대로의 그것을 피하였습니다. -《삼천리(三千里)》 1936년 6월호

김억은 번역에서 갖추어야 할 문예미로 주의해야 할 것을 크게 세 가지로 요약하고 있다. 번역이란 첫째 시대색, 둘째 풍토미, 셋째 음조미에 주의하여 실감 나게 원시의 감정을 살려야 한다고 하고 있다. 시대색이란 그 옛날과 시간적 거리를 알아야 하고 작가가 살던 당시에 어떤 사건이 있었고 그 당시의 역사는 어떠했는지 그 시대적 정황에 대하여 확실히 알아야 한다. 풍토미는 서로 그 고을의 관습과 문화가 다르고 풍속이 다르고 언어가 다른 마당에 사전적인 시어들만 나열한다고 해서 그 시의 맛을 되살리기란 어렵다고 한 것이다. 김억은 번역을 하되 3,4조 7,5조의 운률과 각운을 사용하여 번역하였다. 그는 원시의 감동을 그대로 가져올 수 있어야 한다는 견지에서 번역하였다. 문학작품의 번역은 그 당시에 반영된 문화의 번역이다. 김억은 시어의 특수성을 고려하여 그 맛을 변질시키지 않고 그대로 옮겨오기 위해 노력해야 한다는 것을 강조하고 있다. 김억은 번역에 있어서 실감을 주어야 한다고 하면서 고어를 그대로 쓰지 않고 오늘날의 언어로 바꾸려고 노력했으며, 명사 같은 것도 그대로 써서 이해하기 어려운 것들을 피해야 한다고 서술하고 있다.

한문으로 된 문집을 번역하는 일은 쉬운 일이 아니다. 시간을 정해두고 번역을 하는 일은 위험한 일이다. 훌륭한 번역이란 충분한 시간을 가져야 하는데 촉박한 시간 속에서 번역하게 되면 오류와 조잡함을 면키 어렵다.

문집을 다 번역하고서 해제와 간행사를 쓰는 것은 더더욱 쉬운 일이 아니다. 국역한 문집에는 사실상 해제가 필요치 않아 보인다. 해제는 영인본에 하던 것이고 그 문집을 통째로 국역한 것에는 그렇게 필요치 않아 보인다. 왜냐하면 번역에는 내용이

더 상세하게 드러나 있기 때문이다. 간행사란 이 책의 번역을 하게 된 동기와 목적 그리고 번역이 진행된 과정을 기록하고 이 책이 완성되기까지 도와준 분들에 대한 감사를 표하는 글이다.

이 문집이 국역된 것은 영양군이 옛 영산서당을 복원하고 영양 출신의 선비들이 남긴 문집을 중심으로 이들이 남긴 선비정신을 교육하여 영양의 전통문화를 계승하고자 한 것이다. 이에 영양 선비들이 남긴 문집을 쉽게 국역하여 교재를 만들려는 사업을 일으켰다. 그 첫 번째로 기획하여 국역한 것이 《회곡집》, 《석문집》, 《석계집》, 《산택재집》 네 책이다. 앞으로도 이 사업을 계속 진행하여 다른 문집들도 국역할 계획이라고 들었다. 이번에는 예산이 적게 책정되어 어렵지만 이 국역을 책임져 주면 다음 국역 때는 예산을 제대로 책정하여 좀 후하게 대접하겠다는 약속도 있었다. 이에 다른 곳에서 국역하는 사업에 비해 비용이 매우 적게 책정되어 있어서 이 번역에 참여한 여러분께 충분히 대우해 주지 못한 것을 죄송스럽게 여긴다. 더욱이 지자체장 선거로 군수가 바뀌고 담당하던 직원이 바뀌어 책을 간행하는 과정에서는 더욱이 예산이 책정되지 않아 간행이 어려운 처지에 부딪쳐서 중도에 포기할 뻔하였다. 이에 관련된 문중의 힘을 빌려 영양군청을 설득하고 평소 알고 있던 보고사 출판사에 양해를 구하고 도움을 받았다. 이 자리를 빌려 보고사 김흥국 사장에게도 감사를 드린다. 이러다 보니 거의 혼자서 교정하고 간행사를 쓰고 해제를 하느라 고생고생하고 있다. 지역에 봉사하는 것도 이 지역 국립대학의 취지이고 대학교수의 임무이다. 오히려 열심히 공부하는 기회로 삼자. 이 책은 그 일환으로 국역되어 간행된 것이다. 영양군청의 이 성스러운 사업이 중도하차하는 일 없이 계속되길 바라며 지역 유지들과 함께 관심을 가지고 지켜보겠다.

현대사회는 산업사회의 발달로 물질적 가치가 정신적 가치를 앞서게 되면서, 황금만능주의와 기술지상주의의 풍조가 만연하게 되었으며, 이것에서 유발되는 인간소외와 전통문화의 붕괴는 심각한 사회문제들을 야기하고 있다. 최근 산업사회가 빚어낸 끔찍한 사고들을 바라보면서, 인간성 상실의 시대를 극복하기 위해 교육을 재조명하고, 인성교육에서 문제를 해결하려는 다양한 시도가 범세계적으로 이루어지고 있다.

한국에서도 최근 인성에 대한 관심이 사회적으로 확산되면서 논의가 활발하게 전개되고 있다. 이런 시점에서, 끊임없는 반성과 수양을 통해 인격의 완성을 추구하는 동아시아의 유교사상은 훌륭한 인성교육으로, 도덕적인 인간상을 수없이 배출해 왔다. 인성교육이 강조되면서 동아시아의 전통 교육에 대한 관심이 세계인의 관심을 끌고 있다.

세계가 우리 유교문화에 관심을 갖는 이유는 유교의 심오한 철학이 혼란의 극치를 치닫는 지금의 세계를 극복할 수 있다는 희망 때문이다. 이런 세계의 흐름에 비춰 유교문화가 가지는 인성교육의 현재적 의미를 조명해 보는 것은 의미가 크다. 영양군이 이 사업의 선봉에 서서 훌륭한 조상들의 문집을 국역하는 것은 이런 의미에서 그 가치를 발휘할 수 있을 것 같다.

이 국역을 위해 안동대학교 한문학과 학부생들과 대학원생들이 많이 동원되었다. 이 집안에서 국역한 석문집은 초역 상태였고 번역 전문가가 한 것이 아니라 혼란스러웠다. 이것을 교정하기 위해 경북대 박영호 교수님을 위시한 경북대 대학원생들이 많은 수고를 하였다. 교정이 아니라 거의 재번역 수준으로 잘해주어서 많은 도움이 되었다. 박영호 교수님께 감사를 표한다. 이 자료들의 인물, 명칭, 지명 등 하나하나 오류를 잡고 교정해 주신 석문 후손 정동진 교장 선생님께도 감사를 표한다. 이 바탕 위에서 문장을 통일하고 다듬고 번역을 이루어 낸 것이다. 이 번역의 총 책임을 맡아 국역을 완성하고 출판사와 또 여러 차례 교정과 검토를 거쳐 이제 책으로 간행하였다. 이 책은 많은 사람의 도움으로 이루어진 번역이다.

또 번역되는 과정에서 영양군이 주최하고 안동대학교 한국문화산업전문대학원이

주관하는 석문 정영방 선생의 학술대회가 열렸다. 이 학술대회를 주관하면서 석문 선생을 상세하게 조명하기 위해 치밀하게 설계하였다. 첫째, 석문 선생의 생애와 학문적 경향을 조명하고, 둘째, 서석지를 중심으로 그 원림과 문학을 조명하고, 셋째로 서석지를 중심으로 그 건축미학을 조명하여 석문 선생의 업적을 상세하게 설계하였다. 그리고 각 분야의 전문 교수를 초청하고 훌륭한 토론진을 구성하여 석문 정영방 선생을 종합적으로 조명했다. 이 학술 발표는 성황리에 성공적으로 개최되었다. 학술발표에는 경북대 박영호 교수의 '석문 정영방 선생의 생애와 학문', 안동대 신두환 교수의 '석문 정영방 선생의 원림과 문학'을 통해 정영방 선생의 생애와 학문의 학술적 가치를 발표하였다. 이어 안동대 정연상 교수의 '서석지의 건축공간과 경관 요소'를 통해 서석지의 건축미학에 대해 발표했다. 2부 종합토론에서는 고려대 윤재민 교수가 지정토론의 좌장으로 토론을 진행하였으며 영남대 송병렬 교수, 한국교원대 김왕규 교수, 원광디지털대 조인철 교수가 토론자로 나섰다. 이 학술대회의 성과물은 선생님의 문집 번역에도 많은 도움이 되었다. 이 자리를 빌려서 멀리 영양까지 와주신 교수님들께 고마움을 전한다.

이 책이 나올 수 있도록 격려해주시고 독려해주신 전 안동대학교 정형진 총장님과 이 책의 번역을 위해 많은 자료와 조언을 제공해주신 정동진 교장 선생님께도 진심으로 감사를 드린다. 또 이 책이 나올 수 있도록 물심양면으로 후원해 주시고 지원해 주신 권영택 전 영양 군수님과 현 오도창 군수님께 깊은 감사를 드리며, 문화관광과를 위시한 군청 관계자 여러분께도 감사를 표한다.

《석문선생문집》의 번역과 씨름하고 있던 사이 어느덧 약속한 기한은 다가오고 이제 출간하기에 이르렀다. 제대로 번역되었는지 의문이다. 부끄럽고 두려운 바가 없지 않지만 이제 번역자의 손을 떠나 독자의 품으로 떠나보내야 한다.

소설가 상허 이태준은 책을 여인에 비유하여, "물질 이상인 것이 책이다. 한 표정

고운 소녀와 같이, 한 그윽한 눈매를 보이는 젊은 미망인처럼 매력은 가지가지다. 신간(新刊) 난(欄)에서 새로 뽑을 수 있는 잉크 냄새 새로운 것은 소녀에 비유한다. 소녀라고 해서 어찌 다 그다지 신선하고 상냥스러우랴! 고서점에서 먼지를 털고 겨드랑땀내 같은 것을 풍기는 것들은 자못 미망인다운 함축미인 것이다. 책은 세수할 줄 모르는 아름다운 미인"이라고 했다.

《국역 석문선생문집》이 신간의 향기를 머금고 퍼져나가 대한민국의 아름다움을 대변하는 한국적 전통 미인의 반열에 들어 많은 대중들로부터 사랑을 받고 인연이 생기게 되기를 바란다.

끝으로 《국역 석문선생문집》이 책으로 나오기까지 물심양면으로 도와주신 권영택 전 영양 군수님과 현 오도창 군수님께 깊은 감사를 드리며, 문화관광과 및 군청 관계자 여러분께도 감사를 표한다.

이 책의 장점은 이 책이 나오기까지 도와준 여러분들의 몫이고 이 책의 결점에 대해서는 역자의 이름을 내건 저의 책임일 수밖에 없다. 석문 선생의 문집에 대한 번역과 연구의 지평이 넓어지기를 기대하며, 삼가 강호제현들의 질정을 촉구한다.

2019년 8월

서울 정릉 북악산 아래 급고재(汲古齋)에서

안동대학교 한문학과 교수 신두환은 서한다.

차례

◇ 석문선생문집 권2 石門先生文集 卷二

◇ 석문선생문집 권3 石門先生文集 卷三

◇ 석문선생문집 권4 石門先生文集 卷四

◇ 석문선생문집 부록 石門先生文集 附錄

◇ 影印 石門先生文集 … 642

해제

1. 문제의 제기

조선 건국부터 토지와 권력으로 부를 축적하고 권력을 농단해오던 훈구파들은 더욱 부와 권력을 위해 기승을 부리고, 유교적인 이상 사회를 꿈꾸며 경전의 지식과 교양을 갖추고 강하게 실천하려는 의지로 충만한 사림파들은 그들의 이상을 펼치기 위해 훈구파와 대립각을 세웠다. 이 첨예한 대립은 치열하고 잔인한 사화를 일으켰다. 그때마다 훈구파들의 농단으로 사림파가 무참하게 화를 당하였다.

이 시기를 틈타 사림의 세계에서는 자연에 묻히고 산수 간에 처하여 심성을 수양하고 후진을 양성시키려는 은둔의 풍조가 유행하였다. 이로 인해 곳곳에 많은 서원과 누정들이 생성되기 시작하면서 성리학적 원림의 조성이 발달되기 시작했다.

도남 조윤제 선생은 이 시기를 평하여 "이 시대의 작가 중에는 사화로 어지러워진 세상을 벗어나 자연의 진경에 몰입하여 강호의 경치에 묻혀 지내려는 새로운 작가군이 일어나고 있어 이 시대를 '자연미의 발견 시대'라고도 했다.[1]

도학자들의 자연 예찬은 조선시대 시가 내용의 주류를 이루고 있다. 이 문학 현상을 조윤제는 문학 사조로 파악해 '강호가도(江湖歌道)'라 부르고, 그 내용을 '자연미의 발견'이라 규정, 강호가도의 형성 원인을 조선시대 사대부층의 정치상과 생활상에서 파악하였다. 강호가도를 구가한 농암 이현보와 퇴계 이황의 뒤를 이어 석문 정영방(鄭榮邦, 1577~1650)도 자연에 묻혀 영남 학맥의 강호가도를 이었다. 그가 살았던 시기는 선조 시대의 임진왜란, 광해군 시대의 난정(亂政)과 인조반정, 정묘호란, 병자호란 등 조선 역사의 대 혼란기였다. 이 혼란의 시대는 한국의 주자학이 최고도로 발달한 시기이고 성리학이 절정에 이른 시기이다.

---

1) 조윤제(1939), 《조선시가사강》, 동광당서점, 232~235쪽.

석문 정영방, 그 또한 이 시대를 점유하며 어지러운 세상을 벗어나 자연의 진경에 몰입하여 강호의 경치를 구가하면서 성리학의 도를 추구하려는 새로운 사림이었다. 정영방도 자연미를 발견하려 산천을 찾아 헤매며 정자를 마련하고 원림을 경영하기에 이르렀다. 앞 시대에 퇴계와 그 제자들이 주자의 무이산 산수를 모방하여 조선의 산수에서 구곡과 26영의 자연미를 발견해 내며 강호가도를 구가하였듯이 정영방도 그 뒤를 이어 정자와 원림을 조성하고 주자대전과 퇴계의 문집을 읽으며 강호가도를 구가하기에 이르렀다. 그가 병자호란을 피해 강호가도를 추구하며 축조한 서석지(瑞石池)에는 성리학의 오묘한 이치가 함의되어 미를 발산하고 있다.

석문 정영방 선생은 당대 성리학을 공부했던 영남의 유명한 학자로서, 벼슬에 나아가지 않고 원림을 경영하며 강호가도를 추구했던 고결한 학자였다. 그의 문집에는 주옥같은 시가 470여 편이나 실려 있고, 산문은 18편이 실려 있다. 정영방의 원림과 문학은 이미 영조대에 〈여지도서〉를 만드는 데 사료로 사용될 정도로 그 가치가 인정되고 있었던 것을 감안하면 우리 문학사에서 간과할 수 없는 중요한 자료이다. 그럼에도 불구하고 그에 대한 연구는 활발하게 이루어지지 못했다. 지금까지의 연구사를 살펴보면, 석사논문 한 편과 서석지의 정원 구조에 대한 연구들이 대부분이었다.[2] 그 연구들마저도 석문 정영방의 원림과 문학에 대한 특출한 미의식을 감지해 내는 글은 없어 보인다.

본고에서는 이들 논문들을 바탕으로 원림과 문학 세계에 대한 심화된 연구의 필요성이 있다고 판단되어, 그의 원림과 문학 세계에 대하여 조명해 보고자 한다.

2. 석문 정영방의 생애와 시대적 배경

정영방은 조선 중기의 성리학자로, 자는 경보(慶輔), 호는 석문(石門), 본관은 동래(東萊)이다. 공의 집안은 고려시대부터 본 조선에 이르기까지 명문대가로 대를 이어온 집

2) 민경현, 〈서석지를 중심으로 한 석문 임천정원에 관한 연구〉, 《한국전통조경학회지》 vol.1, no.1, 한국전통조경학회(구 한국정원학회), 1982, 4쪽; 김동훈, 김용기, 김두규, 〈瑞石池園의 造營背景과 空間構成에 關한 硏究〉, 《한국정원학회지》 제21권 제4호 통권 제46호, 한국정원학회, 2003; 유정훈, 〈석문 정영방의 문학 연구〉, 안동대학교 교육대학원 석사학위논문, 2004; 최재남, 〈石門 鄭榮邦의 삶과 시세계〉, 《한국한시작가연구》 vol.10, 한국한시학회, 2006, 41쪽; 洪在烋, 〈壬辰遭變事蹟考〉, 《인문과학연구》 제1집, 대구효성가톨릭대, 1998; 길승호, 양병이, 〈영양 서석지원(瑞石池園)의 경관요소를 통한 외원 규모 추정 및 프랙탈 구조(Fractal Structure)〉, 《한국조경학회지》 vol.41, no.5, 한국조경학회, 2013, 57~67쪽.

안이었다. 그의 상계는 고려조의 문신으로 유명한 정목(鄭穆, 1040~1105)으로 시로서 명성이 있었고, 예부 시랑을 거친 거목이었다.

그의 고조 정환(鄭渙, 1455~1506)은 예천 풍양면 청곡리 포내(浦內)에서 태어났다. 1480년(성종 11) 진사시에 합격, 1489년(성종 20) 식년 문과에 병과 22위로 급제하여 성균관 학유(成均館學諭), 박사(博士)를 거쳐 사헌부 감찰(司憲府監察, 1495)이 되었다. 문장으로써 이름을 떨쳤고 천추사(千秋使)의 서장관으로 명나라에 다녀왔다. 홍문관 부교리(1501), 사헌부 장령(1504)을 지냈다. 그 후 홍문관 부응교(副應教)로서 연산군의 혼정을 직간하다가 갑자사화에 휘말려 상주로 유배되었다. 1506년(연산군 12)에 병으로 52세로 적소(謫所)에서 죽었다. 그해 중종이 즉위하여 그가 죽은 줄 모르고 홍문관 교리(1506)를 제수하였다. 이 이후 후손들이 벼슬길에 나아가는 것을 꺼렸다.

증조의 휘는 윤기(允奇)로 성균관 생원이요, 조부의 휘는 원충(元忠)으로 성균관 진사이다. 아버님의 휘는 식(湜)이요, 어머님은 안동 권 씨로 참봉 제세(濟世)의 따님이다. 두 분 사이에서 공은 둘째 아들로 태어났다.

공은 1577년(선조 10) 경상도 용궁현 포내리[현재의 경상북도 예천군 풍양면 우망리]에서 태어났다. 태어날 때부터 남다른 데가 있어 여러 어른들이 모두 원대한 기대를 했으나 5세에 아버님을 여의고 1590년(14세)에 출계(出系)하여 송촌으로 이주했다. 종조부 원건(元健)의 아드님이신 조(澡)의 뒤를 이었으며, 어머님은 진성 이 씨이다. 비는 전주 유씨(柳氏)로 증도승지 복기(復起)의 따님으로 군자의 덕을 어김이 없는 분이었다.

양자의 문제는 석문 정영방에게는 충격적이었다. 이것은 친형제 사이의 이별의 문제가 야기되는 큰 문제에 부딪힌다. 이것이 후에 친형제 동기간의 깊은 우애로 연결되며 실제 정영방은 형제간의 우애가 남달랐다. 그의 가족에 대한 사랑은 이를 계기로 더욱 깊어지게 되었다. 그의 유년기는 유교적인 문화 속에 가족과 상속 혈통 가문 등에 대한 여러 가지 고민 속에서 엄격한 유교의 윤리 질서를 배우면서 성장하였을 것이다.

석문 정영방이 살았던 시기는 대내적으로는 혼란기였으며, 대외적으로는 동아시아의 세계사적인 변화의 정세 속에서 반도 국가의 특성상 자주 침공을 받고 있었다.

일본의 강성한 성장은 아시아 대륙의 진출에 야망을 품고 조선을 침공하게 하였다. 임진왜란(1592~1598)은 동아시아의 역사적 흐름을 변형시켜 놓았다. 무방비 속에서 일본의 침공을 당한 조선은 초토화되어 함락의 위기에서 명나라에게 군사를 요청하였다. 그동안 조공을 바쳐온 조선에게 명나라는 의리상 외면할 수 없는 상황이었다.

석문 정영방이 살았던 소년기는 우리 시대 성리학이 최고도로 발달해 가던 시기이다. 1543년 중종 시기 《주자대전(朱子大全)》의 간행은 조선의 문풍을 변화시켰으며, 돌파구를 찾지 못하고 맴돌기만 하던 성리학을 새로운 단계로 나아가게 했다. 이 시기는 성리학이 최고도로 발달했던 시기로 퇴계와 율곡을 배출하였고, 많은 학자들이 주자학과 자연미의 새로운 발견을 하면서 성리학이 무르익었던 시기이다.

이 시기에 영남의 학맥은 퇴계를 이은 약봉 김극일, 월천 조목, 서애 유성룡, 학봉 김성일, 송암 권호문, 우복 정경세, 경당 장흥효, 이어서 석계 이시명, 번곡 권창업 석문 정영방 등이 성장하고 있었다. 이때 성리학자들은 은거를 택하여 강호가도를 구가하며 자연에 몰입하는 학자들이 늘어가던 때이다. 이 시기에는 가슴에 훌륭한 지식을 품고도 자연을 벗하며 출사하지 않는 선비들을 종종 볼 수 있다.

정영방은 가정에서 유교적인 기초 교육을 받으면서 성장하였으나, 본격적인 학문에 나아가지 못하였다. 학문에 매진해야 될 시기에 임진왜란(1592, 16세)이 일어났다. 그의 〈임진조변사적(壬辰遭變事蹟)〉에는 임진왜란의 기록이 상세하게 기록되어 있어서 그 사료적 가치가 높다. 특히 거기에는 정영방의 형수와 누님이 왜놈들을 피해 산으로 들어갔다가 왜놈들의 추적에 화를 면하기 위해 절벽에서 떨어져 죽는 광경을 직접 목격하고 가슴 아파하는 장면을 서술한 부분이 상세하게 적혀 있다.[3] 석문은 임진왜란을 거치면서 상처를 크게 입었으며, 이런 아픈 기억들 때문에 학문에 임하지 못하였다.

마침내 임진왜란은 명군의 참여로 조명 연합군의 체제로 수습해 가고 있었다. 명나라는 조선을 침공한 일본군을 맞아 사실상 7년간의 대리전을 치르는 동안 궁정 내부에서는 당파 싸움이 치열하게 전개되고 있었고, 밖에서는 농민 반란이 일어나 혼란을 거듭하며 쇠퇴하기 시작했다. 조선 선비들은 명·청 교체기를 당하여 혼란을 거듭하고 있었다.

그러던 중 1599년(23세) 우복 선생(愚伏先生)이 관직에서 물러나 상주 우곡산중(愚谷山中)에서 학문을 가르칠 때 공은 남보다 먼저 나아가 유학을 하여 수제자로 《중용(中庸)》, 《대학(大學)》, 《심경(心經)》을 전수받았다. 공은 깊이 생각하고 자세히 고찰하여 옛 성현의 의향(意向)을 깊이 터득하였다. 성현 말씀의 표리(表裏)와 다른 사람 문집의 다르고 같음을 반복하여 논하고 바로잡아 꼭 맞게 합치되지 않음이 없게 된 뒤에라야

---

3) 《석문선생문집》 권4, 〈壬辰遭變事蹟〉 참조.

책을 덮으셨다.

우복 선생께서 매우 감탄하여 칭찬하시고는 한참 뒤에 말씀하시기를 "무릇 학문이란 끝까지 연구하는 것을 귀하게 여기는 것으로 비록 목숨을 다하여 자연의 이치를 깨닫는다 하여도 앞으로는 반드시 이런 진취적인 까닭만을 아닐 것이니 그대의 기량과 식견을 볼 때 어찌 이루지 못한다고 근심하겠는가. 다만 소홀하지도 말고 조장하지 않도록 하는 데 힘쓰라." 하셨다. 이어서 시를 지어 주시며 이르시기를 "그대에게 시험 삼아 '꽃과 버들은 무엇으로 하여금 짙푸르게 하고 무엇으로 하여금 붉게 하는가?'라고 물으셨다." 하시니 모두가 그 비상하게 노력하는 것을 비유하신 것이다. 그때 지은 시가 《우복집》에 전한다.

정영방이 찾아와 시를 지어 주기에 그 시에 차운하여 답하다
鄭生榮邦來訪以詩相贈次韻答之

산은 몇 봉우리고 물은 몇 구비인가	山幾縈紆水幾重
다정한 사람 적막한 산중에 찾아왔네	多情來到寂寥中
밤새도록 나눈 대화 분명하게 알리라	明知五夜懸燈話
내 삼 년 공부보다 더 낫다는 걸	絶勝三年數墨功
다만 내 맘 맑지 못한 것이 두려우니	只怕吾心澄不定
길이 멀어 통하기 어렵다 말을 마시게	休言此道遠難通
그대에게 꽃과 버들 시험 삼아 묻노니	從君試問花兼柳
누가 푸르게 하고 누가 붉게 하였는고	孰使青青孰使紅[4]

우복 정경세는 산 넘고 물 건너 먼 길을 찾아온 정영방을 반갑게 맞으며 밤새 학문을 논했다. 우복은 주자가 편찬한 《이정전서(二程全書)》 권22 상 〈이천어록(伊川語錄)〉에 "고인이 '그대와 함께 하룻밤 동안 이야기를 나누는 것이, 십 년 동안 독서한 것보다도 낫다.'라고 하였다. 그러니 만약 하루 동안에 얻는 것이 있다면 어찌 십 년 동안 독서한 것보다 나은 정도일 뿐이겠는가.[古人有言曰 共君一夜話 勝讀十年書 若一日有所得 何止勝讀十年書也]"라는 말이 나온다. 이 말을 인용하여 시 속에 형상화시켰다. 이것을 인용하여 정영방과 나눈 하룻밤 대화가 삼 년 공부보다 낫다고 변용하고 있다.

4) 鄭經世, 《愚伏先生文集》, 卷之一, 詩, 〈鄭生榮邦來訪 以詩相贈 次韻答之〉.

공은 생가와 양가(養家)의 어머님이 다 계시기에 매양 몇 달에 한 번씩 돌아가 아침저녁 문안을 드리고 나머지 시간은 단정히 방에 앉아 종일토록 책상을 대하여 공부를 하셨다. 집안이 가난하나 곧 마음에 두지 아니하시니 그로 인해서 생활이 늘 어려웠으나 또한 편안하게 지내셨다.

27세(1603) 5월, 큰아들 정혼(鄭焜)이 태어난다. 후계의 문제로 양자를 갔던 터라. 정영방에게는 큰 기쁨이었을 것 같다.

29세(1605)에 이르러서야 성균 진사(成均進士)가 되니 주위에서 성균관에 들어가 대과(大科)를 준비하라고 권했다. 그러나 받아들이지 않았으며, 스스로 벼슬에 나아갈 뜻을 끊고 오로지 학업에 정진하기를 더했다.

젊으실 때는 술을 좋아해서 가까이하셨으나 우복 선생께서 경계하시어 끝내 끊으셨으며, 평생을 세속적인 삶에 욕심이 없고 깨끗하게 사셨다. 일찍이 세상 사람들이 과거를 하고 명성을 얻는 것을 중하게 여겨 본심을 잃어버리게 되니 본심을 잃어버리게 되는 것은 다름 아닌 이타심과 유혹받는 데서 일어난다고 했다.

정이천의 과거제도는 학과 위주로 고쳐야 한다는 것은 어찌 본래 본받아야 하는 큰 법을 다스리는 것이 아니겠는가? 그런 까닭에 자질들이 혹시 과거 공부에 전념하는 자가 있으면 비록 못 하도록 금하지는 않아도 좋아하지 않으셨다. 사람들을 칭찬함에 있어서도 반드시 적당하고 실상에 맞게 하셨고 사람들의 잘못을 미워하는 것도 거스르지 않고 되뇌지 않으셨으며 근엄하시되 온화함을 잃지 않으셨고 웃음을 보이셔도 시류에 물들지 않으셨다. 따라서 현명하거나 어리석은 것을 각기 다 본성으로 하시니 기쁘게 따르지 않는 이가 없었다. 마을에 일이 생기어 선비들의 공론에 틈이 생기면 공은 의무와 도리를 받들어 풀고 진술하시면 혼란스럽고 시끄러운 것을 끝내고 합치하여 함께 살도록 하셨다.

32세(1608)에 임천(臨川)에다가 거처를 정했다. 정영방은 벼슬에 나아가지 않고 평생 여기서 공부할 것을 결정한 시기인 것 같다. 무신년 이후 조정이 당파 싸움으로 혼탁해지자 더욱 생각을 깊이 하여 거처를 고요한 곳으로 옮기시고 세상일에 관심을 가지려 하지 않으셨다. 자세히 보고 듣고 끝내 진보의 북쪽 임천을 은거지로 정하시니 꿈결에 신선이 가는 것처럼 깊이 결정하고자 하나 어머님이 늙으셨고 자녀가 어려 능히 오래도록 가 있을 것을 결의하지 못하셨다.

36세(1612)에 생모 상을 당한다. 선생은 성품이 효성스러워 삼가 부모를 섬김에 그 정성을 다했고 상을 당했을 때에도 그 슬픔을 다하다가 위장병을 얻어 몇 번이나 기절했지만 오히려 부축을 받으면서까지 장례를 치렀는데 그 절차 하나하나를 작은 것까지도 우복 선생의 자문을 받았으며 그 정에 겨운 글 또한 극진했다. 양자로 슬하를 떠나온 모정이 남달랐던 것을 미루어 보면 그 정성이 어떠했을지 짐작이 가는 상황이다.

맏형님 매오공(梅塢公)과 우애가 지극해서 잠시도 떨어지지 않았다. 중년에 강을 건너 지포(芝圃, 益庄)로 이거한 후에도 맛있는 음식이 생기면 먼저 형님에게 보낸 연후에 맛을 보았다. 형님이 병색이 보이면 근심 어린 빛이 나타났고 옷을 벗지 않고 잠자리에 들었다.

한편, 북방에서는 누르하치가 만주족을 통일하고, 급성장하면서 1616년(40세)에 심양에 도읍하고 후금을 세웠다. 명나라는 위기를 맞고 있었다. 남방에서는 왜구의 침입이 잦았고, 북방에서는 후금이 괴롭히고 있었다. 드디어 후금과 명나라의 운명을 건 대전투를 결심하게 된다. 1619년(43세) 명나라는 후금과 전투를 위해 조선에게 병력을 동원해 줄 것을 요청했고, 여진족까지 연합하여 대대적인 전투를 벌였다. 이것이 유명한 심하(深河) 전투이다.

조정에서는 후금을 의식하면서도 임진왜란 때 명나라가 원병을 보냈으므로 어쩔 수 없이 출병을 결정했다. 광해군은 강홍립을 심하 전투에 파견했다. 강홍립은 오도원수(五道元帥)가 되어 부원수인 김경서(金景瑞)와 함께 1만 3천여 군사를 이끌고 출병하였다. 이들 조·명 연합군은 일제히 공격을 시작해 앞뒤에서 적을 협격하기로 했다. 그러나 작전에 차질이 생겨 부차(富車)에서 대패했다. 이때 강홍립은 광해군의 지시대로 "조선군의 출병이 부득이 이루어졌다."고 밝히고 남은 군사를 이끌고 후금에게 항복했다. 이 전투에서 명나라는 크게 패하여 쇠퇴하게 되었고, 후금은 만주 지역을 차지하였다. 조선의 선비들은 명나라의 멸망을 문명의 종말로 생각하고, 청나라의 성장에 대해 우리 문명의 말살을 예측하였으며, 존명배청사상이 일어나기 시작하던 시기이다.

이 때문에 조선은 명나라로 통하던 사신 길이 막히어, 해상을 통하여 명나라와 교통하고 있었다. 조선은 후금을 자극하게 되었고, 광해군에 대한 불신은 커져만 갔다.

정영방은 광해군이 후금과 명나라를 두고 등거리 외교 정책을 펼치는 것에 불편한 심기를 드러내었다. 정영방은 존명배청의 의리에 위배되는 상황을 맞아 벼슬에 회의를 느끼고 있었다. 혼란한 조선의 정계 속에서 자신의 고집스런 성격이 수용되지 못하리라는 판단을 하고는 드디어 은거를 결정하고 세상을 피해버렸다. 조선은 혼란에 빠지게 되었고 드디어는 인조반정이 일어난다. 1623년(47세) 인조반정에 성공한 서인 정권은 친명배금정책을 내세웠다.

인조반정 후 우복 선생께서 이조 판서로 재직할 때 공에게 이르기를 "인조께서 숨어서 사는 선비를 찾아 벼슬길에 나오도록 장려하라고 하시기에 나는 그대를 천거하고자 하는데 그대는 어떠하뇨?" 하니 공은 척연히 "저는 천성이 옹졸하여 남과 잘 화합하지 못하니 한번 출사하면 실수를 거듭해서 선생님께 누를 끼치지 않을까 두렵습니다." 하고 선생께 붉은 게(紫蟹) 한 마리를 편지와 함께 선물로 보내니 선생께서 "이 생물은 뒷걸음을 치니 도리어 나도 용퇴하라고 풍자하는 것 같네." 하고 선생께서 그 뜻을 가상히 여겨 다시는 출사하라는 말씀을 않으셨다.

누르하치는 조선과 명나라의 연합을 막기 위해 1627년(51세)에 정묘호란을 일으켰다. 후금에서 누르하치의 뒤를 이은 태종은 1627년 1월 3만 명의 병력으로 조선을 침공했다. 후금군은 파죽지세로 남하하여 1월 25일 황주에 이르자 인조를 비롯한 신하들은 강화로, 소현세자는 전주로 피난했다. 각지에서 의병이 일어나 후금군의 배후를 공격했으며 조선은 또다시 혼란에 빠졌다. 후금군은 계속 남하하다가 후방을 공격당할 위험이 있다는 점과, 명을 정벌할 군사를 조선에 오랫동안 묶어둘 수 없다는 점 때문에 강화 의사를 표시했고 조선이 이를 받아들여 3월 3일 화의가 성립되었다. 이 화약(和約)은 비록 치욕적인 형제의 국을 규정하기는 했지만 명과의 외교 관계는 그대로 유지할 수 있었다. 정영방은 쇠퇴하는 명나라를 바라보며 문명의 종말을 고하는 날이 올 것이라고 예측하고 있었다.

1636년(60세) 후금은 국호를 '청'이라 고치고 '신하의 예'를 요구하자 조선은 단연코 이를 거부했다. 그해 12월에 병자호란이 발생했다. 조선은 후금에 의해 초토화되었다. 1637년(61세) 1월 30일 인조가 드디어 남한산성을 나와 삼전도(三田渡)에서 청 태종에게 항복하는 의식을 행했다. 청은 조선에게 조선은 청에 대해 신의 예를 행할 것. 명에서 받은 고명책인(誥命冊印)을 바치고 명과의 외교를 끊으며 조선이 사용하는 명의 연호를 버릴 것. 조선왕의 장자와 차자 그리고 대신의 아들을 볼모로 청에 보낼 것 등 치욕적인 조건을 요구하였다.

청이 요구한 명나라와의 단절은 온 나라 선비들을 자극하였고, 명나라 연호를 쓰지 못하게 한 것에 대해 반발한 조선의 사류들은 중국 명나라의 마지막 임금인 의종(毅宗)의 연호 '숭정(崇禎)'을 외치며 이에 항거했다. 이리하여 조선에는 온통 '숭정처사(崇禎處

士)'를 자처하는 사류들이 벌떼처럼 일어나 존명배청사상이 급물살을 타고 팽배하게 되었다. 정영방도 숭정처사를 표방하였다.

정영방은 병자호란이 일어나자 이에 집안일은 맏아들 '혼(焜)'에게 맡기고 가솔들을 이끌고 임천으로 들어가셨다.

시월 기망에 삼수정에서 형님을 만나며
十月旣望陪舍兄觀攔于三樹亭

강둑에 간편한 술자리를 펼치니	江頭成小酌
구름 사이 밝은 달이 굴러 나오네	雲罅轉氷輪
옥토끼가 전면에 드러남인가	玉免呈全面
항아가 반나(半裸)를 드러냄인가	姮娥露半身
어둠이 흩어지는 것을 싫어하는 듯	似嫌將散夕
마치 회한을 품고 인으로 돌아가듯	如恨欲歸仁
저를 따라 임천(林泉)으로 가시렵니까	隨我林泉去
제발 저의 심신을 아프게 하지 마소서	毋令傷我神

이 시는 "간편한 술자리에 취하여 돌아오는 길에 달을 보고 지었다.[仍成小酌歸程得月有作]"라고 하였다. 이 시 말미에는 "동생은 장차 임천으로 갈 것이기 때문입니다.[弟將有林泉之行故云]"라고 하고 있다.

이 시는 병자호란이 일어나자 임천으로 떠나면서 지은 것으로 보인다. 석문은 형님과 함께 임천으로 돌아가자고 하고 싶었으나 형님의 판단을 위하여 망설이고 있었다. 형제간의 우의가 애절하게 드러나고 있다. 드디어 임천으로 은거하니 임천의 산은 강이 에워쌌으며 풀과 나무와 꽃이 무성하였다. 맑은 못과 푸른색 절벽은 밝고 아름답기 그지없었다. 정영방은 이 속에 은거하여 숭정처사를 표방하며, 날마다 주자(朱子)와 퇴계(退溪) 선생의 책을 가지고 옷깃을 여미고 단정히 앉아 독서를 했다.

바람이 순하고 볕이 따뜻하면 매양 지팡이를 짚고 어른과 아이들을 이끌고 산천 경계를 거닐다가 바위와 소나무 아래를 배회하고 주변의 자연 경관을 거닐며 그 경치를 시로 읊고 해가 다하도록 돌아올 것을 잊으니 보는 사람들이 모두 지상의 신선에 비교했으며 그로 인해 호를 석문(石門)이라고 했다.

《논어·헌문(論語·憲問)》에 "자로가 석문이란 지역에서 묵게 되었다. 문지기가 "어디서 왔나요?"라고 묻자 "공자 문하에서 왔소."라고 하니 아 "안 되는 줄 알면서 굳이 하려는 사람들이군요."라고 문지기가 말했다."[5] 정영방은 이 문구를 의식하면서 호를 지었다. 석문이란 호는 이때 생겨난 것 같다. 정영방은 강호에 유유자적하며 성리학의 도를 실천했던 강호가도를 구가한 인물의 범주에 들어간다.

서쪽으로 작은 개울이 있으니 계곡 주변에 흰 돌이 촘촘히 박혀 있어 자르고 깎은 것이 하늘이 만든 것 같았다. 그 아래에 못을 파니 이름은 '서석지(瑞石池)'요, 위에 집 두 간을 지으니 그 이름은 '주일재(主一齋)'며 헌의 이름은 '운서헌(雲棲軒)'이라고 하였다.

이로 보면 서석지를 축조한 것은 1637년이었다. 사방 벽에 책들이 가득하고 유유자적하며 원림을 향유하였다. 선생은 영양 인근에 사는 이시명(李時明), 이계명(李季明), 조전(趙佺), 조임 신즙(趙任 申楫), 박사호 등과 교유하며 시를 짓는 일에 몰두하였다.

이때 친구들과 교유하며 지은 시들이 많다. 특히 신즙과의 교유가 많았는데 그가 지은 〈기신여섭이절(寄申汝涉二絶)〉 중의 한 수를 보면 다음과 같다.

남포의 물결 고요하여 마름을 따노라	南浦波恬採綠蘋
친구는 강해에 오래도록 떨어져 있네	故人江海久相分
그리움이 쌓여 와서 상사곡을 연주하니	愁來欲奏相思曲
강의 꽃 다 떨어져도 그대는 오지 않네	落盡江花不見君

선생은 문장이 우아하고 고우며 문필이 뛰어나고 힘이 있다. 더욱이 시에 능해서 우복 선생이 일찍이 그 시에 대해 당체시(唐體詩)를 체득했다고 극찬했으며 저서로는 《암서만록(巖棲漫錄)》과 《석문집(石門集)》 등의 유고가 있다.

1650년(경인)에 조카 위(渭)에게 이르시기를 "내 나이가 많고 병이 깊어 고향 생각이 더욱 간절하니 네가 나와 함께 송천으로 가자." 하시니 송천은 곧 선대의 묘소가 있는 곳이었다. 1650년 안동 송천으로 돌아와 읍취정(挹翠亭)을 지었다. 그가 지은 읍취정 5수 중 첫수는 다음과 같다.

만년 강변에 작은 정자를 지으니	晩將矮屋縛江濱
곡구에 이는 안개 자진(子眞)을 대하는 듯.	谷口煙嵐對子眞

---

5) 《論語·憲問》, 子路宿於石門 晨門曰 奚自 子路曰 自孔氏 曰 是知其不可而爲之者與.

조물주는 사심 없이 만물을 만들었으니	造物無私供萬象
명승은 신비의 천추를 기대하네	名區有待秘千春
휘휘 도는 강 구비는 중화의 기운을 안았고	縈迴水抱中和氣
먼 산은 고상한 사람 모습 같아라.	平遠山如蘊籍人
누가 시호(詩豪)로 하여금 능히 이를 노래하게 하랴	誰遣詩豪能說此
때때로 시 읊조리며 심신을 수양하노라	時資吟玩爲灝神

이 시는 안동 선어대에 지은 읍취정을 읊은 것이다. 이 시에 나오는 '곡구(谷口)'는 서한(西漢) 말엽에 고사인 정자진(鄭子眞)이 지조를 굽히지 않고 곡구란 곳에서 농사를 지으며 살았는데 그 이름이 경사(京師)에 진동하였다 한다. 정자진을 정곡구(鄭谷口)라고도 부른다.《법언 문신(法言 問神)》 여기서는 역시 상대방 정칙(鄭侙)을 가리킨다. "5구와 6구는 곧 육방옹(陸放翁)의 시어이다. 능히 이 물음에서 나온 것이니 형승은 온자한 것이 없었다. 고로 시중의 말을 차용하여 표현한 것이다. 주자는 말하기를 방옹의 시는 시호중의 호자라 했다.[五句六句乃放翁語 能書出此間形勝無餘蘊 故詩中借言之 朱子云放翁詩豪中之豪者也]"

> 6월에 병을 얻으셨는데 7월 7일 아들 혼(焜)에게 명하시어 목욕하고 손톱을 깎게 하시고 기쁘게 생을 마치셨다.
>
> 생각건대 공은 일찍이 아름다운 비결을 이어받아 위기지학(爲己之學)에 종사하면서 그 안과 밖의 경중을 분명히 하여 처음부터 매우 확실히 밝히고 실천했다.[6]

임진왜란과 정묘호란, 병자호란의 잇단 왜란은 조선을 초토화시켰으며 조선의 성리학을 바탕으로 이루어 놓은 높은 정신세계와 우수한 민족문화유산들을 잔인하게 파괴시키고 약탈해 갔다. 이 전쟁들은 조선 선비 사회에 깊은 상처를 남겼으며 대내외적으로 민족사적 자존심을 실추시켰다. 이 왜란들은 조선 정치사상의 근간이었던 성리학적 세계관을 뿌리째 흔들어 놓았다. 그 이후부터 조선의 선비 사회는 공리공론으로 흐르는 성리학에 대한 반성과 새로운 세계에 대한 인식의 길을 모색했으며 왜란 이후 황폐

---

6)《石門先生文集》5권, 附錄,〈墓誌銘 竝書(木齋 洪汝河)〉,〈墓碣銘 竝書(淸臺 權相一)〉,〈家狀(鄭焜)〉참조.

된 향촌 사회의 재건과 민족정기의 정통성 계승을 위하여 조선의 선비들에게 민족적 각성이 심각하게 요구되는 때였다.

이 시기 조선의 선비 사회는 우리 국토에 대한 애국심이 강하게 대두되어 민족과 국토의 중요성을 인식한 인문 지리서들의 간행에 박차를 가하고 있었으며, 관료 사회에서는 국방이나 행정의 편의를 위해서 각 지역 읍지의 편찬과 같은 관찬 지리지 저술이 활기를 띠고 있었다.

석문 정영방도 이런 차원에서 우리의 역사와 민족의 정통성에 대해 깊은 관심을 가졌으며 성리학의 올바른 가치 정립과 학문 계승에 대해 심각한 고민을 하였다. 이것이 바로 상소문에 나타난 민생의 삶에 대한 관심이었으며 우국 애민의 선비 정신으로 나타났다. 그의 일생은 학문과 은거로 점철되어 있었다.

이제 영남의 사림이 공의 떳떳한 덕을 성대하게 행하셨음을 기려 공의 형제분을 완담사(浣潭祠)에 추향(追享)하고 향사를 지내니 완담사는 곧 우리 종문(宗門)의 대대로 덕행하신 분을 배향한 사당(祠堂)이다. 종인(宗人)들이 여러모로 논의해서 사적(事蹟)이 묻혀 없어지지 않도록 문집의 간행을 도모하니 이제야 남은 근심이 없을 것이다.

그가 자연에 몰입하여 강호가도를 구가한 서석지는 우리나라 삼대 정원으로 일컬어지고 있으며, 그가 구가한 강호가도와 자연미의 발견은 당대 유림들의 주목을 받았다.

3. 석문 정영방의 문학 범주

> 하루는 공의 후손 정호상(鄭好相)이 공의 유고를 소매 속에서 꺼내 보이며 나에게 말하기를 "선조께서는 덕을 숨기시고 벼슬에 나아가지 않으셨고, 남기신 초고(草稿) 두 권이 있습니다. 영조 시대에 지리지(輿地圖書)를 편찬할 때, 그 원고를 자료로 사용하고서, 드디어는 규장각에 보관되기에 이르렀는데, 몽예(夢囈) 남극관(南克寬)공이 되돌려 받을 수 있도록 추진해서, 드디어 합포(合浦)의 진주(珍珠)처럼 다시 돌려받았습니다.[7]

이 서문을 쓴 사람은 정언충(鄭彦忠, 1706~1772)이다. 조선 후기의 문신으로 도승지를

7)《石門先生文集》, 卷一 ;〈石門先生文集序(鄭彦忠)〉; 日公之後孫好相 袖公遺稿示不佞曰 先祖隱德不仕 有遺草二冊 在先王朝修地誌徵逸書 遂爲秘府之藏 南夢囈克寬推還之而遂返合浦之珠矣

지냈으며 청백리로 일컬어진 정영방의 가문이다. 〈여지도서〉는 1757~1765년에 각 읍에서 편찬한 읍지를 모아서 만든 전국 읍지(邑誌)이다. 1530년에 〈동국여지승람〉이 신증된 이후 250여 년이 지나 국가적인 차원에서 새로운 지리지를 편찬하려는 목적에서 만들어졌다. 정영방의 자료에서는 형승(形勝)·산천(山川)·누정(樓亭)·명환(名宦)·인물(人物) 등을 참고하였으리라고 추측된다.

정영방의 문장은 영조대에 이미 사료로 인정을 받을 정도로 가치가 있었다. 석문선생의 평생 저작들을 다 모으지는 못하였지만 아들 정혼(鄭焜)이 이미 〈암서만록(巖棲漫錄)〉 1권과 〈석문고(石門稿)〉 2권을 수습하여 가장(家藏)하고 있었다. 그 후 조정에서 여지승람(輿地勝覽)을 보수하려고 유서(遺書)를 구해 두었는데, 남극관(南克寬)이 저자의 시고(詩稿) 2책을 발견하여 후손 가에 돌려주었다. 저자의 5대손 정호상이 시고를 간행하려고 1769년경에 정언충에게 서문을 받았으나 간행되지는 못하였다. 7대손 정인욱(鄭仁勖)이 가장초고(家藏草稿)를 바탕으로 다시 선사(繕寫)하고 교감하여 1821년에 정필규(鄭必奎), 유심춘(柳尋春)에게 발문을 받아 목판으로 간행하였다. 이 책은 현재 규장각, 국립중앙도서관, 장서각, 고려대학교 중앙도서관, 연세대학교 중앙도서관, 계명대학교 동산도서관 등에 소장되어 있다. 본고의 저본은 1821년에 후손 정인욱 등이 목판으로 간행한 초간본으로 규장각장본이다.

본집은 원집 4권, 부록 합 3책으로 되어 있으며, 권두에 1769년경에 정언충이 지은 서(序), 1802년에 조술도가 지은 서, 전체 목록이 실려 있다.

그의 문집을 살펴보면 권1~3은 사(辭, 2題), 부(賦, 2), 시(詩, 287), 만사(輓詞, 30) 편으로 구성되어 있다.

사(辭)를 살펴보면 다음과 같은 〈일만가 ; 날 저무는 노래〉가 있다. 이것은 덕무 유인무(柳仁茂)에게 붙인 것이다.

내가 수레를 탐이여 수양산에 오르도다.	駕余車兮登山
아득히 슬퍼하네 나물 캐러가서 돌아오지 않음을	渺悄悵兮不還采
텅 빈 골짜기 그윽한 난초여	幽蘭兮空谷
구름 사이로 미인을 바라봄이여	望美人兮雲間
해는 함지에 떨어지려 하니	日欲落兮咸池
푸른 계수나무가 시들고 아름다운 꽃이 마르네	碧桂凋兮芳華歇

시절은 다시 좋아지기 어렵도다 時難得以再好
밝도다 멀리 떠날 수 없음이여[8) 羌不可乎遠別

이 작품은 특이한 형식과 내용으로 지어진 것이다. 이것은 초사의 형식을 빌어서 쓴 한 편의 부(賦)이다. 해가 지는 풍경을 읊어 시대가 태평성대가 아님을 풍자하고 백이와 숙제가 고사리를 캐러 갔다가 돌아오지 않는다는 표현으로 백이숙제의 고사를 변용하고 있다. 텅 빈 골짜기 그윽한 난초는 은거한 선비이며 구름은 간신들을 비유하고, 미인은 임금을 비유한 것이다, 한편의 사초를 읽는 듯한 감동이 온다. 정영방은 자기 시대의 암울한 시대를 표현하면서 은거의 정신을 본받는 대상을 굴원으로 정하고 동일시로 형상화하고 있다.

〈송양양허사군령공사(送襄陽許使君令公辭)〉는 저자 왕모(王母)의 내제(內弟)가 양양 군수를 사직하고 돌아갈 때 흠모의 마음과 이별의 아쉬움을 담아 지은 것이다. 부의 〈정과정부(鄭瓜亭賦)〉는 고려 예종 때 정서(鄭敍)가 〈정과정곡(鄭瓜亭曲)〉을 짓게 된 경위 및 정과정을 제목으로 부를 짓는다는 내용이다. 정영방은 조정에 나아가지 않는 것을 정과정곡에 가탁한다. 정영방은 도은 이숭인의 〈추일우중유감(秋日雨中有感)〉을 읽었다.

비파 한 곡조 〈정과정〉 노래 琵琶一曲鄭過庭
그 음향 슬퍼서 차마 듣지 못하겠네 遺響凄然不忍聽
고금을 아울러 한이 얼마나 클까 俯仰古今多少恨
주렴 가득 성긴 빗속에서 〈이소〉를 읽노라 滿簾疏雨讀騷經[9)

"타향의 나그네살이 중에 머리는 온통 백발, 도처에 만나는 사람마다 눈길이 곱지 않네. 맑은 밤 깊어가며 창에 달빛 가득한데, 비파 한 곡조 〈정과정〉 노랫소리여.[他鄕作客頭渾白 到處逢人眼不青 淸夜沈沈滿窓月 琵琶一曲鄭過庭]" 이것은 사암(思菴) 선생이 돌아가시기 직전에 지은 시이다. 여기에 삼가 이렇게 기록한다.

이 작품은 고려 의종 때 정서(鄭敍)가 지은 가곡이다. 정서는 동래정씨로 정영방의

8) 《石門先生文集》 卷一, 辭, 〈日挽歌〉 참조.
9) 李崇仁, 《陶隱集》 第3卷, 詩, 〈秋日雨中有感〉 참조.

면 일가이다. 아무 죄도 없이 참소를 받고 동래(東萊)에 귀양 가서 임금을 그리는 슬픈 심정을 노래한 것인데, 《악학궤범(樂學軌範)》에 실려 전한다. 사암(思菴)은 유숙(柳淑, 1324~1368)의 호이다. 1368년(공민왕 17) 9월에 신돈(辛旽)의 참소를 받고 영광(靈光)에서 목이 졸려 죽었다. 그는 도은의 좌주(座主)이다. 이것을 임천에 붙여 부를 지은 것이 〈정과정부〉인데 이것은 우리 국문학상 중요한 자료이며, 이 작품은 정영방의 문제작이다. 작품은 너무 길어서 일부만 소개한다.

아침에 임천을 출발하여	朝發軔於臨川
저녁에 동래에 도착을 하니	夕弭節乎蓬原
강물이 오열하는 듯한 소리	江波咽而有聲
자욱한 안개에 숲은 어두워 분간을 못하니	煙樹暝而無痕
여기가 어찌 낙랑의 한 모퉁이인가	夫何樂浪之一隅
절경은 상강(湘江)과 흡사하구나	絶有似乎湘沅
어찌 삼려대부의 이소경(離騷經)처럼	豈三閭之遺騷
어찌 한결같이 번민만 가득한가	何壹鬱而煩冤

정영방의 이 작품은 이소와 정과정곡을 결합시킨 부의 걸작이다. 정영방은 "내가 임천에 우거하면서 재능이 있는 아이들을 볼 때마다 정과정(鄭瓜亭)을 제목으로 부(賦)를 지으라고 일렀더니 감탄하게 만든 것을 볼 수 있었다. 과정공(瓜亭公)은 바로 시중이신 정항(鄭沆)의 아드님이며 정항은 나의 선조이신 복사급사중 정택(四世)의 동생이시다. 그와의 만남은 남과 같지 않기로 붓을 잡아 이 부를 마치노라."라고 하였다. 이 작품은 우리 국문학의 시가 역사에 남을 만한 사료적 가치가 있다고 판단된다.

〈애주방산학부(哀周房山鶴賦)〉는 청송 주왕산을 노래한 것이다. 소방장산(小方丈山)이라 불리는 주방산에 선학(仙鶴)이 날라 왔는데 무지한 백성이 쏜 화살로 인해 멀리 가버렸음을 서글피 여겨 지은 것이다.

하늘에선 된서리가 옛 둥지에 내리고	天霜寒於舊棲
바다에 생긴 구름 돌아오는 길 방해하네	海雲迷於歸路
청송(青松)의 선경(仙境)은 아득하지만	邈青鳧之僊境
진실로 조선의 천태산이로다	實東國之天台

붉은 노을 푸른 섬에 이어져 있고	赤霞接於蒼島
무지개는 봉래산에 연결되었네	彩煙連於蓬萊
애오라지 학소대 자취에 의지하여	聊於焉而托迹
하늘의 상제에게 편지를 전하네	戢軒天之雲翰

정영방의 사부 문학은 특히 아름다워 연구할 가치가 있어 보인다.

시는 형식별로 배열되어 있는데, 오언절구(30), 오언율시(54), 오언배율(5), 오언고시(23), 육언(2), 칠언절구(101), 칠언율시(58), 칠언배율(1), 칠언고시(10), 잡시(3)가 실려 있다.

정영방이 거처하던 익장(益庄), 경정(敬亭), 임천(臨川), 유유헌(由由軒), 지포(芝圃) 등의 풍경을 읊은 것과 한극창(韓克昌), 유우잠(柳友潛), 김득의(金得礒), 신즙(申楫), 정윤목(鄭允穆), 김령(金坽), 정지심(鄭之諶), 유덕무(柳德茂) 등에게 보내는 시와 이환(李煥), 권첨(權詹), 박순(朴淳), 이찬(李燦), 금대아(琴大雅), 이형(李炯), 유진(柳袗), 이원규(李元圭), 김태(金兌), 권산립(權山立), 박응형(朴應衡) 등에게 차운한 시 등이 대부분이다.

저자의 시에 대하여 권상일(權相一)은 "매우 담고(淡古)하고 唐人의 풍격을 체득하였다." 하였고, 남극관(南克寬)은 "시체(詩體)의 기상은 고상하고 현묘(玄妙)하여, 그 흥(興)은 심오하고 원대하니 진실로 자운(子雲)이라야 자운의 시를 알 것이다."라고 했다. 대저 시란 성정(性情)에서 나왔으니, 《시경》·〈청묘지십(淸廟之什)〉처럼 대부분 우아하고 뛰어난 선비들에 의해 지어진 것인즉 지금 공의 시는 어찌 근본이 되는 바탕이 없이 그렇게 이룰 수 있었으랴![10]" 하였고, 정언충은 "무릇 시는 470여 수나 되고 문은 18편인데 문장은 자못 섬려(贍麗)하여 가히 읊을 만하며, 시는 더욱 청절(淸絶)하여 격조가 있었다. 그의 시는 당시(唐詩)의 경지에 나아갔으며, 운율이나 기세(氣勢) 같은 말단에 힘쓰지 아니했다. 그의 시는 송나라 시풍이 스며 있으면서도 사실에 얽매이는 누습에 빠지는 일은 없었다. 그의 오언절구는 훌륭하여 강악 사령운(謝靈運)과 장길 이하의 풍치(風致)가 있다. 그가 완상한 것은 석문의 빼어난 자연 경관에서 감발한 것이며, 그의 풍자는 석문의 풍천(風泉)과 서로 화답한 것이니 근세에 문장을 하는 선비들이 거의 미칠 수 있는 바가 아니다."[11]라고 했다. 만사는 정경세(鄭經世), 이준, 유진, 조정(趙靖),

10)《石門先生文集》卷一 ;〈石門先生文集序(鄭彦忠)〉; 夢囈之評曰 體氣高妙 興寄深遠 信乎以子雲而知子雲者也 夫詩出性情 淸廟之什 多作於峩峩奉璋之士 則今公之詩 豈無所本而然哉

김용(金涌) 등을 애도하며 지은 것이다.

권4는 산문으로 소(疏, 2), 서(書, 7), 기(記, 2), 제문(祭文, 9) 지갈(誌碣, 2), 행록(行錄, 1), 유사(遺事, 1), 잡저(雜著, 1)이다. 상소는 〈용궁사민청견감혼조소가하중지세소(龍宮士民請蠲減昏朝所加下中之稅疏)〉 관리의 횡포로 수탈 착취당하는 용궁(龍宮)의 사민(士民)들을 위하여 광해군 때 정해진 하중(下中)의 전답 부세를 하하(下下)로 경감시켜 줄 것을 청하는 것이다.

> 공세(貢稅)를 높이는 근거 없는 법을 만들어 올해는 백성에게 자각이란 명분으로 증액 부과하고 다음 해는 더 증액 과세를 했으니 이른바 자각이라 하는 것은 간혹 공세의 탈루한 숨긴 것처럼 호령하고 소위 근정(勤定)이라 하여 강제로 자진 납부하는 것처럼 정해서 과세를 하고 있습니다. 이 모두가 다 자기들이 원하고 바라는 대로 충족시키기 위해 시행하는 횡포입니다.
>
> 땅이 비옥하고 결실이 잘 되는 지방이라면 혹 본받는 것이 옳을 것이오나 그러나 명을 받은 사람이 삼가 청렴하지 않으면 고을은 폐허가 되어 무너지게 될 것이며 잘못된 미봉책으로 수탈당하고 불공정하면 세금을 바라도 농사를 짓지 않을 것입니다. 이 때문에 "땅이 있으면 세금이 없고 땅이 없으면 세금을 낸다."는 항려(巷閭)의 노래가 있을 정도입니다. 참으로 슬픈 일입니다. 이 어찌 선왕조께서 먼 앞날을 내다보고 마련한 法이라고 할 수 있겠습니까?
>
> 엎드려 바라옵건대 천지에 부모가 자식을 아끼듯이 저희들에게 행복한 삶을 베푸소서.

정영방의 선비 정신과 애민 의식을 엿볼 수 있는 훌륭한 자료이다.

〈영양사민청복현소(英陽士民請復縣疏)〉는 영해(寧海)에 속해 있는 영양을 다시 현으로 복구시켜 줄 것을 청하는 내용이다. 내용은 대략 다음과 같다.

> 한 해 동안을 덮어두면 일 년의 원망이 되고 몇 해를 덮어두면 그 몇 해 동안 원한이 쌓여서 십 년쯤 되어 너무 오래되면 생명이 말라버릴 것입니다. 저희들이 그냥 덮어둔다고 해서 될 일은 아니지 않습니까? 영양현이 어느 해 폐지되어 영해부로 귀속되었는지 아는

---

11) 《石門先生文集》 卷一 ; 〈石門先生文集序(鄭彦忠)〉; 凡爲詩四百七十餘首 文十八篇 文頗贍麗可誦 而詩尤清絶有調 有唐之境而不騖聲氣之末 參宋之情而不墮故實之陋 其五言絶大有康樂長吉之致 翫之與石門秀色相發 諷之與石門風泉相答 有非近世操觚之士所可幾及也

이가 없습니다. 영양에서 영해로 가는 길은 가까이는 일백 수십 리고, 멀리는 이백여 리나 되는데 그 사이에 하나의 큰 재(嶺)가 가로놓였으니 옛날부터 이르기를 울티재[泣嶺]라고 일컬어졌으니 산이 깊고 계곡이 험하며 수목이 빽빽하여 해를 보려고 해도 나무가 하늘을 찌를 듯이 우거져서 보이지 않고 지면을 찾아도 보이지 않고 가운데에 한 가닥 샛길[鳥途]이 있는데 겨우 사람이 지나다닌 흔적이 있습니다. 사람들은 그곳으로 다니는데 8, 90리를 지나야 비로소 인가를 볼 수 있기 때문에 굳이 혼자 다니기는 불가하고, 혼자 아침에 오면 함께 모여 떼를 지어 저녁이 되어야 길을 떠날 수도 있다고 합니다. 이러하니 한 고을을 통행하고 한쪽 고을은 통행을 금하는 것이 아니겠습니까? 형세가 피차 이와 같은데 일의 경중은 없지 않으니 고생하고 쉬는 데도 없습니다.

영해부 사람들이 영양현 사람을 노복(奴僕)같이 홀대하거나 하리(下吏)들이 고을 주민의 재화를 수탈해 가거나 민호방납(民戶防納)의 이익을 갈취하거나 그 운임을 배징(倍徵)하고 본읍의 초군(抄軍)의 다과(多寡)에 관하여는 말하지 않더라도 군포(軍布)의 품질이나 색상이 균등하지 못하다는 사실로서 원래 모든 것이 하나가 아닌데다 이러한 산세 험한 마을에 포도(捕盜) 권농(勸農)의 업(業)이 과연 공정하며 충분하게 집행될 수 있으리요? 한 달에 관아 경비를 세 차례 하고, 3회의 활쏘기 경합 등을 본부(寧海)에서 실시한다면 1차 출번(出番)에 왕래 4, 5일이 경과하니 과연 며칠 동안 얼마의 농사 및 잡역을 하게 될는지요? 그밖에 어렵고 잡다한 일들이 수두룩한데 그저 잘 해 나갈 수만은 없는 것입니다. 또 전체가 모두 여차 하오며 무릇 백폐가 울티재를 넘나들어야 하는데 높은 재가 가로막고 있습니다. 저희의 의견으로는 영양에 출장소를 설치하여 영해부에 귀속시키면 그 폐해가 약간은 줄어질 것이나 그것도 완전치는 못하오니 영양을 복현하여 독립시키면 그 폐단은 완전히 해소될 것이오나 다만 영양 주민이 장장 생활이 곤궁하여 관가의 체모가 쉽게 갖추어질 것인지 염려가 됩니다. 만약 진보와 더불어 합병한다고 하면 그 폐단은 완전히 해소될 것이며 관사의 범위도 바로잡으면 만사가 제대로 처리될 것이니 이에 몇 가지 방법 밖에는 좋은 방책이 없을 것입니다. 엎드려 바라오니 전하께서 통찰하시어 저희들의 이 고난이 풀리어 거꾸로 매달린 죄수가 석방되는 기쁨을 누리는 것처럼 특별히 윤허하여 주시길 청하옵니다. 자상하게 보살피고 변통하는 정책을 베푸시어 이곳 외롭게 죽어 가는 민생들에게 옛날부터 살아온 기반에서 안락한 생애를 영위하도록 특전을 베푸소서! 이는 저희의 행복만 아니라 국가의 행복으로 이어지는 것이 아니겠사옵니까?

정영방의 선비 정신과 우국 애민 정신은 조정을 향해 날카롭게 설파되었다. 이들의 상소는 정영방을 연구하는 데 간과될 수 없는 중요한 사료라고 판단된다.

편지는 삭망 조전(朔望 朝奠)에 있어 삼헌례(三獻禮)를 행하는 문제에 대해 우복 정경세(愚伏 鄭經世)에게 질의하는 내용 등 예제(禮制)에 관한 문목(問目)을 올리는 것과, 채원경(蔡元卿), 사위 이신규(李身圭) 및 큰아들 정혼, 조카 정연(鄭埏)에게 안부 등의 일로 보내는 것이다. 기문은 유종정(遺種亭)의 명명 내력에 대한 것과, 1613년 왕에게 시가 적혀 있는 금전(金牋)을 하사받는 꿈을 꾸고서 암자의 벽에 그 전말을 적어 놓는다는 〈몽뢰암기(夢賚菴記)〉이다. 제문은 정몽주·이황·유성룡 세 선생을 삼강서원에 봉안하면서 지은 것과, 기우문, 스승 정경세, 장인 유복기, 형 정영후와 유진, 유우잠, 조전, 신즙을 애도하며 지은 것이다. 지갈(誌碣)은 지사 조임(知事 趙任)의 묘지와 선친 정식(鄭湜)의 갈음(碣陰)이다. 그리고 형 정영후의 행적을 기록한 〈선형매오공행록(先兄梅塢公行錄)〉, 스승 정경세의 정치적 일화가 담겨 있는 〈우복선생유사(愚伏先生遺事)〉, 임진왜란을 당해 형수와 누이 등이 자결한 일 등 저자 일가가 겪은 비통한 일들을 기록한 〈임진조변사적(壬辰遭變事蹟)〉이 실려 있다.

부록은 1664년에 홍여하(洪汝河)가 지은 묘지명, 1755년 권상일이 지은 묘갈명, 아들 정혼이 지은 가장, 이환·유직(柳稷)·이신규(李身圭)·정연이 지은 제문, 남급(南礏)·김근(金近)·이시명(李時明) 등이 지은 만사(6), 이산두(李山斗)의 〈완담향사추향시고유문(浣潭鄕社追享時告由文)〉과 봉안문, 남극관의 〈몽예집(夢囈集)〉과 정도응(鄭道應)의 〈한거잡기(閒居雜記)〉에서 저자 관련 기사를 초출(抄出)한 습유(拾遺)이다.

권말에 1732년에 정내주(鄭來周), 1821년에 정필규(鄭必奎), 1821년에 유심춘(柳尋春)이 지은 발(跋)이 실려 있다.[12)]

4. 정영방의 원림과 문학 세계

정영방의 원림은 은거의 원림이오. 성리학의 공부를 위한 학자의 원림이다. 정영방의 원림의 철학적 기저는 유학이다.

《논어·헌문》에 "현명한 사람은 그 세상을 피하고, 그 다음 사람은 그 지역을 피하고, 그 다음 사람은 그 기색을 피하고, 그 다음 사람은 그 말을 피한다.[賢者辟世 其次辟地 其次辟色 其次辟言]"라고 했다. 조선 선비들은 은거를 하면서 자주 그 사상의 기저를

12) 《한국문집총간》, 〈해제〉 참조.

《논어》, 〈계씨〉편에서 찾고 있다.

은거하여 그 뜻을 구하고	隱居以求其志
의를 행하여 그 도에 통달한다	行義以達其道

정영방 역시 이 은구(隱求)의 세계를 추구하고 있다.

원림의 사전적 의미는 아름다운 자연에 인공을 가하여 자신의 생활공간으로 삼은 것이다. 그 안에 정자를 짓기도 하고 나무나 꽃을 심어 정원을 꾸미기도 한다. 옛사람들은 정자를 세우고 원림을 가꿀 때에도 자연과 조화를 이루도록 꾸몄다.

원림은 먼 옛날 원시 시대부터 있었으며 춘추전국시대를 거치면서 발달하기 시작하여, 진시황의 아방궁, 상림원으로부터 출발했다. 우리나라엔 신라의 안압지 같은 원림의 형태가 있었다. 원림이란 무엇인가?

원림은 반드시 건축물을 향하여 있게 되고 건축물의 형태는 반드시 추구하고자 하는 도의 이미지를 상징하는 형태로 지어진다. 정영방은 성리학자이다. 나무 하나, 꽃 한 송이, 풀 한 포기, 그들이 추구하는 유가의 나무여야 한다. 은행나무이거나 회화나무이거나 송백이거나 매난국죽이거나 그 원림에는 성리미학이 오묘하게 담겨 있다.

먼 산과 강 등의 경관을 건물 안으로 끌어들이며 그가 추구하는 성리학의 범주 안에서 이름을 짓기도 하고 그림을 그리고 시를 짓고 음악을 창작하기도 한다. 그 세밀한 기물들도 문고리는 왜 둥글고, 문은 왜 네모지고, 기둥은 왜 네모 기둥이고 둥근 기둥인지 왜 사각형과 원을 대비시키며 건축하는지 그리고 그 기물에 새겨지는 글씨들은 어떤 것인지, 그 기명(器銘)들이 의미는 어떤 것인지 꼼꼼히 생각하고, 그가 추구하는 성리학의 도에 알맞도록 일상생활의 편의를 고려하며 다듬어진 것들이다.

거기에는 성리학이 추구하는 천원지방의 우주관과 성리학에서 중시하는 윤리, 예악에 맞게 설계된 마루나 방, 학문을 추구하고 향유하기에 알맞은 정자 등 원림은 성리학의 연장선상에 있는 중요한 성리미학 요소들이다.

정자의 기둥엔 주인의 우주관과 대자연의 심미관을 드러내는 대련이나 시구가 쓰여지게 된다. 그래서 원림은 같은 나무라도 나타내는 상징의 미의식이 다르게 나타난다. 술집의 정원에 있는 소나무와 선비의 정원에 있는 소나무는 같은 나무이지만 이미지는 다르고, 사찰의 원림과 서원의 원림은 그 이미지가 같을 수가 없다. 그리고 원림을 경영하는 정자의 편액에는 반드시 그가 추구하는 도를 표방하게 되고 원림을 바라보며 심성을 수양하고 마음을 바로잡는 경구가 함축된 정자의 이름이 있게 된다.

이는 다분히 철학적이고 문학적이며 심미적인 감수성이 총동원되는 예술의 행위이다. 사람들은 건축물과 원림만 보아도 감동하게 되고 이것이 유가의 것인지 불가의 것인지 도가의 것인지를 알아낸다. 이러한 원림은 문학과 예술을 수반하게 된다.

정영방의 임천(臨川) 원림의 중심은 자양산에서 비롯된다. 그는 자양산을 다음과 같이 읊었다.

성대한 덕은 심학을 말미암아야지	盛德由心學
자양산 이름은 입으로만 전할 뿐	山名只口傳
보물은 비었는데 빈 궤만 지키니	遺珠空守櫝
그 또한 전대의 현인과는 다르다오.	其亦異前賢

자양산은 정영방이 경영하는 원림의 이데아이다. 이 산을 중심으로 원림이 경관이 형성된다. 정영방은 이 산의 이름을 주자가 살았던 지명인 자양(紫陽)을 의식하여 자양산이라고 이름 지었다. 정영방은 자양산 아래 원림을 경영하며 온통 주자학으로 산천을 수놓고 있다. 그의 일상은 성리학으로 점철되어 있다. 그의 원림을 향한 공간 감각은 산천의 형상에 있고 그가 향한 공간 인식은 철저하게 성리학에 기초하고 있다.

그는 자양산이라고 이름하고 다음과 같이 자신을 경계하고 있다.

> 主山의 흙이 자주색이고 북쪽에 물이 있는 고로 紫陽山이라 이름하였다. 옛날 朱子께서 거처하던 곳이 紫陽이었다. 그 훌륭한 학문은 공부하지 않는 자가 산천의 아름다운 이름에만 구구하게 집착하니 매양 그 이름 일컬을 때마다 스스로 비웃을 뿐이로다.[13)]

정영방은 철저하게 원림을 성리학을 공부하는 보조 공간으로 활용하고 있다. 원림은 단순한 꾸밈이 아니라 나무 하나 풀 한 포기도 성리학의 색채로 물들이고 있다.

16세기 초 조선의 성리학이 돌파구를 찾지 못하고 맴돌고 있을 때, 1543년 주자대전

---

13) 主山土色紫 又在水北故名 昔朱先生所居地爲紫陽 不學其所當學者 而獨區區於山川之美號 每一稱之時 自哂耳

의 간행은 조선의 학풍을 변화시켰다. 이 상승의 분위기를 타고 퇴계와 율곡을 거치면서 조선 성리학은 최고의 절정에 이른다. 문풍은 이미 많은 변화를 가져왔고 문학의 향유 방식도 새로운 전환기를 맞이하며 신선한 구상과 기발한 상상력이 넘쳐나고 있었다.

조선의 16세기 성리학의 최고 절정기에 자연미의 새로운 발견에 이르는 그 원동력의 중심에는 《주자대전(朱子大全)》이 자리하고 있었다.

우리나라에 주희의 문집은 언제 전해졌을까? 16세기 중반까지 주희의 학문은 부분적으로 소개되었다. 조선학자들의 끊임없는 성리학의 연구는 주자에게 집중되었고 이 관심은 마침내 조선에서 《주자대전》이 간행되기에 이르렀다.

조선 중기까지 성리학이 정치 철학의 근간을 이루다가 1543년(중종 38) 《주자대전》이 국내에서 간행되면서 비로소 주자의 모든 시문이 소개되기 시작했다. 《주자대전》은 주희의 시문집과 편지가 대부분이었다. 이 책은 당시 조선 사림들에게 커다란 파문을 일으켰다. 조선 유학은 제2의 중흥기를 맞이하면서 중국에서 홀대받던 주자학은 조선에서 본격적으로 꽃피기 시작하였다.

조선의 서원 열풍, 이기철학, 구곡시가의 유행, 26영 등, 자연미에 대한 새로운 발견은 선비들을 산림으로 돌아가게 하고 강호가도를 외치게 했다. 이것들은 모두 《주자대전》 간행 이후 주자학이 본격적으로 발전하며 논의된 것들이다.[14] 퇴계의 〈도산구곡가〉, 율곡의 〈고산구곡가〉, 약봉 김극일의 〈임하구곡가〉 박하담의 〈운문구곡가〉 등이 줄을 이어 나타났다.

성리학을 바탕으로 자연미의 새로운 발견에 몰두하며 강호가도를 구가하던 석문 정영방은 원림을 경영하기 시작했으며 자연미의 새로운 발견으로 이어지고 있었다. 원림은 건축물의 중요한 유형 중의 하나이다. 산과 물, 건물의 배치, 길과 건축물의 실내 장식 등, 그는 성리학을 바탕으로 건물을 조직하였다. 건축물에는 세련되고 심원한 정취와 의경(意境)이 고려되어 있다.

의경은 시적 정취의 의도이다. 이것이 정원을 통과한다. 여기에는 직관과 감수성이 작용하고, 시화의 심미적 의향이 들어가 있다. 이 서석지를 둘러싼 주변 환경은 특수한 성령의 융합과 지향하는 정신세계가 감발 융통하고 있는 것이다.

---

14) 신두환, 〈16世紀 朝鮮의 《朱子大全》 刊行과 그 學問的 動向 硏究〉, 《南冥學硏究》 慶尙大學校 慶南文化硏究院 南冥學硏究所 2016.

이 아름다운 환경을 가지고 성정을 도야하려는 목적이 있는 것이다. 정원 안의 주련은 시의 물질적인 것을 건축물의 구성 요소로 사용하여 문학적인 수단과 건축 수단의 자연적 연결을 얻는 동시에 문학예술과 시문의 가장 직접적인 결합으로 정원의 시정을 표현하는 주요 수단이 된다. 시는 사람의 얼굴 표정이다. 얼굴 표정을 보면 그 사람의 감정을 표현할 수 있다. 원림도 사람의 얼굴처럼 바로 그 사람의 감정을 드러낸 것이다. 기둥에 쓰인 대련은 예술적인 정원과 물고기를 감상하는 정자는 더욱 시의 정경과 그림 속의 의도를 점철하고 있다.

네모난 소반 같은 작은 연못 하나	小於一方盂
가을 하늘 푸르름 모두 담고 있네	涵盡秋天碧
그 가운데 연꽃은 피어 있으나	中有十丈花
아름다운 향기 사람들은 알지 못하네	芳香人不識

–〈하지(荷池)〉, 《석문선생문집》 권1

석문은 왜 연꽃을 좋아하게 되었을까? 성리학을 이어온 주렴계의 철학이 바탕이 되고 있다. 일방(一方)에는 성리학적 우주관이 내포되어 있다. 추천(秋天)은 성리학의 학문 세계를 상징하고 있다. 석문 정영방의 원림 속에는 성리학의 철학적 기초가 탄탄하게 자리를 잡고, 그것을 바탕으로 자연미를 새롭게 발견해가며 성리의 미의식을 추구하고 있었다. 원림과 문학 세계의 상관성은 성리학적 우주관이나 자연관 인식 사상 등이 깊게 깔려 있다. 성리학의 이취(異趣)를 담아내려고 노력하고 있다.

퇴계는 도산서당 마당 한편에 연못을 만들고 '정우당'이라고 했다. 퇴계는 그곳에 연꽃을 심었다. 퇴계 역시 주렴계이 애련설을 바탕으로 연꽃을 사랑하였다. 이 연지는 바로 서석지이다. 서석지에 피어난 연꽃 한 송이. 주돈이(周敦頤)의 〈애련설(愛蓮說)〉처럼 "진흙 속에서 나왔으나 더러움에 물들지 않고 깨끗한 물결에 씻어도 요염하지 않다. [出於泥而不染 濯淸漣而不夭]" 석문이 추구하는 삶도 바로 이 연꽃이 상징하는 군자의 이미지이다.

가운데는 텅 비고 밖은 곧아서 넝쿨지지 않고 가지를 뻗지도 않는다.[中通外直 不蔓不枝], 향기는 멀리 퍼져나가면서도 더욱 맑다 꼿꼿이 서서 멀리서 바라 볼 수는 있어도 함부로 가지고 놀 수는 없는[香遠益淸 亭亭淨植 可遠觀而不可褻玩焉] 연꽃, 연꽃은 군자의 꽃이었다. 연꽃을 사랑하는 나 같은 사람은 어떤 사람인가?[蓮花之君子者也 蓮之愛 同予者

何人] 연꽃은 피어 있으나 사람들은 알지 못한다고 했다.

이 시는 서석지를 묘사하며 그 속에 성리학을 함의시킨 철리시(哲理詩)이다. 정영방은 성리학을 표방하면서 그 도를 추구하기 위해 서석지를 만들었다. 기구의 '일방(一方)'은 네모의 이미지를 상상하게 하지만 이것은 천원지방(天圓地方)의 성리학적 소우주를 상징하기도 하고 방정(方正)한 마음을 상징하기도 한다. 네모는 성리학적 대자연관을 내포하고 있다. 승구의 '추천(秋天)'은 맑고 드높은 가을 하늘처럼 명쾌한 성리학의 이취(理趣)를 함의하고 있다. 이것은 성리학의 심오하고 원대한 목표를 인식하고 있는 것이다. 전구의 못 가운데 피어난 연꽃은 맹자 이후 1400여 년간 끊어졌던 유학을 다시 잇는 신유학의 개창자 주렴계의 애련설에 나오는 그 연꽃이며, 결구의 그 은은한 향기는 성리학의 오묘한 이치를 드러내는 사색의 창으로 성리학의 이상 세계가 널리 전파되어 퍼지는 것을 형상한 것이다. 이 시는 석문 정영방의 입도시로 그의 원림과 문학세계의 상관관계를 연구하는 데 시사하는 바가 많은 시이다.

이 연당(蓮塘)은 그냥 만들어진 것이 아니라 성리학의 심오한 이치를 바탕으로 만들어진 성리 미학이다. 서석지는 문학과 예술을 함의시킨 위대한 유가(儒家)의 정원이자 원림의 보고(寶庫)이다.

이 서석지는 양산보(梁山甫, 1503~1557)가 경영한 담양의 소쇄원, 윤선도(尹善道)가 보길도(甫吉島)에 경영한 세연정의 부용원과 함께 우리나라 사대부들의 삼대 정원이라고 일컬어질 만큼 원림 중에서도 으뜸으로 손꼽히는 곳이다.

원림은 정자를 향하고 정자는 그 원림을 끌어들이며 편액과 기둥의 대련은 그가 추구하는 도를 표방하게 된다.

불교 사찰의 원림과 성리학을 추구하는 선비의 원림은 다르다. 원림은 철학을 강하게 대변한다. 술집의 정원과 서원의 정원은 그 원림만 보아도 다르다. 단아함 속에서 조용한 성리의 이취를 상상해야 할 분위기에 어울리는 원림을 추구해야 한다. 석문 정영방도 주렴계의 애련설을 담으려고 하고 있다.

유간, 그윽한 골짜기 幽磵

깊고도 넓은 그윽한 골짜기에	幽磵邃而寬
바르게 앉아서 성정(性情)을 다스리니	端居理情性
해는 기울어 뜰의 반은 그늘이 들고	日昃半庭陰

골짜기 새들과 마주하여 시를 읊노라 幽禽相對咏

주희는 유간(幽澗)을 자주 읊었다. 그리고 〈심백녹동고지 애기유수 의복흥건 감탄유작(尋白鹿洞故址 愛其幽邃 議復興建 感歎有作)〉[15]이란 시도 보인다. 백록동 옛터를 찾아가 그 깊은 골짜기를 사랑한다는 의미가 있었다. 정영방은 《주자대전》을 열심히 읽고 있었다. 《주자대전》은 1543년에 간행되어 처음 선비들에게 배포되었다. 퇴계도 1543년부터 《주자대전》을 읽기 시작했다. 《주자대전》에는 주자의 시가 들어 있었다. 정영방은 주자의 시에 심취하고 있었다. 깊은 산골에 흐르는 도랑은 학문을 상징한다. 주역 몽(蒙)괘의 괘상처럼. 주역의 몽괘는 학문을 교육하는 것을 상징한다. 옹달샘 물이 먼 바다에 이르듯이 깊은 골짜기에 은거하여 공부하는 것이 물처럼 흘러 먼 세상에 퍼져나간다는 의미가 들어있다. 퇴계도 도산서원에 몽천(蒙泉)을 만들었다. 동몽선습(童蒙先習) 격몽요결(擊蒙要訣)의 '蒙' 자는 모두 몽괘와 관련되어 있다. 정영방은 이 유간(幽澗)이나 서석지의 물에다가 이 몽괘의 형상을 함의시켰다. 정영방의 시에는 성리학의 오묘한 이치가 함의되어 있으므로 이해에 주의를 요한다.

정영방은 성리학의 경을 바탕으로 그가 지은 경정(敬亭)에 대하여 주변 경관을 형상화하여 32편의 절구를 읊었다. 그의 〈경정잡영 삼십이절(敬亭雜詠 三十二絶)〉에는 서석지의 원림에 대한 형상이 집약되어 있다. 그가 읊은 〈경정잡영 삼십이절〉은 성리학를 기초로 예술을 추구한 척도를 얻었고 걸출한 기백이 생동하는 호탕한 표현이 들어 있다.

경정 敬亭

일이 있으면 도움을 바라지 말고 有事無望助
깊은 못에 임한 듯 더욱 조심하라 臨深益戰兢
늘 깨어 있는 자세로 세상을 관조하며 惺惺須照管
서암승같이 하지 않고 애쓰리라 毋若瑞巖僧

성성(惺惺)은 마음이 항상 맑게 깨어 있음을 말한다. 정영방은 우복 선생에게 《심경》을 읽었다. 남명 조식은 늘 성성자(惺惺子)라는 방울을 차고 경의도(敬義刀)라는 칼을

15) 《주자대전》, 시, 〈尋白鹿洞故址 愛其幽邃 議復興建 感歎有作〉 참조.

차고 경을 실천하며 심성을 수양하였다. 정영방도 경을 실천하고자 원림을 향해 자기의 학문을 표방하고 있다.

심경부주(心經附註)에 성성은 마음이 항상 맑게 깨어 있음을 말하고, 서암(瑞巖)의 중이란 곧 당대(唐代)의 어떤 고승(高僧)을 가리키는 말로, 그 고승이 태주(台州)의 서암원(瑞巖院)에 있었던 데서 말미암은 호칭이다. 《심경부주(心經附註)》〈경이직내장(敬以直內章)〉에, 사양좌(謝良佐)가 말하기를 "공경은 바로 항상 성성하는 법이다.[敬是常惺惺法.]"라고 한 데 대해, 주자(朱子)가 이르기를 "서암의 중은 매일 항상 스스로 '주인옹은 성성한가?'라고 묻고는 '성성하다.'라고 스스로 대답하곤 했다.[瑞巖僧, 每日間, 常自問主人翁惺惺否, 自答曰惺惺.]"라고 하였다. 《심경부주 경이직내장》. 서암승은 여기서 유래되었다. 여기서는 곧 저자 자신이 성성하는 법칙을 굳이 서암에게 묻지 않고도 배울 데가 따로 있다는 뜻으로 한 말이다. 성리학의 경공부는 자연 환경과 동화한다.

주일재는 읍청구 위의 공터에 있다. 조서방으로 하여금 두 간 집을 짓게 하였다. 손장수의 땅에 지었다.
〈主一齋〉 挹淸渠上有隙地 令趙甥搆屋二間 爲諸孫藏修之地

학문을 하는 요체는 경에 있으니	爲學須要敬
행동거지는 이름에 가깝지 못하다	行身莫近名
내가 노쇠하여 자득함이 없으니	吾衰無自得
너의 독서 소리 듣고 싶어라	聞汝讀書聲

경(敬)은 주일무적(主一無適)이다. 정영방의 원림은 하나의 사상으로 연결되어 있다. 정영방은 퇴계, 남명, 그리고 그 뒤를 잇는 그의 스승 우복 정경세도 경을 표방했다. 경은 유가의 중심된 사상이다. 정영방은 그 원림의 중심 건물의 편액을 경정(敬亭)이라고 하였다.

퇴계의 학문을 한 글자로 요약하라고 하면 '경(敬)'이라고 할 수 있다. 정영방은 서석지의 주제 의식을 경을 실천하는 것으로 잡았다. 주희는 경을 "마음이 보존되어 있지 않으면 그 몸을 살필 수 없다. 이 때문에 군자는 반드시 이 마음을 살펴 경으로 바르게 한 뒤에야 이 마음이 항상 보존되어서 몸이 닦여지지 않음이 없다." "경은 움직임과 고요함을 관통한다. 그러나 아직 발동되지 않았을 때 한곳에 뒤섞여 있는 것이 본체이다. 그것이 아직 발동되지 않았음을 알면 경의 공부를 하는 것이 아니다. 발동하면 일에 따라서 반성하고 살펴보게 되는데 경의 작용은 거기에서 행해진다. 그러나 본체가 평소에 세워지지 않으면 그 작용이 저절로 베풀어지지 않는다."(≪주자문집≫) "경은 움직임과 고요함을 겸한 것이다. 잃음이 없으면 치우치지도 않고 기울어지지도 않는데 이뿐이라면 이것이 중(中)인 것이다."(≪주자어류≫)라고 하였다.

정이(程頤)는 경은 주일무적(主一無適)이라고 하였다. 정영방은 자기의 정자를 〈주일재(主一齋)〉로 편액하고 경을 실천하고자 하였다.

서하헌 棲霞軒

저녁에는 엄자산의 푸르름에 읍하고	暮挹崦嵫翠
아침에는 양곡의 붉은 해를 삼킨다	朝呑暘谷紅
암재는 신선과 같으니	巖齋如羽化
나 또한 시원한 바람을 거느린다	吾亦御泠風

엄자산(崦嵫山)은 해가 들어가는 산이고, 양곡(暘谷)은 해가 뜨는 곳이다. 암재는 서하헌(棲霞軒)을 가리킨다. 저녁노을이 깃드는 곳이다. 이것은 곧 운서헌(雲棲軒)을 가리킨다.

극기재 克己齋

무리들이 나의 잘못을 공격하려 하면	衆欲攻吾罅
그 강함이 몇 백 개[16]의 진이더라도	其彊幾百秦
붉게 단 화로에 한 송이 눈 녹이듯	紅爐一點雪
안회는 삼 개월 동안 인을 어기지 않았도다	三月不違仁

극기복례(克己復禮), 홍로일점설(紅爐一點雪), 삼월불위인(三月不違仁) 등 이들의 표현에서 극기의 각오가 구체적으로 나타난다. 《논어·옹야(論語·雍也)》에 "공자께서 말씀하셨다. 안회는 그 마음이 3개월 동안 인을 떠나지 않았고, 그 나머지 사람들은 하루나 한 달에 한 번 인에 이를 뿐이다.[子曰 回也 其心三月不違仁 其餘則日月至焉而已矣]"라고 하였다.

16) 《사기》, 〈張儀列傳〉 ; 雖有百秦 將無柰齊何

3개월은 그 오래됨을 말한다. 인(仁)은 마음의 덕(德)이니, 마음이 인을 떠나지 않는다는 것은 사욕(私慾)이 없어 그 덕(德)을 간직한 것이다. 일월지언(日月至焉)은 하루에 한 번 인에 이르기도 하고, 혹은 한 달에 한 번 인에 이르는 것이니, 그 경지에 도달하되 오래할 수 없는 것이다.[三月 言其久 仁者心之德 心不違仁者 無私欲而有其德也 日月至焉者 或日一至焉 或月一至焉 能造其域而不能久也]

정자(程子)가 말씀하였다. "3개월은 천도(天道)가 조금 변하는 절기이니, 그 오래됨을 말한다. 이 경지를 지나면 성인(聖人)이다. 인(仁)을 떠나지 않는다는 것은 다만 털끝만한 사욕(私慾)도 없음이니, 조금이라도 사욕이 있다면 곧 이는 인이 아니다."

윤씨(尹氏)가 말하였다. "이는 안자(顔子)가 성인에 비하여 한 칸[間]을 도달하지 못한 것이다. 성인이라면 완전히 한 덩어리가 되어 간단(間斷)이 없을 것이다."

장자(張子)가 말씀하였다. "처음 배우는 자의 요점은 마땅히 3개월 동안 인을 떠나지 않음과 하루나 한 달에 한 번 인에 이름의 안팎과 빈주(賓主)의 구별을 알아야 한다. 그리하여 마음으로 하여금 힘쓰고 힘쓰며 순서에 따라 그치지 말게 해야 할 것이니, 이 경지를 지나면 거의 자신에게 있는 것이 아니다."

[程子曰 三月 天道小變之節 言其久也 過此則聖人矣 不違仁 只是無纖毫私欲 少有私欲 便是不仁 尹氏曰 此 顔子於聖人 未達一間者也 若聖人則渾然無間斷矣 張子曰 始學之要 當知三月不違 與日月至焉 內外賓主之辨 使心意勉勉循循而不能已 過此 幾非在我者]

정영방은 성인(聖人)을 추구하고 있다. 안자의 '안빈낙도(安貧樂道)'를 추구하고 있다. 안빈낙도와 강호가도는 뜻이 통한다. 다만 강호가도는 은거의 정취가 있는 것이 다를 뿐. 정영방은 성리학을 바탕으로 연구에 몰두하고 있다.

정영방은 사우단(四友壇)을 만들었다. 정영방의 원림은 한 번에 형성된 것이 아니라 끊임없이 계속되고 있었다. 그가 추구하는 원림 속에는 주희와 퇴계가 주를 이루고 있다. 정영방의 원림 속에는 퇴계의 도산서원의 이취가 들어 있다. 퇴계는 정우당이란 못을 파고 그 위에 절우사를 만들어 소나무와 대나무, 매화, 세한삼우에 국화를 심고 사우의 개념을 바탕으로 화단을 만들었다. 연꽃과 퇴계 자신을 넣어 육우(六友)라고 했다. 정영방은 〈사우단〉을 다음과 같이 설명하고 있다.

네 벗이란 매화, 대나무, 소나무, 국화이다. 소나무와 국화는 전부터 있던 것을 그대로 두었고 대나무는 용궁에서 옮겨왔다. 매화는 무거워서 먼 길에 가져오지 못했다. 지금은 자형화의 담백함과 연꽃의 맑은 향기며 석죽의 강직함을 바탕삼아 그윽한 정절(貞節)의 정취를 취하여도 매화의 빠진 것을 가히 보충할 수 있겠는가?

자로가 성인(成人)에 대해서 물으니, 공자(孔子)께서 이르시기를 장무중(藏武仲)의 지혜(智慧)와 공작(公綽)의 욕심 없음과 변장자(卞莊子)[17]의 용맹함과 염구(冉求)의 예능으로 예악(禮樂)의 문장을 쓰면 또한 가히 성인이 될 수 있다고 하셨다. (또 말씀하시기를 "오늘 날의 성인은 어찌 반드시 그러하겠느냐? 이득을 보면 의리를 생각하고, 위태함을 보면 생명을 바칠 줄 알며, 오래 전의 약속에 대하여 평생 자기 말을 잊지 않고 실행하면, 또한 성인이 될 수 있으리라."고 하셨다.)[18]

하물며 연(蓮)은 군자를 상징하고 자형화(紫荊花)는 형제간의 우애를 알게 하고 석죽(石竹)은 탕액(湯液)에 들이니 덕행과 재능을 고루 갖추었다고 해도 옳을 것이다. 덕행과 재능을 고루 겸비한 것이 한 마당에 함께 있으니 어찌 나에게 이익이 되는 벗이 아니랴! 만약에 매화의 품격을 대신하기에 족하지 못하다고 한다면 나는 믿지 않을 것이라. 우선 이것을 보존하여 박아군자의 변별할 수 있는 자를 기다려 보고자 한다.

매화 국화는 눈 속에 피어나고	梅菊雪中意
소나무 대나무는 서리 뒤에 더 푸르네	松篁霜後色
드디어 송백과 함께하니	遂與歲寒翁
대려(帶礪)의 맹서처럼 약속한다오.[19]	同成帶礪約

정영방은 〈사우단〉에 많은 교훈적 의미를 집어넣었다. 조선 선비 사회는 임진왜란, 병자호란을 거치면서 선비들의 절개와 지조에 대한 의미를 다시금 깊게 새겨보는 계기가 되었다. 이 난리들은 성리학을 뒤집어 놓았다. 이 시에서는 절개를 드러내어 추운 겨울이 되어야 솔 잣나무의 기백을 알 수 있듯이 사람도 그 어려운 때를 만나야 그

---

17) 변장자(卞莊子) : 춘추시대 노(魯)나라의 대부(大夫). 그가 호랑이를 잡으려 하자 서동이 말리면서 호랑이 두 마리가 소를 잡아먹을 때 서로 많이 먹으려고 다투는데, 그러면 틀림없이 큰놈은 상처를 입게 되고 작은 놈은 죽게 될 것이니, 그때 상처 입은 놈을 잡으면 두 마리를 동시에 잡을 수 있다고 조언함. 변장자는 서동의 말을 옳다고 여기고 잠시 기다렸는데, 정말로 두 호랑이 가운데 한 놈이 죽고 다른 한 놈은 상처를 입었기에 두 마리 모두 잡았음.

18)《論語·憲問》; 子路 問成人 子曰 若藏武仲之知 公綽之不欲 卞莊子之勇 冉求之藝 交之以禮樂 亦可以爲成人矣 曰今之成人者 何必然 見利思義 見危授命 久要 不忘平生之焉 亦可以爲成人

19) 四友壇; 四友者 梅竹松菊也 松菊仍舊有 竹移自竺山 梅重不可致遠 今以紫荊之苦淡 蓮之清馥 石竹之耿介 資之以幽貞之趣 亦可以補梅之缺耶 孔子曰臧武仲之智 公綽之不欲 卞莊子之勇 冉求之藝 文之以禮樂 亦可以爲成人矣 况蓮稱君子 紫荊識友于 石竹入湯液 雖謂之備德行兼才能可也 備德行兼才能者 與之處一堂 豈非吾益友乎 若曰猶未足以當梅兄之標格 吾不信也 姑存此以待博雅君子之能有辨者焉.菊雪中意 松篁霜後色 遂與歲寒翁 同成帶礪約.

지조와 절개를 알 수 있다는 것을 강조한 것이다. 또 말씀하시기를 "오늘날의 성인은 어찌 반드시 그러하겠느냐? 이득을 보면 의리를 생각하고, 위태함을 보면 생명을 바칠 줄 알며, 오래 전의 약속에 대하여 평생 자기 말을 잊지 않고 실행하면, 또한 성인이 될 수 있으리라."고 하셨다. 정영방은 이 구절은 빼고 두었다가 시에서 그 뜻을 형상화한 것이다. 대려지서(帶礪之誓)는 황하가 허리띠같이 좁아지고 태산이 숫돌처럼 작아질 때까지 굳게 맹서하는 의리를 상징하고 있다. 이것은 퇴계의 육우단과 같은 분위기를 조성해 내고 있다.

석문 정영방은 〈서석지〉를 다음과 같이 설명하고 있다.

석문은 못을 파자 옥 같은 상서로운 돌이 나타났다. 서석지의 주인은 연꽃이다. 정영방은 서석지를 다음과 같이 형상화하고 있다.

서석지 瑞石池

하늘이 白玉으로 바닥을 이루니	天生白玉墀
땅은 청동 거울을 바치네	地獻青銅鑑
명경지수 물결 하나 없으니	止水澹無波
바야흐로 고요하게 감상할 수 있구나	方能該寂感

서석지의 돌은 속에 문채가 나고 겉은 희다. 인적이 드문 곳에 감추어져 있으니 마치 정숙한 여자가 정결(貞潔)을 지켜 스스로 보호함과 같고 또 마치 은둔한 군자가 덕과 의를 숨기고 드러내지 않는 것과 같다. 그 가운데 보존된 바, 귀한 실물들이 있으니 상서롭다고 이를 만하지 않는가? 혹 그것이 진짜 옥이 아니라고 싫어하는 자가 있더라도 이는 그렇지 않다. 만약 과연 옥이라고 한다면 내가 어찌 그것을 얻을 수 있겠는가? 얻을 수 있다면 능히 기이한 것이 되지 않겠는가? 옥과 비슷하거나 옥이 아니라는 것 같은데 이르러서 부질없이 미명(美名)을 훔쳤으나 사용하는 데 알맞지 않다. 도리어 졸박한 자가 그 순박함과 어리석음을 지키고서 이름을 훔친 해가 세상을 속임이 없는 것만 못하니 또 어찌 족히 상서로움이 되리오![20]

---

20) 瑞石池；石內文而外素 藏於人迹罕到之處 如淑人靜女操貞潔而自保 又如遯世君子蘊德義而不出 其中所存的然有可貴之實 可不謂之瑞乎 或有嫌其非眞玉者 此則大不然 若果玉也則吾其可得而有諸 有之而能不爲奇禍者乎 至如似玉而非玉者 徒竊美名而不適於用 反不如拙者之守其純愚而無欺世盜名之害也 又安足爲瑞乎

정영방은 기이한 돌에 대해 상서로운 의미를 되새기고 있다. 상서로움은 맞지만 그 안에는 패러독스가 있다. 연못 안에는 60여 개의 돌이 있는데 이를 서석(瑞石)이라고 부른다. 이중 19개는 이름을 가지고 있는데 그 이름은 다음과 같다.

옥성대(玉成臺), 상경석(尙絅石), 낙성석(落星石), 조천촉(調天燭), 수륜석(垂綸石), 어상석(魚牀石), 관란석(觀瀾石), 화예석(花蘂石), 상운석(祥雲石), 봉운석(封雲石), 난가암(爛柯岩), 통진교(通眞橋), 분수석(分水石), 와룡암(臥龍巖), 탁영반(濯纓盤), 기평석(棊坪石), 선유석(僊遊石), 쇄설강(灑雪矼), 희접암(戱蝶巖) 등이다. 정영방은 이들을 모두 형상화하여 〈경정잡영 삼십이절〉 안에 포함시켰다. 성리학자들의 시의 특징은 중의법이 많다. 이러한 명칭은 정영방의 학문과 인생관은 물론 은거 생활의 이상적 경지와 자연의 오묘함과 아름다움을 찬양하고 심취하는 심성을 잘 나타내고 있는 것들이라 할 수 있다.

탁영반 濯纓盤

옥 빛나는 강바닥의 돌	明瑩水底石
평평한 모양 玉盤보다 낫구나	平鋪勝玉盤
속세의 갓끈을 한 번 씻으러 오면	塵纓來一滌
반드시 神丹을 복용할 필요는 없으리	不必服神丹

정영방은 퇴계의 탁영담을 의식하면서 〈탁영반〉을 지었다. 이 시에 탁영반은 "난가암 왼쪽에 있으며 곧 물이 빠지면 드러나고 물결이 불으면 잠긴다.[在爛柯之左水落則波漲則沒]"라고 기록해 두었다. 이것은 퇴계의 〈도산잡영·탁영담〉에서 읊은 반타석이란 시를 연관시켰다.

퇴계는 굴원의 초사 중에 〈어부사〉를 애호하였다. 정영방 역시 퇴계를 열심히 추적하였다.

창랑의 물이 맑으면	滄浪之水淸兮
나의 갓끈을 씻을 것이고,	可以濯吾纓
창랑의 물이 흐리면	滄浪之水濁兮
나의 발을 씻을 것이라	可以濯吾足

초사 어부사에서 이것을 취하여 '탁영(濯纓)'이란 시어를 점철성금하였다. 정영방은

퇴계 선생의 〈반타석(盤陀石)〉 시를 의식하였다.

황류가 몰아칠 때는 물속에 잠기고	黃濁滔滔便隱形
맑은 물이 흐르면 나타난다네	安流帖帖始分明
가련토다 저 같은 소용돌이 속에서도	可憐如許奔衝裏
천고의 반타석은 꿈쩍도 않는구나	千古盤陀不轉傾

정영방은 퇴계의 이 시를 생각하면서 물이 빠지면 드러나고 물결이 불으면 잠기는 돌을 보고 탁영반으로 이름 지었다. 퇴계의 탁영담이 서석지에 형상화되었다. 석문 정영방은 서석지의 돌에다가 성리학적 시각에서 다양한 형상을 가탁하고 있었다.

희접암은 동쪽 가에 화예암(花蘂巖)과 서로 마주보고 있다.[在東邊與花蘂相對] 나비 모양이 나오는 서석인 모양이다. 정영방은 여기에 장자의 호접몽을 형상화시키고 있다.

희접암 戱蝶巖

훨훨 나는 한 마리 고운 나비	翩翩一粉蝶
꽃 피는 곳 좇아서 날아가려는 듯	如欲趁花開
제발 변해서 장자의 꿈속에 가지 말아라	莫化蒙莊去
세상의 옳은 도리 다 무너지게 하는구나	重令世道隤

서석의 형상에서 나비 모양을 떠올리고 그 바위 이름을 희접암이라고 하였다. 그 주변의 바위 형상을 화예암이라고 하여 꽃술의 형상을 따서 나비와 꽃으로 연결시켰다. 정영방의 기발한 상상력이 서석들의 형상을 서로 연결시키고 있다. 한 마리 나비가 꽃피는 곳으로 날아가려는 듯하다는 스토리가 형성된다. 서석들은 생동감 있는 표현으로 정적인 형상에서 생명력을 얻으며 동적인 형상으로 표현되고 있었다. 시의 후반부에서 '장자의 호접몽 속으로 날아가서 유교의 도리를 해치지 말라'고 한 표현에서 절묘한 상상력은 유교를 향하고 있다. 정영방은 서석지의 기이한 바위 속에 온갖 형상들을 형상화하면서 상상력과 창의력을 총동원시켜서 예술의 정취를 추구하고 있다. 서석지는 온갖 상상력과 창의력으로 가득 차 있었다.

관란석(觀瀾石)은 화예석 위에 있다
在花蘂石上

긴 것은 층계 아래에 나와 있고	長出層階下
돌들 가운데 높이 솟아 있네	高居衆石中
물결을 보는 것도 때를 맞춰야 하니	觀瀾時有得
말하고자 하는 뜻은 끝이 없구나.	欲說意無窮

관란(觀瀾)이란 이름은《맹자·진심장(孟子·盡心章)》관수유술 필관기란(觀水有術 必觀基瀾)에서 취했다. 물을 관찰하는 데는 방법이 있으니 반드시 그 물결을 관찰해야 한다. 이것은 도의 근원을 관찰하라는 것이다. 물은 어디에서부터 흘러 강을 이루는가? 깊은 산속의 옹달샘에서부터이다. 물은 도저히 넘지 못할 높은 곳을 만나면 물은 돌아 흐를 줄 안다. 정영방은 서석지 속에서 맹자의 관란의 모양을 찾아 형상화하였다. 그는 이것을 관란석이라 명명하고 맹자의 진심장에 나오는 관란을 상상하니 말하고자 하는 뜻은 끝이 없다고 했다. 정영방은 서석지 속에서 끊임없이 경전 속 숨은 그림 찾기를 하고 있다.

분수석 分水石

물 흐름이 비록 둘로 나뉘어도	水流雖分二
그 근원은 하나일 뿐이다	其源一而已
이 이치를 진실로 알 수 있으면	此理苟能知
당연히 曾子의 대답과 같으리	當如參也唯

정연방은 서석지의 바닥에 있는 기이한 바위에 이름을 지으면서 성리학에 심취해 있다. 드디어 서석지 서석들 속에서 성리학을 형상화하는 일에 골몰하다가 성리학의 숨은그림찾기 속에서 상서로운 것을 찾았다. 서명(西銘)은 이일분수(理一分殊)를 밝힌 것이다. 퇴계의 성학십도 제2도가 서명도이다. 그리고는 분수석이라고 기발하게 이름 지었다. 이것은 이황이 '서명'에 대한 설명을 하면서 〈성리대전〉에서 인용한 것이다. 그리고 주자의 이런 말도 인용했다. 서명의 앞부분은 바둑판 같고, 뒷부분은 사람이 바둑을 두는 것 같다. 이 말에서 정영방은 바둑 두는 형상을 찾아내어 '기평석(棊坪石)' 이라고 명명하였다. 정영방은 성리학의 이치를 서석군에 새기고 있었다. 서명은 이가

하나이지만 나뉘어진 것은 다름을 설명한다. 이일(理一)임을 알기에 인(仁)을 행하게 되는 것이요, 분수임을 알기에 의(義)를 행하게 되는 것이다.

'이일분수'는 송명유학의 핵심 개념에 속한다. '이일'과 '분수'의 통일적 실현이 송대 유학이 지향하던 이념이었다. '이일분수' 개념은 유학의 존재론과 윤리설을 설명하기 위하여 송명의 유학자들이 즐겨 사용하였으며, '이일분수' 사상은 우주를 하나의 유기체로 이해하는 것이다.

존재론적으로 보면 전체가 하나이지만 전체 속에서 각 개체들은 자아의 독자적 개성을 가진다는 의미다. 모든 사물의 개별적인 이(理)는 보편적인 하나의 이와 동일함을 설명하는 이론이다. 세계를 관철하는 보편적인 원리와 구체적·개별적인 원리 사이에 일치성이 있다고 보는 것이다. 만물이 이법(理法)의 구현이고 그것이 일리(一理)로 귀결한다는 불교의 화엄사상을 근거로, 유교적 도덕으로 재정립하여 만든 성리학 이론으로서 정이(程頤)와 주희(朱熹)가 그 이를 확립하였다.

모든 사물은 하나의 이치(理)를 지니고 있으나 개개의 사물·현상은 상황에 따라 그 이치가 다르게 나타난다(分殊). 개별적 이를 초월하는 보편적 이, 즉 태극(太極)은 '이일(理一)'로서의 '통체일태극(統體一太極)'이며, 개개의 사물에 내재해 있는 개별적 이, 즉 성(性)은 '분수(分殊)'로서의 '각구일태극(各具一太極)'이다.

이일분수는 송대(宋代)에 정이(程頤)가 창출한 것으로 이일(理一)이란 본체로서의 태극(太極)을 말하고, 분수(分殊)란 현상계에 존재하는 각각의 사물(事物)마다에 깃들어 있는 이(理)를 뜻한다. 이이의 이일분수에서 이일의 이는 본디 차별이 없는 것이나, 분수의 이는 천차만별하여 가지런하지 못하다. 그런데 그것은 이가 본래 그런 것이 아니라 기(氣)가 가지런하지 못하고 차이가 있기 때문이다. 즉, 현상계에 존재하는 다양성은 기의 작용과 변화 때문이고 그 변화는 이의 주재(主宰) 때문에 일어난다는 것이다. 이 이일분수설은 이통기국설(理通氣局說)과 함께 이이의 이기론의 핵심이다.

이 외에도 서석지의 서석군 속에는 약 60여 개의 형상을 찾을 수 있는데 이것을 찾는 열쇠는 성리학에 있었다.

서석지는 자연석의 水石으로 환상적인 추상미를 발산하는 것으로서 시정이 함축되어 있다. 서석지의 기이한 형상은 정서적인 감흥을 불러일으킨다. 누워 있는 큰 정원석으로 온갖 형상미를 발산해 내는 서석지는 황홀하다. 이것은 인간의 심성과 대자연의 깊은 이치를 갖가지로 이해하려는 성리학적 미의식에서 나온 것이다.

그의 〈경정잡영 삼십이절〉은 허다한 원림의 시구들이 세를 왕성하게 하고 있지만, 서석지를 중심으로 추구한 정영방의 원림 문학의 절정인 〈경정잡영 삼십이절〉은 성리학을 기초로 예술을 추구한 척도를 얻었고 걸출한 기백이 생동하는 호탕한 표현이 살아 숨 쉰다. 이것은 성리학을 추구했던 조선 선비들의 정원 중에서도 압권이다. 서석지는 성리학을 공부하는 학자의 원림으로 조선 원림의 심연이요 보고이다.

〈경정잡영 삼십이절〉이 서석지를 중심으로 내부의 원림이라면 〈임천잡제십육절〉은 외부의 원림이다. 그 중에 하나인 대박산을 다음과 같이 읊고 있다.

대박산 大朴山

크고 순박함이 사라져 흩지 않고	大朴未消散
우뚝 솟아나 하나의 큰 산악이 되었네	融爲一巨嶽
언젠가는 영웅호걸이 태어날 수 있으니	或能產英豪
우리 삼한 풍속은 돌아오리라	回我三韓俗

정영방 원림의 주산인 자양산의 조산으로 청기현의 동쪽에 있다, 대박은 옛날의 이름이다.[紫陽祖山在靑杞東大朴是舊號]라고 하였다. 풍수를 보는 법 중에 '회룡고조(迴龍顧祖)'란 용어가 있다. 풍수에서 산을 보는 법은 시조 산을 중심으로 산맥을 따라내려오면서 보는 법이다. 시를 보는 법도 이와 마찬가지이다. 항상 제목에서부터 쭉 내려오면서 보아야 한다. 정영방은 대박산을 조산으로 규정하고 원림의 안으로 끌어들이고 있다.

대박산을 자양산과 연결시키며 내부 원림과 외부 원림을 자연스럽게 연결시켜 끌어들이고 있다. 그리고는 그 태초의 순박함을 강조하고 있다. 언젠가는 영웅호걸이 태어날 수 있고 우리 삼한의 풍속은 돌아오리라는 민족적인 상상력을 엿볼 수 있다.

입석 立石

여섯 마리 자라 뼈가 아직 썩지 않고	六鰲骨未朽
다섯 길 층계 위에 기둥 되어 버티는 양	撑柱五雲層
杞梁의 처 홀로 어리석게 울부짖나	杞婦獨癡絶
부질없이 혹 하늘이 무너질까 근심하네	謾憂天或崩

입암은 두 강이 합쳐지는 데 있으며 높이가 10여 길이다.[在合江高十餘丈], 이 입암은 수많은 시인들이 시를 읊었다. 그러나 정영방처럼 읊은 사람은 없었다.

육오(六鰲)는 다섯 선산(仙山)을 떠받치고 있다는 여섯 마리의 큰 자라를 말한다. 기부(杞婦)는 제나라 기량(杞梁)의 처로서, 남편이 전쟁에서 죽자 그 시신을 맞아 성 아래에서 10일 동안 통곡을 하니 성이 무너졌다. 눈물로 성을 무너뜨렸으니, 혹 입암이 무너지면 어쩌나 걱정하는 것이 기우(杞憂)의 고사와 연결시켰다. 정영방은 신화적 요소를 취해 와서 입암을 먼 원림의 일부로 끌어오고 있다.

이 외에 대박산으로부터 뻗어 내린 집승정(集勝亭), 부용봉(芙蓉峯), 자금병(紫錦屛), 청기계(靑杞溪), 가지천(嘉芝川), 골입암(骨立巖), 초선도(超僊島), 마천벽(磨天壁), 문암(文巖) 등 임천의 16경을 절구로 읊어 먼 원림으로 형상화하고 있다. 이 임천 16경은 “대박산과 다 무리가 되어 있는데 수십 리가 된다. 또 이르러 가는 것은 산수(山水)의 근원을 비추어 보고자 함이다.”라고 하였다.

정영방은 이 임천에 은거하여 마음껏 뜻을 펼치며 벗들과 시로써 교유하였다. 다음은 뱃놀이를 하면서 시를 수창하는 시 한편을 소개한다.

주중연구 舟中聯句

성대한 모임을 어느 때 다시 하리(경보)	勝會何時再 慶輔
다른 사람 이런 날을 만들기 어려우리(중명)	人間此日難 仲明
남실바람 백석에서 불어나 오고	輕風來白石
낙조에 맑은 물결 스러져 가네(경보)	落照倒淸瀾 慶輔
배는 가히 바위에서 묵으면 되나	舟可依巖泊
거문고는 어찌 달뜨기를 기다려 켜나(유첨)	琴何待月彈 維瞻
이 놀음 모름지기 다 즐길 때면(여선)	玆遊須盡樂 汝善
취하지 않고는 의당 돌아가지 않으리(경보)	不醉不宜還 慶輔

달밤에 경정에서 백호서당까지 걸으며 여섭 신즙에게 보였다
月夜 自敬亭 至栢堂 示申汝涉楫

밤에 경정(敬亭)의 서석지(瑞石池)를 나오니	夜出敬亭池
밤의 경관이 더욱 기이하고 절경이구나	夜景更奇絶
돌아오는 마음에도 잊지 못하여	歸來心不忘

지금도 맑은 물결의 달빛을 말하노라　　　　猶說淸漪月

정영방은 이 원림 안에 정자를 짓고 이 지역의 선비들과 교유하며 학문을 연구하고 대자연에 취해서 강호가도를 마음껏 구가하면서 한 시대를 살았던 훌륭한 학자 겸 문인이었다.

4. 결론

이상으로 석문 정영방의 원림과 문학 세계를 살펴보았다. 그가 살았던 시기는 선조 시대의 임진왜란, 광해군 시대의 난정과 인조반정, 정묘호란, 병자호란 등 조선 역사의 대 혼란기였다. 이 혼란의 시대는 한국의 주자학이 최고도로 발달한 시기이고 성리학이 절정에 이른 시기이다.

석문 정영방 선생은 당대 성리학을 공부했던 영남의 유명한 학자로서, 벼슬에 나아가지 않고 원림을 경영하며 강호가도를 추구했던 고결한 학자였다.

그가 병자호란을 피해 영양 임천으로 은거하여 원림을 조성하고 축조한 그의 서석지는 문학과 예술을 함의시킨 위대한 유가의 정원이자 원림의 보고이다. 이 서석지는 양산보(梁山甫, 1503~1557)가 경영한 담양의 소쇄원, 윤선도(尹善道)가 보길도(甫吉島)에 경영한 세연정의 부용원과 함께 우리나라 사대부들의 삼대 정원이라고 일컬어질 만큼 원림 중에서도 으뜸으로 손꼽히는 곳이다.

정영방은 혼란한 시대의 번민을 물리치고 원림에 몸을 맡겨 자연과 교감하며 성리학적 사상으로 혼란을 승화할 수 있었던 것이다. 서석지 바닥의 암반 위에는 기이한 형상의 소품들이 많았다. 이를 바탕으로 전개된 정영방의 원림과 문학은 성리학의 예술적인 심미안으로 본 형언 못할 강렬한 인상과 깊은 감동을 안겨주는 정영방의 시는 서석을 형상화하여 서석지의 추상성을 추구한 묘취가 있다.

정영방이 이 원림을 바탕으로 추구한 원림 문학의 절정인 〈경정잡영 삼십이절〉은 성리학을 기초로 예술을 추구한 척도를 얻었고 걸출한 기백이 생동하는 호탕한 표현이 살아 숨 쉰다.

〈경정잡영 삼십이절〉이 서석지를 중심으로 내부의 원림이라면 〈임천잡제십육절〉은 외부의 원림이다. 서로 표리를 이루며 완상된 이 시가들은 이것은 성리학을 추구했던 조선 선비들의 원림을 읊은 시가 중에서도 압권이다. 서석지는 성리학을 공부하는 학자의 원림으로 조선 원림의 심연이요 보고이다. 이 원림 안에 정자를 짓고 이 지역의 선비들과 교유하며 학문을 연구하고 대자연에 취해서 강호가도를 마음껏 구가하면서 한 시대를 살았던 훌륭한 학자 겸 문인이었다.

영남의 강호가도를 구가한 농암 이현보와 퇴계 이황의 뒤를 이어 석문 정영방이 또 자연에 묻혀 영남 학맥의 강호가도를 이었다. 석문 정영방, 그 또한 이 시대를 점유하며 어지러운 세상을 벗어나 자연의 진경에 몰입하여 강호의 경치를 구가하면서 성리학의 도를 추구하려는 새로운 사림이었다. 원림은 정자를 향하여 있고, 정자는 원림의 경관 요소들을 끌어들인다. 그의 원림의 세계에는 성리학의 이상 세계가 들어 있고, 학문에 대한 애정이 들어 있으며, 수기치인의 반성과 수양의 미학이 들어 있었다. 서석지의 자연석에 기이한 형상들을 유추해 내는 그의 시각에는 심미적인 감수성이 넘쳐나며, 서석군의 형상미를 창출한 미의식에는 상상력과 창의력이 넘쳐난다. 석문 정영방의 원림에는 오묘한 성리학의 이취가 앙금처럼 녹아서 영롱한 빛을 향한다.

정영방은 뛰어난 상상력과 기발한 창의력을 소유한 학자 겸 문인이었고, 타고난 문학적 감수성이 풍부한 시인으로 우리 문학사에 우뚝한 존재임을 확인할 수 있었다.

石門先生文集

석문선생문집

서序

정언충(鄭彦忠)[1]

石門先生文集序

나는 출생이 늦어서 우리 종문(宗門) 석문공(石門公)에게 직접 가르침을 받지 못한 것을 한으로 여겼다. 하루는 공의 후손 정호상(鄭好相)[2]이 공의 유고를 소매 속에서 꺼내 나에게 보이며 말하기를 "선조는 덕(德)을 숨기시고 벼슬하지 않으셨고, 유작으로 남기신 초고 두 권이 있습니다. 선왕(先王)인 영조 때에 지리지(地理誌)를 편찬하였는데 잃어버린 원고를 찾아오게 하니 마침내 규장각에 보관되었습니다. 몽예(夢囈) 남극관(南克寬)공이 되돌려 받도록 추진하여 드디어 합포(合浦)의 진주[3]를 다시 돌려받았습니다. 바라건대 한 말씀을 얻어서 서문으로 삼고자 합니다."라고 하였다. 내가 사양하였지만 어쩔 수 없어 서문을 쓴다.

무릇 공의 유고는 시(詩) 470여 수와 문(文) 18편으로 구성되어 있는데, 문장은 자못 미려(美麗)하여 암송할 만하며 시는 더욱 청절(淸絶)하여 격조가 있다. 당시(唐詩)의 경지(境地)가 있으면서 성기(聲氣)의 말단으로 치닫지 않으며 송시(宋詩)의 정서(情緖)가 있으면서 고실(故實)[4]의 비루함에 빠지지 않았다. 오언절구(五言絶句)는 대체로 강락(康樂)

---

1) 정언충(鄭彦忠, 1706~1772) : 조선 후기의 문신. 본관은 동래(東萊), 자는 국이(國耳), 호는 구옹(龜翁). 증광문과 을과로 급제 사헌부 장령(掌令)으로 붕당을 없애고 국가기강을 세우며 언로를 개방하고 백성의 생활 안정을 추구하며 군비를 갖출 것을 주창하다가 탄핵을 받아 파직되기도 했다. 뒤에 다시 임용되어 동부승지, 나주 목사, 형조 참판을 거쳐 승지를 지냈다. 1796년 청백리로 천거되었다.

2) 정호상(鄭好相, 1712~1780) : 조선 후기의 학자. 본관은 동래(東萊), 자는 언국(彦國), 호는 지부(芝阜). 예천에 거주하였으며, 10세 때 부모의 상을 당하여서도 예를 갖추어 어른과 다름없이 장례를 치렀음. 필법에 뛰어났으며 문집을 남김.

3) 합포(合浦)의 진주 : 중국 광동성 합포현은 진주의 산지였는데 관원의 가렴주구와 침탈 등으로 인하여 폐광된 것을 당(唐)나라 맹상군(孟嘗君)이 그곳의 태수로 부임하여 진주 생산이 크게 복구되었다는 고사가 있다.

4) 고실(故室) : 전고(典故)이다. 전례(典例)와 고사(故事)를 아울러 이르는 말이다.

사령운(謝靈運)과 장길(長吉) 이하(李賀)의 풍치(風致)가 있다. 석문공과 더불어 익히면 아름다운 산수의 경치가 서로 드러나며 석문공과 더불어 풍자하면 풍천(風泉)[5]이 서로 화답하니 근세에 글을 짓는 문사들이 가까이 이를 수 있는 바가 아니었다. 몽예(夢囈)의 평에 이르기를, "시체(詩體)의 기상은 고상하고 영묘하여, 일으킨 흥취는 심오하고 원대하니 진정으로 자운(子雲)[6]이라야 자운의 시를 알 것이다."라고 하였다. 시는 성정(性情)에서 나오니 청묘(淸廟)[7]의 詩들은 성대히 술그릇을 받들어 올리는 선비에 의하여 많이 지어졌다. 지금 공(公)의 시가 어찌 근본 없이 그렇게 지어질 수 있었으랴!

공은 젊은 시절 우복(愚伏) 정 선생(鄭先生)을 스승으로 섬겨서 선생의 문하의 반열에 들어가 주자(朱子)의 성리학(性理學)을 배우셨고, 늘그막에는 석문산(石門山)에 은거하며 뜻을 구하시고, 형님이신 매오공(梅塢公)[8]과 더불어 조석으로 사문지도(斯文之道)를 강론하고 연마하시니 효도와 우애가 문중(門中)에 현저하게 드러나고 행의(行誼)는 고을에 알려졌다. 공이 시를 읊조리는 사이에 드러내신 것들은 성정의 바름과 충화(冲和)의 기운을 가득히 얻었으나 애석하게 공이 곤궁하게 아래에 있어서 시들이 궁중의 악기로 연주되지 못하고 거리의 노래로 불러져 함께 사라지고 전하지 아니한다. 슬프다. 음률이 점차 사라져가는 때에 나의 거문고를 연주하게 되니 이것이 오랜 세월 동안 가지는 서운함이다.

이제 영남(嶺南)의 사림(士林)이 공의 훌륭하고 성대하신 덕행(德行)이 묘우(廟宇)에 제사할 만하다 하여서 향사(享祀)를 도모하고 돈을 내어 공의 형제를 마산(馬山) 완담사(浣潭祠)에 추향(追享)하니 완담사는 곧 우리 종문(宗門)의 대대로 덕이 있는 선조를 배향한 사당(祠堂)이다. 공자(孔子)의 문하에서 덕행을 사과(四科)[9]의 으뜸으로 삼았으니 덕행이

---

5) 풍천(風泉) : 《시경》 〈비풍(匪風)〉과 〈하천(下泉)〉을 이른다. 모두 제후의 대부가 주나라 왕실이 쇠미해진 것을 탄식해 읊은 시인데, 망한 왕조를 그리는 뜻으로 쓰인다.

6) 자운(子雲) : 한(漢)나라 성도(成都) 사람 양웅(揚雄)의 자(字)이다. 구변은 서툴렀으나 학문이 해박하고 생각이 깊어서 오직 문장으로 세상에 이름을 떨쳤다. 사부(詞賦)를 박하게 여겨 짓지 않고 《태현(太玄)》을 지어 《주역》에 비기고 《법언(法言)》을 지어 《논어》에 비겼다. 《漢書 卷87 揚雄列傳》

7) 청묘(淸廟) : 《시경》 주송(周頌)의 편명으로서 주(周)나라에서 종묘에 제사를 지낼 때 연주하던 악장(樂章)이다.

8) 정영후(鄭榮後, 1569~1641) : 본관 동래(東萊), 자는 인보(仁輔), 호는 매오(梅塢). 권제세의 외손이자 김성일과 정구의 문인으로 효도와 우애가 뛰어났음. 사재감참봉으로 추천되었지만 부임하지 않음. 용궁의 완담서원에 제향. 저서로는 《매오집》이 전함.

9) 사과(四科) : 《논어》 〈선진(先進)〉에 보면, 공자(孔子)가 제자들을 장점에 따라 가르쳤는데, 공자의 제자들이 "덕행(德行)에는 안연(顔淵)과 민자건(閔子騫), 염백우(冉伯牛)와 중궁(仲弓)이고, 언어(言語)에는 재아(宰

있으신 공을 길이 사당에 제사를 한다면 그 여사(餘事)의 문장에 있어서 비록 전함이 없더라도 또 어찌 서운하리오. 그러나 종인(宗人)이 이제 의논하여 유고를 간행해 사라지지 않도록 도모하니 이에 서운한 마음이 남아 있지 않으리라. 하지만 그 사적(事蹟)의 없어지지 않게 하는 실제는 또 유고를 간행하는 일에만 있지 않다.

종인(宗人) 가선대부(嘉善大夫) 승정원(承政院) 도승지(都承旨) 정언충(鄭彦忠)이 삼가 서문을 짓다.

不佞生也晩 恨未及親灸於吾宗石門公 日公之後孫好相 袖公遺稿 示不佞 曰 先祖隱德不仕 有遺草二冊 在先王朝 修地誌 徵逸書 遂爲秘府之藏 南夢囈克寬推還之 而遂返合浦之珠矣 願得一言以弁卷 不佞辭不得 仍以卒業焉 凡爲詩四百七十餘首文十八篇 文頗瞻麗可誦 而詩尢淸絶有調 有唐之境 而不騖聲氣之末 參宋之情 而不墮故實之陋 其五言絶 大有康樂長吉之致 翫之與石門 秀色相發 諷之與石門 風泉相答 有非近世操觚之士所可幾及也 夢囈之評曰 體氣高妙 興寄深遠 信乎以子雲而知子雲者也 夫詩出性情 淸廟之什 多作於峩峩奉璋之士 則今公之詩 豈無所本而然哉 公少師愚伏鄭先生 參陞堂之列 而講性命之學 晩而隱居求志于石門山中 與兄梅塢公 講磨朝夕 孝友著於閨庭 行誼聞於鄕黨 發之吟哢之間者 充然得其情性之正冲和之氣 而惜其窮而在下 不得與之鏗鏘乎 廟瑟廷球之間 而與街謠巷吟 同歸堙沒而不傳 噫宮沉羽微 抱我徽絃 此終古之憾也 今嶺之士人 以公懿德茂行 可祭於社 發謀出力 將俎豆公兄弟于馬山浣潭之社 浣潭之社 卽吾宗世德之祠也 孔門 以德行爲四科之首 而公以有德有行 廟食千秋 則其於餘事文章 雖無傳焉 又奚憾焉 而宗人方謀 繡梓以圖不朽 於是乎 無餘憾矣 然而其所以爲不朽之實 則又不在玆也

宗人 嘉善大夫 行承政院 都承旨 鄭彦忠 謹序

我)와 자공(子貢)이고, 정사(政事)에는 염유(冉有)와 계로(季路)이고, 문학(文學)에는 자유(子游)와 자하(子夏)이다."라고 하였다. 후세에 이를 공문 사과(孔門四科)라고 불렀다.

조술도(趙述道)[10]

石門先生文集序

문장공(文莊公) 정(鄭) 선생이 우산(愚山)에서 도(道)를 강연할 때, 석문공(石門公)이 이곳에 유학(遊學)하며 《중용(中庸)》과 《심경(心經)》을 배우셨다. 유학을 마칠 때에 선생이 시(詩) 한 수를 주면서 이르기를, "그대에게 묻노니, 꽃들과 버들은 누가 푸르게 하며, 누가 붉게 하는가?" 하니 아마도 비유하여 하신 말씀이다. 하늘이 만물을 낼 때에 각각 부족한 이치는 없으니 그 기운과 기교가 솟아 넘치고 하늘의 이치가 유동(流動)하여 모양과 빛깔이 푸른 것은 절로 푸르고 붉은 것은 절로 붉어 자연히 그렇게 되지 않은 것이 없다.

그러므로 성인(聖人)이 사람을 가르침에 그 선후(先後), 경중(輕重), 진퇴(進退), 질서(疾徐)가 그 자연의 이치로 인하여 집의(集義)를 삼지 않는 것이 없으니 바르면 정(情)을 남기게 되고, 잊으면 생각을 없애게 되며, 조장하면 싹을 뽑는 문제가 있다. 그러므로 반드시 넉넉히 노닐고 실컷 하더라도 차근차근 나아가고 갑작스레 하지 않은 연후에야 참된 마음이 앞에 나타나서 그렇게 되는 까닭을 알지 못해도 그렇게 된다. 이로써 스승과 공부하는 사이에 버들을 묻고 꽃을 찾는 데에 흥취를 부치고 가벼운 바람과 엷은 아지랑이 밖에 지극한 이치를 깃들이는 것은 어찌 정문일침(頂門一針)의 제일의 의(義)가 아니겠는가!

이로 말미암아 공(公)이 도(道)를 미루어서 일용의 생활에 시행하는 것이 일찍이 건너뛰고 쉽게 함을 최고로 여기지 아니하고, 또한 가까운 것을 소홀히 하고 먼 것을 구한 적이 없었다. 어버이에게 효도하면 인(仁)의 실상이 드러나고 형에게 우애로우면 의(義)의 실상이 보존되니 초목이 구별되어 드러나는 것에 비유할 수 있다. 천지(天地)가 닫히고 현인(賢人)이 숨는 데 이르러 서산(西山)의 늙은 매화는 병들지 아니하고 동령(東嶺)의 외로운 소나무는 매우 빼어났다. 저 석문(石門)을 돌아보니 구름 속의 나무들이 들쑥날쑥하여 치마를 걷고서 가는데 땅이 동해(東海)에 가까우니 뿌리로 돌아가는 나무와 꽃잎이 떨어진 꽃이 된 것에서 공의 은미한 뜻을 볼 수 있으니 그 또한 선생에게 배운

---

10) 조술도(趙述道) : 영양 출신. 본관은 한양(漢陽). 자는 성소(聖紹), 호는 만곡(晩谷). 할아버지는 조덕린(趙德鄰)이고, 아버지는 조희당(趙喜堂)이며, 어머니는 장수 황 씨(長水黃氏)로 황종만(黃鍾萬)의 딸이다. 저서로는 《만곡집》, 《유석명분변(儒釋名分辨)》, 《운교문답(雲橋問答)》이 있다.

것이다.

문장(文莊) 선생이 이조 판서로 재임하실 적에 공자가 칠조개(漆雕開)를 임명하시듯이 공(公)을 임명하려 하였으나 공이 움츠리듯 자리를 피하시니 공이 산림(山林)에 은거하며 훨훨 높디높은 석문으로 귀의할 곳으로 삼은 것이 이때에 이미 조짐이 있었다. 이로써 드러내어 시를 지은 것이 쓸쓸하고, 고고함이 당(唐)나라 대력(大曆) 연간의 여러 시인[11]과 대등하게 평가를 받으니 마치 아름다운 나뭇가지와 상서로운 화초가 한 점도 요염함이 없는 것과 같아 공은 진실로 '더불어 시를 말할 만하다'고 하겠다. 몽예(夢囈) 남극관(南克寬)[12]은 근래에 시에 대해 일가견이 있었는데, 일찍이 공의 시를 평하여 말하기를 "시체(詩體)의 기상이 고아하고 영묘하며 흥취가 심오하고 원대하다."고 했으니 몽예는 말을 아는 자이로다.

공이 돌아가시니 축산(竺山)의 사림(士林)이 공을 사모하는 마음이 쇠하지 않아서 공의 형제를 완담사(浣潭祠)에 배향하니 공의 절행(節行)이 오히려 후세에 드러내어 밝힐 만하기 때문이다. 얼마 전에 공의 후손 관희(觀熙)와 동택(東宅)이 외람되이 나에게 서문(序文)을 지어 달라 청하는데 나는 아득한 후생(後生)이라 감히 황당한 말로써 훌륭한 문집에 서문을 감히 더럽힐 수 없어서 문장공(文莊公) 정 선생(鄭先生)의 시를 받들어 읊으며 《석문선생문집(石門先生文集)》의 서문을 삼노라.

순조 2년(1802) 단오에 만곡(晩谷) 한양(漢陽) 조술도(趙述道)는 삼가 짓다.

鄭文莊先生講道愚山 石門公從之遊 受中庸心經訖 先生贈以詩曰 從君試問 花兼柳 孰使青青孰使紅 蓋寓意也 夫天之生物 各無不足之理 其氣機之融溢 天理之流動 形形與色色 青者自青 紅者自紅 莫非自然而然者也 故聖人之教人 其先後輕重進退疾徐 莫不因其自然之理 以爲集義也 則正則近於留情 忘則涉乎去念 助長則有揠苗之病 故必

11) 대력(大曆) …… 여러 시인 : 당나라 대종(代宗)의 연호(年號)이고, 여러 시인은 노륜(盧綸), 길중부(吉中孚), 한굉(韓翃), 전기(錢起), 사공서(司空曙), 묘발(苗發), 최동(崔峒), 경위(耿湋), 하후심(夏候審), 이단(李端)을 말한다.

12) 남극관(南克寬, 1689~1714) : 본관은 의령(宜寧), 자는 백거(伯居), 호는 사시자(謝施子) 또는 몽예(夢囈)이다. 할아버지는 영의정 구만(九萬)이고, 아버지는 처사 학명(鶴鳴), 어머니는 이항복(李恒福)의 증손녀이다. 소과에 급제하였으나, 중병이 들어 관직에 나가지 못하고 집안에서 유폐 생활을 하였다. 이후 일체의 사회 활동을 하지 못하고 독서와 저작에만 몰두하였다. 1713년의 마지막 날, 자신의 원고를 정리하여 스스로 문집을 만들고, 그 이듬해인 3월에 26세의 나이로 요절하였다.

也 優遊厭飫 漸進而不驟然後 眞心現前 不知其所以然而然者矣 是以函丈從容之間 寄興於問柳尋花 寓至理於輕風淡靄之外者 豈非頂門上第一義乎 由是公之所以推是道而施於日用者 未嘗躐易以爲高 亦未嘗忽近而求遠 孝於親則仁之實著焉 友于兄則義之實存焉 譬諸草木區以別焉 及夫天地閉矣 賢人隱矣 西山之老梅無恙 東嶺之孤松特秀 瞻彼石門 雲木參差 褰裳而去 地近東海 則爲歸根之木歛萼之花者 公之微意可見 而其亦所受於先生者哉 先生嘗長銓部 擬公試漆雕之仕 公蹙然避席 公之遯迹山林 昻昻以石門千仞爲依歸者 此時已兆之矣 是以其發而爲詩者 蕭森高古 與大曆諸子幷驅而齊武如瓊枝瑞草無一點夭艶 公眞可與言詩已矣 南夢䕫克寬 近來以詩爲隻眼 嘗爲之評曰體氣高妙 興寄深遠 夢䕫其知言哉 公沒 竺山人士慕仰公不衰 享公兄弟于浣潭里社 公之節行 猶可表白於後世矣 迺者 公之後孫觀熙東宅甫猥問一言于述道 述道藐然後生也不敢以荒言汚着佛頭 從始誦文莊鄭先生之詩 爲石門先生文集序

上之二年 壬戌 端陽節 漢陽 趙述道 謹叙

石門先生文集 卷一

석문선생문집 권1

사辭

일만가 유덕무에게 부침
日晩歌寄柳德茂

수레를 타고 산에 올라	駕余車兮登山
돌아오지 않는 사람을 슬퍼하네	渺怊悵兮不還
텅 빈 골짜기에서 그윽한 난초를 캐고	采幽蘭兮空谷
구름 사이로 미인을 바라보네[13]	望美人兮雲間
태양이 함지[14]에 떨어지려고 하니	日欲落兮咸池
벽계수가 시들고 아름다운 꽃도 말랐도다	碧桂凋兮芳華歇
시대는 다시 좋아지기 어려우니	時難得以再好
아! 멀리 떠나지 않을 수 없구나	羌不可乎遠別

양양부사 허영공을 전송하는 사 병소서
送襄陽許使君令公辭 竝小序

사군(使君)은 나의 조모의 외사촌이다. 여러 차례 고을을 맡았는데 잘 다스린다는 명성이 있었다. 양양(襄陽)에 부임하니 또 승진하여 옥관자(玉貫子)[15]를 달았다. 해직되

---

13) 미인을 바라보네 : 멀리서 그리워하며 보고 싶어 하는 마음을 말한다. 소식(蘇軾)의 〈전적벽부(前赤壁賦)〉에 "아득하고 아득한 내 마음이여, 하늘 한쪽의 미인을 바라보도다.[渺渺兮余懷 望美人兮天一方]"라는 말이 나온다.

14) 함지(咸池) : 굴원(屈原)의 〈이소(離騷)〉에서 나온 말인데, 해가 지는 곳을 말한다. 이와 반대로 해가 뜨는 곳을 부상(扶桑)이라고 한다.

어 돌아가려 할 때 편지를 보내어 이별을 고하였기에 마침내 찾아가 인사하고 여러 날을 정답게 보내고 이에 일찍이 사모하고 기뻐했던 정과 차마 서로 이별하지 못하는 뜻을 적어 사(辭)를 지었다. 사는 다음과 같다.

使君於吾王母內弟也 累典郡 有能治聲 及莅襄陽 又昇秩貫玉 解職將歸 書來告別 遂往拜作數日款 仍書嘗所慕悅之情與不忍相別之意爲辭 辭曰

영공께서는 법가이고 필사[16]였네	惟令公法家拂士兮
낮은 관직에 나아가[17] 고관이 되셨도다[18]	屈百里而綰銀章
임기를 마치고[19] 돌아감을 고하니	瓜及時而告歸
가히 가지 말라고 할 수 있는가?[20]	可此別之無將
노복에게 말을 먹이라고 명하고	戒余僕兮秣余馬
저 양양으로 떠나가고자 하네	言余指乎襄陽
그곳에 들어가 백성 노래 들으니	入其地而聽民謠
정령에 따라 그 다스림[21]을 얻겠도다	知政令得其所弛張也
어찌 다만 양양만 평안하겠는가	豈但闔境之寧謐

15) 옥관자(玉貫子) : 당상관(堂上官)의 관복(官服) 또는 당상관을 이르는 말임.

16) 법가필사(法家拂士) : 법가는 대대로 법도 있는 집안을 말하고, 필사는 필사(弼士)와 같은 말로 보필하는 현신(賢臣)을 말한다. 《맹자》〈고자 하(告子下)〉에 "내부에는 법가와 필사가 없고, 외부에는 적국과 외환이 없는 경우는, 나라가 항상 멸망한다.[入則無法家拂士 出則無敵國外患者 國恒亡]"라는 말이 있다.

17) 굴백리(屈百里) : 현자가 작은 관직에 몸담고 있는 것을 탄식하는 말이다. 후한(後漢)의 고성영(考城令) 왕환(王渙)이 구람(仇覽)을 주부(主簿)로 임명하려다가 그의 그릇이 매우 큼을 보고, "가시나무는 봉황이 깃들 곳이 아니다. 100리의 지역이 어찌 대현이 밟을 땅이리오.[枳棘非鸞鳳所棲, 百里豈大賢之路?]" 하였다.

18) 은장(銀章) : 은으로 만든 인장으로 고제(古制)에 의하면 2천 석의 녹을 타는 벼슬을 하면 그 관인을 은으로 만들고 '모관지장(某官之章)'이라 새겼다 한다.

19) 임기를 마치고 : 춘추시대 제(齊)나라 양공(襄公)이 연칭(連稱)과 관지보(管至父)를 시켜 규구를 지키게 하였는데 마침 참외가 익을 때 가게 되었다.[瓜時而往] 말하기를, "내년 참외가 익을 무렵 교체해 주겠다.[及瓜而代]" 하였다. 전하여 지방관의 임기를 가리킨다. 《春秋左氏傳 莊公8年》

20) 거역할 수 있겠는가 : 《춘추공양전(春秋公羊傳)》에 "신하는 임금에게 장(將)함이 없어야 하니, 장(將)하면 반드시 죽인다.[人臣無將 將則必誅]"라는 말이 있다. 여기서 장(將)이란 임금에 대하여 거역한다는 뜻이다.

21) 이장(弛張)을 얻었음 : 이완과 긴장을 조절하여 일을 조화롭게 처리하는 것을 말한다. 《예기》〈잡기 하(雜記下)〉에 "활줄을 당기기만 하고 풀어 줄 줄을 모르면, 문왕이나 무왕이라도 어떻게 다스릴 수가 없다. 또 풀어 주기만 하고 팽팽하게 당기지 않는 것은 문왕과 무왕이 하지 않는 바이니, 한 번 당겼다가 한 번 풀어 주는 것이 바로 문왕과 무왕의 도이다.[張而不弛 文武弗能也 弛而不張 文武弗爲也 一張一弛 文武之道也]"라고 하였다.

교화가 이웃 고을까지 미치리라 化亦被於隣鄉
그러므로 밝은 조정이 포상하여 故明朝之褒嘉
작위를 높여 넉넉히 보상하리라 崇爵秩而優償
이에 말을 달리고 채찍질하여[22] 載馳兮載驅
높은 관직의 임무를 두루 펼쳤네[23] 槐柳陰兮周行
이윽고 명을 받고 문을 나와 나를 이끄시니 俄將命出門而導我
빙그레 한번 웃고 당위에 오르시네 莞爾一笑兮昇堂
흉금을 열고 무릎을 맞대고 앉아 開塵襟而促膝
동쪽 행랑에서 밝은 달을 맞이하네 迎素月於東廂
청렴한 가르침 받드니 경각심 일어나고 承清誨而警惕
지극한 의론을 들으니 격앙되는구나 聞至論而激昂
세도의 쇠퇴와 융성을 돌아보고 眷眷於世道之汚隆
나그네가 바삐 떠나감을 걱정하네 慼慼於旅人之棲遑
유학이 땅에 떨어짐을 길이 탄식하고 永歎斯文之墜地
자나 깨나 선현을 갱장[24]하네 寤寐先正於羹墻
공이 경대부가 되어[25] 후세에 전할 것을 생각하니 念夫公承家而傳後
한갓 선량함만 일삼지는 않았네. 非徒事乎善良
청렴하고 부지런한 아름다운 행실은 따르고 追淸謹之懿行
한 시대의 탐관오리들을 엄히 다스렸네 礪一代之貪贓

---

22) 말을 …… 채찍질하여 : 사명(使命)을 받고 지방에 나간 사자(使者)가 이리저리 부로(父老)들을 찾아서 모르는 일들을 묻는 것을 이르는데, 《시경》〈소아(小雅) 황황자화(皇皇者華)〉에 "반짝반짝 빛나는 꽃들이여, 저 언덕이랑 진펄에 피었네. 부지런히 달리는 사나이는, 행여 못 미칠까 염려하도다. …… 내가 탄 말은 망아지인데, 여섯 가닥 고삐가 젖은 듯 윤택하도다. 이리저리 채찍질하여 달려서, 두루 찾아서 자문을 하도다.[皇皇者華, 于彼原隰. 駪駪征夫, 每懷靡及. …… 我馬維駒, 六轡如濡. 載馳載驅, 周爰咨諏.]"라고 하였다.

23) 회화나무 …… 역임하였네 : 주(周)나라 때 조정에 세 그루의 회화나무[槐]를 심고 삼공(三公)이 여기를 향하여 마주 앉고 또 좌우에 각각 아홉 그루의 가시나무[棘]를 심고 구경(九卿)이 그 앞에 앉았다는 데서 온 말로, 삼공과 구경, 곧 고관(高官)을 의미한다.

24) 갱장(羹墻) : 부모나 어진 이를 사모함을 뜻하는 말이다. 《후한서(後漢書)》〈이고열전(李固列傳)〉에, "요(堯) 임금이 별세한 후에 순(舜) 임금이 삼 년 동안 앙모(仰慕)하니, 앉아 있을 때에는 담[墻]에서 요 임금이 보이고 밥을 먹을 때면 국[羹]에 요 임금의 얼굴이 비쳤다."라고 하였다.

25) 경대부가 되어 : 《주역》〈사괘(師卦) 상육(上六)〉에, "대군이 명을 둠이니, 제후를 봉하고 경대부를 삼을 적에 소인은 쓰지 말아야 한다.[大君有命 開國承家 小人勿用]" 하였다.

신하가 목숨을 바치는 큰 절개를 남기고	貽臣死之大節
만고의 떳떳한 강상[26]을 세웠네	樹萬古之綱常
비록 이름은 하찮은 일에 갈무리되었지만	雖藏名於米鹽
또한 닭의 무리에서 난새와 봉황이었네	亦鷄羣之鸞凰
하나의 선행을 가지고 공을 칭찬함은	以一善而多公者
태산에서 털 하나 드는 것과 같도다	其猶遺泰山而擧毫芒也
관아의 한가로운 뜰에 고운 햇살 더디고	閒庭敞兮麗景遲
옅은 구름 연한 새싹에 봄은 아득하구나	輕陰嫩綠兮春茫茫
신의 은혜를 칭송하며 태평을 읊조리고	頌神休兮詠太康
산꽃으로 전을 부쳐 술잔을 기울이네	煎山花兮酌瓊觴
이별은 언제나 만남에서 연유하니	離別恒由於會合
비록 즐거움 다하면 슬픔이 되겠지만	雖樂極而飜傷
우두커니 마주보며 말이 없음이여	兀然相對而無言兮
머리는 어찌 짧아지고 마음은 어찌 길어지는가[27]	髮何短兮心何長
구름과 진흙[28]같이 차이 난 것이 몇 해이던가	幾年雲泥相隔兮
다행히 오늘 함께 만났구나	幸今日之聯牀
아! 이별은 많고 만남은 적으니	嗟別多而會少
또한 세상사는 헤아리기 어렵도다	又時事之難量
허둥지둥 발꿈치를 들고 어디로 가려는지	擧趾遑遑兮欲何之
하늘엔 사다리가 없고 바다엔 다리가 없네	天無梯兮海無梁
어찌 하늘이 사람의 만남과 이별에 관여하지 않나	何天之不管人離合兮
나의 마음이 더욱 슬프고 처량하네	增余懷之悲涼
바람은 소슬[29]하여 옷깃을 떨치고	風蕭瑟而拂衣

26) 강상(綱常) : 삼강(三綱)과 오륜(五倫).

27) 머리칼은 …… 길어지는가 : 발단심장(髮短心長), 즉 나이는 비록 늙어도 마음은 쇠하지 않는다는 고어(古語)에서 온 말이다.

28) 구름과 진흙 : 청운과 진창으로 차이가 심한 것을 의미한다. 두보(杜甫)의 〈송위서기부안서(送韋書記赴安西)〉에 "그대 홀연 귀하게 되니, 청운과 진창이 마주보듯 현격하도다.[夫子忽通貴, 雲泥相望懸.]"라고 하였다.

29) 소슬(蕭瑟) : 전국 시대 초(楚)나라 시인 송옥의 〈구변(九辯)〉 중에 "슬프다! 가을 기운이여. 소슬하구나! 초목이 떨어지고 변하여 시드는구나.[悲哉, 秋之爲氣也! 蕭瑟兮, 草木搖落而變衰.]"라는 구절이 있다.

비는 흠뻑 내려 치마를 적시네	雨淋浪以沾裳
산천은 구불구불 둘러 있고	川原繚以逶迤
난초와 지초에는 그윽한 향기가 나네	蘭芷茁以幽芳
강물고기 발랄하게 무리지어 노닐고	江魚撥剌而隊遊
들새는 지저귀며 무리지어 날아가네	野鳥呼號以羣翔
시절의 만물들을 보며 스스로 깨달으니	感時物之自得
내 마음의 있고 없음을 되돌아본다네	顧吾心而有亡
석문을 바라보며 배회하고[30]	望石門以夷猶
수주[31]의 높은 언덕을 등지네	背水洒之崇崗
진실로 숨이 끊어지지 않는다면	苟一息之未絶
인을 깊게 하고 덕을 쌓는 일을 감히 잊으랴	深仁累德兮敢忘

30) 배회하고 : 원문의 '이유(夷猶)'는 이유(夷由)로도 표기하는데, 머뭇거리며 배회함을 이른다. 《초사(楚辭)》 〈구가(九歌) 상군(湘君)〉에 "그대 떠나지 못하고 주저함이여.[君不行兮夷猶.]" 하였는데, 왕일(王逸)이 "이유는 망설이는 모양[猶豫]이다."라고 주하였다.

31) 수주(水洒) : 예천의 옛 지명. 청하, 양양의 옛 지명이라고도 함.

부賦

정과정부 병서
鄭瓜亭賦 竝序

정서(鄭敍)[32]는 동래(東萊) 사람이다. 고려 예종 때에 벼슬에 나아가 대사(臺事)의 지위를 맡아서 직간(直諫)을 하다가 동래로 유배되었다. 포구 가에 정자를 짓고는 그 앞에 밭을 일구어 손수 참외를 심는 것을 일로 삼았으니 이를 취해 자호(自號)로 하였다. 또 가사(歌詞)를 지어서 임금을 그리고 나라를 걱정하는 충성을 깃들였다. 그 가사에 구슬프고 탄식함이 지나치게 슬퍼 몸을 상하는 데 이르니 후세의 사람들이 〈정과정곡(鄭瓜亭曲)〉이라 하였다. 《고려사(高麗史)》 〈악부(樂府)〉에 〈정과정곡〉이 있는 것을 본 적이 있는데 그 가사(歌詞)는 전하지 않는다.

유숙(柳淑)[33]의 시에 "타향의 나그네 되어 머리는 모두 백발이니, 도처에서 만나는 사람마다 눈이 푸르지 않네. 맑은 밤이 어둑하고 창의 달빛 가득한데, 비파(琵琶) 한 곡조는 〈정과정(鄭瓜亭)〉이네."라 하고, 이숭인(李崇仁)의 시에 "비파의 한 곡조 〈정과정〉은, 남은 소리 구슬퍼서 차마 들을 수 없네. 고금(古今)을 상고하여 한(恨)이 많으니, 주렴 가득 내리는 성근 비에 〈이소경(離騷經)〉을 읽네."라고 하니 비록 그 가사는 볼 수 없더라도 그 노래의 애절하고 원통함은 두 시를 보면 상상할 수 있다. 내가 임천(臨川)에 우거(寓居)할 때, 사자(士子)의 무리가 〈정과정〉을 주제로 부(賦)를 지은 것을 알고

---

32) 정서(鄭敍) : 본관은 동래(東萊). 호는 과정(瓜亭). 지추밀원사(知樞密院事) 정항(鄭沆)의 아들이다. 인종비 공예태후(恭睿太后) 동생의 남편으로서 왕의 총애를 받았다. 음보로 내시낭중(內侍郎中)에 이르렀으며, 폐신 정함(鄭諴)·김존중(金存中)의 참소로 동래 및 거제로 유배되었다가 풀려났다. 문장에 뛰어났으며 성격이 경박하였다고도 하나 그에 대한 뚜렷한 기록은 없다. 저서로는 《과정잡서(瓜亭雜書)》가 있고, 배소에서 지은 〈정과정곡(鄭瓜亭曲)〉이 있다.

33) 유숙(柳淑, 1324~1368) : 본관은 서산(瑞山). 자는 순부(純夫), 호는 사암(思菴). 아버지는 태상경 성주(成柱)이다.

얻어 보았는데 이 때문에 감탄을 하였다. 과정(瓜亭)은 곧 시중(侍中) 항(沆)의 아들이고 시중은 곧 나의 선조 복야급사중(僕射給事中) 공의 아우이니 일반 사람처럼 평범한 관계의 사람이 아니어서 마침내 붓을 들어 이 부를 짓는다.

鄭敍蓬原人 仕高麗睿宗朝 位知臺事 以直見廢 謫居蓬原 亭于浦溆之上 而治圃其前手種瓜爲事 旣取以自號 又作歌詞 以寓戀君憂國之忠 其詞悽惋 殆不免過哀而傷 後人謂之鄭瓜亭曲 嘗見麗史樂府中有鄭瓜亭曲 而其詞無傳 惟柳思菴詩 佗鄕作客頭渾白 到處逢人眼不靑 淸夜沉沉滿窓月 琵琶一曲鄭瓜亭 李陶隱詩 琵琶一曲鄭瓜亭 遺響悽然不忍聽 俯仰古今多少恨 滿簾踈雨讀騷經 雖不見其詞 而其詞哀怨 見二詩可想矣 余寓居臨川 見士子輩命題鄭瓜亭爲賦 得見之 爲之感歎 蓋瓜亭卽侍中沆之子 而侍中乃吾先祖僕射給事中公弟也 非若佗人之汎然於其遭遇者 遂援筆賦此

아침에 임천을 출발하여　　朝發軔於臨川
저녁에 동래(東萊)에 도착하니　　夕弭節乎蓬原
강물이 오열하는 소리 들리고　　江波咽而有聲
안개 서린 나무는 흔적이 없구나　　煙樹暝而無痕
어디가 낙랑의 한 구석인가　　夫何樂浪之一隅
상수(湘水) 완수(沅水)[34]와 너무 흡사하네　　絶有似乎湘沅
어찌 삼려대부가 남긴 이소경(離騷經)은　　豈三閭之遺騷
어찌 우울한 번민과 원한만 있는가　　何壹鬱而煩冤
선생의 진실한 아름다움 생각하니　　念夫子之洵美
어지러이 옥을 품고 난초를 쥐었네　　紛懷瑾與握蘭
향기로운 덕을 쌓고도 드러내지 않으니　　蘊馨德而不出
한 묶음의 조촐한 비단이 와서[35]　　來束帛之戔戔
풍운의 아름다운 만남 가지고[36]　　際風雲之嘉會

34) 상수(湘水)와 완수(沅水) : 굴원(屈原)이 빠져 죽은 소상강(瀟湘江) 일대를 말한다.

35) 한 묶음의 …… 와서 : 《주역》 〈비괘(賁卦) 육오(六五)〉에 "구원을 아름답게 꾸몄으나, 한 묶음 비단 필이 조촐하기만 하니, 인색한 느낌이 들기는 하지만 끝내는 길하리라.[賁于丘園 束帛戔戔 吝 終吉]"라고 한 데서 온 말이다. 구원(丘園)은 은자가 거처하는 곳을 가리킨다. 굴원이 은거하며 학문을 닦다가 문학과 행의로 천거를 받아 관직에 제수되었던 것을 말한다.

36) 풍운(風雲)의 …… 가지고 : 이 시대에 군주와 신하가 서로 만나 의기투합하였다는 말이다. '바람과 구름[風

수어지교(水魚之交)같이 기뻐하네[37] 同魚水之交歡
그 포부를 펼쳐서 이루니 庶獲展其抱負
지위 또한 대간에 이르네 位又躋於臺端
위로는 중화의 살피기를 좋아함[38]이 없지만 上無重華之好察
아래로는 귀를 거스르는 충언[39]이 있었네 下有逆耳之忠言
봉황이 외롭게 날지만 모일 곳 없으니 鳳孤飛而無所集
갈까마귀 무리가 시끄럽게 우짖네 鷽萬族之啾喧
임금 은혜 끝내 옥으로 만들지 못하니[40] 恩未終於玉汝
자취는 이미 금란[41]에서 멀어졌네 迹已遠於金鑾
은택을 내리려는 평소의 소원을 가지고 將澤物之素願
청문에서 오이 심는 일을 배웠네[42] 學種瓜於青門
싹이 때에 미쳐 번성하니 蒔及時而繁衍
열매가 무성[43]하게 동산에 가득하네 子離離兮滿園

雲]'은 풍운제회(風雲際會)의 준말이다. 《주역》〈건괘(乾卦) 구오(九五) 문언(文言)〉에 "구름은 용을 따르고 바람은 범을 따른다.[雲從龍, 風從虎.]"라고 한 데서 온 말로, 훌륭한 군주와 신하의 만남을 뜻한다.

37) 수어지교(水魚之交) : 물고기가 물을 만난 것처럼 군주와 신하가 서로 의기가 투합한 것을 비유하여 이르는 말이다. 《삼국지(三國志)》 35권 〈제갈량전(諸葛亮傳)〉에 "선주(先主)가 이때 제갈량과 날로 친밀하게 지내자, 관우(關羽)와 장비(張飛)가 좋아하지 않으니, 선주가 말하기를, '나에게 공명(孔明)이 있는 것이 마치 물고기에게 물이 있는 것과 같으니, 제군들은 다시금 말하지 말라.'"고 하였음.

38) 중화(重華) …… 좋아함 : 중화(重華)는 순(舜) 임금을 말한다. 《서경》〈순전(舜典)〉에 "옛날의 순 임금을 상고해 보건대 중화가 요(堯) 임금에게 합하셨다.[曰若稽古帝舜, 曰重華協于帝.]"라고 하여, 순이 요의 제위(帝位)를 훌륭히 계승했음을 말하였다. 《중용장구》에, "순임금은 묻기를 좋아하고 가깝고 뜻이 깊지 않은 말을 살피기 좋아하였다.[舜好問而好察邇言]"라고 하였다.

39) 귀를 거스르는 충언 : 《논어(論語)》〈안연(顔淵)〉 "충성스러운 말은 귀에 거슬리지만 행실에는 이롭고, 독약은 입에 쓰지만 병에는 이롭다.[忠言逆耳利於行, 毒藥苦口利於病.]"라고 하였음.

40) 옥으로 …… 못하니 : 갖은 고난 끝에 완전한 사람이 됨을 이른다. 송(宋)나라 장재(張載)의 〈서명(西銘)〉에 "빈천과 근심은 너를 옥처럼 다듬어 완성시키려는 것이다.[貧賤憂戚, 庸玉汝於成也.]"라고 한 데에서 유래한 말이다.

41) 금란(金鑾) : 한림원(翰林院)의 별칭이다. 당(唐)나라 덕종(德宗)이 일찍이 한림원을 금란파(金鑾坡) 위로 옮겼던 일이 있는데, 여기에서 유래하는 명칭이다. 한림원은 예문관(藝文館)을 말한다.

42) 청문(青門)에서 …… 배웠네 : 종과(種瓜)와 청문(青門)은 진(秦)나라 소평(邵平)의 고사를 인용한 것이다. 소평이 일찍이 동릉후(東陵侯)에 봉해졌는데, 진나라가 멸망한 뒤에는 스스로 평민의 신분이 되어, 장안성(長安城)의 청문 밖에다 오이를 심어 가꾸며 조용히 은거하였다. 그런데 특히 그 오이가 맛이 좋기로 유명하여, 당시 사람들로부터 동릉과(東陵瓜)라고 일컬어졌다. 청문은 곧 동문(東門)과 같은 뜻이다.

43) 열매가 무성하게[離離] : 곡식이나 과실 등이 번성하여 늘어진 모양. 《시경》〈서리(黍離)〉에 "기장 이삭 늘어

손수 따고 따도 광주리를 채우지 못하고　手摘摘兮不盈筐
임금이 오시지 않으니 누가 차마 먹으랴　君不御兮誰忍餐
정성은 다만 헌근[44]보다 간절하지만　誠徒切於獻芹
해는 엎어놓은 동이[45]에 비치지 않는구나　日未照於覆盆
흐르는 물은 다시 돌아오지 않음을 상심하지만　傷流波之不復
지는 해는 다시 솟아오름을 느끼네　感頹陽之再暾
마름 잎과 연잎[46]으로 옷을 해 입지만　芰余衣兮荷余裳
슬퍼라 임금을 그리워하여 잊을 수 없구나　悵思君兮不敢諼
거문고에 의탁해 마음을 호소하며　托胡琴而訴懷
가슴 가득한 충정을 드러내네　輸滿腔之忱丹
하루 해[47]가 빨리 감을 슬퍼하고　悲羲馭之駸駸
긴 밤이 지루함을 원망하네　怨長夜之漫漫
잎이 가지에서 떨어져 빛깔이 죽고　葉辭條而色死
기러기 변방을 나감에 소리가 스산하네　鴈出塞而聲酸
쫓겨난 첩이 듣고서 울며 탄식하고　放妾聞而噓噫
갇힌 신하는 이 때문에 눈물 흘리네　纍臣爲之汍瀾
예로부터 충직한 자 용납되기 어려우니　自古忠直者難容
임금은 어찌하여 너그럽지 못하는가　君胡爲乎不自寬
가의는 장사에서 복부(鵩賦)[48]를 지었고　賈賦鵩於長沙

졌고 피도 싹이 돋았구나. 발걸음은 더디고 마음은 허전해라.[彼黍離離 彼稷之苗 行邁靡靡 中心搖搖]" 하였다.

44) 헌근(獻芹) : 남에게 주는 물품에 대해 변변치 못함을 겸사하는 데 쓰이는 말이다. 옛날의 어느 농부가 삼동 추위에 떨다가 햇볕을 등에 쬐어 보고는 이 방법을 임금에게 바치겠다고 하였고, 또 미나리를 먹어보고는 맛이 좋아 이를 임금께 바치려 하였다는 데서 유래했다.

45) 엎어놓은 동이 : 성군의 밝은 빛을 받지 못한 채 깜깜한 어둠 속에 놓여 억울하게 되었다는 뜻으로 흔히 쓰는 표현인데 "해와 달과 별이라 할지라도 엎어놓은 동이의 속까지 비춰 주지는 못한다.[三光不照覆盆之內也]"라는 말에서 유래하였다. 《抱朴子 辨問》

46) 마름 잎과 연잎 : 은자의 복장을 비유한 말이다. 전국 시대 초회왕(楚懷王) 때의 충신 굴원(屈原)이 소인의 참소에 의해 쫓겨나서 지은 〈이소(離騷)〉에 "가을 난초를 꿰어서 허리에 차도다.[紉秋蘭以爲佩]"라고 하고, 또 "마름과 연잎으로 옷을 지어 입도다.[製芰荷以爲衣兮]"라고 한 데서 유래하였다.

47) 하루 해 : 희화(羲和)가 모는 수레라는 말로, 해를 의미한다. 희화가 여섯 마리의 용이 끄는 수레를 타고 날마다 우연(虞淵)까지 왔다가 여섯 마리 용을 되돌린다고 한다. 《山堂肆考 卷2 扶桑》

48) 복부(鵩賦) : 한(漢)나라 가의(賈誼)가 지은 부(賦)이다. 가의가 장사(長沙)로 귀양 간 지 3년에 올빼미가

굴원은 상수에서 회사[49]를 지었네	屈懷沙於湘源
모두 창랑을 스스로 취한 것이니[50]	皆滄浪之自取
비록 좇고자 하더라도 어려울 것이네	雖欲追而蓋難
저 무광[51] 소부(巢父) 허유(許由)[52]는	彼務光與巢許
태고의 일이라 논할 수 없고	在邃古而不論
오나라 저자에 남창위[53]가 있었고	吳市有南昌之尉
동문에는 봉맹이 관을 걸었네[54]	東門掛逢萌之冠
이에 몸을 보전하고 화를 멀리하니	斯乃全身而遠害禍
무엇을 말미암아 서로 부딪치는가	何由而相干
선생께서 서거하신 지 오백여 년	自子逝今五百餘年
세상은 더욱 변해 보존하기 어렵구나	世愈變而難存
의로움은 도해[55]에서 드러나고	義見制於蹈海
용맹함은 산을 뽑는 데 있지 않네	勇無賴於拔山

가의의 집에 날아들어 자리 모퉁이에 앉은 일이 있었는데, 가의는 스스로 오래 살지 못할 것이라고 여기고 슬퍼하여 부를 지어 스스로 마음을 달래었다.《史記, 賈誼列傳》

49) 회사(懷沙) : 전국시대 초(楚)나라 굴원(屈原)이 지은 시이다. 굴원이 삼려대부(三呂大夫)가 되어 회왕(懷王)의 신임을 얻었으나 참소를 당하여 소원하게 되었으며, 양왕(襄王) 때에 다시 참소를 당하여 강남으로 귀양가게 되었다. 이에 〈회사(懷沙)〉를 읊고는 돌을 안고 멱라수(汨羅水)에 빠져 죽었다.《史記, 屈原列傳》

50) 창랑(滄浪)을 …… 것이니 : 진속(塵俗)을 초탈하여 고결한 자신의 신념을 지키는 것을 뜻한다. 어부가 굴원과 헤어지며 노래하기를 "창랑의 물이 맑으면 나의 갓끈을 씻고, 창랑의 물이 흐리면 나의 발을 씻으리라.[滄浪之水淸兮, 可以濯我纓, 滄浪之水濁兮, 可以濯我足.]"라는 말에서 나온 것이다.

51) 무광(務光) : 무광은 은나라 탕왕 때의 선인(仙人)으로 탕의 선양(禪讓)을 피해 은둔하면서 염교를 심어 먹었던 사람이다. 해서는 무광이 불어오는 바람에 잎이 엇갈려 쓰러지는 모습을 보고 만든 서체로, 흔히 '도해서(倒薤書)'라고 한다.

52) 소부(巢父)·허유(許由) : 허유는 요(堯) 임금이 보위를 물려주려 하자 귀가 더럽혀졌다고 영천(潁川)에서 귀를 씻은 후 기산(箕山)으로 들어가 은거하였고, 소부는 허유가 귀를 씻은 영천 물이 더럽혀졌다 하여 몰고 온 소에게 마시지 못하게 하였다는 고사가 전해진다.

53) 남창위(南昌尉) : 한(漢)나라 때 은자(隱者)인 매복(梅福)을 가리킨다. 원래 경학(經學)에 밝아 군(郡)의 문학(文學)이 되고 남창위(南昌尉)가 되었으나, 한나라 말기 왕망(王莽)이 정권을 독단하자 하루아침에 처자를 버리고 구강(九江)으로 떠나가 은둔하였다.《漢書, 梅福傳》

54) 동문에는 …… 걸었네 : 동한(東漢)의 봉맹(逢萌)이 왕망(王莽)의 정사에 환멸을 느껴 인륜이 끊어졌다고 탄식하면서 관을 벗어 동쪽 도성 문에다 걸어 놓고 곧장 시골로 돌아갔던 고사가 있다.《後漢書, 逸民列傳 逢萌》

55) 도해(蹈海) : 전국시대 제(齊)나라의 고사(高士)인 노중련(魯仲連)이, 무도한 진왕(秦王)이 황제가 되어 천하에 정사를 편다면 자신은 차라리 동해(東海)에 빠져 죽어 버리겠다고 한 데서 온 말이다. 이는 곧 불의에 굴하지 않는 절의를 뜻한다.《史記 魯仲連列傳》

하물며 도깨비와 더불어 처하며	矧鬼魅之與處
짧은 시간에 편안함을 구함이랴	求晷刻之苟安
풀 옷을 입고 나무열매는 먹을 만하니	草可衣兮木可食
누군들 길이 가서 돌아오지 않겠는가	孰長往而不還
지금과 옛날을 구별할 만한 것 없으니	無今昔之可別
또 어찌 길이 탄식하리오	又何爲乎永歎
흰 구름을 노래하며 돌아오니	歌白雲而歸來
산은 푸르디푸르며 물은 졸졸 흐르네	山青青兮水潺湲

주방산[56] 학을 애도하는 부 병서

哀周房山鶴賦 竝序

청부(靑鳧)[57]에 주방산(周房山)이 있는데 세상에서는 소방장산(小方丈山)이라 한다. 산은 깊고 골짜기가 빙 둘러 있어서 인적이 드물게 이른다. 그 넝쿨이 드리운 절벽과 기이한 형상의 아름다운 경관은 금강산(金剛山)에 뒤지지 않는다. 을묘년(1615)에 어미와 새끼 학(鶴)이 그 꼭대기에 날아와 모여서 살았는데 이것을 보려 하는 사람들이 있으면 문득 배회하며 소요하였다. 이러한 까닭에 원근에서 관람하는 이들은 모두 몸을 청결히 하고 제사를 지냈고, 수레와 말이 성대히 모여 들어 선학(仙鶴)이 인간 세상에 다시 나왔다고 여겼다. 한 백성이 학을 쏘아 잡고자 하여 화살 한 발을 당기니 학이 소리를 듣고 길이 날아가 다시는 돌아오지 않았다. 아, 학은 상서로운 시대에 영험한 새이거늘 어찌하여 여기 와서 이 기이한 재화를 만났는가. 비록 신령하지 않다 해도 괜찮지만 내가 생질(甥姪)과 더불어 포소(鮑昭)의 〈무학부(舞鶴賦)〉를 읽고 이 새에 대한 감회가 있어 마침내 이를 적어 보인다.

靑鳧有周房山 俗呼爲小方丈山 山深谷轉 人迹罕到 其懸蘿絶壁 奇形勝槩 不下於金剛 歲乙卯間 有子母鶴飛集其顚 人有欲見之者 則輒徘徊盤旋 以故遠近觀者 皆潔身精

56) 주방산(周房山) : 경상북도 청송군에 있는 주왕산(周旺山)을 말한다.

57) 청부(靑鳧) : 경상북도 청송(靑松)의 옛 이름이다.

禋 車馬駢闐 以爲僊鶴復出於人間 有一氓欲彈而得之 彎弦一發鶴乃應聲長逝 遂不復返 嗚呼 鶴瑞世之靈禽也 胡爲來此而得此奇禍耶 雖謂之不靈可也 余與甥姪讀鮑昭之舞鶴賦 因有感於斯禽 遂書此以示之

주왕산에 태생(胎生)하는 저 학[58]은	惟胎化之僊禽
위대하고 신령한 모습이 아름답다네	偉靈表之瓌奇
밝은 달을 품고서 본성을 삼고	抱明月兮爲性
흰 눈을 덮어 옷을 삼았네	被白雪兮爲衣
아침에는 곤륜산 밭에서 노닐고	朝遊盤於崑圃
저녁에는 화산(禾山) 못에서 날아오르네	暮矯翼於禾池
옥 술을 마셔 목마르지 않고	挹玉醴而不渴
이슬을 먹어 굶주림이 없네	餐沆瀣而無飢
기림의 옥수와	爾乃琪林兮玉樹
푸른 벼랑의 붉은 벽에	翠崖兮丹壁
장난치며 노닐며	嬉遊兮翶翔
새끼를 정독[59]하도다	含生兮亭毒
새끼를 먹이기에 부지런하니	哺黃口兮勤斯
덮어 기르는 은혜를 갖추었네	恩備至於覆育
아직 굳센 날개를 이루지 못하니	顧六翮之未成
내 집의 비바람에 번민하네	悶余室之風雨
하루 저녁 동남에서 바람 부니	飄東南兮一夕
어미 새끼 두 마리가 의지할 곳이 없네[60]	雙影弔兮子母
하늘 서리 옛 둥지보다 차갑고	天霜寒於舊棲
돌아오는 길은 바다 구름 자욱하네	海雲迷於歸路

58) 태생(胎生)하는 학은 : 학은 본디 선금(仙禽)이란 칭호가 있고, 또 다른 조류와는 달리 새끼를 태생한다는 전설이 있기 때문에 한 말이다.

59) 정독(亭毒) : 양육한다는 말이다. 《노자(老子)》에 "도는 낳고 덕은 기른다. 자라게 하고 길러 주며, 양육하고 키워준다.[道生之, 德畜之. 長之育之, 亭之毒之.]"라고 하였다.

60) 의지할 곳이 없네 : 원문의 영조(影弔)를 풀이한 말이다. 영조는 형영상조(形影相弔)의 준말로 자기의 몸과 그림자가 서로 불쌍히 여긴다는 뜻으로 매우 외로워 의지할 곳이 없음을 이르는 말이다.

아득한 청송의 선경은	邈靑皛之僊境
실로 우리나라 천태산[61]이네	實東國之天台
붉은 노을은 창도에 접해 있고	赤霞接於蒼島
채색 연기는 봉래에 연결되네	彩煙連於蓬萊
애오라지 여기에 자취를 의탁하여	聊於焉而托迹
하늘 나는 날개를 펼치고 거두네	戢軒天之雲翰
마시고 먹음에 땅을 가리지 않고	非擇地於飮啄
아침에 울어 먹이 먹기를 바라네	冀假食於朝吁
높디높은 가파른 벼랑에 모이니	集崇崇之峭崿
우뚝 솟은 장송에 그늘이 드리우네	蔭落落之長松
아무리 다급해도 어찌 마음을 바꾸겠는가	胡顚沛而改度
잠시 날아돌더니 온화한 모습이네	暫軒旋而雍容
옛 숲을 바라고 우두커니 기다리고	望故林而延佇
둥근 목을 빼어 맑게 울음을 우네	引圓吭而淸唳
구고[62]에서 우는 소리 아래에 들리니	聲九皐而聞下
남녀들이 학을 보러 찾아오네	來士女之瞻睇
혹 옷깃을 이어서 시를 노래하고	或連袂而歌詩
혹 예물을 가져와 제사를 지내네	或輂賄而潔事
다투어 거리를 막고 담장을 채워	爭攔街而盈堵
세상에 드문 그 상서로움을 가리키네	指希代之其瑞
본래 세상일에 관여하지 않고	本非營於世累
또 사물을 시기함이 없다네	又無猜於物類
인정의 망극함을 어찌할까	何人情之罔極
온갖 계책 가지고 교묘히 엿보네	反百計而巧伺
단호[63]는 독을 불고	蠱吹短狐

61) 천태산(天台山) : 중국 절강성 천태현(天台縣)의 서쪽에 있는 불교 천태종(天台宗)의 성지인 산이다.

62) 구고(九皐) : 깊숙한 늪을 가리키는데, 《시경》 〈학명(鶴鳴)〉에 "학이 깊은 늪에서 울거든, 그 소리가 하늘에 들리도다.[鶴鳴于九皐, 聲聞于天.]" 하였는데, 이는 곧 현자(賢者)는 비록 깊숙한 곳에 은거하여도 남들이 그의 덕행(德行)을 다 알게 됨을 비유한 것이다.

검은 벌은 독을 흘려	毒流玄蜂
날카로운 살촉 눈보다 희고	利鏃讓雪
가벼운 탄환 바람처럼 빠르네	輕丸迅風
붉은 줄 한 번 당기니	朱絃一彀
검붉은 피가 쏟아지듯 하네	殷血如傾
세상의 참화에 놀라서	驚世間之慘禍
하늘로 날아 멀리 날아가는데	颷遠擧於靑城
검은 날개는 해져서 떨어지고	玄裳弊兮離披
긴 다리는 잘려서 절뚝거리네	長脛斷兮躑躅
슬픈 울음은 대나무 이슬에 처량하고	哀音悽兮竹露
외로운 꿈은 계수나무 달에 차갑네	孤夢寒兮桂月
어찌 지난날 편안하고 한가했던가	何昔日之安閒
지금은 다만 이 때문에 초췌하네	今直爲此顚顇也
요양[64]에 돌아가서	想揭來於遼陽
다시 구지산(緱氏山)[65] 배회하기를 생각하네	復徘徊於緱氏
학은 이때에	鶴乎於時
성곽은 의구한데 사람은 다른 것을 조문하니[66]	吊城郭之是人民之非昔也
학은 사람을 슬퍼할 겨를이 없는데	吾恐鶴之不暇悲人兮
사람이 학을 슬퍼할까 염려가 되는구나	人民之悲爾鶴也

63) 단호(短狐) : 고대 전설에 나오는 괴물인 물여우를 말한다. 물여우가 물속에 숨어 있다가 사람 그림자가 어른거리면 모래를 뿜어 사람을 쏘는데, 그 모래에 맞은 사람은 곧바로 병이 들어 죽는다고 한다. 《搜神記》

64) 요양(遼陽) : 옛 전설에 요동(遼東) 사람 정령위(丁令威)가 영허산(靈虛山)에 가서 신선술을 배워 학이 되어 천 년이 지난 뒤에 요동으로 돌아왔다는 고사가 있는데, 여기서 유래하여 옛날에 살던 곳을 말한다. 《搜神後記》

65) 구지산(緱氏山) : 신선 왕자교(王子喬)는 주(周)나라 영왕(靈王)의 태자 진(晉)인데 피리 불기를 잘하여 봉황의 울음소리를 냈는데 도사 부구공(浮丘公)을 만나 숭산(嵩山)에 오르고 30년 남짓한 후에 백학을 타고 구지산(緱氏山) 절정에서 신선이 되어 하늘로 올라갔다고 한다. 《列仙傳》

66) 성곽은 …… 조문하니 : 한(漢)나라 때 요동 사람 정령위(丁令威)가 학이 되어 한 말을 들어 말한 것이다. 정령위는 일찍이 영허산(靈虛山)에 들어가 신선술을 배우고 뒤에 학으로 변하여 자기 고향에 돌아가서 성문(城門)의 화표주(華表柱)에 앉았는데, 한 소년이 활로 쏘려 하자, 날아올라 공중을 배회하면서 말하기를, "새여, 새여, 정령위가 집 떠난 지 천 년 만에 이제야 돌아왔네. 성곽은 예전과 같은데 사람은 그때 사람 아니어라. 어이해 신선술을 안 배우고 무덤만 즐비한가.[有鳥有鳥! 丁令威去家千年, 今始歸, 城郭如故人民非. 何不學仙冢纍纍?]"라고 하였다. 《搜神後記》

이에 상제께서 들으시고	於是上帝聞之
측연히 탄식하며 말하기를	惻然興喟曰
아, 너 학이여!	咨爾鶴兮
나의 밝은 훈계를 들어라	聽余明誡
천지가 자리를 잡아 기르니	天地位育
음양이 번갈아 펴지네	兩儀交布
오직 형체와 기운은	維形與氣
사람과 동물이 균등히 받았다네	人物均賦
사람이 비록 가장 신령하지만	人雖最靈
어리석음과 지혜로움에 차이가 있고	愚智有間
사물이 비록 편협하다고 하지만	物雖云偏
신령함과 인색함이 서로 관계하네	靈嗇相懸
어찌하여 오정에 날개를 상하여[67]	奈何烏程鎩翮
흘간산(紇干山)[68]에 얼어 죽은 참새를 본받으며	甘效紇干之凍雀
뇌문에 포고를 들이는 것은[69]	雷門入鼓
낮은 가지의 간작[70]과 무엇이 다른가	奚異下枝之乾鵲
혹 소선[71]의 풍치는 정답게 말할 수 있으나	而或蘇僊風致可晤語兮

---

67) 오정(烏程)에 …… 상하여 : 술로 세월을 보낸다는 말이다. 오정은 오정주(烏程酒)라는 맛 좋은 술을 가리킨다. 중국의 강락현(康樂縣) 오정향(烏程鄕)에 맑은 물이 나는데 이 물을 가지고 빚은 술을 오정주라 한다.《荊州記》

68) 흘간산(紇干山) : 일명 흘진산(紇眞山)으로, 여름에도 늘 눈이 쌓여 있기 때문에 "흘진산 꼭대기 참새 한 마리 죽었구나, 어찌하여 날아가서 즐겁게 살지 못했는고.[紇眞山頭凍死雀 何不飛去生處樂]"라는 속요(俗謠)가 있었다고 한다.

69) 뇌문(雷門)에 …… 것은 : 뇌문은 회계(會稽)의 성문(城門)으로, 이곳에 큰 북이 걸려 있어 한번 울리면 낙양(洛陽)의 모든 사람들이 들을 수 있었다 한다. 포고(布鼓)는 베로 만든 북으로, 쳐도 소리가 나지 않는다. 한나라 때 동평왕(東平王)의 상(相)으로 있던 왕존(王尊)이, 태부(太傅)가 왕에게《시경》의 〈상서(相鼠)〉를 강(講)하는 것을 보고 "뇌문에서 포고를 울리지 말라." 하였다.《漢書, 王尊傳》이는 대가(大家) 앞에서 주제도 모르고 하찮은 재주를 뽐내는 경우를 비유하는 말이다.

70) 간작(幹鵲) : 까치를 말한 것으로, 그 성질이 활짝 갠 날을 좋아하고, 그 소리가 청량(淸亮)하기 때문에 이렇게 이름 지었다고 한다.《서경잡기(西京雜記)》에 의하면 "간작이 지저귀면 행인이 집에 오고, 거미가 모이면 백사가 경사스럽다.[乾鵲噪而行人至, 蜘蛛集而百事嘉.]"라고 하였다.

71) 소선(蘇僊) : 소식(蘇軾, 1037~1101)을 말한다. 소식이 적벽(赤壁)에서 행한 뱃놀이가 신선과 같다고 하여 황정견(黃庭堅)·범성대(范成大)·주희(朱熹) 등이 그들의 시에서 일찍이 소식을 '소선(蘇仙)'이라고 불렀다.

일찍이 주저하지 않고 스쳐 지나가네	曾掠過而不逗
선리[72]가 위망하여 높이 날아감이여	僊李危亡可高逝兮
어찌 구구하게 허물을 고하리오	胡區區告其凶咎
모두 너의 여계[73]로 말미암으니	皆由爾之厲階
신밀하지 못하여[74] 위기가 이름을 슬퍼하네	哀不密而致危
혹 그 은덕을 훨훨 날리면	倘縹縹其隱德
비록 예저[75]라도 어찌하리오	雖豫且其何爲
이 재앙을 벗어나려 모두들 분분함이여	般紛紛其離此殃兮
또한 너 학의 허물이네	亦爾鶴之郵也
비록 그러하나 천도는 순환하니	雖然天道回旋
사물이 다하면 반드시 돌아오고	物極必反
화와 복은 서로 의지하고	禍福相倚
근심과 기쁨은 하나의 문에 모이네	憂喜萃門
굽힘은 폄의 연유이고	屈兮伸之由
궁함은 달함의 조짐이네	窮兮達之兆
도모함은 도리어 도모함에서 패하고	謀者反敗於謀
공교함은 도리어 공교함에서 적중하네	巧者反中其巧
그러므로 덫을 놓는 것은 반드시 지혜롭지만은 않고	故設機者未必爲智兮

72) 선리(仙李) : 이씨(李氏) 성을 지닌 걸출한 인물을 가리키는 말이다. 노자(老子)가 이수(李樹) 아래에서 태어나서 성을 이(李)로 했다는 전설이 있는데, 당나라 왕실에서 노자의 후손이라고 자처하였으므로 그 종족을 선리라고 지칭한 데에서 유래하였다. 참고로 두보의 시에 "선리의 서린 뿌리 크기도 하여, 걸출한 후손들 대대로 빛났어라.[仙李蟠根大 猗蘭奕葉光]"라는 구절이 있다.《杜少陵詩集廟》

73) 여계(厲階) :《시경》〈상유(桑柔)〉의 "누가 화의 계제를 만들어 지금에 이르도록 병들게 하였는가.[誰生厲階 至今爲梗]"라는 구절이 있다. 재앙을 가져오는 실마리라는 뜻이다.

74) 신밀하지 못하여: 공자가 "난(亂)이 발생하는 데는 말이 계제가 되는 것이니, 임금이 신밀히 하지 않으면 신하를 잃고, 신하가 신밀히 하지 않으면 몸을 잃으며, 일의 기미를 보는 것이 신밀하지 않으면 해가 이루어진다.[亂之所生也 則言語以爲階 君不密則失臣 臣不密則失身 幾事不密則害成]"라고 한 말이 있다.《周易 繫辭傳上》

75) 예저(豫且) : 춘추시대 송(宋)나라의 어부이다. 백룡(白龍)이 청령(淸泠)이란 연못에 내려와 물고기로 변해 있었는데 예저가 물고기로 변한 용의 눈을 작살로 쏘아 맞혔다. 백룡이 하늘로 올라가 천제(天帝)에게 하소연하니, 천제가 "물고기는 본래 사람이 쏘아 잡는 대상이므로 예저가 무슨 죄가 있겠느냐?"라고 하였다.《說苑, 正諫》

찐 살을 잃는 것이 바로 기뻐할 바이네　而傷肥者乃所以爲恔也

나의 말은 다시 하지 않으니　朕言不再

어찌 가슴에 새기지 않을까　盍銘肝肺

참언을 남겨서　歸留讖言

후대를 기다리겠네　以竢來許

시詩

오언절구 五言絶句

영양서당 벽 위에 두 절구를 지음 병자호란 뒤에 지음

英陽書堂題壁上二絕 在丙子亂後

해질 무렵 영양현에 들어가니 暮入英陽縣
소나무 사이에 집 하나 조촐하네 松間一室淸
일찍이 남한산성 일을 탄식하니 曾嘆南漢事
산성을 차마 대하지 못하겠네 不忍對山城

서당에서 백 보에 미치지 못하여 산성이 있다.[書堂未百步 山城在焉]

한 움큼 시대를 상심한 눈물을 一掬傷時淚
강에 다다라 푸른 물결에 뿌리네 臨江灑碧波
서남으로 흐르는 물은 다하지 않아 西南流不盡
푸른 바다 넓고 넓어 끝이 없네 滄海濶無涯

오우당 김성지 근에게 줌

贈金五友堂性之近

동산 아래에 있는 나의 집에는 我屋東山下
문 앞에 다섯 그루 소나무가 있네 門前有五松
다른 때에 방문하고자 한다면 佗時欲相訪
눈서리 속에서 푸르름을 보이리라 靑出雪霜中

앵도

櫻桃

바닷가에 있었던 산호를	海上珊瑚子
봉래산 신선이 월궁에 바쳤네	蓬僊獻月宮
항아[76]가 장난삼아 던지니	姮娥應戱擲
계수나무가 가을바람에 날아가 버렸네	飄失桂秋風

이슬 맺힌 연잎

露荷

가을 서리가 푸른 연잎에 내려	秋露下碧荷
동글동글 푸른 옥구슬이 되었네	團團靑玉珠
시인이 자줏빛 벼루에 쓸어 담아	騷人掃紫硯
손으로 갈아서 붉은 색을 따노라	手摘硏猩朱

말 위에서

馬上

옛길에 행인의 자취가 없으니	古道無行迹
소나무 그늘에 나 홀로 돌아오네	松陰獨自還
삭풍이 저물녘 눈을 불어오니	朔風吹暮雪
어두운 빛이 빈 산으로 들어오네	暝色入空山

76) 항아(姮娥) : 중국 고대 신화 속 여신으로 달 속에 사는 터라 달을 상징하는 말로 쓰인다. 항아는 원래 활을 잘 쏘는 유궁후(有窮后) 예(羿)의 아내였는데, 남편이 서왕모(西王母)에게서 훔쳐 온 불사약을 몰래 훔쳐 먹었다가 발각되어 달로 도망쳤다고 한다.

익장 삼십삼영
益庄三十三詠

익장 益庄

강 언덕에 터 잡아 집을 지으니 卜築得江皐
오래오래 그윽한 경치를 이루네 久久成幽致
어찌 푸성귀와 물고기가 없으랴 豈無蔬與魚
나 홀로 풍뢰의 뜻[77]을 맛보네 獨味風雷義

서실 書室

바위 소나무 아래에 작은 오두막 斗屋巖松下
그윽하고 외지니 절간과 같아라 幽偏類釋居
문 닫으면 세속의 잡념이 없으니 閉門無俗念
책상 위에 남은 책을 마주하네 對案有殘書

지포 芝圃

빛나고 빛나는 동산의 영지(靈芝)는 燁燁園中芝
또한 나의 굶주림 치료하기에 족하네 亦足療我飢
항상 유감스럽기는, 기황옹(綺黃翁)[78]에게 常恨綺黃翁
쓸데없는 시비가 많았던 것이네 而多閒是非

죽동 竹洞

온 세상이 아름다운 풀을 사랑하나 擧世愛芳草

77) 풍뢰(風雷)의 뜻 : 개과천선(改過遷善)의 뜻이다. 《주역(周易)》 익괘(益卦) 상사(象辭)의 "풍뢰가 익이니, 군자는 이 점괘를 보고서 선을 보면 그쪽으로 옮겨 가고 허물이 있으면 고치느니라.[風雷益 君子 以 見善則遷 有過則改]"라는 말에서 비롯된 것이다.

78) 기황옹(綺黃翁) : 상산사호(商山四皓) 중의 하황공(夏黃公)과 기리계(綺里季)를 말한다.

내가 취하는 바는 대나무라네	此君吾所取
비록 봉황이 날아들지 않아도	雖無鳳凰來
오히려 하늘에 닿는 비를 만드리라	猶作連天箒

형문 衡門[79]

횡목은 본래 관련됨이 없으니	横木本無關
세상의 시끄러움에 절로 이르지 않네	塵喧自不到
때때로 와서 은자 사는 곳을 물으니	時來問碧蘿
남계에 노인이 홀로 계신다고 하네	獨有南溪老

소나무 오솔길 松逕

오솔길이 그윽한 골짜기를 뚫으니	細逕穿幽壑
가벼운 그늘에 자줏빛 이끼가 덮혔네	輕陰覆紫苔
때때로 청려장 짚고 게을리 나가서	杖藜時倦出
떨어진 나뭇가지를 주워서 돌아오네	手拾墮枝廻

매화 언덕 梅塢

바닷가엔 잔설이 어지러운데	海曲迷殘雪
산중에는 특별한 봄이 왔구나	山中有別春
가지 잡고 서로 이별하려 하지만	攀枝欲相贈
구름이 아름다운 시냇가를 막고 있네	雲隔玉溪濱

국화 화단 菊壇

도연명[80]의 울타리가 국화를	陶令籬邊色

79) 형문(衡門) : 두 개의 기둥에 한 개의 가로목을 걸어 만든 허술한 문으로 누추한 집의 문을 이른다. 《시경》 〈진풍(陳風) 횡문(衡門)〉에 "횡문의 아래에서 한가롭게 지낼 만하고, 냇물 졸졸 흐르니 굶주림을 잊고 즐길 만하네.[衡門之下, 可以棲遲. 泌之洋洋, 可以樂飢.]"라고 보인다. 횡문은 형문으로도 읽는다.

산속 재사(齋舍)의 대나무 속에서 보네 山齋竹裏看
차라리 바위 아래에서 늙을지언정 寧從巖底老
금쟁반[81]에 오르기를 원하지 않도다 不願上金盤

해바라기 언덕 葵厓

그윽한 언덕 곁에 해바라기 심지만 種在幽厓側
어느 때에 햇빛을 본 적이 있었던가 何曾見日光
마음은 기울고 또 뒤집혀져 寸心傾又倒
다만 지는 해만 사모할 따름이네 應只戀頹陽

원추리 섬돌 萱砌

산에 사는 늙은이 무슨 근심 있겠는가 山翁有底憂
원추리 심을 빈 땅도 없구나 種萱無閒地
과부도 실 끊어짐을 걱정하지 않는데 嫠有不恤緯
하물며 어찌 장부의 뜻에 있어서랴 何況丈夫志

연못 荷池

네모 난 소반보다 작은 연못이 小於一方盂
가을 하늘 푸르름을 가득 머금었네 涵盡秋天碧
그 가운데 연꽃이 있거늘 中有十丈花
그윽한 향기를 사람들은 알지 못하네 芳香人不識

---

80) 도령(陶令) …… 국화를 : 원문의 리(籬)는 울타리를 말하고, 도령(陶令)은 곧 팽택령(彭澤令)을 지낸 도잠(陶潛)을 가리킨 것으로, 국화를 좋아했던 도잠의 〈음주(飮酒)〉 시에 "동쪽 울 밑에서 국화를 따고, 하염없이 남산을 바라보네.[採菊東籬下 悠然見南山]"라고 한 데서 온 말이다.《陶淵明集》

81) 금쟁반 : 원문의 금반(金盤)은 이슬을 받기 위해 만든 동반(銅盤)인 승로반(承露盤)을 말한다. 한 무제가 신선술에 미혹되어 감로를 받아 마셔 수명을 연장시키고자 하였다. 이에 건장궁(建章宮)에다가 신명대(神明臺)를 세우고 동으로 선인장(仙人掌) 모양을 만들어 세워서 동반을 떠받치고서 감로를 받게 하였다.《漢書, 郊祀志》

안식류 安息榴[82)]

뛰어난 미인[83)]은 많지 않은데 尤物不在多
어찌하여 저절로 지역이 다른가 何須自異域
그 누가 세상 사람들로 하여금 誰令世之人
덕을 좋아하길 색을 좋아하듯 하라고 했나[84)] 好德如好色

사계화 四季花[85)]

사계화를 화왕으로 삼고 비평함.[花評以爲花王]

덕이 땅과 짝하여 화왕이 되니 德配坤爲王
계절은 섣달을 지나 봄이 되었네 時庸臘作春
붉은 채찍[86)]은 교화(敎化)의 근원이니 赭鞭風化源
가시나무는 모두 신린[87)]이 되었네 荊楚盡臣鄰

그윽한 계곡 幽磵

계곡이 깊숙하면서도 넓으니 有磵邃而寬
단정히 거처하며 성정을 다스리네 端居理情性
해 기울어 뜰의 반이 그늘일제 日昃半庭陰
산새들이 마주하여 시를 읊조리네 幽禽相對咏

---

82) 안식류(安息榴) : 안식향과에 속하는 석류. 쌍떡잎식물. 통꽃무리에 딸린 한 과. 우리나라에는 때죽나무, 쪽동백, 좀쪽동백 등이 있음.

83) 뛰어난 미인 : 원문의 우물(尤物)은 《춘추좌씨전(春秋左氏傳)》 소공(昭公) 28년 조에 "대체로 뛰어난 미인은 사람의 마음을 미혹시키기에 넉넉하니, 진실로 덕의를 지닌 이가 아니면 반드시 재앙을 입게 된다.[夫有尤物足以移人 苟非德義 則必有禍]"라고 한 데서 온 말이다.

84) 덕을 …… 하였나 : 《논어》 〈위령공(衛靈公)〉에 "끝났구나. 나는 여색을 좋아하듯 덕 좋아하는 사람을 보지 못했다.[已矣乎 吾未見好德如好色者也]"라고 하였다.

85) 사계화(四季花) : 일명 월계화(月季花)라고도 하는데, 장미과(薔薇科)의 낙엽 관목(落葉灌木)으로, 줄기에 가시가 있고, 잎은 깃 모양의 겹잎으로 되어 있다. 이 꽃은 달마다 꽃을 피우므로, 장춘화(長春花), 월월홍(月月紅) 등의 명칭이 있기도 하다.

86) 붉은 채찍 : 옛날에 신농씨(神農氏)가 붉은 채찍을 가지고 다니면서 온갖 풀의 성질과 맛을 검증하여 식용(食用)과 약용(藥用) 등을 구별하였다고 한다.

87) 신린(臣隣) : 《서경》 익직(益稷) 편에, "신하가 이웃이며, 이웃이 신하이다."라는 말에서 유래되었음.

서쪽 바위 西巖

굽고 꺾인 바위 한 길이 되지 않지만	曲折未尋丈
푸른빛은 무릇 몇 층이나 되는가	青蔥凡幾層
간혹 그윽하고 고요한 곳에는	時於幽闃處
아마도 저물녘에 돌아가는 승려 있겠네	疑有暮歸僧

회원대 懷遠臺

천지는 어느 때부터 있었는가	天地來幾時
사해는 막히지 않는 듯하네	四海如不隔
만약 사람을 볼 수 없다면	若人未可見
저녁달과 함께 배회하리라	徘徊仍月夕

척효정 滌歊亭

서늘한 바람을 기다리지 않아도	不待涼颷至
불볕더위가 구월 가을에 수그러드네	朱炎肅九秋
만약 만추의 서늘함을 옮길 수 있다면	若爲移晩爽
봉황루에 들어갈 수 있으리라	得入鳳凰樓

무송대 撫松臺

푸르고 푸르른 외로운 소나무	蒼蒼孤松樹
손으로 어루만지니 마음이 우울하네	手撫結幽憂
지는 해는 산 아래로 다 넘어갔지만	落日下山盡
겨울바람이 불어서 쉬지 못하네	朔風吹不休

요월정 邀月亭

저물녘에 먹구름 흩어지니	薄暮頑雲散

소나무 사이로 이슬 젖은 달이 뜨네	松間露玉盤
옷깃을 여미고 청명한 기운 맞이하니	披襟迎灝氣
마음속에 막힘을 허락하지 않네	不許隔心肝

산전 山田

긴 여름에 주린 배를 참아 가며	長夏忍飢腸
숲을 일구어 콩과 조를 심었네	開林種豆粟
다만 부세만 바치길 바랄 뿐	只望供征徭
이 밖에 어찌 풍족함을 기대하리	此外安待足

논두렁 稻畦

근래에 제때 비오고 볕이 나서	近歲雨暘時
남쪽 두둑에 벼가 무릎까지 자랐네	南畦稉一膝
가을이 오면 누구의 집에 들어가도	秋至入誰家
손님에게 찰밥을 대접하리라	客來長飯秫

영춘대 迎春臺

태을봉이라고도 함.[一云太乙峯]

봄소식을 알고 싶어서	欲識春消息
태을봉에 와서 산에 오르네	來登太乙峯
어찌하여 은혜를 치우치게 베풀어	如何偏惠化
백발이 꽃다운 얼굴을 한탄하게 하는가	白髮吝韶容

망추봉 望秋峯

관가정이라고도 함.[一云觀稼亭]

서쪽으로 관가정에 올라서	西登觀稼顚
서남으로 큰 들판을 굽어보네	西南俯大野

누가 장저(長沮)와 걸닉(桀溺)[88]이 되어 誰爲沮溺賢
저 들판 가운데서 짝지어 밭을 갈겠나 中有耦耕者

역정 驛亭

길을 가는 사람들은 누구인가 行行者誰子
햇빛이 두려워 채찍을 멈추지 않네 畏日無停策
그 누가 알리오 바위 움집 사이에서 誰知巖竇間
샘물을 베개 삼고 흰 돌로 양치함을 枕泉漱白石

불우 佛宇

세상에 전하기를, 신라시대에 세우고 유어거사가 새로 지었다고 한다.
[世傳 新羅氏所建 有魚居士者新之]

태조께서 유학을 숭상하시니 聖祖崇儒雅
황량한 들판에 고찰(古刹)이 기우네 荒原古宇欹
장륙불상(丈六佛像)만 공연히 남아서 空留丈六像
우리를 위해 대지의 끈[89]을 굳건히 하네 爲我壯坤維

수정탄 修正灘

≪여지지≫에 보임.[見輿地志]

낙동강 강물은 하늘에서 내려오니 洛水從天來
맑고 밝음이 거울과 흡사하네 澄明鏡相似
근원이 깊어 절로 다하지 않으니 源深自不窮
근본이 있는 것은 모두 이와 같다네 有本皆如是

---

88) 장저(長沮)와 걸닉(桀溺) : 중국 춘추시대 은자(隱者)이다. 나란히 밭을 갈고 지내면서 무도한 세상을 변혁하려고 애쓰는 공자를 비웃고 자신들은 세상을 피한 피세지사(避世之士)로 자처하였다. 《論語 子罕》

89) 대지(大地)의 끈 : 원문의 곤유(坤維)는 대지를 유지하는 동아줄이란 뜻인데, 전하여 땅을 유지하는 힘을 의미한다.

흥국사 興國寺

옛날 현인들이 공부하던 곳	昔賢窮格地
지금은 국그릇에 비친 담장[90]을 보네	今日見羹牆
절 밖으로 강물이 멀리 흐르니	寺外江流遠
삼한의 도맥도 저리 긴 것을	三韓道脉長

이요정 二樂亭

봉산의 잃어버린 한 줄기	鳳山失一支
강 가운데에 언덕으로 나타나네	江心起陵阜
정자 위의 사람에게 묻지를 말라	莫問亭上人
단지 정자의 정취만 알 뿐이니	但識亭中趣

삼청동 三淸洞

옛날에는 강당이 있었는데 지금은 없어지고 주점이 되었다.[舊時有講堂 今廢爲店]

백록동 서원 천년의 자취	白鹿千季迹
청라 덮인 한 오솔길이 보이네	靑蘿一逕宜
옥 같은 샘물에 산과 달이 비치니	玉泉山月在
사람을 보내서 알아볼 필요는 없네	不必遣人知

다인진 多仁津

사해가 바야흐로 어둠에 빠지니	四海方昏墊
누가 인으로 구제할 수 있겠는가	誰爲經濟仁
허둥지둥 모래 위의 저 길손은	遑遑沙上客
나루를 묻던 사람[91]이 아니던가	無乃問津人

---

90) 국그릇과 담장 : 원문의 갱장(羹牆)은 사후(死後)에 간절히 흠모하는 마음을 말한다. 옛날 요(堯) 임금이 죽은 뒤에 순(舜) 임금이 3년 동안 지극히 앙모한 나머지 국그릇에서도 요 임금을 보고 담장에서도 요 임금을 보았다는 고사에서 나온 말이다. 《後漢書, 李固列傳》

비봉산 飛鳳山

산세는 하늘 높이 치솟아 올라서	勢入層霄矗
상서로운 세상의 자태처럼 나부끼네	翩如瑞世姿
어느 때에 사양하고 고을로 내려와서	幾時辭下邑
순 임금의 뜰에서 춤을 추려는가[92]	去作舜庭儀

손악 遜嶽

손악이 빼어나게 하늘 위로 솟아	秀拔出雲衢
곧게 홀로 있으니 벗할 산이 없네	貞孤無與友
조급히 나아가는 물살을 꺼리듯	似嫌躁進流
여러 산의 뒤에 물러나 서있네	郤立羣巒後

만포 彎浦

일명 도화진이라고 함.[一名桃花津]

봄이 오니 복사꽃이 피고	春至桃花發
강은 흘러 옛 나루에 희미하네	江流迷故津
때때로 배를 매는 길손이 있어	時有繫舟客
나에게 어느 세상 사람인가 묻네	問余何世人

---

91) 나루를 …… 사람 : 《논어》 〈미자(微子)〉에 "장저와 걸닉이 김매며 밭 갈고 있을 때 공자가 지나가다가 자로를 시켜 나루터를 물어보게 하였다.[長沮桀溺 耦而耕 孔子過之 使子路問津焉]"라고 한 말을 인용한 표현이다.

92) 순 임금의 …… 추려는가 : 《서경(書經)》 익직(益稷)에 "순 임금의 음악이 아홉 번 연주되자, 봉황새가 와서 춤을 추었다.[簫韶九成 鳳凰來儀]"는 말이 나온다.

비 온 뒤에

雨後

밤에 산비 내리는 소리 듣고 夜聞山雨來
문득 이른 가을의 소리 느끼네 郤謂秋聲早
사립문을 늦게야 비로소 여니 紫扉晩始開
시냇물이 마을 앞을 흘러가네 溪水村前道

해남의 벗인 지망 김식남, 희백 윤적, 유보 윤작과 이별하며

別海南友生金之望式南尹熙伯績尹裕甫綽

그대도 그리워하지 않겠는가 君亦相思否
나의 마음은 이미 멍해졌네 吾心已惘然
안동에서 다른 날 밤에 뜨는 달이 花山佗夜月
해남의 하늘에 막히지는 않겠지 不隔海南天

과거에 함께 합격한 이헌 김선과 술자리를 열어 이별할 때 여우 진호선을 불렀으나 오지 않음. 절구 두 수

同年金而獻璇置酒叙別 邀陳汝優好善不來 二絕

해질 무렵에 높은 대에 올라서 日暮上高臺
사람을 그리워하나 그 사람은 아니 오네 懷人人不來
동쪽으로 무등 고개를 바라보니 東看無等嶺
이별의 한도 함께 높아지네 離恨共崔嵬

전별하는 자리에 해는 지려 하는데 餞席天將夕
돌아가는 길에 풀은 이미 봄이네 歸程草已春
성안에 십만 가구가 있다 하지만 城中十萬戶
나만 홀로 멀리 가는 나그네라네 我獨遠行人

용성에서 과거에 함께 합격한 이들과 이야기를 나누며
龍城 與同年叙話

용성은 남원의 다른 이름이다.[龍城南原別號]

같은 해에 함께 합격한 방자성	同年房子省
공원 그리고 나	公遠及康候
내가 이때 자가 강후였다[余時字以康候]	
깊은 밤에 셋이 앉았는데	夜深仍鼎坐
달이 광한루에 떠오르네	月上廣寒樓

김이헌에게 줌
贈金而獻

함께 합격한 벗과 인사하니	爲謝同季友
헤어진 지 지금 몇 해나 되었나	相離今幾春
나란히 말을 몰고 객관을 찾아	聯鑣尋客館
멀리서 온 사람과 이야기를 나누네	留話遠來人

방자성 원진은 홀로 증별시가 없음
房子省元震獨無詩別贈

보잘것없는 시로 갚을 수 없지만	拙句不足酬
이 정을 어찌 저버릴 수 있겠는가	此情安可負
지금 만약 이별하는 말이 없다면	今若不贈言
아마도 이별한 뒤에 있을 듯하네	其如別離後

운봉현에서 비를 만남
雲峯縣遇雨

밤비 내리는 운봉현	夜雨雲峯縣
호남의 봄에 영남 나그네의 정	湖春嶺客情
닭 우는 소리에도 아직 잠들지 못해	聞雞猶未寐
날이 밝아올 때까지 앉아 있었네	一坐到天明

두충에 적음
題杜冲

가고 머무름에 모두 장소가 없으니	行止皆無地
이 몸은 누구에게 정해질까	吾身定是誰
평소에 서로 저버리지 않는 것은	平生不相負
오직 두충의 가지만 있을 뿐이네	惟有杜冲枝

경정잡영 삼십이절
敬亭雜詠 三十二絕

경정 敬亭

일이 있을 때 도움을 바랄 곳 없으니	有事無望助
깊은 곳에 다다라 더욱 전전긍긍하네	臨深益戰兢
언제나 깨어서 일을 살펴야만 하니	惺惺須照管
서암 승려처럼 해서는 안 되네[93]	毋若瑞巖僧

93) 서암(瑞巖)의 …… 안 되네 : 주희(朱熹)가 이르기를, "서암의 승려는 매일 항상 스스로 자신에게 묻기를 '주인옹(主人翁)은 성성(惺惺)하는가?' 하고, 또 스스로 답하기를, '성성하노라.'고 하였다."고 하였다. 《心經 卷1》

극기재 克己齋

여러 사람이 나의 흠을 공격하려 하니	衆欲攻吾罅
그 강하기가 몇백 개의 진(秦)이라네	其彊幾百秦
붉은 화로에 한 점의 눈과 같은 존재지만	紅爐一點雪
석 달 동안 인(仁)을 어기지 않으리라[94]	三月不違仁

서하헌 棲霞軒

저녁에는 엄자산(崦嵫山)[95] 푸르름을 머금고	暮挹崦嵫翠
아침에는 양곡[96]의 붉은빛을 삼키네	朝呑暘谷紅
암재가 날듯이 우뚝 솟아 있으니	巖齋如羽化
나 또한 차가운 바람을 맞겠노라	吾亦御冷風

의공대 倚筇臺

버들 물가에서 노니는 물고기를 보고	柳渚觀魚戲
산의 숲에서 약초를 캐어 돌아오네	林巒采藥還
지팡이 짚고 여러 가지를 생각하며	倚笻多少思
말없이 푸른 산을 마주하네	不語對靑山

94) 석 달 동안 …… 않으리라 : 공자가 안회(顔回)에 대해서 "그는 마음속으로 석 달 동안이나 인을 어기지 않았다.[其心三月不違仁]"라고 칭찬한 말이 《논어》 〈옹야(雍也)〉에 나온다.

95) 엄자산(崦嵫山) : 중국의 감숙성 천수현(天水縣) 서쪽 경계에 있는 산으로, 전설에 해가 지는 산이라 하였다.

96) 양곡(暘谷) : 중국 동방의 해 뜨는 곳을 이른다. 《서경》 〈우서(虞書) 요전(堯典)〉에, "희중에게 따로 명하여 동쪽 바닷가 우이에 머물게 하니 그곳이 바로 양곡인데, 떠오르는 해를 공손히 맞이하여 봄 농사를 고르게 다스리도록 하였다.[分命羲仲, 宅嵎夷, 曰暘谷, 寅賓出日, 平秩東作.]"라고 하고, 《회남자(淮南子)》 〈천문훈(天文訓)〉에, "해는 양곡에서 떠올라 함지에서 목욕한다.[日出於暘谷, 浴於咸池.]"라고 하였다.

옥성대 玉成臺

돌을 쌓아 대를 만들고 희게 칠하니 벽옥과 같으며 또한 서명의 마지막 구절의 말에서 뜻을 취하였다.[纍石爲臺 粉素如璧 亦取義於西銘末句語]

맑은 바람 어디에서 불어오나	光風自何來
갠 달은 깨끗한 마음과 같아라	霽月當心白
단지 벽옥을 쌓아 이룬 것만 보았으니	只見累璧成
어찌 가난과 걱정을 알겠는가?	詎知生貧戚

사우단 四友壇

네 벗이란 매화, 대나무, 소나무, 국화이다. 소나무와 국화는 옛날 그대로이고 대나무는 용궁(龍宮)에서 옮겨 왔다. 매화는 무거워서 멀리 가져오지 못했다. 지금은 쓰고도 담담한 자형화(紫荊花)와 맑고도 향기로운 연꽃과 지조 깊은 석죽화(石竹花)에 힘입어 그윽하고 곧은 의취를 삼으니 또한 매화가 빠진 것을 보충할 수 있다. 공자께서 말씀하시기를 "장무중(臧武仲)의 지혜와 공작(公綽)의 욕심 없음과 변장자(卞莊子)의 용맹과 염구(冉求)의 재예가 예악으로 문채를 낸다면 이 역시 성인이 될 수 있을 것이다."라고 하였거늘 하물며 연꽃은 군자라 일컫고 자형화는 우애로우며 석죽화는 탕액(湯液)에 들어가니 비록 덕행을 갖추고 재능을 겸했다고 말을 하더라도 가능하다. 덕행을 갖추고 재능을 겸한 것이 함께 한 당(堂)에 거처하면 어찌 나의 벗이 아니겠는가. 만약 매화의 품격(品格)을 당하기에는 부족하다고 말한다면 나는 믿지 않는다. 짐짓 여기에 두어 박식하고 우아한 군자 가운데 능히 이를 분변할 자를 기다린다.[四友者 梅竹松菊也 松菊仍舊有 竹移自竺山 梅重不可致遠 今以紫荊之苦淡 蓮之淸馥 石竹之耿介 資之以幽貞之趣 亦可以補梅之缺耶 孔子曰 藏武仲之智 公綽之不欲 卞莊子之勇 冉求之藝 文之以禮樂 亦可以爲成人矣 況蓮稱君子 紫荊識友于 石竹入湯液 雖謂之備德行兼才能 可也 備德行兼才能者與之處一堂 豈非吾益友乎 若曰猶未足以當梅兄之標格 吾不信也 姑存此以待博雅君子之能有辨者焉]

매화와 국화는 눈 속에 뜻이 있고	梅菊雪中意
소나무와 대나무는 서리 뒤에 푸르네	松篁霜後色
마침내 세한옹[97]과 함께하여	遂與歲寒翁
대려의 맹세[98]를 함께 이루네	同成帶礪約

---

97) 세한옹(歲寒翁) : 《논어》 〈자한(子罕)〉에 "날씨가 추워진 뒤에야 소나무와 측백나무가 늦게 시듦을 안다.[歲寒然後知松柏之後彫也.]"라는 내용이 보인다.

98) 대려(帶礪)의 맹세 : 대려는 허리띠와 숫돌로, 공신을 녹훈하는 맹세를 말한다. 한 고조(漢高祖) 유방(劉邦)

서석지 瑞石池

돌은 안에는 무늬가 있고 밖에는 흰색인데 사람의 자취가 드물게 이르는 곳에 숨어 있다. 숙인(淑人)과 정녀(靜女)가 정결함을 가지고 자신을 보존하는 것과 같고 또한 세상에 숨어 사는 군자가 덕의를 쌓아서 밖으로 드러내지 않는 것과 같다. 그 속에 보존하는 것은 확실히 귀하게 여길 실상이 있으니 상서롭다고 말하지 않을 수 있겠는가? 혹 진짜 옥이 아니라는 혐의가 있어도 그것은 전혀 그렇지 않으니 만약 진짜 옥이라면 내가 얻어서 소유할 수 있겠는가? 그것을 소유하면 능히 뜻밖의 재앙이 되지 않겠는가? 옥과 비슷하지만 옥이 아닌 경우에는 한갓 아름다운 이름만 훔쳐 쓰면서 쓰임에는 알맞지 않는 것이다. 도리어 졸렬한 자가 그 어리석음을 지켜서 세상을 속이고 이름을 훔치는 해악이 없는 것보다도 못할 것이니 또한 어찌 상서로움이 되겠는가?[石內文而外素 藏於人迹罕到之處 如淑人靜女操貞潔而自保 又如遯世君子蘊德義而不出 其中所存 的然有可貴之實 可不謂之瑞乎 或有嫌其非眞玉者 此則大不然 若果玉也 則吾其可得而有諸 有之而能不爲奇禍者乎 至如似玉而非玉者 徒竊美名而不適於用 反不如拙者之守其純愚而無欺世盜名之害也 又安足爲瑞乎]

하늘은 백옥의 계단을 만들고　天生白玉墀
땅은 청동의 거울을 바치네　地獻青銅鑑
멈춘 물은 맑고 물결 없으니　止水澹無波
바야흐로 적감[99]을 갖추었네　方能該寂感

선유석 僊遊石

모나고 반듯하니 네댓 명이 앉을 수 있다. 그 북쪽에는 바위 두 개가 도랑에 다다라 있는데 그 크기가 같으니 통틀어 선유석이라고 이른다.[方而正 可坐四五人 其北又有二石臨渠 其大如之 通謂之僊遊]

손으로 흰 봉황의 꼬리를 잡고는　手持白鳳尾

이 천하를 통일한 후에 개국 공신들을 봉작(封爵)했는데, 그 서사(誓詞)에 "황하가 띠처럼 가늘어지고 태산이 숫돌처럼 닳는다 하더라도 나라는 영원히 보존되어 후손에게까지 영화가 미치게 하리라.[使黃河如帶 泰山如礪 國以永存 爰及苗裔]"라고 한 데서 온 말이다.《史記, 高祖功臣侯者年表》

99) 적감(寂感) : 적연부동(寂然不動)과 감이수통(感而遂通)을 줄인 말로, 각각 정(靜)과 동(動)에 대응하는 말인데, 마음의 체(體)와 용(用)을 비유할 때에도 곧잘 쓰이는 성리학의 용어이다.《주역》〈계사전 상(繫辭傳上)〉에 "역은 생각도 없고 하는 것도 없어서, 고요히 움직이지 않고 있다가, 느끼게 되면 마침내 천하의 일을 통하나니, 천하의 지극히 신령스러운 자가 아니면 그 누가 여기에 참여할 수 있겠는가.[易 无思也 无爲也 寂然不動 感而遂通天下之故 非天下之至神 其孰能與於此]"라는 말이 나온다.

문석(文石)[100]의 흔적을 깨끗이 쓸어내네	淨掃文石痕
그대에게 묻노니 누구의 수레인가?	借問誰星駕
안기생(安期生)과 선문자(羨門子)[101]의 행차라고 하네	安期與羨門

통진교 通眞橋

선유석에서 옥성대까지 중간에 바위 두 개가 줄을 지어 물속에 흩어져 있는데 바위를 하나 더 하니 마치 하나의 다리를 이루는 듯하다.[自僊遊抵玉成臺 中有二石成行 點在波心 添以一石 恰似成一橋矣]

끊어진 무지개 물속에 누웠으니	斷虹臥波心
신선과 도사가 저절로 오고가네	僊眞自來往
독 안의 가운데를 내려다보니	俯視甕盎中
초파리만 한갓 슬프게 바라보네	醯鷄徒悵望

기평석 棊枰石

선유석 왼쪽에 바위가 있는데 네모나고 반듯하여 바둑판과 같다.[僊遊左有石 方正如棊盤]

신선은 바둑을 좋아하지 않는데	神僊不好棊
바둑판이 어찌하여 여기에 있는가	棊盤寧在此
때때로 달이 밝은 밤이 되면	有時月明宵
어렴풋이 바둑 두는 소리 들리네	依俙聞落子

100) 문석(文石) : 궁궐을 의미한다. 한(漢)나라 매복(梅福)의 상소에, "원컨대 한 번 문석의 계단을 올라 생각한 바를 다 말하겠습니다." 하였다. 《漢書》

101) 안기생(安期生)과 선문자(羨門子) : 안기생은 신선의 이름이다. 일찍이 하상 장인(河上丈人)을 따라 황제(黃帝)와 노자(老子)의 설을 배우고 동해(東海) 가에서 약을 팔았다. 진시황이 동쪽을 순시할 때 그와 더불어서 3일 밤낮을 이야기하고는 금과 벽옥 수천만 개를 하사한 적이 있다. 선문자도 옛날 신선으로, 이름이 자고(子高)이다. 일찍이 진시황(秦始皇)이 동쪽을 순시할 적에 이 신선을 만나 보고자 하였다.

난가암 爛柯巖

기평석과 나란히 섰는데 그 모양이 다르지 않다. 다만 기평석이 조금 긴데 이것은 네모난 듯하다.[與碁枰竝立 其狀無別 但碁枰差長而此四方如]

명예와 이욕이 더럽힐 수 없지만	聲利非能浼
언덕 숲을 감히 탐하지 않겠는가	丘林敢辭饞
집 아이는 나무하러 가서 돌아오지 않으니	家童樵不返
난가암에 있는 줄을 알겠도다	知在爛柯巖

탁영암 濯纓盤

난가암 왼쪽에 있다. 물이 떨어지면 물결이 일고 물이 불으면 잠긴다.[在爛柯之左 水落則波 漲則沒]

물속에 있는 돌이 환하게 밝으니	明瑩水底石
평평하게 펴져서 옥쟁반보다 낫구나	平鋪勝玉盤
속세의 갓끈을 한번 씻고 나면	塵纓來一滌
신단을 복용할 필요가 없으리	不必服神丹

화예석 花蘂石

관란석 아래에 있다.[在觀瀾石下]

꽃이 화려하지 않은 것은 아니되	槿非不爲華
아침에 피어나서 저녁에 도로 시드네	朝發夕還謝
옥으로 깎아 이룬 꽃은 어떠한가	何如玉刻成
한번 꽃이 피면 겨울과 여름이 없네	一綻無冬夏

희접암 戱蝶巖

동쪽 가에 있는데 화예석과 마주하고 있다.[在東邊 與花蘂相對]

훨훨 날며 화분 묻힌 한 마리 나비	翩翩一粉蝶
피는 꽃을 쫓아가려 하는 듯하네	如欲趁花開
몽장[102]으로 변해 떠날 수는 없지만	莫化蒙莊去

거듭 세도를 무너지게 하도다 重令世道隤

봉운석 封雲石

바다 학이 푸른 시내에 내려와 海鶴下青溪
깃털 씻고 아침 햇살 맞이하네 刷毛迎朝旭
채색 구름 산꼭대기 덮으니 彩雲籠其巓
점점 더 높이 날 수 없도다 拍拍飛不得

관란석 觀瀾石

화예석 위에 있다.[在花蘂石上]

길게 층계 아래까지 나가서 長出層階下
여러 돌들 가운데 높이 솟아 있네 高居衆石中
여울을 보면[103] 때때로 얻음이 있어 觀瀾時有得
말하고자 하지만 뜻은 끝이 없다네 欲說意無窮

조천촉 調天燭

봉운석 오른쪽에 있는데 모양이 옥으로 만든 병과 같다.[在封雲石右 狀如玉壺]

서 있는 모습이 빼어나고도 특이하니 立者秀而特
맑은 빛이 먼 곳까지 비치네 清光無遠邇
육부[104]가 이미 화평을 얻었으니 六符旣得平
온 세상에서 이 다스림을 따르도다 萬方從此理

육부에 태계육부(泰階六符)[105]는 사시가 조화로우니 이를 위해 옥촉을 밝힌다.[六符 泰階六符四

102) 몽장(蒙莊) : 장자(莊子)가 몽현(蒙縣) 사람이므로 몽장 혹은 몽수(蒙叟)라고 한다.

103) 여울을 보면 : 여울을 보면 그 근원이 있음을 알 수 있다는 뜻이다. 《맹자》 〈진심 상(盡心上)〉에 나오는 "물을 관찰할 때는 방법이 있으니, 반드시 그 여울을 보아야 한다.[觀水有術, 必觀其瀾.]"라는 구절에서 따왔다.

104) 육부(六符) : 육부는 삼태(三台) 육성(六星)의 부험(符驗)을 말한다. 삼태 중에 상계(上階)는 천자에 해당하고, 중계(中階)는 제후·공경대부에 해당하고, 하계(下階)는 사서인에 해당하는 것으로, 전하여 조정 또는 보좌하는 신하를 칭송하는 말로 사용된다.

105) 태계육부(泰階六符) : 태계는 삼태(三台)로, 하나의 태(台)마다 그 성(星)이 있어 모두 6성이 된다 하는데,

時調 爲之玉燭]

옥계척 玉界尺

누운 모습이 평평하고 풍채도 좋으며	臥者平而頎
모나고 바르기는 먹줄을 놓은 듯하네	方正如繩削
몇 길 몇 자를 구분할 필요가 없으니	尋尺未須分
이미 굽은 것을 어찌 곧게 하겠는가	旣枉焉得直

어상석 魚牀石

조천촉 오른쪽에 있다. 모나고 바르고 평평하고 곧은 것이 상과 같다. 그 아래가 깊고 넓어 물고기의 소굴이 되었다.[調天燭右 方正平直如牀 其底深濶 爲魚窟宅]

어상석 바닥을 내려다보니	下瞰牀巖底
그 안에 물고기들이 무수히 있네	其中無數魚
저들이 뜻을 얻은 곳을 어여삐 여기니	憐渠得意處
다시 예저[106]를 경계하지 않노라	不復戒豫且

와룡암 臥龍巖

동쪽 가에 있다.[在東邊]

염정(炎精)[107]이 초분(楚氛)[108]에 들어오니	炎精入楚氛
흐리고 맑음[109]을 누가 능히 분간하리	涇渭誰能分

6성이 하늘에서 안정되면, 음양의 기운이 조화되어 태평 시대가 온다고 한다. 그래서 삼태 육성의 부험(符驗), 즉 태계 육부는 훌륭한 정승을 가리키는 표현이 되었다. 《漢書 東方朔傳 注》

106) 예저(豫且) : 춘추시대 송나라 어부.

107) 염정(炎精) : 불을 맡아 다스리거나 불을 낸다고 하는 귀신(鬼神).

108) 초분(楚氛) : 왜적의 진영에서 발산되는 요기(妖氣)를 표현한 말이다. 초나라가 남방에 있었기 때문에 남쪽에서 침략해 온 왜구를 상징하는 말로 인용한 것이다. 《춘추좌씨전》 양공(襄公) 27년 조에 "초나라 진영의 분위기가 매우 험악하니, 장차 대처하기 어려운 일이 벌어질까 두렵다.[楚氛甚惡懼難]"라는 말에서 유래하였다.

109) 흐리고 맑음 : 탁한 경수(涇水)와 맑은 위수(渭水)라는 말로, 이 두 강물은 서로 합류해도 본래 청탁이 뒤섞이지 않는다고 한다. 보통 인물의 우열이나 사물의 진위(眞僞)·사리의 시비(是非)를 가리킨다.

세상에 거울삼을 덕이 없으니	世無德操鑑
남양의 구름 속 오두막에 누웠네[110]	窂臥南陽雲

또 지음 又

진실로 황실의 주손이 아니었다면	苟非帝室胄
누가 흔연히 일어나려 했겠는가	疇肯幡然起
흥하고 망하는 건 다만 한때이니	興亡只一時
대의가 천지에 다하였구나	大義窮天地

상운석 祥雲石

와룡암 앞뒤에 점점이 흩어져 있는 것이 모두 이것이다.[臥龍巖前後 點點布列者 皆是]

깨끗한 서리 같은 흰 비단을 펼치니	皎皎展霜縑
동그란 옥구슬들이 넓게 깔리네	團團布珩瑀
마음속을 알지 못하겠네	不知方寸間
어느 곳에 단비[111]를 감추었는지	何處藏甘雨

낙성석 落星石

물결의 사이에 흩어져 있다.[點在波間]

부용지라 말하지 아니함은	不謂芙蓉池
이 문명석을 얻었기 때문이네	得此文名石
근래에 태양 아래에서 물어보아도	近問太陽下

110) 남양(南陽)의 …… 누웠네 : 촉한(蜀漢) 유비(劉備)의 삼고초려(三顧草廬)를 만나기 전에 제갈량(諸葛亮)은 남양에서 농사지으며 살았던 사실을 가리킨다. 와룡(臥龍)은 제갈량의 별호임.

111) 단비 : 주희(朱熹)의 〈육선생상찬(六先生像贊) 명도선생(明道先生)〉에 "양기로 만물을 다습게 하듯 하고 산처럼 우뚝 섰으며, 옥빛처럼 아름답고 종소리처럼 쟁쟁했다. 원기가 한데 모이어, 혼연히 천연으로 이루어졌도다. 상서로운 태양이요 상서로운 구름이며, 온화한 바람이요 단비와도 같도다. 용덕을 가지고 정중을 지키시니, 그 은택이 천하에 널리 펴졌도다.[揚休山立, 玉色金聲. 元氣之會, 渾然天成. 瑞日祥雲, 和風甘雨. 龍德正中, 厥施斯普.]"라고 한 데서 온 말을 인용한 듯하다.

태백성(太白星)[112]을 본 사람이 없다고 하네 無人看太白

수륜석 垂綸石

와룡암 앞에 있다.[在臥龍巖前]

간들간들 한 대의 낚싯줄 裊裊一竿絲
듬성듬성한 두 줄기 흰 귀밑머리 蕭蕭雙鬢雪
물색 가운데를 넘나드니 出入物色中
양가죽 옷[113]도 싫어하지 않으리 羊裘非所屑

상경석 尙絅石

옥성대 왼쪽에 있다.[在玉成臺左]

바위가 안에 무늬를 머금었는데 石能內含章
그것을 드러내기 싫어하는 듯 猶惡其有著
사람은 어찌하여 실천에 힘쓰지 않고 人何不務實
명예를 얻으려고만 급급하는가 汲汲求名譽

쇄설강 灑雪矼

폭포 아래에 있다.[在瀑流下]

그윽하고 그윽한 기수의 숲에 幽幽琪水林
바위 돌이 모두 다 기이한 절경이네 巖石儘奇絶
높은 하늘에 혹 구름이 없더라도 上天或無雲
골짜기에는 오히려 눈발이 날리네 壑裏猶飛雪

---

112) 태백성(太白星) : 샛별로서 금성(金星)·계명성(啓明星)·장경성(長庚星) 등으로 불리며, 병란(兵亂)을 상징하는 별이다. 특히 이 별이 낮에 나타나는 것을 흉한 조짐으로 여겼음.

113) 양구(羊裘) : 양가죽 옷이다. 은자나 은거하는 생활을 말한다. 후한(後漢)의 엄광(嚴光)을 말한다. 엄광이 어려서 광무제(光武帝)와 함께 친하게 지내다가 광무제가 즉위한 뒤 곧 성명을 바꾸고 부춘산(富春山) 가운데 은거하여 양가죽 옷을 입고서 낚시질하고 지냈다.《後漢書, 逸民列傳 嚴光》

분수석 分水石

폭포 위에 있다.[在瀑流上]

물길이 비록 둘로 나뉘어도	水流雖分二
그 근원은 하나일 뿐이네	其源一而已
이 이치를 진실로 알 수 있다면	此理苟能知
마땅히 증삼(曾參)처럼 대답하리라[114]	當如參也唯

읍청거 挹淸渠

물을 네모난 연못에 끌어들이니	引水入方塘
잔잔한 물결이 맑고도 빛나네	淪漪淸且光
진원을 찾아서 이를 수는 있는데	眞源尋可到
다만 해질 무렵에야 도착할 수 있겠네	惟是迫頹陽

토예거 吐穢渠

물이 방류되는 곳에 석조가 있다.[放水處有石槽]

하늘이 일부러 옥으로 구유를 만들어	天故玉爲槽
출입하는 곳에다가 놓도록 하였네	出入令有處
옛 것은 토해 내고 새 것은 들이니	吐故而納新
일찍이 백양[115]이 했던 말을 듣노라	曾聞伯陽語

위백양의 ≪주역참동계(周易參同契)≫ 안의 말이다.[魏伯陽參同契中語]

---

114) 마땅히 …… 하네 : 《논어》 〈이인(里仁)〉에 공자가 제자 증삼을 불러서 "나의 도는 하나의 이치로써 모든 일을 꿰뚫고 있다.[吾道一以貫之.]"라고 하자, 증삼이 "네, 그렇습니다.[唯.]"라고 대답하였다. 다른 문인들이 공자의 말이 무엇을 의미하느냐고 묻자 증삼이 말하기를 "부자의 도는 바로 충서일 뿐이다.[夫子之道, 忠恕而已矣.]"라고 한 데서 온 말이다.

115) 백양(伯陽) : 위백양(魏伯陽)으로 한나라 때 사람이다. 도술(道術)을 좋아하여 장생불사한다는 단약(丹藥)을 연구하였다. 제자 세 사람과 같이 산중에 들어가서 단약을 구워 만들어서 신선이 되었다 한다. 저서에는 《참동계(參同契)》 등이 있다.

영귀제 咏歸堤

아래 면에 돌을 쌓아 제방을 만드니 그 위가 평평하여 또한 배회하며 읊조릴 수 있다.[下面累石築堤 其上平衍 亦足以徘徊嘯咏]

달빛 아래 옥계를 산보하며 散步玉溪月
운곡[116]의 시를 읊조리네 朗吟雲谷詩
푸른 산마루는 더욱 우거지고 青巒增矗矗
푸른 물은 더더욱 천천히 흐르네 綠水故遲遲

또 지음 又

성학에는 밝음과 어두움이 있지만 聖學有明晦
천기는 옛날과 지금이 없다네 天機無古今
공자께서 세상에 계시지 않으니 宣尼不在世
누가 다시 휘음[117]을 들을 수 있으랴 誰復賞徽音

주일재 主一齋

읍청거 위에 공간이 있는데 사위 조 서방으로 하여금 두 칸 집을 짓게 하니 여러 후손들이 은둔하여 수양하는 곳이 되었다.[挹淸渠上有隙地 令趙甥構屋二間 爲諸孫藏修之地]

학문을 함에는 경(敬)이 필수이고 爲學須要敬
행신에는 명예를 가까이 말라 行身莫近名
나는 늙고 쇠하여 자득함이 없으니 吾衰無自得
너희들 글 읽는 소리를 듣고 싶다네 聞汝讀書聲

---

116) 운곡(雲谷) : 송(宋)나라의 유학자 주희(朱熹)의 호이다. 자는 원회(元晦) 혹은 중회(仲晦)이고, 호는 회암(晦庵) 또는 운곡산인(雲谷山人)이며, 시호는 문공(文公)이다.

117) 휘음(徽音) : 공자의 말씀을 말한다. 《시경》에 문왕의 후비인 태사(大姒)를 칭송한 말에서 나왔는데 "태사가 휘음을 이으시니 곧 많은 아들을 두었네.[太姒嗣徽音 則百斯男.]"라고 한 말이 있다. 《詩經 思齊》

임천잡제십육절

臨川雜題十六絶

임천 臨川

마을의 옛 이름이다.[村居舊號]

일찍이 병자년 봄에	曾於丙子春
임천의 달 아래 같이 있었지	伴宿臨川月
꿈속에 나타난 오색 붓이	夢中五色毫
나에게 시를 지으라고 하네	云我賫行筆

병자년(1636) 3월, 마을 집에 와서 묵을 때 꿈속에서 하나의 함(緘)을 봉해 나에게 준 자가 말하기를 "어떤 이가 이것을 공에게 보냈다."고 하였다. 열어 보니 몇 가지 필재(筆材)가 있었는데 다섯 가지 색깔이 밝게 빛나서 눈으로는 바로 볼 수 없었다. 하품하고 기지개를 켜면서 잠을 깨니 지는 달이 창에 가득하였다. 마음속으로 말하기를 '업수(鄴水)의 붉은 꽃빛이 임천(臨川)의 붓에 비쳤네'[118]라고 하고 마을의 이름을 '임천(臨川)'이라 하였으니 이 꿈이 있었기 때문이다. 그래서 시를 지어 기록한다.

丙子三月 來宿村家 夢中有以緘封一凾餽余者曰 某人以此奉公 開見之 有筆材若干條 五彩炫耀 目不能正視 欠伸而覺 落月滿窓矣 心自語曰 鄴水朱華 光照臨川之筆 以村號臨川而有此夢耶 因以詩記之

유종정 遺種亭

옛집의 남쪽에 있다. 따로 기문이 있다.[在舊寓南 別有記]

높다랗게 솟은 절벽 골짜기	巍巍聳絶壑
빽빽하게 그늘을 펼치네	密密布輕陰
만약 어리석은 나를 오래 살게 한다면	若使癡騃長
반드시 작은 등림[119]을 이루리라	從當少鄧林

118) 업수의(鄴水) …… 비쳤네 : 왕발(王勃)의 등왕각시서(滕王閣詩序)에 "업수(鄴水)의 붉은 꽃빛이 임천(臨川)의 붓에 비쳤네."라는 말이 있다. 이것은 조조의 아들인 조식(曹植)의 시를 말한 것이다.

물가의 거북 龜浦

못 위에 돌이 있는데 거북의 모양과 흡사하다.[潭上有石 酷似龜形]

뽕밭이 몇 차례나 변했는가	桑田知幾變
장륙[120]은 유골만 남았네	藏六留遺骨
몸은 죽었어도 맑은 못을 기억하고	死猶憶淸潭
조절[121]에 저장되길 원치 않았으리	不願藏藻梲

나월엄 蘿月崦

새로 뜬 달이 서쪽 기슭을 비추니	新月照西麓
바위 빛이 옥처럼 찬란하네	巖光爛如玉
내가 가서 자세히 보려고 하였지만	我欲往觀之
벽려(薜荔) 입은 나그네[122] 다닌 흔적이 없네	荔薜無行迹

자양산 紫陽山

주산의 흙이 붉고 물의 북쪽에 있기 때문에 자양이라 이름하였다. 옛날 주 선생이 거처하던 땅이 자양인데 마땅히 배워야 할 것을 배우지 아니하고 산천의 아름다운 이름에만 얽매이니 매번 한 차례 일컬어 때로 스스로 비웃을 따름이다.[主山土色紫 又在水北 故名紫陽 昔朱先生所居地爲紫陽 不學其所當學者 而獨區區於山川之美號 每一稱之 時自哂耳]

성대한 덕은 심학으로 말미암고	盛德由心學
산의 이름은 입으로만 전해지네	山名只口傳

---

119) 등림(鄧林) : 전설상의 숲이다. 옛날에 과보(夸父)가 해를 좇아 달려서 해가 들어가려 할 즈음에 목이 말라 하수(河水)와 위수(渭水)를 마셨는데도 부족하여 대택(大澤)의 물을 마시려고 하였는데 도중에 목이 말라서 죽고, 버려진 그의 지팡이가 화(化)하여 등림이 되었다고 한다.《山海經, 海外北經》

120) 장륙(藏六) : 귀장륙(龜藏六)의 준말로, 거북이가 위험한 상황을 만나면 머리, 꼬리, 네 발 등 여섯 곳을 두꺼운 갑각(甲殼) 안에 감추는 것처럼, 수행자도 안(眼), 이(耳), 비(鼻), 설(舌), 신(身), 의(意)의 육근(六根)을 잘 단속해야 한다는 불교의 교설에서 유래한 것이다.《雜阿含經》

121) 조절(藻梲) :《논어》공야장(公冶長)에 "장문중이 큰 거북의 등껍질을 보관하되, 그 방의 두공(斗栱)에 산 모양을 새기고 그 기둥에 수초(水草) 무늬를 그려넣어 화려하게 꾸몄으니, 어찌 그를 지혜롭다고 하겠는가.[臧文仲居蔡 山節藻梲 何如其知也]"라는 공자의 비평이 나온다.

122) 벽려(薜荔)는 향기 나는 나무 덩굴 이름으로, 은자(隱者)가 입는 옷을 말한다.《초사(楚辭)》이소(離騷)에 "벽려의 떨어진 꽃술 꿰어 몸에 두른다.[貫薜荔之落蘂]"고 하였다.

유주[123)]가 부질없이 함을 지키지만　遺珠空守櫝
그 또한 전대의 현인과는 다르다네　其亦異前賢

대박산 大朴山

자양산의 조산은 청기[124)]의 동쪽에 있다. 대박은 옛 이름이다.[紫陽祖山在靑杞東 大朴是舊號]

대박이 흩어져 사라지지 않고　大朴未消散
융화하여 하나의 큰 산이 되었네　融爲一巨嶽
어쩌면 영웅호걸을 낳게 하여　或能産英豪
우리 삼한의 풍속을 되돌릴 수 있을까?　回我三韓俗

선바위 立石

합강에 있으며 높이가 10여 길이다.[在合江 高十餘丈]

여섯 마리 자라 뼈[125)]가 아직도 썩지 않고　六鰲骨未朽
층층의 오색구름을 지탱하는 기둥이 되었네　撐柱五雲層
저 기부[126)] 같은 어리석음만 없으면　杞婦獨癡絶
하늘이 무너질까 걱정하지 않아도 된다네　謾憂天或崩

---

123) 유주(遺珠) : 초야에 묻혀 있어 알려지지 않은 현인(賢人)을 비유한 말임. 당나라 때 적인걸(狄仁傑)이 변주(汴州)의 판좌(判佐)가 되었다가 서리에게 무함을 당했는데, 당시 하남도 출척사(河南道黜陟使) 염입본(閻立本)이 그를 보고 "중니(仲尼)는 허물을 보고 그의 인(仁)을 안다고 하였는데, 그대는 창해의 유주라 할 만하다.[仲尼稱觀過知仁 君可謂滄海遺珠矣]"라고 하였음.

124) 청기(靑杞) : 현재 경북 영양군 청기면을 가리킴.

125) 여섯 마리 자라 뼈 : 신화 속에 나오는 다섯 개의 선산(仙山)을 머리에 떠받치고 있는 여섯 마리 거북의 뼈이다. 발해(渤海)의 동쪽에 깊은 바다가 있고 그 속에 대여(岱輿)·원교(員嶠)·방호(方壺)·영주(瀛洲)·봉래(蓬萊) 등 다섯 개의 산이 있는데, 신선이 사는 곳이다. 그 산들이 모두 바다에 떠 있어 항상 조수에 따라 왕래하였으므로 상제(上帝)가 그 산들이 서쪽으로 떠내려가 신선들이 거처를 잃게 될까 염려하여 우강(禺彊)에게 명하여 큰 거북 여섯 마리로 하여금 번갈아 산을 떠받치도록 하였는데, 그 뒤 비로소 다섯 개 산이 우뚝 솟아 움직이지 않았다. 그런데 용백국(龍伯國)의 어떤 대인(大人)이 몇 걸음 정도 발을 떼자 다섯 개 산에까지 닿아 단 한 번에 여섯 마리의 거북을 낚아 가지고 돌아가 갑골(甲骨)을 불로 지졌다. 이에 대여, 원교 두 산은 북극으로 떠내려가 대해(大海) 속에 가라앉아 버렸으므로 수많은 신선들이 떠돌아다녔다.《列子 湯問》

126) 기부(杞婦) : 춘추시대 제(齊)나라 기량(杞梁)의 부인을 말한다. 제나라 장공(莊公)이 거(莒)를 칠 때 기량이 전사했는데, 그의 아내가 길에서 남편의 시신을 맞이하면서 슬프게 울자 성이 무너졌다고 한다.《春秋左氏傳》

집승정 集勝亭

입석 위에 있다.[在立石上]

고기 잡는 어부를 기다리기 위하여	爲待漁舟子
바위 문을 밤에도 닫지 않았네	巖扉夜不扃
맑은 밤에 숲 아래를 내려다보니	淸宵林下見
달빛만 집승정에 가득히 비추네	月滿集勝亭

부용봉 芙蓉峯

바로 집승정 위의 봉우리이다.[卽集勝之上峯]

누가 옥정[127]의 연꽃을 가져다가	誰將玉井蓮
은하수 가에다가 심어 두었는가	種在銀河畔
안개비와 거리가 너무 멀어서	煙雨去相遙
고고한 향기를 터트리지 못하네	孤芳猶未綻

자금병 紫錦屛

자줏빛 덮어 쓴 붉은 병풍 북쪽에	紫蓋丹扆北
부용봉 절벽 동쪽에 둥근 달이 뜨면	芙蓉壁月東
인간 세상에서 가장 아름다운 곳들이	人間奇絶地
한 폭의 병풍 안에 모두 담긴다	盡在一屛中

청기 시내 靑杞溪

청기는 옛 현의 이름이다.[靑杞古縣名]

시냇가에 자라는 천 그루 나무	溪上千章木
좋은 재질 나무가 아닌 것 없네	非無杞梓材

---

127) 옥정(玉井) : 태화산(太華山) 꼭대기에 있다는 못 이름이다. 한유(韓愈)의 〈고의(古意)〉에 "태화산 꼭대기 옥정에 있는 연은, 꽃이 피면 열 장이요 뿌리는 배와 같다네.[太華峯頭玉井蓮, 開花十丈藕如船.]"라고 하였다.《韓昌黎集》

어찌하여 사람들은 알지 못하고 如何人不識
큰 짐을 그대로 무너지게 하였는고 大厦任將頽

가지천 嘉芝川

옛 이름을 따랐다.[因舊號]

지초를 노래하는 이[128]에게 감히 묻노니 敢問歌芝子
사마의 근심이 없을 수 있는지[129] 能無駟馬憂
우뚝한 절개를 가진 사람도 何知奇偉節
잘못 조정에 떨어질 줄 어찌 알리오 誤墮幄中籌

골립암 骨立巖

자금 병풍 서쪽 모서리에 紫錦屛西角
골립암이 높고 외롭게 솟았네 高孤骨立巖
온몸이 맑기가 이와 같으니 全身淸若此
또다시 사람의 탐욕을 비웃고 있네 應復哂人饞

초선도 超僊島

북평에 있다.[在北坪]

초연히 학의 등에 올라탄 늙은이 超然鶴背翁
창랑의 달 아래 홀로 서 있네 獨立滄浪月

---

128) 지초를 노래하는 이 : 진(秦)나라 말기에 난리를 피하여 상산(商山)에 은거한 네 노인, 즉 동원공(東園公), 기리계(綺里季), 하황공(夏黃公), 녹리선생(甪里先生)이 한 고조(漢高祖)의 초빙에도 응하지 않고 지초를 캐 먹고 지내면서 자지가(紫芝歌)를 지어 스스로 노래했던 바, 그 노래에, “무성한 자지여, 요기를 할 만하도다. 요순 시대는 이미 지나갔는데, 우리가 의당 어디로 돌아가리요.[曄曄紫芝 可以療飢 唐虞往矣 吾當安歸]” 하였다.

129) 사마(駟馬)의 근심 : 상산사호가 불렀다는 은자(隱者)의 노래의 가사에 “막막한 상락 땅에 깊은 골짜기 완만하니, 밝고 환한 자지로 주림을 달랠 만하도다. 황제와 신농씨의 시대 아득하니 내 장차 어디로 돌아갈거나. 사마가 끄는 높은 수레는 그 근심 매우 크나니, 부귀를 누리며 남을 두려워하느니 차라리 빈천하더라도 세상을 깔보며 살리라.[漠漠商洛 深谷威夷 曄曄紫芝 可以療飢 黃農邈遠 余將安歸 駟馬高蓋 其憂甚大 富貴而畏人 不若貧賤而輕世]”라고 하였다.

두 마리 오리가 나는 것을 보니[130] 每見雙鳧飛
멀리 옥궐에 조회하러 가는구나 遙知朝玉闕

마천벽 磨天壁

산에게 곧고 방정하고 큼[131]을 배워서 山學直方大
절벽이 천 길 높이 굳게 서 있네 壁立千仞彊
시내가 도덕의 물결을 이루니 川爲道德波
유광[132]이 만 리에 유장하게 흐르네 流光萬里長

문암 文巖

산과 내가 서로 얽힌 곳에 山川相繆結
이곳을 정하여 은거할 곳 만들었네 定爲幽居設
애석하도다! 지난날 유람이여 可惜舊日遊
단지 문암에 내린 눈만 감상하였네 但賞文巖雪

경자년 겨울에 진보현감 정자야와 함께 이곳에서 눈을 감상하였다. 문암과 대박산이 모두 수십 리 밖에 있지만 이곳에 이르는 자는 산수의 원위[133]만을 보고자 할 따름이다.[庚子冬 與眞守鄭子野氏賞雪于此 文巖與大朴皆在數十里外 而猶且及之者 欲見山水之源委耳]

---

130) 두 마리 …… 보니 : 후한(後漢) 때에 신술(神術)이 있었던 왕교(王喬)가 섭현령(葉縣令)으로 있으면서 매월 삭망(朔望)으로 조회를 올 적에 그의 거기(車騎)가 보이지 않자, 임금이 몰래 태사(太史)를 시켜 그를 엿보게 한 결과, 그가 올 때마다 반드시 오리 두 마리가 동남쪽에서 날아오므로, 이를 그물로 잡아놓고 보니 바로 신 한 짝이 있을 뿐이었다는 고사에서 온 말이다. 《後漢書 王喬傳》

131) 곧고 방정하고 큼 : 곤덕(坤德)의 쓰임을 형용한 말로, 곧고 방정하고 위대하다는 뜻이다. 《주역》 〈곤괘(坤卦) 육이(六二)〉에 "곧고 방정하고 크니, 익히지 않아도 이롭다.[直方大, 不習, 无不利.]"라고 하였다.

132) 유광(流光) : 소식의 〈적벽부(赤壁賦)〉에 "계수나무 노와 목란 상앗대로 맑은 물결을 치며 달빛 흐르는 강물을 거슬러 오른다.[桂棹兮蘭槳, 擊空明兮泝流光.]"라고 한 데서 나온 말이다.

133) 원위(源委) : 물의 발원과 귀속처를 말하는데 사정의 본말을 뜻한다. 《예기》 〈학기(學記)〉에 "삼왕이 물에 제사를 지낼 때 모두 먼저 개울에 제사 지내고 나중에야 바다에 제사를 지냈다. 개울은 물의 발원처이며 바다는 물이 흘러 모여드는 곳이기 때문이다. 이를 일러 근본을 힘쓴다하는 것이다.[三王之祭川也 皆先河而後海 或源也 或委也 此之謂務本]"라고 하였다. 정현(鄭玄)의 주에, "원(源)은 샘이 솟아 나오는 곳이고, 위(委)는 물이 흘러 모이는 곳이다.[源 泉所出也 委 流所聚也]"라고 하였다.

유유헌십이영

由由軒十二詠

무자년(1648) ○ 유유헌은 의흥 남급의 호이다.[戊子○由由軒 南義興礏號]

반월당 半月塘

밝은 달이 연못 위에 떠오르니	明月生池上
동그란 모양이 옥쟁반 같구나	團團似玉盤
가득 찬 달[134]은 본래 쉽지 않으니	持盈本不易
일부러 반달 형상을 지어보이네	故作半輪看

십매단 十梅壇

한 해가 다 가도 눈은 아직 남은 듯	歲去疑猶雪
매화 향기 풍기니 문득 봄을 느끼네	香來覺已春
고고한 매화가지 누가 감히 벗할까	高標誰敢友
향기로운 덕은 저절로 이웃이 된다네	馨德自成鄰

요월대 邀月臺

시내가 나뉘어 만 갈래가 되었다가	川上分爲萬
정자 앞에서 합하여 세 갈래가 되네	亭中合作三
신기한 광채가 이곳에 가득하니	神光隨處滿
고요함과 더불어 서로 머금게 한다네	要與靜相涵

---

134) 지영(持盈) : 《도덕경(道德經)》 9장의 "달도 차면 기우나니 등금을 유지하기보다는 차라리 가득 참을 유지하지 않는 것이 낫다.[持而盈之 不如其已]"라는 말에서 나온 것으로, 매사에 욕심을 비우고 대처하는 것을 말한다.

전월선 餞月墠

만남은 도리어 이별을 하게 하니　　既見還成別
나의 머리를 백발이 되게 하는구나　　令吾髮欲銀
가련타! 그대 또한 백발이 되었으니　　憐渠亦已皓
어떤 사람 위하여 약을 찧고 있는고　　搗藥爲何人

황화경 黃花逕

오솔길 가득히 황국을 심고　　滿逕栽黃菊
가을 달에 떨어진 국화꽃을 먹네　　秋月餐落英
어찌하여 이 넓은 우주 안에서　　如何宇宙內
다만 두 도연명만 만나게 하는가　　纔見兩淵明

반죽오 斑竹塢[135]

백사장에 기러기 울음이 떨어지고[136]　　響雜平沙鴈
그늘은 푸른 억새 숲에 이어지네　　陰連翠荻林
비바람이 몰아치는 밤이 되니　　時於風雨夜
초강(楚江)[137]의 물가를 깨닫네　　認作楚江潯

칠추정 七楸亭

열매도 있고 그늘 또한 우거지는데　　有子且繁陰

---

135) 반죽오(斑竹塢) : 중국 남쪽의 동정호(洞庭湖)로 들어가는 소상강(瀟湘江) 일대에서 자라는 자줏빛 반점이 있는 대를 소상반죽(瀟湘斑竹)이라 한다. 전설에 의하면 순(舜) 임금이 남쪽 지방을 순행하다가 승하하자, 두 비(妃)인 아황(娥皇)과 여영(女英)이 소상강을 건너가지 못해 슬피 울어 눈물을 흘렸는데, 이 눈물이 대나무에 떨어져 반점이 생겼다고 한다. 《述異記》

136) 백사장에 …… 섞이고 : 상수(湘水)와 그 지류인 소수(瀟水)가 동정호로 흘러드는 지점은 경치가 매우 좋아서 소상팔경(瀟湘八景)이란 명칭이 생겼는데, 그중 하나가 기러기가 백사장에 내려앉는 광경인 평사낙안(平沙落雁)이다.

137) 초강(楚江) : 초나라의 충신 굴원(屈原)이 투신자살한 소상강(瀟湘江)을 가리키는 것이다.

고을에는 이런 나무가 없었네	鄕村無此樹
이것을 북당[138] 앞에다 심으면	爲種北堂前
장차 남두성(南斗星)[139]을 얕잡아 볼 것이네	且傲南斗數

삼괴맥 三槐陌

세 그루 홰나무가 울창하게 우거지니	鬱鬱三槐樹
몇 이랑의 밭에 그늘을 드리우네	陰陰數頃田
무더운 여름을 멀리할 수 있으니	能令朱夏遠
조물주도 이것을 다스릴 수 없다네	造物亦無權

후조롱 後凋壟

저 하나의 둥근 언덕을 바라보니	瞻彼一圓中
울긋불긋 꽃들이 가득 피었네	千紅與萬紫
무엇이든 우로의 은혜가 없다면	孰無雨露恩
오직 세한[140]만 볼 뿐이겠지	歲寒惟見爾

선춘방 先春坊

그늘진 골짝엔 아직도 얼음 있는데	陰壑氷猶在
양지바른 비탈에는 햇살이 따뜻하네	陽坡日易煦
조물주는 사람에게만 사사로이 않으니	天公非私人
땅의 도는 오히려 나무에만 빨리하네	地道猶敏樹

---

138) 북당(北堂) : 《시경》 〈위풍(衛風) 백혜(伯兮)〉에 "어찌 원추리를 얻어서, 북당[背]에 심어 볼까.[焉得諼草, 言樹之背?]"라고 하였는데, 훤(諼)은 바로 '훤(萱)' 자와 같다. 그 전(傳)에 배(背)를 북당(北堂)이라 일컬었으므로 세속에서 모친을 '북당'이라고도 칭한다.

139) 남두성(南斗星) : 이십팔수(二十八宿)의 열 번째 별자리로 남두육성(南斗六星)을 말한다. 장수(長壽)를 주관하는 별로 전해진다.

140) 세한(歲寒) : 《논어》 〈자한(子罕)〉의 "한 해가 다하여 날씨가 추워진 뒤에야 소나무와 잣나무가 뒤에 시드는 것을 안다.[歲寒然後 知松柏之後凋也]"라는 말을 인용한 것이다.

백화안 百花岸

색깔로 구별하기 어렵지만	以色雖難別
마음으로 논하면 도리어 같지 않네	論心卻不同
마음에 굳센 절개 품은 것이 없으면	得無懷苦節
뭍 방초들 가운데서 모욕을 당한다네	仍辱衆芳中

만유제 萬柳堤[141)]

장대 거리에는 눈이 쌓이면	章臺街裏雪
도연명 집에 연기가 피어나네	陶令宅中煙
버들을 꺾어 누구를 주려는가	攀折誰將贈
장안은 아득히 저 멀리 있는데	長安在日邊

옥상인에게 줌

贈玉上人

옥은 스스로 말하지는 않지만	玉旣不自言
나는 그 순수한 아름다움을 사랑하네	我愛溫而栗
만약 옛날의 경쇠를 만들게 한다면	若使作古磬
그 맑은 소리는 바다와 달을 흔들리라	淸音搖海月

141) 만류제(萬柳堤) : 당(唐)나라 한굉(韓翃)이 장안(長安)에서 첩 유씨(柳氏)와 헤어진 뒤 안사(安史)의 난이 일어나자 유씨가 출가하여 비구니가 되었는데, 뒤에 한굉이 평로절도사(平盧節度使) 후희일(侯希逸)의 서기(書記)가 되었을 때 사람을 시켜 유씨에게 "장대의 버들이여, 장대의 버들이여, 옛날의 푸르름을 지금도 지녔는지. 휘늘어진 긴 가지 옛날과 똑같다면, 다른 사람 손에 행여나 꺾일지도.[章臺柳 章臺柳 昔日靑靑今在否 縱使長條似舊垂 亦應攀折他人手]"라는 시를 지어 보내었다. 그런데 그 뒤에 과연 유씨가 번장(蕃將)인 사타리(沙吒利)에게 겁탈을 당했다가, 후희일의 부장(部將) 허준(許俊)의 계교 덕분으로 한굉에게 되돌아오게 되었다는 이야기가 당나라 허요좌(許堯佐)의 '유씨전(柳氏傳)'에 나온다. 《全唐詩》

유백 한극창[142)]에게 줌

贈韓裕伯克昌

극창의 호는 오주임.[克昌號鰲洲]

화류마(驊騮馬)[143)]는 먼 나라에서 자라서	驊騮生絶國
의기가 하늘을 여는 듯 넘치는구나	意氣溢天開
구가[144)]에는 달릴 곳이 없으니	九衢騁無地
풀어두면 산과 바다 사이를 달리리라	放在山海間

석계 회숙 이시명[145)]이 나의 시냇가 집을 방문하여 오언절구를 지어주기에 문득 절구 네 수를 차운함

李石溪晦叔時明訪余溪舍 以五言絶爲贈 卻次四絶

외진 산에서 몇 달 가까이 보내니	窮山近數月
기후에 얽매여 파리하게 누워 있네	羸臥絆時令
말소리가 나는 곳으로 머리를 돌리니	回首鳴騶地
바람에 눈발이 날려 물가에 가득하네	天風雪滿汀

땅은 삼청[146)]의 승경을 두었고	地有三淸勝

---

142) 한극창(韓克昌, 1600~1650) : 조선 후기의 학자. 본관은 청주(淸州). 자는 유백(裕伯), 호는 오주(鰲州). 김자점을 탄핵하다가 유배된 후 벼슬을 버리고 후진 양성에 힘썼다. 병자호란 때 강화(講和)를 적극 반대하였고, 뒤에 민회빈 강 씨의 사사(賜死)에 반대하다가 유배된 이경여 등을 위하여 상소하고 〈백설가(白雪歌)〉를 지었다.

143) 화류마(驊騮馬) : 털빛이 붉어 땀을 흘리면 마치 피가 흐르는 것처럼 보이는 준마로, 주목왕(周穆王)의 8준마 중 하나이다.

144) 구가(九衢) : 도성의 넓은 거리를 가리키는 말로, 포조(鮑照)의 악부시(樂府詩)에 "넓은 거리는 물처럼 잘 닦였고, 높은 궁궐은 구름 속에 떠 있는 듯.[九衢平若水 雙闕似雲浮]"이라고 노래하였다. 《文選, 結客少年場行》 여기서는 고관대작으로 가는 길이란 의미를 중의적으로 내포하고 있다.

145) 이시명(李時明, 1590~1674) : 경상북도 영양군 석보면 원리리(院里里)에서 활동한 조선시대 문인이다. 이함(李涵)의 아들로 자는 회숙(晦叔), 호는 석계(石溪)이다. 1612년(광해군 4) 진사시에 합격하였고 강릉 참봉(康陵參奉)을 제수받았다. 1640년(인조 18) 경상북도 영양군 석보면 원리리에 석계초당(石溪草堂)을 세웠다. 1655년(효종 6) 영산서당(英山書堂)을 대상으로 서원 승격운동을 전개하여 영산서원(英山書院)으로 승격시켰다.

146) 삼청(三淸) : 도교에서 말하는 옥청(玉淸), 상청(上淸), 태청(太淸)의 선계(仙界)를 말한다.

한 해는 열두 달로 나뉘었네 年分十二令
꽃의 단장이 없는 것은 아니지만 非無花卉飾
홀로 만송의 물가를 사랑하네 獨愛晩松汀

조정에는 섭리[147]하는 옛 신하가 많고 燮理朝多舊
고을에는 승선[148]하는 수령이 있네 承宣邑有令
어찌하여 근심을 잊지 못하고 何爲懷耿耿
텅 빈 물가에서 눈물을 흘리나 垂淚對空汀

떳떳한 윤리는 품성을 따라 생기니 彛倫由性得
성패는 과연 누가 그렇게 하는가 成敗果誰令
남한산성의 일을 말하자면 說到山城事
용천검(龍泉劍)[149]이 저녁 물가에서 우네 龍泉吼夕汀

무인년(1638) 입춘에

戊寅立春

나라가 태평하니 관청에 사건이 없고 國泰官無事
백성은 편안하고 세월 또한 풍년이네 民安歲亦豐
다만 아내와 자식으로 하여금 但令妻與子
화락하여 모두 화목[150]하길 바랄 뿐 和樂兩融融

---

147) 섭리(燮理) : 화평하게 다스린다는 의미인데, 재상의 임무를 지칭한 것이다. 《서경(書經)》 〈주서(周書) 주관(周官)〉에 "태사(太師)·태부(太傅)·태보(太保)를 설치하였다. 이 삼공(三公)은 치도(治道)를 논하여 나라를 경영하고 음양을 섭리(燮理)한다."라고 하였는데, 공전(孔傳)에 "음양을 화평하게 다스리는 것이다."라고 하였음.

148) 승선(承宣) : 왕명의 출납을 담당하는 것을 말한다.

149) 용천검(龍泉劍) : 춘추시대 간장(干將)과 막야(莫邪) 부부가 제작했다는 전설적인 보검(寶劍)의 이름인데, 이 검으로 오랑캐인 청나라를 쓸어버리고 싶은 심정을 말한 것이다.

150) 융융(融融) : 정(鄭)나라 장공(莊公)이 아우 공숙단(共叔段)의 반란을 평정한 뒤에 그와 공모(共謀)한 어머니 강씨(姜氏)를 성영(城潁)에 유폐하고 다시 안 만나겠다고 했다가, 영고숙(潁考叔)의 충언을 듣고 땅굴을 통해 들어가서 강씨를 만났다. 그때에 장공이 노래하기를 "대수 안에 그 즐거움이 화락하네.[大隧之中 其樂也

계명 이환의 무호잡영에 차운함

次李季明煥蕪湖雜詠

호는 호우이다.[號湖憂]

국사봉 國師峯

봉우리 이름은 언제부터 시작되었나　　峯號何時昉
창연히 예로부터 지금까지 이어지네　　蒼然自古今
어찌 알았으리오, 상보[151]가 없어도　　安知無尙父
큰 은택이 성대하게 미치게 됨을　　霈澤及林林

용비성 龍飛城

알정의 용이 자리를 옮기니　　閼井龍移祚
서쪽에서 온 지가 몇 갑자나 되는가　　西來幾甲周
산과 강은 오히려 지난날과 같은데　　山河猶似昨
차가운 비를 맞으며 부끄러움을 씻노라　　凍雨爲湔羞

무리촌 茂李村

아름답고 경사로운 마을 나무　　嘉慶坊中樹
향기로운 꽃이 때맞게 피어나네　　芳華正得時
누가 예원의 빼어남을 비난하리오　　誰非藝苑秀
나는 공수가 가장 좋다네　　我寂善公垂

공수는 당나라 이신[152]의 자이다.[公垂唐李紳字]

融融]" 하였다. 그 주석에 "융융은 화락(和樂)"이라고 되어 있다.

151) 상보(尙父) : 사상보(師尙父)를 말한다. 주(周)나라 문왕(文王)의 사부인 강태공(姜太公)을 말한다. 여기서는 임금의 스승인 국사(國師)를 말한다.

152) 이신(李紳) : 당(唐)나라 때의 시인. 백거이와 함께 백성의 삶을 노래한 시를 많이 창작했음. 체구가 작아 단리(短李)라고 불리어졌으며, 원진(元稹) 등과 문명(文名)을 나란히 했음.

검성가 黔姓家

옛날에 오유[153]라는 자가 있었는데	昔有烏有者
후손이 있지 않음을 어찌 알았던가	烏知非有後
장자가 까마귀 검다[154]고 말했지만	蒙莊謂烏黔
검은 것이 모두 까마귀는 아니지 않은가	黔不是烏否

백석대 白石臺[155]

어느 곳인들 정대가 없겠는가	何處無亭臺
일찍이 윗사람의 눈으로 보았네	曾經長者目
바람을 타는 사람[156]에게 물으니	爲問御風人
바다에 산가지를 놓은 것이 몇 집이던고[157]	海籌添幾屋

청원정 淸遠亭

교목은 강 구비에 임해 있고	喬木臨江曲
거친 들판은 끝없이 펼쳐지네	荒原極目平

---

153) 오유(烏有) : 한(漢)나라의 사마상여(司馬相如)가 〈자허부(子虛賦)〉에서 자허·오유선생·무시공(無是公)이라는 가공의 세 인물을 설정하여 문답을 전개했는데, 자허는 '빈말'이라는 뜻이고, 오유선생은 '무엇이 있느냐'는 뜻이고, 무시공은 '이 사람이 없다'는 뜻이다. 실제로는 있지 않은 허구의 일이나 사람을 비유하는 말임.

154) 까마귀 검다 : 《장자(莊子)》 〈천운(天運)〉에 "무릇 백조는 날마다 목욕하지 않아도 희고 까마귀는 날마다 검게 칠하지 않아도 검다. 타고난 흑백에 대해서는 굳이 변론할 것이 없으며 밖으로 드러나는 명예는 굳이 널리 알릴 것이 없다.[夫鵠不日浴而白, 烏不日黔而黑. 黑白之朴, 不足以爲辯, 名譽之觀, 不足以爲廣.]"라고 하였다.

155) 백석(白石) : 전설상의 고대 선인(仙人) 백석생(白石生)은 팽조(彭祖) 때 나이가 벌써 2천여 세나 되었다고 하는데, 백석산에 살면서 항상 백석을 구워 먹었다고 한다. 《列仙傳 白石生》 이 시는 이 고사를 소재로 하여 지은 듯하다.

156) 바람을 타는 사람 : 전국시대 정(鄭)나라 사람 열어구(列禦寇)이다. 바람을 타고 다녔다고 하며, 저서에 《열자(列子)》가 있는데, 당(唐)나라 때 충허진인(沖虛眞人)에 봉해져서 《충허진경(沖虛眞經)》이라고도 한다. 《장자(莊子)》 〈소요유(逍遙遊)〉에 "저 열자는 바람을 타고 하늘을 날아다녀 가뿐가뿐 즐겁게 잘 날아서 15일이 지난 뒤에 땅 위로 돌아온다.[夫列子御風而行, 泠然善也, 旬有五日而後反.]"라는 내용이 보인다.

157) 원문의 해주(海籌)는 해옥첨주(海屋添籌)의 준말. 해옥은 바다 위에 신선이 산다는 집으로, 《동파지림(東坡志林)》에, "세 노인이 있었는데, 서로 나이를 묻게 되자, 한 노인이 말하기를, '바닷물이 상전(桑田)으로 한 번 변할 때에 나는 1주(籌, 산가지)씩을 내려놓았는데, 지금 10주가 찼다.'고 했다." 하였음.

번화한 속세에서 한바탕 꿈을 깨니 繁華驚一夢
바람과 달 단지 둘만이 맑구나 風月只雙淸

신림천 新臨遷

구름은 벼랑길 돌다가 끊어지고 雲棧縈還斷
봄 숲은 합했다가 또 열리는구나 春林合又開
지나가는 길손은 전혀 없고 絶無行客過
이따금 나물 캐고 나무하는 사람만 오가네 時有采樵來

이동사 梨洞寺

총림[158]에서 어찌 호계[159]를 건너리오 叢林豈虎溪
노승은 영철[160]이 아닌데 老宿非靈徹
육신을 태워 한 일이 무엇인가 灼膚何所爲
불법 세계가 모두 소멸인 것을 法界俱消滅

초면평 草面坪

화창한 봄은 바다와 같고 藹藹春如海
밭에는 물이 가득 고였네 汪汪水滿田
비와 햇살이 때에 알맞으니 雨暘時旣若
올해는 대풍이 드는 것을 보리라 行見大豊年

---

158) 총림(叢林) : 승려들이 모여 수행하는 곳을 통틀어 이르는 말이다. 고대 인도(印度)에서는 도성 교외의 한적한 숲 속을 택하여 정사(精舍)를 짓고 수행하였으므로 승려들이 거주하는 곳을 총림이라 부르게 된 것이다.

159) 호계(虎溪) : 호계삼소(虎溪三笑) 고사에 빗대어 한 말이다. 호계는 중국 강서성(江西省) 구강현(九江縣) 여산(廬山) 동림사(東林寺) 앞에 있는 시내이다. 진(晉)나라 때 혜원법사(慧遠法師)가 동림사에 있으면서 손님을 보낼 때 이 시내를 건너지 않았는데, 여기를 지나기만 하면 문득 호랑이가 울었다. 하루는 도연명(陶淵明), 육수정(陸修靜)과 함께 이야기를 하다가 자신도 모르는 사이에 이를 넘자 호랑이가 우니, 세 사람이 크게 웃고 헤어졌다고 한다. 《東林十八高賢傳》

160) 영철(靈徹) : 당(唐)나라 때 백거이(白居易)와 친했던 시승(詩僧)이다. 〈스님 영철의 시를 읽고[讀僧靈徹詩]〉라는 백거이의 시가 있다.

애막연 涯邈淵

모래 자국 보고 기러기 모인 것을 알았고 印沙認鴈回
달빛 물결 보고 물고기 노닌 것을 알았네 皺月知魚泳
물가의 아득한 정취 다하기 어려우니 涯邈豈難窮
오직 배와 수레가 가는 데로 끌려갈 뿐 舟車惟所命

하풍진 河豐津

봄 강의 깊이는 헤아릴 수 없으니 春江深不測
행리[161]는 뱃사공에게 맡길 뿐 行李信篙工
해가 저물자 사람들 다투어 건너는데 日暮人爭渡
물결이 어찌 순풍만 좋아하리 波安肯候風

청산 青山

가성은 어찌 저리 울창한가 佳城何鬱鬱
하늘이 등공의 무덤을 만들었네[162] 天爲滕公墓
뜰 안의 섬돌을 보니 已見庭除間
지초와 난초가 옥수에 비치네[163] 芝蘭暎玉樹

161) 행리(行李) : 사자(使者), 수종(隨從)하는 하인, 행장(行裝) 등의 뜻으로 쓰이는데, 여기서는 행로(行路)의 뜻으로 쓰였다.

162) 가성(佳城)이 …… 답답하겠는가 : 가성은 무덤을 뜻한다. 한(漢)나라 등공(滕公)이 말을 타고 가다가 동도문(東都門) 밖에 이르자 말이 울면서 앞으로 나아가지 않은 채 발로 오랫동안 땅을 굴렀다. 사졸을 시켜 땅을 파 보니 깊이 석 자쯤 들어간 곳에 석곽(石槨)이 있고, 거기에 "가성(佳城)이 울울(鬱鬱)하니, 삼천 년 만에야 해를 보도다. 아! 등공이여, 이 실(室)에 거처하리라." 하는 글이 새겨져 있었는데, 등공이 죽은 뒤에 이곳에 묻혔다고 한다. 《西京雜記》

163) 지초와 …… 비추네 : 옥수(玉樹)는 지란옥수(芝蘭玉樹)의 준말로 남의 집안의 우수한 자제(子弟)를 가리킨다. 진(晉)나라 사안(謝安)이 여러 자제들에게 어떤 자제가 되고 싶은지 묻자, 그의 조카인 사현(謝玄)이 대답하기를 "비유하자면 지란옥수가 뜰 안에 자라게 하고 싶습니다.[譬如芝蘭玉樹, 欲使其生於階庭耳.]"라고 하였다. 《世說新語 言語》

장사 長沙

천고에 빼어난 아름다운 비경	勝景秘千春
강의 여울은 칠리탄(七里灘)[164] 같구나	江灘同七里
어찌 양 갖옷 입은 늙은이[165]만이	豈惟羊裘翁
고상한 운치를 끝없이 전하는가	高致傳無已

삼탄 三灘

무호의 절경을 가려내어	攬取蕪湖勝
그 가운데 작은 오두막을 지었네	中間結小廬
서남쪽 구비 모래섬에 다다르니	西南臨曲渚
빼어난 경치가 눈에 가득 들어오네	秀色看紆餘

알운령 遏雲岺[166]

바위에 부딪쳐 피어나는 작은 구름	觸石起雖微
갑자기 끊어지기는 끝내 어려워라	終難遽遏絶
태양도 간섭할 수 없으니	太陽不可干
장맛비는 절기에 맞게 내리는구나	淫雨宜爲節

합강 合江

시내의 근원은 끝없이 긴데	川源旣已長
이곳에 합류하니 깊고도 더욱 넓어	合流深增廣

164) 칠리탄(七里灘) : 후한 광무제(光武帝) 때의 고사(高士)인 엄광(嚴光)이 은거하며 낚시하던 곳으로 엄주(嚴州) 동려현(桐廬縣) 부춘산(富春山)에 있다.

165) 양 갖옷 입은 늙은이 : 후한(後漢) 광무제(光武帝)의 소싯적 친구로서, 높은 벼슬을 주려는 광무제의 호의를 거절하고 부춘산(富春山)에 들어가 숨어 살며 양 갖옷[羊裘]을 걸치고 동강(桐江)에서 낚시로 소일했다고 한다. 《後漢書, 嚴光列傳》

166) 알운(遏雲) : 가던 구름이 음악을 들으려고 멈춘다는 뜻으로, 풍악이 멋지게 울려 퍼지는 것을 말한다. 진(秦)나라의 명창 진청(秦靑)이 노래를 부르자, 가던 구름도 그 소리를 듣고 멈춰 섰다는 향알행운(響遏行雲)의 이야기가 《열자(列子)》 〈탕문(湯問)〉에 전한다. 이 시는 이 고사를 소재로 삼아 지은 듯하다.

저 강 물결은 어느 때에 잔잔할까 波浪幾時平
어룡 바야흐로 분탕질을 하려는데 魚龍方震蕩

분포 盆浦

엎어진 동이 아래로 한번 들어가니 一入覆盆下
삼광[167]을 모두 알 수가 없네 三光皆莫知
봄은 밝아오는데 문밖의 길손은 春明門外客
이르지 않으니 슬픔이 먼저 일어나네 不到意先悲
이해창[168]이 귀양 와서 여기에 이르렀다.[李海昌 被謫來此]

서원 書院

지난날 우리 향선생[169] 昔我鄉先生
나에게 서원 공사 맡기셨네 令吾敦匠事
그로 인해 산수의 깊은 곳을 찾았으니 仍探山水奧
진실로 서원 땅으로는 명당이네 允合明宮地

시원 柿園

색깔은 규룡의 알보다 붉고 色奪赬虯卵
달기는 벼랑의 벌꿀보다 낫네 甛勝崖竇蜜
어찌하여 나무의 사이에 열려서 何如綴樹間

---

167) 삼광(三光) : 해, 달, 별을 말한다.

168) 이해창(李海昌) : 조선 중기의 문신. 본관은 한산(韓山). 자는 계하(季夏), 호는 송파(松坡). 임숙영(任叔英)의 문인이다. 문과에 급제, 검열·정자·봉교·정언 등을 역임하고 지평으로 있을 때 김상헌(金尙憲)을 신구(伸救)하다가 영덕에 유배되었다. 이후에 유배가 풀려 부수찬에 복직되고, 이어서 수찬·교리·헌납을 거쳐, 이조정랑에 이르렀다. 《인조실록》의 편찬에 참여하고 그 해에 응교·시독관(侍讀官)·교수를 겸직하였고 사간이 되었다. 저서로는 《송파집》이 있다.

169) 향선생(鄕先生) : 옛날 벼슬을 그만두고 시골에 내려온 중대부(中大夫)를 태사(太師)로 삼고 벼슬을 그만둔 사(士)를 소사(少師)로 삼아 향학(鄕學)에서 자제들을 가르치게 하였는데, 이 노인들을 명명하여 향선생이라고 하였다. 《儀禮 士冠禮》

연회하는 자리에서 나를 기다리나	待我賓筵日

율주 栗洲

저공[170]이 원숭이 기르기를 좋아하여	狙公愛養狙
아침저녁에 서너 개로 다투게 하였네	朝暮爭三四
그대 홀로 나무 심어 무엇을 하려는가	君獨樹何爲
사물을 관찰하는 뜻이 아님이 없구나	無非觀物意

곽경순이 말하기를, "집에 밤 싹이 텄다."고 하였다.[郭景純云 栗芽于室]

죽오 竹塢

삼복더위가 혹독히 사람을 괴롭혀도	惱人庚熱酷
나란한 평상에 대낮 그늘이 시원하네	連榻午陰清
길손은 떠나고 고요히 죽오를 대하니	客去靜相對
산새 울음소리만 들릴 뿐이네	惟聞山鳥鳴

국포 菊圃

천지의 풍상이 고달프지만	天地風霜苦
외로운 방초(芳草)는 견디며 피어났네	孤芳耐得全
절세미인처럼 밝은 모습	明如絶代女
홀로 서서 곱게 단장하고 있구나	獨立靚粧鮮

매단 梅壇

찬 기운이 완전히 가시지 않은데	寒氣未全薄

170) 저공(狙公) : 조삼모사(朝三暮四)의 고사에 나오는 원숭이 기르기를 좋아했다는 옛사람이다. 눈앞에 보이는 차이만 알고 결과가 같은 줄은 모르는 어리석은 원숭이나 간사한 꾀로 남을 농락하는 저공을 박종악(朴宗岳)이 자신에 비유하여 인용한 것이다.《莊子 齊物論》

한 해의 처음에 새롭게 피었네	歲華初向新
멀리서 화정[171]의 글을 가지고	遙將和靖筆
한줄기 강과 봄을 읊어본다네	點綴一江春

송제 松堤

그윽이 거처하는 곳에 긴 둑이 막혀 있어	幽居阻長堤
소나무를 심으니 날마다 무성해지네	栽松日以茂
나라의 동량재로 알맞지만	雖中棟樑材
어떤 마음으로 편안하고 걸출하게 얽을까	何心安傑搆

도원 桃源

흰 구름 이는 곳에 초당을 짓고	披雲起草堂
강물 따라 복숭아나무를 심었네	種桃緣江水
누가 그대를 가난하다고 하는가	誰謂子長貧
구름 비단 속에서 살고 있는 것을	生涯雲錦裏

상판 桑坂

벼를 심어도 배는 고프고	種禾腹長飢
뽕을 심어도 비단옷은 없네	種桑衣無帛
원컨대 그대 힘들게 살지 말게나	願君莫勞生
창해(滄海)도 조석으로 변하는 것을	滄溟變朝夕

---

171) 화정(和靖) : 서호처사(西湖處士)로 불린 북송의 임포(林逋)를 가리킨다. 서호(西湖)는 절강성(浙江省) 항주(杭州) 서쪽 전당강(錢塘江)에 있는 호수이다. 임포는 자가 군복(君復)이고, 인종이 화정선생(和靖先生)이라는 시호를 내렸다. 서호의 고산(孤山)에 은거하여 20년 동안 성시(城市)에 발을 들여놓지 않았으며 행서와 시에 능하였는데 특히 매화시가 유명하다. 장가를 들지 않아 처자 없이 매화를 심고 학을 기르며 즐기니, 당시에 '매처학자(梅妻鶴子)'라고 하였다. 《宋史, 林逋列傳》

도헌 상지 유우잠에게 부침

寄柳陶軒尙之友潛

달은 밝고 하늘에는 구름 한 점 없으니	月白天無雲
뜰에는 부질없이 나무에 바람만 불어대네	庭空風滿樹
그대 그리움 말로 다할 수 없으니	思君不可言
홀로 내려가서 섬돌 앞을 거니네	獨下堦前步

의정 김득의에게 줌. 경자년(1600)

贈金義精得礒 庚子

병든 학은 하늘에 오를 뜻이 있고	病鶴層霄意
찬 소나무는 세모의 마음[172]	寒松歲暮心
서로 만나 한자리서 웃으니	相逢方一笑
강호와 바다의 두 정이 깊도다	湖海兩情深

사신 가는 유경청을 전송하며

送柳景淸入洛

명나라 수도는 몇백 리나 되는지	京洛幾百里
떠나는 길손은 어느 날에 돌아오나	行人何日還
세상이 이별의 정한이 없는 곳은	人間無別恨
다만 경정산[173]만 있을 뿐이네	只有敬亭山

---

172) 찬 소나무는 …… 가지네 : 엄동설한(嚴冬雪寒)에도 변하지 않는 소나무처럼 절개가 꿋꿋하다는 의미로 세한송백(歲寒松柏)에서 유래된 말이다. 《논어(論語)》 〈자한(子罕)〉에 이르기를, "추운 겨울철을 지내보아야 송백(松柏)이 나중에 시든다는 것을 알 수 있다.[歲寒然後 知松柏之後彫也]"라고 하였는데, 후세의 시문(詩文)에서는 이 말로 역경(逆境) 속에서 지조를 변치 않는 사람을 비유하였음.

173) 경정산(敬亭山) : 중국 안휘성 선주(宣州) 성북 수양강(水陽江) 가에 있다. 이백(李白)의 〈독좌경정산(獨坐敬亭山)〉시에 "뭇 새들 높이 날아 사라지고, 외로운 구름만 한가로이 떠가네. 서로 바라봐도 싫증나지 않은 것은 오직 경정산 뿐이라네.[衆鳥高飛盡 孤雲獨去閑 相看兩不厭 只有敬亭山]"라고 했다.

적벽체의 글자를 모아서 현언 남융달 아저씨의 초정에 쓰다

集赤壁體字題南叔顯彦隆達草亭

달이 솟아오르니 모든 산들이 밝고	月出千山白
가을이 오니 온갖 골짜기가 그윽하네	秋來萬壑幽
긴 바람이 계수나무 물가에 부니	長風吹桂渚
외로운 길손은 난주[174]에 의지하네	孤客倚蘭舟

달밤에 경정에서 백당에 이르러 여섭 신즙[175]에게 보임

月夜自敬亭至栢堂 示申汝涉楫

밤에 경정 연못으로 나오니	夜出敬亭池
밤의 경치는 더욱 기이하네	夜景更奇絶
돌아와도 마음에 잊지 못하여	歸來心不忘
오히려 맑게 일렁이는 달에게 말하네	猶說淸漪月

왕우군의 글자를 모아 회포를 씀. 절구 두 수

集王右軍字書懷 二絕

석문을 사랑하고 좋아하기 때문에	爲愛石門好
한 번 가면 당연히 돌아오지 않네	一往當不還
어찌 모름지기 혼사를 모두 마치고	何須畢婚娶

---

174) 난주(蘭舟) : 목란(木蘭)으로 만든 배이다. 소식(蘇軾)의 〈전적벽부(前赤壁賦)〉에 "계수나무 노와 목란 상앗대로 공명을 치며 물결을 거슬러 오른다.[桂棹兮蘭槳, 擊空明兮泝流光.]"라고 한 데서 온 말이다. 《古文眞寶》

175) 신즙(申楫, 1580~1639) : 조선 중기의 문신·학자. 본관은 영해(寧海). 자는 여섭(汝涉), 호는 하음(河陰). 경상도 상주 출신으로 정경세(鄭經世)의 문인이다. 문과에 급제하여 전적(典籍)을 지냈다. 광해군이 즉위한 뒤에 벼슬을 버리고 명승지를 찾아 유랑하였다. 정묘호란 때는 강원도도사로 종군하였으며, 병자호란 때는 의병장이 되었고, 사복시정(司僕寺正)에 이르렀다. 효성이 지극하고 지조가 강하였다. 성리학을 비롯하여 의약·복서(卜筮)·지리·천문 등에 통달하였으며, 스승 정경세와 학문과 의례에 대하여 토론한 문목이 《우복집(愚伏集)》에 수록되어 있다.

그런 뒤에 명산으로 들어가야 하는가[176] 然後入名山

다행히 세상이 무사하니 天下幸無事
나는 일민[177]이 되었구나 故吾爲逸民
복숭아나무를 심어 절기를 나누니 種桃分節氣
도리어 진나라를 피한 사람[178]인 듯하네 還似避秦人

자화 신광하가 청부[179]에서 찾아와 밤에 담소를 하였는데 마침 비바람이 크게 불어 하루를 머물렀다. 떠날 때에 천교[180]의 뜻과 독학의 의의로 면려하고 옛적에 있었던 일을 말해 주었다. 다만 말에는 선(善)과 불선(不善)이 있으니 내가 말한 바가 과연 능히 어짊에 도움이 되는 것이 있는지는 알지 못하겠다.
을유년(1645)

申子華光夏自青凫來見夜話 適風雨大作 留一日 臨行勉以遷喬之意篤學之義 贈人以言古事也 但言有善不善 不知吾所言者果能有裨於賢者也 乙酉

임천에 밤이 들어 비바람이 부는데 風雨林泉夜
그대를 보니 기뻐함을 알 수 있네 看君喜可知
정녕 한마디 말로 당부를 하노니 丁寧付一語
위험을 만나거든 능히 생각할지어다 遇險或能思

176) 혼사를 …… 하는가 : 후한(後漢) 때의 은사(隱士)로 자가 자평인 상장(向長)은 일찍이 《노자(老子)》와 《주역(周易)》에 모두 정통했는데, 젊어서부터 벼슬하지 않고 은거하면서 일찍이 말하기를 "아들과 딸의 혼사를 마치고 나면 집안일은 끊어 버리고 다시 상관하지 않겠다.[男女嫁娶既畢, 敕斷家事勿相關.]" 하더니, 광무제(光武帝) 연간에 아들과 딸의 혼사를 마치고는 과연 친구들과 함께 오악(五嶽) 등의 명산을 두루 유람하고 끝내 신선이 되러 갔다고 한다. 《後漢書, 逸民列傳 向長》

177) 일민(逸民) : 학문과 덕행이 있으나 세상에 나와 벼슬하지 않고 초야에 묻혀 있는 선비를 말한다.

178) 진(秦)나라 피한 사람 : 도잠(陶潛)의 〈도화원기(桃花源記)〉에 "선조들이 진나라의 난리를 피해 처자와 고을 사람들을 데리고 무릉도원인 이 절경에 들어와서 살기 시작했다.[先世避秦時亂 率妻子邑人 來此絶境]"는 말이 나온다.

179) 청부(青凫) : 경상도 청송군(青松郡)의 옛 이름이다.

180) 천교(遷喬) : 낮은 곳에서 높은 곳으로 옮겨 감을 뜻하는 것으로, 맹자(孟子)가 "나는 어두운 골짜기에서 나와 교목으로 옮겨 간다는 말은 들었으나 교목에서 내려와 어두운 골짜기로 들어간다는 말은 듣지 못했다.[吾聞出於幽谷 遷于喬木者 未聞下喬木而 入於幽谷者]"라고 한 데서 유래하였다. 《孟子 滕文公上》

시詩

오언율시 五言律詩

눈을 읊음

詠雪

문으로 들어와 다투듯 단장하니	入戶鬪粧粉
날리는 주렴은 황홀한 수정 같네	飛簾眩水精
이때 옥우[181]의 손을 잡았으니	此時携玉友
어느 곳에서 매형[182]을 찾을까	何處訪梅兄
먼 골짜기에는 구름이 어둡고	遠洞兼雲暗
높은 봉우리에는 달이 밝도다	高峰助月明
응당 봄빛이 늦어짐을 싫어해	應嫌春色晩
나무에 붙어서 온갖 꽃을 피우네	着樹綴繁英

우복 선생께 올림

上愚伏先生

가을바람 불어와 흥은 높아지고	秋風動高興
석양은 텅 빈 성안에 가득하네	落日滿空城

181) 옥우(玉友) : 금곤옥우(金昆玉友), 또는 옥곤금우(玉昆金友)와 같은 말이다. 남조(南朝) 양(梁)나라 왕전(王銓)이 그 아우 왕석(王錫)과 더불어 효행이 똑같이 드러나니, 사람들이 옥곤금우라 칭하였다. 그래서 후세에는 형제를 곤옥(昆玉)이라 한다.

182) 매형(梅兄) : 매화를 일명 매형이라고도 부른다. 송나라 황정견(黃庭堅)의 시에, "향기로운 하얀 몸 성 기우려 하나니, 산반이 동생이요 매화가 형이로다.[含香體素欲傾城 山礬是弟梅是兄]" 하였다.

오래된 나무에는 푸른 안개가 덮이고 樹古蒼煙重
긴 시내에는 하얀 새가 가볍게 나네 川長白鳥輕
멀리 방외의 땅을 찾아가다가 遙尋方外去
잠시 이곳을 향하여 길을 잡았네 暫向此中行
비로소 기산의 길손[183]에게 부탁하니 始信箕山客
요 임금 피해 명예를 좇지 말게나 逃堯不爲名

창수원에서 비에 막혀 덕무에게 부침 경자년(1600)
蒼水院滯雨 寄德茂 庚子

여관의 창에서 누구와 마주할까 旅牕誰與對
저물녘에 나 홀로 난간에 기대어라 向夕獨憑欄
바다 날씨는 갰다가 또 비가 오고 海日晴還雨
강 누대에 해가 지니 더욱 쓸쓸하네 江樓晩更寒
창수원에서 길 가는 행차를 늦추고 淹行蒼水院
돌아가 백구[184] 나는 여울을 꿈꾸네 歸夢白鷗灘
그대 또한 고향을 생각하는 길손 君亦思鄕客
이별의 심회는 매 일반이네 離懷想一般

183) 기산(箕山)의 길손 : 허유(許由)를 말한다. 중국 상고 시대의 고사(高士)로서 요(堯)가 천하를 양보하려 하자 거절하고 기산(箕山)에 숨었으며 또 그를 불러 구주(九州)의 장(長)으로 삼으려 하자 영수(潁水) 물가에 가서 귀를 씻었다 한다. 《莊子 逍遙遊》

184) 백구(白鷗) : 두보(杜甫)는 〈위 좌승에게 받들어 올리다. 22운[奉贈韋左丞丈二十二韻]〉에서, 자신을 갈매기에 비유하여 "너른 바다 물결에서 출몰하는 흰 갈매기를, 만 리 밖에서 어느 누가 길들이겠는가.[白鷗沒浩蕩, 萬里誰能馴.]"라고 하였는데, 은거하면서 어디에도 얽매이지 않으려는 뜻을 담고 있다.

회포를 씀. 신축년(1601) ○ 병소서

書懷 辛丑 ○ 并小序

사람이 세상을 살아감에 모순되는 일이 많다. 바로 맹자가 말한 "마음을 분발시키고 참을성을 기질로 만든다."[185]와 횡거가 말한 "그대를 빈궁하게 하고 시름에 잠기게 하는 것은 장차 그대를 옥으로 만들어 주려 함이다."[186]는 것은 배우는 사람에게 공부의 터전이 된다. 그러므로 이를 적어 경계로 삼는다.

人生之於世間 事多矛盾 正孟子所謂動心忍性 橫渠所謂貧賤憂慽 庸玉汝于成也 乃爲學者用工之地 故聊書此以爲戒

나그네 마음은 더욱 쓸쓸해지고	客意轉蕭索
좋은 시절은 경정에 떨어지네	年華落敬亭
가난해도 사귐에 도가 있음을 알고	貧知交有道
병이 드니 밤을 새기가 어렵다는 것을 깨닫네	病覺夜難經
일을 만나면 오로지 인(忍) 자를 새기고	遇事惟書忍
사람을 만나면 무조건 칭찬하려 하네[187]	逢人肯說酷
석양에 돌아가 바라보는 것이 끊어지니	夕陽歸望斷
잠자는 새는 숲속으로 돌아가네	宿鳥返林坰

185) 마음을 …… 만든다 : 《맹자》 〈고자 하(告子下)〉에, "하늘이 어떤 이에게 장차 큰 임무를 내리려 하면, 반드시 먼저 그의 심지를 괴롭게 하며 그의 근골을 수고롭게 하며, 그의 육체를 굶주리게 하며 그의 몸을 빈궁하게 하여, 그가 하는 일마다 어긋나 이루지 못하게 한다. 이것은 마음을 분발시키고 참을성 있는 기질로 만들어 그가 해내지 못했던 일을 잘 할 수 있게 하기 위함이다.[天將降大任於是人也, 必先苦其心志, 勞其筋骨, 餓其體膚, 空乏其身, 行拂亂其所爲. 所以動心忍性, 曾益其所不能.]"라는 말이 있다.

186) 그대를 …… 함이다 : 횡거(橫渠) 장재(張載)의 〈서명(西銘)〉에 나오는 말이다.

187) 사람을 …… 칭찬하려 하네 : 원문의 '봉인설(逢人說)'은 당(唐)나라 때의 양경지(楊敬之)와 항사(項斯)의 고사이다. 선배인 양경지가 항사를 한번 만나보고 그에게 준 시에 "몇 번이나 시 보아도 시가 모두 좋더니, 그 풍모 직접 보니 시보다 더 좋구나. 나는 평생 남의 장점 숨길 줄 몰라, 어디서든 사람 만나면 항사를 말한다네.[幾度見詩詩盡好 及觀標格過於詩 平生不解藏人善 到處逢人說項斯]"라고 하였고, 이로 인해 항사의 명성이 널리 알려졌다고 한다.《詩話總龜》 이 고사는 누구를 대하든 남의 단점을 보기보다는 장점을 보고 칭찬한다는 뜻이다.

신여섭에게 줌

贈申汝涉

신 선생은 유림에서 빼어난 사람	申子儒林秀
일찍이 영남에서 명성을 드날렸네	南州早擅名
재주를 미루어 보면 내가 아우지만	人才推有弟
나이로는 외람되게도 형이 되네	年事忝爲兄
푸른 혜초(蕙草)[188]는 무성한 봄에 향기롭고	碧蕙芳春茂
푸른 강은 이르는 곳마다 맑구나	蒼江到底淸
여러 해를 길이 이별하게 되니	數年長作別
어찌 상심하지 않을 수 있으리오	安得不傷情

용두정에서 박제독의 시에 차운함

龍頭亭 次朴提督韻

합류하는 강가 정자의 주인은	合流河亭主
백조처럼 한가한 마음을 가졌네	心將白鳥閒
바위 골짜기 속에서 숨어 살며	冥棲巖壑裏
물과 구름 사이에 높이 누웠네	高臥水雲間
적성[189]에서는 손작[190]을 따르고	赤城追孫綽
현단[191]에서는 자안[192]에게 읍하네	玄壇揖子安
풍진의 혼탁한 세상은 좁으니	風塵塵世狹
이 강 넓은 것처럼 다투리라	爭似此江寬

188) 푸른 혜초(蕙草) : 군자가 난세(亂世)를 만나 뜻을 펴지 못함을 비유한 것이다. 두보(杜甫)의 〈장유(壯遊)〉 시에 "가을바람이 슬픈 골짜기에 부니, 푸른 혜초가 미약한 꽃잎을 버리도다.[秋風動哀壑 碧蕙捐微芳]" 하였다.

189) 적성(赤城) : 충청북도 단양(丹陽)의 옛 이름이다.

190) 손작(孫綽) : 진(晉)나라 사람으로 〈수초부(遂初賦)〉라는 글이 있다. 이 글의 주제는 벼슬을 마다하고 은거 생활을 즐기는 것이다.

191) 현단(玄壇) : 임금이 제사를 지내는 단이다. 여기서 조정을 말한다.

192) 자안(子安) : 당(唐)나라 문인인 왕발(王勃)의 자이다. 문장에 천부적인 재능이 있었으며 〈등왕각서(滕王閣序)〉라는 글을 지어 문명을 떨쳤다.

사시사 조송설[193] 완화첩에 임서[194]함.
四時詞 臨趙松雪浣花帖

봄 春

물길 다한 곳에 초가 한 채	窮源一草屋
장차 새해가 돌아옴을 기뻐하네	且喜歲華新
구름에 누워 즐겁게 지내니	雲臥猶堪樂
풍광은 절로 풍요롭구나	風光自不貧
물안개는 새벽달을 가두고	水煙籠月曉
꽃비는 강의 꽃을 적시네	花雨濕江春
단지 속세의 일삼는 것 없다면	只得無塵事
무엇하러 세상 밖의 사람을 찾겠는가	何須世外人

여름 夏

봉호[195]는 봄이 지나면 닫히니	蓬戶經春掩
호수와 정원은 반이 이미 황폐하네	湖園半已荒
대나무에 죽순은 아직 돋지 않았지만	竹生孫未長
꽃은 씨앗을 맺어 오히려 향기롭네	花着子猶香
대낮에도 속세의 길손이 없으니	白日無塵客
청산이 스스로 초당으로 들어오네	青山入草堂
날아다니는 꾀꼬리는 서로 아는 듯	流鸎似相識
머뭇머뭇 숲속 연못을 지나가네	故故過林塘

193) 조송설(趙松雪) : 원(元)나라의 저명한 화가인 조맹부(趙孟頫)로, 그의 호가 송설도인(松雪道人)이다.

194) 임서(臨書) : 법첩(法帖)을 옆에 두고 이것을 보면서 쓰는 방법, 또 그렇게 쓴 글씨.

195) 봉호(蓬戶) : 청빈한 선비의 검소한 거처를 뜻한다. 《예기》 〈유행(儒行)〉의 "선비는 가로세로 각각 10보(步) 이내의 담장 안에서 거주한다. 좁은 방은 사방에 벽만 서 있을 뿐이다. 대를 쪼개어 엮은 사립문을 매달고, 문 옆으로 규 모양의 쪽문을 낸다. 쑥대를 엮은 문을 통해서 방을 출입하고, 깨진 옹기 구멍의 들창을 통해서 밖을 내다본다.[儒有一畝之宮, 環堵之室, 篳門圭窬, 蓬戶甕牖.]"라는 말에서 유래한 것이다.

가을 秋

동산의 밖을 걸어 나가니	步出東山外
산 빛이 물속에 보이네	山光看水心
감흥은 가을빛을 따라 시들어 가고	興隨秋色老
물결은 길손의 근심과 함께 깊어지네	波共客愁深
이슬은 옷을 모두 적시고	露重衣全濕
종소리는 멀리 달 속에 잠기네	鐘踈月欲沉
국화꽃 피는 날 백주를 들고[196]	黃花與白酒
훗날 서림[197]을 다시 찾으리라	佗日更西林

겨울 冬

한 해가 저무는 황량한 동산에	歲暮荒園裏
차가운 꽃들이 더는 향기롭지 않네	寒花更不香
사람의 정은 늙음과 젊음이 다르고	人情爲老少
하늘의 도는 음과 양으로부터	天道自陰陽
문을 닫으니 안개와 노을은 예스럽고	閉屋煙霞古
마음을 맑게 하니 물과 달은 빛나네	澄心水月光
관가의 한 두렁이 넘는 땅에는	官家寬一陌
송죽이 두세 줄 자라고 있네	松竹兩三行

---

196) 국화꽃 …… 가지고 : 원(元)나라 고옥(古玉)의 "세상 사람들은 중양절을 가장 중히 여기나 중양절만 꼭 감흥 크게 일으키는 것 아니리. 어느 때나 황국(黃菊)을 마주하여 백주(白酒) 마시면 가을 어느 날이 중양절 아니리."라는 시가 있다.《御定佩文齋詠物詩選》

197) 서림(西林) : 송(宋)나라 때의 학자 주희(朱熹)가 이동(李侗)을 배알하고 수학할 적에 머물던 절 이름이다. 이때 '제서림가사달관헌(題西林可師達觀軒)'이라는 시를 지었는데, "옛 절에 다시 오니 감개가 깊은데, 작은 집은 옛날에 지내던 그대로이네. 지난날 묘처라고 여겼던 것이 지금은 한으로 남나니, 만고의 하늘에 한 조각 마음이로다.[古寺重來感慨深 小軒仍是舊窺臨 向來妙處今遺恨 萬古長空一片心]"라고 한 내용이 있다.

말과 돼지를 먹이는 밭
秣馬猪田

역로에 봄이 다하려 하니	驛路春將盡
타향의 길손이 비로소 돌아가네	他鄕客始還
포구의 나무 밖으로 배가 다니고	行舟津樹外
풀과 꽃들 사이로 말을 돌리네	歸馬草花間
사람들은 추정[198]이 급하다 생각지만	人意趨庭急
구름은 바위굴에서 한가롭게 피어나네[199]	雲容出峀閒
멀리서도 알겠네, 집에 이르는 날에	遙知到家日
어린아이가 솔문에서 기다리는 것을[200]	穉子候松關

제야에 맹호연의 '진경도중' 시[201]에 차운함
除夜次孟浩然秦京途中韻

소성[202] 가는 길은 멀고도 아득한데	迢遆卲城道
이슬비 내리는 하늘은 창망하구나	蒼茫細雨天
새해에 해안(海岸)이 생기니	新年生海澨
고국은 산천에 막혔네	故國隔山川
길손은 여정을 근심하고	客子愁行路

---

198) 추정(趨庭) : 아들이 어버이에게 가르침을 받는 것을 말한다. 공자가 집에 혼자 서 있을 때, 아들 백어(伯魚)가 종종걸음으로 뜰을 지나가자[鯉趨而過庭], 시(詩)와 예(禮)를 배우도록 가르쳤던 고사에서 유래하였다. 《論語 李氏》 여기서는 부모님을 찾아 뵙는 것을 말한다.

199) 구름 모습은 …… 한가롭네 : 도잠(陶潛)의 〈귀거래사(歸去來辭)〉에 "구름은 무심히 산봉우리에서 나오고, 새는 날다가 지쳐 돌아올 줄을 아네.[雲無心以出岫, 鳥倦飛而知還.]"라고 한 데서 온 말이다.

200) 어린아이가 …… 기다리는 것을 : 도연명(陶淵明)의 〈귀거래사〉에 "형문과 지붕이 보이자 기쁜 마음으로 뛰어가니, 하인이 환영하고 어린 자식들이 문에서 기다리네.[乃瞻衡宇, 載欣載奔. 僮僕歡迎, 稚子候門.]"라고 한 표현을 끌어온 것이다.

201) 맹호연(孟浩然)의 진경도중(秦京途中) 시 : 〈赴京途中遇雪〉 迢遞秦京道 蒼茫藏暮天 窮陰連晦朔 積雪滿山川 落雁迷沙渚 饑烏集野田 客愁空佇立 不見有人煙

202) 소성(卲城) : 인천(仁川)의 옛 이름.

주민은 파종을 기뻐하네　　居人喜種田
내일 아침 문을 나서서 바라보면　　明朝出門望
시내 버들에는 안개가 자욱하겠지　　溪柳已含煙

유상지[203]의 벽에 있는 해월 황여일[204]의 시에 차운함
次柳尙之壁上黃海月汝一韻

기산은 어찌하여 높고도 높은가　　岐山何嶷嶷
기산의 아래에 석인[205]이 살아서네　　岐下碩人居
문을 닫는 것은 응당 세속이 싫어서이니　　閉戶應嫌俗
낚시질은 어찌 물고기 때문이리오　　垂綸豈爲魚
봄이 와서 묵은 밭을 다시 일구니　　春來治舊圃
비 뒤에 새로운 채소가 성큼 자랐네　　雨過長新蔬
시냇가 늙은이가 때때로 찾아와　　溪老時相訪
술 남은 것이 있느냐고 물어오네　　山醅問有餘

---

203) 유상지(柳尙之) : 유우잠(柳友潛, 1575~1635)의 자. 본관은 전주(全州), 호는 도헌(陶軒). 유복기의 아들로 안동에 거주. 이준(李埈)·장흥효(張興孝)·김시온(金是榲) 등과 교유함. 임진왜란 때에 부친이 창의하자 부친을 따라 의병진에서 활약함. 창녕의 화왕산성을 수비하였으며, 인조의 강화도 피신 소식을 듣고 후금의 만행에 대해 비분강개함. 정묘호란 이후 과거의 뜻을 포기하고 독서하며 후진을 양성함. 영남 선비들이 오현(五賢)을 문묘에 배향하기를 청하자 상소를 받들고 예궐함. 저서로는 《도헌집》이 전함. 정종로(鄭宗魯)가 행장을 짓고, 유필영(柳必永)이 묘갈명을 찬함.

204) 황여일(黃如一, 1556~1622) : 조선 중기의 문신. 본관은 평해(平海). 자는 회원(會元), 호는 해월헌(海月軒)·매월헌(梅月軒). 평해 출신. 황세충(黃世忠)의 증손으로, 할아버지는 황연(黃璉)이며, 아버지는 유학(幼學) 황응징(黃應澄)이다. 저서로는 《조천록(朝天錄)》·《해월집(海月集)》이 있다.

205) 석인(碩人) : 덕이 높은 현자(賢者)로, 《시경》 〈위풍(衛風) 고반(考槃)〉에 "고반이 시냇가에 있으니, 석인의 마음이 넉넉하도다.[考槃在澗, 碩人之寬.]" 한 데서 온 말이다.

내가 송제 산수의 승경을 듣고 가서 방문하였는데, 옥이 이진과 여윤 이태 두 어른도 함께하여 길 위에서 지어줌

余聞松堤山水之勝往訪之 李玉爾珍李汝潤玓二丈亦偕 途上口贈

길은 송제역에서 끝나고	路盡松堤驛
시내는 보현산에서 흘러오네	川從普賢山
중간에 아름다운 경치가 열리니	中間開勝境
말년에는 편안한 삶을 맞이하겠네	末世要安閒
오래 앉아 있으니 속세의 근심은 없어지나	久坐無塵慮
돌아가려고 하니 염치가 없네	臨還有厚顏
숲속의 정자가 오히려 싫지 않으니	林亭猶不惡
머리를 돌리자 바로 구름 문이네	回首卽雲關

구일[206]에 이계명의 시에 차운함

九日 次李季明韻

애써 높은 자리에 오르고자 했지만	彊欲登高去
해가 누차 바뀌는 것에 깜짝 놀라네	飜驚歲屢遒
국화는 옛날과 변한 것이 없는데	菊花依舊日
근력은 올해 가을이 들어 줄어드네	筋力少今秋
아름다운 완상을 함께하길 좋아하니	且好同佳賞
해진 갖옷[207] 맡기는 것이 무슨 문제되랴	何妨典敝裘
인생은 뜻대로 사는 것이 중요하니[208]	人生貴適意

206) 구일(九日) : 음력 9월 9일. 예전 명절의 한 가지. 이날에 학식(學識) 있는 남자는 시를 짓고 민가(民家)에서는 국화를 넣어 만든 떡을 먹고 노는 풍속이 있었다.

207) 해진 갖옷 : 공자가 제자 자로(子路)를 두고 "해진 솜옷을 입고 여우 담비 갖옷을 입은 사람과 나란히 서 있으면서도 부끄럽게 여기지 않는 사람은 자로일 것이다.[衣敝縕袍, 與衣狐貉者, 立而不恥者, 其由也與!]"라고 하였다. 《論語 子罕》

208) 인생은 …… 중요하니 : 진(晉)나라 강동(江東)의 오중(吳中) 사람 장한(張翰)이 낙양(洛陽)에 들어가서 제왕(齊王) 경(冏)의 동조연(東曹掾)으로 벼슬살이를 하던 중에, 어느 날 갑자기 가을바람이 일어나자 자기 고향의

부귀는 또한 뜬구름과 같다네[209]　富貴亦雲浮

원운을 붙임
附原韻

객지에서 중양절이 가까워지니　客裏重陽近

하늘 끝[210]에서 세월을 헤아리네　天涯歲月遒

밤엔 산비 소리에 꿈을 깨고　夢回山雨夜

가을 낙엽 소리에 애가 끊어지네　魂斷葉聲秋

유세에는 좋은 계책이 없고　遊說無長策

시가를 짓느라 짧은 갖옷이 해지네　行歌敝短裘

금년에는 유랑의 자취가 많으니　年來多浪迹

이 삶이 덧없음을 더욱 깨닫네　益覺此生浮

무신년(1608) 이월
戊申二月

국운이 어찌하여 온전하지 않은가　國運寧全否

하수(河水)가 맑은 지[211] 이미 오백 년이네　河淸已半千

어리석은 백성은 성인의 덕을 비방하고　愚民謗聖德

고채(菰菜)와 순채국과 농어회가 생각나서 말하기를 "인생은 자기 뜻에 맞게 사는 것이 중요한데, 어찌 수천 리 밖에서 벼슬에 얽매어 명작을 구할 수 있겠는가.[人生貴得適意 何能羈宦數千里以要名爵乎]"라고 하고는, 즉시 벼슬을 그만두고 고향으로 돌아갔던 고사가 전한다.《晉書, 文苑列傳 張翰》

209) 부귀는 …… 같다네 : 원문은 '富貴浮雲不可求'로, 《논어》〈술이(述而)〉의 "불의한 부귀는 내게는 뜬구름 같다.[不義而富且貴 於我如浮雲]"라는 공자의 말과 "부(富)가 구하여 얻을 수 있는 것이라면 말채찍을 잡는 마부라도 되겠지만 만약 구한다고 얻을 수 있는 것이 아니라면 차라리 내가 좋아하는 것을 따르겠다.[富而可求也 雖執鞭之士 吾亦爲之 如不可求 從吾所好]"라는 공자의 말을 원용한 표현이다.

210) 천애(天涯) : 멀리 떨어져 있어 외지고 먼 땅. 천애지각(天涯地角).

211) 하수가 맑은 지 : 삼국시대 위(魏)나라 이강(李康)의 〈운명론(運命論)〉에 "황하가 맑아지면 성인이 출현한다.[夫黃河淸而聖人生.]"라는 말이 나오는데, 그 주(註)에 "황하는 천 년에 한 번 맑아지는데, 맑아지면 성인이 이때에 나온다고 세상에서 전한다.[黃河千年一淸, 淸則聖人生於時也.]"라고 하였다.《文選》

아름다운 곡식은 황천(皇天)[212]이 만든다네　　佳穀自皇天

26일에 비가 내려 곡식이 모두 풀 열매가 되었다.[二十六日天雨 穀類皆草實]

창합[213]에는 구름이 다투어 둘러 있고　　閶闔雲爭遶
임천[214]에는 달이 홀로 매달렸네　　林泉月獨懸
슬퍼하는 바는 굶주림이 엄습해서　　所悲饑餓迫
태평세월에 죽게 되는 것이라네　　垂死太平年

조모를 모시고 배편으로 새집에 이름
陪王母 船路到新寓

저물녘에 동성 밖에 정박하고　　暮泊東城外
새벽에 계곡 앞에서 밥을 짓네　　晨炊桂谷前
강물 소리는 가을 뒤를 달리고　　江聲秋後駛
산 빛은 안개 속에 어여쁘네　　山色霧中姸
길 떠난 아들이 모시고 돌아오는 날　　遊子趨陪日
어머님은 기쁘고 두려운 연세시네[215]　　慈親喜懼年
항상 남극성(南極星)[216]에 기원하나니　　常懷南極祝
신명께서 나의 정성을 살피리라　　神祇鑑吾虔

---

212) 황천(皇天) : 《서경(書經)》 〈우서(虞書) 대우모(大禹謨)〉에 "아! 훌륭하다. 임금의 덕이 광대하게 운행되어 거룩하고 신묘하며 무와 문의 덕을 모두 구비하자, 황천이 돌아보고 명하여 사해를 다 소유하고 천하의 군주가 되게 하였다.[都 帝德廣運 乃聖乃神 乃武乃文 皇天眷命 奄有四海 爲天下君]"라고 하였음.

213) 창합(閶闔) : 전설에 나오는 천궁(天宮)의 문이다. 여기서는 궁궐 문을 가리킨다. 《초사(楚辭)》 〈이소(離騷)〉에 "내가 천제의 문지기로 하여금 관문을 열게 하니, 창합에 기대어 나를 바라보았네.[吾令帝閽開關兮, 倚閶闔而望予.]"라고 하였는데, 왕일(王逸)의 주에 "창합은 천궁의 문이다."라고 하였다.

214) 임천(林泉) : 숲과 샘. 곧 수목이 울창하고 샘물이 흐르는 곳으로, 세상을 버리고 은둔하기에 알맞은 곳.

215) 기쁘고 두려운 연세이네 : 《논어》 〈이인(里仁)〉에 "부모의 연세는 반드시 알아야 하니, 한편으로는 기쁘고 또 한편으로는 두렵기 때문이다.[父母之年, 不可不知也. 一則以喜, 一則以懼.]"라고 하였다.

216) 남극성(南極星) : 사람의 수명을 관장하는 별.

낙이 채간 어른의 서호 시에 차운함
次蔡樂而衎丈西湖韻

복숭아꽃이 다른 세상 나누니 桃花分異界
흐르는 물만 단지 서로 통하네 流水只相通
세월은 호리병 속에 감추고 日月藏壺裏
강산은 그림 속에서 보네 江山見畵中
선가는 구전단(九轉丹)[217]을 만드는데 僊家丹九轉
속세는 삼공[218]에 곤궁하다네 塵世厄三空
나는 진리를 찾아 떠나려 하는데 吾欲尋眞去
바람은 꿈속에서 봉래산으로 부네 風吹夢裏蓬

영암 도중에서 경의 조홍원을 추억함
靈巖途中 憶趙景毅弘遠

길 왼쪽에 버려진 집이 있고 벽 위에 시가 있는데 '성스러운 임금님의 새로운 교화가 호남의 고을까지 미치니, 원근에서 순상(舜裳)[219]을 기쁘게 바라보네. 점차 가까워지는 대궐 문을 보고 오히려 기뻐하니, 오색구름 깊은 곳이 함양이라네.'라고 하였다. 그 아래에 상산(商山)을 지나는 길손이 차례로 적은 말이 있는데 그 필적을 살펴보니 경의(景毅)의 글씨였다. 경의는 기유년(己酉年) 가을에 해남(海南)에서 서울에 과거 보러 가다가 은진(恩津)의 닥나무 다리의 물에 빠져 죽었다. 이 시는 이번 행차에서 적은 것인데 자취는 남고 사람은 죽었으니 사람으로 하여금 슬픔의 심회를 일으켰다. 인하여 오언율시 한 편을 얻었다.[途左有廢院 壁上有詩云聖神新化及湖鄕 遐邇欣瞻舜殿裳 却喜天門看漸近 五雲深處是咸陽 其下有商山過客次題之語 諦觀其筆迹 乃景毅書也 景毅以己酉秋 自海南赴擧洛中 溺死於恩津之楮橋水 詩乃是行所題 而迹留人亡 令人起悲感之懷 因得五言律一篇]

황폐한 서원에 시를 적은 길손 廢院題詩客

---

217) 구전단(九轉丹) : 단사(丹砂)를 아홉 번 제련(製鍊)해서 만든다는 도가(道家)의 선약(仙藥)으로 이것을 복용하면 신선이 되어 장생불사(長生不死)한다고 한다.

218) 삼공(三空) : 전야(田野)가 비고 조정이 비고 창고가 비는 등 국가의 재정이 고갈된 것을 가리킨다.《後漢書, 陳蕃傳》

219) 순상(舜裳) : 무위(無爲)로 다스리는 훌륭한 임금의 정치를 말한다.《주역》〈계사전 하(繫辭傳下)〉에 "황제와 요와 순이 의상을 늘어뜨리고 있으매 천하가 다스려졌다.[黃帝堯舜垂衣裳而天下治]"고 하였다.

상산(商山, 상주)을 아는 사람이네 商山舊識人
다시 모습을 만날 수 있을까 更能逢面目
어느 곳이 은진인가 何處是恩津
저녁 비는 푸른 산을 묻어버리고 暮雨埋靑嶂
봄 물결은 푸른 풀을 말아버리네 春波捲綠蘋
슬픔에 젖어 차마 떠나지 못하니 含悲未忍去
길을 가던 말이 뒷걸음치며 머뭇거리네 征馬爲逡巡

상사 윤유보가 술을 가지고 거듭 방문하기에 사례함
謝尹上舍裕甫佩酒重訪

영남에서 명성을 들은 지 오래인데 嶺下聞聲久
바닷가 마을에서 서로 만나네 相逢海上村
나의 마음은 응당 스스로 믿고서 吾心應自信
세상의 도는 모름지기 논하지 않네 世道未須論
들판 강의 바람은 상앗대에 불어오고 野水風吹櫂
봄 성의 비는 문을 닫게 하는구나 春城雨掩門
그대를 그리워함은 어느 곳에서든 간절하니 思君何處切
홀로 앉아 맑은 술잔을 마주하네 獨坐對淸樽

청담 어른에게 받들어 드림
奉贈靑潭丈

당시에 옥천군수가 되었다.[時爲玉川倅]

청담 어른과 우연히 만나서 邂逅靑潭老
옥수의 물가에 머무르네 留連玉水隅
술잔에는 속된 기운이 없고 杯罇無俗氣
담론에는 공부가 있구나 談論有工夫

들판에는 봄 구름이 가늘고	野渡春雲細
산성에는 새벽달이 외롭구나	山城曉月孤
언제 다시 어른을 모실 수 있겠는가	更能陪杖屨
이별에 임하여 이곳에서 주저하네	臨別此踟躕

감개당에서 합천 성우 여대로의 시에 차운함

鑑開堂 次呂陜川聖遇大老韻

감개당은 바로 금산 김첨지의 초당이다. [堂卽金山金僉知草亭]

물을 끌어 새 못을 만들고	引水開新鑑
띠집은 바로 옛터에다 지었네	茅齋卽舊墟
벽 사이에는 물결이 출렁이고	壁間波瀲灩
못 위에는 나무가 우거졌네	池面樹扶疎
남곽 선생이 사는 집이고	南郭先生宅
서호처사의 오두막이네	西湖處士廬
성안에 수레와 말을 타는 길손이	城中車馬客
이 그윽한 거처를 다투어 알려 하네	爭識此幽居

조문중에게 주어 학림수[220]의 매화와 석양정[221]의 묵죽을 허락해준 것에 감사함

贈趙文仲謝許以鶴林守梅花石陽正墨竹

내가 호남(湖南) 길에서 돌아오니	我從湖路返
그대는 이미 용궁에 이르렀네	君已到龍宮
대면한 지는 삼 년이 넘었고	面目三年後

---

220) 학림수(鶴林守) : 종실인 이경윤(李慶胤)의 봉호(封號)로, 동생 이영윤(李英胤)과 함께 서화(書畫)로 이름을 떨쳤다.

221) 석양정(石陽正) : 이정(李霆)의 봉호(封號)이다. 세종(世宗)의 넷째 아들인 임영대군(臨瀛大君)의 증손으로, 묵죽화(墨竹畫)에 있어서 유덕장(柳德章)·신위(申緯)와 함께 조선시대 3대 화가로 꼽힌다.

여행한 지는 두 달이 되었네	行裝二月中
학림의 매화는 피고자 하고	鶴林梅欲雪
탄수의 대나무에는 바람이 부네	灘叟竹含風
혹시 영남으로 오는 사신 있으면	倘有南來使
마음에 새겨 시골 늙은이에게 부치리	銘神寄野翁

채낙이 어른에게 차운하여 드림. 운자는 앞의 '약목학사계'에서 구함

次呈蔡樂而丈韻 求前諾木鶴四季

옛 친구와 헤어진 지 오래되니	故人離別久
서신으로 어찌 통할 수 있을까	書信若爲通
세월은 머리 위에 보이고	歲月看頭上
음성과 모습은 꿈속에 생각하네	音容憶夢中
학은 요해[222]를 떠나 멀리 날고	鶴辭瑤海遠
꽃은 옥 화분을 마다하고 비어 있네	花謝玉盆空
구름 밖을 슬프게 바라보니	悵望停雲外
봄 호수 거룻배에 비가 내리네	春湖雨一篷

기유년(1609) 가을에 북현에 가서 현청의 벽에 적음

己酉秋往北縣 題縣廨壁上

재산 길은 옛날부터 알았지만	舊識才山路
다시 오니 멀다는 것을 다시 깨닫네	重來更覺遙
산에 들어가니 바람 소리 들리고	入山風颯颯
밤이 되려 하니 비 소리 들리네	向夜雨蕭蕭
마부는 거친 풀을 운반하고	厮卒輸荒草

222) 요해(瑤海) : 신선이 산다는 바다.

주부는 떨어진 땔나무를 줍네	廚人拾墮樵
텅 빈 집에 홀로 살려고 하니	空齋成獨立
마음과 일은 더욱 무료해지네	心事轉無聊

구 어른께 드림 2수

贈具丈 二首

아침에 골짜기 안으로 들어가	從朝行峽裏
저물녘에 시내 모퉁이에 이르렀네	向夕到溪隈
낙엽에는 사람 자취가 끊어지고	落葉人蹤斷
층층 구름 속에는 벼랑길이 둘러 있네	層雲棧道回
사립문은 골짝을 향해 닫혔고	荊扉當谷掩
이끼 낀 길은 샘을 따라 열렸네	苔逕逐泉開
동자가 놀라서 묻는 말이	童子驚相問
그대는 어디에서 오시나요	君從底處來

땅이 외저 세상 번뇌가 없는데	地僻無塵累
가파른 누대가 물가에 솟아 있네	樓危壓水隈
못은 옥거울처럼 고요하며	潭爲玉鏡靜
산은 비단병풍처럼 둘러 있네	山作錦屛回
대나무 집은 일 년 내내 닫혀 있고	竹屋經年閉
초가집 문은 나그네를 보자 열리네	蓬門見客開
풍진이 아직 안정되지 않아	風塵猶未靖
나 또한 이 속으로 왔다네	吾亦此中來

서울에 가는 신여섭을 증별함

贈別申汝涉入洛

조령의 산길은 험한데	鳥嶺山路險
그대는 어디로 가려 하는가	之子欲何之
날씨가 차면 길손을 위하는 날이고	天寒爲客日
달이 차면 고향을 그리는 때라네	月滿望鄕時
지주는 중류에 보이고[223]	砥柱中流見
소나무가 뒤에 시드는 줄 아네[224]	松心後凋知
그대와 함께 이별하는 마음은	與君離別意
단지 서로 그리는 것만이 아니라네	非但爲相思

6월 4일 새벽에 앉아서

六月四日曉坐

비가 내려 장차 모를 옮기려고	得雨將移稻
추녀 밑에 앉아 날 밝기를 기다리네	臨軒坐待明
비록 호미질이 즐겁다고 하지만	雖云鋤者樂
병든 이의 마음엔 흡족하지 않네	未愜病夫情
언덕의 나무는 신록이 아니고	壟樹非新綠
강의 여울은 다만 예전의 소리라네	江灘只舊聲
애오라지 시로써 기사를 쓰려고 하지만	聊將詩記事
누구와 자세히 비평할 수 있으리	誰與細相評

223) 지주(砥柱)는 …… 보이고 : 중국 하남성 섬주(陝州)에서 동쪽으로 사십 리 되는 황하의 중류에 있는 기둥 모양의 바위로 위가 판판하여 숫돌 같으며 격류 속에서 우뚝 솟아 꿈적도 않으므로 난세(亂世)에 처하여 의연히 절개를 지키는 선비를 일컫는다.

224) 소나무는 …… 아네 : 공자의 말 가운데 "한 해의 겨울에 추워진 뒤 송백이 뒤에 시드는 것을 알 수 있다.[歲寒然後, 知松栢之後彫也.]"라고 한 데서 유래하였다.《論語 子罕》

6일에 비가 많이 내려 다시 앞의 운을 씀

六日大雨 復用前韻

어제는 밤새도록 비가 내리더니	昨日終宵雨
오늘 아침에는 문득 밝게 개였네	今朝眼忽明
근심과 부지런함은 하느님의 뜻이고	憂勤上帝意
기쁨과 슬픔은 백성의 뜻이네	欣戚小民情
큰 들판에는 강색이 바뀌고	大野飜江色
높은 산에는 폭포 소리가 들리네	高山響瀑聲
때가 이르고 늦음을 말하지 말고	莫將時早晚
게으른 농부의 잘못을 부탁하세	付與懶農評

추숭주청사 서장관으로 연경에 가는 무주 숙경 홍호[225]를 전송함 임신년(1632)

送洪無住叔京鎬以追崇奏請使書狀赴京二首 壬申

소문에 그대가 원행의 역을 맡아	聞君遠行役
큰 강을 거듭 건넌다고 하네	重涉大江來
이별할 날은 오직 오늘 저녁이고	別日惟今夕
돌아올 기약은 섣달 매화 뒤라네	歸期後臘梅
정력[226]이 있음을 평소에 알기에	素知存定力
온전한 인재가 적음을 근심하지 않네	不患少全才
조만간 용만(龍灣, 의주)에 올라가서	早晚登灣去
푸른 바다에서 송별주를 나누겠네	滄溟看一杯

---

225) 홍호(洪鎬, 1586~1646) : 조선 후기의 문신. 본관은 부계(缶溪). 자는 숙경(叔京), 호는 무주(無住)·동락(東洛). 대제학 홍귀달(洪貴達)의 후손이며, 정경세(鄭經世)의 문인이다. 인품이 깨끗하고, 영욕과 이해타산이 없어서 강직한 자로 평을 받았다. 문신이면서도 용병에 관한 지식이 많아, 국책에 반영하려고 노력하였다. 저서로는 《무주일고(無住逸稿)》가 있다.

226) 정력(定力) : 본디 불교의 말로, 수양을 통하여 번뇌와 망상을 없애고 마음을 한 곳에만 쏟는 힘을 뜻한다. 여기서는 평소 수양을 통하여 어떠한 상황에서도 마음이 굳건하여 동요되지 않는 힘을 이른다.

그 누가 봄 산이 좋다고 하는가	誰遣春山好
푸른 버들 빛깔이 몹시도 미워라	生憎柳色青
그대에게 여유로운 걸음을 없게 하고	以君無枉步
나에게는 이별의 정을 가지게 하네	使我抱離情
공자가 명교[227]를 베풀었으니	大聖垂名教
중국 조정에는 예기(禮記)를 중시하네	中朝重禮經
가는 길에 노나라를 지나더라도	行程雖過魯
여러 유생들과는 만나지 말게	不合見諸生

서울에 가는 별제 인보 권굉[228]을 전송함

送權別提仁甫宏赴洛

혼이 녹는 것[229]이 이별이라지만	銷魂惟是別
이 이별은 모름지기 슬프지 않네	此別未須悲
빈 골짜기엔 이른 난초 소식이 있고	空谷聞蘭早
사립문[230]엔 더딘 학의 소식 괴이하네	衡門怪鶴遲
떨어진 양탄자는 요동(遼東) 길손의 물건이고	半氈遼海客
높은 깃발은 한나라 관청의 의식이네	高旆漢官儀
강가에 펼쳐진 가을은 응당 좋으니	江上秋應好

227) 명교(名教) : 유교를 달리 일컫는 말로 지켜야 할 인륜의 명분을 가르친다는 뜻이다.

228) 권굉(權宏, 1575~1652) : 조선 후기의 문신·학자. 본관은 안동(安東). 자는 인보(仁甫), 호는 진봉(震峰). 안동 이계리(伊溪里) 출생. 아버지는 권대기(權大器)이며, 권춘란(權春蘭)의 문인이다. 병자호란 때, 국가의 운명을 개탄하고 태백산 진봉(震峰) 아래 들어가서 띠집을 짓고 와룡초당(臥龍草堂)이라 이름하고, 작은 단을 쌓아 '대명오(大明塢)'라 하고 대나무를 심어 굳은 절개를 표하였다. 저서로는 《진봉일고(震峰逸稿)》 2권이 있다.

229) 혼이 녹는 것 : 마음이 암담(暗澹)해지며 혼이 다 녹아날 듯하다는 '암연소혼(黯然銷魂)'의 준말로, 이별의 아픔을 표현하는 시어이다. 참고로 남조 양(梁)나라의 시인 강엄(江淹)의 '별부(別賦)'에 "암담해라 혼이 다 녹아나는 건, 오직 이별 외에 다른 것이 또 있을까.[黯然銷魂者 唯別而已矣]"라는 구절이 있다.

230) 사립문 : 원문의 '형문(衡門)'은 원래 나무를 가로로 걸쳐서 만든 소박한 문인데, 후세에는 은사(隱士)의 집을 뜻하는 말로 쓰인다. 《시경》 〈진풍(陳風) 형문(衡門)〉에 "형문의 아래여! 편안히 살 만하도다.[衡門之下, 可以棲遲.]"라는 구절이 있다.

맑은 술잔을 함께할 수 있으리라 清罇可共持

이회숙이 헌경 조정환[231]의 벽 위에 적은 시에 차운함

次李晦叔題趙獻卿廷瓛壁上韻

내가 임천의 주인이 되었으니 我作林泉主
풍광을 그대에게 아끼려 하겠는가 風光肯嗇君
잠자면서 꽃동산의 달을 나누고 眠分花塢月
밭을 갈며 석문의 구름을 함께하네 耕共石門雲
초동과 목부는 나를 따르기 좋아하고 樵牧從吾好
여우와 늑대는 그들대로 무리를 짓네 狐狸任渠羣
남산의 마음은 표범을 숨기니[232] 南山心隱豹
문장을 만들기 위해서가 아니겠는가 不是爲生文

산에 살며 감회가 있어

山居有感

산골짝에서 누구와 이야기를 하겠는가 峽裏誰相語
시름에 창자가 아홉 번이나 뒤틀리네[233] 愁腸日九回
화전을 일구자 세금을 다시 매기니 火田還有稅
옹기의 가마에는 그을음이 전혀 없네 瓦釜絶無煤

---

231) 조정환(趙廷瓛, 1612~1663) : 조선 후기의 학자. 본관은 한양, 자는 헌경(獻卿). 부친은 전(佺)으로 영양에 거주함. 석문(石門) 정영방(鄭榮邦)의 사위이며, 이시명(李時明)의 문인으로 이상일(李尙逸)과 교유함. 향시를 몇 차례 응시하였으나 병자호란 이후 공명에 대한 마음을 버리고 빙부(聘父)를 따라 임천으로 이거했다가 만년에 다시 지평으로 이거함.

232) 남산의 …… 숨기니 : 남산은표(南山隱豹)의 고사를 인용한 것이다. 남산의 흑표범이 자신의 아름다운 무늬를 상하지 않게 하기 위해 비 내리고 안개 낀 일주일 동안 배고픔도 참고 전혀 밖에 나가서 사냥도 하지 않았다는 것으로, 보통 현사(賢士)가 산속에 은거하는 것을 뜻한다. 《列女傳 賢明陶答子妻傳》

233) 시름에 …… 뒤틀리네 : 사마천(司馬遷)이 자신의 극심한 심적 고통을 표현하면서 “하루에 애간장이 아홉 번이나 뒤튼다.[腸一日而九回]”고 했다는 기록이 있다. 《漢書, 司馬遷傳》

농사를 권하지만 명분과 실제가 다르며 勸農名實異
도망을 가면 친족과 이웃이 슬퍼하네 逃戶族鄰哀
큰 더위는 이제 비록 지나갔지만 大暑今雖去
다음해에 또다시 찾아올까 두렵네 明年恐又來

성오 권첨의 서호 시에 차운함 병인년(1626)

次權省吾詹西湖韻 丙寅

나의 삶에 오히려 골몰하니 吾生猶汨沒
세월이 또 침범해 오네 歲月又侵尋
더욱이 벗을 보지 못하니 況阻故人面
누가 지금의 내 마음을 알거나 誰知今日心
서로 그리워함이 하루 저녁이 아니니 相思非一夕
짧은 편지는 천금과 같아라 隻字抵千金
앉아서 서호[234]를 생각하니 坐想西湖裏
내 생애가 온통 학과 거문고라네 生涯鶴與琴

한유백의 시에 차운함 정축년(1637)

次韓裕伯 丁丑

아득히 깊은 골짜기에 들어가니 冥冥投絶谷
갑자기 날씨가 이미 서늘해지네 忽忽已涼天
속세 사람은 내일 일을 근심하는데 俗子憂來日
충신은 지난해 일에 눈물 흘리네 忠臣泣去年
시절이 위태해도 구원할 수 없으니 時危無以捄

234) 서호(西湖) : 송나라 때의 은사(隱士) 임포(林逋)가 서호에 은거하며 매화를 심고 학을 길렀는데, 손님이 오면 학이 날아올라 임포에게 손님이 온 사실을 알려 주었다고 한다.《宋史, 林逋列傳》

몸에 병이 들어도 애달프지 않아라　身病未須憐
오주[235]가 있는 것에 의지하니　賴有鰲洲在
글의 근원은 백천에 이르도다　詞源到百川

이회숙이 초당 시를 나에게 말했으므로 내가 차운하여 줌. 5수
李晦叔以草堂韻語余次贈 五首

몇 개의 기둥으로 서실을 지었으니　數棟開書室
문과 창이 낮다고 어찌 따지랴　寧論戶牖低
푸른 시내는 흘러서 바다로 들어가고　放青溪入海
푸른 벼를 옮겨서 논에 심네　移碧稻連畦
문장은 진무기[236]이고　詞藻陳無己
학문은 복부제[237]이네　磨礱宓不齊
꿈속에서 두어 구를 구해보지만　求夢數三句
나의 혼미함만 더욱 깨닫네　尤覺警昏迷

밤에 앉아 황권[238]을 가까이하니　夜坐親黃卷
그대로 새벽에 이르게 되었네　仍教斗柄低
전모[239]는 뱃속에 모두 실었지만　典謨都載腹
소순[240]은 아직 밭두둑을 못 채웠네　蔬笋未盈畦

---

235) 오주(鰲洲) : 최휘지(崔徽之, 1598~1669). 문신. 본관은 삭녕(朔寧). 최연(崔琠)의 아들로, 문과에 급제하고도 출사하지 않다가, 후에 집의·군수 등을 지냈으며, 글씨에 뛰어남.

236) 진무기(陳無己) : 송(宋)나라 시인 진사도(陳師道)를 가리킨다. 자가 무기(無己)이다. 문장은 증공(曾鞏)을 본받아 간엄(簡嚴)하고 더욱이 시에 능하여 황정견(黃庭堅)과 아울러 일컬어졌다. 《宋元學案》

237) 복부제(宓不齊) : 춘추시대 노(魯)나라 사람이다. 선보(單父)의 고을 원이 되어 사람을 잘 임용하여 다스림으로써 거문고를 울리기만 할 뿐 당에서 내려가지 않고 다스렸던 고사가 있다.

238) 황권(黃卷) : 본문의 '황권(黃卷)'은 책을 가리킨다. 옛날에 좀이 슬지 않도록 황벽(黃蘗) 나무의 즙을 짜서 서책에 발랐던 데에서 유래하였다.

239) 전모(典謨) : 《서경》의 〈요전(堯典)〉, 〈순전(舜典)〉과 〈대우모(大禹謨)〉, 〈고요모(皐陶謨)〉 등의 편을 가리키는데, 뜻이 깊어 전아(典雅)한 글을 지칭하는 말로 쓰인다.

240) 소순(蔬笋) : 채소와 죽순을 말한 것으로, 즉 방외인(方外人)의 음식을 뜻한다. 송나라 소옹(邵雍)의 말에

글의 세계에선 교초[241]였으며	墨海爲翹楚
시의 세계에선 화제[242]였도다	騷壇是火齊
문장이란 신기루와 같아서	文章同蜃市
늙은이 눈에는 혼미함이 생기네	老眼眩生迷

세상의 폐단에 마음이 더욱 내려앉고	俗弊心逾下
하늘이 높으니 기꺼이 머리를 숙이네	天高首肯低
집안을 이어서 예의와 겸손을 보존하고	承家存禮讓
사물을 접해서는 경계를 제거하네	接物去畛畦
큰 바다의 물결 소리는 장대하고	鯨海濤聲壯
나환[243]의 검푸른 빛은 가지런하네	螺鬟黛色齊
그대 생각에 한밤중에 꿈을 꾸니	思君中夜夢
고개의 구름이 아득해도 한하지 않네	不限嶺雲迷

청운[244]은 변방으로 나가 멀어지고	青雲出塞遠
단극[245]은 하늘을 떠나 낮아지네	丹極去天低
군사의 모략은 추선[246]보다 가볍고	武畧輕秋扇
문장의 도모는 하휴[247]보다 심하네	文謨甚夏畦
평성은 한나라를 소유할 수 있었고[248]	平城能有漢

"시골 사람이 어찌 당식의 맛을 알겠는가. 단지 산림 속의 채소와 죽순만을 일찍이 먹었을 뿐이다.[野人豈識堂食之味 但林下蔬筍則嘗喫耳]"라고 하였다.

241) 교초(翹楚) : 뛰어난 인재를 이른다. 《시경》 〈한광(漢廣)〉의 "쑥쑥 뻗은 잡목 속에 회초리나무를 베리라.[翹翹錯薪, 言刈其楚.]"라는 구절에서 유래하였다.

242) 화제(火齊) : 화제주(火齊珠)의 준말로 보주(寶珠)의 일종이다.

243) 나환(螺鬟) : 소라 껍질과 쪽진 머리라는 말로, 산들이 둥글둥글 겹쳐 있는 모습을 비유적으로 표현하는 말이다.

244) 청운(青雲) : 벼슬, 입신출세를 말한다.

245) 단극(丹極) : 궁전의 붉은 기둥으로, 제왕이 사는 대궐을 뜻한다.

246) 추선(秋扇) : 가을 부채라는 뜻으로 남자에게 버림받은 여인의 처량한 심정을 비유한 말이다.

247) 하휴(夏畦) : 괴로운 일을 말한다. 《맹자》 등문공 하(滕文公下)에 "어깨를 웅크리고 아첨하며 웃는 것은 여름에 밭에서 일하는 것보다 더 괴로운 일이다.[脅肩諂笑 病于夏畦]"라고 한 증자(曾子)의 말이 소개되어 있다.

즉묵은 오히려 제나라를 보존하였네[249] 卽墨尙存齊
옛날의 역사는 명약관화(明若觀火)한데 古史如觀火
저 사람들은 너무나 혼미한 상태이네 夫人太執迷

당시 무신은 흩어지고 문관은 관복을 입고 청나라 조정을 위하여 항복하는 비문을 지은 것을 한탄하였다.[嘆時虎臣在散地 文官有持服 爲淸朝撰受降碑]

학문에 나아가려면 순서를 따라야 하며 進學要循序
높은 곳에 오르려면 낮은 데에서 해야 하네 升高必自低
고인들은 분명하게 지적하였는데 古人明指的
지금에는 학문을 하는 데에 어둡네 今世昧藝畦
조장은 송나라 사람처럼 해서는 안 되니 助長無如宋
주나라를 보았거든 제나라로 가지 말게 觀周莫適齊
아, 내가 일찍이 길을 잃었으니 嗟余曾失路
중도에서 도리어 혼미해질까 두려워라 中道懼還迷

우연히 읊음

偶吟

지초 밭에 보배 하나 있는데 芝田有一寶
다른 산의 토질로 되었네 被以佗山質
겉모습이 이미 이와 같은지라 外貌旣如此
세속의 눈으로 어찌 구별하겠는가 俗眼何有別
이를 안고 깊은 산으로 들어가 抱之入深山
종신토록 다시 나오지 않으리라 終身不復出

---

248) 평성(平城)은 …… 있었고 : 평성의 고난을 겪고 한나라를 세울 수 있다는 말이다. 한 고조(漢高祖)가 일찍이 흉노를 토벌하면서 승승장구하다가 평성에 이르러서는 도리어 흉노에게 7일 동안이나 포위되어 큰 곤욕을 겪다가 진평(陳平)의 비계(祕計)를 써서 겨우 그곳을 빠져나왔다.《漢書》

249) 즉묵(卽墨)은 ……보존하였네 : 연(燕)나라가 제(齊)나라를 전부 짓밟았는데 거(莒)·즉묵 두 성이 남아서 수복하는 근거가 되었다.

문득 옛날 사람을 비웃노라　　却笑古之人
도로 세 번이나 발꿈치 베인 것을[250]　　徒勞三見刖

죽계 박돈 군의 시에 차운함

次竹溪朴君惇韻

이때에 박 군이 병자호란을 피하여 진안에 이르렀다.[時朴避丙亂到眞安]

고국을 어찌 염려함이 없으리　　故國豈無念
가고자 하지만 어디로 가야 하나　　欲往何所如
차라리 상령[251]의 풀을 먹을지언정　　寧茹商嶺草
한강의 물고기를 생각하지 말아라　　毋憶漢江魚
병이 들어 마음이 편한 법을 얻고　　病得安心法
한가히 본성을 기르는 글을 보네　　閒看養性書
복숭아꽃은 끝없이 흘러가니　　桃花流不極
어느 곳에서 내 집을 찾으려나　　何處訪吾廬

관서 정방백에게 부침

寄關西鄭方伯

깊은 산에서 기러기 소리를 들으니　　深山聞過鴈
세월은 달리는 시내처럼 빠르네　　歲月急奔川
지나간 날은 오는 날이 아니니　　去日非來日
나이를 더함에 살날이 줄어드네　　增年是減年

---

250) 옛날 사람이 …… 베임을 : 춘추시대 초(楚)나라 사람인 변화(卞和)가 박옥(璞玉)을 얻어서 여왕(厲王)과 무왕(武王)에게 바쳤으나 왕은 그것이 거짓이라 하여 변화의 두 발을 잘랐는데, 문왕(文王)이 즉위하자 또 그 박옥을 보이니 왕이 옥공에게 다듬게 하여 보옥을 얻었다. 《韓非子 和氏》

251) 상령(商嶺) : 상산(商山)으로 섬서성(陝西省) 상현(商縣) 동쪽에 있는 산 이름인데, 진(秦)나라 말기에 혼란한 세상을 피하여 동원공(東園公), 기리계(綺里季), 녹리(甪里) 선생, 하황공(夏黃公)이 이곳에 은거하니, 세상에서는 이 네 노인을 상산사호(商山四皓)라고 칭하였다.

쇠창은 북풍의 한설에 감춰지고	金戈韜朔雪
옥절[252]은 강 안개에 늙어가네	玉節老江煙
명나라를 숭상하려고 노력하지만	努力崇明撿
변방 바람이 너무도 거세게 불어대네	邊風太劇顚

이때에 청음 등의 여러 사람들이 구속되고 변방에는 일이 많았다.[時淸陰諸人被拘 邊鄙多事]

영남 관찰사 정공에게 드림 임오년(1642)
呈嶺伯鄭公 壬午

대궐에 조회한 소식을 막 들었는데	纔聞朝北闕
이윽고 영남의 감영에 부임하셨네	旋見管南門
충성의 직언은 누구와 닮았는가	忠讜知誰似
현로[253]를 감히 스스로 말하네	賢勞敢自言
비는 수레를 따라 알맞게 내리니[254]	雨隨車霢霂
교화된 만물에 따뜻한 기운이 도네	化被物氤氳
다만 한스럽기는 쇠잔함이 심하여	只恨衰遲甚
영감의 수레를 찾아뵐 방법 없다네	無由拜鹿轓

252) 옥절(玉節) : 옥으로 만든 부절(符節)인데, 절은 신표(信標)이다. 《주례(周禮)》 〈지관사도(地官司徒) 장절(掌節)〉에 "나라를 지키는 자는 옥절을 사용한다.[守邦國者用玉節]"라고 하였다.

253) 현로(賢勞) : 《시경》 〈소아(小雅) 북산(北山)〉에 "온 나라 사람들, 왕의 신하 아님이 없거늘, 대부가 균평하지 못해, 나 홀로 어질다며 종사케 하는구나.[率土之濱, 莫非王臣, 大夫不均, 我從事獨賢.]"라고 하였는데, 이 시를 맹자가 인용하면서 "이것이 국사가 아님이 없거늘, 나만 홀로 어질다 하여 수고롭구나.[此莫非王事, 我獨賢勞也.]"라고 한 데서 온 말이다.

254) 비는 …… 내리니 : 수거치우(隨車致雨), 즉 수레가 가는 곳마다 비가 내린다는 말이다. 후한(後漢)의 정홍(鄭弘)이 회음 태수(淮陰太守)로 나갔을 때 그의 수레가 이르는 곳마다 단비가 내려 가뭄을 해소해 주었다는 데에서 유래하였다. 《後漢書, 鄭弘列傳》 이후 관리가 선정을 베풀어 백성의 근심을 풀어 준다는 의미로 사용되었다.

이회숙의 시에 차운함 2수
次李晦叔 二首

한낮 평상에서 비로소 잠을 깨니	午榻初醒睡
훌륭한 시편이 저절로 이웃하네	瓊章自比鄰
수주[255]가 어찌 족히 귀하리오	隋珠安足貴
형박[256]이 비로소 보배가 되네	荊璞始爲珍
깊은 골짜기에 또 좋은 계절이 오니	窮峽又佳節
타향에서 고향 친구를 생각하네	他鄕惟故人
아득히 먼 구름과 비의 바깥에는	迢然雲雨外
참뜻은 하나 천진 그대로이네	一味任天眞

그대의 정자가 좋다는 소문 듣고	聞君亭榭好
마음속으로 날마다 왔다 갔다 하였네	心日往還來
세상의 길손이 언제 이른 적이 있는가	俗客何曾到
번잡한 가슴을 저절로 열 수 있네	煩襟自可開
텅 빈 처마는 하늘을 나누고	虛簷分象緯
작은 부엌은 술독과 마주하네	小竈當罇罍
하물며 단오(端午) 절기가 돌아오니	況復天中節
연노란 열매가 매화나무에 달렸네	輕黃已上梅

255) 수주(隋珠) : 수후(隋侯)의 구슬이라는 말이다. 수후가 외출 중에 큰 뱀이 다쳐서 괴로워하는 것을 보고 치료해 주게 하였는데, 나중에 그 뱀이 밤에도 달처럼 환히 비치는 구슬을 바쳐 보은(報恩)했다는 이야기가 전한다. 《搜神記》

256) 형박(荊璞) : 형산(荊山)에서 나온 박옥(璞玉)으로, 천하의 보물로 유명한 화씨벽(和氏璧)이다.

이계명의 무호십경 시에 차운함

次李季明蕪湖十景

차가운 모래에서 잠자는 기러기 寒沙宿鴈

습지가 많은 곳에 서리가 일찍 내리니	澤國霜氛早
기러기들이 떼를 지어 돌아오네	胡禽擧陣歸
쓸쓸한 강은 고요한 하늘에 기대고	空江依玉宇
깊은 밤에 금미[257]를 꿈꾸네	遙夜夢金微
경계는 반드시 삼령[258]을 펼치고	警必申三令
존귀는 육비[259]를 몰아야 하네	尊應御六飛
유독 포새[260]의 산물이 아니니	獨非蒲塞產
명분을 어기기가 정말로 어렵네	名分截難違

따뜻한 풀밭에서 잠자는 소 暖草眠牛

동쪽 묵정밭이 힘듦을 알지 못하고	不識東菑苦
양지 비탈에서 진종일 잠을 자네	陽坡盡日眠
풀들이 우거지니 색을 구별할 수 없고	草迷無色別
안개 덮인 곳에 좁은 길이 뚫려 있네	煙抹有蹊穿
머리 싸매는 그림을 부끄럽게 받으며	恥受籠頭畫
차라리 티끌 묻은 꼬리를 당기네	寧爲塵尾牽
혹 기겁 장군 소문[261]을 들으면	倘聞騎劫至

257) 금미(金微) : 중국 변방의 산으로 진한(秦漢) 때 전쟁이 잦았던 곳이다. 금휘(金徽)라고도 하며 지금은 아이태산(阿爾泰山)이라 한다.

258) 삼령(三令) : 세 번 명령하고 다섯 번 신칙한다는 삼령오신(三令五申)의 준말로, 지휘관이 부하를 철저하게 단속하며 훈련시키는 것을 말한다.

259) 육비(六飛) : 황제의 수레를 끄는 여섯 마리의 준마(駿馬)를 가리킨다.

260) 포새(蒲塞) : 불교(佛教) 용어인 이포새(伊蒲塞)의 준말로, 오계(五戒)를 받은 남자 중을 이름. 여기서는 곧 중들에게 공양(供養)하는 식물(食物)인 이포찬(伊蒲饌)을 뜻한 것이다.

261) 기겁(騎劫) 장군 …… 소식 : 전국시대 때 연(燕)나라 명장 악의(樂毅)의 침공으로 제(齊)나라 70여 개의

칼을 묶고 또한 앞장을 서리라	束刃也登先

북림의 봄 신록 北林春綠

걸어서 강둑 바깥으로 나가니	步出江皐外
아름다운 봄빛이 흐드러졌네	韶光已十分
엷은 녹음은 아지랑이처럼 가볍고	淡陰輕類靄
짙은 녹음은 구름처럼 빽빽하네	濃綠密如雲
이슬 기운이 맑아 물방울 같고	露氣淸猶滴
두견새 소리는 낮에도 들리네	鵑聲晝亦聞
햇볕이 따뜻하고 매우 아름답지만[262]	負暄雖甚美
우리 임금에게 바칠 길이 없다네	無路獻吾君

서벽의 서리 맞은 단풍 西壁霜紅

지사가 가는 가을을 슬퍼하는데	志士悲秋晏
물가 모래섬에서 또 기러기를 보네	汀洲又見鴻
가지런한 잎들은 모두 떨어지려 하고	等爲將謝葉
먼저 핀 꽃떨기는 쇠하려 하네	先占欲衰叢
단약 솥에 새 불을 붙이니	丹竈通新火
붉은 노을이 저녁바람에 뿌려지네	彤霞灑晩風
가련토다 더딘 저녁 길손	自憐遲暮客
하릴없이 쉬 마음 아파하는 것을	無事易傷衷

성이 함락되고 거(莒)와 즉묵 두 성만이 3년 동안 포위되어도 함락되지 않았다. 악의가 소환되고 기겁(騎劫)이란 장수가 오자 제나라 장수 전단(田單)이 성 안의 소 천여 마리를 모아서 용의 무늬를 그린 붉은 비단 옷을 입히고 뿔에는 예리한 칼을 묶어 세우고 꼬리에 기름을 적신 갈대를 매어 단 다음, 성의 수십 곳에 구멍을 뚫고 밤중에 그 구멍으로 꼬리에 불을 붙인 소를 적진으로 내모는 한편 장사 5천 명으로 하여금 소의 뒤를 따르게 하여 크게 승리를 거두었다.《通鑑節要》

262) 부훤(負暄) : 햇볕을 쬐는 일이라는 뜻으로, 부귀를 부러워하지 아니하는 마음을 이르는 말. 송나라의 한 가난한 농부가 봄볕에 등을 쬐면서 세상에 이보다 더 따스한 것은 없으리라는 생각에 이를 임금에게 아뢰었다는 데서 유래한다.

음연의 고기잡이 불 陰淵漁火

어부는 능숙하게 밤을 차지하고 漁翁能占夜
횃불 들고 강가로 내려가네 篝火下江涯
엷은 안개가 처음 이는 곳 淡霧初生處
미풍에도 움직이지 않는 때 微風不動時
구불구불 물가를 따라 멀어지고 逶迤遵渚遠
은밀한 약속에 숲을 나서는 것이 더디네 隱約出林遲
놀란 물결이 길게 옥같이 부서지니 駭浪長爲玉
오히려 세도가 위험한 것을 걱정하네 猶憂世道危

태촌의 밥 짓는 연기 泰村炊煙

뽕과 삼은 처음에 다스려야 하는데 桑麻初可卞
커다란 들판에 평평히 잠기려 하네 巨野欲平沉
계수나무를 불살라서 옥을 굽고 炊玉知燃桂
용가마에 물을 대어 은을 삶네 烹銀想漑鬵
무성하게 열리고 또 합해지며 離離開又合
애틋하게 떠나가서 다시 찾아오네 脈脈去還尋
별을 보는 관리의 말을 들어 보니 聞說星官語
내년에 마음먹은 약속을 지키라고 하네 明年歲守心

마현의 소나무와 눈 馬峴松雪

문을 열어도 눈이 온 줄 모르고 開戶不知雪
처음에는 학이 솔에 앉았나 했네 初疑鶴遍松
은이 바다를 만든다고 예전에 들었지만 舊聞銀作海
옥이 봉우리를 만든 것을 이제야 보네 今見玉爲峯
가파른 골짜기에 구름이 덮이고 斷壑兼雲鎖
황폐한 성은 길과 함께 막혔네 荒城併路封

매화는 응당 이미 피었을 것이니 梅花應已發
어디에서 지팡이를 짚고 읊어 볼거나 何處試吟笻

달포의 모래와 달 獺蒲沙月

장마가 끝나니 모래는 더욱 깨끗하고 潦盡沙逾淨
가을하늘 높으니 달은 더욱 밝네 秋高月益明
한가로이 청아한 시구를 읊조리니 閒吟淸意句
문득 옛사람의 정을 볼 수 있네 卻見古人情
물욕은 누가 될 수 있으니 物欲能爲累
기심[263]을 싹트게 할 수가 있네 機心可使萌
싫어지는 종루 소리가 멀어지자마자 應嫌鐘漏遠
학이 우는 소리가 잇달아 들려오네 鶴唳報更更

흘진에 지나가는 배 訖津行舟

어젯밤 앞 여울에 비가 내리니 昨夜前灘雨
새로 불어난 물이 상앗대의 반이네 新添水半蒿
어떤 사람이 부서진 노를 저으려나 何人持敗檝
지는 해가 놀란 파도를 시험하네 落日試驚濤
목숨을 어찌 아낄 수가 있으랴 性命寧容惜
안위는 털끝만큼도 차이나지 않네 安危不以毫
숲 그늘 아래를 돌아다보니 回看林樾下
어부의 한쪽 어깨가 높아지네 漁父一肩高

263) 기심(機心) : 어느 사람이 바닷가에 살면서 매일 갈매기[鷗]와 노니, 갈매기들이 사람을 피하지 않고 놀았다. 어느 날 그 아버지가, "내일은 갈매기를 한 마리 붙들어 가지고 오라." 하였더니 다음 날 바닷가에 나간 즉 갈매기가 멀리 피하고 오지 않았다. 그것은 갈매기를 붙들겠다는 기심이 있기 때문이었다. 기심은 자기의 사적인 목적을 이루기 위하여 교묘하게 도모하는 마음을 말한다.

소천에서 다리를 건넘 蘇川渡橋

청원정 앞으로 흘러가는 물이	淸遠亭前水
굽이치는 곳에서 물머리를 돌리려 하네	彎環欲轉頭
뻗치고 잠자기는 대로가 마땅하고	橫眠當大路
가벼운 배로 교체하니 건너기가 이롭네	利涉替輕舟
길을 가는 사람은 끝없이 돌아가고	行旅歸無盡
여울 물결은 머물지 않고 흘러가네	湍波截不留
주하사 벼슬한 노자가 아니거늘	得非柱下史
때때로 푸른 소를 타는 이를 보네	時見駕靑牛

나군장 만갑[264]의 시에 차운하여 멀리 왕림한 뜻에 감사함 3수
次羅君章萬甲韻 謝遠枉之意 三首

늘그막에 수많은 어려움을 만났는데	白首逢多難
청전[265]을 가지고 별산을 샀네	靑錢買別山
내가 얻었다고 기뻐하지만	方忻謂我獲
하늘이 어찌 스스로 아끼려고 했겠는가	那計自天慳
앉아서 군장[266]이 찾아오게 하였고	坐屈君章蓋

264) 나만갑(羅萬甲, 1592~1642) : 조선 중기의 문신. 본관은 안정(安定). 자는 몽뢰(夢賚), 호는 구포(鷗浦)·만산(晩山). 나주 출신. 정엽(鄭曄)의 문인이자 사위이다. 진사과에 장원 급제, 성균관에 입학했으나, 인목대비(仁穆大妃)의 서궁유폐(西宮幽閉) 사건이 생기자 벼슬할 생각을 버리고 어머니와 함께 고향에 내려가 독서로써 세월을 보냈다. 인조반정 후 순릉(順陵) 참봉이 되어 알성과(謁聖科)에 급제하고, 여러 벼슬을 거쳐 승진하여 형조 참의가 되었다. 병자호란 때 남한산성에 들어가 공조 참의로서 식량 공급에 공이 컸다. 강화 후 무고를 받아 영해로 귀양 갔다가 풀려나와 영천(榮川, 榮州)에서 여생을 보냈다. 저서로는《병자록(丙子錄)》과《구포집(鷗浦集)》이 있다.

265) 청전(靑錢) : 문재(文才)가 출중한 어진 선비를 말한다. '청전의 선발'은 과거를 통하여 인재를 선발하는 것을 말한다.

266) 군장(君章) : 진(晉)나라 나함(羅含)의 자(字)이다. 그는 덕망이 높아서 관사(官舍)에 있을 적에는 흰 참새가 당우(堂宇)에 떼로 모여들었고, 치사(致仕)하고 집에 돌아오자 섬돌과 뜰에 홀연히 난초와 국화가 무더기로 피었다고 한다.《晉書, 文苑列傳 羅含》

길을 떠나 두약[267]의 물굽이를 찾았네	行尋杜若灣
조물주가 만든 뜻을 알아야만 하니	須知眞宰意
도롱이 입고 돌아올 필요는 없다네	不必帶蓑還

해와 달은 하늘 위에 떠서 가고	日月懸霄漢
시내와 들판은 산과 바다에서 끝나네	川原盡海山
인가는 질박하고 누추함을 좇으며	人家隨朴陋
토속은 곤궁하고 쩨쩨함을 가지네	土俗任寒慳
만리타향을 떠도는 신하의 눈물	萬里羈臣淚
삼 년 동안 얕은 시내 물굽이가 되었네	三年淺水灣
시내에 임하기를 금할 수가 없는데	臨流禁不得
한번 함께 가서는 돌아오지 않네	一倂去無還

늙어서 세상일들을 버려두고	老矣遺塵事
느긋하게 저문 산을 마주하며 지내네	悠然對晩山
질병은 나에게 들어와 함께하고	病能容我適
즐거움은 사람들과 아끼지 않네	樂不與人慳
가랑비는 단풍 물든 골짝에 내리고	小雨埋丹壑
가벼운 바람은 푸른 물굽이에 부네	輕風颺碧灣
게으르게 놀면서 애오라지 잠시 나가서는	倦遊聊蹔出
흥에 겨워 돌아오기를 잊으려 하네	乘興欲忘還

267) 두약(杜若) : 향초(香草)의 일종으로 은자의 삶을 상징한다. 《초사(楚辭)》 〈산귀(山鬼)〉에 “산중의 사람이 두약을 따며, 바위틈의 물을 마시고 송백의 그늘에서 쉬도다.[山中人兮芳杜若, 飮石泉兮蔭松栢.]”라고 하였다.

만산[268]이 차운하여 주었는데 또 그 운을 따름 2수
晩山次韻以酬 又步其韻 二首

멀리 바라보니 하늘은 변방에 이어지고	望遠天連塞
돌아갈 생각하니 산에 해가 지네	懷歸日下山
느릅나무 감람나무는 원래 절로 곧은데	梗枏元自直
내리는 은택을 어찌 홀로 아끼는가	霈澤獨何慳
경월[269]은 궁중의 바깥에 있으며	卿月句陳外
문성[270]은 석목[271]의 물굽이에 있네	文星析木灣
옛날 합포를 다스릴 적을 추억하니	憶曾臨合浦
능히 떠난 진주를 돌아오게 하였네[272]	能使去珠還

동쪽 서쪽에 산골 물이 자리해 있으나	居有東西瀼
크고 작은 산에는 재주가 없다네	才無大小山
시를 얻어 비록 다행이라 느끼지만	得詩雖感幸
화평하자 도리어 아낄까 근심하네	臨和却愁慳
이지러진 달은 앞의 고개를 엿보고	缺月窺前嶺
긴 무지개는 저녁 물굽이를 마시네	長虹飮夕灣
심회가 있으면 때때로 홀로 나가서	有懷時獨出
지팡이에 의지하니 까막까치 떼 돌아오네	倚杖至鴉還

268) 만산(晩山) : 나만갑(羅萬甲)의 호. 각주 264) 참조.

269) 경월(卿月) : 관원을 가리킨다. 《서경(書經)》 홍범(洪範)의 "왕은 해를 살피고 고급 관원은 달을 살피고 하급 관리는 날을 살핀다.[王省惟歲 卿士惟月 師尹惟日]"라는 말에서 나온 것이다.

270) 문성(文星) : 문운(文運)을 주관한다는 문창성(文昌星) 혹은 문곡성(文曲星)으로 문재(文才)가 뛰어난 인사를 비유하는 말이다.

271) 석목(析木) : 별자리 이름이다. 이십팔수 중 기(箕), 두(斗)에 해당하고, 황도십이궁(黃道十二宮) 중 인마궁(人馬宮)에 속한다.

272) 진주를 …… 하였네 : 합포의 바닷속에서 진주가 많이 나왔는데, 어느 태수(太守)가 탐욕을 부리자 점차 교지군(交趾郡)으로 진주가 옮겨 갔다. 후한(後漢)의 맹상(孟嘗)이 합포에 부임하여 폐단을 개혁하고 청렴한 정사를 펼치자, 그동안 생산되지 않던 진주가 예전처럼 많이 나오기 시작했다는 고사가 전한다. 《後漢書, 循吏列傳 孟嘗》

수사 나성두[273]가 차운하여 부쳐 주므로 다시 그 운을 따라 시를 지어 줌 4수
羅秀士星斗次韻見寄 復步其韻以酬 四首

돌아가는 길이 없지는 않지마는	歸去非無路
그 길은 바다와 산에 막힌 듯하네	其如隔海山
길손의 마음은 고향[274]에서 멀어지고	旅懷桑梓遠
콩죽과 물[275]을 해마다 아끼네	菽水歲年慳
약초를 캐며 아침에 비를 맞고	採藥朝乘雨
고기를 잡으며 밤에는 물굽이에서 자네	叉魚夜宿灣
분주한 삶을 그대는 한하지 말라	棲遑君莫恨
천도는 저절로 돌아오는 것을	天道自能還

막히고 어그러진 곳 그리 멀지 않으니	阻濶無多遠
중간에 단지 산 하나가 있네	中間只一山
바둑을 두려고 김매는 것 그만두기 어렵고	棊因難耦廢
시를 지으려 생각을 아끼기도 괴롭네	詩爲苦思慳
다시 만날 날을 점치기 어려워	未卜重携日
옛날 이별하던 물굽이에 멀리 오네	長來舊別灣
어찌하여 말을 타고 집을 나가더니	何當乘馬出
아침에 가서는 밤까지 오지를 않는가	朝往未宵還

아득히 흘러가는 청기의 물이여	迢迢青杞水

273) 나성두(羅星斗, 1614~1663) : 조선 중기의 문신. 본관은 안정(安定)이며 자는 우천(于天), 호는 기주(棋洲)이다. 나만갑(羅萬甲)의 아들이며 장유(張維), 정홍명(鄭弘溟)의 문인이다. 병자호란 때 아버지와 함께 안동에 피란하였으며, 김상헌(金尙憲)과 친교를 맺었다. 음사로 세자익위사 세마가 되었으며 그 뒤 봉산 현감·이산 현감을 지내면서 공정한 정치와 권농으로 백성들의 추앙을 받았다. 효종 때 송시열(宋時烈)의 천거로 해주 목사로 임명된 뒤 묵은 폐단을 척결하였다. 그 일환으로 이윤우(李潤雨)의 향약을 실시하도록 권하여 백성의 생활을 윤택하게 하였다.

274) 고향 : 원문의 상재(桑梓)는 《시경》 〈소반(小弁)〉에 "부모가 심은 뽕나무와 가래나무도 공경한다.[維桑與梓, 必恭敬止.]"라고 한 데서 온 말로, 부모가 살던 고향을 뜻한다.

275) 콩죽과 물 : 원문의 숙수(菽水)는 콩죽과 물로, 곧 소박한 음식을 뜻하는데, 《예기》 〈단궁 하(檀弓下)〉에, 공자가 자로에게 "콩죽을 먹고 물을 마셔도 그 즐거움을 다하면 이를 효(孝)라 한다."라고 한 데서 온 말이다.

가물가물한 가지산이여	隱隱嘉芝山
솟은 모습은 규룡의 움직임과 같고	聳若獰虯動
맑은 모습은 속인의 인색함이 없네	澄無俗子慳
빗장은 서 대감의 집이고	關爲徐相宅
물가는 조 씨의 산호 물굽이네	滙作趙珊灣
마주보는 면의 문이 모두 바위이니	雙面門皆石
능히 오고 가는 사람을 받아들이네	能容人往還

아득한 티끌세상 속에서	悠悠塵世裏
그 누가 이 강산을 알겠는가	誰識此江山
골짜기가 좁으니 여울물이 더욱 노하고	峽束湍偏怒
근원이 깊으니 계절이 보다 더디네	源深候較慳
행인은 빙 돌아 벼랑길을 피하고	行人迂避棧
어부는 굽이돌며 물굽이를 찾네	漁子曲尋灣
그 누가 말했는가 구름은 뜻이 없어	誰道雲無意
긴 하늘에 갔다 왔다 한다고	長空去卻還

현곡의 시에 차운하여 김 찰방에게 줌 2수

次玄谷韻贈金察訪 二首

강의 오른쪽[276]에서 작은 업을 이루니	小業江之右
높은 명성이 천하에 이르네	高名斗以南
잣나무를 능히 기쁘게 할 수 있지만[277]	行能令栢悅

---

276) 강의 오른쪽 : 주로 경상남도를 말한다. 영남 지방을 구분할 때 낙동강 줄기를 중심으로 왼쪽에 해당하는 북부지역은 '강좌(江左)', 오른쪽에 해당하는 남부지역은 '강우(江右)'라고 한다. 강좌의 중심은 안동이고 강우의 중심은 진주이다.

277) 잣나무를 …… 있지만 : 소나무가 무성하면 잣나무가 기뻐한다는 송무백열(松茂柏悅)의 고사를 말한다. 벗이 잘 되는 것을 기뻐하는 것을 비유한다. 육기(陸機)의 〈歎逝賦〉에 "참으로 소나무가 무성하니 잣나무가 기뻐하고, 아, 지초가 불에 타니 혜초가 탄식하네.[信松茂而柏悅, 嗟芝焚而蕙歎.]"라는 말에서 유래하였다. 《文選》

어찌 숲을 부끄럽게 할 수 있으리오[278]	處豈使林慙
지난 일을 말해 무엇 하겠는가	往者何須說
기쁘게 즐김을 기대하지 않도다	歡然不待酣
어찌하여 돌아가는 소매를 당겨서	何當挽歸袂
절벽 서쪽의 못을 함께 가리키는가	共指壁西潭
마을을 막고 있는 것을 두루 보니	遍見村家障
영남에는 없는 강과 산이네	江山無嶺南
형체를 빌려 묘한 모습을 만들었으니	假形能造妙
진시로 조물주가 부끄러워하네	眞宰定懷慙
웃음을 머금고 높은 누각에 올라	含笑臨高閣
붓을 휘두르며 취흥에 의지하네	揮毫倚半酣
푸른 언덕에서 궁벽함을 싫어하여	靑丘嫌僻陋
형담에 누우려고 생각하네	思欲臥衡潭

임천에서 불은 물을 바라보며 계미년(1643)

臨川觀漲 癸未

큰물이 세 방면을 둘러싸니	大水圍三面
외로운 마을에 몇 채의 집뿐이네	孤村只數家
평상 아래에는 작은 땅도 없는데	下牀無尺土
절벽에는 갈까마귀가 깃들어 있네	棲壁有鏖鴉
임천에 고상하게 은거하길 기약하며	高臥臨川計
은하수에 오르는 뗏목을 타려 하네	飜乘泝漢槎
가을 수확[279]이 비록 실망스럽지만	西成雖失望

278) 숲을 …… 있으리오 : 남제(南齊)의 공치규(孔稚圭)가 지은 〈북산이문(北山移文)〉에 "숲의 부끄러움이 다하지 않고 시냇물의 부끄러움이 그치지 않는다.[林慚無盡 澗愧不歇]"라고 한 데서 온 말로, 은거하던 사람이 절조를 굽히고 벼슬을 하면 산천도 부끄럽게 여긴다는 말이다.

279) 가을 수확 : 원문의 '서성(西成)'은 가을에 수확하는 일을 뜻한다. 《서경》 〈우서(虞書) 요전(堯典)〉에 "들어

오히려 아침거리는 먹을 수 있다네 猶可餐朝霞

삼현사를 배알하고 물러나 감회가 있어서 산장의 장자 운에 차운함 3수
謁三賢祠 退而有感 次山長長字韻 三首

그 누가 덕을 높이는 사당을 誰將尙德廟
무너진 못 곁에 세우려 했는가 擬建廢池傍
사문[280]만을 위한 계획이지 只爲斯文計
후학에게 빛내려는 생각은 아니네 非生末學光
갈림길이 많지만 도는 하나임을 보고 歧多看道一
근원은 멀지만 흐름이 긴 것을 깨닫네 源遠覺流長
죽지 않고 오늘날을 맞이하니 不死逢今日
마음속에 기쁨이 마구 일어나려 하네 中心喜欲狂

우뚝 솟은 봉우리가 연이어 일어나 矗矗峯連起
푸른 물가에 웅장하게 솟아 있네 雄蟠綠水傍
몇 년이나 칼의 기운을 숨겼던가 幾年埋劒氣
오늘에야 용의 광채[281]를 보겠네 今日見龍光
작은 터에 사당을 높이 지으니 一畝儒宮敞
오래도록 도맥을 길게 전하리 千秋道脈長
어찌 알겠나, 교화가 행해진 땅에 安知風化地

가는 해를 공경히 전송하여 가을에 수확하는 일을 고르게 차례하였다.[寅餞納日, 平秩西成.]"라고 하였는데, 여기에서 온 말이다.

280) 사문(斯文) : 유가의 학문과 도의로 예악(禮樂)의 교화와 전장제도(典章制度)를 가리킨다. 《논어》 〈자한(子罕)〉에, "하늘이 장차 사문을 없애고자 한다면 뒤에 태어난 내가 사문에 참여할 수 없었을 것이다.[天之將喪斯文也, 後死者不得與於斯文也.]" 하였다.

281) 용의 광채 : 고대의 명검인 용천검(龍泉劍)의 빛이다. 오(吳)나라 때 북두성과 견우성 사이에 늘 보랏빛 기운이 감돌기에 장화(張華)가 예장(豫章)의 점성가 뇌환(雷煥)에게 물었더니 보검의 빛이라 하였다. 이에 풍성(豐城) 감옥 터의 땅 속에서 춘추시대에 만들어진 전설적인 보검인 용천검과 태아검(太阿劍) 두 보검을 발굴했다 한다. 《晉書, 張華傳)》

찬란한 광인(狂人)[282]이 있지 않을 줄을 不有斐然狂

문성이 영남에 해당되니 文星當嶺徼
가시나무가 변화하여 은하수 곁에 있네 荊棘化河傍
하얀 돌은 물결 가운데의 기둥이고 白石波中柱
푸른 산은 비가 갠 뒤의 광채라네 靑山霽後光
땅은 사람으로 인하여 절로 빼어나니 地因人自勝
이름과 물 가운데 어느 것이 좋은가 名與水誰長
때때로 소나무 숲 밖에서 들으니 時聽松林外
노래 소리가 초나라 광인[283] 같으네 行歌類楚狂

차운하여 정시 금대아[284]에게 부침 2수

次韻寄琴正始大雅 二首

서쪽으로 흐르는 물을 좋아해 爲愛西流水
자주 와서 물가를 거닐었네 頻來水上行
나도 고향을 그리는 생각이 있어 因吾懷土念
그대가 가진 망향의 정을 안다네 知子望鄕情
오래 앉아 사람이 다하기를 기다리며 坐久須人盡
더딘 잠에 달을 보네 眠遲看月生
어린 시절에 있던 마을의 옛일을 少時村里舊

282) 광인(狂人) : 광(狂)은 뜻만 크고 행실이 뜻에 미치지 못하는 것을 말한 것으로, 공자가 일찍이 진(陳)에 있을 때 이르기를 "돌아가련다, 돌아가련다. 오당의 소자들이 뜻만 크고 소략하여 찬란하게 문장만 이루었을 뿐이요, 그것을 재단할 줄을 모르는도다.[歸與! 歸與! 吾黨之小子狂簡, 斐然成章, 不知所以裁之.]"라고 한 데서 온 말이다.《論語 公冶長》

283) 초(楚)나라 광인(狂人) : 춘추시대 초(楚)나라 사람 육통(陸通)을 가리킨다. 그의 자(字)는 접여(接輿)이다. 그가 난세를 만나 미친 체하니 사람들이 그를 초광(楚狂)이라 일컬었다. 접여(接輿)가 공자의 문을 지나가며 "봉이여 봉이여, 어찌 이리 덕이 쇠하였나.[鳳兮鳳兮 何德之衰也]"라고 풍자하는 노래를 불렀다고 한다.《論語 微子》

284) 금대아(琴大雅) : 생몰년 미상. 본관은 봉화, 자는 정시(正始). 부친은 봉기(鳳紀), 조부는 응하(應夏)로 영주에 거주함. 1618년에 증광시(增廣試) 생원에 입격함.

하나하나 마음속에 새기는도다 一一入心銘

이틀 동안 산중에 눈이 내리니 二日山中雪
산집에 티끌 하나 남지 않았네 山齋絶點塵
그대의 마음이 옥 같음을 증명하고 證君心似玉
나의 귀밑머리가 은 같음을 도우네 助我鬢如銀
수려하고 아름다움은 금사백과 같고 麗美琴詞伯
쓸쓸하고 가난함은 정자진[285]과 같네 孤寒鄭子眞
골짜기의 난초는 비록 적막하지만 谷蘭雖寂寞
소나무의 운치는 더욱 맑고 새롭네 松韻轉淸新

유곡이 형님 매오공의 수연에서 지은 시에 뒤늦게 차운함
追次幽谷題舍兄梅塢公壽席韻

이러한 잔치에 어찌 취하지 않으리 此會寧辭醉
잔치 자리에서 여러 큰 술잔을 기울였네 當筵屢巨觥
오늘은 집의 형님이 태어나신 날이니 家兄初度日
관청의 술이 멀리까지 오는 정이 있네 官酒遠來情
이슬 맞은 국화는 가을이 지나 어여쁘고 露菊經秋艶
차가운 달[286]은 마음껏 밝구나 寒蟾盡意明
단란하게 길던 밤이 끝나려 하니 團圞終永夜
새벽노을이 생길까 오히려 두렵네 猶恐曙霞生

---

285) 정자진(鄭子眞) : 곡구(谷口)에 은거하였던 한(漢)나라의 은사 정박(鄭樸)이다. 양웅(揚雄)의 〈법언(法言)〉에 "곡구의 정자진은 자기의 뜻을 굽히지 않고 산골짝에서 농사를 지었는데, 그의 명성이 경사에 진동했다.[谷口鄭子眞不屈其志而耕乎巖石之下, 名震于京師.]"라고 하였다.

286) 차가운 달 : 원문의 '한섬(寒蟾)'에서 '섬(蟾)'은 섬월(蟾月)이다. 상고시대 후예(后羿)의 아내 항아(姮娥)가 서왕모(西王母)의 선약(仙藥)을 훔쳐 월궁(月宮)으로 달아나 두꺼비[蟾蜍]가 되었다는 전설 때문에 그렇게 부른다.

10월 16일에 형님을 모시고 삼수정에서 사냥하는 것을 보고, 이에 술을 마시고 돌아오는 길에 달을 보고 시를 지음

十月旣望陪舍兄觀獵于三樹亭 仍成小酌 歸程得月有作

강 머리에서 작은 술자리를 마련하니 江頭成小酌
구름의 틈 사이로 달이 지나가네 雲罅轉氷輪
옥토끼는 전면에서 드러내지만 玉兎呈全面
항아는 몸의 반만 노출하네 姮娥露半身
저녁이 다하려 함을 싫어하는 듯 似嫌將散夕
인(仁)에 귀의하려는 것을 한하는 듯 如恨欲歸仁
나를 따라 임천으로 가시렵니까 隨我林泉去
나의 심신을 아프게 하지 마세요 毋令傷我神

아우가 장차 임천의 행차를 하려 하기 때문에 말한다.[弟將有林泉之行故云]

중명 이찬[287]의 시에 차운함

次李仲明燦韻

편지를 받고 비록 뜻이 위로가 되지만 得書雖慰意
어찌 마름이 물가에서 얘기하는 것과 같으랴 豈若話蘋汀
영(郢) 땅의 백토를 누가 능히 깎으며[288] 郢堊誰能斲
백아의 거문고는 누가 듣고 알겠는가[289] 牙琴孰解聽

287) 이찬(李燦, 1575~1654) : 조선 후기의 의학자. 본관은 용궁(龍宮). 자는 중명(仲明), 호는 국창(菊窓). 고려 태학사(太學士) 이행(李行)의 8대손이며, 유성룡(柳成龍)이 그의 외숙이다. 젊어서 자주 병을 얻었으므로 스스로의 병을 고치기 위하여 독학으로 의술을 연구하여 명의(名醫)로 널리 이름을 떨쳤다. 왕의 특명으로 내의원(內醫院)에 나가 어약(御藥: 왕에게 주는 약)을 바치다가 공조정랑에 기용되고 이어서 금산 현감을 지냈다.

288) 영(郢) 땅의 …… 깎으며 : 여기서는 시문(詩文)의 수정을 의미한다. 춘추시대 초(楚)나라 서울 영 땅의 사람이 백토를 코끝에 매미 날개만큼 엷게 바르고 장석(匠石)을 불러 그 흙을 닦아 내게 했더니, 장석이 바람이 휙휙 나도록 도끼를 휘둘러 그 흙을 완전히 닦아 냈으나, 그 사람의 코는 조금도 다치지 않았다는 고사가 있다. 《莊子 徐无鬼》

289) 백아(伯牙)의 …… 알겠는가 : 세상에 자기를 알아줄 사람이 없음을 뜻한다. 옛날 백아는 거문고를 잘 타고, 그의 친구 종자기(鍾子期)는 거문고 소리를 잘 알아들어서, 백아가 일찍이 태산(泰山)에 뜻을 두고 거문고를

떠도는 인생은 원래 어수선하고 浮生元草草
쇠한 머리털은 이미 성성하여라 衰髮已星星
만남과 이별은 운수가 아닌 것이 없으니 聚散無非數
강과 바다의 부평초에 탄식하지 마라 休歎江海萍

배 안의 연구

舟中聯句

멋진 모임을 어느 때에 다시 하리오[慶輔] 勝會何時再
인간 세상에 이런 날이 쉽지 않네[仲明] 人間此日難
가벼운 바람은 백석에 불어오고 輕風來白石
지는 해는 푸른 물결에 넘어져 있네[慶輔] 落照倒淸瀾
배는 바위에 기대어 정박할 수 있지만 舟可依巖泊
거문고는 어찌 달을 기다려 타리오[維瞻] 琴何待月彈
이 유람에 모름지기 즐거움이 극진하니[汝善] 玆遊須盡樂
취하지 않고는 돌아가지 않으리라[慶輔] 不醉不宜還

금정시가 나의 입암시에 화답하여 그 운을 따라 사례함

琴正始和余立巖詩 步其韻以謝

앞의 3수는 잃음.[前三首逸]

십 년 동안 어지러운 세상을 만났는데 十年逢世亂
지금 또 삼공[290]의 세상을 만나네 今又遇三空

타자, 종자기가 듣고 말하기를 "좋다, 높다란 것이 마치 태산 같다." 하였고, 백아가 또 흐르는 물에 뜻을 두고 거문고를 타자, 종자기가 또 말하기를 "좋다, 세차게 내려가는 것이 마치 흐르는 물 같다."고 하여, 백아의 생각을 종자기가 다 알아들었으므로, 종자기가 죽은 뒤에는 백아가 자기 소리를 알아줄 사람이 없다 하여 마침내 거문고 줄을 끊어 버리고 종신토록 거문고를 다시 타지 않았다는 고사에서 온 말이다.

290) 삼공(三空) : 전야(田野)가 비고 조정이 비고 창고가 비는 등 국가의 재정이 고갈된 것을 가리킨다.《後漢書, 陳蕃傳》

다만 시대를 바로잡을 책략은 없고	第乏匡時畧
세상을 구제할 공력이 조금도 없네	毫無濟物功
오직 의(義)를 생각하는 물에 임하여	惟臨思義水
홀연 무우에서 바람 쐰 일[291]을 추억하네	忽憶舞雩風
그대가 찾아와서 발휘하지 않았다면	非子來相發
그 누가 독옹[292]을 가엾어 하리오	誰憐一禿翁

다시 앞의 운을 써서 4수를 드림

復用前韻呈 四首

신선을 나도 또한 의심했지만	神仙吾亦訝
여기에서 증험하니 헛된 것은 아니네	驗此未爲空
노을을 먹는 기술[293]만 있고	只有餐霞術
도를 닦는 공부는 전혀 없네	餘無鍊道功
하늘에 올라 밝은 해와 날고	升天飛白日
학을 타고 앉아 찬바람을 모네	跨鶴御冷風
무슨 일로 봉래산의 길손은	何事蓬山客
어느덧 이미 늙은이가 되었나	居然已作翁

입석의 다른 이름은 임강노선이다.[立石一號臨江老僊]

해와 달은 장차 어디에 깃드나	日月將焉寓
높은 하늘이 낮은 하늘에 의지하네	穹窿賴底空

---

291) 무우(舞雩)에서 바람 쐰 일 : 《논어》 〈선진(先進)〉에 공자가 증점(曾點)에게 장래 포부를 물어보자 "늦봄에 봄옷이 이미 이루어지면 관(冠)을 쓴 어른 5, 6명 및 동자 6, 7명과 함께 기수(沂水)에서 목욕하고 무우에서 바람 쐬고 노래하면서 돌아오겠습니다.[莫春者, 春服旣成, 冠者五六人, 童子六七人, 浴乎沂, 風乎舞雩, 詠而歸.]"라고 대답한 말이 보인다.

292) 독옥(禿翁) : 늙어서 머리가 빠지고 정계에서 실권도 없는 사람을 말한다. 한(漢)나라 무안후(武安侯) 전분(田蚡)이 보영(寶嬰)을 비난하면서 붙인 호칭이다. 《史記 魏其武安侯列傳》

293) 노을을 먹는 기술 : 노을을 먹는다는 것[餐霞]은 신선(神仙)이 되는 수련법의 하나이다. 〈사마상여전(司馬相如傳)〉에 "밤이슬을 마시고 아침놀을 먹는다.[呼吸沆瀣兮餐朝霞.]"라는 말이 보인다. 《漢書, 司馬相如傳》

기둥을 지탱할 힘이 아니라면	如非撑柱力
누가 전환[294]의 공력을 보겠는가	孰見轉圜功
삼소[295]의 안개를 삼키고 토하며	呑吐三霄霧
높은 하늘에 바람을 부네	吹嘘九寓風
오랜 동안 누구와 벗을 하랴	千秋誰與友
오직 녹문의 늙은이[296]가 있네	惟有鹿門翁

다른 이름은 오주석이다.[一名鰲柱石]

큰 소나무는 깊은 골짝에 그늘지고	長松蔭絶壑
푸른 물은 텅 빈 하늘을 비추네	綠水暎虛空
이끼는 연약하여 모전을 만들 수 없고	苔嫩氈爲累
모래는 밝고 걸어도 흔적이 없네	沙明屐罔功
흉금을 펼쳐서 맑은 기운을 대하고	披襟當灝氣
이마를 드러내어 강바람에 씻어내네	露頂灑江風
비로소 알겠네, 안상의 무리[297]는	始識安詳輩
공공연하게 세상을 피한 늙은이임을	公然避世翁

강둑에 있는 하나의 돌이	江畔一株石
우뚝이 푸른 하늘을 반으로 갈랐네	亭亭半碧空
하늘을 받치는 힘은 본받기가 어렵고	擎天難效力
물을 막는 공은 이루 다 말할 수 없네	捍水未言功

---

294) 전환(轉圜) : 둥근 고리를 굴린다는 말로 간언을 따르기를 물 흐르듯이 순(順)히 한다는 뜻이다.《한서(漢書)》〈매복전(梅福傳)〉에 "옛날에 고조가 선한 말을 받아들일 때는 미치지 못할 듯이 하였고, 간언을 따를 때는 전환하듯이 하였다.[昔高祖 納善若不及 從諫若轉圜]"라고 한 데서 나온 말이다.

295) 삼소(三霄) : 도교에서 말하는 세 하늘로, 청미천(淸微天), 우여천(禹餘天), 대적천(大赤天)을 말한다.

296) 녹문의 늙은이 : 원문의 녹문옹(鹿門翁)은 후한(後漢)의 은자(隱者) 방덕공(龐德公)을 말한다. 그는 유표(劉表)의 간절한 요청에도 끝내 응하지 않고서 처자를 데리고 녹문산(鹿門山)에 들어가 약초를 캐며 살다 생을 마쳤다고 한다.《尙友錄》

297) 안상(安詳)의 무리 : 신라 때의 네 국선(國仙)인 영랑(永郎)·술랑(述郎)·안상(安詳)·남랑(南郎)이 고성 삼일포(三日浦) 등에서 노닐었는데, 그 흔적으로 북쪽 벼랑에 '영랑도남석행(永郎徒南石行)'이라는 여섯 글자가 붉은 글씨로 새겨져 있다고 한다.

맑은 밤 달밤에 홀로 서서 獨立淸宵月
변방의 성(城)[298] 바람에 길게 읊네 長吟紫塞風
거드름 피우며 살 수 없으니 無能徒偃蹇
도리어 석문의 늙은이와 같네 還似石門翁

금정시[299]의 시에 차운함 3수

次琴正始韻 三首

겨울이 따뜻하면 염장[300]을 근심하고 冬暖憂炎瘴
봄이 추우면 눈 내릴까 원망하네 春寒怨雪滂
나의 생애는 어리석음 또한 심하여 吾生愚亦甚
하늘의 꾸지람을 잠시도 잊기 어렵네 天譴耿難忘
성시로 돌아갈 마음은 줄어들고 城市歸心懶
산림에서 일어나는 흥취는 많아지네 山林引興長
임천은 시내와 바위가 좋으니 臨川泉石好
청광[301]이 붙어도 문제되지 않네 未害着淸狂

그대에게 들으니 근심이 때때로 일어나면 聞子憂時作
사람에게 눈물을 흐르게 한다 하네 令人涕欲滂
동산의 아욱은 아깝지 않지만 園葵非可惜
노나라 여인[302]은 잊을 수가 없네 魯女不能忘
일편단심이 깨지는 것이 어찌 이상하리 何怪丹心破

---

298) 변방의 성(城) : '자새(紫塞)'는 북방 변경의 요새지를 가리킨다. 만리장성을 축조할 때 그곳 흙 색깔이 자줏빛이었던 데서 유래하였다.

299) 정시(正始) : 금대아(琴大雅)의 자(字). 각주 284) 참조.

300) 염장(炎瘴) : 더운 지방(地方)의 개펄에서 나는 독한 기운(氣運).

301) 청광(淸狂) : 청(淸)은 심성이 깨끗하고 맑고 청렴하고 청아한 품격이고 광(狂)은 미치다의 뜻이 아니라 격정적인 뜻이다.

302) 노(魯)나라 여인 : 노나라 한 여인이 슬프게 휘파람을 불어서 사람들이 물으니, "나라에 장차 환란이 있을까 걱정한다." 하였다.

백발이 늘어남에 몹시도 놀라네	偏驚白髮長
길이 다한 곳에서 통곡할 만하지만	窮途堪慟哭
완적처럼 미치광이가 되지는 않았네[303]	阮籍未爲狂

한나라 말기에는 명사가 많았는데	漢末多名士
그 중에 범방[304] 같은 이가 있었네	其中若范滂
군신은 비록 의리가 중하지만	君臣雖義重
모자 사이를 어찌 온전히 잊으랴[305]	母子奈全忘
수옥[306]에서 석 달 겨울을 은거하니	樹屋三冬隱
산의 샘물은 한결같은 맛이 길구나	山泉一味長
알아주는 사람이 없으면 그만이지	無人知則已
하필 거짓으로 미친 척하겠는가[307]	何必事佯狂

이계명에게 부침

寄李季明

송강은 백 리가 채 못 되는데	松江未百里
한 번 이별에 염량[308]이 움직이네	一別動炎涼

---

303) 길이 다한 …… 되지 않았네 : 삼국시대 위(魏)나라 완적(阮籍)이 울분을 달래려고 혼자 수레를 타고 나갔다가 길이 막히면 문득 통곡하고 돌아왔다. 《晉書, 阮籍列傳》

304) 범방(范滂) : 후한(後漢) 사람으로 자가 맹박(孟博)이다. 범방이 말하기를 "내가 죽는 날에 수양산 기슭에 나를 묻어주기를 원한다. 위로는 하늘을 저버리지 않고 아래로는 백이와 숙제에 부끄럽지 않다.[身死之日 願埋滂於首陽山側 上不負皇天 下不愧夷齊]"라고 하였다. 《後漢書, 范滂傳》

305) 모자 사이를 …… 잊으랴 : 후한의 범방(范滂)이 죽음의 길로 떠나며 모친에게 마지막 인사를 드리자, 모친이 "네가 이제 이응(李膺), 두밀(杜密)과 더불어 이름을 나란히 할 수 있게 되었으니, 죽는다 한들 또 무슨 유감이 있겠느냐.[汝今得與李杜齊名 死亦何恨]"라고 위로하였다. 《後漢書, 黨錮列傳 范滂》

306) 수옥(樹屋) : 뽕나무를 의지해서 이를 마룻대로 삼아 지은 초막집을 말함. 신도반은 본디 집이 가난하여 칠공(漆工)으로 품팔이를 하며 살다가, 끝내 한실(漢室)이 무너져가는 것을 보고는 탕현(碭縣)에 들어가 초막집에 은거하였다. 당시에 그의 훌륭한 학덕(學德)을 존경하는 이들로부터 천거를 받아 수차에 걸쳐 조정의 소명(召命)이 있었으나, 끝내 나가지 않았었다.

307) 거짓으로 미친 척하겠는가 : 은(殷)나라 주왕(紂王)의 삼촌인 기자(箕子)가 주왕이 무도한 정사를 함에 간쟁하였으나 들어주지 않자 거짓으로 미치광이 행세를 하고 옥에 갇혔다. 《史記 殷本紀》

지사는 이른 가을을 슬퍼하고	志士悲秋早
수인은 긴 밤을 원망하네	愁人怨夜長
병마에 시달린 지가 몇 년인가	幾年帷二豎
오늘 다시 중양절을 맞았네	今日復重陽
서로 그리워하는 시를 지어	爲寫相思句
그대를 통하여 초당에 부치네	因君寄草堂

308) 염량(炎涼) : 더위와 추위로, 권세가 있을 때는 아첨하여 붙좇고 권세가 없어지면 푸대접하는 염량세태(炎涼世態)를 비유한다.

시詩

오언배율 五言排律

술행편

述行篇

을묘년(1615) ○ 우복 선생께서 강릉에서 체포령을 받았다는 소식 듣고 말을 달려가 안부를 여쭙고 길에서 짓다.[乙卯 ○ 聞愚伏先生自江陵被拿命 馳往省之 途中有作]

한양의 길은 바야흐로 전성의 시기니 漢道方全盛
명군께서 계속 이어 밝히시네[309] 明君繼緝熙
몽복[310]으로 어진 정승을 등용하여 登庸賢夢卜
고기[311]와 같은 무리들과 사업하시네 事業等皐夔

이때에 완평이 수상이 되었다.[時完平爲首相]

삼계[312]의 바름을 볼 수 있으니 足見三階正
사방의 기쁨을 마음으로 알겠네 心知四境愫
누가 효경[313]을 반역하게 하였는가 誰教梟獍逆
벼슬아치들이 부추겨서 그렇게 하였도다 動引搢紳爲

이때에 역옥이 여러 차례 일어났다.[時逆獄屢起]

---

309) 명군(明君)께서 …… 밝히시네 : 원문의 '집희(緝熙)'는 임금의 덕이 계속하여 밝게 빛나는 모양이다. 《시경》 〈문왕(文王)〉에 "목목(穆穆)하신 문왕이여, 아, 경(敬)을 계속하여 밝히셨도다." 하였는데, 주희(朱熹)의 주(注)에 "집(緝)은 계속한다[續]는 뜻이고, 희(熙)는 밝힌다[明]는 뜻이다." 하였다.

310) 몽복(夢卜) : 은(殷)나라 고종(高宗)이 꿈에서 부열(傅說)을 만나보고 그의 얼굴을 그려 사방에 배포해서 부열을 찾아 정승으로 삼은 고사(故事)에서 나온 말로 임금이 어진 정승을 얻은 뜻으로 쓰인다.

311) 고기(皐夔) : 고요(皐陶)와 기(夔)의 병칭으로 모두 순(舜) 임금 때의 훌륭한 신하이다.

312) 삼계(三階) : 천상(天上)의 별을 이름이다. 제일은 태계(泰階)이니 상계(上階)의 상성(上星)은 천자가 되고, 다음 중계(中階)의 상성이 제후(諸侯)가 되고, 다음 하계의 상성은 사(士)가 되어서, 이것이 위차를 잃지 아니하면 음양이 화하고 만물이 다스려진다.

313) 효경(梟獍) : 효(梟)는 어미를 잡아먹는다는 올빼미 종류의 새이고, 경(獍)은 파경(破獍)이라는 호랑이 종류의 맹수로서 아비를 잡아먹는다고 한다.

옥석을 어떻게 구별하는가　玉石何曾別
충신과 간신이 함께 섞여 있도다　忠姦併收夷
가련하다, 우곡에 사는 늙은이　可憐愚谷老
또 조정의 의심을 받으셨네　亦被聖朝疑
시대를 근심해 애가 끊어지고　腸爲憂時斷
임금을 그리워해 몸골이 쇠했네　形因戀闕衰
황천과 후토가 보았고　皇天后土鑑
경사와 서인들이 알았네　卿士庶人知
흰 옥은 갈면 더욱 윤기가 나고　白璧磨逾潤
푸른 구리는 씻으면 더욱 기이해지네　青銅洗益奇
검고 갈린 모습[314]은 변할 수 없지만　緇磷非可變
마르고 습한 의지[315]는 옮길 수 없네　燥濕不能移
대저 어찌 사문에 다행인가　夫豈斯文幸
지극한 덕은 흠결이 없다네　能無至德疵
학문은 오늘도 증험할 수 있지만　學將今日驗
도는 어느 때에 베풀 수 있을까　道在幾時施
소자는 깊은 사랑을 받았는데　小子蒙深眷
엄한 노정으로 감히 뒤를 기약하네　嚴程敢後期
행장은 오직 짧은 칼뿐인데　行裝惟短劍
지는 해에 갈림길은 너무 많고　落日太多歧
목숨은 가벼운데 뜬 먼지는 무겁고　命賤浮埃重
마음은 바쁜데 가는 물은 더디네　心忙逝水遲
하백[316]을 따라가는 것을 면하고　免隨河伯去

314) 검고 갈린 모습 : 원문의 '치린(緇磷)'은 《논어(論語)》 〈양화(陽貨)〉에 보이는 공자의 말에 "견고하다고 말하지 않더냐? 견고하면 갈아도 닳아지지 않는 법이다. 희다고 말하지 않더냐? 희면 검은 물을 들여도 검어지지 않는 법이다.[不曰堅乎 磨而不磷 不曰白乎 涅而不緇]"라고 한 데에서 온 말이다.

315) 마르고 습한 의지 : 《주역》 〈건괘(乾卦) 문언(文言)〉에 "같은 소리는 서로 응하고 같은 기는 서로 구하니, 물은 습한 곳으로 흘러가고 불은 마른 곳으로 나아간다.[同聲相應, 同氣相求, 水流濕, 火就燥.]"라는 말에서 유래한다.

316) 하백(河伯) : 강의 신을 말한다.

새벽 별을 이고 달려서 돌아오네　還戴曉星馳

무흘탄에 이르러 떨어지는 물에 얼마나 위태했던가. 다음날 다시 행장을 꾸려서 길을 오르다.[至茂屹灘 落水中幾危 翌日復理裝登程]

옷은 얇은데 바람은 더욱 거세고　衣薄風偏怒
말은 여윈데 길은 더욱 위태하네　驂羸路剩危
꽃이 고우니 해가 꽃술에 들어오고　花姸逢日蘂
소나무가 늙으니 가지에 서리가 가득하네　松老傲霜枝
사물을 보고 두 줄기 눈물을 더하고　觸物添雙淚
심회를 펼쳐 다섯 탄식[317]을 다르게 했네　攄懷異五噫
벼슬살이에는 구유에도 세금이 있는데　官程槽有稅
여관의 집에는 울타리가 있지 않네　旅館屋無籬
잠자지 않고 굶주린 범을 막고　不寐防飢虎
때 아니게 늙은 삵에 겁을 내네　非時怯老貍
땔감을 구해 묵은 찬을 마련하고　乞柴供宿饔
풀을 사서 가벼운 재료를 취하네　買草取輕資
영남 밖에서 오는 편지를 받으니　嶺外逢來信
시름 속에서 눈썹을 펼쳐지네　愁邊得展眉
길거리 뜬소문[318]은 전혀 실정이 없으니　途聽全失實
옥에 갇힌 몸이 곧 이와 같다네　獄體乃如斯
태평성대가 어찌 이런가　昭代豈宜爾
우리 공을 진실로 헤아려 주소서　我公誠數而
가슴속은 슬프고도 우울하며　中心猶鬱抑
앞길은 더욱 구불구불하네　前路轉逶迤
가고 가며 오직 해를 보지만　去去惟看日

317) 다섯 탄식 : 후한 때 사람 양홍이 은거하기 위해 동으로 관(關)을 나가 서울을 지나가면서, 오희(五噫)의 노래를 지었는데, “저 북망산(北芒山)에 오름이여, 아, 경사를 돌아봄이여, 아, 궁실의 높고 높음이여, 아, 사람의 수고로움이여, 아, 멀고멀어 끝이 없음이여, 아.[陟彼北芒兮, 噫! 顧覽帝京兮, 噫! 宮室崔嵬兮, 噫! 人之劬勞兮, 噫! 遼遼未央兮, 噫!]” 하였다.

318) 도청(途聽) : 도청도설(道聽塗說), 거리의 뜬소문.

허둥지둥 때를 헤아리지 못하네　遑遑不計時
옛날 높은 대궐을 본 적이 있는데　昔曾瞻魏闕
지금 또 그 한양(漢陽)을 바라보네　今又望京師
사당의 모습은 응당 변치 않으리니　廟貌應依舊
신하의 반열에 위의(威儀)가 있으리라　鵷行想有儀
일천 대문에는 구슬이 어지러이 떨어지고　千門珠錯落
두 대궐 문에는 봉황이 들쑥날쑥하네　雙闕鳳參差
굽어보고 쳐다보니 감정이 점점 더해지고　俛仰冞增感
두루 보며 단지 스스로 탄식하네　周觀但自咨
임금의 성덕은 지혜롭고 명철하여　重華元濬哲
정사에는 인륜을 근본으로 하셨네　庶政本倫彝
효우를 누가 이간(離間)할 수 있으리오　孝友誰能間
어리석은 이들은 스스로 사사롭네　愚蒙自是私
근거 없는 말들에 조정이 놀라고　流言朝著駭
벼슬을 그만둠에 임금 마음이 슬퍼라　致事睿情悲
간신의 저주는 세력이 확장되니　逆竪譸張甚
왕장[319]의 뛰어남은 옥사가 마땅하네　王章岸獄宜
임금의 위엄이 때맞게 한 번 진동하니　天威時一震
선비의 무리들이 간혹 억울하게 걸리네　士類或橫罹
양옥[320]에는 편지가 늦게 알려지고　梁獄書遲報
종관의 머리털이 하얗게 세려 하네　鐘冠髮欲絲
대명은 어두운 곳에도 비추니　大明幽亦照

319) 왕장(王章) : 한(漢)나라 성제(成帝) 때 사람이다. 대장군(大將軍) 왕봉(王鳳)의 전횡을 강력히 탄핵하는 글을 지어 올리려고 하였는데, 그의 아내가 말리자, "아녀자가 간섭할 일이 아니다."라고 하면서 올렸다가 끝내는 감옥에 갇혔다. 그때 처자식들도 모두 갇혔는데, 왕장의 어린 딸이 어느 날 밤에 일어나 통곡하면서 "평소에 죄수들을 부를 적에는 아홉 사람을 불렀는데, 오늘은 여덟 사람만 부르는 걸 보니, 반드시 강직한 우리 아버지가 죽은 것이다."라고 하였는데, 아침에 물어보니 과연 왕장이 죽었다고 하였다. 《漢書, 王章傳》

320) 양옥(梁獄) : 양왕(梁王)의 옥사(獄事). 양왕은 한(漢)나라 경제(景帝)의 동모제(同母弟)인데, 반역 음모를 꾸미다가 발각되었음. 경제가 전숙(田叔)을 보내어 조사하게 하였더니, 전숙이 돌아와 말하기를, "양양의 일은 묻지 마소서. 바른대로 말하면 처단하여야겠고, 처단하면 태후(太后)의 마음을 상하게 할 것입니다." 하므로 끝까지 실정을 캐지 아니하고 양왕의 신하 몇 사람에게만 죄를 준 일이 있었음.

조감[321]은 빠뜨린 사람이 없네　藻鑑物無遺
애모의 마음은 아이와 같으니　哀慕均髫稚
낳고 기르신 임금의 은혜를 우러르네　生成仰聖慈
내리는 비와 같은 은혜를 보나니　會看恩雨霈
어찌 임금의 은혜를 원망하게 하리오　那使怨聲滋
동락(東洛)[322] 벗은 가을 서리 같은 기상이고　洛友秋霜氣
송군은 바다 학의 자태이네　松君海鶴姿

숙경과 여섭이 먼저 이미 서울에 도착했다.[叔京汝涉先已赴洛]

의로운 마음으로 함께 분발하였고　義心俱奮發
궁함과 재앙이 더불어 따랐네　窮厄與追隨
다만 금란[323]의 우호를 가지니　但有金蘭好
어찌 계옥[324]의 불을 알리오　寧知桂玉炊

나의 나그네 보따리가 이미 비었는데 숙경과 여섭이 서로 도와주었다.[余客橐已空 而叔京汝涉相周恤]

막걸리 술을 얻어 함께 마시고　得醨因共啜
서로 어울려 같은 소리를 내네　逢虀便同吹
돌아보니 나는 지극히 낭패이니　顧我極狼狽
병든 부모와 이별에 마음이 아프다네　病親傷別離
돌아가자니 위소의 의리[325]에 부끄럽고　歸慚魏劭義
머물자니 적량의 생각[326]이 간절하네　留切狄梁思

---

321) 조감(藻鑑) : 감식안(鑑識眼) 즉 인재를 알아보는 안목을 말한다.

322) 동락(東洛) : 조선 후기의 문신인 홍호(洪鎬)의 호. 각주 225) 참조.

323) 금란(金蘭) : 금란지교(金蘭之交)의 준말로, 마음을 함께하는 깊은 우정을 말한다. 《주역》 〈동인괘(同人卦)〉에 대한 공자의 설명에 "두 사람이 마음을 함께함에 그 예리함이 쇠를 끊고, 마음을 같이하는 말은 그 향기가 난과 같다.[二人同心, 其利斷金, 同心之言, 其臭如蘭.]"라고 한 말에서 유래하였다. 《周易 繫辭上傳》

324) 계옥(桂玉) : 땔나무와 양식이 귀한 것을 말한다. 땔나무는 계수나무에, 쌀은 옥에 비유하여 귀함을 이른다.

325) 위소(魏劭)의 의리 : 위소는 후한 때의 사람으로 태수 사필(史弼)이 모함으로 죽게 되자, 자신의 집을 팔아 그 돈을 요로(要路)에 뇌물로 주어, 사필을 사형에서 면하게 한 고사가 있다. 《後漢書, 史弼列傳》

326) 적량(狄梁)의 생각 : 당(唐)나라의 적인걸(狄仁傑)을 말한다. 양국공(梁國公)에 봉하였으므로 그 봉호를 따라 적량공(狄梁公)이라 일컫는다. 고종, 중종, 예종 삼조를 내리 섬겨 대리승(大理丞), 예주 자사(豫州刺史)가 되었다. 은혜와 위엄을 두루 행하여 백성들이 우러르는 정치를 하였다. 《唐書, 狄仁傑列傳》

문려의 바람[327]을 위로하지 못하니　莫慰門閭望
그대로 눈과 비의 시를 읊을 뿐이네　仍吟雨雪詩
꿈속에서 산은 가깝다가 멀어지고　夢中山近遠
시름 속에서 달은 차다가 이지러지네　愁裏月盈虧
오랜 북행은 애초의 계획이 아니니　久北非初計
한양 땅을 어찌 떠나지 않겠는가　終南奈未辭
신께서 돕는 바를 듣자 하니　庶聞神所相
나 홀로 근심하길 굶주린 듯하네　獨自惄如飢
만약 임금 때문이 아니었다면[328]　若乃微君故
어찌 한강(漢江) 가에서 지체하리　胡爲滯漢湄

마침내 남하를 결정하고 근심을 하면서 문을 나서 한강에 묵었는데, 고개를 넘으며 선생께서 이날에 사면령을 받았다는 소식을 들을 수 있었다.[遂決意南下 帶漏出門 宿于漢江 踰嶺得聞先生以是日蒙赦命]

강에 다다라도 건널 수 없으니　臨江不得渡
뱃사공이 주저하기 때문이네　舟子爲躕踟

빠르게 적어서 이중명이 돌아가는 편에 부쳐 후일의 기약을 물음
走筆付李仲明回便問後期

어제 저녁 행차는 어떠했는가　昨夕行何似
밤새도록 생각하며 잊지 못하네　終宵念不忘

---

327) 문려(門閭)의 바람 : 부모가 자식을 기다리는 것을 말한다. "왕손가(王孫賈)가 15세 때에 민왕(閔王)을 섬겼는데, 왕이 쫓겨 달아나게 되자 어디로 갔는지 몰랐다. 왕손가의 어머니는 말하기를 '네가 아침에 나가서 늦게 돌아오면 내가 문에 의지해 기다리고, 네가 저물게 나가서 돌아오지 않으면 내가 이문(里門)에 의지해 기다렸다. 지금 네가 임금을 섬기다가 임금이 어디로 갔는지 모르고 있으니, 너는 장차 어디로 갈 것이냐?' 하였다."고 하였다.《戰國策》

328) 미군(微君) : 《시경》〈패풍(邶風) 식미(式薇)〉에 "임금 때문이 아니라면, 어찌 이슬 가운데 있으리오.[微君之故 胡爲乎中露]"라고 하고, 또 "임금의 몸 때문이 아니라면, 어찌 진흙 속에 있으리오.[微君之躬 胡爲乎泥中]"라고 한 데서 나온 말로, 본래는 군주가 남의 나라에 얹혀 지내는 처지를 안타깝게 여겨서 읊은 시이다. 여기서는 청나라에 항복하여 나라 전체가 적의 수중에 들어간 상황을 표현한 말로 보인다.

하늘에서 비를 내려도 문제는 없으나	未妨乾得雨
오직 병든 몸이 상할까 염려되네	唯恐病添傷
청산의 약속을 생각하니	可念靑山約
백석의 서늘함에 오를 수 있네	能乘白石涼
좋은 물고기는 비록 구하지 못하지만	錦鱗雖莫致
나무를 깎아서 모름지기 단장하리라	刳木會須粧
손을 잡아 거듭 닻줄로 묶으며	握手重維纜
글을 논하며 각각 술잔을 기울이네	論文各盡觴
푸른 강물의 흐름은 그치지 않고	綠江流不舍
밝은 달은 비추지 않는 곳이 없네	明月照無方
좋은 마음은 난초 잎에 남아 있고	惠好貽蘭蕙
오르고 내리면서 허리띠를 떨치네	沿洄振佩纕
신선은 정말로 어떠한 존재인가	神仙定誰是
난새와 학을 타고 하늘에 오르네	鸞鶴與翱翔
가부를 모름지기 보여주어	可否須相示
이 사람을 실망하지 않게 하소서	無令失所望
삼가 바라건대 어른께서 살펴주소서	伏惟尊照察
병술년 단오일에 만날 수 있기를	丙戌日端陽

단양 군수로 나아가는 큰집 형님 정 사군과 삼가 이별하며

奉別宗伯丹陽鄭使君

돌아가신 승상을 멀리 추억하니	緬憶先丞相
나라를 경영하며 뜻을 다하셨네	經邦志慮殫
공고[329]는 한 세대가 아니며	公孤非一世
덕행과 업적은 삼한에서 으뜸이네	德業冠三韓
문하에는 복사꽃과 오얏꽃[330]이 없지만	門下無桃李

329) 공고(公孤) : 삼공(三公)과 삼고(三孤)의 준말. 삼정승과 육경(六卿) 등 고관대작들을 말한다.

뜰 앞에는 채초와 난초가 자라도다 庭前長茝蘭
한집에서 여러 관리들과 교류하고 合堂交衆笏
나열된 자리에는 초관[331]이 비치네 列坐暎貂冠
시례의 청전[332]은 오래되었고 詩禮青氈舊
기구의 소리[333]에 편안하였네 箕裘素履安
천자 마굿간[334]에 어찌 천리마를 가두랴 天閑寧跼驥
탱자의 가시[335]에 잠깐 난새가 깃드네 枳棘暫棲鸞
큰 쥐를 사람들이 바야흐로 싫어하니 碩鼠人方厭
상스러운 기린을 세상이 다시 보네 祥麟世改觀
백성을 걱정하면 열병도 넘어가니 憂民踰疢疾
은혜의 정사는 외로운 이에게 급하네 惠政急煢單
다스린 명성을 네가 어찌 의심하랴 治譽儂何謟
구슬이 돌아옴[336]에 사람들은 감탄하네 珠還衆所嘆

---

330) 복사꽃과 오얏꽃 : 당(唐)나라 때 적인걸(狄仁傑)이 천거한 사람 가운데 명신(名臣)이 많았으므로, 어떤 이가 적인걸에게 말하기를 "천하의 복사꽃 오얏꽃이 공의 문에 모두 있구려.[天下桃李悉在公門矣.]" 한 데서 온 말이다. 《資治通鑑》

331) 초관(貂冠) : 초선(貂蟬) 즉 선문(蟬文)과 초미(貂尾)로 장식한 관(冠)이라는 뜻으로 문관을 가리킨다.

332) 시례(詩禮)의 청전(青氈) : 시례는 가정에서 부형으로부터 배우는 가학(家學)을 말한다. 공자의 아들 이(鯉)가 뜰에서 공자 앞을 빠른 걸음으로 지나다가 공자로부터 시례에 대하여 배웠느냐는 말을 듣고 그에 대한 가르침을 받은 일에서 유래하였다. 청전(青氈)은 선대부터 전하는 가업을 말한다. 진(晉)나라 왕희지(王羲之)의 아들 헌지(獻之)가 밤에 서재에서 잘 때 도둑이 들어 방안의 물건을 다 훔쳐서 짐을 꾸렸을 즈음, 헌지가 천천히 이르기를 "푸른 모포[青氈]는 우리 집의 오랜 물건이니 그것만은 놓아두어라."라고 한 고사에서 유래하였다.

333) 기구(箕裘)의 소리(素履) : 기구는 키와 가죽옷으로, 부형으로부터 전하는 가업, 가학을 말한다. 《예기》 〈학기(學記)〉에 "훌륭한 야장(冶匠)의 아들이 반드시 가죽옷을 만들기를 배우고, 훌륭한 궁장(弓匠)의 아들이 반드시 키를 만들기를 배운다.[良冶之子, 必學爲裘；良弓之子, 必學爲箕.]"라고 한 말에서 유래하였다. 소리는 평소에 처한 처지를 말하는데, 분수에 편안하여 자신을 지키는 지조나 행실을 말한다. 《周易 履卦 初九》

334) 하늘의 마굿간 : 말을 기르는 곳을 한(閑)이라 칭함. 《주례(周禮)》 하관(夏官) 교인(校人)에, "천자(天子)는 열 두 곳의 한(閑)이 있다." 하였음.

335) 탱자의 가지 : 후한(後漢)의 고성 영(考城令) 왕환(王渙)이 구람(仇覽)을 주부(主簿)로 임명하려다가 그의 그릇이 매우 큼을 보고, "가시나무는 봉황이 깃들 곳이 아니다. 1백 리의 지역이 어찌 대현이 밟을 땅이리오.[枳棘非鸞鳳所棲, 百里豈大賢之路?]" 하였다. 《後漢書, 循吏列傳 仇覽》

336) 구슬이 돌아옴 : 후한 때 합포군(合浦郡)은 곡물은 나지 않고 바다에서 나는 진주가 가장 중요한 물산이었는데, 수령들이 탐학하여 진주를 마구 끌어 모으자 진주가 마침내 인접한 교지군(交阯郡)으로 가버려 더 이상 나지 않게 되었다. 그러다 맹상(孟嘗)이 수령으로 부임하여 예전의 폐단을 혁파하자 1년도 못 되어 진주가 다시 돌아왔다. 《後漢書, 循吏列傳 孟嘗》

남으로 오는 수레에는 머리가 백발이고	南轅雙鬢白
북으로 가는 이는 일편단심의 마음이네	北拱寸心丹
지금의 행색은 가을 물과 같으며	行色同秋水
돌아갈 기약은 한 해가 저물 때	歸期迫歲闌
복성[337]은 머물게 할 수가 없으며	福星留不得
경월[338]은 바라봄에 응당 차갑네	卿月望應寒
어린 아이는 자애로운 어미 곁을 떠나고	孺子離慈母
붙잡힌 새들은 날갯짓을 잃었도다	羈禽失羽翰
우리 집안은 평소에 화목하다 일컬으니	吾宗稱素睦
자손들은 기쁨을 나누기를 다하네	子姓罄交歡
하물며 얼굴을 뵈옵게 되었으니	矧慣承顔面
어찌 흉금을 터놓기를 아끼겠는가	寧慳倒肺肝
사람을 대함에 정성스럽지 않으면	待人如未款
자신을 단속함에 관리가 없는 듯하네	約己似無官
성대한 덕은 앞의 대열에는 없으니	盛德無前列
겸손한 광채를 다시 보지 못하네	謙光不又看
스스로 정이 좋고 돈독하지 않으면	自非情好篤
나그네 시름에 느긋할 수 있으리오	安得旅愁寬
세상이 바야흐로 시끄럽고 요란하나	宇內方騷屑
마음속은 혼란을 수습한 듯하여라	胸中擬急難
까닭 없이 장차 이별하려 하니	無端將濶別
참았던 눈물이 물결처럼 흐르네	忍淚已汍瀾
들판의 나루는 찬 안개에 덮이고	野渡寒煙暝
강가 단풍나무에는 병든 잎이 지네	江楓病葉殘
앞으로 갈 길이 칠백 리나 되니	前程七百里

---

337) 복성(福星) : 왕명을 받들고 지방에 파견되는 관원을 말한다. 《산당사고(山堂肆考)》에 "자준(子駿)이 절동 전운사(浙東轉運使)가 되어 길을 떠나려 할 즈음에 사마광(司馬光)이 말하기를 '지금 동쪽 지역의 폐단을 바로 잡으려 할 경우, 자준이 아니면 안 되니, 이는 일로(一路)의 복성이다.' 하였다."라고 한 데에서 유래한다.

338) 경월(卿月) : 각주 269) 참조.

어느 곳에서 말안장을 내려놓을까 何處卸征鞍

만산[339]의 서쪽 지방 행차에 삼가 이별함

奉別晩山西行

아, 옛날에 안정의 수령께서 懿昔安定伯
후손으로 그대를 얻었네 雲仍得令公
육도[340]의 무략을 감추고 六韜藏武畧
삼부[341]의 문장을 쌓았네 三賦貯文雄
인대[342] 곁에서 붓을 꽂았으며 珥筆麟臺側
봉각[343] 안에서 향기를 머금었네 含香鳳閣中
관작은 집안을 통해 드러났으며 爵通門地顯
명성은 일의 공로와 함께 높아졌네 名與事功崇
문장은 관청의 비방을 이겼고 文犀勝官謗
가을 하늘에 무지개[344]를 일으켰네 秋旻起螮蝀
하늘이 화복을 내릴 수 없으면 非天能禍福
오직 운명에는 궁과 통만 있네 惟命有窮通
피눈물을 흘리며 저문 해를 좇고 泣血追西日

이때에 공이 모친상을 당했다.[時公丁內艱]

흉금을 열어서 북풍[345]을 따르네 開襟遡北風

---

339) 만산(晩山) : 나만갑(羅萬甲)의 호. 각주 264) 참조.

340) 육도(六韜) : 옛날의 병서(兵書)를 말한다.

341) 삼부(三賦) : 세 시부(詩賦)를 말한다. 진(陳)나라 강총(江總)의 일일성삼부응령시(一日成三賦應令詩)에 "붓을 들어 삼부를 이루고, 술잔을 전하면서 구추를 대하누나.[下筆成三賦 傳觴對九秋]" 하였다.

342) 인대(麟臺) : 기린각(麒麟閣)으로, 한(漢)나라의 효무제(孝武帝)가 기린을 잡고서 이 누각을 짓고, 뒤에 공신 11명의 화상을 여기에 그렸다.

343) 봉각(鳳閣) : 봉각은 중서성(中書省)의 별칭이고, 예문관(藝文館)을 가리킨다.

344) 무지개 : '체동(螮蝀)'은 무지개의 이칭(異稱)이다. 《시경》 〈체동(蝃蝀)〉에 "무지개가 동쪽에 있으니, 감히 이를 가리킬 수 없네.[蝃蝀在東, 莫之敢指.]"라고 하였다.

345) 북풍(北風) : 좋은 벗과 함께 자연을 찾아 은거하고픈 마음을 표현한 것이다. 《시경》 〈북풍(北風)〉에 "북풍은 차갑게 불고 눈은 펑펑 내리도다. 사랑하여 나를 좋아하는 이와 손잡고 함께 가리로다.[北風其涼, 雨雪其

깊은 원한이 슬기로운 생각을 더럽히니　幽寃塵睿念
이치를 살펴서 둔몽[346]을 씻었네　審理雪屯蒙
공의 뜻은 슬픔과 기쁨을 아우름에 있었고　公意悲歡并
임금의 은혜는 진퇴의 사이에서 높았네　天恩進退隆
춘명문[347] 밖의 길손은　春明門外客
대박산(大朴山) 골짜기에 사는 늙은이네　大朴峽中翁
출처가 애초에 비록 다르지만　出處初雖異
외로운 나그네와 진실로 같았네　羈孤諒卽同
쇠약한 용모에 졸렬한 모습이지만　衰遲容拙狀
국척[348]에서 깊은 충정을 보이네　跼蹐見危衷
고향 소식을 길손에게 들어보니　鄕信聞賓鴈
초가는 닫히고 풀벌레만 운다고 하네　衡廬掩候蟲
일편단심으로 태평성대를 근심하지만　丹心憂聖世
늙은이는 종동[349]에게 부끄럽네　白首愧終童
말을 얻는 것[350]이 기쁨이 될 수 없고　得馬未爲喜
법도를 따르는 것이 총명한 것이네　納規方是聰
어질고 자상함에 모름지기 힘을 쓰고　慈祥須着力
청렴과 신중함에 더욱 공을 들여야 하네　淸愼更加功

雱. 惠而好我, 攜手同行.]"라고 하였다.

346) 둔몽(屯蒙) : 자신의 어렵고 막힌 처지를 말한다. 《주역》〈둔(屯)〉괘와 〈몽(蒙)〉괘를 병칭한 것인데, 만물이 처음 생겨나 어리고 약한 모습 또는 건체(蹇滯)와 곤돈(困頓)을 말하는 것이다.

347) 춘명문(春明門) : 당(唐)의 수도 장안(長安)의 성문 이름으로, 후일에는 도성을 가리키는 말로 쓰였는데 유우석(劉禹錫)의 시 〈화영호상공별모란(和令狐相公別牡丹)〉에 "두 서울이라 먼 이별 아니라고 말을 마오, 춘명문만 나서면 바로 하늘 끝이라오.[莫道兩京非遠別 春明門外卽天涯]"라고 하였다.

348) 국척(跼蹐) : 매우 황공하고 두려워하는 모습을 뜻한다. 《시경》〈정월(正月)〉에 "하늘이 높다고 하나 감히 몸을 숙이지 않을 수 없으며, 땅이 두텁다고 하나 감히 조심스레 걷지 않을 수 없노라.[謂天蓋高 不敢不局 謂地蓋厚 不敢不蹐]"라고 한 데서 나온 말이다.

349) 종동(終童) : 종군(從軍)이다. 자는 자운(子雲)이며 한나라 무제(武帝) 때 간의대부(諫議大夫)를 지냈다. 남월왕(南越王)을 입조하게 하려고 사신으로 갔다가 살해되었는데, 나이가 겨우 20여 세였다. 그래서 당시 사람들이 종동이라 불렀다.

350) 말을 얻는 것 : 이 세상에서 잘되든 못되든 물거품이나 전광석화처럼 금방 사라질 일시적인 현상으로서 결과적으로는 모두 똑같게 된다는 말이다. 원문의 득마(得馬)는 새옹지마(塞翁之馬)의 고사에서 발췌한 것이다.

입을 세 번 봉하지[351] 말지니라	莫以三緘口
한 끼의 밥으로 충성을 잊을 수 있다네	能忘一飯忠
이 나라의 태평을 기다리니	佇看邦國泰
그래서 풍년이 들게 하는구나	因使歲年豊
높은 덕망은 종정[352]에 새겨지리	雋望歸鍾鼎
이별의 마음은 연홍[353]에 부치네	離情屬燕鴻
절경 유람은 예전에 이루었고	勝遊成宿昔
기이한 일들은 허공에 날렸네	奇事墮虛空
멀리 있는 나무들은 겹겹이 푸르고	遠樹千層碧
저녁노을을 온통 붉게 드리우네	斜陽一抹紅
여구가[354]가 아직 끝나지 않았지만	驪駒歌未闋
말을 모는 무리가 바쁘게 출발하네	徒御發忽忽

금정시 등 여러 벗들과 사냥을 구경하고 모암에 이르러 밤에 담화하며 즉흥시를 지음

與琴正始諸友 觀獵至茅菴 夜話口占

헌경[355]이 나의 병을 가련히 여겨서	獻卿憐我病
나를 인도하여 청천을 건너가네	導我渡靑川
걸음걸음 구름 비탈길이 이어지고	步步緣雲磴

351) 입을 세 번 봉하지 : 말을 지극히 삼간다는 뜻이다. 공자가 일찍이 주(周)나라에 갔을 적에 태묘(太廟)에 들어가 보니 오른쪽 계단 곁에 금인(金人)이 있었는데, 그 입이 세 겹으로 봉해져 있었으며, 등에는 "옛날에 말을 삼간 사람이다."라는 말이 새겨져 있었다고 한다.《說苑 敬愼》

352) 종정(鍾鼎) : 옛날 큰 종이나 솥을 만들어 국가에 큰 공이 있는 사람들의 이름을 기록하였으니, 뒷날 훈공을 가리키게 되었다.

353) 연홍(燕鴻) : 제비는 여름 철새이고 기러기는 겨울 철새여서 서로 만날 수가 없기 때문에, 멀리 헤어져서 만나지 못하는 것을 비유하는 말로 쓰인다.

354) 여구가(驪駒歌) : 여구(驪駒)는 일시(逸詩)의 편명인데, 송별할 때에 부르는 노래로서 그 가사에 의하면 "검은 망아지가 문에 있으니, 마부가 다 함께 있도다. 검은 망아지가 길에 있으니, 마부가 멍에를 다스리도다.[驪駒在門 僕夫具存 驪駒在路 僕夫整駕]"라고 하였다.

355) 헌경(獻卿) : 조정환(趙廷瓛)의 자. 각주 231) 참조.

가고 가서 깊은 골짜기에 이르렀네 行行至洞天

지나는 곳에는 좋은 경치가 많은데 經過多勝處

올라서 바라보니 더욱 초연하네 登覽更翛然

절은 자못 그윽하고 고요하며 蘭若頗幽闃

띠집은 매우 맑고도 어여쁘네 茅茨絶淨娟

햇볕을 쬐려는 노숙[356]을 보니 負暄看老宿

걸상을 내려서[357] 주선하지 않네 下榻欠周旋

수렵을 그치고 평지를 벗어나 捨獵離平地

회포를 펼치려 높은 산에 오르네 攄懷取上巓

복강은 하늘과 함께 아득하고 宓江天與遠

관령은 바다와 서로 이어지네 官嶺海相連

어두운 빛은 찬 나무에서 생겨나고 暝色生寒樹

종소리는 아득한 연기에서 일어나네 鐘聲起遠煙

함께 와서 바둑과 술을 짝하고 同來棊酒侶

북두성과 견우성 곁에서 함께 잠자네 伴宿斗牛邊

벼루 물에 자주 물방울을 더하며 硯水頻添滴

난초 화분을 고쳐 매달지는 않았네 蘭缸不改懸

바둑판은 한두 수이고 文楸一兩手

혼탁한 세상은 백 천 년이네 塵世百千年

복숭아를 훔친 아이[358]가 좌중을 압도하고 座押偸桃子

---

356) 노숙(老宿) : 나이가 많고 덕행이 높은 승려를 가리킨다. 참고로 당나라 두보(杜甫)의 시 〈악록산도림이사행(嶽麓山道林二寺行)〉에 "노숙을 의지함이 또한 늦지 않았으니, 부귀와 공명을 어찌 도모할 것이 있겠는가.[依止老宿亦未晩, 富貴功名焉足圖?]"라고 하였다. 《全唐詩》

357) 걸상을 내려서 : 원문의 '하탑(下榻)'은 손님을 특별히 예우함을 뜻한다. 동한의 진번이 남창 태수(南昌太守)로 있을 때, 걸상 하나를 걸어 두었다가 당시의 은사(隱士) 서치(徐穉)가 오면 이것을 내려서 앉게 함으로써 우대했다고 한다. 《後漢書, 徐穉列傳》

358) 복숭아 훔친 일 : 《한무고사(漢武故事)》에 의하면, 한(漢)나라 무제(武帝) 때에 동군(東郡)에서 겨우 다섯 치[五寸]의 키에 의관을 제대로 갖춘 한 단인(短人)을 바쳐 왔으므로, 무제가 동방삭을 불러들이니 이때 그 단인이 동방삭을 가리키면서 무제에게 말하기를, "서왕모께서 선도(仙桃)를 심어 삼천 년 만에 한 번씩 열매를 맺는데, 이 아이가 불량하여 이미 세 번이나 선도를 훔쳐 먹고 서왕모의 미움을 받아 쫓겨나서 여기에 온 것입니다."라고 했다.

공훈의 표창 소식을 곁에서 징험하네	旁徵響錫禪
높은 산에 돌 구르는 소리가 들리니	高山聞放石
달리는 말에 채찍을 더할 줄 아네	走馬認加鞭
승경을 기록하는 좋은 말이 없는데	記勝無佳語
외람되이 앞에 있자니 도리어 부끄럽네	還慚猥在前

石門先生文集 卷二

석문선생문집 권2

시詩

오언고시五言古詩

용궁학당[359]에서 사호 박세웅을 생각하며 ○청련체[360]를 본받음

龍宮學堂 懷朴士豪世雄 ○效靑蓮體

봄바람이 시름 풀어주지 못한 채	春風不解愁
나를 높은 누대에 오르게 하네	吹我登高樓
구름이 걷히더니 푸른 산 드러나고	雲開碧山岀
달이 들어와 맑게 흐르는 강에 비치네	月入淸江流
좋아하는 친구는 오려는지 말려는지	美人來不來
이를 대하니 그리워하는 마음 더하네	對此勞心曲
어찌하면 한 번 서로 만나서	何由一相見
내가 오래도록 그리워했다는 말을 전할까	道我長相憶

이병길의 필첩을 보내준 청원 손완에게 감사하며

謝孫淸遠浣以李粤吉帖見贈

이공은 진정 기이한 재사로서	李公眞奇才
그 필법 지금에 짝할 이 없네	筆法今無偶
술에 취해 한 번 손을 휘두르면	醉裏一揮手

359) 용궁학당(龍宮學堂) : 경북 예천군 용궁면 향석리에 있던 용궁향교.

360) 청련체(靑蓮體) : 당나라 시인 이백(李白)의 호가 청련거사(靑蓮居士)인데, 그의 시체(詩體)를 본떠서 지었다는 뜻. 이백이 친구를 그리워하며 지었던, 〈시로 편지를 대신해서 원단구에게 답함(以詩代書答元丹丘)〉이라는 작품의 의경(意境)과 '노심곡(勞心曲)' 같은 시어까지 차용하였다.

종이에 가득 교룡이 달리는 것 같았네 滿紙蛟蛇走
천금도 그는 대수롭지 않게 여겼고 千金君不珍
마음 통한 벗에게는 손 가는 대로 써 주었네 把贈知心友
돌아와 마음에 품었던 속을 쏟아 내니 歸來出懷中
벽 속에서 비바람이 일어나는 듯 壁間生風雨
한밤중 꿈속에서 놀라 일어나니 驚起半夜夢
텅 빈 처마 아래 강에 비친 달빛이 대낮 같은데 虛簷江月午

감회가 있어서

有感

들불이 일어 봄 동산에 들어가는데 野火入春山
봄 동산은 온통 꽃과 나무들이네 春山摠花木
활활 타는 불줄기는 하늘에 이어질 듯 烈炎勢連天
타다 남은 꽃봉오리 누가 다시 슬퍼할까 殘英誰復惜
비록 꽃가지를 다 타게 할지라도 縱使焚花枝
다시 솔과 잣나무는 태우지 마라 莫更焚松栢
꽃가지 사랑스러움이야 잠시이지만 花枝暫時好
송백은 찬 서리가 내려도 푸르지 않던가 松栢凌霜碧

이백[361]의 '소년비백일' 시구[362]를 읽고 홀연히 마음에 느낀 바가 있어서 그 체를 본떠 여섭[363]에게 줌

讀李白少年費白日之句 忽然有感于中 效其體贈汝涉

젊어서 좋던 그 시절 다 허비하였으니 少年費白日
맑은 물결 가에서 노래하고 피리 불었네 歌吹臨清漪

361) 이백(李白, 701~762) : 자는 태백(太白)이고, 호는 청련거사(靑蓮居士)라고 한다. '시선(詩仙)'이라 불리며 두보(杜甫)와 함께 중국 시사의 거성으로 추앙받는다. 자유롭고 장엄한 시풍을 보인 그는 자유분방한 성격과

늙어서 서로 찾는다고 말하지 아니하고	不言老相尋
단지 화창한 봄[364] 소식이 늦다고 괴로워하네	但苦韶華遲
해와 달은 동쪽 바다에서 떠올라	日月生東溟
매양 서쪽 산을 향해 치달려 가네	每向西山馳
마침내 푸르른 나무숲으로 하여금	遂令綠樹林
붉고 아름다운 꽃가지로 바꾸었네	化爲紅錦枝
머리카락 하나하나 살펴보았더니	點檢頭上髮
반 정도는 거울 속에 실타래와 같네	半是鏡中絲
소년들에게 내 말을 일러두나니	寄語少年子
젊을 때에 부지런히 노력해야 한다네	努力當及時

내가 패도를 풀어 고을 관아의 책상 위에 두었는데 얼마 뒤 그 칼을 찾아도 없으므로 마침내 이 시를 지음. 이때 인천에 있었음

余解佩刀寘州廨案上 有頃覓之無有矣 遂作此 時在仁川

나에게 막야[365] 같은 명검이 있었는데	我有莫耶精
그 진귀함은 옥과 구슬에 견줄 정도였네	珍寶比瓊玖
숫돌에 십 년 동안 갈아온 뜻은	磨洗十年意
아첨하는 무리의 머리를 쪼개려는 것이었지	擬斫佞人首
오늘 아침에 홀연히 보이지 아니하니	今朝忽不見

잘 맞는 악부시에 특히 뛰어났다. 또한 서정시의 새 국면을 열고 새로운 경지를 개척한 중국 역사상 최고의 시인으로 꼽힌다.

362) 시구(詩句) : 이백이 753년에 지었던 〈교서랑(校書郎)인 숙부(叔父) 이운(李雲)과 전별하면서(餞校書叔雲)〉에, '少年費白日 歌笑矜朱顏'이라는 구절이 있다.

363) 여섭(汝涉) : 신즙(申楫)의 자이다. 각주 175) 참조.

364) 화창한 봄 : 원문의 소화(韶華)는 화창한 봄날의 경치로, 젊은 시절을 빗대어 하는 말.

365) 막야(莫耶) : 옛날 명검(名劍)의 이름. 중국 춘추시대 오(吳)나라의 도장(刀匠)인 간장이 임금 합려(闔閭)의 요청으로 칼을 만들 때, 주조가 잘되지 않자 간장의 부인인 막야가 자신의 머리털과 손톱을 쇠와 함께 가마에 넣고 달구어서 명검 두 자루가 완성되었다고 한다. 음양법(陰陽法)에 의하여 양으로 된 칼을 간장(干將), 음으로 된 칼을 막야(莫耶)라고 이름지었다.

구름과 번개로도 찾을 수가 없을까 得隨雲雷否
다만 옛 감옥 터에 묻혀버릴까 걱정이니 只恐埋古獄
원한의 기운이 두우[366] 사이에 뻗치네 寃氛射牛斗

인동으로 가는 길에 주인집 벽에 씀
仁同道中 書主人壁上

남국에 한 줄기 떠도는 구름 南國一浮雲
정처 없이 떠다니는 나그네 같네 飄如遠行客
길손의 가는 길은 정한 곳 없어 客行無定跡
동서남북 사방으로 두루 다니네 東西與南北
아침에는 안동에서 출발하였는데 朝發花山中
저녁에 중진에 머물려고 재촉하네 暮向中津泊
내일 아침 성산으로 들어가고자 明朝入星山
오늘은 맑은 낙강에서 머무르네 今日猶清洛
사람은 지쳐서 일어날 힘이 없고 人疲起無力
말은 야위어서 뼈마디로 가는구나 馬瘦行有骨
주인은 이미 길손을 싫어하니 主人已厭客
서로 바라보니 수심만 이마에 가득 相看愁滿額
누가 영달을 구하는 노래[367]를 들을 것인가 誰聞彈鋏歌
부질없이 화를 면할 계책[368]을 세우네 空有徙薪策
이리 뒹굴 저리 뒹굴 잠 못 이루니 輾轉不能寐
기나긴 밤을 어떻게 지새울까 長夜何由畢
내일 저녁 일은 알 수가 없으니 不知來日暮

---

366) 두우(斗牛) : 북두성과 견우성. 이십팔수(二十八宿)에서 두(斗)와 우(牛)는 동북쪽에 있는 별자리이다.
367) 영달을 구하는 노래 : 원문의 탄협(彈鋏)은 중국 전국시대 맹상군(孟嘗君)의 문객(門客)인 풍환(馮驩)이 칼자루를 치며 대우가 나쁜 것을 한탄하는 노래를 불렀던 고사(故事)에서 나온 말로, 자기의 영달을 구함을 뜻함.
368) 화를 면할 계책 : 원문의 사신책(徙薪策)은 화재를 예방하기 위하여 굴뚝을 꼬불꼬불하게 만들고 아궁이 근처의 나무를 다른 곳으로 옮긴다는 뜻으로, 곡돌사신(曲突徙薪)이라고 함.

또 누구 집에 가서 잠을 잘까　又向誰家宿

다시 박사호에게 보내어 화운을 구함

復寄朴士豪求和

그리워하는 이는 동쪽 마을에 있으나　所思在東隣
만나기 어려움은 천리와 같네　阻晤同千里
어제 편지를 붙여 왔는데　昨日寄書來
나를 찾아 정자 속으로 왔다네　訪我溪亭裏
사방을 둘러봐도 그대는 보이지 않고　擧頭不見君
다만 뜰 앞의 샘만 보일 뿐　但見庭前水
온 봄 동안 앉아서 해가 저물어도　三春坐晼晚
특별한 뜻을 어찌 비슷하게라도 알겠나　別意知何似
골방의 냉기는 차디찬 물과 같고　洞房冷如水
외로운 등불 돋우어도 일지를 않네　孤燈吹不起
조용히 베개 베고 비껴 누우니　愔愔欹一枕
그대 모습 환하게 보이는 듯하네　明明見吾子
푸른 비단에 싼 거문고 나에게 보내 주고　贈我綠綺琴
봄 강의 향초도 나에게 보내 주었네　遺我春江芷
금휘가 만약 내 손에 있었다면　金徽若在手
방초 향기 아직도 끝나지 않았다네　芳香猶未已
스스로 마음에 감동되지 않았다면　自非精神感
어찌 이와 같이 할 수 있으리오　其何能若是
꿈속에서 간곡한 정을 받아들였고　夢裏荷繾綣
깬 후에도 내 생각 더 보태어지네　覺後增我思
옛 사람들도 교제의 도를 중히 여겼으니　古人重交道
존중하는 우정은 천년 세월을 밝혔네　尙友曠千祀
하물며 우리들 이제 함께 태어나　矧今生並世

이러한 즐거움 진실로 견줄 바가 없네　此樂固無比
마음을 옥처럼 다듬어　莫以心如玉
다른 것 캐려고 가을 난초 버리지 말기를　採他秋蘭委
높은 산에는 솔과 잣나무 자리잡고　高山有松栢
마을 주위에는 복숭아 오얏나무 있네　郊郭有桃李
도리화는 봄에 잠시 보기 좋지만　桃李春暫好
송백은 찬 겨울도 죽지 않는다네　松柏寒不死
힘써 교제하는 마음 이같이 보전하면　持此勖交心
세월이 거듭되어도 시종이 진실되리라　風霜愼終始

상지[369]의 '분국' 시에 차운함

次尙之盆菊韻

자리 위에 황금빛 화려하고　座上黃金華
무성한 가지 제멋대로 기울었네　繁枝任欹側
강마을에 어찌 심을 만한 땅이 없으랴만　江城豈無地
누가 화분 속에 심었던가　誰向盆中植
이래서 군자 같은 사람을 알아보니　是知君子人
제 자리에 향기로운 덕을 짝하였네　所在伴馨德
나 역시 이 꽃을 사랑하여　我亦愛此花
강가 정자 곁에 심어 두었네　種在臨江閣
정절은 변함없는 자태와 같고　貞如絶代姿
맑기는 명인의 눈과 같이 곱네　淨艶明人目
늠름한 모양은 의로운 선비의 얼굴 같고　凜若義士顔
위기가 닥쳐도 얼굴색은 변함이 없네　臨危不變色
마음의 기약은 얕지 아니하고　心期乃不淺

369) 상지(尙之) : 유우잠(柳友潛)을 가리킴. 각주 203) 참조.

풍상 이는 밤에도 건재하기 바라네 要在風霜夕
이러한 처지에 도리어 상봉하니 此地却相逢
이 정이 어찌 끝이 있으랴 此情何可極
깊은 술잔을 한번 기울이니 深盃爲一傾
그윽한 향기가 물씬 풍겨나네 暗香來郁郁
주인 또한 풍류를 잘 아시니 主人亦風流
천금보다 중히 여겨 사랑하고 아끼네 千金重愛惜
새로운 시와 진기한 꽃 新詩與奇葩
맑은 향기 시를 듣는 것과 한가지네 一樣聞淸馥
홀로 깨어있는 사람으로 하여금 莫使獨醒人
번거롭게 벼슬살이 시키려 마오 煩將充佩服
애오라지 탁주를 마시려고 하니 聊須泛白醪
오늘 저녁 즐거움을 구하려는 것이네 以求今夕樂

북현에서 비를 만나 벽 위의 시에 차운함

北縣阻雨 次壁上韻

내가 북현의 안쪽으로 들어오자 我來北縣裏
선아산 북쪽이 비에 갇혔네 滯雨僊峨陰
시일이 여유 있다 말하지 못하고 不辭時日多
다만 산골 깊은 곳에서 걱정할 뿐 但恐山溪深
태백산은 서북으로 웅장하게 뻗었으니 太白雄西北
우뚝 솟은 여러 봉우리 하늘을 떠받치네 當空矗萬岑
이 산은 원래 신령스럽고 기이하니 玆山素靈異
언제쯤 지루한 장마를 개게 할까 庶爲開愁霖

이계명[370]의 시에 차운함

次李季明韻

내가 석문의 그윽함을 사랑하니	我愛石門幽
병암의 골짜기 입구에 석문이 있다[屛巖洞口有石門]	
그 안 한 자리에 반곡[371]을 감추었네	中藏一盤谷
평생 이곳에 숨어 살 뜻을 품고	平生棲遁志
기쁘게 아들과 더불어 터를 잡았네	欣與子同獲
우연히 늦은 봄 저녁달이 떴기에	偶値春暮月
두루 거닐며 한 번 유람하여 보았네	玆焉一遊目
다리 건너 푸른 시냇물이 흐르고	橋度碧澗欸
길로 들어가니 벼랑들이 굽이굽이 매달려 있네	路入懸崖曲
약속한 사람 기다리느라 대낮이 저무는데	期人白日晚
여섭과 만나기로 약속했으나 이르지 않음[與汝涉期會不至]	
말 매는 바위에는 꽃잎이 떨어지네	繫馬巖花落
물오리는 흰 물결을 일으키며 날고	鳧飛雪浪生
개 짖는 소리는 구름 문에 멀어지네	犬吠雲關隔
해 저물어 시냇가 마을로 돌아가니	暮歸溪上村
바위산을 꿈속에 오르는 듯하네	巖巒夢中陟
솔창에 한밤중 비가 내리니	松牕半夜雨
빗방울 소리 초가집을 울리네	滴瀝鳴疎屋
자신을 달래다가 문득 스스로 의아해서	撫己忽自疑
생각이 그곳을 좇아 뒤척이네	飜思所從入

370) 이계명(李季明) : 이환(李煥, 1582~1662). 본관은 여주(驪州), 자는 계명(季明), 호는 호우(湖憂). 아버지는 이윤수(李潤壽)이며, 예천(醴泉) 용궁(龍宮)에서 살았다. 이찬(李燦)의 동생으로, 유성룡(柳成龍)·정경세(鄭經世)의 문인이다. 1616년 증광시(增廣試)에 3등으로 생원에 합격하였고, 인조 때 학행으로 천거되어 왕자사부(王子師傅)·목릉 참봉(穆陵參奉)을 역임하였다. 문집이 전하며, 김응조(金應祖)가 묘갈명을 짓고, 홍여하(洪汝河)가 묘지명을 찬하였다.

371) 반곡(盤谷) : 은자(隱者)가 사는 곳이라는 뜻으로, 당나라 문장가 한유(韓愈)의 〈송이원귀반곡서(送李愿歸盤谷序)〉에서 나왔다.

유안[372]만이 어찌 특별한 사람일까 劉安豈殊人
입고 먹는 것 진실로 헛된 말 服食眞虛說
종전에 도를 닦는 책들은 從前鍊道書
그냥 던져버려도 한이 되지 않으리 不恨空棄擲
구름 이는 언덕과 달빛 쏟아지는 골짜기 雲崖與月壑
위 아래로 길이 서로 좇아가네 上下長相逐

원시를 첨부함

附原韻

나의 벗 석문 정경보가 我友鄭慶輔
병암 골짜기에 터를 잡았네 卜居屛巖谷
아름다운 경치는 예부터 실컷 들었는데 美景飫舊聞
새로 얻은 기이한 경관은 상쾌하기 그지없네 奇觀快新獲
걸음걸음 그윽하고 깊은 산속으로 들어가 步步入幽深
가는 곳마다 또 눈을 돌려 유람하네 行行且遊目
바위와 산이 서로를 집어삼킬 듯하고 巖巒互呑噬
가는 길은 또 굽이굽이 도네 道途又回曲
물새들은 마음대로 뜨고 잠기며 水鳥任浮沈
야생화는 저절로 피었다 지네 山花自開落
신선은 어디쯤에 있는가 仙人在何許
구름과 노을 너머를 슬프게 바라보네 悵望雲霞隔
나를 돌아보니 속세의 인연 다하고 顧我俗緣盡
산과 골짜기 마음대로 오르내리네 山谷恣登陟
마침내 이곳에서 늙고자 하여 遂欲老於此
이 몇 칸 집에 깃들어 쉬네 棲遲數間屋

---

372) 유안(劉晏, 715~780) : 당나라 대종(代宗) 때의 재상. 중국 역사상 몇 안 되는 뛰어난 재정전문가로, 부국(富國)의 명신(名臣)으로 손꼽힌다.

다만 걱정스러운 것은 도원[373] 속에	但恐桃源中
고기잡이배들이 함부로 드나드는 것이니	漁舟解遡入
번거롭게 이 속의 흥취를 가지고	煩將此間趣
세상에 흘러 퍼지는 소문이라네	流傳世上說
전체를 살펴봐도 다 아름다우니	流觀儘美矣
이런 유람처를 어찌 가벼이 버리랴	此遊豈輕擲
오로지 그대와 나 하나 되어	惟當我與子
길이 맑고 좋은 경치를 함께하리라	永與淸景逐

제비장인에게 드림 기유년(1609)
贈齊飛丈人 己酉

소문에 한 고아한 선비가 있다더니	聞有一高士
제비산 북쪽에 오두막을 지었다네	結廬齊飛陰
속세 사람들 어찌 만나볼 수 있겠나	世人那得見
다만 구름 깊은 산만 바라볼 뿐	但見山雲深
내가 그를 따라 노닐고자 원했으니	我願從之遊
천 개의 봉우리를 가볍게 오르네	登陟輕千岑
옛날 서미옹 같은 늙은이[374]	從來胥靡翁
상나라 장마[375] 때처럼 일어났네	起作商家霖
어찌하면 세상의 기운을 멀리하여	胡爲遠世氛
무릎을 쓸어안고 부질없이 길게 읊조리네[376]	抱膝空長吟

---

373) 도원(桃源) : 선경별천지(仙境別天地)를 일컫는 말로, 도연명(陶淵明)의 〈도화원기(桃花園記)〉에서 나온다.

374) 고역살이 하던 늙은이 : 원문의 서미옹(胥靡翁)은 《사기(史記)》·〈은본기(殷本紀)〉에, 상나라 무정(武丁) 임금이 재상으로 발탁한 부열(傅說)은 본디 죄를 범해서 노역을 하던 서미(胥靡)라고 하였다.

375) 상(商)나라 장마 : 원문의 상가림(商家霖)은 마존(馬存)의 〈호호가(浩浩歌)〉(《고문진보(古文眞寶)》)에, '이윤(伊尹)은 기쁘게 와서 일어나 상나라의 장맛비가 되었다.(喜來起作商家霖 희래기작상가림)'이라는 구절이 있다.

376) 무릎을 …… 읊조리네 : 촉한(蜀漢)의 승상(丞相) 제갈량(諸葛亮)이 출사(出仕)하기 전 남양(南陽)에서 몸소 농사를 지을 때 〈양보음(梁甫吟)〉이란 노래를 지어 매일 새벽과 저녁이면 무릎을 감싸 안은 채 길게 불렀다

하물며 지금 사해 안에는　況今四海內
무기들이 별처럼 빽빽하게 벌려져 있도다　戈戟星羅森

유유헌[377]에 부침

寄由由軒

깊고 그윽한 밭두둑 속의 난초　幽幽畹中蘭
밭두렁 위에 꽃들이 은은하게 피어나네　脉脉陌上花
맑은 향기 품으니 더욱 아름답고　郁郁抱淸香
번쩍번쩍 꽃잎이 이슬을 머금었네　燦燦含露華
어찌 한 번 좋은 시절 없으랴만　豈無一時好
고상한 가을을 어찌 감당하리오　高秋當奈何
이 가운데 한 그루 나무 있으니　此中有一樹
날씨가 차가워도 그윽한 자태를 발하네　天寒發幽姿
흰 빛은 눈빛에 견줄 수 있는데　素色雪堪比
괴로운 생각에 봄을 알 수가 없네　苦意春不知
벌 나비가 어찌 중매 노릇 하겠는가　蜂蝶豈得媒
복숭아 오얏꽃은 감히 속일 수 없네　桃李莫敢欺
누가 솥에서 조리[378]를 할 줄 알리오　誰知調鼎實
쇠락하여 들판의 못 근처에 사네　零落野塘陲

한다. 〈포슬음(抱膝吟)〉은 고인(高人)과 지사(志士)의 시를 뜻하는데, 제갈량이 융중(隆中)에 은거할 때 즐겨 불렀다는 노래로 고사(高士)의 울울한 심회가 담겨 있다고 한다. 주자(朱子)가 제갈량을 흠모하는 뜻을 담아 읊은 〈와룡암무후사(臥龍菴武侯祠)〉에, "포슬음을 한번 길게 부르노니, 정신으로 사귐을 아득한 고인에게 부치노라.(抱膝一長吟 포슬일장음 神交付冥漠 신교부명막)"라고 하였다.

377) 유유헌(由由軒) : 남급(南礏, 1592~1671)의 호이다. 본관은 영양(英陽), 자는 탁부(卓夫). 아버지는 남융달(南隆達)이며, 안동에 살았다. 정경세(鄭經世)의 문인으로, 1624년 증광시(增廣試) 2등으로 생원에 합격하여 침랑(寢郎)에 천거되었다. 병자호란 때에 인조를 남한산성으로 호종하였으며, 난이 평정된 후 의흥현감(義興縣監)을 제수받았다. 봉암서원(鳳巖書院)에 제향되었으며, 저서로는 《신안세고(新安世稿)》·《병자일기(丙丁日記)》·《유유헌일고(由由軒遺稿)》 등이 전한다. 이천유(李天裕)가 묘지명을 지었다.

378) 정실[鼎實] : 식료를 솥에 넣어 음식을 만든다는 뜻으로 나라에 큰일을 하는 인재에 비유함.

캐는 것을 보고도 사양하지 않고	見採所不辭
캐지 않는다고 또한 어찌 슬퍼하리오	不採亦何悲
때를 어기지 아니하면 스스로 싫어하지 않고	不時自不惡
알지 못하니 더더욱 기이하네	不識尤更奇
오직 유유헌 늙은이가 있으니	唯有由由翁
그와 더불어 흉금을 함께하기를 기약해 보네	與之同襟期

'유유헌' 시에 차운함

次由由軒韻

학문을 하는 것은 비록 정도로 할지라도	爲學雖以正
염려하고 근심하면 마땅히 다시 친밀하리라	慮患宜復密
공자께서 미복으로 송나라를 지난[379] 뜻에서	微服過宋意
또한 진실로 기필할 것은 없음을 알았네	亦見無固必
대저 사람이 이 세상에 처하는 것은	夫人處斯世
스스로 행할 뿐 다른 길이 없네	行已可無術
음식은 사람을 보양하려고 만드나	飮食爲養人
때로는 질병에 걸릴 수도 있네	有時能致疾
누가 만약 한결같이 충성하고 미덥다면	孰若一忠信
오랑캐라 하더라도 역시 잘못은 없으리라	蠻貊亦無失
유유옹에게 감사하다는 인사를 드리니	爲謝由由翁
노인장으로 인해 경계함이 하나뿐이 아니라네	因翁警非一

379) 미복으로 송나라를 지난 : 원문의 미복과송(微服過宋)은 《논어집주(論語集註)》·〈서설(序說)〉에, "하늘이 나에게 덕을 주셨으니 그가 나를 어찌하겠는가라는 말씀과 미복으로 송나라를 지나간 일이 있다.(有天生德語及微服過宋事)"라는 세주(細註)가 있다.

이계명의 ‘병암’ 시에 뒤이어 차운함

追次李季明屛巖韻

석문이 어찌나 그윽하고 깊은 곳인지	石門何幽絶
길이 소나무와 계곡을 둘러 있네	路紆松溪谷
단지 저자에서 먼 변두리에 있으니	只緣遠市朝
마침내 우리들이 터를 잡은 것이네	遂爲吾輩獲
신선이 사는 곳이 멀지 않으니	神仙之不遠
오색구름이 항상 눈에 들어오네	五雲常在目
이제 속세와의 인연을 멀리하려고	卽將謝塵寰
영지를 캐러 구름 낀 벼랑에 오르네	採芝雲崖曲
손으로 넓은 낭떠러지 갓길을 잡고	手拍洪崖肩
서로 푸른 하늘가로 유람하기를 기약하네	相期遊碧落
이전에도 명리에 매인 바는 아니지만	旣非名所累
속세와 떨어져서 사는 것을 즐기네	甘與世相隔
대낮에도 발이 걸려 넘어지기 쉽고	白日易蹉跎
신선이 사는 곳[380]은 오르기가 어렵네	丹丘阻登陟
백 년이면 귀밑머리 서릿발이 되겠고	百年兩鬢霜
사방 천하에 단지 초가집이 한 채	四海一草屋
어젯밤 꿈속에서 흰 사슴을 타고	昨夢騎白鹿
돌아들어 신선 굴에 들어갔었네	還從丹穴入
그 자리서 푸른 터럭의 늙은이를 만나니	仍逢綠毛叟
신선이 수련하는 도를 가르쳐 주었네	授以鍊丹說
세상에서 일부러 오해한 사람들	世故解誤人
절경을 유람하다가 허공에 던질까 두려웠네	奇遊恐虛擲
잠에서 깨어 일어나서 배회하는데	寤來起徘徊
강 언덕의 구름만 서로 쫓아가네	江畔雲相逐

380) 신선이 사는 곳 : 원문의 단구(丹丘)는 신선이 사는 곳. 선경(仙境), 선계(仙界), 선향(仙鄕), 선환(仙寰), 신경(神境), 단혈(丹穴), 옥허궁(玉虛宮) 등도 같은 의미로 쓰인다.

청풍자 목여 정윤목[381]에게 줌

贈鄭淸風穆如允穆

어제 내가 외출했다 돌아와 보니　昨我從外還
장포에서 보내온 편지가 있네　有書自長浦
처음에 보기로는 글자 같이 아니하여　初看不似字
놀라서 살피니 머리털이 서려 하였네　瞿然髮欲竪
풍부[382]의 무리인가 의심하였더니　却疑馮婦倫
남산의 호랑이를 묶어 놓은 듯하네　縛致南山虎
또 놀라서 바다 속에 들어서니　又訝入海中
도리어 용왕이 성내어 부딪치는 듯하네　誤觸龍公怒
변함없이 그대는 인사말은 생략하고　久乃省其辭
첫머리에 이르기를 경보 나에게 준다고 했네　首云寄慶甫
그 아래 다시 무슨 말이 필요할까　其下復何言
봄바람에 햇살이 따사로이 비치네　春風日正照
술 한 병을 가지고 와서　欲持一尊酒
강가에 누워서 취하고 싶다네　醉臥江之滸
그대의 시는 맑은 바람과 같으니　君詩似淸風
깊은 병 낫게 하듯 조아리게 하네　頓使沈疴愈
아이 불러 침상 머리맡에 걸어두니　呼兒掛床頭
벽 한쪽에 비바람이 이는 듯하네　半壁生風雨
놀라서 일어나니 은자의 한밤중 꿈인데　驚起幽人午夜夢

---

381) 정윤목(鄭允穆, 1571~1629) : 조선 중기의 학자. 본관은 청주(淸州). 자는 목여(穆如), 호는 청풍자(淸風子)·노곡(蘆谷)·죽창거사(竹窗居士). 아버지는 서원부원군(西原府院君) 정탁(鄭琢)이며, 어머니는 거제 반씨(巨濟潘氏)로 반충(潘冲)의 딸이다. 정구(鄭逑)·유성룡(柳成龍)의 문하에서 수학하였다. 벼슬에 뜻이 없어 두 차례 재랑(齋郎)에 임명되었으나 나가지 않다가 1616년 소촌도 찰방(召村道察訪)에 취임하였으며, 통훈대부(通訓大夫)에 가자(加資)되었다. 광해군의 실정에 불만을 품고 사직, 산수를 벗삼아 시와 서(書)로 세월을 보냈다. 만년에는 용궁(龍宮)의 장야평(長野坪)에 초려(草廬)를 짓고 마을의 자제들을 모아 가르쳤다. 도정서원(道正書院)에 제향되었다. 저서로는 《청풍자문집》이 있다.

382) 풍부(馮婦) : 《맹자》·〈진심장구하(盡心章句下)〉편에 인용된 용사(勇士)의 이름이다. 중작풍부(重作馮婦) 또는 우작풍부(又作馮婦)는, 그만두었던 일을 다시 하다 혹은 우유부단하게 전에 그만뒀던 일을 다시 시작한다는 경우를 비꼬아서 하는 말이다.

달빛이 낙동강 강포의 나무에 가득하네 月滿洛江江浦樹

차운을 붙임
附次韻

아름다운 한 사람이 있으니 有美一人在
물이 넘쳐흐르는 강포에서 멀리 있네 盈盈隔江浦
지금까지 십 년을 만나지 못했고 不見今十年
어린 자식들과 병마에 시달렸네 沈沈嬰二豎
홀연히 이제사 아름다운 편지 주니 忽此披華牋
문채가 표범 같고 호랑이 같네 文彩彪如虎
시어가 어찌 이토록 기이한지 措語何詭怪
나를 향해 성을 내고 있는 것 같네 有似向我怒
한 번 읽고 또 한 번 읽으니 一讀又一讀
구법이 두보[383]에 버금할 만하네 句法逼杜甫
내가 지금 쇠약하고 병이 깊으니 我今衰朽甚
짧은 갈옷 입고 아침 햇볕을 쬐네 短褐負朝照
앉아서 보니 봄은 이미 기울어 가고 坐看春已暮
꽃향기는 강가에서 쇠퇴하여 가네 芳菲歇江滸
부득이 유람 길을 따라나서니 不得從之遊
무슨 방법으로 질병을 깨끗하게 낫게 할까 何方淸疾愈
밤이 오면 술자리 파하겠지만 夜來尊酌罷
처마 꽃에는 가랑비가 떨어지네 簷花落細雨
분분하게 날아 그대 앞에 떨어지니 行當奮飛墮君前
함께 유하[384]에 취해 옥수[385]에 오르네 共醉流霞攀玉樹

383) 두보(杜甫) : 중국 당나라 때의 시인으로, 자는 자미(子美), 호는 소릉(少陵)이다. 중국 최고의 시인으로 시성(詩聖)이라 불렸으며, 이백(李白)과 병칭하여 이두(李杜)라고 일컫는다. 뛰어난 문장력과 사회상을 반영한 두보의 시는 후세에 시로 표현된 역사라는 뜻으로 '시사(詩史)'라 불리기도 했다.

384) 유하(流霞) : 떠도는 구름의 기운, 또는 신선이 마신다는 향기로운 술 유하주(流霞酒).

을해년(1635) 정월에 안공립을 방문하였다가 매화 화분에 꽃이 만발한 것을 보고 시를 짓는 내기를 함

乙亥正月 過安公立 見盆梅盛開 以詩賭之

오언시 짓기를 청하기에 請以五字詩
그대의 매화 한 그루와 바꾸려 하였네 易君一樹梅
마음으로 굳게 약속한 것이 오래지 않았는데 襟期固不遠
우연한 만남 또한 기이하지 아니한가 邂逅易奇哉
강가 성에 어찌 심을 만한 땅이 없으랴만 江城豈無地
이끼 낀 화분 하나에 뿌리를 의탁하니 托根一盂苔
눈과 서리 무섭지 않은 것은 아니나 雪霜非不嚴
천 가지 바야흐로 성대히 피었네 千枝方盛開
맑은 향기 따뜻한 방에 가득하니 淸香滿燠室
옛 친구 찾아와 있는 것 같네 如爲故人來
내가 그대를 형으로 맞아들이려는 것은 我欲邀此兄
온종일 함께 술잔 기울이려 함이네 日夕共傾盃
공무에서도 인색함이 없는 것 같으니 公立若無吝
응당 하인이 돌아오면 되돌려 주리라 應付蒼頭回

한유백[386]의 '추풍삼첩운'[387]에 차운함

次韓裕伯秋風三疊韻

병자년(1636)에 유백이 해직되고 낙향하여 홀어머니를 모시고 영양에 들어와 장차 영구히 살 계획을 세웠다.[丙子裕伯解職南下奉偏母入英陽將爲久住之計]

가을바람이 사람들을 슬프게 하는데 秋風衆所悲

385) 옥수(玉樹) : 재주가 뛰어난 사람, 또는 괴목(槐木)의 별칭.

386) 한유백(韓裕伯) : 한극창(韓克昌). 각주 142) 참조.

387) 삼첩운(三疊韻) : 당나라 시인 왕유(王維)가 지은 이별시 〈송원이사안서(送元二使安西)〉의 "渭城朝雨浥輕塵 客舍靑靑柳色新 勸君更進一杯酒 西出陽關無故人"를 악부(樂府)에 올려 부를 때 제4구를 되풀이하여 노래하면서 이별의 아픔을 반추하였는데, 이를 삼첩(三疊)이라고 한다. 친한 벗과의 이별을 슬퍼하는 이 작품은 위성곡(渭城曲) 또는 양관곡(陽關曲)이라고도 한다.

나그네 회포 진실로 외롭고 쓸쓸하네	旅懷良獨苦
백성들은 모두 다 병화에 시달렸으니	居民盡厭兵
하물며 그대는 일찍이 큰 상처 입었네	況子曾傷虎
이제는 은사(隱士)[388]가 되었다고 하니	旣爲製芰荷
어찌 앵무새처럼 읊조리겠는가[389]	何須賦鸚鵡
조만간 명산에 들어가려고	早晩入名山
이제 벼슬아치 노릇을 그만두었네	及今方解組
조가 고을에 근심할 것 없어지니	朝歌不足憂
묘당에서는 우후[390]를 업신여겼네	廟堂輕虞詡

가을바람 불어 그치지 아니하니	秋風鳴不已
나그네의 한은 끝이 없구나	旅恨焉可窮
옛 사람은 한 끼 굶음을 달가워했으나	古人甘一餓
이제 나는 삼공[391]을 바라노라	今我願三空
차라리 대범하고 빼어난 인물 따라	寧從倜儻生
맨발로 동해를 돌아다니리라	跣足海之東
세상에 위대한 성인이 없으니	世無大聖人
어디서 그 충정을 꺾을 수 있으랴	於何折其衷
해지기까지는[392] 아직 늦지 아니하니	桑楡未爲晩
방장산과 봉래산[393]에 오르며 노래하리라	永言陟方蓬

388) 은사(隱士) : 원문의 제기하(製芰荷)는 마름과 연잎으로 옷을 지어 입음. 은사(隱士)의 모습을 이름.

389) 앵무새처럼 읊조리겠는가 : 앵무새처럼 말은 잘하나 실제 학문이 없는 사람, 또는 예의를 모르고 사람답지 못한 사람에게 핀잔주는 '능언앵무(能言鸚鵡)'라는 성어가 《예기(禮記)》·〈곡례상(曲禮上)〉에 나온다.

390) 우후(虞詡) : 후한(後漢) 사람이다. 낭중(郎中)으로 있을 때 반란이 일어나자 조가(朝歌)의 현령(縣令)이 되어 평정하였고, 그 후 군사를 보강하여 오랑캐를 대파하고 벼슬이 상서복야(尙書僕射)에 올랐다. 그러나 당시의 권세가를 미워하여 끝내 굽히지 아니했으며, 마침내 벼슬을 버리고 떠났다.

391) 삼공(三空) : 삼해탈(三解脫). 번뇌의 계박에서 벗어나 증오(證悟)의 경지에 이르는 방법 세 가지.

392) 해지기까지는 : 원문의 상유(桑楡)는 뽕나무와 느릅나무, 해가 지는 쪽을 가리킴.

393) 방장산과 봉래산 : 신선들이 산다는 전설적인 삼신산(三神山)으로, 《한서(漢書)》·〈교사지(郊祀志)〉에는 방장(方丈) 봉래(蓬萊) 영주(瀛州) 세 산을 기록하였다.

가을바람 이미 절로 슬퍼하니	秋風已自悲
날아가는 기러기가 어찌 듣고 견뎌내리	旅鴈況堪聽
이미 보리수[394]를 부러워했고	旣以羡萇草
할미새[395] 같은 마음까지 겸했네	兼之懷鶺鴒
귀뚜라미 또한 무슨 사연 있기에	寒虫亦何事
밤새도록 뜰 앞에서 슬피 우는가	永夜悲前庭
통달했도다! 상산옹[396]이여	曠哉商山翁
행동거지는 큰 기러기처럼 아득하네	擧趾鴻冥冥
지초를 캐면서 남겨 놓은 노래 있으니	采芝有遺歌
지금 사람들은 한갓 귀로 들을 뿐이네	今人徒耳聆

석문산 한 수로 금성[397]으로 돌아가는 정보나 호의를 전송하며

石門山一首 送羅正甫好義還錦城

나호의는 금성 사람으로, 정축년(1637)에 호란을 피해 이곳에 이르렀다.[羅錦城人丁丑避胡亂到此]

우뚝 솟은 석문산에는	峨峨石門山
솔과 노송나무가 울창하구나	松檜鬱蒼蒼
유유히 흐르는 가름천에	悠悠嘉廩川
물결은 얼마나 출렁이며 흘렀던가	流波何湯湯
흘러가는 물결이 바다로 들어가고	流波注海門
솔과 노송나무가 얼음과 서리에 괴롭네	松檜困氷霜
얼음과 서리가 비록 두터우나	氷霜雖已重

394) 보리수 : 원문의 장초(萇草)는 《시경(詩經)》·〈회풍(檜風)〉, 〈습유장초(隰有萇草)〉편에 나옴.

395) 할미새 : 원문의 척령(鶺鴒)은 《시경(詩經)》·〈소아(小雅)〉, 〈소완(小宛)〉편에 나옴.

396) 상산옹(商山翁) : 상산사호(商山四皓). 진(秦)나라 말기 전란을 피하여 상산(商山)에 은거한 네 노인, 기리계(綺里季)·하황공(夏黃公)·동원공(東園公)·녹리선생(甪里先生)을 말한다. 한고조(漢高祖)가 적실(嫡室)인 여후(呂后)의 아들 혜제(惠帝)를 밀어내고 후궁인 척부인(戚夫人)의 아들을 후계자로 삼으려 하자, 여후가 장량(張良)의 계략을 빌려 상산에 은거하던 이들을 초청하여 자기 아들을 돕게 함으로써 고조의 마음을 돌렸다는 고사가 《사기(史記)》에 있다.

397) 금성(錦城) : 지금의 전라도 나주(羅州).

오히려 난새와 봉새는 모일 수 있네 猶可集鸞鳳
바다에 상어와 악어가 날뛰어서 海門蛟鰐橫
싸움터에 이는 물결 온통 피바다를 이루네 戰浪殷爲衁
물은 소나무와 더불어 서로 이별하니 水與松相別
소리마다 격앙됨이 많다네 聲聲多激昂
흘러가는 것도 각기 정취가 특이하니 逝矣各異趣
다만 서로 잊지 말자고 하네 但願無相忘

나호의는 가름곡에 우거하였다.[羅寓嘉麋谷]

경상도 관찰사 정공에게 드림

呈嶺伯鄭公

북쪽 산에 어리석은 늙은이가 있으니 北山有愚叟
재능은 모자라면서도 뜻은 매우 크도다 才疎徒志大
바다를 메운다고 바다가 평평해지지 않으며 塡海海不平
옹기를 세는데 옹기는 이미 깨어졌네 筭甕甕已破
늙어서 석문 속으로 들어가니 老入石門中
뜻하고자 하는 바는 희이[398]에 눕고자 意欲希夷臥
늙음과 질병이 서로 얽히고설키니 衰疾遽纒綿
약을 먹는 것이 하루 일과가 되었네 藥餌爲日課
아직 동해에서 죽는 것 이루지 못했으니 未成東海死
부질없이 서산에서 굶어 죽은 백이숙제[399] 되려네 虛作西山餓

398) 희이(希夷) : 도의 본체.

399) 서산에서 굶어 죽은 백이숙제 : 백이(伯夷)와 숙제(叔齊)는 중국 은(殷)나라 말엽에서 주(周)나라 초엽에 살았던 이름난 선비였다. 한 나라를 다스리던 고죽군(孤竹君)이라는 사람의 아들들이었는데 고죽군이 나라를 숙제에게 물려주려고 했다. 숙제가 그것이 예법에 어긋나는 것이라고 사양하자 백이 역시도 받지 않았다. 두 사람은 주나라의 녹을 받은 것을 부끄럽게 여겨 수양산에 들어가 고사리만 뜯어 먹다가 굶어 죽었다는 고사가 《사기(史記)》에 전한다.

계암 자준 김령[400]에게 줌
贈金溪巖子峻坽

산골짜기 속에 한 그루 나무 있어	谷中有一樹
엄동에도 그윽한 자태를 보이네	天寒發幽姿
흰 빛은 눈빛에 비교할 만하나	素色雪堪比
괴로운 뜻을 봄은 알지 못하네	苦意春不知
나무꾼들 서로 일러 말하기를	樵夫相謂言
복숭아 오얏꽃 필 때만 못 하다네	不若桃李時
내가 이에 그 말을 듣고	我乃聽其言
마음속으로 몰래 홀로 슬펐네	中心竊獨悲
그리하여 글을 지어 그대에게 보내니	因以述相贈
마음먹은 기약을 어리석다고 하지 마오	莫謂昧心期

공이 벼슬을 그만둘 뜻이 있었기에 이렇게 말했다.[公有休官之意故云]

차운을 붙임
附次韻

해 저무니 눈서리가 자주 내리고	歲暮霜雪繁
산천도 그믐에 차가운 모습이네	山川晦寒姿
시간은 스스로 머무르지 않으니	時光自不留
하늘의 뜻을 누가 능히 알리요	天意誰能知
만물들은 모두가 시끄러울 뿐이니	擾擾群物多

400) 김령(金坽, 1577~1641) : 조선 중기의 문신. 본관은 광산(光山). 자는 자준(子峻), 호는 계암(溪巖). 예안 출신. 임진왜란 때 유성룡(柳成龍)의 막하로 종군했으며, 문과에 급제해 승문원에 등용된 뒤 여러 벼슬을 거쳐 주서에 이르렀으나, 광해군의 어지러운 정치를 비관해 관직을 그만두고 낙향하였다. 병자호란이 일어나자 가산을 모두 의병들의 군량미로 충당했으며, 남한산성이 함락되자 비분강개한 시 몇 편을 남겼다. 죽을 때까지 마지막 20여 년 동안은 문밖 출입을 삼가며 방문하는 사람을 방에 앉아 영접하고 보내, 세상에서 영남의 제1인이라고 불렀다. 도승지에 추증되었고 원액(院額)이 하사되었다. 저서로는 《계암집(溪巖集)》 6권이 있다. 시호는 문정(文貞)이다.

움직이고 쉬는 게 다 때가 있네　動息皆有時
소식(消息)의 이치를 그윽이 살펴보니　冥觀消息理
하필이면 깊은 슬픔에 잠기려는가　何必懷深悲
한밤중에 옛 거문고 어루만지니　中宵撫古琴
오직 종자기(鍾子期)[401]만 의지할 따름이네　所賴唯鍾期

상사 숙명 이형[402]에게 보냄 ○병소서

寄李上舍叔明炯 ○并小序

선비가 이 세상을 살면서 얼굴을 아는 것이 귀한 것이 아니라 서로 마음을 아는 것이 귀한 것이다. 숙씨가 나의 서찰로 소통한 숫자로써 사귀는 도의 얕고 깊음으로 삼는다고 들은 듯하니, 어찌 중씨가 약을 아는데도 내가 병을 안고 있음이 아니겠는가. 숙씨의 행동거지는 자유로울 수 있지만 중씨는 그럴 수 없기 때문이다. 무슨 까닭으로 사람들이 숙씨를 아는데도 숙씨는 옛 사람을 알지 못했던가. 한번 웃음꽃을 피웠으니, 애오라지 몇 구절의 시를 지음으로써 스스로를 나타내었다. [士生斯世 不貴知面 貴相知心 似聞叔氏以僕書札疎數 爲交道淺深 豈不以仲氏知藥而僕抱病 叔氏動止能自由而仲氏不能故也 何故人之知叔氏而叔氏之不知故人耶 爲發一笑 聊作數句詩以自見]

강 구름은 뭉쳤다 흩어짐이 있고　江雲有卷舒
강물은 빠름과 천천히 함이 있네　江水有疾徐
보는 바에 따라서 같지 않지만　所見雖不同
이 이치는 오로지 저절로 되는 것　斯理固自如
허물을 반성해도 스스로 알 길 없어　省愆不自得
돌아와서 옛 서적을 마주할 뿐이네　還對古人書

---

401) 종자기(鍾子期) : 중국 춘추시대 초(楚)나라 사람. 당시 거문고의 명인이었던 백아(伯牙)의 친구로서, 백아의 거문고 소리를 잘 알아들었다고 한다. 그가 죽자 백아는 자기의 음악을 이해하여 주는 이가 없음을 한탄하며, 거문고 줄을 끊고 다시는 거문고를 타지 않았다고 한다. 지음(知音)이나 백아절현(伯牙絶絃)의 고사도 《열자(列子)》·〈탕문(湯問)〉에서 비롯되었다.

402) 숙명(叔明) : 이형(李炯, 1577~1653). 본관은 여주(驪州), 자는 숙명(叔明), 호는 물헌(勿軒)이다. 아버지는 이윤수(李潤壽)이고, 예천(醴泉)에 살았다. 정경세(鄭經世)의 문인이다. 이찬(李燦)의 동생으로, 집안 형제 4명이 모두 문학으로 이름이 났다. 문집이 전한다.

이숙명의 시에 차운함

次李叔明韻

하늘은 본래가 무심하기에	太空本無心
바람과 구름 일어남도 다반사라네	風雲故多事
마땅히 한 치 한 자의 그늘도 어려우니	難將寸尺陰
그윽하고 깊은 뜻을 얻었네	得翳幽窅意
밝은 달은 의심할 것이 아니고	明月非可疑
달콤한 말은 정성 어린 선물은 아니네	醴言非誠饋
이치를 따르는데 만약 실수가 없다면	於道若無失
나의 마음에 어찌 부끄러움이 있는가	吾心安所愧
이전에 성인께서 말씀하신 바로는	所以前聖言
하늘과 사람을 둘로 보지 말아라	天人無二視
야광주의 빛을 넘치도록 부여잡고	明珠光溢把
여유로운 생각으로 노래하며 놀리라	吟弄有餘思

이회숙[403]의 '입암음' 시에 차운함

次李晦叔立巖吟韻

구만리 장천 멀지는 않은 듯	九皐亦不遠
학의 울음소리가 길게 들리네	鳴鶴聲長聞
풍류는 이원례[404]를 방불케 하고	風裁李元禮
필체는 왕희지(王羲之)[405]를 본받았네	筆法王右軍

403) 이회숙(晦叔) : 이시명(李時明). 각주 145) 참조.

404) 이원례(李元禮) : 이응(李膺)의 자. 동한(東漢)의 대신으로, 하남윤(河南尹)·사례교위(司隷校尉) 등을 지냈다. 태학생(太學生) 수령인 곽태(郭泰) 등과 교우 관계를 맺고 환관의 권력 전횡에 반대했으며, 후에 환관에게 사로잡혀 살해된다. 공융(孔融)이 어렸을 때 그를 알현하러 가서 '기동(奇童)'이란 말을 들었다.

405) 왕희지(王羲之) : 왕우군(王右軍)은 동진(東晋)의 서예가 왕희지의 별호. 왕희지의 자는 일소(逸少)로, 그는 선인들이 이룩한 성과를 바탕으로 독특한 서법을 연구하고 창조함으로써 서예에 새바람을 불러일으켜 '서성(書聖)'이라 불리고 있다. 글씨를 예술적인 경지로 완성시켰다는 〈난정서(蘭亭敍)〉는 대표적인 걸작으로 꼽힌다.

한 편의 입암음 노래	一篇立巖吟
영원토록 석문에 빛나리라	千秋輝石門
때때로 우뢰와 비 내리는 밤이면	時於雷雨夕
벽 속의 용무늬가 움직이리라	半壁動龍文

시詩

육언 六言

쌍절 두 묘소[406]를 참배하고

拜雙節二墓

향기로운 난초 서리 같은 괴로움을 달게 여기고 芳蘭自甘霜苦
떨어진 기러기 짝 잃은 아픔은 경우가 드물다네 斷鴈偏傷侶稀
만고에 곧은 마음이 애매하지 않으니 萬古貞心不昧
백일하에 그 광채는 맹렬히 빛나리라 白日烈烈其暉

큰 스님께 드림

贈道師

푸른 나무 그늘 속의 검은 장삼은 綠樹陰中衲衣
청산 그늘 속에 자줏빛 문짝이네 青山影裏紫扉
흐르는 물 절로 맑고 깨끗할 수 있으니 流水自能清淨
뜬구름은 본래부터 시비가 없나니 浮雲本無是非

406) 쌍절(拜雙) 두 묘소 : 경상북도 예천군 풍양면 우망리 낙동강 변의 바위 절벽에 있다. 임진왜란 때 마을로 쳐들어온 왜군들을 피해, 매오(梅塢) 정영후(鄭榮後)의 아내인 청주 한 씨와 그의 시누이인 정소저 두 여인이 목숨을 초개처럼 던진 곳이다. 두 여인이 몸을 던진 일이 알려지면서 이 낙동강 변 바위는 쌍절암(雙節岩)이라고 이름 붙여졌으며, 나라에서는 두 여인을 기려 마을 앞에 나무로 된 정문을 세우도록 했다. 정영방은 형수와 누이동생의 비극적 상황의 전말을 〈임진조변사적(壬辰遭變事跡)〉을 통해 자세히 전했다.

시詩

칠언절구 七言絶句

이월에 매화를 보고 느낌이 있어 절구 두 수를 짓다
二月見梅有感 二絶

이월 중순에 비로소 매화꽃을 보았는데 　二月中旬始見梅
복숭아꽃 피려 하고 살구꽃도 피었네 　桃花欲發杏花開
가련해라, 이를 거두어 서리 맞은 꽃술을 범하니 　可憐歛此凌霜蘂
더러운 것 모아 함께 흘러 세속의 시기를 면하네 　合汚同流免俗猜

가시와 난초는 비록 한자리에 짝을 이룬다 해도 　荊蘭雖或偶同場
연석[407]은 끝내 야광주와 섞이기 어렵네 　燕石終難混夜光
구구하게 아침저녁을 구분할 필요가 없으니 　不必區區分早晩
마땅히 꽃필 만한 곳에서 좋은 향기 알리라 　須於開處認天香

늦은 봄에 서계를 유람하며
晩春遊西溪

강변 새 포구에 어지러이 싹이 돋고 　水底新浦亂抽芽
못 가 큰 버들에는 벌써 갈까마귀 집을 짓네 　池邊高柳已藏鴉
이 봄에 병이 많아 한가로운 유람 적었는데 　三春多病閒遊少
계곡 남쪽 한 그루 꽃은 헛되이 지고 있네 　虛負溪南一樹花

---

407) 연석(燕石) : 연산(燕山)에서 나는 돌로 옥은 아니나 옥과 비슷한 돌이다. 송(宋)나라의 어리석은 사람이 진옥(眞玉)으로 믿어 세상의 웃음거리가 된 고사로, 사이비(似而非) 즉 가치가 없는 것을 비유하는 말이다.

〈소년행〉[408]을 모방하여

擬古少年行

옥화도[409] 명마에 황금 굴레를 하고	玉花騧馬勒黃金
온종일 치달리며 상림[410]을 나갔네	白日交馳出上林
다시 오리와 접동새 못 둑에서 수렵하며	更向鷺鵜泉畔獵
매를 부르니 눈 덮인 산마루를 넘는구나	呼鷹飛度雪山岑

〈규사〉를 모방하여

擬古閨思

초가을 서리에 기러기 우는 소리	一聲霜雁叫新秋
규방 속 고운 여인 시름 참기 어렵네	閨裏佳人不耐愁
옥관[411] 수자리 간 낭군을 생각하니	却念玉關征戍客
밝은 달밤 어느 곳에서 홀로 누각을 오르는가	月明何處獨登樓

고몽삼에게 줌

贈高夢參

산에 사는 영험 그대의 훌륭한 말	山家靈驗君休說
장단의 근거는 저절로 때가 있는 법이네	脩短由來自有時
만고에 무심히 흐르는 맑은 위수[412]는	萬古無心淸渭水

---

408) 소년행(少年行) : 〈소년행(少年行)〉은 악부(樂府)의 제목으로, 주된 주제는 패기와 기개를 절대적으로 생각하는 젊은이들의 용기를 다루고 있다. 중국의 왕유(王維), 이백(李白)이나 고려의 이제현(李齊賢), 허난설헌(許蘭雪軒)의 작품들이 유명하다.

409) 옥화도(玉花騧) : 당(唐)나라 현종(玄宗)의 애마(愛馬).

410) 상림(上林) : 중국 장안(長安)의 서쪽에 있었던 대궐 안의 동산. 진(秦)나라 시황제(始皇帝)가 창설하고, 한(漢)나라 무제(武帝)가 증축하였다. 진기한 동물이나 여러 가지 초화(草花)를 모았다고 한다.

411) 옥관(玉關) : 한(漢)나라 서역(西域) 신강성 근처에 있으며, 흉노(匈奴)와 국경을 이루던 관문(關門).

412) 위수(渭水) : 주(周)나라 문왕이 위수(渭水)에서 낚시질을 하고 있던 여상(呂尙)을 만나서 선군인 태공(太

어찌 영조[413]로 하여금 창희[414]를 젊게 하는가 豈令嬴祚少蒼姬

병간 여덟 수 정유년(1597)

屛間八詠 丁酉

어린 풀은 불어난 봄물에 자라나고 小草毶毶春漲肥
홍도화 피어나니 강남 제비 돌아오네 紅桃花發燕初歸
곡강 깊은 곳에 사람 보이지 않으니 曲江深處無人見
연을 따는 손에는 그리움만 쌓이네 手采蘋荷有所思

푸른 나무 짙은 녹음 여름날은 길어지니 綠樹陰濃夏日長
남쪽 연못 따사한 물결에 원앙이 졸고 있네 南塘波暖睡鴛鴦
아름다운 임은 떠난 후 소식이 없으니 玉人去後無消息
석양에 거닐며 수심 겨워 하노매라 惹起離愁步晚陽

서리 내린 오강에 가을 물 맑은데 霜落吳江秋水淸
한 쌍의 백로가 물결에 밝게 비치네 一雙白鷺暎波明
강남에 해 질 무렵 연밥 따는 아가씨 江南落日采蓮女
힘겹게 배를 저어 먼 물가로 내려가네 兩兩撑舟下遠汀

흰 눈이 누각을 단장하니 대낮에도 문은 닫혀 있고 雪打粧樓晝掩門
몇 잔 술을 기울여도 취기가 일어나지 않네 數鍾傾盡不成醺
그리움에 사무치는 하룻밤 사이 매화가 피었구나 相思一夜梅花發

公)이 오랫동안 바라던 어진 인물이라고 여겼다는 고사가 있다. 여상을 강태공이라고도 한다. 은(殷)나라를 격파하고, 훗날 제(齊)의 후로 봉해졌다.

413) 영조(嬴祚) : 사마천(司馬遷)의 《사기(史記)》·〈진본기(秦本紀)〉에 의하면, 고요(皐陶)의 맏아들 백익(伯益)은 영성(嬴姓)의 시조이자 진(秦)나라 진족(秦族)의 선조이다.

414) 창희(蒼姬) : 중국 주(周) 나라의 창건자인 무왕(武王)의 아버지로, 무왕에 의해 문왕(文王)으로 추존되었으며 유가(儒家)에서 칭송하는 성군(聖君) 가운데 한 사람. 희는 주(周)나라의 성(姓).

고운 가지 골라 꺾어 그대에게 보내 드리리 折取瓊枝擬贈君

심양의 서쪽 언덕 도생(陶生)[415]을 생각하며 潯陽西畔憶陶生
수양버들 그늘 속에 홀로 문을 닫는다 垂柳陰中獨掩扃
사람은 떠나간 지 천 년인데 삼경[416]은 그대로네 人去千秋三逕在
백 척 되는 겨울 솔은 사시사철 푸르네 寒松百尺四時青

물 가득한 연못에 청둥오리 날아들고 水滿橫塘彩鴨飛
봉황 신선 향기는 비단옷에 스며드네 鳳僊香暖襲羅衣
왕손은 한 번 간 채 돌아올 날 기약 없고[417] 王孫一去無歸日
향기로운 풀은 해마다 낙수 가에 피어나네 芳草年年洛水涯

푸른 하늘 긴 장대로 고운 구름 떨쳐내니 碧玉千竿拂彩雲
팔월의 차가운 달 금동이에 쏟아지네 寒蟾八月瀉金盆
고산길 가는 길손 아는 사람 없는데 孤山道客無人識
매화 비 내리는 빈 뜰에 학과 정을 나누네 梅雨空庭與鶴分

살구꽃 처음 피어 옥난간에 비추니 紅杏初開暎玉欄
밝은 달 누구와 짝해 발을 걷고 바라볼까 月明誰伴捲簾看
그리운 생각에 양춘곡[418]을 타려는데 相思欲奏陽春曲
단장의 요쟁소리에 차마 타지 못하네 腸斷瑤箏不忍彈

---

415) 도생(陶生) : 동진(東晉) 때의 시인 도잠(陶潛)을 가리킨다. 자는 원량(元亮)이고 호는 연명(淵明)이다.

416) 갈림길 : 원문의 삼경(三逕)은 도연명(陶淵明)의 〈귀거래사(歸去來辭)〉에 나오는 표현으로, 정원 안에 낸 세 개의 좁은 길. 흔히 은자(隱者)의 문 안에 있는 뜰 또는 주거를 뜻한다.

417) 왕손은 …… 기약 없고 : 당나라 시인 왕유(王維)는 〈송별(送別)〉에서, "산중에서 그대를 떠나보내고, 해 저물어 사립문을 닫는다. 봄풀은 내년에도 푸를 텐데, 그대는 돌아오시려는지.(山中相送罷 日暮掩柴扉 春草明年綠 王孫歸不歸)"라 읊었다.

418) 양춘곡(陽春曲) : 악곡(樂曲)의 이름.

회포를 써서 졸헌에게 보임

書懷示拙軒

박사호의 호이다.[朴士豪號]

앉아도 말할 이 없고 누워도 잠 못 이루니 坐無相語臥無眠
기나긴 밤 상심하며 눈물로 수건 적시네 遙夜傷心淚滿巾
집은 축산[419]에 있으나 돌아갈 기약 없으니 家在竺山歸未得
먼 하늘가 바라보는 고향 그리는 사람 되었네 天涯長作望鄉人

오로봉 아래 수각을 방문하여 송천 시에 차운함

訪水閣在五老峰下次松川韻

절은 여산[420]의 몇 번째 높은 봉에 있던가 寺在廬山第幾峰
여산 또한 흰 구름 속에 있네 廬山又在白雲中
나그네 절 찾으나 봉우리만 가득한데 客來尋寺千岑隔
어디선가 들려오는 저녁 종소리 日暮出來何處鐘

언정이 술을 가지고 찾아옴에 감사하며

謝彥精携酒見訪

이때 옥성에 살았다.[時棲玉成]

꿈속에 돌아갈 길 찾았으나 분명치 않은데 夢尋歸路不分明
어디선가 기러기 울음소리에 깜짝 놀랐네 何處離鴻喚却驚

---

419) 축산(竺山) : 경상북도 예천군(醴泉郡)에 속한 용궁(龍宮). 신라시대에는 축산현·원산현(園山縣)이라 하였는데, 고려 성종 때 용주(龍州)로 승격시키고 목종 때 군으로 강등시켰으며 현종 때 용궁(龍宮)으로 고쳐서 상주(尙州)에 편입하였다가 명종 때 다시 설치하였다. 1413년(태종 13)에 현으로 고치고 1895년 군(郡)으로 승격되었다.

420) 여산(廬山) : 여산은 본디 중국 강서성(江西省)의 구강시(九江市)에 있는 산 이름으로, 주희(朱熹)가 오랫동안 강학했던 백록동서원(白鹿洞書院)으로 유명하다. 여기서 절은, 안동부(安東府) 동북쪽 여산촌(廬山村) 오로봉(五老峯) 아래 백련사(白蓮寺) 절터를 말하는 듯하다.

강해에 사는 옛 친구 술병 들고 찾아와　　江海故人携酒至
나그네 회포를 풀어보자고 말하네　　爲言消遣客中情

소회를 읊음

詠懷

오래도록 떠도는 길손 또 새해를 맞으니　　天涯爲客又新年
봄 강 초록빛을 싫도록 보았네　　厭見春江草色連
꿈결에 고향 산천 안개 속에 묻히니　　夢入故山煙雨裏
누런 송아지 몰고서 앞 냇물을 먹이네　　自驅黃犢飮前川

사형[421]의 '어부사'에 삼가 차운함

奉次舍兄漁父辭

갈대 숲 언덕에 달빛이 비단결 같으니　　荻州蘆岸月如紗
한가로이 도롱이 입고 뱃노래를 부르네　　閒衽青蓑發櫂歌
흥을 타고 백로와 같이 몇 번이나 잤던고　　乘興幾同鷗鷺宿
집에 갈 때는 적고 안 갈 때가 많다네　　歸家時少不歸多

백헌에서 달을 완상하며

栢軒翫月

한 조각 밝은 달은 기약이 있는 듯　　一片氷輪似有期
해풍은 푸른 유리 같은 파도를 불어 보내네　　海風吹送碧琉璃
광한궁[422] 가에도 응당 가을이 저물겠지　　廣寒宮畔秋應老

---

421) 사형(舍兄) : 정영후(鄭榮後)를 가리킴. 각주 8) 참조.
422) 광한궁(廣寒宮) : 달 속에 있다는 상상 속의 궁전으로, 선녀 항아(姮娥)가 산다고 한다.

정히 궁전에서 제일 예쁜 꽃가지 꺾어 보내리 正折瑤皆第一枝

유덕무에게 작별하며 줌
贈別柳德茂

강둑에서 한 번 이별 떠나가는 길은 멀고 一別江頭去路長
강을 건너려니 마음만 아득하네 臨流欲渡意茫茫
산골짝 저녁 비에 두견새 우는 소리 괴롭네 峽中暮雨鵑聲苦
한 번 들려올 때마다 한 번 애간장 끊어지네 一度聞來一斷腸

덕무에게 부침
寄德茂

바다 밖에 연고가 없는 편지를 붙이고 海外無緣寄尺封
돌아오는 길에 수천 봉을 지나오네 歸程歷盡數千峰
내일 아침 진보 땅을 지나간다면 明朝若過眞城去
또다시 강 구름은 일만 겹이나 쌓이겠지 又隔江雲一萬重

구백담[423]의 '용두정' 시에 차운하여 주인 손군달 흥지[424] 어른에게 보냄
次具栢潭龍頭亭韻 寄主人孫君達興智丈

낙동강 가 백 척 높은 누각 百尺危樓洛水邊
꿈속에 모래 속의 달 찾으니 밤은 이경인데 夢尋沙月二更天

423) 구백담(具栢潭) : 구봉령(具鳳齡, 1526~1586). 조선 선조(宣祖) 때의 문신 학자. 본관은 능성(綾城), 자는 경서(景瑞), 호는 백담(栢潭)이다. 퇴계 이황(李滉)의 문하에서 수학하고, 대사간과 대사헌을 역임하였으며 병조 참판(兵曹參判) 등을 지냈다. 〈혼천의기(渾天儀記)〉를 짓는 등 천문학에도 조예가 깊었다. 죽은 뒤 용산서원(龍山書院)에 제향되었다. 저서로는 《백담문집(栢潭文集)》 및 그 속집이 있으며, 시호는 문단(文端)이다.

424) 손흥지(孫興智, 1556~1619) : 본관은 경주(慶州), 자는 군달(君達), 호는 달관(達觀)이다. 아버지는 손명

가을바람 안개 속에 순노[425] 절기 맞았으니 秋風煙雨蓴鱸節
한가한 사람 낚싯배 띄우는 것을 알겠네 知有閒人泛釣船

용두정을 지나며 전의 운을 다시 사용함

過龍頭復用前韻

청산에 홀로 기대어 낙조를 바라보니 獨倚青山落照邊
빈 강에 구름 다하고 물은 하늘에 닿네 空江雲盡水連天
누대 앞에 가을 늦으니 건너가는 사람 없고 臺前秋晩無人渡
바람이 일어나니 갈대꽃만 눈처럼 배에 가득하네 風起蘆花雪滿船

경렬 정광세를 만나 덕무에게 부침

逢鄭景烈光世寄德茂

천 리 밖 그리는 마음 저무는 가을에 붙이니 千里相思屬暮秋
초당의 차가운 달빛 밤에도 유유히 흐르네 草堂寒月夜悠悠
그대 돌아와 묻는다면 구름 바위 짝을 해서 君歸若問雲巖伴
서릿발이 이미 머리 위에 내렸다고 답하겠네 爲報霜華已上頭

봄눈

春雪

봄추위에 병날까 두려워 이불을 끼고 앉았다가 病㤼春寒擁布衾

(孫蕡)이며, 김언기(金彦璣)·구봉령(具鳳齡)의 문인이다. 예안에서 용궁(龍宮)으로 이거하여, 용두정(龍頭亭)을 짓고 당대의 명유들과 교유하였다. 선조 때 천거되어 이조 정랑(吏曹正郎)·영릉 참봉(英陵參奉) 등을 역임하였으며, 문집이 전한다.

425) 순노(蓴鱸) : 진(晋)나라 장한(張翰)이 고향의 순채(蓴菜)국과 농어회(鱸魚膾)를 먹고 싶어 사직(辭職)하였다는 순갱노회(蓴羹鱸膾)의 고사(故事)에서 나왔다.

일어나 바라보니 눈 날려 성긴 수풀이 어둡네	起看飛雪暗疎林
영덕[426]에는 매화가 한창 피었음을 알겠으니	野城知有梅花發
아름다운 나무 옥 같은 모래밭 낮은 곳을 찾겠네	琪樹瑤沙底處尋

여강서원[427]에서 석남 백헌 이경준[428] 등 여러분과 작별하며

盧江書院 別李石南伯憲敬遵諸公

행인은 다 돌아가고 어두운데 갈까마귀 울어대고	行人歸盡暝鴉啼
오로봉 산마루에 해는 지려고 하네	五老峰頭日欲低
홀로 강가에 서니 생각은 끝이 없는데	獨立江干無限意
푸른 구름은 동쪽으로 가고 흰 구름은 서쪽으로 가네	碧雲東去白雲西

용성으로 가는 길 위에서

龍城道上

누가 능히 석현산을 쪼개고 깎아내어서	誰能剗却石峴山
서쪽 나루 백룡수를 메울 수 있겠나	塡得西津白龍水
마침내 수백 리 좇아 용궁 땅에 이르러	遂使龍宮數百里
높은 언덕 큰 골짝을 숫돌같이 평평하게 했네	高陵巨壑平如砥

---

426) 야성(野城) : 경상북도 영덕. 야성이란 명칭은 757년(경덕왕 16)에 영덕·영해 지역인 야시홀을 야성군(野城郡)으로 바꾼 데서 유래하였다.

427) 여강서원(廬江書院) : 선조 8년(1575)에 사람(士林)들이 안동부 동북쪽 여산촌(廬山村) 오로봉(五老峯) 아래 백련사(白蓮寺) 절터에다 여강서원을 건립하여 퇴계의 위패를 봉안하고 도학(道學)을 강론했으나, 큰 홍수로 유실되자 중창했다. 광해군 때 퇴계 선생의 제자인 서애(西厓) 유성룡(柳成龍), 학봉(鶴峯) 김성일(金誠一)을 추향(追享)했다. 숙종 때 사액(賜額)되면서 호계서원(虎溪書院)으로 개칭되었다.

428) 이경준(李敬遵, 1574~1654) : 본관은 진성(眞城), 자는 백헌(伯憲), 호는 석남(石南)이다. 아버지는 이봉춘(李逢春)으로, 이시명(李時明) 등과 교유하였다. 정유재란 당시에 의병을 일으켜 화왕산성을 사수하였다. 증광시에서 진사에 합격하였으며, 서간에 석남서당을 창건하여 후학을 훈육하였고, 만년에는 임동 대곡의 산중에 은거하였다.

우복[429] 선생께 올림

上愚伏先生

백수의 은자가 푸른 산에 누웠으니	幽人白首臥靑山
송계 나무 그늘 속에 돌문을 닫았도다	松桂陰中閉石關
뜬구름 정처 없이 떠다닌다고 비웃지 마라	却笑浮雲飛不定
잠시 동쪽 갔다가 다시 서쪽으로 돌아오는 것을	乍看東去復西還

삼강서원에서 백헌을 기다렸지만 오지 않음

江院期伯憲不至

온종일 텅 빈 재실 문 닫혀서 적막한데	盡日空齋閉寂寥
노송에 비 없으니 저절로 쓸쓸하네	古松無雨自蕭蕭
모래밭 가 눈 가는 곳에 행인이 드물고	沙頭目斷行人少
눈은 강에 가득 막고 강물은 다리를 치네	雪滿江干水拍橋

횡루에서 유상지와 함께 마시다가 술에 취해 소리내어 읊다가 작별하며 줌. 절구 두 수

黌樓 與柳尙之飮至醉 口號贈別 二絶

횡루에 올라 송별하니 사람을 시름에 겹게 하고	登樓送別令人愁
이별의 은근한 정 강물보다 길도다	愁情脉脉長於水
그대 돌아올 땐 무협산[430]은 지나지 마오	君歸莫過巫峽山

429) 우복(愚伏) : 정경세(鄭經世, 1563~1633). 조선 중기의 문신. 본관은 진양(晉陽), 자는 경임(景任), 호는 우복(愚伏), 시호(諡號)는 문장(文莊)이다. 상주에 살았으며 유성룡(柳成龍)의 문인이고 정영방(鄭榮邦)의 스승이다. 문과에 급제하여 승문원부정자를 지냈으며, 이조 좌랑에 시강원 문학을 겸하고, 승정원 우승지·경상감사·영해 부사·대구 부사 등을 역임하였다. 1609년 동지사(冬至使)로 명나라에 갔으며, 의정부 좌찬성에 증직되었다. 저서로는 《우복집》·《상례참고(喪禮參考)》·《주문작해(朱文酌解)》가 전한다.

430) 무협산(巫峽山) : 장강 삼협(三峽) 중 하나. 지금의 사천성 무산(巫山) 현성 동쪽에 있으며, 호북성 파동(巴東)과 접해 있다. 무산(巫山) 때문에 얻은 이름이다.

해진 뒤 원숭이들이 구름 낀 숲에서 울부짖으니　　落日猿啼雲樹裏

무협산 날씨가 차니 시내에 얼음 덮이고　　巫峽天寒氷塞川
경정에 달이 뜨니 원숭이 울음이 맑도다　　敬亭月出淸猿啼
오늘 저녁 그대를 전송하니 어디로 가는지　　此夕送君向何處
말 타고 문을 나서니 까마귀도 둥지를 찾네　　騎馬出門烏欲棲

화곡에서 주인 손대인에게 차운하여 줌
花谷 次贈主人孫大仁
계묘년(1603) ○ 현풍에 시험 보러 갔는데 주인에게 '덧없는 것이 부귀영화'라는 구가 있었으므로 이렇게 하였다. [癸卯 ○ 赴試玄風主人有爲浮榮之句故云]

사람들아 뜬구름 같은 영화라고 말하지 마라　　傍人莫道爲浮榮
덧없는 부귀영화 때문에 이번 길을 가는 것이 아니네　　非爲浮榮作此行
만고의 엄릉[431]을 사람들은 다 아니　　萬古嚴陵人盡識
양가죽 옷은 실로 이름 숨긴 것이 아니라네　　羊裘未是實逃名

현풍에서 출발하여 공산의 숙사에 묵었는데 길이 몹시 험하였으므로 동행한 여러 벗들에게 시를 지어 보임
自玄風投宿于公山店舍 路極險 口占語同行諸益

산은 겹겹 인가는 어느 곳에나 있나　　隔山何處有人家
흰 바위 우뚝 솟아 개 이빨과 비슷하네　　白石嵯峨似犬牙
포사(褒斜道)[432]가 천하의 험한 길이라 말하지 마오　　莫道褒斜天下險

431) 엄릉(嚴陵) : 후한(後漢)의 은사(隱士)인 엄광(嚴光). 《후한서(後漢書)》·〈일민전(逸民傳)〉에, 엄릉이 황제의 부름도 사양하고 양가죽 옷을 입고 늪에서 낚시하며 은거했다는 이야기가 나온다.
432) 포사(褒斜) : 구불구불하고 험한 길. 중국 서안(西安)에서 사천(四川)으로 넘어가는 도중에, 한중(漢中) 부근의 대표적인 험한 길을 포사도라고 한다.

세상에 다니는 길에 포사도가 얼마이겠는가 世間行路幾褒斜

영호루[433]의 계음[434]에서
禊飮映湖樓

강 안개 막막하고 버들은 매우 푸른데 江煙漠漠柳深靑
물가 가랑비에 꽃은 절로 떨어지네 渚雨濛濛花自落
인간 세상 명승 유람은 항상 있지 않으니 人間勝遊不常有
큰 잔에 술 가득 따르니 포도색이네 深盃滿酌葡萄色

중나루에서 배를 기다리며
中津待舟

중나루의 새벽닭이 홰를 치며 울어대니 中津晨雞喔喔鳴
길손들 첫걸음은 중나룻길에서 시작되네 行人初發中津路
중나루 건너머리 뱃사공을 부르는데 中津渡頭喚長年
푸른 파도 소리 없고 해만 지려고 하네 綠波無聲日欲暮

유상지와 권성오[435]를 방문함 당시 두 벗이 선찰사에서 학업에 전념하였다
訪尙之省吾時二友肄業僊刹寺

옛 사람 이르기를 옥병풍 사이에 살고자 하니 故人云住玉屛間

433) 영호루(映湖樓) : 경상북도 안동시 정하동에 있는 고려시대 때의 정자. 1361년(공민왕 10) 10월 홍건적이 침입하여 개경이 함락되자, 공민왕은 남쪽으로 몽진하여 경상북도 안동에 이르게 되었다. 공민왕은 자주 영호루에 나아가 군사 훈련을 참관하고 군령을 내렸으며, 배를 타고 유람하거나 물가에서 활을 쏘며 심회를 달랬다. 홍건적이 물러나고 개경으로 환도한 후에도 이곳을 잊지 못하여 1366년(공민왕 15) 겨울 친히 붓을 들어 '영호루(映湖樓)' 석 자를 써서 판전교시사(判典校寺事) 권사복(權思復)을 불러들여 면전에서 주었다고 한다.

434) 계음(禊飮) : 음력 3월 3일에 수상(水上)에서 재앙을 제거하고 복을 구하는 계제(禊祭) 때의 주연(酒宴).

435) 권성오(權省吾, 1587~1671) : 조선 중기의 문신·학자. 본관은 안동. 자는 자수(子守), 호는 동암(東巖).

어느 곳 높은 봉우리에 돌문을 닫았는가 何處高峰閉石關
벽운[436] 읊조리기 마치자 강변이 검게 되더니 詠罷碧雲江路黑
선찰사 가까운 산에 하늘 가득 비바람이 몰아치네 滿天風雨近僊山

경정 못을 읊어서 이계명에게 보임

敬亭池詠示李季明

때마침 계곡에서 놀던 벗들과 높은 누대에 올라 時携溪友上高臺
손으로 솔가지 취해서 자줏빛 이끼를 쓸었네 手援松枝掃紫苔
소리 끊긴 빈 뜰에 거닐 사람은 보이지 않고 聲斷步虛人不見
천 길 푸른 암벽에 학만 빙빙 돌고 있네 碧巖千仞鶴徘徊

갑진년(1604) 중양절에 국화를 마주해서

甲辰重陽日對菊

뜰 가득히 내린 소슬비는 서늘한 향기 찾고 滿庭疎雨覓寒香
하늘 향해 푸른 풀밭에서 한잔 술 들이키네 空對靑叢擧一觴
하늘의 뜻도 역시 늦게 핀 꽃 싫어하니 天意亦嫌花事晩
일부러 올해에는 중양절을 거듭 만들었네 故敎今歲兩重陽

영주 도지촌(道知村)에서 출생하였다. 문과에 급제하여 성균관에 기용되었다. 학유·박사·전적 등을 역임하고 칠원 현감으로 체직되었으나 정인홍의 미움을 받아 사직하였다. 이어 유곡 찰방에 제수되었으나 사직하였다. 사헌부 감찰·예조 좌랑을 거쳐 경상도사에 임명되었으나 부임하지 않았다. 이어서 공조와 형조의 정랑을 지냈고, 정묘호란으로 인조가 강화도로 파천할 때 호종하였다. 이듬해 보령현감으로 나아가 백성을 위하고 부세를 경감하는 등 많은 치적을 남겼다. 그 뒤 관계에 나가지 않고 후학을 교육하였다. 저서로 《동암문집》이 있다.

436) 벽운(碧雲) : 시승(詩僧) 또는 시승의 작품. 남조시대 양(梁)나라의 시인 강엄(江淹)이 지은 〈혜휴상인원별시(惠休上人怨別詩)〉 중에 나오는, '일모벽운합(日暮碧雲合) 가인수미래(佳人殊未來)'이라는 명구(名句)에서 비롯된 말이다.

고시 '제가정형벽상'에 차운함
次古詩題稼亭兄壁上

후미진 곳 깊은 숲속이라 오가는 길손 드물고	境僻林深客到稀
맑은 물가 모래밭에 백로들이 짝지어 나네	渚清沙白鷺雙飛
한번 바라보니 삼추의 흥을 얻을 수 있어	一望收得三秋興
십 리의 긴 들길 펼쳐져 말을 타고 돌아오네	十里長郊信馬歸

가정 형에게 드림
贈稼亭兄

환담[437]이 서쪽에서 웃은 것은 뜻 없는 것이 아니고	桓譚西笑非無意
장한[438]이 동쪽으로 간 것도 농어 낚기 위함이네	張翰東歸爲有魚
어쩌면 이런 사람같이 세상에 대한 미련 없앨까	何似此翁無世戀
문 닫고 환한 대낮에 누워서 책을 본다네	閉門晴晝臥看書

형님 매오[439]공과 함께 한양에 갔다가 형님께서 먼저 하향하였는데, 꿈에 발섭[440]하는 것을 보고 깨어난 뒤에 지음
與伯氏梅塢公同赴洛 梅塢公先下鄕夢見跋涉狀覺來有詩 又有四韻

한강 물 유유히 흐르고 새재는 높기만 한데	漢水悠悠鳥嶺高

437) 환담(桓譚) : 중국 전한(前漢)의 사상가로, 자는 군산(君山)이다. 지금의 안휘성(安徽省)인 패국(沛國) 사람이다. 경학(經學)·천문·음률 방면에 조예가 깊었다. 신망(新莽) 때 장악대부(掌樂大夫)를 지냈고, 전한 광무제(光武帝) 때 의랑급사중(議郞給事中)의 관직을 지냈다. 일찍이 참위(讖緯)·미신을 금지하는 상소를 올렸다. 이후 광무제가 영대(靈臺)를 건립하고 도참(圖讖)을 공포하자, 그는 이에 반대하여 광무제의 노여움을 사 거의 처형될 뻔했다. 육안군승(六安郡丞)으로 좌천되었다가 도중에 병으로 죽었다.

438) 장한(張翰) : 순갱노회(蓴羹鱸膾)라는 고사의 주인공이다. 진(晋)의 장한(張翰)이 고향의 특산물인 순채국과 농어회가 먹고 싶어 벼슬을 그만두고 귀향한 고사에서 유래됐다. 그가 늘 자신을 춘추시대의 범려(范蠡)나 후한의 엄광(嚴光)과 비유했던 것으로 미루어, 정치에서 물러나 어부나 나무꾼이 되어 살고 싶은 심정을 말한 것이다.

439) 매오(梅塢) : 정영후(鄭榮後)의 호. 각주 8) 참조.

꿈속에 돌아가니 피로함을 알지 못하네 夢中歸去不知勞
잠시 깨어났다 또다시 한양성에 누웠으니 覺來猶臥邵城裏
새벽 나팔에 구레나룻 서릿발이 내리네 曙角吹霜入鬢毛

눈이 온 뒤에
雪後

말 타고 문을 나서는데 취기가 덜 깨었으니 騎馬出門微醉消
강남 어느 곳에서 매화 가지를 찾을까 江南何處訪梅梢
저물어 까마귀 다 돌아오고 행인은 적은데 暮鴉歸盡行人少
지는 해는 산에 머물고 물은 다리를 치네 落日御山水拍橋

계명의 시에 차운하여 사호에게 보냄
次季明韻寄士豪

그대와 나는 같은 도에 태어났고 동향인데 與君同道又同鄕
몇 번 서로 그리다가 야당 땅에 이르렀네 幾度相思到野塘
어젯밤 돌아올 기약하고 홀로 묵으려니 昨夜有期還獨宿
가련하다 외로운 달 빈 마루를 비추네 可憐孤月照空牀

진사 제중 조임방이 한양으로 돌아가기에 작별하며 절구 두 수를 짓다
別趙進士濟仲林芳歸洛 二絕

가랑비 옛 나룻가에 보슬보슬 내리는데 煙雨霏霏古渡頭
사랑하는 그대 타고 떠나는 배 만류할 방도가 없네 愛君無計挽征輈
해는 서쪽으로 떨어지고 물은 동쪽으로 흐르는데 西飛白日東流水

---

440) 발섭(跋涉) : 산을 넘고 물을 건너 여러 곳을 편력하다.

들풀과 강 꽃을 보아도 온통 시름만 모이네	野草江花各種愁

낙동강 머리에서 외로이 술잔 잡으니	爲把孤尊洛水頭
재 넘어 구름이 천 리 길 가는 배를 송별하네	嶺雲千里送行輈
다정함은 오직 긴 모래섬에 비친 달과 같으니	多情惟有長洲月
다만 은자의 한 가닥 시름에 머무르며 비추네	留照幽人一段愁

형님 매오공이 차운하여 제중에게 준 시를 붙임

附伯氏梅烏公次韻贈濟仲

아득히 속세를 향해 다니다 몇 번 머리를 들어보니	遙向行塵幾擧頭
고운 구름이 먼 길 가는 수레를 지키는 듯하네	彩雲長路護征輈
돌아와 홀로 봄날 강 위에 섰으니	歸來獨立春江上
마름 뜯는 이의 노래 무단히 이별의 시름 달래네	菱唱無端撩別愁

제중이 주인 형제에게 차운하여 답한 시를 붙임

附濟仲次答主人昆季韻

당일 작은 배로 푸른 강가 떠나려니	小舟當發碧江頭
그대를 수레로 멀리 보내는 느낌이 드네	爲感吾君送遠輈
술로써 송별연을 끝내니 정회를 다할 수 없어	酒盡離筵情不盡
석별의 정 나누고 돌아오니 망향의 그리움이 더해지네	別懷還倍望鄕愁

제중이 출발할 때 주인 형제가 절구 한 수를 주며 전별하였는데 화답하지 못하다가 뒤이어 그 시에 차운함

濟仲臨發有贈別主人昆季詩一絕 未及攀和 追次其韻

길손 가고 배 돌려 모래사장에 정박하니	客去回舟泊岸沙

물은 끝없이 흐르고 석양은 기울었네	水流無盡夕陽斜
초당에서 어젯밤 마음을 이야기했는데	草堂前夜論心地
언제쯤 다시 만나 함께 달빛 감상하리	可得重携賞月華

원운을 붙임

附原韻

남강의 가랑비가 모래사장을 적시고	南江微雨濕汀沙
마재 빙빙 돌아서 가는 길 비탈지네	馬嶺低回去路斜
객지에 있는 동안 친하게 지낸 정의가 두텁고	客裏相親情意厚
헤어질 때야 크게 깨달으니 귀밑털이 희어지네	臨分斗覺鬢成華

이옥이[441] 이여윤[442] 두 어른과 함께 가다가 도중에 지어서 드림

與李玉爾李汝潤二丈偕行 途上口贈

골짜기 속에서 삼 일을 짝지어 천천히 거닐면서	峽中三日尙遲回
산수의 경치를 소매 가득 거두어 왔네	收得煙霞滿袖來
자연 조화의 참모습을 간직하고자 했으나	造物欲藏眞面目
도리어 바위 성을 짙은 비취색으로 꾸미려 하네	却令濃翠飾巖臺

이날 아침 안개구름이 바위 중턱을 감쌌다.[是朝雲霧生巖腹]

441) 이옥이(李玉爾) : 이진(李珎, 1555~1628). 본관은 예안(禮安), 자는 옥이(玉爾), 호는 시은당(市隱堂)이다. 유성룡(柳成龍)의 문인으로, 정경세(鄭經世)·김홍미(金弘微) 등과 교유하였다. 학행으로 안동 사림의 중망을 받았다. 임진왜란 때에 화왕산 전투의 공으로 원종공신(原從功臣)에 책록되고, 군자감 첨정·군자감 주부를 역임하였다. 영남충의단에 제향되었으며, 저서로는 《시은당집》·《견문록》 등이 전한다.

442) 이여윤(李汝潤) : 이덕규(李德圭, 1598~1671). 본관은 흥양(興陽), 자는 여윤(汝潤), 호는 오곡(午谷)이다. 아버지는 이전(李塡)이고, 형제로 일규(一圭)·신규(身圭)가 있으며, 정경세(鄭經世)의 문인이다. 상주 살았으며, 진사에 합격하여, 학행으로 천거되어 별제를 지냈다. 정묘호란 때 의병을 일으켰으며, 유집이 전한다.

다시 와서 총석탄에 이르러

再到至叢石灘

바위 무더기가 떨어져 물 가운데 서 있으니	叢巖離立水中央
높낮이에 따라 형태가 좋은 모양을 만들어 가네	高下隨形儼作行
마치 공자 문하의 여러 제자 같으니	恰似孔門諸弟子
옷을 걷고 단정히 두 손잡고 궁원을 향하네	摳衣端拱向宮牆

신여섭의 '병풍바위' 시에 차운함

次申汝涉屛巖之作

상류의 풍경은 절경으로 맑은 물이 옥처럼 쌓였고 비취빛 바위는 병풍처럼 돌아서 있다. 황홀한 듯 하나의 별천지이기에 이름을 병풍바위라고 한다. 내가 우거할 뜻이 있어 돌밭 몇 이랑을 구했으나 아직 거처를 완성하지는 못했다.[松堤上流 泉石絕勝 淸流貯玉 翠巖屛回 怳然別一天地 因名之曰屛巖 余有卜居意 求石田數頃 惟屋子未成]

병풍바위 한 모퉁이에 서너 칸의 집을 지으니	屛巖一曲屋三間
물에는 청룡이 일어나고 계곡은 반석을 만드네	水作靑龍谷作盤
단지 은거를 하는 것은 세속에 묶임이 없음이니	只爲幽居無俗累
인연이 아니라서 속세 피해 깊은 산에 들어가네	非緣遯世入深山

원운을 붙임

附原韻

골짜기 중에 오랫동안 특별한 세상이 있어	峽中千古別人間
시선과 동행하며 내키는 대로 산수를 즐기네	留與詩僊任考盤
한 많은 이 세상의 세속 생각 닫고서	長恨此生關世念
십 년도 헛되이 좋은 강산을 저버렸네	十年空負好江山

다시 산자 운에 차운함

復次山字韻

험한 누대 높이 솟아 채색 구름 사이 있으니	危臺高出彩雲間
아름다운 차림 선인이 옥반을 받들었네	金掌仙人奉玉盤
한밤중 갑자기 비바람 지나는 소리 들으니	夜半忽聞風雨過
아마도 학이 가을 산에 내려와 생황 부는 듯하네	怳疑笙鶴下秋山

꿈속에 지은 것을 적다 경술년(1610)

記夢中作 庚戌

훨훨 나는 두 나그네가 청란새에 걸터앉았고	翩翩二客跨青鸞
새로 지은 높다란 다락 백 척이나 쓸쓸하네	新構危樓百尺寒
열두 칸 옥난간에 봄빛이 고루 비추고	十二玉欄春色遍
귀한 천도복숭아 가지 위에 달이 둥실 떠 있네	瑞桃枝上月團團

제비 어른에게 드림. 절구 두 수

贈齊飛丈人 二絕

언제 진나라 난리를 피해 땅을 골랐나	擇地何時來避秦
의관과 사는 모습을 보니 곧 신선 같네	衣冠年貌見天眞
서로 만나도 세상사를 묻지를 마라	相逢莫問塵間事
나 또한 병풍바위에 있는 한 병든 사람이라오	我亦屛巖一病人

새벽 해 동에 뜨고 달은 서에 머무는데	曉日東昇月在西
전과 다름없는 광경이 무릉계[443]라네	依然光景武陵溪

---

443) 무릉계(武陵溪) : 동진(東晉)시대 도연명(陶淵明)이 지은 〈도화원기(桃花園記)〉에, 무릉에 사는 한 어부가 배를 타고 계류(溪流)를 거슬러 올라가 복숭아나무 숲을 지나다가 동굴을 발견하고 그 안에 들어가 보니 별천

사람들아 신선과 연분 없다고 말하지 마오　　傍人莫道無僊分
신선 사는 장소 다시 오니 길도 어둡지 않네　　眞境重來路不迷

일찍이 무신년(1608) 가을에 왔었던 연유로 이렇게 말하였다.[曾於戊申秋來故云]

신여섭과 함께 포내로 향하다가 말 위에서 지음. 절구 두 수
與申汝涉向浦內 馬上口占 二絶

십 리 긴 교외를 말을 타고 함께 도니　　十里長郊竝馬回
들꽃이 길손 맞아 안개 속에 피어나네　　野花迎客霧中開
외로운 배 누각 언덕에 노 젓는 사람 없어　　孤舟閣岸無人榜
들녘에 있는 목동을 불러서 오게 하네　　喚得田間牧子來

첨지의 정자는 푸른 강이 에워싸고　　僉知亭子碧江回
강 위의 산꽃은 차례대로 피어나네　　江上山花次第開
해 저문 물가에서 붉은 안개 걷히는데　　日晏汀洲紅霧歛
길손 처음 노 저어 거울 속을 나오는 듯　　行人一棹鏡中來

서울로 가는 신여섭에게 전별하며 줌. 절구 두 수
贈別申汝涉入洛 二絶

들판에 바람 불어 모든 풀이 꺾어지고　　原野蕭蕭百草折
북풍이 땅 흔들고 하늘 서리 차갑네　　北風動地天霜寒
묻나니 그대 오늘 저녁 어디로 가려는가　　問君此夕欲何向
문을 나와 한 번 웃으나 갈 길 험난하구나　　出門一笑行路難

그대 서쪽 나는 동쪽 가려고 하는데　　君欲西行我欲東

지 선경(仙境)이 있었다는 고사가 있다.

한 해의 날씨로는 오늘 아침이 가장 차갑네 一年天氣今朝寒
연 삼 일 머물다가 차마 떠나지 못하니 留連三日不忍去
비로소 인간 세상 이별하기 어려운 줄 믿겠네 始信人間離別難

진보현감 정자야 지심에게 드림. 절구 두 수

贈眞城使君鄭子野之諶 二絕

노중련[444]은 난을 피해 동쪽으로 떠났고 魯連東去避風塵
나 역시 푸른 바닷가로 돌아오네 吾亦歸來碧海濱
진보현의 어진 태수에게 물어보려는 말이 爲問眞安賢太守
나 같은 우민도 받아줄 수 있겠는가 可能容我一愚民

이로부터 태평성대 숨어사는 사람 있어 自是淸時有逸民
무릉도원은 진나라 사람만의 피난처는 아니겠네 桃源不必避秦人
남촌에서 말 들으니 사람 살기 좋다 하여 南村聽說人居好
노는 땅 빌리어서 이 몸 늙고자 하네 欲乞閒田老此身

정목여에게 드림

贈鄭穆如

산 꽃 날아서 빈 물가에서 꽃을 피우니 山花飛盡渚花開
제비는 지저귀고 앵무새는 맑게 우네 燕語頻頻鸎語淸
푸른 이끼 막걸리는 옛 사람의 시구리니 蒼苔濁酒故人句
먼 곳의 벗 그리는 마음[445]이 오늘의 정이네 春樹暮雲今日情

---

444) 노중련(魯仲連) : 전국시대 제(齊)나라의 유세가(遊說家).
445) 먼 곳의 벗 그리는 마음 : 원문의 춘수모운(春樹暮雲)는 먼 곳의 벗을 그리워하는 정.

이사식 사규가 배로 앞여울을 지난다기에 쫓아가 절구 두 수를 부침 경신년(1620)

聞李士式師規舟過前灘 追寄二絕 庚申

들으니 그대 삼 일을 이곳에 머물렀는데	聞君三日此夷猶
한 번 배웅하고 깊이 탄식할 줄 미처 몰랐네	一拜深嗟未及謀
여울머리를 향해 가니 쓸쓸함이 오래가고	爲向灣頭惆悵久
비구름 칠한 것 같으니 물이 기름과 같네	濕雲如抹水如油

찬비가 부슬부슬 저물 무렵에 많이 오니	寒雨霏霏晚更多
창강의 칠월은 물결이 더욱 일어나려 하네	滄江七月欲增波
옛 친구 오늘 밤은 어디서 묵으려나	故人今夜宿何處
갈대꽃 기슭 모닥불 앞에 짧은 도롱이 입었네	蘆岸火殘披短蓑

가이에게 절구 두 수를 줌

贈可移二絕

강가 매화 처음 피는데 눈이 가지를 얼게 하고	江梅初發雪封枝
지조 지키기 괴로워도 추위에 옮길 수가 없네	苦操雖寒不可移
긴 가지 손으로 잡고서 거듭 홀로 섰으니	手撫長條仍獨立
진안 땅 어느 곳에서 마음으로 기약할까	眞安何處有心期

늘 바람결에 고운 가지를 생각하나니	每因風便憶瓊枝
작별한 뒤로 몇 해나 흘러갔던가	別後星霜幾度移
강가 매화를 대하고 앉았으나 도리어 말이 없어	坐對江梅還不語
가련하다 향기로운 믿음 홀로 기약해 보네	可憐香信獨如期

남응길을 만나서 밤에 잠자며 읊음
逢南應吉夜宿口占

새 날아가고 구름 걷히니 깊은 골짝 비었는데　　鳥散雲收洞壑空
오랜 벗도 오늘 안동에서 떠나려 하네　　故人今日自安東
애들아 늙은이 잠 못 듦을 괴이해 말지니　　兒童莫怪翁無睡
십팔 년 지난 세월이 하룻밤과 같더라　　十八年來一夜同

김존중 경과 반계에서 만나기로 했는데 비가 와서 결국 가지 못함
與金存中㬇期磻溪 有雨不果往

시월인데 용궁에는 연이어 장마가 지니　　龍宮十月雨連天
앉아서 기약한 날 셈 해보니 해 넘길까 아득하네　　坐度幽期日抵季
조물주가 정했으니 우리들이 뜻을 알리오마는　　造物定知吾輩意
비바람 신을 만나보니 구름안개를 쓰는 듯하네　　會看風伯掃雲煙

뒤늦게 개어 마침내 가면서 말 위에서 읊은 것을 이용빈[446]에게 말함
晩晴遂注 馬上口占 語李用賓

신규의 호가 유계이다.[身圭號酉溪]

말 타고 강가 닿으니 중천이 가까웠고　　騎馬江干近午天
물결이 잔잔하니 뱃사공 부를 필요 없네　　波安不用喚長年
신선 사는 곳 이제는 성긴 수풀 밖이니　　僊庄只在疎林外
타래 울과 솔 난간에 나직한 연기 띠 두르네　　荔壁松欞帶濕煙

---

446) 이용빈(李用賓) : 정영방(鄭榮邦)의 사위인 이신규(李身圭, 1600~1681). 본관은 흥양(興陽), 자는 용빈, 호는 유계(酉溪). 아버지는 이전(李塡)이고, 일규(一圭)·덕규(德圭)의 동생이다. 정경세의 문인이며, 상주 유천(酉川)에 살았다. 증광시(增廣試) 생원에 합격하였으며, 효성스러워 10세 때 모친의 병을 돌보았다고 한다. 유고가 전한다.

김덕유 기후[447] 김존중 김중돈 이용빈 및 안 씨 두 아이와 함께 반계(磻溪)로 갔다. 깨끗한 모래에 난 어린 풀을 밟고 거니니 매우 아름답고 사랑스러웠으며 서로 둘러앉아 이야기 하다가 작별하게 되었는데, 풍진 세상에 거듭 떠나갈 뜻이 있었다. 걸어가며 앞의 운자(韻字)로 동행한 여러 벗들에게 말함

偕金德裕基厚 金存中 金仲敦 李用賓及安姓二童 迋磻溪 晴沙小草 步步明媚甚可愛 相與鼎坐 而語及分携 有風塵重別離之意 步前韻語同行諸益

반계의 작은 어귀 걸어 들어가니　　步入磻溪小洞天
어른 아이 앞뒤로 서로 나이를 잊었네　　冠童先後各忘年
풀을 밟으며 마음 바탕을 논함 가벼이 말지니　　莫輕藉草論心地
머리를 돌리니 서산의 봉화가 이어지네　　回首西關鎖狼煙

수암 계화 유진[448]이 김성지[449]의 '생담' 시를 제목으로 내었으므로 차운함

次柳修巖季華袗題金性之笙潭韻

동쪽 봉우리에 뜨는 달 東峰新月

구름 걷힌 하늘에 옥 같은 달이 솟아오르고　　雲散天空湧玉輪
가을에 들어 빛 그림자 맑고 새로워 절경이네　　入秋光影絶淸新

---

447) 김기후(金基厚, 1582~1633) : 본관은 순천(順天), 자는 덕유(德裕), 호는 만기당(晩起堂)이다. 아버지는 김윤문(金允文), 생부(生父)는 김윤안(金允安)으로, 안동에 살았다. 1627년 식년시(式年試) 3등으로 생원에 합격하였으며, 《만시당유고(晩起堂遺稿)》가 전한다.

448) 유진(柳袗, 1582~1635) : 본관은 풍산(豊山), 자는 계화(季華), 호는 수암(修巖)으로, 유성룡(柳成龍)의 아들이다. 사마시에 합격하고 유일(遺逸)로 천거되어 세자익위사 세마를 제수받았으나 사양하였고, 다시 학행으로 천거되어 봉화 현감을 제수받고, 청도 군수 등을 역임하였으며, 이조 참판에 증직되었다. 병산서원(屛山書院)에 제향되었으며, 저서로는 《수암집》이 전한다.

449) 성지(性之) : 김근(金近, 1579~1656)의 자이다. 조선 후기의 학자. 본관은 의성(義城), 호는 오우당(五友堂). 15세 미만에 경사(經史)를 섭렵하였으며, 가르침을 받지 않고도 대유학자로 성장하였다. 진사시에 합격하였으나 관리로 임용되지 못하였으며 그 뒤 초옥을 짓고 송(松)·죽(竹)·매(梅)·국(菊)·연(蓮)을 심고 '오우당'이라 호를 삼아 학문 연구에 힘쓰는 한편, 후학들을 모아 지도하였다. 장현광(張顯光)은 그를 유림노성(儒林老成)이라 칭찬하였으며, 전식(全湜)·유진(柳袗) 등 당시 인사들로부터 격찬을 받았다. 그는 《소학》에 대하여 남달리 공부했다. 구암정사(龜巖精舍)에 봉안되었으며, 저서에는 《오우당집(五友堂集)》·《사금록(沙金錄)》 등이 있다.

수많은 바위에 온통 구슬 같은 굴이 있으니 千巖盡是瓊瑤窟
모든 형상 묻지 않아도 신이 만든 조화라네 萬象誰非造化神

서쪽 봉우리에 지는 석양 西岑落照

뜰 솔에 그림자 옮기니 들마루에 한기 들고 庭松移影榻生寒
때마침 먼 산 넘어가는 갈까마귀 보이네 時見歸鴉度遠山
계곡 위 작은 오두막에 붉은 노을 들려 하니 溪上小庄紅欲斂
돌밭과 초가 모두 한 폭의 그림일세 石田茅屋盡圖間

산사의 저녁 종소리 山寺暮鐘

시로 다 표현 못하고 형용하는 것도 아니니 詩未能言盡未容
잦은 바람 소리 제멋대로 절 안에 떨어지네 數聲風便落齋中
푸른 봉우리 겹쳐 있어 쉴 곳 찾지 못하고 碧峰攢疊無尋處
오직 남은 노을 있어 만상을 붉게 물들이네 惟有殘霞萬縷紅

물가 마을의 아침 연기 水村朝煙

십 리 흐른 맑은 강이 먼 동네를 둘렀는데 十里淸江抱遠村
아침 오니 사립문 좇아 한줄기 연기 에워싸네 朝來一抹逐柴門
늦바람 불어 한길 속에 다 붙고 말았으니 晩風吹着窮閭裏
완연히 평평하여 넉넉한 자취를 보겠네 宛見昇平富庶痕

양 언덕에 피는 봄꽃 兩岸春花

층층 벼랑 고리 지어 비단 병풍 둘렀으니 層崖環作錦屛風
계곡 마당 단장해서 거울 속에 들어간 듯 粧點溪庄入鏡中
산 밖은 다만 세속의 길손 다니는 길이 있으니 山外只應塵客路
일부러 흐르는 강물에 잔홍이 뜨도록 하였네 故教流水泛殘紅

두 언덕의 가을 낙엽 雙厓秋葉

연못 위 두 언덕에 가을 해가 기우니　潭上雙厓秋日斜
경치는 마치 경호와 견주어도 비슷하리　風光若比鏡湖多
바위 등진 수천 단풍나무 비단보다 붉고　背巖千樹紅於錦
연꽃이 십 리나 핀 것처럼 헤아려 보겠네　肯數芙渠十里花

끊긴 다리에 흩날리는 눈 斷橋飛雪

쏟아진 눈이 끝이 없어 아래쪽 크게 황폐하고　急雪無端下大荒
누운 뗏목 옆으로 건너니 무지개다리[450] 황량하네　臥槎橫渡玉虹涼
흥이 이는데 하필이면 조각배에 달 떠야 하겠나　興來何必孤舟月
밟고 일어선 농가의 소가 석양 속을 걸어가네　踏起村牛趂晩陽

수풀에 쏟아지는 소낙비 長林驟雨

홀연히 한밤중에 뇌성 한 번 일어나니　忽然中夜一聲雷
봄 수풀에 만물 소생 재촉하는 듯 생각되네　想見春林物意催
석문에 있는 밭 몇 마지기 대수롭지 않다가　謾有石門田數頃
마음에 걸려 갔다가는 다시 돌아오네　介於心曲去還來

낚시터에 조는 갈매기 釣渚眠鷗

따뜻한 바람 밝은 해가 이슬 꽃 위를 채우니　暖風晴日露華顚
버들 묻고 꽃 찾아서 물가에 이르렀네　問柳尋花到水邊
무한 세월 정 있으나 사람은 못 만나고　無限閒情人未會
또한 응당 나누어주니 물가에 새 잠들겠네　也應分付渚禽眠

450) 무지개다리 : 원문의 옥홍(玉虹)은 아름다운 다리의 이칭(異稱).

거울 연못에 노니는 물고기 鏡潭游魚

작은 못은 원래부터 거울 담근 듯 비었으니	小潭元自鏡涵虛
나 또한 무심하게 공부할 마음이 없어지네	吾亦無心學豫且
온종일 불던 바람 안정되니 그것이 좋아	好是一天風定後
지팡이 짚고 닿은 곳에 물고기 노닒을 구경하네	倚筇隨處玩游魚

모래사장에 부는 어부의 피리 소리 沙汀漁篴

바람과 피리 잦은 소리가 운근[451]을 움직이고	數聲風篴動雲根
은자의 집에 피리 소리 들어오니 달빛 한 자취일세	吹入巖扉月一痕
매화꽃 다 졌는데 사람은 보이지 않으니	落盡梅花人不見
강 건너편 어느 곳에 어촌이 있는가	隔江何處有漁村

돌길에 나무꾼의 노래 石逕樵歌

산에 사는 늙은이 무사하게 일평생을 살았고	山翁無事作生涯
나무하기 그치니 빈 수풀에 해도 이미 기우네	樵罷空林日已斜
사람 사는 백 년 동안 어찌 일에 골몰한가	人世百年何役役
천지에 돌고자 하여 고성방가하며 들어오네	欲回天地入高歌

채경모의 줄이 없는 거문고를 노래함. 절구 두 수
詠蔡景慕無絃琴 二絕

경모가 희양산[452] 꼭대기에서 저절로 마른 오동나무를 얻어서 그것을 깎아 거문고를 만들었다.
[景慕於曦陽山顚得自枯桐斲以爲琴]

경모의 침상 옆에 있는 몇 자 되는 오동나무	景慕床邊數尺桐

451) 운근(雲根) : 구름은 산속의 차가운 공기에 닿아서 생긴다고 하는 설에 기인해서, 산을 이르는 말.

452) 희양산(曦陽山) : 경상북도 문경시 가은읍과 충청북도 괴산군 연풍면에 걸쳐 있는 산. 희양산은 불교구산(佛敎九山)의 하나로, 남쪽 산록에 881년(헌강왕 7)에 도헌(道憲)이 창건한 봉암사(鳳巖寺)가 있으며 부속 암자로 백련암(白蓮庵)이 있다.

다 쪼개 서풍에 말려 좋은 거문고[453]를 만들었네　金徽剝盡倚西風
빈 뜰을 거닐지만 그 소리 끊어져 찾을 길 없는데　步虛聲斷無尋處
골짜기 솔 서리 맞고 물속에 달이 비치네　萬壑霜松水月中

천 길 산꼭대기 바위 위의 오동나무　千仞山頭石上桐
서리 맞아 꺾인 가지 해풍 말려 만들었네　霜枝摧落海鵬風
깎아내어 만드니 헌우[454]는 아니어도　斲來制出軒虞外
치우궁상[455]이 그 가운데 스스로 남아 있네　徵羽宮商自在中

기성 이원규[456]의 '병간십절' 시에 차운함. 절구 열 수
次李器成元圭屛間 十絕

모산의 두 마리 소 茅山二牛

물이 흐린 봄 진흙에 어깨까지 빠지려는데　滑滑春泥欲沒肩
어찌하여 밭두렁 연기 속에 배불리 누웠는고　何如飽臥壟頭煙
일이 끝나면 천상의 문도 도리어 닫히는데　事歸天上門還掩
다시 어떤 사람 있어 낮잠을 깨우려는가　更有何人喚午眠

고산에 날아다니는 학 孤山放鶴

호수 밖 고산으로 날개 비껴 날아가니　湖外孤山逸翮斜
매화 밭에 자란 이끼 꽃을 마음대로 하려 하네　任教梅塢長苔花

---

453) 좋은 거문고 : 원문의 옥진금휘(玉軫金徽)는 아주 좋은 거문고를 표현한 성어이다.

454) 헌우(軒虞) : 헌원(軒轅)은 황제(黃帝)를, 우(虞)는 순(舜) 임금을 말한다.

455) 치우궁산(徵羽宮商) : 악곡명(樂曲名) 또는 궁상각치우(宮商角徵羽)의 오음(五音).

456) 이원규(李元圭, 1597~1661) : 본관은 흥양(興陽), 자는 기성(器成), 호는 서곡(鋤谷). 아버지는 창석(蒼石) 이준(李埈)으로, 상주 유천에 살았다. 형제로 대규(大圭)·문규(文圭)가 있으며, 정경세의 문인이다. 진사에 합격하고, 별시 문과에 급제하였다. 찰방·주서와 봉상시정 등을 역임하였다.

한 거룻배 봄비 맞아 돌아올 때 늦어지니	一篷春雨歸來晚
어느 곳 산중에서 도가를 찾아갔겠네	何處叢霄訪道家

눈 내린 강에서 잠자는 기러기 雪江眠鴈

송강은 예전부터 낚시터로 이름 있던 곳이었으니	莫是松江舊釣磯
더하여 아름다운 기러기 평화로이 나는 것을 보네	剩看瓊屑鴈和飛
모래사장 차가운데 서로 의지하며 돌아오니	歸來沙渚寒相倚
봄 다 가도 고른 햇볕이 물러날 줄 모르는구나	春盡衡陽却不知

소 등에 탄 목동의 피리 소리 牛背牧篴

물가의 풀 물안개가 함께 하나의 흔적 되니	岸草汀煙共一痕
돌아갈 마을길에 땅거미가 지는구나	歸村有路近黃昏
홀연히 피리 불며 강남곡 소리를 내니	忽然吹出江南弄
말 더듬는 새끼 원숭이 남쪽 구름 원망하네	語澁雛猿怨楚雲

연꽃 핀 연못의 백로 荷塘白鷺

낮게 날아온 백로 야당에 내려앉으니	爲底飛來落野塘
성글고 짧은 연잎 부서져서 깊이 감춰지지 않네	敗荷疎短未深藏
오나라 여인은 열 살에도 허리 사지 가늘다더니	吳姬十歲腰肢細
옥으로 화장한 피부에 눈빛으로 옷을 지었네	玉作肌膚雪作裳

갈대 섬에 내린 기러기 蘆洲落鴈

서리 내린 골짝 남쪽 호수에 땅거미가 짙어가니	霜豁南湖積氣昏
갈대꽃 깊은 곳에 그림자가 어른어른하네	荻花深處影紛紛
가련하다 어찌 해마다 함께 올 약속해 놓고	憐渠歲歲來如約
사람 일로 어기니 마음이 여러 갈래 나눠지네	人事違心八九分

꽃돌에 앉은 봄 새 花石春鳥

신선의 본거지는 까닭 없이 떠나도 한할 게 아니니	不恨僊源去莫由
봄이 오면 만물이 예쁘고도 부드럽다네	春來物意嫩兼柔
계곡 바람 불어도 암자의 꽃은 움직이지 않고	溪風不動巖花老
산새는 소리 없고 깊은 골짜기만 그윽하네	山鳥無聲洞壑幽

사립문에서 짖는 개 柴門吠犬

만첩 깊은 산에 대나무 사립문 한 짝 있어	萬疊深山一竹扉
서까래가 몇 기둥인데 띠지붕을 이지 않았네	數椽曾不掩茅茨
이런 중에 어떤 사람이 다시 찾아오겠는가	此間更有何人到
개 짖는 소리 따라 연못의 구름 달빛 띠고 돌아오네	應吠潭雲帶月歸

봄 교외의 소 싸움 春郊鬪牛

농촌은 봄 따라 재촉하여 곡우에 비 그치니	農扈催春穀雨晴
때가 이르렀으니 농사 않고 어떤 일 하리	時哉何事不歸耕
십 년간 고생했기에 사람 장차 없어지리니	十年多難人將盡
작은 분노에 구구하게 함부로 다투지 마라	小恚區區莫浪爭

봄날 언덕에서 밭 가는 소 春壟畊牛

송창에 비 소리 들으니 밭 갈 생각 고달프나	聽雨松牕苦憶耕
동쪽 묵밭 새로 맡아 일구니 기쁨이 돌아오네	東菑還喜占新晴
가련한 송아지는 코뚜레하고 남산을 내려가니	可憐犢鼻南山下
무슨 일로 한밤중에 뿔 떠받는 버릇 남았나	何事中宵叩角行

이기성의 그림 구하는 운을 써서 김 찰방에게 줌

用器成求畫韻贈金察訪

옳게 배워 가슴에 품음은 공부하는 이치이니	爲是胸藏造化工
하늘의 가르침은 잠깐의 남중 행액일 뿐이네	天教暫厄幸南中
다만 이제 도화원의 물결을 어찌 얻으리오	秖今安得桃花浪
천 길 물가 바위 위에 이 몸도 앉아 있으리라	千仞磯頭坐此翁

언첨 이래[457]가 지은 별장의 상량문을 보여 주었는데 그 뒤에 써서 돌려줌

李彦瞻峽以所製別庄上樑文見示 書其後以還

새벽에 일어나니 매화창에 채색 구름 펼쳐지고	曉起梅牕展彩雲
야광주 빛 찬란하고 자색 난초 향기롭다	明珠璀瓅紫蘭芬
어찌 명당을 손으로 송축하여 찾으며	安知頌祝明堂手
흩어 있는 산의 재실 상량문을 보누나	點綴山齋相偉文

겹친 수풀 산 이루고 시냇물은 굽이치니	疊疊林巒磵水隈
이른 매화 응대하여 나물 꽃이 피었네	早梅應對菜花開
가련하다 한 곡조의 황모점[458]인가	可憐一曲簧茅店
무슨 일로 귀한 재주 가지는 것을 한가로이 포기하나	何事閒抛製錦才

병에 쌓인 삶을 다해 만사를 듣지 못하니	抱病窮居百不聞
옛 벗 글로 물어오나 외로이 연정 느끼네	故人書問獨慇懃
어찌하여 춘당첩을 함께 붙였는가	何如倂付春塘帖

457) 이래(李峽, 1588~1649) : 본관은 진성(眞城), 자는 언첨(彦瞻), 호는 주봉(柱峯)이다. 아버지는 이미도(李味道)이며, 예천(醴泉)에서 살았다. 진사에 합격하고, 문과에 급제하여 선산 부사·울산 부사·장령 등을 역임하였다. 여러 고을을 다스리면서 언제나 청백하다는 칭송을 받았으며, 치사(致仕)한 후에는 후진 양성에 힘써 많은 인재를 양성하였다. 문집이 전하며, 정종로가 묘갈명을 찬하였다.

458) 황모점(簧茅店) : 악곡(樂曲)의 이름.

원앙새 물결 무늬 지킴을 누워서 보네　臥見鴛鴦護水紋

공이 배 씨의 그림 여덟 첩을 보기를 허락받았는데 보내지 않았다.[公以裵畵八帖見許而不送]

예전에 재주가 졸렬함을 헤아리지 못하고 망녕되게 세 수의 절구를 삼가 바쳤는데, 이에 화답해 주시는 은혜를 입었으며 칭찬도 그 실제보다 크게 해 주셨다. 돌이켜보니 오직 성글고 무잡한데, 어찌 수창해 주신 고마움에 보답할 수 있겠는가. 이에 감히 다시 그 운자를 써서 매 운마다 절구 네 수를 지음
前日不量才拙 妄以三絶奉投 乃蒙攀和 獎踰其實 顧惟疎蕪曷容酬報 玆敢復用其韻每一韻各四絶

내가 생각하는 바는 정운[459]에 있으니　我所思兮在停雲
계곡 향기 주우려고 따라가려 하였네　欲往從之拾澗芬
거동하는 것을 다시 전하라 알려 왔으니　有報却傳陳御動
한밤중에 황송하게 편지를 기다리네　枉於中夜候乾文

약속을 하고 오지 않기에 이렇게 읊었다.[有約不來故云]

별과 달이 떴다가 구름에 가려지니　開爲星月闔爲雲
보석같이 광채 머금고 난초처럼 향기 토하네　荊璞含輝蕙吐芬
주하[460]가 당년에 다 간직하지 못했으니　柱下當年藏不盡
풍류는 천년이나 인간 세상을 움직였네　風流千載動人文

성(姓)으로 용사(用事)하였다.[因姓用事]

일찍이 관직 좇아 청운[461]에 올랐으니　曾從蘭署躡青雲

459) 정운(停雲) : 친한 벗을 생각하는 간절한 마음을 비유적으로 표현한 말이다. 도연명(陶淵明)의 〈정운(停雲)〉이라는 시에, "머물러 있는 먹장구름 때맞추어 내리는 보슬비[靄靄停雲 濛濛時雨]"라 하였고, 그 병서(幷序)에 "정운은 친한 벗을 생각한 시이다.[停雲 思親友也]"라고 하였다.

460) 주하(柱下) : 중국 주(周)나라 때 장서실(藏書室)을 맡아보던 관리. 노자(老子)가 이 벼슬을 지낸 데서, 그를 이르기도 한다.

461) 청운(青雲) : 벼슬, 입신출세.

패옥 소리는 옛 향기를 띤 듯 들려오네 環佩猶聞帶舊芬
부귀가 갑자기 오기를 바라는 바 아니니 富貴倘來非所慕
어찌 도를 기르며 때를 기다리는 것[462]만 같겠는가 豈如遵養晦時文

보내온 시에 관직을 그만두려는 말이 있었다.[來詩有休官之語]

봄이 되어 봉홧불이 연운[463]에서 그치니 春來狼火息燕雲
종묘에는 예전처럼 필분[464]을 올리네 依舊宗祊薦苾芬
태평성대에 자리는 고요한 물과 같으니 坐使泰階平似水
누가 강관[465]을 학문이 없다고 말하리 誰言絳灌素無文

당시 재상 반열에 훈신이 많았다.[時宰列多勳臣]

옹졸한 천성 궁벽한 골짜기를 좋아하니 拙性由來喜僻隈
스스로 칠조개[466]와 같지 아니함을 알았네 自知非若漆雕開
세상에는 경륜 있는 사람이 따로 있으니 世間別有經綸手
몇 줄 글과 행동으로 재사라 하지 못하리 數墨尋行不謂才

다섯 번째 시가 윤리적이지 않다는 의론이 있는 듯하여 애오라지 이로써 답하였다.[第五詩 擬議非倫 聊以此答之]

남의 안색[467]을 살피며 후미진 곳으로 가니 自接芝眉去隩隈
죽창은 밝은 빛을 얻은 듯하다네 竹窓如得向明開

462) 도를 기르며 때를 기다리는 것 : 원문의 준양회시(遵養晦時)는《시경(詩經)》·〈주송(周訟)〉, 〈민여소자지십(閔予小子之什)〉에 나오는 말로, '도(道)를 좇아 뜻을 기르고 시세(時勢)에 따라서는 어리석은 체하며 언행(言行)을 삼간다'는 뜻이다.

463) 연운(燕雲) : 중국의 유주(幽州)와 운주(雲州) 지방, 곧 청(淸)나라를 말한다.

464) 필분(苾芬) : 제향(祭享)을 올릴 때 나는 향기.

465) 강관(絳灌) : 한고조(漢高祖)의 중신(重臣)이었던 강후(絳候)와 관영(灌嬰).

466) 칠조개(漆雕開) : 공자의 제자로, 채(蔡)나라 사람으로 자는 자약(子若)이다. 공자가 그에게 벼슬을 권했을 때, "저는 아직 벼슬을 감당할 자신이 없습니다.[吾斯之未能信]"라고 대답하자, 공자가 기뻐했다는 말이《논어》〈공야장(公冶長)〉에 나온다.

467) 남의 안색 : 원문의 지미(芝眉)는 다른 사람의 안색(顔色)을 높여 이르는 말.

사상[468]의 진퇴는 다 나에게서 말미암으니　　賜商進退皆由我
재주 있는 자 어찌 일찍이 재주가 없는 자 버리랴　　才也何嘗棄不才

기쁘게도 서로 왕래하는 즐거움이 있었다.[喜有過從之樂]

항아리 속에 봄빛 비치지 않는 곳 없고　　甕裏春光未有隈
향기로운 바람 불어 녹색 구름 여는구나　　香風吹撥綠雲開
주인은 성역[469]으로 수심 많아도　　主人每有愁城役
문득 큰 공을 세우는 분[470]은 술 잘하는 수재　　輒奏膚公麴秀才

공은 술을 좋아하였다.[公喜酒]

높은 곳에 살아 물굽이를 한하지 않고　　不恨高居隔水隈
문장에 의지하여 회포를 풀기도 좋았네　　峕憑翰墨好懷開
부끄럽게도 동양(東陽)처럼 몸이 말랐을 뿐[471]　　愧吾只有東陽瘦
동양처럼 문장 재주를 가진 것은 아니라네　　未有東陽致瘦才

대저 사람의 버릇은 일찍 알려지니　　夫人性癖蓋嘗聞
양조[472]는 진귀하지 않으나 기호에는 간혹 맞네　　羊棗非珍嗜或勤
그림[473]에 능해서 성인이 감탄할지라도　　繪事尙能興聖喟

---

468) 사상(賜商) : 단목사(端木賜)는 자공(子貢)이고 복상(卜商)은 자하(子夏)를 말하며, 모두 공문십철(孔門十哲)이다. 벼슬에 대한 진퇴가 달랐다는 평을 들었다.

469) 성역(城役) : 지방 태수(太守)의 일반적인 사무(事務)를 뜻함.

470) 큰 공을 세우는 분 : 원문의 주부공(奏膚公)은《시경(詩經)》·〈소아(小雅)〉, 〈동궁지십(彤弓之什)〉의, '잠깐 엄윤을 정벌하여 큰 공을 올리도다[薄伐玁狁 以奏膚公]'에서 나온 말로, 큰 공을 세운다는 의미이다.

471) 동양(東陽)처럼 몸이 말랐을 뿐 : 이동양(李東陽). 중국 명나라의 시인·정치가. 자는 빈지(賓之), 호는 서애(西涯), 벼슬은 호부상서(戶部尙書)·근신전(謹身殿) 대학사에 이르렀다. 성당(盛唐)의 시풍을 추구하여 한 세기에 걸친 문단의 침체를 극복하였다. 저서에《회록당집(懷麓堂集)》,《회록당시화(懷麓堂詩話)》등이 있다.

472) 양조(羊棗) :《맹자》·〈진심하(盡心下)〉에, '증자(曾子)가 아버지 증점(曾點)이 좋아했던 대추를 차마 먹지 않았다.[曾晳 嗜羊棗 而曾子不忍食羊棗]'는 대목이 있다.

473) 그림 그리는 것 : 원문의 회사(繪事)는《논어(論語)》·〈팔일(八佾)〉편에, '회사후소(繪事後素)'라는 말이 나온다. 자하(子夏)의 물음에 공자가 "회사(繪事)는 흰 바탕이 있는 후라야 하느니라."라 하였다. 곧 그림은 먼저 바탕을 손질한 후에 채색한다는 뜻으로, '사람은 좋은 바탕이 있은 뒤에 문식(文飾)을 더해야 함'을 비유하여 이르는 말이다.

저여[474)]에 어찌 잔물결 일으킬 수 있겠나　　沮洳安得起淪紋

한문을 싫어하여 도리어 도화(圖畫)를 찾으니, 어찌 봄 못에서 물결 희롱하는 것과 같겠는가. 이에 보내준 시어에 일부러 반하는 말로 희롱하였다.[厭眞反苦求圖畫 何似春池戲水紋 乃來詩語 故反辭譏之]

새벽 창가 새 우는 소리 잠결 속에 들으니　　曉窓啼鳥寢中聞
고목에 핀 봄 구름 꿈에도 근면함을 생각하네　　暝樹春雲夢思勤
누군가 새로운 시를 보내 나의 안목을 깨우치니　　誰遣新詩醒我目
붉은 매화 죽창에 들어와 비단에 무늬를 더하네　　朱梅入竹錦添紋

옳은 것은 인간 세상사를 듣지 아니하고　　爲是人間事不聞
힘써 일하며 한 해 동안 근면함을 마지않는 것이네　　拮据經歲不辭勤
다시 가련한 것은 고인 물 맑기가 거울 같아서　　更憐止水明如鏡
미풍에도 파문 일으킴을 기꺼이 허락하네　　肯許微風颭作紋

위는 자신의 근황이다.[右滋況]

고루하여 깊이 부끄럽다는 말 들은 적이 없었으니　　固陋深慙未有聞
비록 만년에 촉망받아 근면했음을 서로 알겠네　　相知雖晩屬望勤
원컨대 그대는 마음을 옥과 같이 여기지 말고　　願君無以心如玉
다만 고운 비단에 찬란한 오색무늬 취할 것이네　　徒取羅紈爛五紋

언첨의 시에 차운함. 절구 두 수

次彦瞻韻 二絕

옛날에 산옹은 산을 나서지 않으니　　昔者山翁不出山
잘못 아름다운 피리 소리에 욕되이 빠졌네　　枉蒙佳管辱拈斑

474) 저여(沮洳) : 낮고 습기가 많은 땅 또는 수초(水草)가 있는 곳. 《시경(詩經)》·〈위풍(魏風)〉, 〈서리(黍離)〉에 나오는 말이다.

돌아와서 장미수에 손을 씻으니	歸來洗手薔薇水
차가운 눈이 뺨과 혀 사이에 생겨나는 듯하네	氷雪疑生頰舌間

물고기는 깊은 연못을 좋아하고 새는 산을 좋아하니	魚喜深潭鳥喜山
일 년이 지나서야 돌아와 작약 꽃 무늬에 누웠네	一春歸臥洛花斑
오가는 것이야 오로지 어부의 뜻에 맡기고	去來一任漁人意
붉은 꽃이 세상으로 흘러나감을 묻지 말라	不問紅流出世間

병중에 임천의 작은 축대를 생각하며

病中憶臨川小築

신미년(1631)과 임신년(1632) 두 해 겨울에 내 병이 깊어 스스로 오래 살기 어렵겠다고 생각하여, 괴롭게 읊었던 중에 얻은 한 절구를 보인다.[辛未壬申兩季冬余病重自度難久於世苦吟中得一絕以見之]

세상에 풍진 세월을 피할 곳이 없는데	世間無地避風塵
더구나 다시 깊은 병과 죽음을 이웃하네	況復沉痾與死隣
마주보는 석문에 돌아와 지내기를 좋아하나	雙面石門歸臥好
몇 사람이나 그물에 걸려드는지 알 수 없네	不知能作幾罟人

병중에 읊은 시에 차운함. 절구 두 수

次病中吟 二絕

조 서방 마음이 거울 같아 티끌이 없는데	趙生心似鑑無塵
새로 오두막을 지어 이웃이 되었네	新構茅廬作比隣
다만 깊은 병을 몸에서 떨쳐내려 하니	但使沈痾能去體
더불어 농사지을 이 없게 되지는 않겠네	未爲無與耦耕人

온 세상 어지러워 모두가 티끌인데	擧世紛華是一塵
구름과 물을 나누어 서로 이웃이 되었네	別區雲水與爲隣

그믈(구름?)이 와서 푸른 연못 속에 그림자 비추이니 　 峕來照影綠潭裏
그 중에 기심(機心)을 잊은[475] 나 같은 사람 　 中有忘機如我人

강임보[476]의 〈동사록〉[477] 뒤에 씀. 절구 세 수

書姜任甫令兄東槎後 三絕

일본 사신 행차에 문장과 충성을 담았으니 　 東槎行役盛文忠
해외의 정황을 일필로 다 했네 　 海外情形一筆窮
모두 읽고 창에 기대나 잠은 오지 않고 　 覽了憑窓無復寐
천 길 큰 행적이 가슴 속에 일어나네 　 太行千仞起胸中

복견성[478] 속에서 포악한 일 당하고 　 伏見城中虐烈窮
적들이 만든 함정에서 겨우 몸을 피했네 　 赤猴爲坎僅逃躬
이릉[479]에 남은 울분 하늘이 응당 내려보니 　 二陵餘憤天應鑑
원가[480]의 손을 빌려 일망타진하였네 　 假手源家一燼空

복견성은 풍신수길이 이룬 도읍으로 병신년(1596) 지진으로 성이 무너지자 그 아들 수뢰가 대판

---

475) 기심(機心)을 잊은 : 세상 모든 일을 잊고 담박하게 사는 것을 이르는 말로, 《열자(列子)》·〈황제(黃帝)〉편에 나온다.

476) 강임보(姜任甫) : 강홍중(姜弘重, 1577~1642). 본관은 진주(晉州), 자는 임보(任甫), 호는 도촌(道村)이다. 아버지는 승지 강정(姜綎)이며, 조부는 강사필(姜士弼)이고, 상주(尙州)에 살았다. 장현광(張顯光)의 문인이다. 식년시 문과에 급제, 승문원에 등용되었고, 병조 좌랑·통례 등을 역임하였다. 관직에 있으면서 정치 수완이 뛰어나 많은 공적을 쌓았다. 인조반정 이후 정치적 물의를 일으키던 대북파의 죄상을 다스렸으며, 후금의 침입에 대비하여 영병에 대한 조총의 공급 및 화약의 지급 등을 주청하여 실행하였다. 청송 부사·동지의금부사·성천 부사를 역임하였다.

477) 동사록(東槎錄) : 강홍중(姜弘重)이 통신부사로 일본을 다녀오면서 느낀 것을 기록한 사행일록이다. 1624년 8월부터 다음해 3월까지의 기록으로, 일본회답사행좌목, 일기, 문견총록, 대마도주서계, 상소 2편, 별장, 통신사에게 준 글 1편으로 되어 있다. 일기의 내용은 사무적이며, 임진왜란 때 포로로 잡혀간 백성들을 데려오는 문제가 자주 언급되고 있다.

478) 복견성(伏見城) : 일본 교토(京都)에 있던 후시미 성. 처음 도요토미 히데요시(豊信秀吉)가 자신의 거처로 삼기 위하여 지었다가, 지진으로 무너지자 새로 축성하였다. 도요토미 히데요시는 이 성에서 1598년 사망하였다.

479) 이릉(二陵) : 임진왜란 때 노략질당한 성종(成宗)의 선릉(宣陵)과 중종(中宗)의 정릉(靖陵)을 이른다.

480) 원가(源家) : 도쿠가와 이에야스(德川家康). 《조선왕조실록(朝鮮王朝實錄)》에는 도쿠가와를 원가로 표기하였다.

(大坂)으로 도읍을 옮겼으며, 원가강에게 소멸되었다.[伏見城平秀吉所都 丙申震城陷 其子秀賴移都大坂 爲源家康所滅]

박제상은 그해에 비록 죽임을 당했어도 堤上當年縱見戕
지금까지 남아서 향기로운 이름을 얻었네 至今留得姓名香
바다가 마르고 산이 용솟는다는 말 허언이 아니고 海枯山湧非虛語
영웅은 죽어도 사라지지 않는단 말 정한 이치이네 定是英靈死不亡

일본 수도에 있는 바닷물이 매년 삼월 상사일에 다 마르고 또 부사산(富士山) 화산이 용출되어 땅 위에 만 길이나 쌓인다는 기록이 일본사(日本史)에 있다고 한다.[倭京有海水 每於三月上巳乾盡 又富士山湧出地上可萬仞 載於倭史云]

병자년(1636) 4월 3일 석문으로 가는 도중에 비를 만났으나 임천에 이르니 늦게 개었으므로, 인하여 방옹[481]의 '청촌' 시에 차운함

丙子四月三日往石門 中路遇雨 至臨川晩晴 因次放翁靑村韻

가랑비에 소를 몰고 석문에 들어서니 細雨驅牛入石門
사립문 오막살이에 혼이 녹으려 하네 板扉茆屋欲消魂
때늦은 바람에 버들 꽃 휘날리니 晩來風動楊花起
사월의 임천 땅 온 마을에 눈이 내리는 듯 四月臨川雪一村

481) 방옹(放翁) : 육유(陸游, 1125~1210). 중국 남송의 시인으로, 자는 무관(務觀)이고, 호는 방옹이며, 지금의 절강성(浙江省) 소흥시(紹興市)인 월주(越州) 산음현(山陰縣) 사람이다. 북송과 남송의 교체기에 태어났으며, 남송 조정이 중원 지역을 금(金)에 내어주고 굴욕적인 화친책을 통해 겨우 명맥을 유지해 가던 시기에 일생토록 금에 대한 항전과 실지(失地)의 회복을 주장하며 살았던 시인이다. 그의 불굴의 기상과 강인한 투쟁의식은 수많은 우국시를 통해 끊임없이 표출되었으며, 그 헌신성과 진정 성으로 인해 오늘날까지 중국을 대표하는 최고의 우국시인(憂國詩人)으로 추앙받고 있다. 아울러 도합 일만 수에 달하는 시를 남기고 있어 중국 최다작가(最多作家)로서의 명성 또한 지니고 있다. 38세에 진사가 되어 기주통판을 지냈다. 만년에는 효종·광종의 실록을 완성하였다. 저서로 《검남시고(劍南詩稿)》 등이 있다.

신여섭에게 줌. 절구 네 수
贈申汝涉 四絕

고향 길가에 들국화 만발하니	路近鄉山菊已斑
하늘도 험한 걸음[482]을 위로하려는 듯	天心似欲慰間關
백성들 분주하고 마을 아이들 떠들썩하니	嗇夫奔走村童鬧
비로소 면주[483] 태수가 돌아옴을 알겠네	始識綿州太守還

당상의 좋은 봄날은 몇 해나 되었던고	堂上靈春歲幾回
좋은 술로 축수하니 북소리 우레 같네	瓊酥添壽鼓如雷
색동옷에 춤추며 승안[484]하던 고향에	遙知彩舞承顔地
기쁘고 슬픈 회포 함께 찾아오네	歡與悲懷一竝來

여섭이 수연 잔치를 베풀었으나 이제 이모[從母]께서 세상에 계시지 않기에 이렇게 읊었다.[汝涉爲設壽酌 而來而從母不在世故云]

외롭게 살아온 인생 이마에 백발이 가득하니	孤路餘生雪滿顚
한밤중에 매번 홀로 눈물을 흘렸다오	每於中夜獨潸然
해가 서산에 지니 어찌 좇을 수가 있으리오	日西盡矣追何及
부질없이 당초에 콩죽 마시던 때를 떠올리네	謾憶當初啜菽年

이때 나는 할머니의 상복을 처음 입었다.[時余王母服初闋]

평생 서로 사랑한 이 마음 아시리	平生相愛是心知
기쁨도 함께하고 슬픔도 함께했네	喜則同懽戚則悲
비목어(比目魚)[485]는 원래 딴 몸이 아니거늘	比目元來非二體
어찌하여 오늘날은 각각 하늘 끝에 있는가	如何今日各天涯

---

482) 험한 걸음 : 원문의 간관(間關)은 길이 험하여 걷기 어려운 모양.

483) 면주(綿州) : 전라도 무안(務安) 고을.

484) 승안(承顔) : 웃어른을 찾아가 뵙다.

485) 비목어(比目魚) : 동쪽 바다에 사는 상상 속의 물고기. 비목어는 눈이 한쪽밖에 없기 때문에 암수 두 마리가 떨어지지 않고 늘 같이 붙어있어야 제대로 살아갈 수 있다고 한다.

박죽계의 절구 한 수에 각각 두 수로 차운함
次朴竹溪絶句 一韻各二絕

처음에는 난리로 인해 임천 땅에 들었으니	初因兵火入林泉
이는 난리를 피한 것이지 신선을 배우는 것 아니었네	卽是逃塵匪學仙
문득 고향 산천의 안개비를 떠올리니	却憶故山煙雨裏
뜰에 가득한 꽃들은 누구를 위해 곱게 피었나	滿庭紅綠爲誰姸

백 척 가파른 바위 저 멀리 임천에 있으니	危巖百尺逈林泉
산문에서 떨어져 서서 신선이 되었네	離立山門作老仙
흥망을 다 보아도 오히려 떠나지 않으니	閱盡興亡猶不去
호시절 바람 따라 맑고 고움 함께하네	好隨風日供淸姸

장미꽃 아침 햇살에 이슬 녹아 흐르고	薔薇承旭露涓涓
손 씻고 향 피우고 혜편[486]을 읽었네	雪手薰香讀惠篇
통쾌하게 요동 심양 길 깨끗이 쓸어버린다면	快若掃淸遼瀋路
승전보 알리는 빠른 말에 더욱 채찍을 가하리	飛騎報捷更加鞭

한 해는 벌써 황매절[487]에 이르니	一年已迫黃梅節
두 눈 새로 뜨고 백설편[488]을 읽었네	雙眼新開白雪篇
오직 귀머거리들만 있어 치료할 수 없으니	惟有耳聾治不得
도적들 쇠 채찍 소리 아직도 듣지 못하네	未聞撾賊下金鞭

486) 혜편(惠篇) : 초(楚)나라 악곡의 이름.
487) 황매절(黃梅節) : 초여름인 음력 5월.
488) 백설편(白雪篇) : 초나라 악곡의 이름으로, 훌륭한 시문(詩文)을 말한다.

아들 혼[489]의 편지가 왔는데 그 자녀들이 홍역을 앓는 것을 근심하기에 편지 뒤에 붙임

焜兒書來 憂其子女患疹 題書背

너의 어리석음이 아비와 똑같으니 우습지 않은가 笑汝癡如乃父然
네가 홍역을 앓았을 때 나도 속 끓이며 걱정했지 汝嘗患疹我憂煎
평생 곤궁했던 것은 여러 자식들 때문 一生窮困由多子
하늘은 곤궁함을 다 주었으니 응당 온전함도 주겠지 天皆與窮應與全

박무회가 단양에서 임천을 지나가면서 사람을 보내 안부를 물었는데 그 사람에게 물으니 장령으로 부름을 받았다고 함

朴无悔自丹陽過林泉 遣人相問 問其人以掌令赴召

임천의 양면은 바위로 문을 삼았으니 林泉雙面石爲門
빗장 걸고 어찌 돌아오는 것을 금지했겠는가 扃鐍何曾禁往還
비록 수레가 있어도 감히 들어오지 못하니 縱有軒車無敢入
오직 일미로 견디며 청한[490]에 만족하는 자 惟堪一味飽淸閒

대낮에 재사에서 잠자다가 덜 깼는데 日午林齋睡未醒
문득 들으니 산 밖에 옛 벗이 지나간다네 忽聞山外故人行
병 때문에 비록 찾아뵙지는 못했으나 緣痾縱未承顔面
눈 들어 살펴보니 산봉우리는 더욱 맑은 듯 擧目巖巒似益淸

489) 정혼(鄭焜, 1602~1656) : 본관은 동래(東萊), 자는 여회(如晦), 호는 익재(益齋)이다. 석문(石門) 鄭榮邦(정영방)의 큰아들로, 예천(醴泉) 용궁(龍宮)에 살았다. 정훈을 이어받아 용성대유(龍城大儒)라 일컬어졌다. 부친상을 당하자 시묘하였으며, 문집《이자서절요(李子書節要)》가 전한다.

490) 청한(淸閒) : 사람의 한가함을 높여서 하는 말.

계곡에 머물며 우연히 씀
溪居偶書

돌 문짝 오래 닫은 채 야인으로 살아가며	石扉長掩野人居
섬돌 아래 해바라기 떨기에 손수 호미질	階下叢葵手自鋤
밤 되어 꿈결에 사철나무 잎을 따니	夜來夢摘冬青葉
오늘은 그 누가 낡은 오두막을 찾으려나	今日伊誰訪弊廬

이날 저녁에 신여섭이 청송에서 왔다.[是夕汝涉來自青鳧]

청송 부사에게 드림
奉青鳧使君

침상 곁에는 벌레 소리 밤은 벌써 차가운데	近床蟲語夜微寒
태수께서는 지금 편안하신지 아니신지	仙宰如今安未安
날던 제비는 오지 않고 기러기도 떠나갔는데	飛燕不來鴻又去
새벽 달빛 발에 가득하니 홀로 난간에 기대네	滿簾殘月獨憑欄

동지부사 나공이 사람을 보내며 고별하였으므로 절구 두 수를 지어 가는 편에 삼가 드림
羅同知令公送人告別 得二絕臨行奉呈

소문 들으니 공의 행차가 명나라에 있다 하니	聞說公行只在明
한밤중에 홀로 앉아 물시계 소리 헤아리겠네	中宵獨坐度嚴更
한가로운 인간 세상 기약하기 어려우니	等閒人世無期別
별도로 깊은 수심 있어도 밝힐 수가 없으리	別有幽愁不可名

천 년 거듭 요순우탕 밝은 정치 만났으니	千載重逢舜禹明
노약자 잘 돌본다는 소문이 자자하네	頻聞羸老亦持更

가련하다 홀로 강변의 돌처럼 서서 可憐獨立江邊石
자신을 아끼지 않고 기꺼이 공명을 위하네 不爲身謀肯爲名

반계주인을 방문했지만 만나지 못함

訪磻溪主人不遇

봄 강에 얼음 녹으니 오리들 해엄치고 春江氷解鴨頭深
말 타고 모래사장 밟으며 시내가로 들어섰네 馬踏長沙入㵎潯
저절로 왔다가 저절로 간다 말하지 마라 莫道自來還自去
만발한 매화는 마치 벗의 마음을 보는 듯 梅花猶見故人心

병을 앓은 후에 송우 형께 올림

病後上松隅兄

병신년(1596)에 송촌에 있었다.[丙申在松村]

낙동강에 초하루 보슬비가 내리는데 洛江初日雨霏霏
고목의 남은 꽃잎 비에 젖어 날리지 않네 古樹殘紅濕不飛
병중에 일어나 봄 이미 지난 것도 알지 못하니 病起不知春已去
사람들 서로 알려주는 말 봄에 돌아감을 전별했다고 語諸相識餞春歸

신여섭[491]에게. 절구 두 수

寄申汝涉 二絕

남포 물결 고요하니 파란 부평초를 캐는구나 南浦波恬採綠蘋
친구는 강해에 서로 헤어진 지 오래되었네 故人江海久相分
시름에 겨워 그대 그리는 상사곡을 타노라니 愁來欲奏相思曲

---

491) 신여섭(申汝涉) : 신즙(申楫)을 가리킴. 각주 175) 참조.

강가 꽃이 다 떨어지는데도 그대를 볼 수 없구나	落盡江花不見君

어느 때 서로 만나 막힌 심사 토로해 보나	幾時相見鬱陶開
꽃 떨어진 강변 누각에 제비가 날아드네	花落江樓鷰子來
봄 다한 바닷가 산에 소식마저 끊어지니	春盡海山消息斷
한밤중 외로운 꿈에 푸른 구름 굽이지네	半宵孤夢碧雲隈

유상지와 작별하며 차운함

次韻別柳尙之

무술년(1598) ○ 당시 상지가 전란을 피하여 영양에 있었다.[戊戌 ○ 時尙之避兵于英陽]

해 뜨는 동쪽을 바라보니 시름겨운 구름 피어나고	日圍東望漲愁雲
산 나무가 우거져 골짝 길을 분간할 수 없게 하네	山木溪程未可分
온 땅에 병화 먼지가 일어나 멀리 헤어지니	滿地兵塵生遠別
어느 곳에서 그대를 다시 만날지 알 수가 없네	不知何處更逢君

이계명의 시에 차운함

次李季明韻

산 빛 보고 강물 소리 들으며 편안히 지내며	岳色江聲坐臥宜
강 가운데 한 개의 노를 일부러 더디게 젓네	中流一棹故遲遲
세인들이 말하기를 봉영[492]이 좋다 하고	世人解道蓬瀛好
자신이 봉영에 있으면서도 도리어 알지 못하네	身到蓬瀛却不知

---

492) 봉영(蓬瀛) : 중국 전설에서 발해만(渤海灣) 동쪽에 있다는 봉래산·방장산·영주산을 말한다. 《사기(史記)》에 의하면, 이곳에 신선이 살고 있으며 불사약이 있다 하여 시황제(始皇帝)가 이것을 구하려고 동남동녀(童男童女) 수천 명을 보냈으나 행방불명이 되었다는 이야기가 전해온다. 우리나라에서는 금강산·지리산·한라산을 삼신산으로 불렀다.

자중 조임[493]이 세찬을 보내었기에 절구 한 수로 사례함
趙子重任遺歲饌 以一絶謝

세상사 근심 걱정 끝낼 수가 없으니　世路艱虞不可殫
이때까지 죽지 않음도 곧 평안한 것이네　此時無死卽平安
다정한 그대 나의 곤궁한 형편 알고서　多君知我窮居況
보내준 산량[494]을 세찬으로 삼겠네　爲送山梁作歲饌

꿈속에서 지음
夢中作

가난한 집에 여섯 남자아이를 키우자니　貧家生長六男兒
추위와 더불어 배고픔을 참는 것도 가르쳐야 하네　敎忍天寒復忍飢
근심과 즐거움이 원래 두 가지 일이 아니거늘　憂樂元非兩項事
우환을 없애고자 하지만 누구와 더불어 할까나　欲推憂去與誰爲

잠에서 깨어나 다시 이전의 운을 씀
覺來復用前韻

다만 어머니는 염려하고 자식은 염려하지 않으니　只念慈親不念兒
진실로 노쇠함이 아니면 굶주림 걱정 아니하네　苟非衰病不憂飢
사람이 살면서 태어나고 죽는 날을 안다면　人生會有重裀日

493) 조임(趙任, 1573~1644) : 본관은 한양(漢陽), 자는 자중(子重), 호는 사월(沙月)이다. 아버지는 조광인(趙光仁)이며, 김윤명(金允明)의 문인이다. 영양에 살았는데, 임진왜란이 일어나자 곽재우 의병대장의 진영에 들어갔다. 음사로 사헌부 감찰·군자감 판관을 역임했으며, 이듬해 통정대부를 제수받았으나 사양하였다. 병자호란 때는 칠십이 가까운 나이로 전쟁에 직접 참가하지 못하자 난리 중에 영산서당(英山書堂)에서 교육을 통한 인재 양성에 힘썼으며, 화의를 극력하게 배척하는 〈척화소 斥和疏〉를 짓기도 하였다. 저서로는《사월문집》이 있다.

494) 산량(山梁) : '꿩'을 '산닭'이라는 뜻으로 한자를 빌어 표기한 말로, '梁'은 우리 차자 표기 전통에서 '다리' 혹은 '돌', '닭' 등을 나타내던 표기이다.

쌀 지고 집에 돌아가는 일[495] 두 번 다시 하겠는가　　負米歸庭可再爲

숙현 남언의 '초정' 시에 차운함

次南叔顯彦草亭韻

꽃이 막 피어날 때 비도 막 내리니　　花正開時雨正霏
수촌에 안개 끼고 성곽엔 두루 봄빛이네　　水村煙郭遍春輝
오늘 아침 강남에 같이 가자 약속하고　　今朝預約江南伴
함께 바위 앞에 연한 고사리를 볶네　　共向巖前煮軟薇

형님이 강가에서 즉흥적으로 읊은 시에 화운함

和舍兄江上卽事

적벽체를 본뜸.[臨赤壁體]

난릉[496]의 좋은 술이 술통 속에 가득한데　　蘭陵美酒盈樽中
길손이 와서 한 번 웃고 강가에서 수작하네　　客來一笑江上酌
조각배 타고 서쪽에 내리니 물길은 아득한데　　扁舟西下水茫茫
한 곡조 퉁소 소리에 산달이 더욱 밝네　　洞簫一聲山月白

가을 하늘에 달이 뜨니 강물이 훤하고　　秋天月出秋水空
계수 강가에 바람 부니 계수 잎이 떨어지네　　桂渚風來桂葉下
강 위에서 술잔 들고 밝은 달에 묻노니　　中江擧酒問明月
풍류를 아는 사람 어떤 사람이던가　　風流之子何爲者

---

495) 쌀 지고 집에 돌아가는 일 : 원문의 부미귀정(負米歸庭)은 《공자가어(孔子家語)》·〈치사(致思)〉에, '자로부미(子路負米)' 고사가 전한다. 공자의 제자인 자로는 젊을 때 가난하여 매일 쌀을 등짐으로 져서 백 리 밖까지 운반하여 그 운임을 받아 양친을 봉양했지만, 양친이 돌아가신 뒤에는 그럴 수 없다고 탄식하였다.

496) 난릉(蘭陵) : 중국 강소성(江蘇省)의 한 지명.

원선사에게 줌
贈遠上人

우연히 숲 속에서 유명한 선사 마주치니	偶然林磵値名師
열두 봉우리 앞에서 해 저무는 때이네	十二峰前日暮時
여산의 깊은 곳 얼마쯤 되나 물으니	爲問廬山深幾許
지금처럼 경정지[497]에서 서로 만나면 된다네	如今相見敬亭池

광산에서 원선사에게 줌
匡山贈遠上人

우연히 석장으로 광산을 지나가는데	偶然飛錫過匡山
초가 암자 봄 다가도록 대나무 사립문이 닫혀 있네	茅舍經春掩竹關
아득히 맑은 밤 외로운 학을 꿈꾸는 줄 알겠고	遙識淸宵孤鶴夢
바다 하늘에 가랑비 내려 푸른 봉우리에 가득하네	海天煙雨碧峰間

원선사의 시에 차운함
次遠上人韻

나무 밑 샘 옆에 작은 정자 지어 놓고	背樹臨泉作小亭
그늘 따라 책상 옮기며 황정경(黃庭經)[498]을 읽네	綠陰移案讀黃庭
세인들이 어찌 선사가 있는 줄 알랴	世人那得知師在
오직 한밤중에 쓸쓸한 종소리만 들리는 것을	唯聽寒鐘半夜聲

---

497) 경정지(敬亭池) : 경상북도 영양군 입암면 연당리에 있는 서석지(瑞石池). 서석지 연못은 조선 광해군 5년(1613)에 석문 정영방이 경정(敬亭) 앞에 만든 조선시대 민가의 대표적인 지당(池塘)이다.

498) 황정경(黃庭經) : 중국 위·진(魏·晉) 시대의 도가들이 양생(養生)과 수련의 원리를 가르치고 기술하는 데 사용했던 도교 관계 서적이다.

나에게 주는 선물
自貺

그대 동쪽으로 보내니 갈 길이 어찌 그리 먼고 送君東去路何賒
골짝 속의 급한 물결 아직 끝이 없는데 峽裏狂瀾未有涯
이곳을 향해 오니 염여퇴(灩澦堆)[499]와 같은데 此地向來同灩澦
나룻배는 진중하게 삼가며 지나가네 扁舟珍重愼經過

옥계자가 박사호에게 붙이려던 시에 차운함
次玉溪子擬寄朴士豪

매화창에 쇠잔한 촛불 맑은 서리와 마주하고 梅窓殘燭隔霜淸
먼 강 철새 우는 소리 한두 번 들려오네 遠水羈禽一兩聲
옥 거문고 타다가 그치니 사람은 보이지 않고 彈罷玉琴人不見
낙화에 처량한 달빛만 빈 성에 가득하네 落花凉月滿空城

우산으로 가는 길에 절구 한 수를 지어서 신여섭에게 보임
愚山道中得一絕 示申汝涉

우복산 속에 계시는 도인을 찾아갔더니 愚伏山中訪道人
평복 차림으로 이끼 낀 물가에 계시네 黃冠野服臨苔磯
송사 계곡에 아침 해에 길손은 꿈인가 놀라고 松沙曉旭客夢驚
말을 타고 산을 나서니 구름이 옷에 가득 넘치네 騎馬出山雲滿衣

499) 염여퇴(灩澦堆) : 중국 산서성(山西省) 구당현(瞿唐縣)의 장강 상류의 큰 암석이 있는 곳, 초(楚)와 촉(蜀)의 입구에 있는 언덕.

가규 비중 조익[500]의 시에 차운함

次趙可畦棐仲翊韻

당시에 공은 공주에 유배 갔다.[時公謫公州]

천 리 길 초행을 역리를 따라 가는데	千里初因驛使行
한 통 편지 멀리서 받으니 옛 벗의 정을 알겠네	一封遙見故人情
금강 물은 광활한데 교룡이 포악하니	錦江水闊蛟龍惡
이 외지에서 누굴 의지하고 생사를 물어보나	此外憑誰問死生

횡사에서 성원 금진달과 헤어지며

黌舍別琴聲遠振達

뜰에 느티나무 잎 지니 푸른 난간은 훤한데	庭槐葉盡碧欄空
어디선가 종소리가 먼 바람에 들려오네	何處鐘聲度遠風
오늘 저녁 그대를 보내니 감회가 더욱 깊으니	今夕送君重有感
지난해 이 누각에서 헤어진 적 있었네	去年曾別此樓中

용성으로 가는 도중에 우연히 읊음

龍城途中偶吟

강 길에 아름다운 단풍 떨어지는 늦가을에	江路楓華落暮秋
고향 떠난 길손의 마음 멀고도 아득하네	去鄉之客意悠悠
머리를 돌려보니 구름 사이 나는 새가 도리어 부러워	回頭却羨雲間鳥
오는데 얽매이지 않고 가는데 자유롭구나	來不拘牽去自由

---

500) 조익(趙翊, 1556~1613) : 본관은 풍양(豊壤), 자는 비중(棐仲), 호는 가규(可畦)이다. 아버지는 조광헌(趙光憲)이며, 정구(鄭逑)의 문인이다. 상주에 살았다. 알성시(謁聖試) 문과에 급제하여 세자시강원 필선·병조좌랑·광주 목사·장령 등을 역임하였다. 임진왜란 때 의병을 일으켰으며, 상주의 속수서원(涑水書院)에 제향되었다. 저서로는 《가규집》·《진사일기(辰巳日記)》 등이 전한다.

박사호가 보내준 운자에 차운함

次朴士豪見寄韻

세 번 반복하는 맑은 시는 신선이 있음을 깨닫고	三復淸詩覺有神
들꽃과 갯버들 아름다운 푸르른 봄이네	野花溪柳媚靑春
보내고 와서 머무르며 그리워하는 얼굴	別來留作相思面
이 마음 위로하려 적막한 물가 바위에 앉았네	慰我塊居寂寞濱

상사 원경 채이복[501]의 '취수헌' 시에 차운함

次蔡上舍元卿以復醉睡軒韻

잠은 마음에 취했고 술은 잔에 취했으니	睡緣心醉醉緣觴
남은 일은 시를 읊으며 마음대로 사는 것이네	餘事吟詩肆放狂
석문에서 병든 나그네 비웃어줄 만하니	堪笑石門衰病客
재주는 하손[502]이나 여윈 이동양(李東陽)[503]이 아니네	才非何遜瘦東陽

사군 고용후의 시에 차운함. 절구 두 수

次高使君用厚韻 二絶

당시에 안동 부사가 되었다.[時爲花山伯]

이십이 년 전 서울에 있었을 때에	廿二年前在洛中
삼청동 과거장에서 어사화를 감상했네	三淸陪賞鬪花風

501) 채이복(蔡以復, 1594~1654) : 본관은 인천, 자는 원경(元卿), 호는 취수헌(醉睡軒)이다. 채수(蔡壽)의 후손으로, 아버지는 채천계(蔡天啓)이며, 예천 용궁에 살았다. 식년시에 합격하였으나, 벼슬할 뜻을 끊고 은둔하면서 이환(李渙)과 정영방 등과 교유하였다. 문집이 전하며, 묘는 의성군 안사면에 있다.

502) 하손(何遜) : 중국 남조 양(梁)나라 때의 시인이다. 지금의 산동성(山東省)인 동해군(東海郡) 담현(郯縣) 사람으로, 자는 중언(仲言)이다. 여덟 살 때 이미 시(詩)를 지을 줄 알아서 당시의 명사들에게 칭송을 들었다. 민가(民歌)의 장점을 많이 흡수한 그의 시는 풍격이 청신한 편인데, 특히 그의 산수시(山水詩)는 사조(謝朓)와 비슷하다는 평가를 받았다. 문집으로 《하기실집(何記室集)》이 있다.

503) 이동양(李東陽) : 중국 명대의 정치가·시인·문학평론가. 각주 471) 참조.

어찌 산촌 어촌의 어부나 초부의 자취 알겠나 寧知湖海漁樵迹
좋은 자리에 올랐다고 야밤에 이르도록 다했네 得躡芳筵到夜窮

을사년(1605) 봄 과거에서 공이 장원을 하였으며 삼청동 방회에서 함께 지었다.[乙巳春榜 公爲壯元 同作三淸榜會]

늙은 잣나무 구불구불 골짜기 속에 누웠으니 古栢龍鐘臥壑中
몇 해나 비바람 맞으며 풍상을 겪었던가 幾年吟嘯度霜風
때로 시상 떠올려 지음들의 감상을 받았으니 時徠得遇知音賞
텅 빈 산에서 세월 다해도 원망하지 않겠네 不恨空山歲律窮

큰형님의 '사우미간' 시에 삼가 차운함
敬次伯氏祠宇楣間韻

제사는 세숫대야를 보고 완성에 미치니 祭觀于盥及于成
그때의 형님 효자의 정성 보는 것 같았네 如見當年孝子誠
혹시라도 운잉[504]들이 버리지 말아야 할 것은 倘使雲仍能勿替
구원[505]에서 오히려 친족의 정을 날랠 수 있네 九原猶足慰親情

효우란 어진 마음이 천성으로 이뤄지니 孝悌良心自性成
그 일을 추원[506]함은 누가 성의가 없으랴 其於追遠孰無誠
지금 나는 병이 잦고 또한 늙어 쇠약하니 今我多病兼衰晩
까마귀 반포[507]의 정에 부끄럽고 부끄럽네 慙愧林烏反哺情

504) 운잉(雲仍) : 팔대손(八代孫)인 운손(雲孫)과 칠대손(七代孫)인 잉손(仍孫)을 아울러 이르는 말. 먼 후손을 일컫는 말로도 쓰인다.

505) 구원(九原) : 사람이 죽은 뒤 그 영혼이 가서 산다는 세상. 구천(九泉), 명부(冥府), 유계(幽界), 유명(幽冥), 저승.

506) 추원(追遠) : 추원감시(追遠感時). 조상의 덕(德)을 돌이켜 생각함 또는 조상의 제사에 정성을 다하는 것을 이른다.

507) 반포(反哺) : 어린 까마귀가 자라서 늙은 어미 까마귀에게 먹이를 물어다 준다는 성어로, 부형(父兄)의 은혜를 갚는다는 교훈이 담겨 있다.

원래의 운을 붙임
附原韻

고조 증조 조부 부모 사대의 사당 지어	高曾祖禰四龕成
조상 제사를 올리는 것은 효성을 보임이라	禴祀烝嘗展孝誠
지금부터 공경히 받들어 영구하길 기약하니	敬奉從今期永久
대를 이을 자손들은 나의 뜻을 체득할지니	承家孫子體余情

9월 13일 밤에 절구 한 수를 얻었는데, 다만 '부병귀래주장반' 한 구절만 적고 나머지는 기록하지 않았다가 아침에 이어서 완성함 을유년(1645)
九月十三夜得一絕 只記扶病歸來駐杖斑一句餘不記 朝來續成之 乙酉

병든 몸 부축받고 돌아오다 장반에 머물 때에	扶病歸來駐杖斑
대죽 평상에 초석 펴고 솔숲 사이에 누웠으니	竹床蒲席臥松間
살아온 긴 세월이 길손인 줄 알지 못하고	不知身世長爲客
자연은 의연하게 옛 산천과 같은 것이네	雲物依然似故山

10월 16일에 형님을 모시고 삼수정[508]에서 수렵하는 것을 보다가 돌아오는 길에서 절구 두 수를 얻음
十月既望 陪舍兄觀獵于三樹亭 歸程得二絕

어릴 적 자주 와서 이 속에서 놀았는데	少時頻向此中遊
백발이 더해 오니 감회가 그치지 않네	白首重來感未休
오래도록 넘쳐흘러도 영원히 바뀌지 않았으니	萬古滔滔長不改
맑은 강물 한 굽이로 마을을 싸고 흐르네[509]	淸江一曲抱村流

508) 삼수정(三樹亭) : 경북 예천군 풍양면 청곡리에 있는 정자. 동래정씨(東萊鄭氏) 입향조인 정귀령(鄭龜齡)은 고려 말에 태어나서 홍성군 결성현감으로 부임했다가 사임하고, 용궁현에서 거처를 옮기면서 자손이 번창할 것을 염원하며 홰나무(회화나무) 세 그루를 심고 그 곁에 정자를 세워 삼수정이라 하고 호(號)도 삼수(三樹)로 삼았다.

매 부르고 말을 달려 강나루에 나아가서 呼鷹馳馬出江津
삼수정 이르러서 술 몇 순배 돌렸네 三樹亭中酒數巡
백 년의 뜬세상 진실로 한눈에 읽었으니 浮世百年眞一瞥
훗날 또 어떤 이와 다시 올지 알 수 없네 不知他日更何人

이중명[510]에게 차운하여 줌. 절구 두 수
次贈李仲明 二絕

세상의 일 해마다 오나 다만 절로 슬프니 世事年來秖自悲
제비와 기러기[511]는 대저 어찌 함께하지 못하나 燕鴻夫豈不同時
아양의 옛 곡조를 지금에 다시 타려니 峨洋舊曲今重理
음율 듣고 알아주던 종자기가 있겠나 爲有知音是子期

모이면 곧 서로 기쁘고 흩어지면 곧 슬퍼지니 聚則相歡散則悲
늙어지면 소년 시절은 다시 오지 않는다네 老來非復少年時
봄 강은 비록 좋으나 봄은 아직 멀었으니 春江縱好春猶遠
봄 부르는 술법 없으니 어찌 가히 기약하리 春到無魔又可期
보내온 시에 '요진춘강작호기'라는 구가 있다.[來詩要趁春江作好期之句]

509) 청강일곡포촌류(淸江一曲抱村流) : 두보(杜甫)가 49세에 지은 칠언율시 〈강촌(江村)〉의 첫 구절이다.
510) 이중명(李仲明) : 이찬(李燦)을 가리킴. 각주 287) 참조.
511) 제비와 기러기 : 연홍지탄(燕鴻之歎). 봄에 제비가 날아올 때에는 기러기가 날아가 버리고 가을에 기러기가 날아올 때에는 제비가 날아가 버려 서로 만나지 못하여 탄식한다는 뜻으로, 길이 어긋나 서로 만나지 못하여 탄식함을 이르는 말.

'취수헌' 시에 차운함

次醉睡軒韻 竝序

술이라는 물건은 사람의 혈맥을 부드럽게도 하고 사람의 의지와 기력을 펴게 하기도 한다. 또 사람으로 하여금 기쁨을 함께하고 근심을 잊게 하며 분란을 해결하고 어지러운 것을 풀어주게 할 수 있으니, 그 쓰임은 가히 크다고 말할 수 있다. 그러나 이런 탓으로 신명을 해치고 국가를 뒤집는 경우가 많다. 이는 비록 사람에 있어서도 그것이 재앙이 되는 경우도 또한 매우 심하다. 채원경(蔡元卿) 군은 유학자이므로, 바깥세상의 물욕에 흔들리는 사람이 아니다. 그런데도 오히려 술에 취하여 잠을 잔다는 취수헌으로 자호를 삼은 것은 어째서인가. 그것은 어쩌면 느낀 바가 있어서 술이란 것에 핑계를 대는 것이 아닌가. 우(禹)임금이 의적(儀狄)[512]을 멀리했고 공자께서 재여(宰予)를 책망했으니, 이는 유자들의 배움이다. 성현을 버리고 장차 누구를 스승으로 삼겠는가. 오직 날마다 부지런히 힘써 능하지 않고는 그만두지 않으며, 비록 술 취해 눕고 누워서 잠만 자려고 해도 어느 겨를에 그렇게 하겠는가. 이계명(李季明)이 시를 짓고 서문을 함께 붙였는데, 원경이 이를 가지고 나에게 보여주면서 또 나에게 뒤를 이어주기[513]를 청하였다. 내가 문장이나 시를 보고 여러 가지 생각이 들어서 시절(偲切)[514]하게 경계하였는데 조금 사소한 것이다. 내가 원경을 아끼는 마음에서 했고, 반드시 이러해야 한다는 것은 아니다. 드디어 이렇게 써서 돌려주었다.

酒之爲物 和人血脈 暢人志氣 又能令人合歡忘憂解紛釋亂 其爲用可謂大矣 然以此戕身命覆邦家者滔滔 此雖在乎人 而其爲禍亦甚烈 蔡君元卿儒者也 非外物所能移者 而猶以醉睡自號者抑何歟 其無乃有所感而寓之於酒者耶 大禹疏儀狄 孔子責宰予 儒者之於學也 舍聖賢將誰師 惟日孳孳 弗能弗措 則雖欲醉而臥臥而睡 奚暇以爲 李季明爲

---

512) 의적(儀狄) : 술을 처음 만든 사람.

513) 뒤를 이어주기 : 원문의 속초(續貂)는 초부족구미속(貂不足狗尾續). 담비의 꼬리가 모자라서 개꼬리로 잇는다는 뜻으로, 어떤 일이 앞부분은 잘되었으나 뒤가 잘못된 경우를 비유하는 말이다. 혹은 진(晉)나라 조왕윤(趙王倫)의 무리가 모두 경상(卿相)이 되어 심지어 노졸(奴卒)까지도 관작(官爵)을 함부로 탔으므로 관(冠)의 장식으로 쓰는 담비의 꼬리가 부족해서 개의 꼬리로 장식했다는 고사에서, 벼슬을 함부로 줌을 비유하는 말로도 쓰인다.

514) 시절(偲切) : 시절은 시시절절(偲偲切切)의 준말인데, 시시는 자상하고 부지런한 것이며 절절은 간곡하고 지극한 것으로, 선비로서 지녀야 할 태도를 뜻한다. 《논어(論語)》·〈자로〉편에, 자로가 공자에게 어떠해야 선비라고 할 만한가를 묻자 공자가 답하기를, "자상하고 부지런하며 간곡하고 지극하며 화락하면 선비라고 이를 만하다.[偲偲切切 怡怡如也 可謂士矣]"라 하였다.

作詩竝序 元卿持以示余 且請余續貂 余觀文與詩含多少意思 而規警偲切之言則或小 余以爲愛元卿者似不必如是 遂書此以歸之

그대 나의 말을 듣고 잠시 술잔을 멈추게 君當聽我且停觴
성인과 광인의 존망이 판가름을 생각하라 一念存亡判聖狂
술에 취해 꿈을 꾸는 반생은 깊이 한이 되리니 醉夢半生深自恨
기로에서 고개 돌리면 이미 날이 저문다네 臨岐回首已頹陽

중명과 이별하며 주었던 시에 차운함. 절구 네 수

次仲明贈別韻 四絕

인생은 죽지 않아도 곧 서로 헤어지니 人生非死卽相離
헤어진 자 비록 떠나도 다시 만날 기약 있네 離者雖離合有期
죽음 앞에 이르지 않아도 절로 힘써 갖추리니 未到死前俱自勖
때때로 더욱 경계하는 이 마음을 알리라 時存警益是心知

들 해당화 꽃이 져서 물새도 슬퍼하니 野棠花落水禽悲
이곳의 은자도 때를 맞아 떠나려 하네 此是山翁欲去時
한자리 어울려 담소함은 해롭지 않으니 不害留連聯席話
자양산 솔과 바위도 그윽한 기약 있으리 紫陽松石有幽期

덧없는 인생 만나기도 하고 헤어지기도 하니 浮生有合合還離
헤어지고 만나며 서로 찾음은 다 기약할 수 없네 離合相尋無盡期
바다에서 짝지은 백조를 도리어 부러워하니 却羡波頭雙白鳥
속세의 헤어지고 만남을 일찍이 알지 못했네 世間離合不曾知

늙어서 일 없으면 저절로 슬픈 생각나니 老人無事自生悲
하물며 다시 친지들과 오랫동안 이별할 때랴 況復親知闊別時

고개와 바다 하늘처럼 멀어 얼굴 보기 드물지니 嶺海天長稀見面
때맞추어 개인 달 보며 마음으로 기약하리 時憑晴月托襟期

중명과 기약했으나 오지 않아서 앞의 운을 씀
期仲明不至 用前韻

늙으면 그리움 떠나가고 쉬 슬픔이 생겨나니 老去情懷易作悲
등잔 심지 끊어가며 옛날 논하던 것이 어느 때인가 剪燈論舊又何時
밤이 오는데 오직 벌써 동창 밖을 보려고 夜來惟見東牕外
달빛이 흘러 비춰지니 기약이 있었던 듯 桂魄流輝似有期

중명에게 절구 한 수를 줌 짧은 서문과 함께
寄仲明一絕 竝小序

형이 속세의 구속에서 풀려난 것은 참으로 다행입니다. 나는 병을 안고 있어서 골짜기를 떠나기도 쉽지 않습니다. 옷 한번 걷고 물을 건널 정도로 가까이에 떨어져 있으니 자주 만날 수 있었으나, 삼강서원에서 한 번 만난 이후로 다시 만나지 못했습니다. 이제 곧 황매 절기가 가깝고 천기도 청명하고 온화합니다. 형도 병으로 요양 중이라 병석에 있으니, 비록 기거의 편리함과 수양의 즐거움이 있다고 해도 누가 작은 배에 짧은 노를 저으면서 조용히 맑은 강과 흰 돌 사이를 오르내리겠습니까. 우연히 채원경(蔡元卿)의 '양자(陽字)' 운이 생각나서, 절구 한 수를 지어 보냅니다.

兄之免維縶於塵韁 幸矣 弟之抱病出峽亦未易 隔一衣帶水 可源源相奉 而三江一面之後 不得再奉 卽今節近黃梅 天氣淸和 兄養病在床 雖有起居之便頤養之樂 孰若輕舟短櫂 從容沿泝於晴江白石之間乎 偶思蔡元卿陽字韻 得一絶以呈

박 술잔과 계수 노 젓다가 소선[515]의 시흥 일고 匏尊桂櫂蘇仙興
기수에 씻고 무우에서 바람 쐰 증점[516]을 광인이라 하리 沂浴雩風點也狂

늙어가니 바야흐로 참 맛이 있음을 깨달으니	老去方知眞味在
이번 유람에 원래 청양은 속하지 않았었네	玆遊元不屬靑陽

중명의 시에 차운하여 금 선생에게 보여줌

次仲明韻示琴師

가득 메운 자리에 솔바람 부니 오월인데도 춥고	滿坐松風五月寒
해 저무는 넓은 하늘에 뭉게구름 흘러가네	暮天空闊碧雲團
그대는 고난별학[517] 두 곡조 연주하길 그치니	孤鸞別鶴君休奏
나는 본래 수심이 많아 두려움 자제하기 어렵네	我本多愁制恐難

배 위에서 중명이 채원경의 운을 사용한 것에 차운함

舟中次仲明用蔡元卿韻

장강에 물 가득하고 술잔에 달빛 가득하니	水滿長江月滿觴
파도가 붓에 밀려와 시의 광인을 돕네	波濤入筆助詩狂
술기운에 깨이는 것은 귓전에 이는 바람 소리뿐	醉中但覺風生耳
뱃길이 상양궁(上陽宮)[518]에 가깝다 말하지 마라	不道舟行近上陽

---

515) 소선(蘇仙) : 동파(東坡) 소식(蘇軾)을 가리킨다. 아버지 소순(蘇洵), 동생 소철(蘇轍)과 함께 '삼소(三蘇)'라고 일컬어지며, 이들은 모두 당송팔대가에 속한다.

516) 증점(曾點) : 증자(曾子)의 아버지로 역시 공자의 제자였다. 공자께서 "내가 너희들보다 어른이라고 생각하지 말고 너희 뜻대로 이야기하라."고 하시니, 증점이 "모춘(暮春)에 춘복(春服)이 이미 이루어지거든 관자(冠者) 오륙 인과 동자 육칠 인을 데리고 기수(沂水)에서 목욕하고 무우(舞雩)에서 바람을 쏘이고 시(詩)를 읊으며 돌아오고 싶습니다." 하였다. 공자께서 깊이 탄식하시며, "나도 증점과 동행(同行)하리라."고 하셨다는 고사가 《논어(論語)》·〈선진(先進)〉편에 나온다.

517) 고난별학(孤鸞別鶴) : 고난과 별학은 거문고의 악곡(樂曲) 이름이다.

518) 상양궁(上陽宮) : 중국 당(唐)나라 고종(高宗) 때 낙양(洛陽)에 세운 궁전 이름.

또 여선 조희인[519] 유첨[520]에게 차운하여 줌
又次贈曺汝善希仁維瞻

항상 술잔 가까이함 옳지 않은 것을	不是尋常近酒觴
평생토록 취한 것 같고 또한 미친 것 같네	一生如醉又如狂
만나는 곳에 혹시 도유[521]의 흥 있으면	逢場或作陶劉興
지조는 이제[522]가 수양산에서 굶어 죽음 같으리	志則夷齊餓首陽

자리에서 소호권 중의 운으로 차운하다
席上次蘇湖卷中韻

옛 친구 서로 만나 독에 든 술 다 비우니	樽酒相逢盡故人
당에 가득 온통 태평성대의 봄이로다	滿堂渾是太和春
끊어진 거문고 줄 다시 이어 아양곡을 연주하니	斷絃重入峨洋手
물빛과 산 빛은 하나같이 새롭기만 하네	水色山光一竝新

519) 조희인(曺希仁, 1578~?) : 본관은 창녕(昌寧)이며, 자는 여선(汝善), 호는 묵계(默溪)이다. 아버지는 조몽신(曺夢臣)으로, 상주(尙州)에서 살았다. 증광시(增廣試)에 합격하고, 식년시 문과에 급제하여 군수를 지냄. 지강서원(芝岡書院)에 제향되었다.

520) 유첨(維瞻) : 조정융(曺挺融, 1598~?). 본관은 창녕(昌寧). 자는 유첨(維瞻), 호는 호옹(湖翁). 우인(友仁)의 아들이다. 어려서부터 학문에 뛰어났으며, 사마시를 거쳐 별시문과에 급제하였다. 내직에서 여러 관직을 거친 다음 사예가 되었다. 그 뒤 외직인 수령으로 나가 네 고을을 두루 역임하였는데, 가는 곳마다 선정을 베풀어 고을마다 송덕비가 세워졌다. 문장과 절행이 뛰어났다. 상주의 지강서원(芝岡書院)에 제향되었다.

521) 도유(陶劉) : 도연명(陶淵明)과 유령(劉伶). 유령은 죽림칠현(竹林七賢)의 한 사람이다. 중국 동진(東晉)나라 초기에 노장(老莊)의 무위사상(無爲思想)을 숭상하며 죽림에 모여 청담(淸談)으로 세월을 보낸 일곱 명의 선비들로, 산도(山濤) 왕융(王戎) 유영(劉伶) 완적(阮籍) 완함(阮咸) 혜강(嵇康) 상수(尙秀)가 이에 해당한다.

522) 이제(夷齊) : 백이(伯夷)와 숙제(叔齊).

삼강서원에서 중명의 시에 차운함
江院次仲明韻

산에 난새가 날고 물은 옥처럼 차가우니 山爲鸞翔水玉寒
하늘 궁궐 깊은 곳에 해와 별이 모였네 穆淸宮邃日星團
세상에 끼친 향기 지금도 오히려 남아 있으나 遺塵剩馥今猶在
제생이 두려워하는 것은 오직 나아가기 어려운 것 惟恐諸生造詣難

허방백에게 줌
與許方伯

왕실에 관한 일을 어찌 한번 자득으로 마땅할까 王事寧宜一鞅掌
덧없는 인생은 유한하고 변화는 무상하네 浮生有限變無常
솔숲 사이 작은 집이 청결하기만 하니 松間小屋淸如許
바야흐로 소백당[523]은 방해되지 않으리 未害人方召伯棠

힘들게 양을 기르면서 지었는데 영보[524]에게 보내고 겸하여 의언[525]에게도 보임. 절구 세 수
苦羊役有作 寄英甫兼示宜彦 三絕

송촌에 양의 우리가 있는데 우리 집이 송천에 있었다.[松村有羊戶余家在松村]

나의 머리칼이 눈 덮이듯 희어 보이는데 看我頭邊映雪霜

---

523) 소백당(召伯棠) : 감당지애(甘棠之愛). 주(周)나라 소공의 선정(善政)에 감격하여 백성들이 그가 일찍이 쉬었던 팥배나무를 소중히 여겼다는《시경(詩經)》·〈소남(召南)〉, 〈감당(甘棠)〉편에서 나온 말로, 백성들이 시정자의 덕(德)을 앙모(仰慕)한다는 뜻이다.

524) 영보(英甫) : 권준신(權俊臣, 1561~1642). 본관은 안동, 자는 사영(士英), 호는 영보(英甫)·자원당(自遠堂). 봉화·안동·영주 순흥에 거주함. 형제로 호신(虎臣)·언신(彦臣)이 있음. 식년시 생원에 합격함. 출세에 뜻이 없어 글 읽고 농사를 지으며 은둔함. 조고서원(陶皐書院)에 제향됨.

525) 의언(宜彦) : 유의남(柳義男, 1583~1655). 본관은 풍산(豐山), 자는 의언(宜彦), 호는 지곡(芝谷). 안동에 거주. 식년시 진사에 합격함. 효행으로 천거되어 남별전 참봉을 제수받았으나 사양하고 부임하지 않았다.

인생 칠십 이미 진리를 깨닫기 어렵겠네[526]	人間七十已亡羊
종전에 들은 말이 양 창자처럼 꼬였다더니	從前聽說羊腸苦
몸소 양장[527]에 다다르니 그보다 더 기네	躬到羊腸說剩長

서산에 죽지 않고 동녘도 밟지 않고	不死西山不蹈東
골짜기에서 부질없이 십 년을 다 보냈네	峽中空喫十年窮
돌아와 부끄럽게 백성 틈에 섞였으니	歸來羞與濟民伍
다시 기련[528] 짓는 늙은이 되리라	還作祈連仗節翁

나는 병자호란 후 임천에 들어갔다.[余丙子後入臨川]

아침 양 기르러 서리 밟으며 나섰으나	朝來出牧履天霜
부서진 집에 돌아와 달빛 스며드는 것을 보네	破屋歸看漏月光
어찌하면 금화도사[529]의 술법을 얻어	安得金華道士術
양을 돌로 만들고 돌을 양이 되게 하겠나	俾羊爲石石爲羊

양이 죽으면 모두 양을 기르는 집에 징세(徵稅)하였는데, 양 한 마리 값이 많으면 70필목에 이르렀다.[羊死則皆徵於牧羊之戶 一羊之價 多至七十疋木]

---

526) 진리를 깨닫기 어렵겠네 : 원문의 망양(亡羊)은 망양지탄(亡羊之歎). 도망간 양을 좇는데 갈림길이 많아서 마침내 다 잃어버리고 탄식했다는 뜻으로, 학문의 길이 다방면이어서 진리를 깨닫기 어려움을 한탄하는 말이다.

527) 양장(羊腸) : 꼬불꼬불한 길.

528) 기련(祈連) : 기련은 흉노(匈奴)말로 하늘이다. 한나라 때 곽거병(霍去病)이 흉노가 천산(天山)이라 부르던 기련산까지 정복하였다. 그가 죽자 한무제(漢武帝)가 애도하면서 봉분을 기련산처럼 조성하도록 했는데, 그후 장군의 무덤을 기련총(祈連塚)이라 한다.

529) 금화도사(金華道士) : 한(漢)나라 때의 신선 황초평(黃初平)을 말한다. 단계(丹溪)사람 황초평이 나이 15세에 양을 먹이러 나갔다가 도사를 만나 금화산(金華山)에 들어가 40년간 도를 닦아 신선이 되었다고 한다.

자의 정도응[530]이 부임하러 가기에 전송하며 절구 네 수로 회포를 읊음
送鄭咨議道應赴徵 賦懷四絕

기원[531]에서 붉은 난새 새끼를 얻었더니　　淇園養得紫鸞雛
상서로운 세상에 빛난 광채 오덕을 갖추었네　　瑞世光輝五德俱
소문에 기양에서 우두커니 기다린다고 하던데　　聞說岐陽方佇待
한 소리에 통달한 사람 구중궁궐에는 없었던가　　一聲能達九重無

병자년에 일이 크게 어긋났으니　　丙子年中事大謬
신하와 백성이 함께 죽지 못한 것을 한하네　　臣民恨未與亡俱
뒤섞인 세상을 평화롭게 하고자 하니　　欲令措世雍熙上
인륜이 어찌 일찍이 하루라도 없겠는가　　倫紀何嘗一日無

보이는 저 시내 근원 세차게 솟아 흘러　　相彼川源混混流
지평선 멀리까지 쉬임 없이 흘러가네　　地平天遠去無休
오직 마땅히 점점 모여 큰물을 이룬 후에　　惟當積漸泓涵後
바야흐로 용양[532]하며 만곡들이 배를 띄우네　　方運龍驤萬斛舟

무정한 세월 급하기는 흐르는 물 같으니　　無情歲月急如流
이(利)를 추구하는 관건은 쉬지 않고 일하는 것　　利善關頭役未休
숲 속의 십 년 세월에 힘을 얻지 못했으니　　林下十年無得力
어느 때나 잔물결 일어 난초 배를 띄우리　　幾時輕浪泛蘭舟

---

530) 정도응(鄭道應, 1618~1667) : 조선 후기의 학자. 본관은 진양(晉陽), 자는 봉휘(鳳輝), 호는 무첨(無忝)·휴암(休庵)이다. 아버지는 정심(鄭杺)이며, 상주에 살았다. 유진(柳袗)의 사위이며, 이원록(李元祿)·홍여하(洪汝河)·이도장(李道長)·이상정(李象鼎)의 사돈이다. 천거로 교관을 제수받고, 대군의 사부가 됨. 효종이 즉위한 후 학행을 포상하여 자의(諮議)에 임명하였으나 곧 사직하여 향리로 돌아갔다. 저서로는 《국조명신록(國朝名臣錄)》·《소대수언(昭代粹言)》 등이 전한다.

531) 기원(淇園) : 중국 고대 위(衛)나라의 원림(園林)이다. 아름다운 대나무가 나는 것으로 유명했다. 《시경(詩經)》·〈위풍(魏風)〉·〈기욱(淇澳)〉에, "저 기수 벼랑을 보니 푸른 대가 아름답도다.[瞻彼淇澳 綠竹猗猗]"라 하였다.

532) 용양(龍驤) : 용양인진(龍驤麟振). 용처럼 올라가고 기린처럼 떨친다는 뜻으로, 위세가 대단함을 이르는 말.

덕재 유인배[533]의 시에 차운함. 절구 네 수

次柳德栽仁培韻 四絕

어지러운 때 근심 자제하기 어려우니	憂時憂病自難裁
형용을 다 바꾸고 이제야 비로소 오는구나	換盡形容今始來
과연 고요하고 편안하게 늙어갈 곳이 있으랴	若果靜便安暮境
석문의 천석[534]이 편안한 곳[535]이네	石門泉石是輿臺

산 아래 큰 강이 흐르고 강가에 누대 있으니	山下長江江上臺
장수의 신에게 봉래산을 물을 필요 없겠네	灝神不必問蓬萊
여기 와서 깨달으니 참된 근원 가까워	此來剩覺眞源近
찾아간 때는 다함이 없는데 돌아왔다는 말은 없네	尋未窮時不討回

요학[536]이 천 년 가도 돌아오지 않으니	遼鶴千年去莫回
푸른 구름 어느 곳에 홀로 배회하는가	碧雲何處獨徘徊
어떻게 해야 한두 망형우[537]를	如何一二忘形友
명산 찾아 옛날처럼 다시 오게 하리오	選勝尋山往復回

무슨 일로 미궁에 고행하며 돌아오지 않는가	何事行迷苦未回
쇠퇴한 운이 아니었다면 일부러 서로 재촉하겠네	得非頹運故相催
북과 거문고 소리 드문 곳이라 아직 듣지 못하니	未聞鼓瑟聲希處
모든 사람 사람마다 얻어서 다 보태리라	諸子人人獲盡陪

---

533) 유인배(柳仁培, 1589~1668) : 본관은 문화(文化), 자는 덕재(德栽), 호는 원계(猿溪)이다. 아버지는 유란(柳瀾)이며, 안동(安東)에 살았다. 장흥효(張興孝)·김용(金涌)의 문인으로, 승지(承旨)에 증직되었다. 저서로는 《원계유고(猿溪遺稿)》가 전하며, 이광정(李光靖)이 묘갈명을 찬하였다.

534) 천석(泉石) : 천석고황(泉石膏肓). 산수(山水)를 즐기고 사랑하는 것이 정도에 지나쳐 마치 고치기 어려운 깊은 병과 같음을 이르는 말.

535) 편안한 곳 : 원문의 여대(輿臺)는 지위가 낮고 천역(賤役)에 종사하는 사람.

536) 요학(遼鶴) : 요동(遼東)의 학이라는 말이다. 각주 66) 참조.

537) 망형우(忘形友) : 망형교(忘形交)와 같은 뜻으로 자기 형체를 잊고 한 마음 한 뜻이 된 아주 친밀한 친구를 말한다.

동년인 김이헌이 임자순[538]의 향렴체[539] 절구 한 수를 나에게 말해 주었는데, "금성의 아가씨들 학다리 부근에서 버들가지 꺾어 임에게 드린다네. 해마다 봄풀은 이별에 상심하는데, 월정봉은 높고 영산강 물은 길게 흐르네."이다. 붓을 잡아 그 운으로 절구 두 수를 지음

同年金而獻 以林子順香奩體一絕語余云錦城兒女鶴橋畔 柳枝折贈金羈郎 年年春草傷離別 月井峰高錦水長 揮筆次其韻 二絕

강변에는 누구 집의 비단을 빠는 아가씨인가　　江畔誰家浣紗女
강둑엔 어느 곳에서 노니는 사내인가　　江頭何處冶遊郎
강에 이르러 한번 헤어지면 물보다 더 멀 텐데　　臨江一別遠於水
꽃 찾는 옥창의 봄날은 길기만 하네　　花摶玉窓春晝長

삼첩양관곡[540]을 읊으며 한 움큼 눈물 쏟나니　　三疊陽關一掬淚
강변에 온 것은 아랑을 송별하기 위해서이니　　爲來江畔送阿郎
금강 물로 이별의 한을 달래려 마오　　莫將錦水方離恨
금강 물이 어찌 만 리 멀리 흐를 수 있으리　　錦水安能萬里長

---

538) 임자순(林子順) : 임제(林悌, 1549~1587). 본관은 나주(羅州). 자는 자순(子順), 호는 백호(白湖)이다. 아버지는 제주목사와 병마절도사를 역임한 임진(林晉)이다. 초년에는 공부에 뜻이 없다가 20세가 되어서야 비로소 학문에 뜻을 두었다. 문과에 급제하였으나, 스승인 성운(成運)이 죽자 벼슬을 멀리한 채 산야를 방랑하며 혹은 술에 젖고 음풍영월(吟風詠月)로 삶의 보람을 삼았다. 전국을 방랑했는데 그의 방랑벽과 호방한 기질로 인해 당대인들은 모두 그를 법도 외의 인물로 보았지만, 당시의 학자·문인인 이이·허균·양사언 등은 그의 기기(奇氣)와 문재를 알아주었다. 7백여 수가 넘는 한시 중 전국을 누비며 방랑의 서정을 담은 서정시가 가장 많으며, 절과 승려에 관한 시, 기생과의 사랑을 읊은 시가 많은 것도 특색이다. 문집으로 《백호집(白湖集)》이 있다.

539) 향렴체(香奩體) : 미인(美人)에 관한 일이나 여성 정감적(女性情感的)으로 읊은 시체(詩體)를 말한다. 이 작품의 원 제목은 〈금성곡(錦城曲)〉이다.

540) 삼첩(三疊) : 삼첩은 옛날의 이별곡인 양관삼첩(陽關三疊)의 약칭인데, 삼첩이란 바로 왕유(王維)의 송원이사안서(送元二使安西) 시의 "위성의 아침 비가 가벼운 먼지를 적시니, 객사는 푸르고 푸르러 버들 빛이 새롭구나. 한잔 술 더 기울이라 그대에게 권한 까닭은, 서쪽으로 양관 나가면 친구가 없기 때문일세.[渭城朝雨浥輕塵 客舍靑靑柳色新 勸君更進一杯酒 西出陽關無故人]"에서, 첫 구만 재창(再唱)을 하지 않고 나머지 삼구(三句)는 모두 재창을 하는 것을 이른 말이다. 이것을 양관곡(陽關曲)이라고도 한다.

石門先生文集 卷三

석문선생문집 권3

시詩

칠언율시 七言律詩

김사열 태 어른의 서봉대 시에 차운함

次金士悅兌丈棲鳳臺韻

눈 속에 시흥이 일어 석문(石門)을 두드리니	雪中乘興叩巖扃
술통을 마주잡고 서봉대(棲鳳臺)에 함께 오르네	樽酒相携共一亭
산세는 북쪽에서 뻗어 내려와 별장을 열었고	山勢北來開別墅
지형은 남쪽을 에워싸고 숲을 보호하네	地形南擁護林坰
복사꽃 물에 떠가니 때마침 봄을 보겠고	桃花流水方春見
자진[541]이 생황 부는 소리 혹 밤에 들리네	子晋吹笙或夜聽
한밤중 흐린 하늘 안개비 속에	更時空濛煙雨裏
점점이 샛별 같은 고깃배 불빛 보이네	剩看漁火點殘星

낭리선가곡 뒤에 적음

題浪裏船歌曲後

무술년(1598) ○ 낭리선가는 천조곡의 이름이다.[戊戌 ○ 浪裏船歌 天朝曲名]

살아서나 죽어서나 이별하고 고향 떠나니	生離死別去家鄕
양관 삼첩[542]에 눈물이 만 갈래	三疊陽關淚萬行

541) 자진(子晉) : 주 영왕(周靈王)의 태자였던 왕자교(王子喬)를 가리킨다. 그는 생황을 잘 불었으며 후일 신선이 되어 승천했다고 한다.

542) 양관(陽關) : 옛 관명(關名)으로, 당(唐)나라 왕유(王維)의 시 〈송원이사안서(送元二使安西)〉에 "위성의 아침비 가벼운 먼지 적시니, 객사엔 푸릇푸릇 버들빛 싱그럽네. 그대에게 다시 한 잔 술 권하노니, 서쪽으로 양관을 나서면 친구가 없다오.[渭城朝雨浥輕塵, 客舍青青柳色新. 勸君更進一杯酒, 西出陽關無故人.]"에서 차용한

봄이 깊어 어머니 머리 학처럼 흰 것 슬픈데	春老萱闈悲鶴髮
거미줄은 금갑의 난새 집을 덮었네	蛛絲金匣掩鸞堂
은정에 공명을 입은 것이 도리어 잘못되어	恩情却被功名誤
풍물은 공연히 원한만 길게 하였네	風物空敎怨恨長
낭리선 언저리엔 사람들 보이지 않고	浪離船橫人不見
지금의 맑은 노래는 모두 마음만 아프게 하네	至今淸唱總心傷

관어대

觀魚臺

경자년(1600) 여름 단양 여러 벗들과 함께 올라서 짓다.[庚子夏與丹陽諸友生同登有作]

한 조각 높은 누대 귀신도 아끼는 바이니	一片高臺鬼所慳
진시황과 한무제도 부질없이 그러하였네	秦皇漢武亦徒然
서쪽으로 약수[543] 삼천리를 삼켰고	西呑弱水三千里
동쪽으로 부상[544] 구만리 하늘을 접하네	東接扶桑九萬天
과보[545]가 미치지 않았다면 어찌 태양을 좇았고	夸父非狂寧逐日
마고[546]를 믿을 수 있다면 상전이 되었겠는가	麻姑可信會爲田
내 여기 와서 심장이 썩는 것을 느끼니	我來惟覺心腸腐
훼복[547]이 오랑캐를 잡아 죽인 지 벌써 2년이네	卉服逋誅已二年

왜병이 기해년(1599)에 철수하여 돌아갔다.[倭兵以己亥撤歸]

것이다. 이 시에 곡을 입힌 것이 이른바 〈양관곡(陽關曲)〉 또는 〈위성곡(渭城曲)〉으로, 이별곡을 뜻한다.

543) 약수(弱水) : 신선이 살았다는 중국 서쪽의 전설적인 강으로, 길이가 3천 리나 되며 부력이 매우 약하여 기러기의 털도 가라앉는다고 한다.

544) 부상(扶桑) : 동해에 있다고 전해지는 전설상의 나무로, 그 아래에서 해가 떠오른다 하여 해가 뜨는 동쪽 바다를 의미한다.

545) 과보(夸父) : 태양을 좇아가다가 8일 만에 목이 말라, 하수(河水)와 위수(渭水)의 물을 마시고도 부족하여 북쪽 대택(大澤)으로 물을 마시러 가다가, 그곳에 도착하기 전에 죽었다고 하는 중국 전설상의 인물이다.

546) 마고(麻姑) : 한(漢)나라 환제(桓帝) 때의 선녀 이름인데, 손톱이 새 발톱처럼 생겼으며, 삼천 년마다 한 번 변하는 동해(東海)가 세 번이나 뽕나무밭으로 변하도록 아주 오래 살았다고 한다.

547) 훼복(卉服) : 섬 오랑캐가 입는 갈포(葛布)의 복장이라는 뜻으로, 일본을 가리킨다. 《서경(書經)》 우공(禹貢)에 "섬 오랑캐는 훼복을 공물로 바친다.[島夷卉服]"는 말이 나온다.

울티재

泣嶺

검푸른 빛 하늘에 닿을 듯 일자로 뻗어 있고	黛色參天一字橫
옛 사람은 무슨 뜻으로 울티[泣]로 이름을 삼았나	古人何義泣爲名
외로운 신하 나라를 떠나니 땅은 바다에 이어지고	孤臣去國地連海
수자리 사는 나그네 집 생각에 가을이 성에 들어오네	戍客懷家秋入城
해질녘 황폐한 마을 멀지 않게 바라보이고	落日荒閭未遠望
높은 누각 비단 비파 쓸쓸한 밤을 보내네	高樓錦瑟度寒更
세상에는 마음 상하는 일이 얼마이던가?	世間多少傷心事
도착하여 머리 돌려 문득 갓끈을 씻는다네	到次回頭便濯纓

성극당 김홍미[548] 선생께 올림 ○ 계묘년(1603)

上省克金先生弘微 ○ 癸卯

얼마 전 관직을 사양하고 임천에 오시니	年來謝笏卽林泉
지금에는 어떤 사람이 대현인가	今代何人是大賢
영남의 팔천 봉 정상에는 눈이 아직 있는데	嶺嶠八天頭有雪
재명 삼십 년에 나그네는 덮을 담요도 없네	才名三十客無氈
고상한 가을의 그윽한 흥 시를 통해 보내고	高秋幽興憑詩遣
호해의 깊은 시름 술을 빌려 떨쳐 보네	湖海深愁借酒宣
가장 사랑하는 것은 맑은 물속의 부용꽃이니	最愛芙蓉淸水裏
아름답게 꾸며서 천연을 손상하지 않으리	不將雕飾損天然

548) 김홍미(1557~1605) : 조선 중기의 문신. 본관은 상주(尙州). 자는 창원(昌遠), 호는 성극당(省克堂). 조식(曺植)과 유성룡(柳成龍)의 문인이다. 문과에 급제, 홍문관 부수찬을 역임하고 이조좌랑으로 정여립(鄭汝立)의 모반 사건에 관련되어 파멸되었다. 이후 경연관·응교·사간을 지내고 우부승지로 이순신을 탄핵하여 파면케 하고 원균을 통제사로 삼게 하는 데 가담했다. 좌부승지·훈련도감 제조 등을 거쳐 대사간에 승진, 형조참의로서 사직하고, 이듬해 청송 부사를 거쳐 강릉 부사로서 병으로 직무를 담당 못 해 면직되었다.

차운시를 덧붙임
附次韻

창 앞에 교교한 샘물 소리 누워서 들으니	臥聽窓前皎皎泉
술 가운데 모두 성인과 현인[549]에 의지하네	酒中都賴聖兼賢
여생은 술동이의 좋은 술 가득한 것으로 견디며	餘年正耐尊盈綠
모든 일 진실로 이루어지니 비가 담요를 적시네	萬事眞成雨濕氈
이틀 동안 그대를 만나니 우정은 저절로 펼쳐지고	兩日逢君情自暢
한잔 술을 서로 권하니 뜻을 펼치기 어렵다네	一杯相屬意難宣
그대는 중용에 힘쓰고 공을 철하지 마라	勉子中庸功莫輟
훗날 높이 뛰어오르면 천연을 알게 되리라	他時飛躍認天然

우복 선생께 올림
上愚伏先生

산 개울 깊어 푸른 절벽 겹쳐진 곳에	澗谷幽幽翠碧重
우연히 산길 따라 산중에 들어왔네	偶因山路入山中
자라 바위는 오히려 하늘을 떠받칠 뜻이 있고	鼇巖尙有擎天意
어리석은 돌은 도리어 물을 막는 공이 많도다	愚石還多障水功
신령스런 땅이 절로 속세와 구별되고	靈境自將塵境別
진원[550]은 응당 무원[551]과 통하도다	眞源應與婺源通

---

549) 성인과 현인 : 청주와 탁주를 의미한다. 삼국시대 위(魏)의 상서랑(尙書郎) 서막(徐邈)이 술을 몹시 좋아한 나머지, 한번은 금주령(禁酒令)이 내렸음에도 불구하고 사적으로 술을 마시고 잔뜩 취하여, 교위(校尉) 조달(趙達)이 가서 조사(曹事)를 묻자, "내가 성인에게 맞았다.[中聖人]"라고 하므로, 조달이 그 사실을 조조(曹操)에게 아뢰니, 조조가 매우 진노하자, 장군(將軍) 선우보(鮮于輔)가 조조에게 아뢰기를 "평일에 취객들이 청주를 성인이라 하고 탁주를 현인이라 합니다. 서막은 성품이 신중한 사람인데, 우연히 취해서 한 말일 뿐입니다.[平日醉客謂酒淸者爲聖人, 濁者爲賢人. 邈性修愼, 偶醉言耳.]"라고 한 데서 온 말이다.

550) 진원(眞源) : 선도(仙道)의 본원(本源)을 가리킨 것으로, 두보(杜甫)의 〈망악(望岳)〉 시에 "가을바람이 조금 서늘해지길 기다려, 높이 백제를 찾아서 진원을 물으련다.[稍待秋風凉冷後 高尋白帝問眞源]" 한 데서 온 말이다.

551) 무원(婺源) : 주희가 출생한 현(縣)의 이름이다. 주희가 강학하던 곳이었으므로, 후인들이 여기에 사당을 세워 그를 향사하였다.

여기 와서 가만히 산중 생활 즐거움을 생각하니 到來暗想巖栖樂
동화[552]의 위태로운 속세에서 꿈을 깨네 夢斷東華百尺紅

차운시를 붙임

附次韻

산은 몇 번 둘러 있고 물은 몇 겹 감돌던가 山幾縈紆水幾重
다정스런 마음으로 적막하던 차에 왔네 多情來訪寂寥中
분명히 알겠네, 한밤중에 불 켜놓고 나눈 대화가 明知五夜懸燈話
삼 년 동안 수묵[553]한 공부보다 훨씬 낫다네 絶勝三年數墨功
다만 내 마음 맑게 정해지지 않은 것이 두려우니 只怕吾心澄不定
이 길이 멀어서 통하기 어렵다 말하지 마소 休言此道遠難通
그대에게 내 묻노니 저기 저 꽃과 버들은 從君試問花兼柳
누가 더 푸르게 하고 누가 더 붉게 하는가 孰使青青孰使紅

다시 앞의 운을 사용함

復用前韻

어느 해에 찾아와 푸른 구름 차지했나 何年來占翠雲重
텅 빈 산 수석 가운데 편안히 누웠네 穩臥空山水石中
창 아래 주묵을 갈아 옛 학업을 찾으며 窓下研朱尋舊業
코끝에서 흰 기운 관찰하며[554] 새로운 공부하네 鼻端觀白課新功
땅이 속세와 나뉘어져 티끌 먼지와 단절되고 地分塵界氛埃斷

---

552) 동화(東華) : 중국의 궁궐 동문(東門)인 동화문(東華門)인데, 중앙 관서를 지칭하는 말로 쓰인다. 즉 조정에서 벼슬살이하는 것을 말한다.

553) 수묵(數墨) : 심항수묵(尋行數墨). 문자(文字)만을 따지고 문자 뒤에 숨어 있는 깊은 뜻은 깨닫지 못하는 것을 이르는 말이다.

554) 코끝에선 …… 관찰하며 : 불교의 수행 방법의 하나로서, 자신의 코끝을 자세히 주목하여 보는 것인데, 이 수행이 오래가면, 콧속으로 드나드는 기(氣)가 연기처럼 하얗게 보이고, 신심(身心)이 속으로 밝아진다고 한다.

경계는 선계(仙界)에 이어져 안개비가 내리네　　境接仙源霧雨通
머무르던 작은 재실은 맑아서 잠들지 못하는데　　留寢小齋淸不寐
푸른 봉우리에 아침 해가 창을 붉게 비추네　　碧峰初日照窓紅

강릉 부사로 나가시는 성극당께 드림

省克堂出宰江陵奉呈一首

선생이 한번 나가실 때 금빛 인장을 묶는데　　先生一出紐金章
산중에는 사람 없고 달빛만 밝네　　林下無人月色涼
급암(汲黯)의 강직[555]으로 어찌 사직을 다스리기 어렵겠나　　汲直何難寧社稷
한 무제는 원래 회양을 중시했다네[556]　　漢皇元是重淮陽
삼산에 들어가서 강릉을 가깝게 바라보니　　三山入望淸道近
태수가 부임하는 길에 비단 깃발들이 펄럭거리네　　五馬臨程綵旆忙
미리 강릉 백성들을 위하여 멀리서 축하를 펼치니　　預爲州民伸遠賀
지금의 어진 수령은 옛날의 공황[557] 같다네　　卽今賢倅舊龔黃

강릉으로 가는 수재 김 군 형제를 작별하며

別金秀才昆季往江陵

구름에 깃든 거사 병이 서로 깊어지니　　棲雲居士病相仍
따로 깊은 시름 있어 스스로 견디지 못하네　　別有幽愁自不勝

555) 급암(汲黯)의 강직 : 한(漢)나라의 급암이 성품이 강직하여 감히 황제의 면전에서 바른말을 서슴없이 하였으므로 세상에서 급직(汲直)이라고 일컬었다.

556) 한나라 …… 중시했다네 : 급암은 한 무제의 신하이다. 구경(九卿)으로 있으며 임금의 면전에서 거침없이 바른말을 하였는데, 무제가 겉으로는 경외(敬畏)하였으나 마음속으로는 좋아하지 않았다. 결국 뒤에 외직으로 쫓겨나 회양태수(淮陽太守)로 있다가 죽었다. 하지만 이 시에서는 성극당(省克堂)이 부임하는 강릉을 회양에 비유하였기 때문에 이 구절에서 이렇게 말하였다.

557) 공황(龔黃) : 한(漢)나라 때 지방 장관으로 선정을 베풀어 치민(治民)의 으뜸으로 꼽혔던 발해태수(渤海太守) 공수(龔遂)와 영천태수(潁川太守) 황패(黃霸)를 아울러 일컫는 말이다.

도곡의 두 젊은이 기주(冀州)[558]의 천리마 타고 道谷二郎乘冀驥
따뜻한 봄 3월에 강릉으로 내려간다네 陽春三月下江陵
호중[559]의 차가운 옥[560]은 맑음을 사랑할 만하고 壺中寒玉淸堪愛
손안에 수양버들 푸르름을 미워하네 手裏垂楊綠可憎
오늘 만 리를 유람하는 그대를 송별하니 今日送君遊萬里
훗날 바다에 한 쌍의 붕새가 날아오르리라 他時溟海起雙鵬

신경홍과 이별하며

別申景鴻

우리 서로 헤어진 지 몇 해나 지났는가 自我分携隔幾年
서로 바라보니 얼굴은 여전함을 알겠네 相看只覺面依然
지난 날 안동에서는 등불을 매달고 얘기했고 舊時花府懸燈話
오늘 밤은 용궁에서 비 소리 들으며 함께 자네 此夜龍宮聽雨眠
두 곳의 부평초는 서로 만나는 일 드물지만 兩地萍蓬稀會合
한번 담소하는 것도 좋은 인연이라네 一番談笑亦良緣
앞으로 또다시 강가에서 만나기를 기약한다면 前頭更有臨江約
제발 병마와 앞뒤로 해서 보내게 하지 마소서 莫遣魔兒與後先

558) 기주(冀州) : 지금의 중국 하북성(河北省)을 말하는데, 예로부터 명마(名馬)가 많이 나는 곳으로 유명하였다.

559) 호중(壺中) : 호중천지(壺中天地)의 고사에서 온 말이다. 후한(後漢) 때 시장에서 약을 파는 한 노인이 자기 점포 머리에 병 하나를 걸어놓고 있다가 시장을 파한 다음 매양 그 병 속으로 뛰어 들어가곤 했다. 그때 시연(市掾)으로 있던 비장방(費長房)이 이 사실을 알고는 노인에게 가서 재배하고 노인을 따라 병 속에 들어가 보니, 옥당(玉堂)이 화려할 뿐만 아니라 좋은 술과 맛있는 안주가 그득하여 함께 술을 실컷 마시고 돌아왔다고 한다.

560) 차가운 옥 : 대나무를 형용한 말로 쓰인다. 당나라 옹도(雍陶)의 〈위처사교거(韋處士郊居)〉에 "만 가닥 찬 옥이 섰고 한 시내엔 안개가 자욱해라.[萬條寒玉一溪煙]" 하였다. 백거이(白居易)의 〈수미지(酬微之)〉에 "소리 소리 고운 곡조는 찬 옥을 두드리는 듯.[聲聲麗曲敲寒玉]" 하였다.

동강 김 선생께 제사를 올리고 감회가 있어서
弔奠金先生有感

한 몸에 나라 안위 짊어지고 대궐에서 내려오니	身佩安危下玉墀
새로운 무덤길은 사림들을 슬퍼하게 하는구나	新阡從使士林悲
임금께서 보감을 잃었으니 허물을 누가 보필하며	君亡寶鑑愆誰補
나라에서 시귀를 잃었으니 매사에 의구심이 있겠네	國喪蓍龜事有疑
천 리 길을 홀로 찾아와 보잘것없는 제물을 올리니	千里獨來伸薄奠
황천 어느 곳에 맑은 풍모를 간직할까	九原何處閉淸儀
먼 길에서 고개 돌려보니 더욱더 애통한데	長途回首增傷慟
회수물결에 이는 파도는 아직도 끝이 없네	淮海風濤尙未涯

성주로 가는 길에 동이 트기를 기다리며
星州道上曉望

길손들 날 새기를 기다려 돌아갈 행장 꾸리니	行人候曉理歸裝
오경에 닭 우는 소리 듣고 비로소 길 떠나네	五夜聞雞始啓程
길가에 시든 꽃은 봄 지난 뒤에도 남아 있고	驛路衰花春後在
동산 숲에 새로운 잎은 비를 맞으며 돋아나네	園林新葉雨中生
마을은 병화 겪어 추위에도 담장에 의지하고	村因經燹寒依堵
고을은 외진 곳이라 낮에도 성문을 닫고 있네	州爲臨邊晝閉城
난리 뒤에 사는 삶 괴롭고 슬픈 일 많으니	亂離餘生多慘惔
황량한 들판 한번 바라보니 문득 갓끈이 젖네	荒原一望便沾纓

형님이 서울에서 고향으로 내려오실 때 내가 가서 전송하려는데 문득 꿈에서 힘들게 가는 것을 보고 시 한 수를 지어 명보에게 보임
舍兄自洛中下鄕 余往送之 忽於夜夢見跋涉艱苦之狀 得一律示明甫

객지에서 그리워하는 마음 더욱 쓰라리고	客裏懷人心更苦

객지에서 꾸는 꿈은 안 꾼 것만 못하네	客裏有夢不如無
나그네 오늘은 어디로 돌아가려 하는가	行人今日歸何處
한밤중의 짧은 꿈은 길 도중에 있네	片夢中宵在半途
영남의 하늘로 기러기 멀리 돌아가고	嶺嶠天空歸鴈遠
바다 물결 넓으니 척령[561)]이 외로워하네	海門波闊鶺鴒孤
평생토록 헤어지는 정한을 알지 못하였는데	平生不識分携恨
이곳에서 서로 그리워함에 눈물마저 마르누나	此地相思淚眼枯

서울에서 기록하다 을사년(1605)

洛陽書事 乙巳

인천으로 가는 길은 눈이 아직 녹지 않았으나	仁州道上雪未消
서울의 성안에는 봄기운이 생겨나네	洛陽城中春意微
양지바른 언덕 따뜻한 바람에 살구꽃이 만발하고	陽坡風暖杏花滿
한식날 밝은 달에 사람 말소리는 드무네	寒食月明人語稀
고향 소식 오지 않은 채 해는 서산으로 기우니	鄕使不來日西下
길손이 떠나려 하니 기러기는 북쪽으로 날아가네	遊人欲去鴻北飛
백마와 어사화를 하사받는 은덕도 크지만	白馬紅蓮恩賜大
어머니 앞에 재롱 피우려면 마땅히 일찍 돌아가야지	萱堂彩舞宜早歸

소나무를 심음 경술년(1610) ○ 지부서재에서

種松庚戌○在芝阜書齋

이렇게 깊은 산 속에 백 척 되는 소나무 모습	等是深山百尺姿
모진 돌에 뿌리 내리려니 성장하기가 더디네	托根頑石長來遲
하늘이 높고 땅이 도탑지만 나무는 작은 것도 감내하고	天高地厚身甘矮

561) 척령(鶺鴒) : 할미새이다. 《시경》 〈소아(小雅) 상체(常棣)〉에 "할미새가 언덕에 있으니, 형제가 위난을 구원하도다.[脊令在原, 兄弟急難.]"에서 유래하여 형제를 비유하게 되었다.

눈에 학대받고 바람에 시달려 마디는 더욱 기이하네 雪虐風饕節益奇
평범한 재목으로 좁은 땅에서 서로 다투지 말게나 莫與凡材爭寸土
그윽한 섬돌에 구불구불한 가지 좋아하니 好從幽砌養虯枝
이제부터 다만 부지런히 키워 보려고 하지만 自今但用勤培埴
어찌 큰 집의 기둥이 될 때를 계획하랴 敢計干雲柱厦時

송촌서당에서
松村書堂

강촌에서 명소 하나를 얻었으니 江村占得一名區
형세는 조용하여 근방에 인가가 없네 形勢從容近所無
터 닦고 집 지음은 바로 선배의 도움을 받았고 營構正因先輩力
학문을 닦음은 다만 후일의 생도들을 위함이네 藏修只爲後生徒
서리 맞은 들국화는 세 갈래 오솔길[562]을 이루고 霜添野菊成三徑
바람 이는 소나무 숲은 오호[563]의 파도 같네 風起松濤似五湖
세간에서는 실제의 경치가 있는 줄도 모르고 不識世間眞景在
집집마다 부질없이 무이도[564]만 걸어 놓았네 家家空掛武夷圖

562) 세 갈래 오솔길 : 원문의 삼경(三徑)은 은자의 오솔길이라는 말이다. 한(漢)나라 말의 장후(蔣詡)가 벼슬을 그만두고 고향에 돌아온 뒤에, 산보하는 길 셋[三徑]을 만들어 놓고는 오직 절친한 벗인 양중(羊仲)과 구중(求仲) 두 사람과 소요하며 즐긴 고사가 전한다.

563) 오호(五湖) : 춘추시대 월(越)나라 대부(大夫) 범려(范蠡)가 월왕(越王) 구천(句踐)을 위하여 오(吳)나라를 멸망시키고 나서는 즉시 거룻배를 오호에 띄워 타고 떠나버렸다는 고사에서 온 말로, 전하여 신하가 공(功)을 이루고 은퇴하는 것을 의미한다.

564) 무이도(武夷圖) : 중국의 복건성(福建省) 건안(建安)에 있는 무이산(武夷山)의 구곡(九曲)을 그려 놓은 그림이다. 일반적으로 《무이구곡도(武夷九曲圖)》라 부른다. 무이구곡은 주희가 노닐던 곳으로, 그 경치를 그림으로 그린 다음 그 위에 주희의 시 〈무이구곡가(武夷九曲歌)〉를 써 놓았다.

도사와 함께 하류 경치를 찾아
與道師訪下流泉石

우연히 큰스님과 작은 계곡에서 이야기하다가	偶與高僧說小溪
문을 나서니 작은 길이 누대 서쪽을 휘감네	出門微路繞臺西
바위 꼭대기 소나무는 늙었고 차가운 샘물은 맑은데	石頭松老寒泉淨
마을 어귀 구름 깊으니 기이한 새들 울어대네	洞口雲深異鳥啼
앉아서 맑은 그늘을 즐기는데 뙤약볕이 옮겨오니	坐愛淸陰移白日
길가의 어여쁜 방초에 지팡이 가는 대로 따라가네	行憐芳草信靑藜
훗날 만약 내가 아무런 일 없이 한가로움 얻으면	他時若得身無事
외로운 술동이 잡고 옛 오솔길을 찾아오리라	爲把孤尊訪舊蹊

이옥녕, 이여윤과 함께 다니며 길에서 읊어서 줌
與李玉甯李汝潤偕行 道上口贈

석계의 구름 낀 산은 높고 길은 가파른데	石溪雲嶠路欹危
고목에 가을 칡은 말 지나가기 더디네	古木秋藤馬去遲
말로의 풍진 세상에 좋은 상황은 없지만	末路風塵無好況
골짜기의 물고기와 새들은 그윽한 기약 있다네	洞天魚鳥有幽期
푸른 산과 맑은 물은 천년의 비경이며	靑山綠水千年秘
푸른 절벽 붉은 언덕은 만 길이나 솟아 있네	翠壁丹厓萬丈奇
예로부터 인정에는 낭만이 많으니	自古人情多漫浪
뛰어난 경치 새로운 시상에 들지 않으랴	不將形勝入新詩

유상지와 여러 벗이 절에서 공부하였는데 가서 보고 돌아오는 길에 율시 한 수를 지어서 부침
尙之諸友 肄業仙刹 往見而還 仍寄一律

초제[565]에서 이틀 묵고 골짜기를 나서는데	信宿招提出洞天

지금까지 꿈속의 혼이 바위 가에 걸려 있네	至今魂夢掛巖邊
옥 같은 봉우리 푸르게 솟아 낮아지는 구름 일으키고	玉峰翠束頹雲起
은빛 폭포 붉게 떨어지며 낙조에 매달렸네	銀瀑紅舂落照懸
산이 작은 갈림길 대하니 고운 봉새 소리 들리고	山對小岐聞綵鳳
연못이 방장산에 이어지니 진짜 신선을 만나네	池連方丈會眞仙
벗들 오랫동안 이곳 구름 낀 골짜기에 머무르니	故人久此棲雲壑
멀리 신령한 옷깃 생각하며 속세 인연을 끊으려네	遙想靈襟絶俗緣

바다를 건너다가 사신이 배를 돌렸다는 소식을 듣고

聞渡海使回船

후에 최유원[566]이 나라를 욕되게 했다는 죄를 과감하게 논하여, 품계를 뛰어 넘어 임용하는 일을 겨우 정지하였다.[後崔有源果論辱國之罪僅停超敍之事]

온 길에 티끌 먼지가 자욱하여 걷히지 않는데	一路塵埃暗不開
사람들은 회답사[567]가 배를 돌렸다 말하네	人言回答使方回
이번 행차는 피로인(被擄人)을 소환하러 간 것인데	此行本爲求珠去
훗날에 어찌 나라 파는 일을 하러 갔다고 논하는가	他日寧論賣國來
해안에 모래바람 불어 한절[568]을 잃어버렸고	海岸風沙迷漢節
이릉[569]에 안개비 내려 진회[570]를 울리네	夷陵煙雨泣秦灰

565) 초제(招提) : 사찰 또는 승려를 가리키는 말이다. 범어(梵語)를 음역한 것으로 척제(拓提)라고도 한다.

566) 최유원(崔有源, 1561~1614) : 조선의 명신. 자는 백진(伯進), 호는 추봉거사(秋峰居士)·화암(花岩). 본관은 해주(海州). 율곡(栗谷) 이이(李珥)에게 배우고, 문과에 급제, 대사간·대사헌을 지내고 해천군(海川君)에 피봉되었다. 광해군이 인목대비를 폐하려 할 때 나서서 극력 반대했다. 사망한 후 이조 판서가 추증되고 후에 생존시의 효성을 표창하여 정문이 세워졌다.

567) 회답사(回答使) : 교린(交隣) 관계에 있는 나라에서 사신을 통해 국서를 보내왔을 때 그에 회답하는 국서를 전하기 위해 파견하는 사신을 이른다. 선조 40년(1607)에 파견된 여우길(呂祐吉) 일행의 정식 명칭은 '회답 겸 쇄환사(回答兼刷還使)'였다.

568) 한절(漢節) : 한나라의 부절을 가리킨다. 한나라 소무(蘇武)가 무제(武帝) 때에 중랑장(中郎將)으로서 흉노(匈奴)에 사신 갔다가 19년 동안 억류되었는데, 끝까지 한절을 몸에 지니고 있어서 절모(節旄)가 너덜너덜해졌다는 고사가 있다.《漢書 卷54 蘇建傳 蘇武》

569) 이릉(夷陵) : 초나라 선왕의 무덤인데, 진(秦)나라 백기(伯起)가 초나라를 쳐서 수도인 영(郢)을 함락시키고 이릉을 불태웠다. 여기서는 임진왜란 때 도굴당한 정릉(靖陵, 성종의 능)을 가리킨다.

옛 언덕에 누가 겨울에 푸른 나무를 심겠는가 古原誰植冬青木
오직 맑게 갠 밤에 두견새만 슬피우네 唯有淸宵杜宇哀

임진왜란 때 왜노(倭奴)에게 정릉(靖陵, 成宗陵)이 도굴을 당했으므로 성종의 시신을 다른 곳으로 이장하였다.[壬辰靖陵見掘以玉體移葬於別處]

채락이 어른의 서호 시에 차운함 4수

次蔡樂而丈西湖韻 四首

널찍한 맑은 못 외길 따라 돌아드니 百頃澄潭一道回
천 길 높은 고산[571]이 날아오는 듯하네 孤山千仞恰飛來
거울 같은 옥돌이 누대 아래에 둘러 있고 玉爲明鏡環臺下
금으로 된 부용이 물굽이에 솟아 있네 金作芙蓉聳水隈
비 온 뒤 발을 걷고 그윽하게 내다보니 雨後捲簾看窈窕
달빛 가에 노를 저어 연안을 오르내리네 月邊移櫂任沿洄
만약 오늘의 임화정[572]이 아니라면 若非今日林和靖
아마도 옛날 남창위(南昌尉) 매복(梅福)[573]이리라 疑是南昌舊尉梅

한 시대의 명현은 떠나가고 오지 않으니 一代名賢去不回

홍우암[574]이 여기에 거처를 정했음[洪寓菴卜居于此]

울창한 숲 천고에 몇 사람이나 왔던가 茂林千古幾人來

---

570) 진회(秦灰) : 진(秦)나라 시황이 모든 서책을 불태운 분서(焚書)를 말한다.

571) 고산(孤山) : 절강성(浙江省) 항주(杭州)의 서호(西湖) 곁에 있는 산이다. 북송시대 처사(處士)로 명성이 높았던 임포(林逋)가 은거했던 곳이다.

572) 임화정(林和靖) : 서호 곁의 고산에 은거하였던 처사 임포를 가리킨다. 각주 171) 참조.

573) 남창위(南昌尉) 매복(梅福) : 각주 53) 참조.

574) 홍우암(洪寓菴) : 홍언충(洪彦忠, 1473~1508). 본관은 부계(缶溪), 자는 직항(直頃), 호는 우암(寓菴). 홍귀달의 아들로 상주 함창에 거주함. 문과에 급제, 이조좌랑 등을 역임하고, 명나라에 다녀옴. 갑자사화 때 진안에 유배됨. 부친이 유배될 때 해도로 이배됨. 중종반정으로 풀려나서는 벼슬에 나아가지 않고 시와 술로 생을 보냄. 예서(隸書)를 잘 써서, 정순부(鄭淳夫)·이택지(李擇之)·박중열(朴仲說) 등과 함께 당대의 사걸(四傑)로 불림. 근암서원(近巖書院)에 제향됨. 저서로는 《자만사(自挽辭)》가 전함.

잠자려는 까마귀는 강 언덕에 깃들고	宿鴉棲定江皐夕
등짐장수는 강변 모퉁이에서 불을 피우네	賈客炊依水石隈
고향 생각 깊은 시름에 눈물이 질펀하게 흐르는데	悲深桑梓漫垂涕
겸가[575] 읊기 마치고 부질없이 물을 거스르네	詠罷蒹葭空泝洄
채형의 시어가 훌륭함을 문득 보니	忽見蔡兄詩語好
구매[576]의 풍월보다 더욱 사랑스럽네	更憐風月屬歐梅

누가 삼공[577]을 도연[578]에 견주는가	誰把三公擬道淵
젊어서 궁달을 하늘에게 이미 들었도다	已長窮達聽於天
그윽한 거처에서 즐거이 생각하니 생애가 족하고	幽棲肯念生涯足
은일한 자취 속세에 이끌림을 부끄러워하였네	逸跡羞爲世累牽
자연의 경치는 살아 있는 그림을 이루고	光景自然成活畵
단청은 반드시 용면[579]일 필요는 없네	丹靑不必倩龍眠
다만 지금 상산사호(商山四皓)를 애석하게 여기니	只今堪惜商山老
오히려 우리 동방에도 오랜 인연이 있었네	猶自東華有宿緣

청산의 한 면을 도연이라 부르니	靑山一面號陶淵
이는 인간 세상의 소유천[580]이네	此是人間小有天

---

575) 겸가(蒹葭) : 만나고 싶으나 만날 수 없어 그리워하는 마음을 나타낸 《시경(詩經)》 〈진풍(秦風) 겸가〉시를 의미한다.

576) 구매(歐梅) : 구양수(歐陽脩)와 매요신(梅堯臣). 여기서는 채락이(蔡樂而)가 지은 시가 구양수 매요신의 시 구절처럼 아름답다는 의미이다.

577) 삼공(三公) : 최고의 관직에 있으면서 임금을 보좌하던 세 벼슬. 주나라 때는 태사(太師)·태부(太傅)·태보(太保)가 있었다. 고려시대에는 태위(太尉)·사도(司徒)·사공(司空)의 세 벼슬을 통틀어 이르던 말이며 조선시대에서는 삼정승을 이르던 말이다.

578) 도연(道淵) : 남조 송나라 때의 승려. 젊어서는 율(律)을 공부하다 장성하여 의종(義宗)을 익혔는데, 경론(經論)에 통달했지만 지혜와 덕망을 숨겨 세상 사람들이 알지 못했다. 나중에 동안사에서 개강하여 경론을 가르쳤는데, 현미(玄微)한 뜻을 자세히 분석하니 비로소 사람들이 추숭하게 되었고, 문제(文帝)의 존숭을 받았다.

579) 용면(龍眠) : 송나라의 유명한 화가인 이공린(李公麟, 1049~1106)의 호로, 자는 백시(伯時)이다. 이공린이 벼슬을 그만두고 용면산(龍眠山)에 들어가서 지내며 용면거사라 자호하였다. 시·서·화에 모두 능한 문인화가인데, 불상, 인물, 산수, 화조 등의 그림을 잘 그렸다.

580) 소유천(小有天) : 소유동(小有洞)이라고도 하는데, 도가(道家)에 전해오는 동부(洞府)의 이름이다. 선경(仙境)의 뜻으로 쓰였다.

외딴 섬과 밝은 호수 그 이름 홀로 뛰어나니	孤嶼明湖名獨步
작은 배 명아주 지팡이 꿈에서 서로 끌어주네	小舟藜杖夢相牽
영지를 캐며 누구와 함께 하늘 향해 말을 할까	採芝誰與穿雲語
술 취하면 응당 풀밭에 누워 잠자는 것을 아네	罷酒應知籍草眠
병풍바위에서 병을 앓는 처사를 스스로 비웃으니	自笑屛巖病處士
지금도 아직 속세의 인연 털어 내지 못하였네	秖今猶未拂塵緣

옥과로 가는 도중에 율시 한 수를 지어 우복 선생께 올림

玉果道中得一律 上愚伏先生

한 나그네 섣달에 용궁을 출발하니	行人臘月發龍州
어머님께 고별하며 눈물을 거두지 못하네	告別萱闈涕不收
타향살이 십 년에 오늘은 멀기만 한데	爲客十年今日遠
집을 떠난 천리 길에 몇 번이나 쉬어가나	去家千里幾時休
금성의 벼슬길은 오히려 남쪽으로 내려가는데	錦城官路猶南下
옥과의 강 물결은 짐짓 북쪽으로 흘러가네	玉果江波故北流
부질없이 돌아갈 기약을 길이 꿈속에 넣으니	謾有歸期長入夢
푸르디푸른 봄풀은 물가에 가득하네	靑靑春草滿河洲

이계명의 일한재 시에 차운함

次李季明一閒齋韻

경정 서편 아래 오래된 소나무 문	敬亭西下舊松關
새로 초가집 짓고 일한재라 이름했네	新構茅齋號一閒
길은 깊은 숲을 돌아 첩첩산중을 뚫었고	路轉深林穿合沓
창은 계곡에 임하여 물소리에 잠겨 있네	囪臨絶澗鎖潺湲
험한 산벼랑에서 약초를 캐니 의건이 흠뻑 젖고	雲崖採藥衣巾濕
산사에서 꽃을 찾으니 장구[581]가 아롱지네	野寺尋花杖屨斑

따스한 봄기운에 어찌 좋은 시어가 없을소냐　和得陽春無好語
애써 거칠고 험한 시어를 아름답게 다듬네　強將荒澁定還刪

창석 이 선생의 시에 차운함 2수
次李蒼石先生韻 二首

일찍이 명성이 사림들을 감동시켰는데　曾把聲名動士林
초옥으로 돌아와 마음을 강물에 비추셨네　歸來草屋暎江心
옛 사람은 도를 이해함이 옥처럼 온화하였는데　古人解道溫如玉
지금 우리는 오직 쇠를 끊는 날카로움만 안다네　今我惟知利斷金
분수[582]가 끝나는 곳에 푸른 바다는 넓고　汾水盡頭滄海闊
봉산의 높은 곳에는 흰 구름이 깊네　鳳山高處白雲深
옛 동산의 솔과 국화는 응당 의구하리니　故園松菊應依舊
어찌 외로운 향기를 월음[583]에 들게 하리　寧使孤芳入越吟

이해도 저물어 산속 정자에 국화꽃이 피니　歲晏山亭菊有華
꽃향기 무성하여 분수(汾水) 물가를 추억하네　芳香采采憶汾涯
말씀과 얼굴은 비록 이미 석 달을 못 뵈었지만　音容雖已阻三月
마음은 한 가족임을 일찍부터 알고 있다네　肝膽早知爲一家
도해[584]하면 혼탁한 세상을 피할 수 있고　蹈海可能逃濁世

---

581) 장구(杖屨) : 지팡이와 짚신이라는 뜻으로 이름난 사람이 머물러 있던 자취를 비유적으로 이르는 말.

582) 분수(汾水) : 중국 산서성(山墅省) 서남쪽에 위치한 강의 이름으로, 태원(太原)을 거쳐 하진(河津) 부근에서 황하(黃河)와 합류한다.

583) 월음(越吟) : 고향을 생각하고 고국을 그리워하면서 부르는 슬픈 노래를 말한다. 전국시대 월나라 사람 장석(莊舃)이 초(楚)나라에서 벼슬하여 높은 관직에 올라 부귀를 누리게 되었다. 그가 병들었을 때 초나라 왕이 "장석은 월나라의 미천한 사람이었다. 지금 초나라에서 벼슬하여 관직이 높고 부귀를 누리고 있으니 아직도 월나라를 그리워하겠는가."라고 하였다. 신하가 대답하기를 "무릇 사람이 고향을 생각하는 것은 몸이 아플 때입니다. 저 사람이 월나라를 그리워한다면 월나라 소리를 할 것이고, 그렇지 않다면 초나라 소리를 할 것입니다."라고 하므로 사람을 시켜 들어보게 하니, 여전히 월나라의 소리로 신음하였다는 고사가 전한다.《史記 卷70 陳軫列傳》

584) 도해(蹈海) : 불의에 굴하지 않는 절의. 각주 55) 참조.

뗏목을 타면 곧장 은하수를 물으려 하네　乘槎直欲問星河
이 몸에 한이 서렸지만 몸에는 날개가 없으니　此身茹恨身無翼
지척에 있는 신선의 땅에 지나갈 수가 없구나　咫尺僊區不得過

원운을 부기함

附元韻

일찍 말을 타고 운림에 머물던 일 회상하니　憶曾征騎駐雲林
만물의 경치는 쓸쓸하여 나그네의 마음을 위로하네　景物蕭然慰客心
솔에 이는 바람 소리 저녁 퉁소 소리 같은데　細聽風松生晚籟
서리 맞은 국화 어여쁘니 가을 금빛 터진 듯하네　靜憐霜菊坼秋金
길머리에서 한동안 방향 잡지 못함을 부끄러워하는데　路頭愧我未方久
골짜기에서 그대가 깊이 자리 잡은 것을 훌륭히 여기네　谷口多君卜地深
멀리 이별한 뒤에 또다시 떨어지는 해를 바라보며　遠別又逢搖落日
몇 번이나 동쪽 바라보며 괴롭고 외로이 읊었던가　幾回東望惱孤吟

몇 사람이나 진토에서 귀밑머리 희어졌는가　幾人塵土鬢成華
세상사 아득하여 괴로움은 끝이 없다네　世事悠悠苦未涯
오암(鰲巖)은 경치 좋은 곳에 외로이 서 있고　鰲背獨臨風月地
범 바위는 그림 같은 집에 새로이 드러나네　虎頭新幻畫圖家
주렴을 걷으니 빼어난 경치 푸른 산에 나누어지고　鉤簾秀色分青嶂
베개에 기대니 차가운 소리 은하수에 떨어지네　欹枕寒聲落絳河
강 구름 바라보니 서로 멀리 떨어져 있지 않고　望裏江雲不甚隔
별안간 날아온 가을 기러기 또 처음 지나가네　別來秋鴈又初過

이계명, 홍숙경이 서악에 오르면서 지은 시에 차운함
次李季明洪叔京登西岳作

네 산악 가운데 이 산이 가장 훌륭하니	四岳之中此最優
올라보면 웅장한 고을이 한눈에 들어오네	登臨可想鎭雄州
인간 세상 나그네는 아름다운 풍취를 탐내고	人間客有耽佳趣
천상의 별은 승경이 모이는 곳을 안다네	天上星知聚勝流
오늘은 궁전에서 높은 관직 사양하고	今日殿中辭紫紱
옛날 함곡관(函谷關) 밖에서 푸른 소를 탔다네[585]	昔年關外駕青牛
장차 시문을 신선 세계에 남기려고 하니	從將咳唾留僊府
진주조개 힘들이지 않고 바다에서 구하네	珠貝無勞入海求

안동 부사 송상인[586]을 전송함 2수 병인년(1626)
送花山宋使君象仁二首 丙寅

우리 사또 고상한 의리는 층층 구름까지 닿으니	我候高義薄層雲
정사는 간결하고 마음은 청렴하다 뭇 사람들 말하네	政簡心清衆所云
고을 수령하기[587]에는 재주가 일찍이 아까웠으니	才局割雞曾所惜
진실로 사또의 역량은 근래에 들을 수 없던 일	誠能服虎近無聞
다만 백성들에게 염숙도(廉叔度)[588]를 회상하게 하니	徒令白屋懷廉叔

585) 옛날 …… 탔다네 : 푸른 소를 탔던 선비는 노자(老子)를 말한다. 《열선전(列仙傳)》에 따르면 관령(關令) 윤희(尹喜)가 함곡관(函谷關) 위에 자색 기운이 떠 있는 것을 보았는데, 잠시 후 노자가 푸른 소를 타고 왔다고 하였다.

586) 송상인(宋象仁, 1569~1631) : 조선 중기의 문신. 본관 여산(礪山). 자 성구(聖求). 호 서곽(西郭). 문과에 급제, 검열을 지냈다. 형조 좌랑 때 김직재의 옥에 연루되어 제주도에 유배되었다. 인조반정으로 직강에 오르고 후에 어사로서 평안·함경도를 선유했다. 사예·집의 등을 거쳐 안동부사가 되었다. 정묘호란 때는 조운(漕運)을 감독하고 이어서 남원 부사 등을 지내고 사직했다. 전라도 관찰사에 등용되었으나 모함 때문에 사직하고 그 후로는 모든 벼슬을 사퇴하였다.

587) 고을 수령하기 : 원문의 할계(割雞)를 풀이한 것으로, 이는 닭을 잡는다는 뜻인데, 작은 고을의 수령(守令) 노릇하는 일을 뜻한다. 제자 자유(子游)가 무성(武城)의 수령이 되어 예악(禮樂)으로 고을을 다스리는 것을 보고, 공자가 "닭을 잡는 데 어찌 소 잡는 칼을 쓰리오.[割鷄, 焉用牛刀?]"라고 한 말에서 유래한다. 《論語 陽貨》

누가 대궐 향해 구군을 빌려 달라 하겠는가[589] 誰向丹墀借寇君
노면[590]의 봄날 행차를 다시 할 수 있다면 露冕行春如可再
나 죽마 타고 시냇가로 나가 사또를 찾아뵈리라 吾將騎竹候溪濱

허다한 고식[591]으로 우직한 백성을 그르치는데 幾多姑息誤愚氓
바야흐로 어진 사또의 정치 교화를 보았도다 方見賢侯政化成
황각[592]에 어찌 세상을 근심하는 생각 없겠는가 黃閣奈無憂世念
청문[593]에도 오히려 봄 농사를 지을 수 있겠구나 靑門猶可及春耕
돌아갈 마음은 천산 먼 곳이라 허락하지 않는데 歸心不許千山隔
차리신 모습은 도리어 한 마리 새보다도 가볍구나 行色還爭一鳥輕
병 깊어 외진 시골에 들어앉아 가장 뒤늦게 듣게 되니 病蟄窮鄕聞最後
애오라지 보잘것없는 음식으로 행차에 절을 하네 聊將韮水拜前旌

---

588) 염숙도(廉叔度) : 후한시대의 염범(廉范)이니, 숙도는 염범의 자이다. 염범이 촉군태수(蜀郡太守)가 되어 선정을 베풀자 백성들이 "염숙도여, 어찌 이리 늦게 왔나.[廉叔度, 來何暮?]" 하고 노래하며 칭송하였다.

589) 누가 …… 하겠는가 : 구순(寇恂)을 빌려 달라는 뜻으로, 고을 백성들이 어진 수령이 떠나가지 못하도록 만류하는 것을 말한다. 후한(後漢)의 구순이 영천태수(穎川太守)가 되었을 적에 치적을 세우고 이임(離任)되었는데, 그 뒤에 광무제(光武帝)가 남정(南征)할 때 구순이 광무제를 따라가 영천에 이르렀다. 그러자 영천의 백성들이 길을 막고서 광무제에게 말하기를 "폐하께서는 다시금 구군(寇君)을 우리에게 1년 동안만 빌려 주시기 바랍니다."라고 하였다.《後漢書 卷16 寇恂列傳》

590) 노면(露冕) : 후한 명제(後漢明帝) 때 형주자사(荊州刺史) 곽하(郭賀)가 뛰어난 성적을 거두자, 명제가 삼공(三公)의 의복과 면류(冕旒)를 하사하며 수레를 타고 다닐 때마다 장막을 걷어 백성들이 그 복장을 볼 수 있게 했던 데서 나온 말이다.《後漢書 卷26 郭賀列傳》

591) 고식(姑息) : 구차하게 우선 당장 평안한 것만을 취함.

592) 황각(黃閣) : 정승이 집무하는 청사로 한나라 때 승상의 청사 문을 황색으로 칠하여 궁궐과 구분했던 데에서 유래되었다.

593) 청문(靑門) : 청문은 한(漢)나라 장안성(長安城)의 동남문인데, 진(秦) 나라 동릉후(東陵侯) 소평(召平)이 진 나라가 망한 뒤에 이 문밖에서 포의(布衣)로 외[瓜]를 심어 생활하였다.

용암에서 배를 띄움

泛舟龍巖

신미년(1631) 4월에 형님을 모시고 장천에서 출발하여 진사 송언명을 방문하였고, 함께 술을 가지고 용암에 배를 띄웠다. 사벌국 시절 하늘에 제사를 지내던 망루의 터가 그대로 남아 있었다. [辛未四月陪舍兄自長川歷見宋進士彦明因佩酒來泛龍巖沙伐國時祀天臺臺址尙存]

강가의 높은 대는 하늘에 제사 지내던 곳이라 하네 江畔高臺號祀天
옛날 사벌국에도 현인이 많았음을 알겠네 因知沙伐國多賢
그렇지 않고서는 삼한 땅에 바둑판처럼 펼쳐져서 不然棋布三韓地
백 년 이상이나 종묘사직을 보존할 수 있었겠는가 能保宗祊百許年
태평성대 이어오다 지금의 어진 군주 맞았으니 昭代卽今逢聖后
창강[594]이 이제부터 내 앞에 떨어지리라 滄江從此落吾前
옥촉[595]에 조화로운 여러 신하들 있으니 調和玉燭群工在
용암에 낚싯배 타는 일에 어찌 간여하겠는가 何預龍巖一釣船

삼산에서 물이 불어난 것을 보다

三山觀漲

우복 선생께서 난리에 임하여 삼산에 이르셨는데, 비를 만나서 10여 일을 머무르셨다. 삼산은 보은의 다른 이름이다.[愚伏先生赴難至三山遇雨留十數日三山報恩別號也]

고을 사람들 다투어 물이 불어옴을 알리니 邑人爭報水生洲
빠른 말 보낼 생각에 급히 누대에 올랐네 爲遣羈懷急上樓
백제 땅 외진 곳은 구름이 골짜기에 가득하고 百濟地偏雲一壑
삼련성 옛 바위 천 년을 이어왔네 三連城古石千秋
흥망에 운수 있으니 어찌 마음 쓸 일 있으랴 興亡有數寧關念
천지는 다함이 없으니 절로 수심 겨울 만하네 天地無窮自可愁
누가 거센 물결 끌어다가 도적 소굴을 잠기게 하고 誰挽橫流淪賊窟

594) 창강(滄江) : 창주(滄州)와 같은 말로, 물가의 그윽한 선경(仙境)을 뜻하는 말이다.

595) 옥촉(玉燭) : 사시(四時)의 기운이 화창한 것으로, 《이아(爾雅)》 〈석천(釋天)〉에 "사시의 기운이 화창한 것을 일러 옥촉이라 한다."라고 하였다.

남은 물결 나누어 섬에서의 치욕을 씻을 수 있을까 餘波分雪島中羞

삼련성은 신라 땅으로 삼국시대 교역이 성행하던 곳으로 도중은 아마도 정묘년(1627)의 강화도의 일을 가리켜서 말한 것이다. [三連城新羅地三國時交成之處島中蓋指丁卯江華事而言]

방호에서 경행 조준도에게 창석 시에 차운하여 줌 2수
方壺贈趙景行遵道次蒼石韻 二首

세상에서 말하길 낭풍[596] 있음을 어찌 기약하랴 世說安期在閬風
낭풍은 원래 아무 것도 없는 가운데에 존재한다네 閬風元在有無中
일생 동안 무엇이 내가 좋아하는 일만 같으랴 一生孰若從吾好
모든 일은 응당 조화의 공에 의탁하리라 萬事應須付化工
구름은 푸른 처마에 자고 그대로 비가 되니 雲宿碧簷仍作雨
강물이 푸른 산을 둘러싸고 무지개를 이루려 하네 水環青嶂欲成虹
그대를 의지하고 심상히 바라보지 말라 憑君莫作尋常看
돌아보니 푸른 적삼에 백발의 노인이로다 回視青衫素髮翁

이름난 곳 한번 떠나면 멀리 떨어지게 되니[597] 名區一別馬牛風
길이 안개 노을로 하여금 꿈속에 들어오게 하네 長使煙霞入夢中
처세에는 특이하게 모난 행동 보이지 않았고 處世未看崖岸異
누각을 세움에 도리어 그림 솜씨에 감사하였네 起樓還謝畫圖工
술에서 깨어 보니 밝은 달은 가을 물 위에 떠 있고 酒醒明月臨秋水
길손이 흩어진 높은 봉우리엔 저녁 무지개 걸렸네 客散高峰倚暮虹
뒷날 병풍바위에서 나의 계획이 이루어진다면 他日屛巖吾計遂

596) 낭풍(閬風) : 곤륜산(崑崙山) 꼭대기에 있는 낭풍산(閬風山)으로, 신선이 사는 곳이라고 한다.

597) 멀리 떨어지게 되니 : 원문의 '마우풍(馬牛風)'을 풀이한 말로, 말이나 소가 바람이 나서 달아나 암수가 서로 유혹하려 해도 거리가 멀어 미칠 수 없다는 의미이다. 《춘추좌씨전》 희공(僖公) 4년 조에, 제환공(齊桓公)이 제후(諸侯)의 군대를 거느리고 초(楚)나라를 치자, 초나라에서 사신을 보내어 말하기를, "임금은 북해에 살고 과인은 남해에 살아 바람난 말이나 소도 서로 미칠 수 없는 먼 거리이니, 임금께서 우리 땅에 오실 줄은 생각하지도 못했습니다.[君處北海, 寡人處南海, 唯是風馬牛不相及也, 不虞君之涉吾地也.]"라고 한 데서 온 말이다.

짤막한 지팡이로 두 늙은 노인과 내왕하리라　短筇來往兩衰翁

반계옹의 소각주 시에 차운함

次磻溪翁小閣舟韻

개울에 임해 있는 누각은 배처럼 작은데　臨溪有閣小如舟
바위 넘고 숲 헤치니 오솔길이 그윽하네　踏石穿林一逕幽
옛날에 잠깐 올랐을 땐 무더운 여름이었는데　昔我暫登方盛夏
대나무[598] 숲에 앉으니 깊은 가을인 듯하였네　此君當坐似深秋

집 좌우에 대나무가 있다[軒左右有竹]

우아한 회포는 진실로 경박 속에 흩어졌고　雅懷固已輕中散
서투른 글귀 어찌 욕되게 아래에서 구하랴　拙句何須辱下求
내 생애의 졸렬한 생계를 곧바로 비웃으니　仍笑吾生生計拙
도리어 창호를 단단히 얽어매는 일을 망치네[599]　却於牖戶失綢繆

이 노인 세상살이 빈 배[600]와 같은데　此翁於世若虛舟
뜻이 지란과 같아 그윽한 곳에 터를 잡았네　秉志如蘭選地幽
호리병 속에는 갑자가 없다는 것[601]을 이미 아는데　已識壺中無甲子
살갗 속에는 춘추가 있다는 것을 누가 알겠는가　誰知皮裏有春秋
큰 강 굽이치는 곳 비록 궁벽한 데 임했지만　大江灣處臨雖僻

---

598) 차군(此君) : 대나무.

599) 창호를 …… 망치네 : 《시경(詩經)》 〈빈풍(豳風) 치효(鴟鴞)〉에, "하늘이 장마가 지기 전에 뽕나무 뿌리를 가져다가 둥지를 단단하게 얽어매 놓으면 현재 저 백성들이 누가 감히 나를 경멸하겠는가?[迨天之未陰雨 徹彼桑土 綢繆牖戶 今女下民 或敢侮予]"라고 한 구절을 바탕으로 하였다.

600) 빈 배 : 무심하고 담박한 마음을 비유하는 말로, 《장자》 〈산목(山木)〉의 "배를 나란히 하여 하수를 건널 적에, 빈 배가 와서 나의 배와 부딪친다면 아무리 속 좁은 사람이라도 성을 내지는 않는다.[方舟而濟於河, 有虛船來觸舟, 雖有惼心之人不怒.]"라는 구절에서 유래한 것이다.

601) 호리병 …… 것 : 한(後漢)의 술사(術士) 비장방(費長房)이 시장에서 약을 파는 선인(仙人) 호공(壺公)의 총애를 받아 그의 호리병 속으로 들어갔더니, 그 안에 일월(日月)이 걸려 있고 선경인 별천지(別天地)가 펼쳐져 있더라는 전설을 인용한 것이다. 《後漢書 卷82下 方術列傳下 費長房》

외로운 배로 돌아올 때 거슬러서 찾을 수 있겠네　　孤艇歸時遡可求
다만 서로 바라볼 뿐 만나지는 못했으니　　只得相望不得見
좋아하는 감정이 서로 얽혀있다고 말하지 말게나　　莫云情好兩綢繆

이숙명의 편지 뒤에 쓰다 임신년(1632)

題李叔明書後 壬申

인생 오십이면 벌써 노쇠했다고 하는데　　人生半百已云衰
아홉을 더하고 셋을 빼니 또한 알 만하구나　　加九除三又可知
구레나룻 위에는 다시 백발 더할 곳이 없으니　　鬢上更無添白處
시냇가에는 도리어 푸른 기약이 있다네　　澗邊還有緑青期
병이 깊어 의원의 치료를 바라 볼 희망마저 끊기니　　宿痾望斷醫治路
친한 벗의 편지에는 송축(頌祝)하는 말만 있구나　　親友書存頌禱辭
오직 바라는 건 이 몸의 죽음을 늦추는 것이니　　惟願此身遲一死
신의 조화로 태평성대 만드는 것을 볼 수 있을까　　得看神化鑄雍熙

나동지의 연당 작별시에 차운함

次羅同知蓮塘敍別韻

단작이 황주에서 대소를 일으키니[602]　　丹鵲黃州起大蘇
거듭 정우[603]에게 덕을 도리어 외롭게 하네　　仍教淨友德還孤
다정한 강호의 나그네는 공연히 일산을 기울이며　　多情海客空傾蓋
뜻이 있는 인어는 진주 같은 눈물을 흘리네　　有意鮫人爲泣珠
해질 무렵 물길 따라 선정(善政)을 노래하고[604]　　落日沿回歌蔽芾

---

602) 단작(丹鵲)이 …… 일으키니 : 단작은 사신을 가리키며 대소는 송나라 때 문장가 소식(蘇軾)을 의미하는 말이다. 아버지 소순(蘇洵)을 노소(老蘇), 소식을 대소(大蘇), 동생 소철(蘇轍)을 소소(小蘇)라고 한다. 황주는 소식이 송나라 신종(神宗) 희령(熙寧) 연간에 신법당(新法黨)과의 대립으로 귀양을 갔던 곳이다.

603) 정우(淨友) : 연(蓮)의 별칭으로, 송나라의 문인(文人) 증조(曾慥)가 일찍이 연을 정우라고 했다고 한다.

해밝을 때 돌아가서 요순(堯舜)을 본받고자 하네	明時歸去做唐虞
훗날 태액지(太液池)[605]에서 꽃구경하던 곳엔	他年太液看花處
혹시 임천에서 낚시하던 이를 기억하려나	倘憶林泉一釣徒

임천으로 가는 길에서

林泉道中

좁은 골짝 마을 앞에서 말안장을 내리니	徑谷村前下馬韉
맑은 물 한 굽이가 바위 가를 안고 도네	淸流一曲繞巖邊
푸른 단풍 고목이고 돌이끼는 자줏빛인데	靑楓樹老紫苔石
쌀알 같은 꽃이 피고 누런 조밭이 펼쳐지네	白粒花開黃粟田
마을 아낙은 뽕잎을 따며 빈집을 기웃거리고	村女採桑窺廢屋
길손은 불을 붙이며 새 연기를 마시네	行人敲火吸新煙
비단 노을 푸른 벽옥 마음으로만 그리워하니	綵霞碧玉心猶戀
바로 우리 집으로 돌아가면 또한 망연하리라	歸卽吾家亦惘然

권별좌가 비오는 것을 기뻐하며 지은 시에 차운함

次權別坐喜雨之作

그대의 구법을 보건대 건안[606]에서 비롯되었으니	看君句法建安來
당시 사람들이 교묘하게 탈태[607]를 배우려 했네	肯學時人巧奪胎

604) 선정(善政)을 노래하고 : 원문의 '폐불(蔽芾)'은 주 문왕(周文王) 때 남국(南國)의 백성들이 소백(召伯)의 선정(善政)에 감사하는 뜻에서 그가 머물고 쉬었던 감당나무를 소중히 여겨서 "무성한 감당나무를 자르지도 말고 베지도 말라. 소백께서 그 그늘에 쉬셨던 곳이니라.[蔽芾甘棠 勿翦勿伐 召伯所茇]"라 한 데서, 지방관이 베푸는 선정을 의미한다. 《詩經 召南 甘棠》

605) 태액지(太液池) : 한 무제(漢武帝)가 세운 궁원(宮苑) 안의 연못으로, 대궐 조정을 가리킨다.

606) 건안(建安) : 한말(漢末)의 건안(建安) 연간에 시문(詩文)으로 명성을 떨치며 건안칠자(建安七子)라 일컬어졌던 공융(孔融), 진림(陳琳), 왕찬(王粲), 서간(徐幹), 완우(阮瑀), 응창(應瑒), 유정(劉楨) 및 조식(曹植) 부자(父子)의 시체(詩體)를 말한다. 이들은 백성들의 고달픈 삶에 대해 비분강개하는 강건한 시풍을 지니고 있었다.

607) 탈태(奪胎) : 시문(詩文)을 짓는 데 있어 고인(古人)의 뜻을 활용하여 새로운 작품으로 탈바꿈해 내는 것을

잠깐 내리는 비 소리에 낮잠 자다 놀라 깨니 乍帶雨聲驚午枕
짐짓 시상이 더해져 강가 매화로 들어간다네 故添詩思入江梅
산 모양은 삐죽삐죽 맑은 아침 해를 맞이하고 山容磔磔承淸旭
물줄기는 넘실넘실 푸른 이끼를 일렁이네 水勢溶溶漾碧苔
오직 긴긴 밤에 과거 시험장의 꿈을 꾸니 惟有莿圍長夜夢
대 사립과 솔밭 길을 떠나 돌아오지 않는구나 竹扉松逕去無回

황산사에서 비에 갇혀 묵사의 시축 안의 시에 차운하여 원상인에게 줌 병자년(1636)

黃山寺滯雨 次默師軸中韻贈圓上人 丙子

기산[608]의 서쪽 가는 옥부용의 형상인데 岐山西畔玉芙蓉
금빛 규룡으로 변하여 동쪽 향해 둘렀구나 化作金虯繞向東
허물어진 절을 중수하니 새롭고도 예스러우며 廢寺重修新間舊
머무는 승려는 매우 적은데 늙고도 귀가 먹었네 居僧甚尠老兼聾
젊은 시절 함께 공부하던 사람은 어디에 있는가 少時聯榻人何在
이번 비로 길이 통하지 않을까 도리어 근심스럽네 今雨還愁路未通
절에서 얼마 동안 머무를지 물으려 하니 欲問沙門留月日
다만 좋은 절기가 단오절에 가깝다고 하네 但云佳節近天中

한저작의 시에 차운함 2수

次韓著作韻 二首

일 년의 사람 일에 또한 깊은 가을 되었으니 一年人事又深秋
흐르는 물과 쏟아지는 빛을 거둘 수가 없구나 逝水頹光不可收

말한다.

608) 기산(岐山) : 산 이름. 섬서성(陝西省) 기산현(岐山縣) 동북쪽에 있으며 주(周)나라의 고공단보(古公亶父)가 북쪽 오랑캐의 침략을 피해 여기에 주나라 터전을 잡았다.

귀뚜라미 소리 처량하고 맑아 길손을 위로하는 듯 蛩語凄淸如慰客
산중의 거처는 쓸쓸하여 저절로 수심이 생기네 山居寥落自生愁
울타리 헐어 도적에게 잘 보임은 진정 어리석은 계책이니 輟藩媚盜誠愚計
새는 곳 막고 안일에 빠져서 어찌 원대하기를 도모하리 架漏偸安豈遠謀
만고의 천체(天體)는 항상 저절로 운행하는데 萬古穹隆常自運
기인이 너무도 어리석어[609] 눈물만 부질없이 흐르네 杞人癡絶淚空流

나그네 깊은 산중에서 몇 번이나 가을을 지났는가 客來深峽幾經秋
더구나 다시 산전에서 수확하는 것이 적구나 況復山田少所收
길가에서 전해 듣는 말에 좋은 소문은 없으니 路上傳聞無好語
인간 세상 어디에 간들 궁한 시름 아니겠는가 人間何往不窮愁
칠 년 묵은 병고에 삼 년 된 쑥을 구하려 하고[610] 七年病忽三年艾
초닷새 날에 달도 지지 않았는데 초엿새를 꾀한다네 五日蟾遲六日謀
탄식하며 한밤중에 홀로 앉아 있노라니 歎息中宵成獨坐
푸른 하늘이 바다 같은데 기러기 소리 들리네 碧天如海鴈聲流

병자년(1636)에 임천에 들어갔는데 이호 군이 찾아와서 나의 관어시를 말하기에 추억하며 그 시에 차운함

丙子入臨川 李君浩來言余觀魚之作 因憶得其韻

내가 옛날 땅 한쪽 끝을 유람한 것을 생각하니 憶昔身遊地一邊
지금도 생각에 문득 아득하기만 하네 只今心想却茫然
진짜 신선이 어찌 이 세상에는 없으랴마는 眞仙豈必無斯世

609) 기인(杞人)이 …… 어리석어 : 앞일에 대해 쓸데없는 걱정을 한다는 뜻의 겸사(謙辭)이다. 옛날 중국 "기나라에 살던 사람이 하늘이 무너지고 땅이 꺼지면 몸 둘 곳이 없다고 걱정하며 침식을 잊었다.[杞國有人 憂天地崩墜 身亡所寄 廢寢食者]"라는 이야기에서 나온 것이다. 《列子 天瑞》

610) 칠년 …… 구하려 하고 : 일을 미리 대비하지 못하였음을 의미한다. 《맹자》 〈이루 상(離婁上)〉에 "지금 천하에 왕노릇을 하려는 것은 마치 7년 묵은 병에 3년 묵은 약쑥을 구하는 것과 같으니, 이제부터라도 미리 약쑥을 저축해 두지 않는다면 종신토록 얻지 못할 것이다.[今之欲王者, 猶七年之病, 求三年之艾也, 苟爲不畜, 終身不得.]"라고 하였다.

명승지 가운데 어디에 일찍이 별천지가 있었던가　勝地何嘗有別天
북녘 끝 여러 산에는 돌피들만 무성하고　極北群山稊粒粒
일남[611]의 여러 섬에는 연꽃이 덮였네　日南諸島荇田田
백발을 끝내 막기 어려움을 일찍부터 알았으니　早知白髮終難禁
차라리 술병 두드리며 세월 보내는 것 배우리라　寧叩壺公學度年

죽계 박 군의 절구 두 수의 운을 합하여 칠언율시 두 수를 지어 다시 드림

合竹溪朴君二絕韻 得七言律二首復呈

시원한 저물녘에 나와 맑은 샘에 목욕하고　乘凉晚出浴清泉
돌아와 임천 정자에 누우니 마음은 신선 같네　歸臥林亭意欲仙
고목에는 푸른 칡이 휘감겨 용트림하는 모양이고　古木蒼藤龍作勢
우뚝한 절벽에는 붉은 이끼가 비단과 다투네　斷崖丹蘚錦爭妍
몸을 나누어 그림자와 함께 세 친구를 만들고　分身與影成三友
운을 합하고 장을 연이어 시 두 수를 얻었네　合韻聯章得二篇
하늘이 석문을 만들고도 자물쇠를 두지 않았는데　天作石門非有鑰
음편[612]하러 가는 시인(詩人) 전혀 없다네　絕無詩客枉吟鞭

세상사람 누가 다시 용천검(龍泉劍)[613]을 아는가　世人誰復識龍泉
당시에 뇌환[614]이 오래전 신선이 되었네　雷煥當時久已仙
별은 허공에서 빛을 잃어도 애석해하지 않고　不惜星文空晦蝕

611) 일남(日南) : 구체적으로 어느 나라를 가리키는지 알 수 없으나, 월남(越南)·태국(泰國) 등의 나라를 가리키는 듯하다.

612) 음편(吟鞭) : 시인의 말채찍이란 뜻이며, 가면서 읊조리는 시인을 묘사하기도 한다. 소만수(蘇曼殊)의〈정강으로 가는 도중에 읊다[淀江道口占]〉라는 시에, "복사꽃 붉게 피어 음편에 오르고 싶어 한다."라는 구절이 있다.

613) 용천검(龍泉劍) : 춘추시대 간장(干將)과 막야(莫邪) 부부가 제작했다는 전설적인 보검(寶劍)의 이름이다.

614) 뇌환(雷煥) : 진(晉)나라 때 뇌환(雷煥)이 용천(龍泉)과 태아(太阿)라는 두 보검을 얻어 그중 하나를 장화(張華)에게 주었는데, 후에 장화가 주살(誅殺)되자 그 칼의 소재를 알 수 없게 되었다. 뇌환이 죽은 뒤 그 아들이 칼을 가지고 연평진(延平津)을 지날 때 칼이 갑자기 손에서 벗어나 물에 떨어졌다. 사람을 시켜 물속을 찾게 하였더니, 두 마리 용이 서리어 있을 뿐이고 보검은 보이지 않았다고 한다.

도깨비가 고운 모습 꾸며 대니 미움이 생기네	生憎社魅假嬋姸
시름겨운 백제성(白帝城)[615] 원숭이 우는 골짜기	愁窮白帝啼猿峽
이태백의 읍귀편[616] 읽기를 좋아한다네	喜見青蓮泣鬼篇
지난날 청나라 사신이 돌아온 일을 홀연 떠올리니	忽憶往時淸使返
요조의 채찍[617]을 주었다는 말을 듣지 못했네	未聞持贈繞朝鞭

채경모의 작은 정자에서 덕구 전극항의 시에 차운함 2수

題蔡景慕小亭 次全德久克恒韻 二首

속세에 여러 사람들 떠드는 소리 귀에 거슬려	耳厭塵寰萬族喧
역양[618]의 말라 버린 오동나무 뿌리를 새로 베었네	嶧陽新斲自枯根
아양의 옛 노래[619]는 중한 이치로 귀결되고	峨洋舊曲歸重理
운수의 남은 시편[620] 자세한 논의로 들어가네	雲樹遺篇入細論

---

615) 시름겨운 …… 골짜기 : 백제성(白帝城)은 중국 사천성(四川省) 봉절현(奉節縣)에 있으며, 서한 말엽에 공손술(公孫述)이 칭제(稱帝)할 때 세워졌다. 사천성 무산현(巫山縣)에 있는 장강삼협(長江三峽)의 하나인 무협(巫峽)은 양쪽 언덕이 높고 험준하여 원숭이가 많이 서식하는데, 해마다 가을이 되면 그곳에서 항상 원숭이의 울음소리가 길게 들린다. 이처럼 원숭이 울음소리는 삼협 지역의 험준함을 묘사할 때 자주 쓰던 표현이다.

616) 이태백(李太白)의 읍귀편(泣鬼篇) : 두보(杜甫)가 이백의 뛰어난 시재를 찬탄하여 지은 시 〈기이십이백(寄李十二白)〉에서 "붓 들어 쓰면 풍우를 경동시키고, 시를 이루면 귀신을 울렸지.[筆落驚風雨, 詩成泣鬼神.]"라고 묘사한 시를 가리킨다.

617) 요조(繞朝)의 채찍 : 춘추시대 진(晉)나라 대부 사회(士會)가 진(秦)나라에 망명했을 때, 진(晉)나라에서 사회가 진(秦)나라에 쓰일까 염려해 계책을 써서 사회를 다시 진(晉)나라로 유인하여 갈 적에, 진(秦)나라 대부 요조가 사회와 작별하는 마당에 말채찍을 주면서 말하기를 "그대는 진(秦)나라에 인물이 없다고 이르지 말라. 나의 계책이 마침 쓰이지 않았을 뿐이다."라고 한 고사를 바탕으로 하였다.

618) 역양(嶧陽) : 역산(嶧山)의 남쪽이라는 뜻으로, 역산은 산동성(山東省)에 있다. 이 산에는 오동나무가 많이 자라는데, 훌륭한 재목으로 예로부터 유명하다. 이곳의 오동나무로 거문고를 만들면 아주 좋은 소리가 난다고 한다. 《서경》 〈우공(禹貢)〉에 "역산 남쪽에 우뚝 자란 오동나무를 조공한다.[嶧陽孤桐]"라고 하였다.

619) 아양(峨洋)의 옛 노래 : 춘추시대 거문고의 명인인 백아(伯牙)가 즐겨 연주한 곡조인 아양곡(峨洋曲)이다. 백아의 지기(知己)인 종자기(鍾子期)는 청음(聽音)에 조예가 깊어, 백아가 높은 산을 염두에 두고 연주하면 다른 사람들은 알아듣지 못했으나, 종자기는 "좋구나, 높고도 험한 것이 태산과 같구나.[善哉! 峨峨兮若泰山.]" 하였으며, 흐르는 물을 염두에 두고 연주하면 "좋구나, 양양한 흐름이 강하와 같구나.[善哉! 洋洋兮若江河.]"라고 하였다. 뒤에 벗 종자기가 죽자 백아는 거문고 소리를 알아들을 사람이 없다 하여 거문고의 현(絃)을 모두 끊고 다시는 연주하지 않았다고 한다. 《列子 湯問》

620) 운수(雲樹)의 남은 시편 : 두보(杜甫)의 〈춘일억이백(春日憶李白)〉시를 가리키니, "위수 북쪽엔 봄 하늘에 우뚝 선 나무, 강 동쪽엔 저문 날 구름.[渭北春天樹 江東日暮雲]"이라는 시구에서 유래하여 벗을 그리워하는

군자는 살리기를 좋아하여 참으로 지극히 덕스러우니	君子好生誠至德
우리들은 죽기까지 감히 그 은덕을 잊을 수 없으리라	吾儕無死敢忘恩
남은 경사는 모두 선대의 선행에 연유함을 일찍부터 아니	早知餘慶皆由善
당대에 발복(發福)하지 않으면 후대에 반드시 발복하리라	不發于身在後昆

누가 희음[621]으로 하여금 시끄러운 소리를 잠재울까	誰遣希音息衆喧
응당 월굴과 천근[622]을 찾아야 하네	應探月窟及天根
풍수가들은 말 밖에서 새로움을 얻을 수 있으니	堪輿言外有新得
경험을 모은 방법 중에는 이런 논의가 없구나	集驗方中無此論
신묘한 침술은 죽는 사람도 일으킬 수 있을 뿐 아니라	不獨神鍼能起死
또 말라 버린 뼈로 하여금 은혜를 두루 머금게 한다네	亦令枯骨遍銜恩
목당[623]은 죽었으니 지금은 만들기 어려우니	牧堂已矣今難作
서산[624]을 섬겨 후손에게 이루어지기 바라노라	服事西山欲以昆

송나라 선비로 채서산(蔡西山) 선생은 의약과 지리서에 조예가 깊어서 일찍이 《옥수경(玉髓經)》을 저술했다. 그 서문에 이르기를, "아버님 목당(牧堂)께서 자제들을 가르치기를 "지리와 의약은 사람의 자식이 되어 배우지 않으면 안 된다. 의약을 모르면 그 재앙이 한 사람에 있고 지리를 모르면 그 재앙이 한 가문에 미치니 이와 같은데 남을

마음을 뜻한다.

621) 희음(希音) : 보통 사람은 귀로 듣지 못하는 심오한 의미가 담겨 있는 위대한 소리로, 《도덕경(道德經)》 "지극히 큰소리는 잘 들리지 않는다.[大音希聲.]"라는 말에서 유래하였다.

622) 월굴(月窟)과 천근(天根) : 《주역(周易)》에서 동지(冬至)에 한 양(陽)이 아래에서 처음 생긴 것이 복괘(復卦)로서 이를 '천근'이라 하고, 하지(夏至)에 아래에서 한 음(陰)이 처음 생긴 것이 구괘(姤卦)로서 이를 '월굴'이라 한다.

623) 목당(牧堂) : 송나라 때 사람 채발(蔡發)이니, 채원정(蔡元定)의 아버지이다. 만년에 호(號)를 목당노인(牧堂老人)이라고 하였다. 출입을 끊고 오로지 독서와 자녀 교육에 전념하여, 아들 원정(元定), 손자 연(淵)·원(沅)·침(沉), 증손자 격(格)·모(模)·항(杭)·권(權)은 남송의 대유(大儒)가 되었다. 이들을 아울러 "채씨사세구유(蔡氏四世九儒)"라 불렀다. 풍수지리학에도 정통하여 저서에 《발미론(發微論)》이 있다. 죽은 후, 태자태보(太子太保)를 추증받았다.

624) 서산(西山) : 중국 송나라의 학자 채원정. 어려서 아버지 채발에게 배우고, 후에 주희에게 배움. 의리(義理)·상수(象數)를 겸하고, 천문(天文)·지리(地理)·악률(樂律)·역수(曆數) 등에도 폭넓은 학식을 지님. 학문이 높고 박식하여 그의 스승 주희가 오히려 스승이자 벗으로 깍듯이 대하였다.

대할 수 있겠는가?"라고 하였다. 지금 경모(景慕)는 성이 채씨이면서 선대부로부터 사람을 살리는 일에 마음을 두고 침술이 정묘하여 일시에 높은 위치를 차지했으며, 경모의 대에 이르러는 풍수의 방술까지 겸하게 되었으니, 일에 서로 비슷한 점이 있기 때문에 차용하여 적용하였다. 이때 침술을 시술받은 사람이 위아래로 모두 삼백여 인이었다. 전경구(全德久) 또한 왔고 덕구가 모시고 와서 먼저 시를 지었고, 유지평(柳持平) 역시 화답하였다.

宋儒蔡西山先生 深於醫藥地理之書 嘗發揮玉髓經 其序云 先君牧堂嘗詔子弟 地理醫藥 爲人子所不可不學 不知醫藥 禍在一人 不知地理 禍在一門 如是而可待人爲之乎 今景慕姓蔡而自先大夫以活人爲心 鍼術精妙 高步一時 至景慕而兼治堪輿家 事有相類者 故借以爲用 時受鍼者 上下竝三百餘人 全慶尹亦來 德久侍行 首先題詩 柳持平亦和

만취당 준보 권산립의 시에 차운함 2수 병소서

次晩翠堂權峻甫山立韻 二首 竝小序

외형(外兄) 준보 씨(峻甫氏)의 집 가에 소나무 다섯 그루가 있는데, 가는 잎과 옅은 그늘이 매우 사랑스러우니, 준보 씨는 날마다 그 아래에서 시를 읊으면서 배회하며 떠나가지 못하였으니 마치 다른 사람에게는 없는데 자기 혼자만 소유한 듯하였다. 대저 곧고 외로운 절조를 빼앗기 어려우며 사시를 관통하여 길이 푸른 것은 오직 준보 씨의 소나무만 그러한 것이 아니었지만 진정으로 사랑할 줄 알아서 독실하게 좋아하는 이는 오직 준보 씨일 따름이었다. 그래서 준보 씨는 이를 취하여 호로 삼고 이어서 칠언율시 두 수를 짓고 나에게 화운시를 구하기를 그만두지 않았으므로 마침내 그 시에 차운하였다. 다만 이른바 만취당은 편액만 있고 집은 없었는데, 최계승(崔季昇)이 공에게 서문을 짓도록 하였다.

外兄峻甫氏之宅邊有五松 細葉輕陰甚可愛 峻甫氏日哦詩其下 徘徊眷戀 若人所無而獨有之者 夫貞孤難奪 貫四時而長青者 非峻甫之松獨爾 顧眞知可愛而篤好者 惟峻甫氏耳 峻甫氏旣取以爲號 仍作七言律二篇 求余和不置 遂次其韻 但所謂晩翠堂者 有扁而無屋 崔季昇令公爲作序云

옛날 소문에 담장 동쪽에서 난을 피했다고 하는데[625]	昔聞避世在牆東
지금 골목길 가운데서 자취 감춘 이를 보겠구나	今見藏踪委巷中
집이 없어도 안락함은 소강절이 아니런가[626]	安樂無窩非邵子
서성거릴 땅이 있음은 도연명이라네[627]	盤桓有地是陶翁
된서리 내리쬐는 땡볕이 어찌 다르겠는가	嚴霜烈日何嘗異
굳은 절개 외로운 회포는 은연중에 서로 같네	勁節孤懷暗與同
가련하구나 성 머리에 무수한 나무들	可惜城頭無限樹
향기로운 꽃 바닷바람에 모두 다 떨어졌네	芳華凋盡海鯤風

우리 형님은 늙었지만 또한 풍류가 있으니	吾兄雖老亦風流
하늘이 반구[628] 보내 장대 끝에 들어오네	天遣斑鳩入杖頭
사물도 진나라의 비와 이슬[629] 맞는 것을 부끄러워하며	物亦羞蒙秦雨露
사람들은 저수량(褚遂良)[630]의 춘추에 닿을까 두려워하네	人方畏觸褚陽秋
시끄러운 세속 자취와 멀리하니 어찌 더럽혀지랴	紅塵迹遠那能浼
백운가(白雲歌)[631] 가사는 고상하나 창수하기 쉽지 않네	白雲詞高未易酬
예부터 산림에서 몰래 부른 자들이 많았거늘	自古山林多竊吹
쉬는 것을 말하지 않는 자가 진정 쉬는 자라네	不言休者是眞休

---

625) 담장 동쪽에서 …… 하는데 : 후한(後漢) 때 은사(隱士) 왕군공(王君公)은 난리를 만나서 홀로 멀리 피란하지 않고 시장 바닥에서 소 거간꾼 행세를 하면서 숨어 살았으므로, 당시 사람들이 그를 두고 논평하기를 “담장 동쪽에서 난세 피하는 이는 왕군공이다.[避世牆東王君公]”라고 한 데서 온 말이다. 《後漢書 卷83 隱逸列傳 逢萌》

626) 집이 없어도 …… 아니런가 : 북송의 학자 강절(康節) 소옹(邵雍)은 몸소 농사를 지어 생활하면서 자기가 사는 집을 안락와(安樂窩)라 하고, 안락 선생(安樂先生)이라 자호(自號)하였으므로 이렇게 말한 것이다.

627) 서성거릴 …… 도연명이라네 : 도연명의 《귀거래사(歸去來辭)》에 “외로운 소나무를 어루만지며 서성대노라.[撫孤松而盤桓]”라는 구절이 있으므로 이렇게 말하였다.

628) 반구(斑鳩) : 반구라는 비둘기가 있는데, 이 새가 울면 비가 온다 하여 비를 부르는 비둘기란 뜻에서 환우구(喚雨鳩)라 한다.

629) 비와 이슬 : 원문의 ‘우로(雨露)’는 ‘비와 이슬’이라는 뜻 이외에 ‘임금의 은택’을 비유적으로 나타내기도 한다.

630) 저수량(褚遂良) : 당(唐)의 명필. 해서와 예서에 특출하였고, 문사(文史)에도 두루 밝았다. 당시의 명필이었던 우세남(虞世南)이 죽자 태종은 함께 글씨를 이야기할 자가 없어 탄식하였는데, 마침 위징(魏徵)의 천거로 저수량을 얻었다.

631) 백운가(白雲歌) : 당나라 때 시인인 이백(李白)이 산중으로 은거하고자 하는 친구에게 송별한 작품.

흰 국화 한 떨기를 이석계의 새 집에 보내며
白菊一叢 寄李石溪新寓

심을 품종을 구해오느라 일정을 헤아리지 못했으니	品植求來不計程
동쪽 울타리에 남아 있는 건 도연명과 비슷하네	東籬留得伴淵明
지난해 심한 가뭄에는 깊은 도랑의 도움이었고	徂年酷旱資深澗
동짓달 혹한에는 꽃이 떨어지는 시련이었네	復月嚴寒試落英
흰색 빛은 도리어 술 잔 속을 따라 엷어지고	素色却從盃裏失
맑은 향기는 아마도 눈 속에서 피어난 듯하네	淸香疑自雪中生
새로운 집에는 세모라 응당 이런 게 없을 터이니	新居歲暮應無此
한 떨기 외로운 꽃향기 맹주(盟主)가 아니라네	添一孤芳匪主盟

고사 군이 안동 수령이 되어 방회[632]를 열었는데, 공이 '동방 급제한 동갑들이 이미 스스로 기이하다'고 선창하자 내가 이어서 시를 지음
高使君作花山倅 仍作榜會 公先唱同榜同庚已自奇 余續而成之

함께 급제한 동갑들이 이미 스스로 기이하니	同榜同庚已自奇
서로 알아주고 서로 만나지만 어긋나 버렸네	相知相見底差池
하늘이 바다를 열어주어 붕새의 길이 넓고	天開溟海鵬程闊
땅은 노을이 자욱하여 학의 꿈이 더디네	地入煙霞鶴夢遲
운니[633]를 잡고 기개를 논하지 말게나	莫把雲泥論氣概
모름지기 운월[634]이 되어 마음속을 증명하리	須將雲月證襟期
그윽한 난초도 향기가 다하면 오히려 바뀌는데	幽蘭終馥猶能變
어찌 소나무와 대나무처럼 사계절을 일관하겠는가	豈若松筠貫四時

632) 방회(榜會) : 같은 해에 같은 과거 시험에 입격한 사람들끼리 모이는 회합을 가리킨다.

633) 운니(雲泥) : 하늘 위에 떠 있는 구름과 땅 아래에 있는 진흙이라는 말로, 둘 사이의 신분 차이가 아주 큰 것을 뜻한다.

634) 운월(雲月) : 구름과 달로, 멀리 헤어져 있거나 이미 죽어서 만날 수 없는 정겨운 벗의 모습을 떠올리게 하는 사물로 흔히 거론된다.

유덕재의 운자에 차운함

次柳德栽韻

기묘년(1639)에 권별좌, 박회숙 등 여러 사람과 함께 황산에서 이야기를 하였는데 덕재가 없다는 소식을 듣고는 방문하지 않고 왔다. 그 후에 내버려 두었다고 말을 하면서 한 번도 찾아오지 않음으로 오륙구에서 언급하였다.[己卯 與權別坐朴晦叔諸人 同話于黃山 聞德栽不在 未訪而來 後以遐棄爲言而不一來 故五六句及之]

원곡[635]은 길이 많지 않은 줄 잘 알지만 猿谷深知路不多
단지 늙고 병든 까닭에 지나가지 못하였네 只緣衰病未經過
도리어 좋은 운자에 나의 마음 개진하니 却因瓊韻開塵慮
마치 지전[636]에 들어가 노을을 음미한 듯하네 如入芝田嚼彩霞
한 번의 말채찍을 아끼려고 어찌 그대를 등지겠으며 靳一着鞭君豈負
공교롭게도 서로 헤어지고 나는 응당 멀어졌네 巧相違袂我應遐
거칠게 억지로 지어 애오라지 용서를 구하지만 荒蕪强綴聊成謝
무딘 칼로 막야검(莫邪劍)[637]과 겨루려 않는다네 非欲鉛刀齒莫邪

이계명의 사시운에 차운함 4수

次李季明四時韻 四首

봄 春

예천의 남쪽은 푸른 물이 굽이쳐 흐르는데 天竺之南綠水灣
몇 해 동안 내버려져 제멋대로 우거졌구나 幾年無主任荒閒

---

635) 원곡(猿谷) : 일명 '납실'로, 현재 안동시 임동면(臨東面) 갈전리(葛田里)이다. 학봉(鶴峯) 김성일(金誠一)의 별장이 있던 곳이다.

636) 지전(芝田) : 신선들이 가꾼다는 지초(芝草) 밭으로, 곤륜산에 있다고 한다. 《습유기(拾遺記)》 〈곤륜산〉에 "제9층(層)은 산세가 점점 좁아지는데, 아래에는 지초 밭과 혜초 밭이 있다. 모두 수백 이랑인데 신선들이 심고 가꾼다.[第九層, 山形漸小狹, 下有芝田蕙圃, 皆數百頃, 群仙種耨焉.]"라고 하였다.

637) 막야검(莫邪劍) : 옛날의 보검(寶劍)이다. 춘추시대 오(吳)나라 간장(干將)이란 사람이 칼을 만들 때 철즙(鐵汁)이 흘러내리지 않자, 그의 아내 막야가 노신(爐神)을 불러 철집이 흐르도록 한 후에 칼 두 개를 만들어서 한 개는 간장검(干將劍), 한 개는 막야검이라고 했다는 고사가 있다.

초가집은 동서의 양수(瀼水)[638]에 뒤지지 않으며	衡茅不讓東西瀼
시문의 재주가 어찌 대소산[639]에 부끄러우랴	詞藻何慙大小山
시냇가 푸른 복숭아에는 꽃이 만발하였고	臨澗碧桃花爛熳
숲 속의 꾀꼬리는 아름답게 지저귀네	隔林黃鳥語間關
일생의 근심과 즐거움 어찌 모름지기 물을까	一生憂樂何須問
몸은 산수 경치가 울긋불긋한 곳에 있구나	身在煙霞紫翠間

여름 夏

봄이 지난 무호[640] 들에 물길이 갈라지고	春盡蕪湖野水分
원림에는 녹음이 구름처럼 빽빽하네	園林布葉密如雲
윗 강의 고기잡이 등불은 어두워도 볼 수 있으며	上江漁火昏方見
깊은 숲속 두견새 우는 소리는 낮에도 들려오네	深樹啼鵑晝亦聞
지난 시절에 지리지(地理志) 남겼다고 말하지 마라	莫謂往時遺地志
모름지기 오늘에야 인문에 귀속됨을 알았겠도다	須知今日屬人文
그대를 생각하며 매일 시를 삼복[641]하니	思君每取詩三復
다시 영릉의 한 다발 향과 바꾸려네[642]	又換零陵一炷薰

638) 양수(瀼水) : 중국 사천성(四川省) 봉절현(奉節縣) 산간의 냇물 이름인데, 두보(杜甫)가 일찍이 기주(夔州) 지방에서 노닐 때 그곳 산천을 몹시 좋아하여 차마 떠나지 못하고 양수의 동쪽, 서쪽 등으로 세 번이나 집을 옮겨 살면서 서재를 모두 고재(高齋)라 명명했다고 한다.

639) 대소산(大小山) : 대산 소산(大山小山)의 준말로, 한(漢)나라 회남왕(淮南王) 유안(劉安)의 뭇 신하 가운데 회남 소산(淮南小山)의 무리들이 지은 사부(詞賦)를 가리키는데, 대산 소산은 곧《시경(詩經)》의 대아(大雅)·소아(小雅)와 같은 의미라고 한다.

640) 무호(蕪湖) : 예천군 지보면(知保面) 부근의 낙동강변에 있는 명소.

641) 삼복(三復) : 삼복백규(三復白圭)로, 항상 가슴속에 명심하며 잊지 않겠다는 뜻이다.《시경》〈대아(大雅) 억(抑)〉에 "흰 옥돌 속에 있는 오점(汚點)은 그래도 깎아서 없앨 수 있지만, 말을 한번 잘못해서 생긴 오점은 어떻게 해 볼 수가 없다.[白圭之玷 尙可磨也 斯言之玷 不可爲也]"라는 말이 나오는데, 공자의 제자인 남용(南容)이 매일 이 구절을 세 번씩 반복해서 외우자, 공자가 이를 훌륭하게 여겨 자신의 조카딸로 처를 삼게 했던 고사가 있다.《論語 先進》

642) 영릉향(零陵香) : 콩과에 딸린 풀. 유럽 원산(原產)으로, 높이 70cm쯤이며, 잎은 세 쪽 잎이고 잎자루가 길며 어긋맞게 남. 여름에 잎 아귀에서 7cm쯤 되는 꽃꼭지가 나와서 작은 나비 모양(模樣)의 꽃이 핌.

가을 秋

산중에 가둔[643]하여 세상 근심과 멀리하는데	嘉遯雲林違世虞
고인에게 찾아보니 어찌 그리 많은지	求之於古豈多乎
기산(箕山)[644] 물가에서 기꺼이 가난한 선비 되었으며	甘爲箕瀕長貧士
제량[645]의 대장부를 어찌 헤아리겠는가	肯數齊梁大丈夫
푸른 대숲에서 하룻밤 사이에 초가을을 맞으니	一枕新涼蒼竹塢
자란(紫蘭) 화분 맑은 향기 정원에 가득하네	滿園淸馥紫蘭盂
옆 사람들은 이웃집이 왜 없느냐고 말하지 말라	傍人莫道無隣竝
향기로운 덕이 따라오니 스스로 외롭지 않다네	馨德從來自不孤

겨울 冬

좋은 세월 다 보내고 벌써 백발 되었는데	送盡年華已白頭
마음 아는 것은 오직 옛날 모래 갈매기로다	知心惟有舊沙鷗
서로 서로 친근하여 서로를 의심하지 않으며	相親相近不相訝
절로 가고 절로 오며 돌아와서 절로 쉬도다	自去自來還自休
가난한 삶을 싫어하지 않고 소박함을 따르며	未厭窮居隨簡朴
따스한 날 찾아 맑고 그윽함을 토론하려 했네	要從暖日討淸幽
학의 다리는 길고 오리는 짧음이 타고난 것이니	鶴長鳧短有天賦
어찌 그것을 슬퍼하며 또 근심하게 하겠는가	豈可令悲又使憂

643) 가둔(嘉遯) : 《주역》 돈괘(遯卦) 구오(九五)에, "아름다운 은둔이니, 바르므로 길하다.[嘉遯, 貞吉.]" 하였다. 이는 거취를 중정(中正)한 도리에 맞게 하여 은둔하는 것으로 매우 좋은 은둔이 된다.

644) 기산(箕山) : 요(堯)가 허유(許由)에게 천하를 주려 하자 거절하고 기산에 은거하였고, 또 그를 불러 구주(九州)의 장(長)으로 삼으려 한다는 말을 듣고 귀를 영수(潁水) 가에서 씻었다. 그는 기산에 은거하면서 표주박으로 물을 떠먹고는 나무 위에 그것을 걸어 놓았다 한다.

645) 제량(齊梁) : 중국 남북조(南北朝) 시대 남조의 대표적인 두 나라이다. 제나라와 양나라에서는 청허한 담론을 숭상하였고 시에서는 성정(性情)의 표현보다는 성조(聲調)와 수사학(修辭學)적인 기교가 더욱 발달하였다.

흥을 냄 병신년(1596) 송천에서 지음
遣興 丙申在松村作

봄이 지난 강가 누각에 늦게 핀 꽃 떨어지는데	春盡江樓落晩花
해질 무렵 문을 나서 깃드는 까마귀를 보네	出門殘日看棲鴉
길손이 세찬 바다에서 찾아온 지 오래되었으며	客來鯨海星霜久
집은 용산에 있어 도로가 까마득하네	家在龍山道路賖
만 리 병란(兵亂)이 북극 하늘을 뒤덮었지만	萬里風塵天北極
일 년 내내 남쪽 물가에는 향기로운 꽃이 피었네	一年芳草洛南涯
두견새가 가까운 창문 앞 나무에서 울어대니	子規啼近囱前樹
한량없는 향수는 몇 배나 더해지네	無限鄕愁幾倍加

술을 대하는 감회가 있어서 2수
對酒有感 二首

이곳저곳 유랑하며 며칠이나 쉬었는가	浪迹飄飄幾日休
이 년 동안 골짜기에서 늦가을을 보냈도다	二年溪上送殘秋
의원 없이 약으로 다스리니 상여의 병[646]인가	無醫可藥相如病
술은 먹어도 풀기 어려우니 송옥의 근심[647]인가	有酒難銷宋玉愁
돌아가는 기러기 소리에 하늘이 바다와 같으며	歸鴈一聲天似海
고향 떠난 천리 길손 누각에 오르네	去鄕千里客登樓
낙동강 물이 장차 헤어짐을 한탄하니	洛東江水將離恨
밤낮으로 도도하게 쉬지 않고 흘러가네	日夜滔滔不盡流

646) 상여(相如)의 병 : 전한(前漢) 시대 문장가로 명성이 높았던 사마상여(司馬相如)가 일찍이 소갈 병을 앓았던 데서 온 말이다.

647) 송옥(宋玉)의 근심 : 송옥은 전국 시대 초(楚)나라의 문인으로, 그가 일찍이 가을을 슬퍼하는 뜻으로 구변(九辯)을 노래한 데서 온 말이다. 구변의 대략에 "슬프다, 가을의 기후 됨이여. 쓸쓸하여라, 초목은 낙엽이 져서 쇠하였도다. 구슬퍼라, 흡사 타향에 있는 듯하도다. 산에 올라 물을 굽어봄이여, 돌아갈 사람을 보내도다.[悲哉秋之爲氣也 蕭瑟兮 草木搖落而變衰 憭慄兮 若在遠行 登山臨水兮 送將歸]"라고 하였다.

타향의 풍악 소리 일찍이 그치지 않는데 異方簫鼓不曾休
돌아갈 계획 어긋나서 또 한 해를 넘기네 歸計蹉跎又一秋
산골짜기 그윽한 샘은 이별의 한을 끌어오고 山澗幽泉牽別恨
초당에 지는 달은 고향 생각을 비추네 草堂殘月照鄕愁
풍환은 식객이 되어 길이 칼을 퉁겼으며[648] 馮驩爲客長彈鋏
왕찬은 집을 생각하며 홀로 누각에 올랐네[649] 王粲思家獨上樓
문득 이곳은 지난해에 눈물 흘리던 곳이니 更是去年添淚處
물과 같은 푸른 하늘에서 기러기 소리 들리네 碧天如水鴈聲流

나공이 장시 한 편을 보내주기에 다른 운으로 세 수를 차운하여 도로 보냄
羅公以長律一篇見寄 用別韻三首奉次却寄

병중이라 피부에 때가 비늘처럼 일어나니 病中膚垢欲生鱗
깊은 산골 마른 등걸이 바로 나의 참모습이네 絶壑枯槎卽我眞
옥절(玉節)을 받고 좋은 시문 없음을 가련해 하고 承玉自憐無麗藻
난초를 차고[650]도 다행히 명성을 전하였다네 紉蘭猶幸襲芳塵
거북이가 이제 물은 만나니 어찌 집을 바라겠는가 龜今得水寧希室
소나무는 본래 서리를 맞고도 봄을 그리지 않네 松本凌霜不戀春
세상에서 나를 알아주는 이 적다고 한하지 말지니 莫恨世間知己少

---

648) 풍환(馮驩)이 …… 퉁겼으며 : 전국시대 제(齊)나라 풍환(馮驩)이 맹상군(孟嘗君)의 문객(門客)이 되었을 때, 좌우(左右)로부터 천시를 받아 음식 제공이 초초하자, 그가 기둥을 기대어 손으로 검(劍)을 치면서 노래하기를 "장협아, 돌아가야겠다. 먹자 해도 고기가 없구나.[長鋏歸來乎 食無魚]" 하니, 맹상군이 좌우에게 명하여 음식 제공을 잘하도록 했다. 뒤에 그는 또 검을 치면서 노래하기를 "장협아, 돌아가야겠다. 가족을 부양할 수가 없구나.[長鋏歸來乎 無以爲家]" 하니, 맹상군이 또 사람을 시켜 그의 노모를 봉양해 주도록 했다. 여기서 전하여 기둥을 기댄다는 것은, 곧 벼슬살이를 하느라 어버이를 봉양하지 못함을 탄식하는 뜻으로 쓰인다.《史記 卷75 孟嘗君列傳》

649) 왕찬(王粲) …… 올랐네 : 삼국시대 위(魏)나라 왕찬이 동탁(董卓)의 난을 피하여 형주(荊州)의 유표(劉表)에게 가서 의지하고 있을 때, 강릉(江陵)의 성루(城樓)에 올라가 고향에 돌아가기를 생각하면서 〈등루부(登樓賦)〉를 지어 진퇴위구(進退危懼)의 정을 서술했던 것을 가리킨다.

650) 난초를 차고도 : 고결한 인품을 지니고 전원 속에 숨어 살았다는 뜻이다.《초사(楚辭)》〈이소(離騷)〉에, "강리와 벽지를 몸에 두르고, 가을 난초 엮어서 허리에 찼네.[扈江離與辟芷兮 紉秋蘭以爲佩]" 하였다.

여기서는 물고기와 새도 역시 서로 친해지리라 此來魚鳥亦相親

솔잎 술을 천천히 마시며 쏘가리 회 곁들이니 細酌松醪斫錦鱗
산속 생활의 풍미로는 이것이 참맛이라네 山居風味此爲眞
한 벌의 두건과 신발뿐 나머지 물건 없으니 一件巾屨無餘物
첩첩이 쌓인 봉우리는 세속에 속하지 않네 萬疊峰巒不屬塵
높새바람이 무더위를 몰아냄을 문득 깨달으니 更覺高風鏖盛暑
찬 골짜기에도 봄기운이 일어남을 일찍 알았네 曾知寒谷發陽春
이전부터 사랑하고 그리워하던 마음 잊기 어려우니 從前愛慕心難忘
어찌 지금처럼 특별히 친해질 줄 생각이나 했겠는가 豈意如今特地親

하룻밤 사이에 앞 여울에는 돌비늘이 줄어드니 一夜前灘減石鱗
도롱이 입고 어디에서 현진[651]을 묻겠는가 煙蓑何處問玄眞
처음에는 임금 때문에 상림[652]에서 빌었으며 初因聖上桑林禱
아울러 세상 안의 철마[653]에게 먼지를 씻는다네 兼洗寰中鐵馬塵
그 혜택은 이미 만 백성의 입에 오를 수 있으며 惠澤已能騰萬口
드리운 광채는 어찌 천년을 비추고 멈추겠는가 垂輝何止映千春
예전에 드리웠던 재앙은 모두 임금의 덕이니 從來弭眚皆君德
감히 큰 복을 찬양하며 친한 처지를 자랑하리라 敢贊鴻休詑所親

651) 현진(玄眞) : 당나라 장지화(張之和)가 벼슬에서 물러나서 자칭 연파조도(烟波釣徒)라고 하고 《현진자(玄眞子)》를 짓고, 또한 자호로 삼았다. 이후 현진자는 강호에 은거하는 사람을 말한다.

652) 상림(桑林) : 들 이름임. 탕(湯)임금 시대에 7년 동안 큰 가뭄이 있었는데 탕임금은 상림의 들에 가서 기우제를 지내고 비를 빌었다고 한다.

653) 철마(鐵馬) : 철마는 철갑을 입힌 말이다. 《동파전집(東坡全集)》 〈상원야(上元夜)〉에 "아기는 야시를 경유하여 나갔고 철마의 발굽 소리 봄 얼음에 울렸네.[牙旗穿夜市 鐵馬響春氷]"라고 하였다.

다시 한 수를 차운하여 드림
又次一首奉呈

청계의 흰 쌀밥에 물고기 반찬을 곁들이고	靑溪白粒配銀鱗
솔밭에 둘러앉아 진지하게 얘기를 나누네	鼎坐松間軟語眞
조정에서 공을 놓친 게 지극한 계책이 아니며	臺閣失公非至計
강산은 우리를 얻었으니 범상한 속세가 아니네	江山得我不凡塵
여울 소리 부딪치니 패옥을 버리는 듯하고	灘聲磨戛疑捐佩
나무 빛이 우거지니 봄과 작별하는 듯하네	樹色蔥瓏訝別春
만약 마고[654]를 만나면 번거롭게 물어볼 테니	若見麻姑煩爲問
세성[655]이 은하에서 내려오면 누구와 친하리까	歲星來漢與誰親

나공이 차운하여 보여주길래 다시 차운함
羅公次韻以示又次

물결이 수많은 고기의 비늘처럼 일어나는데	波紋蹙作萬魚鱗
그 속에 있는 사람 태을진인[656]인 듯	中有人疑太乙眞
다만 보건대 윤건[657] 쓰고 늘 술을 마주하니	但見綸巾常對酒
어찌 알리오 비단 버선에 티끌이 생기지 않는 것을	安知羅襪不生塵
쟁반 속의 상서로운 과일은 천 년 된 복숭아이며	盤中瑞核桃千歲
당 위의 신령한 뿌리는 만 년 묵은 참죽나무라네	堂上靈根椿萬春
나 또한 전신은 봉래산에서 온 나그네이니	我亦前身蓬島客
여기에서 두 마음이 서로 친함을 깊이 깨달았네	此來深覺兩心親

654) 마고(麻姑) : 한나라 환제(桓帝) 때의 선녀 이름.

655) 세성(歲星) : 목성(木星)으로 복성(福星)이라고도 하는데, 《사기(史記)》 〈천관서(天官書)〉에, "세성(歲星)이 비추고 있는 나라는 정벌할 수 없다."라고 하였다.

656) 태을진인(太乙眞人) : 하늘에 산다는 신선의 이름이다. 북송(北宋)의 저명한 화가인 이공린(李公麟)이 큰 연잎 위에 누운 채로 책을 펴서 읽고 있는 태을진인의 모습을 그린 태을진인연엽도(太乙眞人蓮葉圖)가 유명하다.

657) 윤건(綸巾) : 벼슬하지 않는 포의(布衣)의 차림이다. 윤건은 푸른 실로 엮어 만든 두건을 말하는데, 제갈량이 평소 애용하던 두건이라 하여 제갈건(諸葛巾)이라고도 한다.

진보 이 현감에게 드리고 아울러 김 찰방의 행안에 올림 2수
奉贈眞安李使君 兼呈金察訪行案 二首

찰방은 진보 현감의 장인으로 이 현감이 찰방을 모시고 갔는데 찰방은 김택상이다.[察訪於使君爲聘岳而李秀才侍行於察訪是宅相也]

조개[658]의 순행은 벗을 모으기 위함이니[659] 皁蓋時巡爲盍簪
은안장이 멀리 비봉산(飛鳳山) 계곡 남쪽에 모였네 銀鞍遙簇鳳溪南
담대[660]의 거드름은 어찌 늦음을 사양하겠는가 澹臺偃蹇寧辭慢
산간[661]의 풍류는 자신에게 부끄럽지 않았네 山簡風流自不慙
난초 차고도 향기가 다했다는 소리 겨우 들으며 蘭佩纔聞聲盡馥
솔잎 술을 마시지 않고도 오히려 취하기를 바라네 松醪未飮望猶酣
빙청과 옥윤[662]이 원래 서로 알맞으니 氷淸玉潤元相稱
더욱 방주[663]를 사랑하니 푸른 못에 비치네 更愛蚌珠映碧潭

각 방면의 기이한 봉우리는 옥비녀를 닮았으며 面面奇峰似玉簪
양쪽 시냇물은 서로 휘감겨 서남으로 안았네 雙溪纏繞抱西南
청산을 사려 해도 응당 값이 없을 것이며 靑山可買應無價

658) 조개(皁蓋) : 흑색의 수레 덮개라는 뜻으로, 지방관을 가리킨다. 《속한서(續漢書)》에 "중 2천 석과 2천 석은 모두 수레 덮개를 흑색으로 한다.[中二千石 二千石皆皁蓋]"라고 하였다. 군수(郡守)는 녹봉이 2천 석이다.

659) 벗을 모으기 위함이니 : 원문의 합잠(盍簪)은 친구들이 모여들어서 마음이 즐거운 것을 말한다. 《주역》 〈예괘(豫卦) 구사(九四)〉에 "말미암아 즐거워하므로 크게 얻음이 있으리니, 의심하지 않으면 벗들이 모여들리라.[由豫 大有得 勿疑 朋 盍簪]" 하였다.

660) 담대(澹臺) : 담대멸명(澹臺滅明)이란 사람이다. 공자의 제자인 자유(子游)가 무성(武城)의 수령이 되었을 때 공자가 "좋은 사람을 얻었느냐."고 물으니, 자유가 "담대멸명이라는 이가 있는데 지름길로 다니지 않고 공사(公事)가 아니면 절대로 저의 집에 오지 않습니다.[有澹臺滅明者 行不由徑 非公事未嘗至於偃之室也]" 하였다. 《論語 雍也》

661) 산간(山簡) : 진(晉)나라 사람으로 양양(襄陽)을 진무(鎭撫)할 때 해가 질 때까지 고양지(高陽池)에서 흠뻑 술을 마셔 크게 취하곤 하였다. 《晉書 卷43 山簡列傳》

662) 빙청(氷淸)과 옥윤(玉潤) : 장인과 사위의 미칭이다. 《진서(晉書)》 권36 〈위개열전(衛玠列傳)〉에 "위개의 장인은 악광(岳廣)으로 천하에 중망이 있었는데, 논하는 자가 말하기를 '장인은 얼음처럼 깨끗하고 사위는 옥처럼 윤택하다.' 하였다.[玠妻父樂廣 有海內重名 議者以爲 婦公氷淸 女壻玉潤]"라고 보인다.

663) 방주(蚌珠) : 대합 구슬[방주(蚌珠)]은 아들을 가리키는 말이다. 한(漢)나라 공융(孔融)의 〈여위단서(與韋端書)〉에 이르기를 "최근에 늙은 대합 속에서 두 개의 진주가 튀어나올 줄은 생각지도 못하였다.[不意雙珠 近出老蚌]"라고 하여, 그의 두 아들을 칭찬한 대목이 나온다. 《冊府元龜 卷826》

백발은 그대만 아니지만 어찌 부끄럽지 않겠는가 白髮非公豈不慙
매화나무 언덕에 눈 녹으니 봄소식이 임박하며 梅塢雪消春信迫
처마 끝에 해가 기니 달콤하게 낮잠 자네 茅簷日永午眠酣
누가 나에게 한가한 취미를 다한다고 하는가 何人盡我閒中趣
청둥오리와 갈매기가 같은 못에서 어울리네 花鴨輕鷗共一潭

이계명에게 차운하여 눈이 내린 뒤에 부침 2수

次李季明雪後見寄 二首

베 이불은 찬물 같아 항아리에 검게 칠한 듯 布衾如水暗書缸
잠 깬 처음에는 창문에 비친 달빛으로 의심했네 睡罷初疑月滿囪
인적 끊긴 역참 정자엔 대나무 꺾이는 소리 들리고 人斷驛亭聞折竹
등불 꺼진 부뚜막에는 쓸쓸한 삽살개만 보이네 火殘茶竈見寒尨
꿈속에서 옛길 찾으니 은세계가 펼쳐지고 夢尋舊路銀千界
책상에서 새로운 시 얻으니 한 쌍의 구슬이네 案得新詩玉一雙
자유[664]가 아니지만 병들어 칩거하니 不是子猷關病蟄
그윽한 흥취 타고 송강에서 정박하기 좋아하네 好乘幽興泊松江

눈이 멎은 하늘 길은 기러기의 통로이니 雪霽天衢鴈路通
멀리서 온 진중한 서찰이 들창으로 떨어지네 遠書珍重落簾櫳
그대는 아직 진정 노인이 되지 않았지만 如君未必眞成老
그러나 나는 슬그머니 이미 노인이 되었네 而我居然已作翁
병을 앓은 뒤에 조금씩 귀밑털이 희어지니 病後一分雙鬢改
천리 길에 헤어지니 두 사람의 마음은 같도다 別來千里兩情同
청산은 말하지 않고 구름도 뜻이 없으니 靑山不語雲無意

664) 자유(子猶) : 진(晉)나라 왕휘지(王徽之)이니, 자가 자유이다. 《진서(晉書)》 왕휘지열전(王徽之列傳)에 의하면, 그는 산음(山陰)에 있을 때 눈 내리는 밤에 흥을 이기지 못하여 친구인 대규(戴逵)를 섬계(剡溪)로 찾아갔다 한다.

어찌 소경과 귀머거리가 다르다고 따지겠는가 爭肯論他瞽與聾

다시 이계명의 운에 차운함

又次季明韻

깨끗한 눈이 병상에 떨어져 홀연히 놀라니 忽驚瓊雪墮塵床
향기로운 난초의 향기가 열 겹이나 스며드네 薰以蘭芳十襲藏
이러한 문장에 운수가 있음을 알지만 此等文章知有數
나의 질병은 어찌하여 무상한가 吾人疾病奈無常
시름겨워 거울 보니 머리는 학인가 의심되고 愁窺明鏡頭疑鶴
꿈속에 창랑에 들어가니[665] 길이 구불구불하네 夢入滄浪路轉羊
서글프게 문을 나서 때때로 한번 바라보니 怊悵出門時一望
작은 정자에는 푸르름이 안개 빛과 뒤섞였네 小亭蒼翠雜煙光

홍숙경이 방문하여 지은 시에 차운함 2수

次洪叔京見訪韻 二首

병든 이래로 창가 매화를 벗 삼아 지내는데 病來囪畔友梅兄
많은 자식들 멀리서 물 건너 서로 찾아오네 多子相尋涉遠汀
눈 덮인 골짜기 찬 소나무에 용은 일어나지 못했고 雪壑寒松龍未起
남전의 보옥[666]으로 처음 그릇을 만들었네 藍田寶玉器初成
술 취한 가운데 기쁜 마음에 이별의 아픔을 겸하니 醉中歡意兼離意
호수 가에는 장정이 단정과 함께 있네[667] 湖上長亭共短亭

---

665) 창랑(滄浪)에 들어가니 : 은거한다는 뜻이다. 원문의 '창랑'은 초나라 굴원(屈原)이 조정에서 쫓겨나 강담(江潭)에서 노닐 적에 지은 〈어부가〉에서 나온 말로 어부가 "창랑의 물이 맑거든 내 갓끈을 씻을 것이고, 창랑의 물이 흐리거든 내 발을 씻으리라."라고 하였다.

666) 남전(藍田)의 보옥(寶玉) : 명문 가문 출신의 뛰어난 인재를 가리킨다. 중국 남전현은 미옥(美玉)의 생산지로 유명한데, 삼국시대 오(吳)나라 손권(孫權)이 제갈근(諸葛瑾)의 아들 제갈각(諸葛恪)을 보고서 "남전에서 옥이 나온다더니, 정말 빈말이 아니다.[藍田生玉 眞不虛也]"라고 탄식했다는 고사가 있다.

세상에서 만나고 헤어짐은 항상 있는 일이거늘	逢別世間常事耳
모름지기 눈물 흘려 눈물이 갓끈 적시게 하지 말게	不須揮淚浪沾纓

이제부터 삼청[668]이 제일류인데	自是三淸第一流
무슨 까닭으로 오늘 저녁 창주[669]로 내려가나	緣何今夕落滄洲
술동이에는 푸른 술이 비록 한량이 없지만	樽中綠酒雖無限
자리에 앉은 훌륭한 아들에게 막수[670]가 없네	坐上佳兒欠莫愁
지당의 푸른 풀[671]은 일찍이 꿈속에서 상상하며	靑草池塘曾夢想
흰 망아지 마당에 콩잎 있으니[672] 여기서 마음껏 노네	白駒場藿此優遊
옥경[673]으로 가는 길은 봄바람 뒤에 있으니	玉京路在春風後
다시 바위에 꽃피기 기다리며 옥주[674]를 기울이네	更待巖花倒玉舟

667) 단정(短亭)과 장정(長亭)은 행인들의 휴게소로서, 5리(里)마다 단정을 설치하고 10리마다 장정을 설치하였다.

668) 삼청(三淸) : 도교의 이른바 삼동교주(三洞敎主)가 거하는 최고의 선경(仙境), 즉 삼청경(三淸境)의 준말로, 옥청(玉淸), 상청(上淸), 태청(太淸)을 말한다.

669) 창주(滄洲) : 삼국시대 위(魏)나라 완적(阮籍)이 지은 〈위정충권진왕전(爲鄭沖勸晉王箋)〉의 "창주를 굽어보며 지백에게 사례하고, 기산에 올라가 허유에게 읍을 한다.[臨滄洲而謝支伯 登箕山而揖許由]"라는 말에서 나온 것으로, 경치 좋은 은자의 거처로 흔히 쓰인다.

670) 막수(莫愁) : 옛 악부(樂府) 가운데 나오는 전설적인 여인으로 석성(石城) 사람이었는데 13세에 시집가 노씨(盧氏) 집안의 며느리가 되었으며, 노래를 잘 불렀다 한다.

671) 지당(池塘)의 푸른 풀 : 원문의 청초지당(靑草池塘)란 멋있는 시구를 짓는 것을 말한다. 남조(南朝) 송(宋)의 시인 사령운(謝靈運)이 시상(詩想)에 골몰하다가 꿈속에서 족제(族弟)인 사혜련(謝惠連)을 만나보고는 '지당생춘초(池塘生春草)'라는 명구(名句)를 지은 고사를 인용한 것이다.

672) 흰 망아지 …… 콩잎 있으니 : 《시경》 소아(小雅) 백구(白駒)에 "깨끗한 저 흰 망아지가, 우리 콩잎 먹었다 핑계 대고, 발과 가슴을 얽어매 놓고, 오늘 밤을 길게 늘이어, 저 훌륭한 사람을, 내 좋은 손이 되게 하련다.[皎皎白駒 食我場藿 縶之維之 以永今夕 所謂伊人 於焉嘉客]" 한 데서 온 말로, 이는 곧 서로 헤어지기 아쉬워하는 뜻으로 한 말이다.

673) 옥경(玉京) : 백옥경(白玉京)의 준말로, 도교에서 말하는 천제의 거소(居所)인데, 보통 황제의 도성을 가리킨다.

674) 옥주(玉舟) : 옥으로 만든 배 모양의 술잔을 말한다.

첨백 박응형의 운에 차운함 갑신년(1644)
次朴僉伯應衡韻 甲申

선학(仙鶴)이 비록 속세를 떠나지 못한다 해도	僊禽雖未離塵寰
아침에 요지[675]에서 마시고 저녁에는 봉래산	朝飮瑤池暮海山
두 귀로는 분수령이란 말 듣지 못했고	兩耳不聞分水嶺
한마음으로 오직 낙성만을 사랑하도다	一心惟愛落星灣
뛰어난 풍채와 큰 뜻은 끝내 잊기 어렵지만	孤標落落終難忘
나부끼며 돌아가는 소매를 어찌 붙잡겠는가	歸袂飄飄豈可攀
서쪽을 홀연히 바라보아도 보이지 않고	西望忽然看不見
습한 구름과 남은 눈이 잿마루를 가로막네	濕雲殘雪隔孱顔

이기성이 지은 박첨백 초당 운자에 차운함
次李器成題朴僉伯草堂韻

효자 바위 앞에 별촌이란 곳이 있으니	孝子巖前有別村
쑥을 엮어 집을 짓고 사립문을 만들었네	編蓬爲屋蓽爲門
집은 경쇠를 걸어 놓은[676] 듯했지만 마음은 늘 태평하며	室如懸磬心常泰
몸은 허주[677] 같았으나 자취는 매우 부지런했네	身似虛舟跡漫勤
녹음 짙던 봉우리가 앙상하니 가을 서리 가까우며	綠陰峰瘐秋霜近
백성들이 강가에서 떠들썩하니 여름 경치 무성하네	黔姓江暄夏景繁
부인을 가장 사랑하여 외인(外人)을 사모하지 않으니	最愛夫人無外慕

675) 요지(瑤池) : 곤륜산(崑崙山) 꼭대기에 있다는 신화 속의 못 이름인데, 선녀인 서왕모(西王母)가 주 목왕(周穆王)을 영접하여 이곳에서 연회를 베풀었다는 전설이 전해 온다.

676) 경쇠를 걸어 놓은 : 집안이 매우 가난함을 뜻한다. 집이 텅 비어 서까래만 걸려 있는 것을 형용한 말이다. 《국어(國語)》 〈노어 상(魯語上)〉에 "집은 경쇠를 걸어 놓은 것 같고 들판에 푸른 풀이 없으면 무엇을 믿고 두렵지 않으리오?[家如懸磬, 野無靑草, 何侍而不恐?]"라고 하였다.

677) 허주(虛舟) : 세상일에 대해 담박한 마음으로 대하여서 마음에 두지 않는다는 뜻이다. 《장자(莊子)》 외편(外篇) 산목(山木)에, "배를 나란히 하고 황하를 건널 적에 만약 빈 배[虛舟]가 와서 자기 배에 부딪쳤을 경우에는 아무리 속이 좁은 사람이라고 하더라도 성을 내지 않을 것이다. 그러나 만약 한 사람이라도 그 배 위에 있다면 곧 소리쳐서 저리 가라고 할 것이다." 하였다.

대나무 침상 왕골자리로 속세의 번거로움 끊었네	竹床蒲席絶塵喧

이계명의 운자에 차운함

次李季明韻

나는 원래 상한 마음을 스스로 금하지 못하는데	我旣傷懷不自禁
그대는 또한 여기에서 얼마나 심각한지	君之於此又何深
인생이란 세상에서 유감이 없을 수 없으니	人生天地未無憾
곤충처럼 천한 것도 모두 마음이 있다네	賤若昆蟲皆有心
팽상[678]이 모두 운수임을 이미 알고 있는데	已識彭殤都是數
누가 괴상한 기운을 다시 침범하게 하는가	誰令沴怪復來侵
산 속에 괴롭게도 시간을 알리는 새가 있으니	山中每苦知更鳥
삼성[679]이 기울지도 않았는데 달은 지려 하네	參未橫時月欲沈

삼강서원[680]의 회나무를 심은 운에 차운함

次江院種檜韻

때는 을유년(乙酉年)[681] 양월(陽月)[682]에	歲在靑雞月屬陽
한 치의 뿌리를 강당 가까이로 옮겨 심었네	寸根移種近鱣堂
훗날 훌륭한 인재가 모여드는 것과 상관없지만	非關異日祥鸞集
밝은 시대에 성현의 도가 번창하기를 기대하네	佇待明時聖道昌

---

678) 팽상(彭殤) : 오래 사는 것과 일찍 죽는 것을 말하는데, 팽은 요(堯) 임금 시대의 사람으로 은(殷)나라 말기까지 살아 7백 년의 수를 누렸다고 하는 팽조(彭祖)를 말하고, 상은 태어나 20개월이 안 되어 죽는 것을 말한다.

679) 삼성(參星) : 이십팔수(二十八宿) 가운데 스물한째 별자리의 별들로 서남방에 위치함.

680) 삼강서원(三江書院) : 경상북도 예천군 풍양면 삼강리에 있었던 서원. 1643년(인조 21) 지방 유림의 공의로 정몽주(鄭夢周)·이황(李滉)·유성룡(柳成龍)의 학문과 덕행을 추모하기 위해 창건하여 위패를 모셨다.

681) 을유년(乙酉年) : 1645년. 원문의 '靑雞'는 해의 간지를 달리 표현한 것으로 을유년을 말한다. 을(乙)은 오행(五行)에서 동방(東方)과 청색(靑色)이고, 유(酉)는 동물로 따져 닭이므로 이렇게 표현한 것이다.

682) 양월(陽月) : 음(陰)의 기운이 가장 왕성한 음력 10월에 내재된 양(陽)의 기운이 드러나지 않음을 꺼려 일컫는 말로 음력 10월을 달리 부르는 말.

유학를 진흥시켜 궐리[683]를 잇고 扶植斯文紹闕里
원기를 만회하여 궁장[684]에 비유하네 挽回元氣譬宮牆
결국 죽음을 무릅쓰고 무너지는 학교를 유지하면 終當效死支傾廈
회나무 홀로 우뚝 솟아 눈서리를 견디지는 않으리 不獨亭亭貫雪霜

읍취정에서 5수

題挹翠亭 五首

늘그막에 작은 정자를 낙동강 가에 지으려 하니 晩將矮屋縛江濱
곡구의 안개는 자진[685]을 대하는 듯 谷口煙嵐對子眞
조물주는 사심 없이 온갖 형상을 주었는데 造物無私供萬象
명승지는 기다림이 있어서 천 년을 감추었네 名區有待秘千春
빙 둘러싸인 물은 평화한 기상을 머금었고 縈迴水抱中和氣
넓고 평평한 산은 너그럽고 고상한 사람 같네 平遠山如蘊藉人
누가 뛰어난 시인 보내 능히 여기를 말하겠는가 誰遣詩豪能說此
때때로 음미할 자료로 삼아 정신을 길러야지 時資吟玩爲頤神

다섯째 구와 여섯째 구가 바로 방옹[686]의 시어이다. 이렇게 그려내어 형승에 드러내지 못한 점이 있는지 물었기 때문에 시 가운데에서 빌려와 말하였다. 주자는 방옹을 시호(詩豪, 뛰어난 시인) 중의 시호라고 했다. [五句六句乃放翁語能畫出此問形勝無餘蘊故詩中借言之朱子云放翁詩豪中之豪者也]

683) 궐리(闕里) : 중국 산동성(山東省) 곡부현(曲阜縣)에 있는 공자의 구리(舊里)로, 공자가 이곳에서 제자들을 가르쳤다.

684) 궁장(宮牆) : 스승의 학문이 높아 헤아리기 힘들다는 의미이다. 《논어》 〈자장(子張)〉에서 자공이 "대궐의 담장에 비유하면 나[賜]의 담장은 어깨에 미친다. 그래서 집안의 좋은 것들을 들여다 볼 수 있거니와, 부자(夫子)의 담장은 여러 길이 된다. 그래서 그 문을 얻어 들어 가지 못하면 종묘(宗廟)의 아름다움과 백관(百官)의 많음을 볼 수가 없는 것이다.[子服景伯 以告子貢 子貢曰 譬之宮牆 賜之牆也 及肩 窺見室家之好 夫子之牆數仞 不得其門而入 不見宗廟之美 百官之富]"라고 하였다.

685) 곡구(谷口)의 …… 자진(子眞) : 서한(西漢) 말엽에 고사(高士)인 정자진(鄭子眞)이 지조를 굽히지 않고 곡구(谷口)란 곳에서 농사를 지으며 살았는데 그 이름이 경사(京師)를 진동하였다 한다. 정자진을 정곡구(鄭谷口)라고도 부른다

686) 방옹(放翁) : 송나라 시인 육유(陸遊). 각주 481) 참조.

늙고 쇠약해도 여전히 고요한 강가가 생각나서	衰老仍思寂寞濱
늘그막에 우연히 이곳에 와서 본성을 기르네	晩來偶此養吾眞
푸른 산봉우리는 서너 칸 집을 받아주는 듯	青巒恰受三間屋
백발은 여러 해 우거한 세월을 함께 포용하네	白髮同涵九寓春
세상에서 흥하고 패하는 일 아득하니	世上悠悠興敗事
마음속에는 고금의 인물들이 분명하네	胸中歷歷古今人
마루에 기대어 한번 웃고는 도리어 한스러워하니	憑軒一笑還堪恨
얼마나 많은 영웅들이 정신을 헛되이 쓰는가	幾箇英雄枉用神

병자년(丙子年, 1636)에 임천(林泉)에 들어감

넓은 도로와 큰 강가에 집을 지으니	家於官道大溪濱
때에 따라 움직일 때 취향 역시 진실하네	動靜隨時趣亦眞
처마 밖에 비록 삼경[687]은 없지만	簷外縱無三逕地
가슴속에 있는 한줄기 봄에 의지하네	胸中賴有一團春
넘실대는 푸른 강물은 새로 빚은 술 같으며	綠江瀲若開新釀
서석지는 여전히 옛 친구와 이별하는 듯	瑞石依如別故人
맑은 세상에 어찌 낙토로 돌아가지 않으리	淸世何歸非樂土
물과 구름 가는 곳 따라 몸과 마음을 부치네	水雲隨處寓形神

서석지(瑞石池)는 임천에 있음

내 낙동강 강가에 와서 물을 살피면서	我來觀水洛之濱
남은 물결 움켜잡고 참된 도를 맛보려 하네	擬挹餘波嚌道眞
세속 학문 감내하려 하나 나이 이미 황혼이니	俗學可堪秊已暮
이 마음 오히려 만물과 더불어 봄날 되누나	此心猶與物爲春
한밤중에 노 젓는 사람은 누구 집 자식인가	中宵鼓枻誰家子
해 떨어지고 노래 부르는 사람 어디 사람인가	落日行歌底處人

687) 삼경(三逕) : 세 오솔길이란 뜻으로, 한나라 때 은사(隱士) 장후(蔣詡)가 자기 문정(門庭)에 세 오솔길을 내놓고 구중(求仲)과 양중(羊仲) 두 사람하고만 종유했던 데서 전하여 은자의 처소를 가리킨다.

옛 성현 우러러 생각나며 도리어 홀로 서서	懷仰昔賢還獨立
냇가에 가득한 꽃과 버들에 전신[688]하네	滿川花柳爲傳神

조각배 오고 가는 푸른 호수 기슭이여	小舟來往碧湖濱
거기에서 지난 시절 하계진[689]을 생각하네	因憶當時賀季眞
평상복 입은 내가 어찌 미치광이 도사를 바라겠는가	野服何須狂道士
복사꽃에게는 반드시 무릉의 봄이 필요하지 않네	桃花不必武陵春
모래벌판의 물새들도 이미 나를 알아주며	沙禽水鳥是知己
목동과 나무꾼도 특별한 사람이 아니라고 여기네	牧豎樵翁非別人
웃으며 고상하게 노래하던 상령[690]의 나그네	堪笑高歌商嶺客
문득 한(漢)나라는 그대로인데 정신만 허비했네	却來存漢費精神

효우당에서, 4수, 서문을 아울러 씀

孝友堂 四首 竝序

병술년(1646) 여름에 포상(浦上, 憂忘)에서 나와서 대나무 숲 아래 작은 집에서 몇 달을 머물렀다. 이 집은 돌아가신 형님이신 매오공(梅塢公)께서 응접실로 쓰던 곳이다. 형님은 평소 몸가짐이 매우 고결하였으니 비록 형님을 깊이 알지 못하는 사람들도 역시 형님의 효성과 우애를 칭찬하지 않는 이가 없었다. 그때 동생인 나는 실제로 매우 어리석었으나 오히려 형님께서 주선하는 것을 받들어 섬김으로써 향당(鄕黨)의 친우(親友)들

---

688) 전신(傳神) : 매우 사실에 가깝게 표현하여 생명력을 불어넣는 고차원의 예술 기법을 뜻하는 말인데, 진(晉)나라의 저명한 화가인 고개지(顧愷之)가 초상화를 그려 놓고 몇 년 동안이나 눈동자에 점을 찍지 않으면서 "바로 눈동자 속에 전신의 요체가 들어 있기 때문이다."고 말한 고사가 전한다.

689) 하계진(賀季眞) : 당(唐)나라 초기의 시인인 하지장(賀知章)을 말하는데, 계진은 곧 그의 자이고, 호는 사명광객(四明狂客)이다. 그는 현종(玄宗) 때 예부 시랑(禮部侍郎)을 지냈으나, 만년에는 벼슬을 버리고 고향에 돌아가 도사(道士)가 되었다. 시문과 글씨에 뛰어났고, 특히 풍류로 유명하였다.

690) 상령(商嶺) : 상산(商山)으로 상안산(商顔山)의 준말이다. 진(秦)과 한(漢)의 교체기에, 상산사호(商山四皓) 즉 동원공(東園公), 하황공(夏黃公), 녹리선생(甪里先生), 기리계(綺里季)가 이 산에 은거하여 피세(避世)의 뜻을 담은 〈자지가(紫芝歌)〉를 부르면서 세상에 나오지 않았다 한다.

에게 죄를 면할 수 있었다. 불행하게도 형님께서 별세하고 이 세상에 나 혼자 남아서 조카 위(熌)의 형제들이 선조 제사를 받드는 것과 어버이를 섬기는 데에 지극한 정성과 공경을 다하며 형제간에 또한 화락하게 지내는 것을 보았다. 형님은 계시지 않아도 그 유업은 오히려 존속하니 내가 어찌 슬퍼하면서도 기뻐하지 않을 수 있겠는가? 효유당에 이전에는 편액이 없었기에 내가 효우라는 두 글자로 편액을 걸었는데 그것은 단지 잠시의 감동으로 명명한 것이 아니었다. 이 모두 성현들이 사람들을 가르칠 때 반드시 효제를 우선으로 하였으니 어찌 한 세대에 덕업으로 소문이 나고 준걸로 드러난 사람들이 실제로 효제를 함양하는 가운데 이루어지지 않을 수 있었겠는가? 너희들은 거기에 더욱 힘써서 나의 뜻을 저버리지 않아야 할 것이다. 그래서 칠언율시 네 수를 지었는데, 첫째는 효우당이라 명명한 뜻을 쓴 것이고, 둘째는 스스로 애도하는 것이며, 셋째는 바로 나의 평소의 생각을 서술한 것이고, 넷째는 또 경계하고 면려하는 뜻을 펼친 것이다. 이것들은 모두 나의 심중에서 나온 것이니 너희들은 늙은이의 말이라고 소홀하게 여기지 말아야 한다.

丙戌夏 余出浦上居竹下小堂數月 堂乃先兄梅塢公宴處之所也 兄平居制行甚高 雖不深知兄者 亦莫不以孝友稱之 弟於其時實深迷愚 猶得奉以周旋 得免罪於鄕黨親友 不幸獨存於世 見熌姪等於奉先事親之際 克誠克敬 其兄弟又能和樂 其人不在 其事猶存 余安得不悲且喜也 堂舊無扁 余揭孝友二字爲扁 非獨以一時所感而命之名也 蓋聖賢敎人 必先以孝悌者 豈不以一世聲名德業光明峻偉者 實自孝悌中涵養成就推出得來耶 爾等其更勉之 庶無負吾意可也 因作七言律四首 其一書所以命名之義 其二自悼 其三乃叙吾平素 其四又申之以飭勵之意 皆出於肝膈 爾無以吾老耄之言而忽之也

효우당의 이름을 내가 지었으니	孝友之堂我所名
기쁘게 잘 실천하여 가문의 명예를 실추하지 마라	喜而能不墜家聲
부모 마음 기뻐하니 잠긴 물고기 뛰어놀며	親情載悅潛鱗躍
여러 아우 즐거워하니 죽은 초목에 꽃이 피네	群季交懽死卉榮
경박한 풍속 또한 응당 감화할 줄 알아야지	薄俗亦應知感化
지극한 정성에는 원래 신명도 저절로 감응하는 법	至誠元自格神明
옛날 형님께서 넘어져 돌아가신 때가 생일이었는데	昔兄轉死爲生日
왜적 두목을 눈으로 보고 눈물을 흘렸도다	眼見蠻酋涕淚橫

어릴 제 아버님을 여의고 자라면서 더욱 외로웠으니　幼失承顔長益焭
그 풍수의 한[691]에 소리가 멈추지 않았도다　其於風樹不停聲
자신이 외로운데 삶이 어찌 즐거웠겠는가　身將影隻生何樂
병과 시절이 위태하면 죽음이 바로 영화로다　病與時危死卽榮
외로운 기러기 무리 부르며 해변에서 헤매며　獨鴈叫群迷海徼
자애로운 까마귀 혈육 찾아 밝은 하늘에 이르네　慈烏啼血逮天明
내 근심 털어놓고자 하나 그럴만한 곳도 없고　我憂欲寫渾無地
짙은 구름 많은데 달은 번갈아 기우네　多事陰雲遞月横

사람을 향해 성명을 말하지 않았는데　不向人間道姓名
문득 숲 속으로 와서 샘물 소리 듣는다　却來林下聽泉聲
풀 옷 입고 열매 먹는 것이 진정 나의 분수이며　草衣木食眞吾分
노을 차고 지초 입는 것도 이미 영광이로다　霞佩芝裳亦已榮
누가 끊어진 거문고 타면서 천고가 멀다 했던가　誰玩斷絃千古遠
홀로 새벽달이 오경에 밝은 것을 가련해 하네　獨憐殘月五更明
복희(伏羲)와 황제는 아득하여 만나기 어려우니　羲軒邈矣今難覯
오직 일자로 가로놓인 병풍바위를 사랑하네　惟愛屛巖一字横

말은 그 행동을 돌아보고 행동은 이름을 돌아보니　言顧其行行顧名
종족 무리들에게 단지 명성만 듣게 하지 말라　毋令宗黨但聞聲
마음속에 탐구하여 스스로 불만이 없어야 하며　求之方寸自無慊
전성의 봉양[692]을 어찌 영광으로 여기겠는가　養以專城奚足榮
사랑은 본성에서 생겨나니 권면을 기다리지 않으며　愛本性生非待勉
학문은 마음으로 터득하니 명료함을 구해야 하네　學由心得要須明

691) 풍수(風樹)의 한 : 세상을 떠난 부모를 생각하는 슬픈 마음을 의미한다. 공자가 길을 가는데 고어(皐魚)란 사람이 슬피 울고 있기에 까닭을 물었더니, “나무는 고요하고자 하여도 바람이 그치지 않고 자식이 봉양하고 싶어도 어버이는 기다려 주지 않는다.[夫樹欲靜而風不止, 子欲養而親不待.]”라고 한 데서 온 말이다.

692) 전성(專城)의 봉양 : 고을 수령이 되어 녹봉으로 부모를 봉양하는 것을 ‘전성지양(專城之養)’이라 하여 매우 영화롭게 여겼다.

늙은이도 또한 일어나서 진정한 흥을 찾는데	老夫亦起尋眞興
신선 세계로 가는 길이 곧은지 굽은지 물어보네	試問仙源路直橫

시詩

칠언배율 七言排律

대성의 버드나무 16운 무술년(1598)
臺城柳十六韻 戊戌

강화도의 지나간 일을 어찌 물을 필요 있는가 江道往事何須問
푸른 초원에 봄바람 부니 벽계[693] 소리 듣네 碧草東風聽碧雞
하찮은 수많은 꽃들도 봄꿈처럼 지나가며 草草繁華春夢過
휘늘어진 둑의 버들 저녁 안개에 아득하네 依依堤柳暮煙迷
대성에서 전에 열린 연회를 추억하니 臺城憶昨開淸宴
비단 돛배는 해마다 무지개를 노리개 삼네 錦帆連年弄彩霓
연한 녹색은 봄을 맞아 비와 이슬에 짙어지니 嫩綠一春深雨露
시원한 그늘은 십 리나 되는 강둑을 뛰어넘네 淸陰十里驀江堤
대궐 향로에 연기 멎으니 푸른 비단이 엷으며 御爐煙鎖靑羅薄
지일[694]이 온화하니 푸른 실이 드리우네 遲日風和翠線低
삼강서원에 날씨 맑으니 꽃이 눈과 흡사하고 江院天晴花似雪
용주[695]에 햇볕 따뜻하니 진흙처럼 취하네 龍舟日暖醉如泥
생황 부는 대전(臺殿, 궁궐)에는 아직도 노래하고 춤추는데 笙簧臺殿猶歌舞
비바람 치는 관하[696]에는 고비 소리[697] 끝나네 風雨關河已鼓鼙

693) 벽계 : 닭 모양으로 생긴 벽옥(碧玉)인데, 선제는 방사(方士)의 말에 따라 간대부(諫大夫)로 있던 왕포(王褒)를 파견하여 익주(益州)에 가서 말 모양의 금과 닭 모양의 벽옥에 제사를 올리고 가져오게 하였다.

694) 지일(遲日) : 봄날을 뜻한다. 《시경》 〈칠월(七月)〉의 "봄날이 더디고 더디다.[春日遲遲]"라는 말에서 나온 것이다.

695) 용주(龍舟) : 임금이 타는 큰 배를 말한다.

696) 관하(關河) : 함곡관(函谷關)과 황하(黃河)의 병칭으로, 고향이나 도성에서 멀리 떨어진 변방을 뜻하는데, 여기서는 험준한 산천(山川)을 가리켜서 한 말이다.

번성하고 화려함은 때가 있어 뒤바뀌게 되지만	盛麗有時成代謝
능원(陵園)에는 주인 없어 골고루 농사짓네	寢園無主遍耕犁
옛 도읍이 쓸쓸하여 예전 도읍이 아니지만	故都蕭索非前日
늙은 버들 옛날처럼 개울가를 끼고 있네	衰柳依然夾舊蹊
잎으로 예쁜 궁전을 지으려니 물굽이가 찡그리고	葉作宮眉嚬水曲
행차가 말 탄 군대 이루어 누대 서쪽을 에워싸네	行成騎隊繞臺西
바람이 스쳐간 막막한 곳에 황금 궁전 이어지며	風歸漠漠連金殿
비 온 뒤에 푸른 하늘 옥 층계가 드러나네	雨過蒼蒼拂玉梯
푸른 그림자는 세상의 변화를 따르지 않으며	綠影不隨時事變
늙은 가지는 저녁에 깃드는 까마귀를 남겨두네	衰枝留與暮鴉棲
천추에 남긴 한에 강물도 목 메이며	千秋遺恨江波咽
육대에 걸친 흥망에 들새도 지저귀네	六代興亡野鳥啼
비단 오려 만든 정원에는 꽃들이 쓸쓸하고	剪綵庭空花寂寂
반딧불이 흩어지는 묵은 정원에는 풀만 무성하네	放螢園廢草萋萋
종래에 마구 즐겼으니 대부분 허여한 듯하고	從來荒樂多如許
옛터를 향해 처량한 감정을 늘리지 말아야지	莫向遺墟倍感凄
해질 무렵 옛 성곽의 아랫길에서	落日古城城下路
한 수의 시로 고인의 시에 화답하도다	一詩聊和古人題

697) 고비(鼓鼙) 소리 : 고대에 군중(軍中)에서 쓰던 악기로, 큰북과 작은북을 가리키는데, 전하여 군사가 출동할 때 치는 북소리를 뜻하는 말로 쓰인다.

시詩

칠언고시七言古詩

경자년(1600) 섣달 스무 아흐렛날 노현에서 출발하여 계곡에서 묵고 다음날 송천으로 가면서 말 위에서 읊음

庚子臘月二十九日 自老峴投宿桂谷 明日向松村 馬上口占

은하수 맑은 그림자 새벽하늘에 잠기는데	銀河淡影沒曙天
청암정 앞은 얼음이 내를 막았네	青巖亭前氷塞川
찬바람이 하룻밤 동안 남아 있는 눈을 흩날리니	北風一夜吹殘雪
말을 몰다가 밝은 달이 뜨는지 처음 의심하네	驅馬初疑生素月
객지에서도 내일이면 바로 섣달그믐인데	客中明日是歲除
나그네의 행로 어찌 아직도 끝나지 않는가	客行何爲猶未已
지난해 겨울은 상주(尙州)에서 지냈는데	去年過冬商山中
올해는 계곡에서 세모를 보내네	今年別歲桂谷裏
해마다 행리[698]는 단지 이와 같으니	年年行李只如此
내년에는 또 어느 곳일지 알 수 없구나	不知明年又何地
야윈 말은 부들부들 떨면서 나아가지 못하니	瘦馬凌兢苦不前
송천에 이를 무렵이면 해는 응당 저물겠네	若到松川日應暮
백발 모친 몇 번이나 의려[699]를 하였던가	鶴髮幾時空倚閭
나그네로서 십 년 세월을 길 위에 있었네	行子十年長在路

698) 행리(行李) : 사자(使者), 수종(隨從)하는 하인, 행장(行裝) 등의 뜻으로 쓰이는데, 여기서는 행로(行路)의 뜻으로 쓰였다.

699) 의려(倚閭) : 모친이 아들 돌아오기를 기다리는 데 쓰는 말. 《전국책(戰國策)》에 "왕손가(王孫賈)의 모친이 왕손가에게 말하기를 '네가 아침에 나가 늦어지는 경우면 나는 문에 기대어 바라보고, 저물녘에 나가 돌아오지 아니하면 여(閭)에 기대어 바라본다.' 했다." 한 데서 온 말이다.

돌아가는 구름은 산에서 나오고 물은 서쪽으로 흐르는데 歸雲出峀水西流
세상을 돌아보며 향수에 젖은 회포 견딜 수 있겠는가 睠物可耐懷鄕愁
아득한 길손의 한을 아는 이가 없는데 悠悠客恨無人知
때때로 청동 거울 마주하니 머리털만 희어지네 時對靑銅頭欲絲

소성[700]으로 가는 길에서 읊어 심습지에게 부침

邵城道上 口占寄沈習之

남쪽 손님 오실 때는 바람 불고 눈 내리더니 南客來時正風雪
남쪽 손님 가실 때는 푸른 풀이 벌써 났네 南客歸時已碧草
남쪽 고을은 여기에서 천여 리를 가야 하는데 南州此去千餘里
무슨 까닭으로 소성 길을 다시 가는가 何由再踏邵城道
한강 물은 넓디넓고 새재는 높디높으니 漢江水闊鳥嶺高
두 곳에서 서로 그리워하는 수심에 늙으려 하네 兩地相思愁欲老

하풍진[701]에서 물에 막힘

河豐津阻水

추강에는 팔월에도 장맛비가 많으니 秋江八月潦水多
높은 언덕 두 세 굽이가 모두 물에 잠겼네 沒盡高原三數曲
강안의 성낸 파도는 깊이가 얼마쯤인가 江中怒濤深幾許
강가의 푸른 산은 단지 백 척이구나 江上靑山只百尺
해질 무렵에 차가운 비가 하늘에서 내리니 薄暮寒雨從天來
깊은 가을 짙은 연기가 강에 닿아 푸르네 深秋暝煙連江碧

---

700) 소성(邵城) : 인천(仁川)의 옛 이름.

701) 하풍진(河豐津) : 예천군 용궁면에 있던 나루. 그 근원이 셋이니, 하나는 상주(尙州) 임내(任內)인 산양현(山陽縣) 사불산(四佛山)에서 나오고, 하나는 순흥(順興) 소백산(小白山)에서 나오고, 하나는 봉화(奉化)의 태백산(太伯山) 황지(黃池)에서 나와서 현 남쪽에서 합류한다.

길손이 찾아와 용궁현을 향해 가려고 하는데 客來欲向龍宮去
묻나니 외로운 배는 어디에 정박하는가 借問孤舟何處泊

병중에 읊어 박사호에게 부침 병오년(1606)
病中吟寄朴士豪 丙午

작년에 나와 그대가 무협[702]을 방문하였는데 昨我與君訪巫峽
이때는 아직 봄이 오기에는 이르다고 생각했네 是時尙覺春來早
차가운 매화 한 가지가 눈 속에 반쯤 터질 때 寒梅一枝半坼雪
약한 버들 수많은 가지는 비로소 길을 떨쳤네 弱柳千絲初拂道
요즈음 병으로 누워 문밖으로 나가지 못하니 邇來臥病不出門
상상해 보건대 길가에는 푸른 풀이 돋았겠네 想見街頭生碧草
마을 안의 바위 삽짝은 닫아 둔 지 벌써 오래이니 洞裏巖扉久已掩
낚시터의 푸른 이끼 누구를 위해 쓸겠는가 磯上蒼苔爲誰掃
봄볕은 기우려 하는데 그대는 오지 않으니 春光欲晩君不來
그대 오기를 기다리다가 봄이 벌써 가버리겠네 若待君來春已老
인생에서 젊은 나이는 다시 이르지 않으니 人生年少不再至
시내와 산에 꽃과 달이 좋은 때를 저버리지 말게나 莫負溪山花月好

경술년(1610) 늦겨울에 장차 금성[703]으로 갈 때 백설행 한 수로 큰집 외삼촌 무이 이계명과 이별하고 천지인분운에서 '지(地)' 자를 운으로 삼음
庚戌季冬 將向錦城 以白雪行一首 別大家舅氏武夷李季明 天地人分韻得地字

산속 고요한 밤 소나무와 계수나무가 시끄러우며 山中靜夜松桂喧
마구간 말과 물새들은 추위에 잠들지 못하네 櫪馬沙禽寒不睡

---

702) 무협(巫峽) : 중국 양자강의 상류에 있는 삼협(三峽)의 하나로, 험하기로 이름난 곳이다. 삼협은 구당협(瞿塘峽), 무협(巫峽), 서릉협(西陵峽)이다.

703) 금성(錦城) : 전라남도 나주 지역의 옛 지명.

아침에 일어나니 여러 산에 흰 물결이 솟으니　起來群山湧白波
큰 바다가 곧바로 층계 앞의 땅까지 들어오네　大海直掀階前地
소나무 꼭대기엔 늙은 학이 깊은 둥지를 안고　松巓病鶴擁深巢
변방에 날아다니는 기러기는 두 날개를 드리웠네　塞上征鴻垂兩翅
큰 집 외삼촌인 무이 선생께서는　大家舅氏武夷子
나의 원행을 듣고 찾아와 서로 만나네　聞我遠行來相視
밤에 산당을 향해 함께 이별을 아쉬워하며　夜向山堂共惜別
말술을 다 마셨지만 오히려 취하지 않네　傾盡斗酒猶不醉
시 읊는 수염과 뺨 사이에는 새벽 눈물이 맺혀　吟髭半顋凝曉液
종이에 떨어지니 마치 교인[704]의 눈물 같네　落紙宛若鮫人淚
금성에서 돌아오는 길은 호남의 하늘 밖이니　錦城歸路湖天外
나의 걸음 느릿하니 언제쯤에야 다다를까　我行悠悠何日至
말고삐 재촉해 가지만 해는 벌써 중천인데　征駒催動日已高
고개 돌려 강가의 구름 보니 하늘만 푸르도다　回首江雲但空翠

우복 선생께서 연경에 가는 것을 이별하는 노래
愚伏先生赴京別章

영남의 산수는 우리나라에서 유명한데　嶺南山水名吾東
그 사이에 왕왕 영웅호걸이 탄생하였도다　其間往往生豪雄
선생께서는 또한 영남에서 뛰어난 분이시니　先生又是嶺之秀
서울에서는 이제 심의옹[705]으로 알았네　洛中方識深衣翁
일찍이 뛰어난 식견으로 조정을 움직였으며　夙將風裁動朝端
선학이 한 번 내려와 인간 세상을 놀라게 하였네　仙鶴一下驚人寰

---

704) 교인(鮫人) : 《술이기(述異記)》에 "남해(南海) 물속에 고기처럼 생긴 교인이 사는데, 눈으로 울 줄도 알아 울면 진주(眞珠)가 나온다."고 한 데서 온 말로, 눈에서 눈물이 구슬처럼 떨어지는 것을 비유함이다.

705) 심의옹(深衣翁) : 심의를 입은 학자라는 뜻. 심의는 선비들이 거처할 때 편안하게 입던 편복(便服)으로, 유학자들이 주로 입었다. 주로 백색의 천으로 만드는데, 직령(直領)으로 된 깃과 단, 도련 둘레에 검은색의 선(襈)을 둘렀다. 심의의 각 부분에는 철학적 의미가 내포되어 있다고 한다.

빈천할 때 비록 도를 지닌 것이 부끄럽다고 말하지만　　貧賤雖云有道恥
탱자와 가시나무에 어찌 상서로운 난새가 살겠는가　　枳棘豈合棲祥鸞
돌아와서 우산 아래에 집을 지었으니　　歸來卜築愚山下
헤진 베옷 입고 나가려 해도 탈 말이 없도다　　着破藍衫出無馬
아득히 원대한 회포는 황제(黃帝)와 순(舜)에 부쳤고　　悠悠遠懷寄黃虞
앉아서는 장강이 쉬지 않고 흘러감을 탄식하였네　　坐嘆長江流不舍
자연의 시절이 이에 이르러 동짓날이 되었으니　　天時爰届一陽新
우레가 처음 울려 천하가 봄인 것을 알리네　　蟄雷初驚天下春
금문[706]에 새벽 열려 아침 해가 솟아오르니　　金門曉闢旭日昇
만국이 다투어 축하하며 요순의 인자함을 우러르네　　萬國爭賀瞻堯仁
선생께서 이때에 옥백[707]을 받으시니　　先生是時奉玉帛
오운[708]을 멀리서 바라보니 대궐문에 이어졌네　　五雲遙望連閶闔
주항[709]에는 모두가 뛰어난 인물임을 알지만　　固知周行儘英流
그 가운데 어떤 사람이 제일이 되겠는가　　箇中何人爲第一
직접 천지가 발육해 주는 은혜를 받았으니　　親承天地發育恩
많이 배우고 접역[710]에 돌아와 퍼뜨리소서　　準擬東還布鰈域
찬바람 쌀쌀하게 오량[711]에 불어오니　　北風蕭蕭吹五兩
용만은 팔월에도 가을 물결 넘치네　　龍灣八月秋波漲
서산에 가서 고사리 뜯던 채미옹을 조문하고　　西山行弔採薇翁
시시에서 문 승상에게 문득 제사를 드리도다[712]　　柴市倘酹文承相

706) 금문(金門) : 금마문(金馬門)의 준말. 여기서는 한림원(翰林院)을 가리킨다. 한 무제(漢武帝)로 하여금 금마문(金馬門)에서 조서(詔書)를 기다리게 한 데서 기인하였다.

707) 옥백(玉帛) : 사신이 가지고 가는 폐백(幣帛)이다. 정경세가 1609년(광해군 1) 봄에 동지사로 명(明)나라에 간 사실을 가리킨다.

708) 오운(五雲) : 다섯 가지 빛깔을 내는 상서로운 구름으로, 흔히 임금이 있는 대궐을 가리키는 말로 쓰인다.

709) 주항(周行) : 큰 길[大道]을 말한다. 《시경(詩經)》에, 제후가 천자의 연회를 받고 읊은 시에, "나에게 큰 길을 보여 주셨다.[示我周行]" 한 구절이 있다.

710) 접역(鰈域) : 우리나라의 별명. 예부터 가자미가 많이 잡혔다 하여 부르는 이름임.

711) 오량(五兩) : 고대의 측풍기(測風器)를 말한다. 닭 털 5냥 혹은 8냥을 장대 위에 매달아 풍향(風向)과 풍력(風力)을 가늠했던 데에서 나온 말이다.

712) 서산에 가서 …… 제사를 드리도다 : 은(殷)나라가 주 무왕(周武王)에게 멸망당하자 주나라 곡식을 먹지 않겠다면서 고사리만 뜯어 먹다가 굶어 죽었던 백이(伯夷) 숙제(叔齊)와, 망해 가는 송(宋)나라를 구하기 위하여

바람서리 다른 지역에는 절후도 다를 테니 風霜異地節候殊
즐겨 공경하며 단지 신명의 도움에 의지하소서 愷悌只賴神明扶
갈림길에서 해는 저물어 홀로 슬피 탄식하니 臨岐落日獨惆悵
이별하는 정은 멀리 서쪽으로 날아가는 오리를 좇네 離魂遠逐西飛鳧

정목여[713]에게 줌

贈鄭穆如

나의 벗인 서원부원군 정탁(鄭琢)의 아들은 吾友西原相公胤
자는 목여이고 호는 청풍자(淸風子)라네 字曰穆如號淸風
사람됨이 교교[714]하여 지금 사람이 아니니 爲人嘐嘐不爲今
내가 일찍이 많은 사람들 가운데 그를 얻었도다 我嘗得之千人中
(十句缺)
천성이 술을 즐겨 항상 술에 취해 있네 生來嗜酒恒取醉
취중에 뱉은 말이 장구가 되네 醉來吐辭爲長句
시가 완성되면 스스로 써 두고는 詩成手自寫
천 장의 종이를 모두 버렸도다 一掃窮千紙
큰 글자는 자못 기이하고 예스러우며 大字頗奇古
늘어진 가지와 묵은 칡덩굴이 서로 의지하는 듯하네 樛木老藤互撑倚
작은 글자는 비교적 여위고 굳세어서 小字較瘦勁
예리한 칼과 창이 서로 놓인 듯하네 快刀利槊相錯置
아아, 지금 사람이여 噫噫今之人
누가 청풍자를 알겠는가 誰識淸風子

원(元)나라 군대와 끝까지 맞서 싸우다 사로잡혀 끝내 굴복하지 않은 채 정기가(正氣歌)를 부르고 시시(柴市)에서 죽은 문천상(文天祥)에 대해 말한 것이다.

713) 목여(穆如) : 정윤목(鄭允穆)의 자이다. 각주 381) 참조.

714) 교교(嘐嘐) : 뜻이 크고 말이 큰 것이다. 맹자가 금장(琴張)·증점(曾點)·목피(牧皮) 같은 광자(狂者)들에 대해 말하면서 "그 뜻이 효효하여 '옛사람이여, 옛사람이여!' 한다.[其志嘐嘐然曰 古之人古之人]" 하였다.《孟子 盡心下》

세상에서 이르기를, 글씨 잘 쓰기로는　　世稱善書
마치 배자장[715]과 같다고 하는데　　如裵子張輩
여기서 대하니 모름지기 부끄러워 죽을 지경이네　　對此應須愧欲死
우리 집에 정말 청강곡[716]이 있는데　　我家正在淸江曲
청강곡의 가사는 여덟 편으로 되어 있네　　淸江之詞有八篇
그대에게 나를 위해 몇 폭을 써주기를 요청하니　　請君爲我書數幅
작은 글자는 평온하여 누에가 잠든 듯하네　　細字穩帖如蠶眠
그것을 내 서재의 반벽에 걸어 놓고　　掛我書齋之半壁
앉아서 변화를 보니 마치 구름 안개 같구나　　坐看變化如雲煙

북풍이라는 제목으로 한 수를 읊어 청부(청송)가 사군에게 줌

北風吟一首 贈靑鳧李使君令公

어제 밤 미친 듯한 바람이 북쪽에서 불어와　　昨夜顚風自北來
천지를 뒤흔드는 것이 끝이 없었다네　　掀天動地無涯邊
모래 날고 돌 굴러 구릉이 평평해졌으며　　沙飛石走丘陵平
바다가 뒤바뀌어 뽕밭이 될까 두렵기만 했네　　直恐海飜爲桑田
소나무 잣나무 부러져 땔감이 되었고　　已看松柏摧爲薪
비록 혜초와 난초인들 어찌 온전할 수 있었겠는가　　縱有蕙蘭何能全

---

715) 배자장 : 배대유(裵大維, 1563~1632)이다. 본관은 분성(盆城), 자는 자장(子張), 호는 모정(慕亭)이다. 사마시에 합격하였고, 문과에 급제하여 정언·장령 등을 지냈다. 임진왜란 때 의병을 모아 곽재우(郭再祐)를 도와 창녕의 화왕산성(火旺山城)을 수비하였다. 문장과 글씨에 능하였으며, 특히 초서·예서에 뛰어났다. 글씨로는 〈기자정석각〉이 있고 저술로는 《모정집》이 있다.

716) 청강곡(淸江曲) : 북송 때의 시인 소상(蘇庠)의 작품이다.
촉옥새 쌍쌍이 날고 물은 못에 가득한데　　屬玉雙飛水滿塘
창포 깊이 우거진 곳에서 원앙새 멱을 감네　　菰蒲深處浴鴛鴦
흰 마름이 노에 가득 감겨 배 돌아옴 늦어지니　　白蘋滿棹歸來晚
갈대꽃 핀 가을, 양편 언덕엔 하얀 서리가 내렸네　　秋著蘆花兩岸霜
조각배 강 언덕에 매어 놓고 숲 그늘에 기대서서　　扁舟繫岸依林樾
쓸쓸히 양 귀밑머리에는 흰 머리카락 날리네　　蕭蕭兩鬢吹華髮
만사를 제쳐두고 취했다가 다시 깨어나니　　萬事不理醉復醒
오랫동안 안개 속에 있으며 밝은 달을 희롱하네　　長占煙波弄明月

솟구치는 기운이 지극하면 형세는 반드시 쇠하나니	憑凌已極勢必衰
다만 진재[717]가 경권[718]에 혼미하도다	只爲眞宰迷經權
숲에는 표범과 호랑이 숨고 못에는 용이 숨듯이	林藏彪虎澤藏龍
천하를 다스림에 어찌 부에 빠지게 하겠는가	忍使宇內淪腥羶
청송의 어진 부사는 갈홍[719]의 무리이니	靑鳧隱吏葛洪徒
구루[720]에 수령됨이 부질없지 아니하네	句漏作令非徒然
단약이 완성되면 한 숟가락을 나누어 주고	丹成幸分一刀圭
곤륜산 향해 가서 홀로 신선 되려 하지 말게나	莫向崑丘獨作仙
나도 한번은 봉래산에 들어가고자 했으니	我欲一入蓬萊山
인간 세상의 바람과 비에 대해 묻지를 말게	不問人間風與雨
석문의 누각에서 오래도록 편하게 지내리라	石樓一臥千千年

선바위에서 읊어 만취당[721]에게 줌

立巖吟 寄晩翠堂

그대는 촉도[722]의 어려움을 말하지 마라	君莫言蜀道難

717) 진재(眞宰) : 우주 만물의 주재자(主宰者)로서 우리를 웃고 울게 만드는 참 주인을 말한다.《莊子 齊物論》

718) 경권(經權) : 경(經)은 정상적인 도이고, 권(權)은 임시로 변통하는 도로, 예를 들면 남녀 간에 직접 손을 잡지 않는 것은 경이고, 형수나 제수가 물에 빠졌을 때에 시숙(媤叔)이 손으로 건져 내는 것은 권이다.

719) 갈홍(葛洪) : 진(晉)나라 때 선인(仙人) 갈홍(葛洪)은 본래부터 신선 도양(導養)의 법을 좋아하여 조정의 부름을 고사(固辭)하고, 교지(交趾)에서 선약(仙藥)의 재료인 단사가 난다는 말을 듣고 그곳의 구루 영(句漏令)을 자청하여 나갔다가 뒤에 자질(子姪)들을 거느리고 나부산(羅浮山)에 머무르면서 연단술(鍊丹術)을 통하여 선인이 되었다고 한다.

720) 구루(句漏) : 단사(丹沙)가 나는 곳으로 진(晉)나라 때 갈홍(葛洪)이 연단(鍊丹)을 하기 위하여 자청해서 구루(句漏) 수령으로 부임했다고 한다.

721) 만취당(晩翠堂) : 김개국(金蓋國, 1548~1603). 조선 중기의 문신. 본관은 연안(延安). 자는 공제(公濟), 호는 만취당. 영주 출신. 사마시에 합격, 생원이 되고 식년문과에 병과로 급제하였다. 관직은 정랑을 거쳐 군수에 이르렀다. 효성이 지극하여 부모를 정성껏 모셨으며 옳고 그름을 가리는 일에 임해서는 의리로써 털끝만큼도 굽히는 바가 없었기 때문에 불우한 세상을 살다가 죽었다. 뒤에 집의가 추증되었고, 영주의 삼봉서원(三峯書院)에 제향되었다. 저서로《만취일고(晩翠逸稿)》가 있다.

722) 촉도(蜀道) : 매우 험한 길을 말한다. 원래 옛날 촉 지방으로 통하는 잔도(棧道)를 말하는데 그 길이 험하여 이백(李白)은 〈촉도난(蜀道難)〉에서 "아, 위태롭고도 높도다! 촉도의 험난함은, 푸른 하늘에 오르기보다 더 어렵다네.[噫噓嚱, 危乎高哉. 蜀道之難, 難於上靑天.]"라고 읊었다.

남자는 목숨을 모름지기 아까지 말아야지 男兒性命未須慳
예전에 풍진세상이 혼란할 때를 생각하니 憶昔風塵澒洞兮
취화[723]가 동쪽을 순수할 때 종묘사직이 제단을 떠났도다 翠華東狩兮廟社離壇
나는 장차 동해로 가서 죽으려 하였는데 吾將歸死東海兮
단지 설령[724]이 하늘까지 얼기설기 서린 형세를 보았지만 但見雪嶺連天勢鬱盤
이 골짜기가 인간 세상이 아닌 줄 어찌 알았겠는가 豈知有此洞壑非人寰
처자식을 안정시키면 비록 조금은 편안할 수 있었지만 安頓妻孥雖得少安兮
머리를 백등[725]으로 돌리니 回首白登兮
나도 모르게 가슴을 치며 길게 탄식하였네 不覺叩膺而長嘆
산이 두르고 물이 도는 것은 물론이고 無論山回與水環
방은 무릎이 들어가지 못해도 오히려 넓게 생각하였네 室未容膝猶爲寬
농부와 노인들이 때때로 찾아와 구경하며 말하기를 田翁野叟亦往往而來觀兮
우리는 난리가 평정되어도 돌아가지 않고 머무르리라 云我亂定留無還
산살구가 황금 탄환 같음을 처음 보았으며 初看山杏若金彈
서리 맞은 단풍잎이 부들방석에 묻혔음을 점점 깨달았네 轉覺霜葉埋蒲團
서쪽으로 향리에 돌아오니 어찌 기쁘지 않겠는가 西歸鄕里豈無歡
길을 두려워하여 지금까지 괴로움이 심하도다 畏途至今齒生酸
난새 타고 학을 몰아 봉래와 영주 사이를 왕래함을 사양하지 말라
不辭乘鸞駕鶴往來蓬瀛間
구름과 무지개 날리며 옥방울이 울리도다 揚雲霓而鳴玉鑾
인간 세상에서 어느 곳이 바로 삼한(三韓)인가 人間何處是三韓
해곡에 가을 깊어 낭간[726]은 붉은데 嶰谷秋老紅琅玕
비록 그렇지만 칠보 난간에 홀로 누웠으니 雖然獨臥七寶欄

723) 취화(翠華) : 푸른 깃털 장식의 깃발 혹은 수레로, 대가(大駕)나 제왕의 대칭으로 쓰이는 표현이다.

724) 설령(雪嶺) : 백설령(白雪嶺)으로, 경상북도 봉화군 봉화읍 유곡리 뒷산 이름이다.

725) 백등(白登) : 산명(山名). 산서성(山西省) 대동현(大同縣) 동쪽에 있는 산. 일명(一名) 백등대(白登臺)라고도 일컬음. 한(漢)나라 고조(高祖)가 이곳에서 흉노(匈奴) 묵특(冒頓)에게 포위되었다가 7일 만에 풀려난 곳임.

726) 해곡(嶰谷) …… 낭간(琅玕) : 해곡(嶰谷)은 곤륜산(崑崙山) 북쪽에 있는 골짜기로 황제(黃帝) 때에 좋은 대나무를 생산했다는 지역이고, 낭간(琅玕)은 경옥(硬玉)의 하나로 짙은 녹색 또는 청백색을 띠는데 여기서는 대나무의 푸른 빛깔을 가리킨다.

임천(林泉)에 자취 감추고 사립문을 반쯤 닫은 것과는 같지 않도다
未若掩迹林泉兮柴門反關

강 언덕에 바위 하나가 우뚝이 홀로 서서 완고한 모습인데
江干一石截然獨立兮姿堅頑

위로는 푸른 하늘에 이르고 아래로는 맑은 물결에 꽂혔네 上磨青穹下揷滄波

원숭이나 쥐들이 함부로 잡기를 허여하지 않으며 不許猿猱鼯鼠之亂攀

행인들도 두려워서 모골이 오싹하네 行人凜凜毛骨寒

여기에 이르면 정신이 완전한 이가 드무니 到此鮮有精神完

곧고 외로우며 높고 애쓰는 본성에 편안한 곳이니 貞孤高苦素性攸安兮

무릇 내가 스스로 비유하는 바가 여기에 있도다 凡吾所以自况者在此

단지 고반[727]만을 일삼지 않으며 非徒事乎考槃也

우주 사이에 일종의 절의가 비록 사람에게 달려 있겠지만 宇宙間一種節義雖在人

또한 세상의 융성과 쇠잔을 따르기도 하네 而亦隨世之隆殘兮

어떤 것은 찬 서리와 뜨거운 햇살이 있는 듯하고 或有如秋霜烈日

어떤 것은 벌레의 팔과 쥐의 간이 있는 듯하다 或有爲虫臂鼠肝

나의 노숙한 외형은 기개와 도량이 꿋꿋하니 吾老外兄氣宇桓

남산에 숨은 표범처럼 무늬를 위함이 아니라네 豹隱南山非爲斑

때때로 품은 생각을 붓끝에 부쳤으며 時將素懷付毫端

나로 하여금 작은 물결을 일으켜 큰 물결을 도우려 생각하였네 意欲使我推波而助瀾

만취당에서 나약한 얼굴을 기대었는데 晩翠之堂倚孱顔

마룻대도 기둥도 없었고 단청(丹青)도 하지 않았네 不棟不楹非青非丹

아, 아호(雅號)를 집에서 따오지도 산에서 따오지도 않았으니 猗歟取號不在堂不在山

누가 다시 그것을 알겠으며 누가 감히 비난하겠는가 誰復知之誰敢訕

다만 뜻을 부친 것이 보통일 뿐이 아니니 不但寓意自一般

마음을 함께하는 말은 난초를 잡는 것과 같으니 同心之言如握蘭

내 말이 비록 어눌하지만 형께서 어찌 깎으리오 我語雖拙兄何删

---

727) 고반(考槃) : 덕을 이루고 도를 즐긴다는 뜻으로, 은거하는 것을 가리킨다. 《시경》 〈고반〉에 이르기를 "고반이 시냇가에 있으니, 석인의 마음이 넉넉하도다.[考槃在澗 碩人之寬]" 하였다.

소나무를 심으며 기해년(1599)

種松 己亥

평소에 적송자(赤松子)[728]와 유람하기를 사모하여	平生景慕赤松遊
반평생을 임천에서 고반하며 시가를 읊었네	半世林泉歌考盤
은거하며 후조[729]하는 모습을 가장 사랑하였고	幽居最愛後凋姿
굳은 절개는 매번 바람서리 불 때마다 보았네	苦操每趁風霜看
뜰 앞에는 두릉의 녹나무[730]와 견주어 심었으며	庭前比植杜陵枏
아침저녁으로 손으로 어루만지며 오래도록 서성거리네	手撫朝暮長盤桓
구름 문 닫아걸고 웃고 노니니 즐거운 일 많으며	雲關笑傲樂事多
헌면[731]의 인간 세상은 내가 간여할 바 아니도다	軒冕人間非我干
주역 한 권이면 내 생애에 풍족하니	羲經一卷足生涯
누추한 곳 보잘것없는 음식에 저절로 기쁘도다	陋巷簞瓢聊自歡
산중에서 세모에는 누구와 더불어 돌아갈까	山中歲暮誰與歸
골짝 바닥에서 부질없이 마음 상해 혜란을 재촉하네	壑底空傷催蕙蘭
한가롭게 지팡이 짚고 어디엔가 홀로 빼어남을 찾아	閒笻何處訪獨秀
작은 뿌리를 서산 봉우리에서 옮겨 심었도다	寸根移自西山巒
정성스레 심고 가꾸며 노고를 꺼리지 아니하여	慇懃培埴不憚勞
대나무 둑 언저리에 작은 정원을 만들었네	竹塢塢邊開小壇
누런 잎이 듬성하고 푸른색은 점점 시드니	殘黃依俙綠漸凋

728) 적송자(赤松子) : 상고 시대의 신선 이름으로, 여러 서책에 나오는 사적(事蹟)이 서로 다르다. 적송자(赤誦子), 적자여(赤子輿)라고도 한다.

729) 후조(後凋) : 뒤에 시든다는 뜻으로, 송백(松柏)처럼 변함없이 굳은 지사(志士)의 절조를 비유하는 말이다. 《논어》 〈자한(子罕)〉의 "한 해가 다하여 날씨가 추워진 뒤에야 소나무와 잣나무가 뒤에 시드는 것을 안다.[歲寒然後 知松柏之後凋也]"라는 공자의 말에서 유래한 것이다.

730) 두릉(杜陵)의 녹나무 : 두보가 살던 성도(成都) 초당(草堂) 앞의 고목이 비바람에 뽑히자, 이것을 탄식하여 지은 〈남목위풍우소발탄(枏木爲風雨所拔歎)〉에 "초당 앞 강가에 녹나무 서 있는데, 이곳 노인들이 이백 년 묵었다 하네. 띠 풀 베고 거처를 정한 것은 모두 이 때문인데, 오월에도 가을 매미소리 듣는 것 같았네.[倚江枏樹草堂前, 故老相傳二百年. 誅茅卜居總爲此, 五月髣髴聞寒聲.]"라고 한 데서 온 것이다.

731) 헌면(軒冕) : 고관의 거마(車馬)와 면복(冕服)을 가리킨 것으로, 전하여 고관을 가리키는데, 《장자(莊子)》 선성(繕性)에 "헌면이 내 몸에 있는 것은 내가 타고난 성명이 아니요, 외물이 우연히 내 몸에 와서 붙어 있는 것일 뿐이다.[軒冕在身 非性命也 物之儻來寄也]"라고 한 데서 온 말이다.

작은 정원에 성근 그늘이 의관에 비춰오네　　半庭疎影侵衣冠
굽은 가지는 능히 뜰에 내린 눈을 업신여기며　　虯枝能傲一庭雪
어린 잎사귀는 아직도 쌀쌀한 물결 소리를 듣네　　稚葉尙聞濤聲寒
천 년이 되어도 복령[732]은 맺어지지 아니하니　　千年非爲結茯笭
구만리 하늘에서 어찌 난새가 깃들기를 기대하랴　　九霄豈待棲祥鸞
쓸쓸한 자태를 행여 눈 내린 달밤에 본다면　　寒姿庶見雪月夜
흰 갑옷 입은 푸른 소나무가 작은 난간에 드리웠네　　白甲蒼髥低小欄
깊은 뿌리 밑에는 용이 서려 있는 줄을 아는가　　深根下有蟄龍知
곧은 줄기는 위로 푸른 구름 끝에 치솟았네　　直幹上聳青雲端
궁벽한 곳에 살기 때문에 정실[733]로 만들었더니　　窮居因以作庭實
해가 저물어도 곧은 마음은 일반을 기약하네　　歲晏貞心期一般
그대가 온갖 울긋불긋한 꽃을 보려거든　　君看萬紫與千紅
강기슭의 산촌에는 삼월이 한창이라네　　水岸山村三月闌
얼음과 서리가 한번 내리면 마침내 시들고 마르지만　　氷霜一落竟凋歇
홀로 있는 곧고 늙은 가지는 부러뜨리기 어렵네　　獨有屈鐵難摧殘
마음속 기약이 추운 날씨에도 영원히 의탁하니　　心期永托歲寒中
굳은 절개는 기꺼이 진시황의 관직을 받겠네　　勁節肯受秦皇官
훗날에는 응당 동량의 재목으로 만들 것이니　　他年應作棟樑材
그렇지 않으면 푸른 용이 서린 나무로 바뀌리라　　不然化爲蒼龍蟠

---

732) 복령(茯苓) : 불완전(不完全) 균류(菌類)의 한 가지. 땅속의 솔뿌리에 기생하며, 보통 공 모양 또는 길둥근 모양의 큰 덩이인데 껍질은 흑갈색으로 주름이 많고 속은 담홍색으로 무르며, 마르면 딱딱하여져 흰빛을 나타냄.

733) 정실(庭實) : 조당(朝堂)에 진열한 진상의 물품이라는 뜻으로, 조정이나 종주국에 바치는 물건을 이르는 말이다. 《후한서(後漢書)》 40권 하 〈반고전(班固傳)〉에 "이때 정실(庭實)이 천품(千品)이고, 맛있는 술이 만종(萬鍾)이다."라고 하였는데, 이현(李賢)의 주에 "정실(庭實)은 공헌(貢獻)한 물품이다."라고 하였음.

잡시雜詩

경정에서 읊다

敬亭吟

산은 푸르디푸르고 물은 차디차고	山青青水泠泠
경정 정자 위는 머리가 무겁네	敬亭亭上頭重
부용 병풍처럼 몇 겹이나 둘렀는가	匝幾疊芙蓉屛
세상의 새들도 놀라지 않는다고 이르며	謂世鳥不驚
아름다운 시냇물이 소리 낸다고 이르도다	謂畵溪有聲
주인이 때때로 혼자 찾아오면	主人時獨來
거울 표면에 비가 지난 듯 가을 물결이 평평하네	鏡面雨過秋波平

지포팔경

芝圃八景

무산일단운체[734]에 금제채[735]를 겸함.[巫山一叚雲體兼禁題體]

용연의 밤비 龍淵夜雨

해가 지니 천지가 온통 어둡고	日落大荒黑
바람 부니 외로운 돛배 더욱 차가워라	風吹孤棹寒

734) 무산일단운체(巫山一叚雲體) : 쌍조 44자, 전후단 각 4구 3평운인 사체(詞體)이다. 전후단 제3구가 7언구로 되어 있는 것 이외에는 다 5언구로 되어 있다. 전후단 제1, 2구는 대구(對句)를 이루는 것이 통례다.

735) 금제체(禁題體) : 금체(禁體)·금체시(禁體詩)·금자시(禁字詩)라고도 한다. 시의 제목과 관련이 있는 자구(字句)를 사용하지 않고 짓는 시를 말한다. 송(宋)나라 구양수(歐陽脩)가 취성당(聚星堂)에서 주연을 베풀고 눈[雪]에 대한 시를 짓게 하면서, 설부(雪賦)에 흔히 등장하는 옥(玉)·월(月)·이(梨)·매(梅)·연(練)·서(絮)·백(白)·무(舞)·아(鵝)·학(鶴) 등의 글자를 사용하지 못하도록 했던 데에서 유래한 것이다.

고깃배 닻을 거둬 앞 여울에 다다르는데 漁舟收纜及前灘
고개를 돌려도 겹친 산은 보이지 않네 回首失重巒
후드득 소리가 못가 대숲에서 들려오니 疎響聞潭竹
그윽한 향기에 물가의 난초를 알게 하네 幽香識渚蘭
갑자기 놀란 물오리에 강가가 시끄러운데 忽驚鳧鴈鬧江干
달이 뜨니 밤은 벌써 깊어만 가네 月出已宵闌

안개 낀 절의 저녁 종소리 煙寺暮鐘

지는 노을에 붉은빛이 사라지려 하는데 落照紅將歛
가랑비에 푸른빛이 가지런하지 않도다 殘霏翠不齊
차분하게 조각구름이 문득 서쪽에 걸리니 舂舂忽自片雲西
몇 명의 스님이 살고 있음을 아네 知有數僧棲
한 줄기 강물엔 물결 소리 잦아지고 一水波聲伏
모든 산엔 검은빛이 드리워지네 群山黛色低
지금 내 마음속에 혼미함을 떨쳐내어 卻今心地撥昏迷
무사하게 다시 이끌어 주리라 無事更提撕

산속 주막의 아지랑이 山店朝嵐

들이 넓으면 새벽 별이 숨어들고 野闊殘星隱
강물이 따스하면 짙은 안개 희미하네 江暄宿靄微
하늘 바람 실처럼 불어 산을 둘러서 날고 天風吹縷繞山飛
반쯤 섞인 가랑비 부슬부슬 내리네 半雜雨霏霏
시름에 겨운 눈썹엔 화장이 늦어지니 愁黛粧遲就
외로운 연기 나타났다 쉽게 사라지네 孤煙露易晞
몇 집이 솔과 대로 바위 사립을 둘렀는가 幾家松竹護巖扉
정자는 한낮인데도 아직 어렴풋하네 亭午尙依俙

강다리의 때늦은 눈 河橋晚雪

못 가의 따오기는 추위에 헤매는데 澤畔迷寒鷺

성 머리에는 저녁 까마귀가 모이네 城頭集暮鴉

황홀하게도 신세가 구슬꽃에 떨어졌는지 況然身世落瑤華

대지의 구슬에는 티 하나 없네 大地玉無瑕

들판의 냇물은 굽었다가 곧아지니 野外川迂直

땅 끝 멧부리는 높낮이가 다르도다 坤端峀等差

나그네 시름에 하늘 끝에 걸린 해가 서쪽으로 기우니 客愁天末日西斜

어느 곳에 사람 사는 집이 있겠는가 何處有人家

긴 들판의 목동의 피리소리 長郊牧笛

가랑비는 평평한 들을 적시고 小雨歸平野

여린 햇살은 먼 마을을 비추네 殘陽在遠村

언덕 넘어 어디선가 피리 소리 들려오더니 數聲何處隔高原

푸른 구름 자취인 양 불다가 그치네 吹斷碧雲痕

옛 성첩(城堞)에 깃들었던 갈까마귀 흩어지니 古堞棲鴉散

높은 나뭇가지 꽃술 떨어져 나부끼네 危梢落蘂飜

상가(商歌) 부르며[736] 제문(齊門)[737]에 있을 필요 없으니 商謳不必在齊門

영수[738]에는 맑은 근원이 있다네 穎水有淸源

---

736) 상가(商歌) 부르며 : 증자(曾子)가 위(衛)나라에 있을 때 사흘이나 불을 때지 못하고 십 년 동안 새 옷을 해 입지 못하는 극빈(極貧)의 생활 속에서도 “신발을 끌고 상송(商頌)을 노래하니 그 소리가 천지간에 가득 차면서 마치 금석에서 나오는 것과 같았다.[曳縱而歌商頌, 聲滿天地, 若出金石.]”는 고사가 있다.《莊子 讓王》 빈한한 생활 속에서도 맑은 절조를 고수하는 것을 말한다.

737) 제문(齊門) : 제왕(齊王)의 문이라는 뜻으로 자신의 재능이 시속에서 숭상하는 것과 서로 다름을 비유한 말이다. 옛날 제왕이 피리[竽]를 좋아했는데, 제 나라에 벼슬을 구하는 자가 비파를 가지고 가서 제왕의 문에 3년이나 서있었지만 들어가지 못하자, 어떤 이가 그에게 말하기를 “왕은 피리를 좋아하는데 그대는 비파를 타니, 비파를 아무리 잘 탄들 왕이 좋아하지 않음에 어찌하랴.”라고 했다는 고사에서 온 말이다.

738) 영수(穎水) : 요(堯) 임금 때 허유(許由)와 소보(巢父)가 기산(箕山) 아래 영수(穎水)에 은거한 고사에서 나온 말로, 세상을 피하여 자기의 지조를 굳게 지키고 몸을 깨끗이 하는 태도를 표현하는 말이다.

나루터의 고기잡이 등불 曲浦漁燈

옛 나루터에 바람이 고요한 밤	古渡風殘夜
긴 강에는 물이 힘차게 흐르네	長汀水活時
푸른 불빛 몇 점이 강가를 비추니	青熒幾點點江涯
물결 아래에도 저절로 그 불빛이 비치네	波底自相隨
바야흐로 달이 처음 떨어짐을 보니	正見月初落
별들도 드문드문 조금씩 옮기네	欲稀星漸移
이 늙은이는 세상살이에 본래 기대가 없으니	此翁於世本無期
어떤 사람이 알더라도 두려울 게 없네	不怕有人知

모래사장에 내린 기러기 平沙落鴈

갈대 언덕이 완전히 눈이 내린 듯하니	荻岸渾如雪
강다리 가까이에는 서리가 있네	河橋近有霜
하늘 높이 두세 줄로 줄을 이루었다가	凌空三兩字成行
점점이 갈대밭에 내려앉는구나	點點下蘆場
변방의 시름을 가득 띠고 왔으니	剩帶邊愁至
일각이 삼추(三秋)인 양 아득하구나	遙添刻漏長
강남엔 벼와 수수가 땅에 가득하건만	江南滿地稻兼粱
무슨 사연으로 이곳으로 날아왔는가	何事此來翔

넓은 나루에 매인 돛단배 廣津維舟

드넓은 언덕이 어느 때 끊어질까	岸豁何時斷
강은 깊어 흘러가지 않으려 하네	江深不肯流
뱃사공이 술에 취해 또한 유유자적하니	長年一醉也悠悠
해는 저무는데 길은 정말 멀구나	日暮道方脩
지난번엔 풍랑이 가벼워서	向者輕風浪
느긋하게 늦게서야 강가에 배를 대었네	居然閣晚洲

안개 물결이 봉황루[739]를 얼마나 가렸는가　　煙波幾隔鳳凰樓
서쪽을 바라보며 사람들 시름에 젖게 하네　　西望使人愁

김의정이 억진아[740]를 흉내낸 시에 차운함
次金義精效憶秦娥

시름은 눈과도 같은데　　愁如雪
서산에는 백 척의 얼음에도 찬 매화는 피었네　　西山尺氷寒梅發
찬 매화가 피었으니　　寒梅發
향기로운 꽃이 몇 번인가　　幾度芳華
미인이 이별을 상심하네　　美人傷別
무산 아래 송강에서 저녁이 되면　　巫山山下松江夕
한바탕 웃으며 서로 만나 즐거움을 다하네　　一笑相逢須盡樂
모름지기 즐거움을 다하며　　須盡樂
내일이면 서로 그리워하니　　明日相思
푸른 바다와 하얀 달빛이로다　　碧海霜月

739) 봉황루(鳳凰樓) : 임금이 있는 궁궐을 가리킨다.

740) 억진아(憶秦娥) : 사(詞)를 짓는 데 억진아라는 곡조가 있다. 진아는 춘추시대 진 목공(秦穆公)의 딸 농옥(弄玉)을 가리킨다. 생황을 잘 불었던 농옥은 자신과 합주할 수 있는 사람이 아니면 남편으로 맞지 않겠다고 하여 남편이 될 사람을 기다리던 끝에 퉁소를 잘 부는 소사(蕭史)를 만났다. 소사가 농옥에게 퉁소를 가르쳐 농옥이 퉁소로 봉황의 소리를 낼 수 있었는데 봉황이 그들의 집에 와 앉기에 봉대(鳳臺)를 짓고 부부가 함께 거처하다가 봉황을 타고 신선이 되어 날아갔다고 한다. 이 고사를 소재로 이백(李白)이 〈억진아〉라는 사(詞)를 지었는데 모두 46자로 구성되어 있다.

만사 輓詞

우복 선생 만사
愚伏先生輓詞

퇴계와 서애의 정통 학맥은 나라의 시귀[741]이니	陶厓正脈國蓍龜
이것은 온 나라의 백성이 함께 아는 바이로다	此是邦人所共知
몸소 행장[742]을 잡고 용사를 살폈으니	身把行藏看用舍
사람들을 출처를 가지고 안위를 정했도다	人將出處卜安危
조정 반열에서 사륜[743]의 재주를 펴지 못했는데	班行久屈絲綸手
밤낮으로 헛되이 주석[744] 자질을 구하였네	宵旰虛求柱石資
하늘의 뜻으로 사직의 안녕을 맡게 하였으며	天意蓋令寧社稷
인문에는 다행히 종사를 맡으셨네	人文猶幸屬宗師
세상의 혼란스런 일은 끝내 평정하기 어려웠으며	世間波浪終難定
하늘 위의 바람과 구름은 쉽게 기약하지 못했도다	天上風雲未易期
난초는 꺾이더라도 향기는 더욱 강해지며	蘭被挫來香益烈
쇠는 연마를 거치면 빛은 더욱 나아지네	金經鍊過色逾奇
유여[745]처럼 나라를 망하게 할까 마음으로 애썼으며	心勞幽厲淪亡日

741) 시귀(蓍龜) : 점을 치는 데 쓰이는 시초(蓍草)와 거북의 껍질. 나라의 중요한 일을 결정하는 데 중추적인 역할을 함을 말함.

742) 행장(行藏) : 용행사장(用行舍藏)의 준말로, 자신의 도를 펼 수 있느냐 없느냐에 따라 거취를 결정하여 조정에 나아가기도 하고 은퇴하기도 하는 것을 말한다. 《논어》 〈술이(述而)〉의 "써 주면 나의 도를 행하고 써 주지 않으면 숨는다.[用之則行 舍之則藏]"라는 말에서 유래하였다. 출처(出處)도 같은 뜻이다.

743) 사륜(絲綸) : 임금의 조서(詔書)를 뜻하는 말이다. 《예기》 〈치의(緇衣)〉의 "왕의 말은 처음엔 실오라기 같다가도 일단 나오면 굵은 명주실처럼 되고, 왕의 말은 처음엔 굵은 명주실 같다가도 일단 나오면 밧줄과 같이 된다.[王言如絲 其出如綸 王言如綸 其出如綍]"라는 말에서 유래한 것이다.

744) 주석(柱石) : 기둥과 주춧돌로, 국가의 중임을 맡은 대신인 주석지신(柱石之臣)을 말한다.

745) 유여(幽厲) : 유왕(幽王)과 여왕(厲王)을 가리킨다. 모두 주(周)나라의 폭군으로서, 전하여 망국의 군주라는 뜻으로 쓰인다.

선조 광해군이 혼란을 일으키는 모습을 눈으로 보았도다　目覩宣光撥亂姿

무너진 인륜을 일으켜 세우고 명분과 의리를 바로잡았으며　扶植斁倫名義正

군왕을 보좌하여 찬양하는 일은 물정에 합당하게 하였도다　贊揚熙載物情宜

이미 요순을 마음에 두고 임금과 백성에게 바랐으며　旣膺堯舜君民責

명군(明君)과 양신(良臣)이 시대를 만나기를 원했도다　要及明良際遇時

보불과 생용[746]을 조정에서 사용하였으며　黼黻笙鏞廊廟用

준승과 규구(規矩)[747]를 사림들이 본받았네　準繩規度士林儀

예악을 진흥시키는 것이 오히려 가능하다고 말했으니　謂興禮樂猶云可

옹희[748]에 이르기는 의심할 바가 없었도다　馴致雍熙所不疑

이런 말씀은 지극히 공정하니 어찌 아첨이라 하겠는가　此說至公安敢諂

이 백성들에게 복록이 없다면 무엇을 하려 했겠는가　斯民無祿欲何爲

나라의 운수가 반석으로 돌아가는 것을 보지 못했으니　未看國祚歸盤石

공연히 어리석은 사람들에게 갈림길에서 울게 하도다　空使愚矇泣路岐

경월[749]이 하늘에 걸려도 다시 보기 어려우니　卿月麗天難更覩

문성[750]이 땅에 들어가면 가히 따를 수 있도다　文星入地可能追

따뜻한 봄날 온화한 기운에 담론을 생각하며　陽春和氣思談論

강한 볕과 된서리에 차자(箚子)를 올렸도다　烈日嚴霜寓箚詞

홀로 검호[751]의 호숫가에 있는 나무에　獨有檢湖湖上樹

가을 소리는 잎새마다 사람을 슬프게 하도다　秋聲葉葉替人悲

---

746) 보불(黼黻)과 생용(笙鏞) : 보불은 옛날 임금들의 대례복(大禮服)에 놓은 수를 말한다. 보(黼)는 도끼 모양의 흑백색, 불은 아(亞) 자 모양의 흑청색(黑靑色) 수를 놓은 것으로, 흔히 임금을 보좌하는 인재를 가리킨다. 생용은 악기의 종류인 생황(笙簧)과 대종(大鐘)을 가리키는데, 통상 왕정을 행하는 도구나 조정의 귀한 인재를 비유하는 말로 쓰인다.

747) 준승(準繩)과 규구(規矩) : 준(準)은 측평기(測平器)요, 승(繩)은 먹줄이며, 규(規)는 원(圓)을 만드는 기구요, 구(矩)는 방형(方形)을 만드는 기구이니, 여기서는 법도란 뜻이다.

748) 옹희(雍熙) : 천하가 잘 다스려져서 화락(和樂)한 모양을 뜻함. 요순(堯舜) 때의 정치를 찬양하는 말에서 유래한다. 진(晉)나라 장형(張衡)의 〈동경부(東京賦)〉에 "백성들이 부유함을 함께하고, 상하가 그 옹희(雍熙)를 함께 누린다.[百姓同於饒衍 上下共其雍熙]"라고 하였음.

749) 경월(卿月) : 각주 269) 참조.

750) 문성(文星) : 문재(文才)를 주관한다는 문창성(文昌星)을 말하는데, 인하여 문재가 있는 사람에 비유하기도 한다.

751) 검호(檢湖) : 경북 상주 함창에 있는 지명.

이창석[752] 선생 만사

輓李蒼石先生

하늘이 조선을 태평하게 다스리고자 하지 않는가	天未欲平治鰈域
사문(斯文)을 어찌하여 거듭 잃어 이 지경에 이르는가	文何荐喪至於斯
세월이 임진, 계사년이 아닌데도 현인이 재앙을 겪으며	歲非辰巳賢人厄
어려움과 근심이 때때로 이르러 바른 학문이 쇠퇴했네	時到艱虞正學衰
이미 도가 장차 폐해질 운명임을 믿으니	已信道之將廢命
어찌 미래가 이와 같을 줄 알겠는가	安知來者得如玆
서산이 곧게 삼천 척이나 솟아 있으니	西山直立三千尺
우러러보며 저의 생각을 위로할 수 있겠네	仰止猶能慰我思

계화 유수암 만사 5수

輓柳修巖季華五首

일찍 어버이의 가르침을 받아 예를 배웠고	聞禮趨庭早
인(仁)을 구하러 눈을 맞으며[753] 정성을 다했네	求仁立雪誠
문장은 바탕이 순수해야 마땅하며	文章宜粉地
소금에 절인 채소라야 국을 끓일 수 있네	鹽菜可鉶羹
훌륭한 자질은 비록 하늘에서 받았지만	美質雖天賦
공부는 천성과 같아야 이루어지리라	工夫若性成
바야흐로 한 세상을 도야하기를 기약했는데	方期陶一世

---

752) 이창석(李蒼石) : 이준(李埈, 1560~1635). 조선 후기의 문신. 본관은 흥양(興陽). 자는 숙평(叔平), 호는 창석(蒼石). 유성룡의 문인. 임란 때 정경세와 의병을 모집해 싸웠으나 패하였다. 경상도도사가 되었으며, 예조정랑·단양군수 등을 거쳐 형조와 공조의 정랑을 거쳤다. 인조반정으로 다시 교리로 등용되었고 그 뒤 삼사의 관직을 여러 차례 역임하였다. 정묘호란이 일어나자 의병을 모집했고, 이후 승지·대사간을 거쳐 부제학에 임명되었다. 상주의 옥성서원(玉城書院)과 풍기의 우곡서원(愚谷書院)에 제향되었다. 저서로는 《창석집》을 남겼으며, 《형제급난지도(兄弟急難之圖)》를 편찬하였다. 시호는 문간(文簡)이다.

753) 눈을 맞으며 : 원문의 '입설(立雪)'은 제자로서의 예를 잘 갖추고 문하에 들어갔다는 뜻으로, 양시(楊時)가 어느 날 정이(程頤)를 방문하였는데, 정이가 명상에 잠겨 앉아 있자, 이에 양시가 곁에 시립(侍立)한 채 떠나지 않았는데, 정이가 명상에서 깨어났을 때 문 밖에 눈이 한 자가 쌓였다고 한다.

어찌 그리 급하게 무덤으로 들어갔는가 何遽閉佳城

용문의 선비[754]가 되기에는 부끄럽지만 恥作龍門士
어찌 안탑[755]에 이름 올리기를 구하겠는가 寧求鴈塔名

광해군 조정에는 과거에 공정한 도가 없었는데 공의 사마시 방하[756] 가운데 요직에서 일을 보던 자가 공이 별시에서 합격하였다는 소식을 듣고 편지를 보내 공을 시험하였다. 공은 드디어 나아가지 않고 그로 인하여 과거를 그만두었다.[昏朝科擧無公道公司馬榜下有當路用事者聞公得別試以書來試公公遂不赴因以廢擧]

경남[757]은 원래부터 저절로 곧으며 梗枏元自直
빙얼[758]은 맑게 되지 않도다 氷蘖未爲清
까치 수놓은 띠[759]를 두른 관리들에게 성은이 흡족하니 紐鵲恩俱洽
오부(烏府)[760]에서는 홀로 평안하기를 의논하였네 居烏議獨平

당시에 강학년이 장령으로서 죄를 얻어 장차 헤아릴 수 없었는데 공이 이의를 제기하자 드디어 지평에서 교체되어 돌아왔다.[時姜鶴年以掌令獲罪將不測公立異遂遆持平而還]

화류[761]가 바야흐로 길을 얻었는데 驊騮方得路

---

754) 용문(龍門)의 선비 : 수(隋)나라의 학자로 용문 출신인 왕통(王通)을 가리킨다. 왕통은 자가 중엄(仲淹)인데, 어려서부터 학문에 뜻을 두어 독실하게 공부하였고 사방을 유람하였다. 조정에 태평십이책(太平十二策)을 올렸으나 쓰이지 않자 물러나 하수(河水)와 분수(汾水) 사이에서 살았다. 왕통은 이곳에서 제자들에게 강론하였는데, 문하에서 수업을 받는 자가 수천 명이나 되었다. 방현령(房玄齡), 두여회(杜如晦), 위징(魏徵), 이정(李靖) 등 쟁쟁한 학자가 모두 그의 문하에서 나왔으므로 당시 사람들이 이들을 하분문하(河汾門下)라고 칭하였다. 그가 죽은 뒤에는 문인들이 문중자(文仲子)라고 사시(私諡)를 올렸다.

755) 안탑(雁塔) : 중국의 섬서성 장안현 남쪽 자은사(慈恩寺)에 있는 탑이다. 당(唐)나라 때 진사가 이 탑 위에 이름을 적었다는 고사가 있는데, 여기에서 유래하여 후대에 진사에 급제하는 것을 '안탑제명(雁塔題名)'이라고 한다.

756) 방하(榜下) : 같은 과거에서 하위로 급제한 사람으로 과거 합격 동기생이다.

757) 경남(梗枏) : 모두 크고 훌륭한 재목이 될 만한 나무로 "경(楩)·남(枏)·여(櫲)·장(章)을 베어 다듬어서 혹은 관곽(棺槨)을 만들고 혹은 기둥과 들보를 만든다.[楩楠櫲章而剖梨之 或爲棺槨 或爲柱梁]"라는 말에서 나왔다. 《淮南子 齊俗訓》

758) 빙얼(氷蘗) : 청고(淸苦)한 지절(志節)을 말함. 청빈한 생활로 얼음을 마시고 나무의 움을 먹는다는 '음빙식얼(飮氷食蘗)'이라는 말에서 유래하였음.

759) 까치 수놓은 띠 : 조정의 4·5·6품의 관리를 말함. 4품은 까치를 수놓은 은고리에 술 있는 띠[鍊鵲銀環綬]를 두르고 5·6품은 까치 수놓은 구리고리[練鵲銅環綬]에 술 있는 띠를 두른다.

760) 오부(烏府) : 사헌부(司憲府)를 가리킨다.

761) 화류(驊騮) : 모두 주나라 목왕(穆王)이 타고 다녔다고 하는 팔준마(八駿馬)의 일종으로, 뛰어난 자질을 가

제결[762]이 어찌하여 먼저 우는가 鶗鴂奈先鳴

돌아가신 승상을 아득히 회상하니 緬憶先丞相
나라를 일으키신 덕업이 훌륭하셨도다 興邦德業優
뿌리가 깊으면 당연히 크게 무성하며 根深當大茂
근원이 멀면 반드시 멀리 흘러가네 源遠必長流
옥수[763]가 그루에 잇달아 빼어나고 玉樹連株秀
옥 같은 싹이 밭에 가득 자라나네 瓊苗滿畹抽
후손들은 응당 바꾸지 않으리니 雲仍應未替
적선으로 선조의 가업을 계승하리 積善是箕裘

매화 별장에서 홑이불을 받들고 장사하던 날 梅墅承衾日
모든 유생이 석구[764] 입고 통곡하였네 諸生哭裼裘

우복 선생이 돌아가시자 공은 집례가 되었으며 장사 지낼 때 고금의 예를 가지고 다투었는데 여러 사람이 결정하지 못하다가 뒤에는 마침내 공의 의논을 따랐다.[愚伏先生喪公爲執禮及葬時有爭以古今禮衆莫知所定後竟從公議]

한마디 말로 중초[765]를 억눌렀으며 片言鉗衆楚
큰 장례(葬禮)는 능히 주례(周禮)를 따랐네 大禮克從周
비록 산이 무너지는 슬픔이 간절하였지만 雖切山頹慟
조금씩 도를 잃은 근심에서 멀어졌네. 稍寬道喪憂
이제 바야흐로 제향(祭享)을 의논하려면 今方議腏食
그대가 아니면 누구와 도모하겠는가 微子與誰籌

진 천리마(千里馬)를 뜻한다. 천리마는 땀을 흘리면 피땀이 흐른다고 한다.

762) 제결(鶗鴂) : 두견이라고도 하고 때까치라고도 하는데, 이 새가 춘분에 앞서 미리 울면 초목이 시든다는 속설이 있기 때문에 충직한 인사를 모함하는 보통 참인(讒人)의 대명사로 쓰이곤 한다.

763) 옥수(玉樹) : 진(晉)나라 때 사안(謝安)이 일찍이 여러 자질(子姪)들에게 어떤 자제가 되고 싶으냐고 묻자, 그의 조카인 사현(謝玄)이 대답하기를, "비유하건대, 지란 옥수(芝蘭玉樹)가 뜰에 나게 하고 싶을 뿐입니다." 라고 했던 데서 온 말로, 전하여 훌륭한 자제를 가리킨다.

764) 석구(裼裘) : 갖옷 위에 석의(裼衣, 등거리)만 입고 그 위에 겉옷을 덮어 입지 않는 것이다.

765) 중초(衆楚) : 제(齊)나라 사람 한 명이 제나라 말을 가르치고, 초(楚)나라 사람 여러 명이 곁에서 떠든다는 말로, 착한 사람 한 명이 여러 명의 나쁜 사람을 당해내지 못한다는 뜻이다. 《맹자》 등문공(滕文公) 하(下).

외람되게 금란[766]의 말석에 의탁한 지	猥托金蘭末
거의 사십 년에 이르렀구나	迨將四十春
그대의 마음이 구슬과 같음을 좋아했는데	愛君心似玉
가련하게도 나의 귀밑 수염이 하얗게 되었네	憐我鬢成銀
기국의 근심[767]이 비록 지나갔지만	杞國憂雖過
호량의 즐거움[768]은 저절로 진실하네	濠梁樂自眞
어찌하여 중도에서 떠나셨는가	如何中道失
병들어 누웠으니 강가에는 해가 지네	羸臥暮江濱

검간 조정[769] 만사

輓趙黔澗靖

태평한 시대에 높은 벼슬을 지낸 집안이며	昭代簪纓族
우리나라에서 예절과 법도 있는 가문이네	東韓禮法家
천리마처럼 바야흐로 발을 펼칠 무렵	驊騮方展足
세도(世道)가 극도로 쇠퇴하였도다	世道劇頹波
도성 거리에서 그만두고 돌아오기 바빴으며	紫陌收歸輿
청문에서 오이 심기[770]를 배웠네	青門學種瓜

---

766) 금란(金蘭) : 마음을 함께하는 깊은 우정. 각주 323) 참조.

767) 기국(杞國)의 근심 : 옛날 기(杞)나라의 어떤 사람이 하늘이 무너지고 땅이 꺼지면[天地崩墮] 자기 몸을 붙일 곳이 없게 된다 하여 침식을 폐하고 걱정을 했다는 기국우천(杞國憂天)의 고사가 있다. 보통은 쓸데없는 걱정을 의미하지만, 여기서는 훌륭한 분이 돌아가시는 우환이라는 뜻으로 쓰였다.

768) 호량(濠梁) : 호량은 호수(濠水) 위의 다리를 말한 것으로, 장자(莊子)와 그의 친구 혜자(惠子)가 일찍이 호수의 다리 위에서 노닐 때 장자가 말하기를 "피라미가 나와서 조용히 노니, 이것이 물고기의 즐거움일세.[鯈魚出游從容 是魚之樂也]"라고 하자, 혜자가 말하기를 "자네는 물고기가 아닌데 물고기의 즐거움을 어떻게 알겠는가.[子非魚 安知魚之樂]"라고 한 데서 온 말이다. 《莊子 秋水》

769) 조정(趙靖, 1555~1636) : 조선 중기의 문신. 본관은 풍양(豐壤). 자는 안중(安中), 호는 검간(黔澗). 김성일(金誠一)의 문인으로 임진왜란 때 의병을 일으켜 활약하였고, 왜와의 강화를 배격하는 소를 올렸다. 사마시에 합격한 뒤 좌랑으로 증광문과에 병과로 급제하였다. 이괄(李适)의 난 때 공주까지 호가(扈駕)하였고, 그 뒤 봉상시정에 이르렀다. 정구(鄭逑)와 교유하였으며, 경술(經述)과 문장에 뛰어났다. 이조 판서에 추증되고, 상주의 속수서원(涑水書院)에 봉향되었다. 저서로는 《검간문집》과 《진사일록(辰巳日錄)》이 있다.

770) 청문(青門)에서 오이 심기 : 진(秦)나라 때 동릉후(東陵侯)에 봉해진 소평(邵平)이 진나라가 멸망한 뒤에는

그 정신이 아직도 사라지지 않았으니 精神猶不泯
상령(商嶺, 상주)은 울창하고도 우뚝하도다 商嶺鬱嵯峨

운천 김용[771] 만사 갑자년(1624)

輓金雲川涌 甲子

내가 사랑하는 운천옹이여 我愛雲川翁
훤칠한 한 마리 바다의 학이었도다 頎然一海鶴
백성들의 근심을 홀로 짊어졌으며 獨負蒼生憂
경쇠만 매달린 집[772]을 오랫동안 닫았도다 久掩懸罄屋
벼슬길에 올라서는 영화롭지 못하였고 冠冕未爲榮
세상에서는 욕된 자리가 아니었네 江湖非所辱
나아가 우리 임금을 순(舜)처럼 되기 바랐고 進欲舜吾君
물러나서는 산림으로 되돌아왔도다 退言返初服
쓰이고 버려짐은 본래 나의 뜻대로 안 되며 用舍本非吾
나아가고 물러남도 모두 법칙이 있다네 行藏合有則
부질없이 다섯 고을의 백성들로 하여금 徒令五州民
입으로 전하여 남긴 덕을 새기게 했네 口碑銘遺德
착한 일을 많이 한 것이 쓸데없지 않아서 善積不徒然
경지[773]가 대나무처럼 나란히 섰도다 瓊枝比立竹

스스로 포의(布衣)가 되어, 한(漢)나라 장안성(長安城) 동쪽 청문(靑門) 밖에 오이를 심어 가꾸며 조용히 은거했는데, 특히 그 오이가 맛이 좋기로 유명하여 당시 사람들로부터 동릉과(東陵瓜)라고 일컬어지기까지 했던 데서 온 말이다.

771) 김용(金涌, 1557~1620) : 조선 중기의 문신. 본관은 의성(義城). 자는 도원(道源), 호는 운천(雲川). 임란이 일어나자 의병을 일으켜 안동 수성장(安東守城將)에 추대되었고, 예문관 검열·성균관 전적(典籍) 등을 지냈다. 정유재란이 일어나자 이원익(李元翼)의 종사관으로 많은 활약을 했지만 탄핵을 받아 선산 부사로 옮겨졌다. 이후 중앙 관직에 머물다가 예천 군수·상주 목사 등 지방 관직을 지냈으며 병조참의를 지낸 후 여주 목사로 나갔다가 4년 뒤에 죽었다. 안동 임호서원(臨湖書院)·묵계서원(默溪書院)에 제향되었다. 저서는 《운천집(雲川集)》·《운천호종일기(雲川扈從日記)》 등이 있다.

772) 경쇠만 매달린 집 : 집안이 매우 가난함을 뜻한다. 각주 676) 참조.

773) 경지(瓊枝) : 아름다운 시문(詩文)을 비유적으로 표현한 말이다. 《초사(楚辭)》 〈이소(離騷)〉에 "경옥(瓊玉)

공의 뜻은 더욱 조심하고 삼갔는데	公意益兢兢
하늘의 마음이 얼마나 막막하였던가	天心胡漠漠
천리마가 아직 길의 반도 못 갔는데	驊騮未半途
몹쓸 눈이 송백나무를 꺾어 버렸네	虐雪摧松柏
비태는[774] 실제로 서로 효과가 나니	否泰實相乘
끝내는 모름지기 큰 복을 누리리라	終須享胡福
아, 운천옹이여	噫嘻雲川翁
온화한 그 모습은 아름다운 구슬과 같았네	溫其如美玉
구슬이라고 스스로 말하지 않았으니	玉旣不自言
세상 사람들이 어찌 알 수 있었겠는가	世人焉得識
단지 군자의 거동을 살펴보면	但相君子儀
동서[775]의 자리에는 오르지 못했네	未登東序席
아아, 운천옹이여	噫嘻雲川翁
옛날에도 적었고 지금도 드물게 보도다	古少今罕覿
충효는 바로 집안에 전해졌고	忠孝乃家傳
청빈한 삶은 하늘로부터 얻었도다	氷蘗由天得
사람들보다는 실제로 영특하였으니	於人實英特
나라에 있어서는 마치 큰 나무와 같았네	在邦猶喬木
어제 작별하고는 갑자기 만나지 못했으니	昨別忽不見
공께서는 어디에 갔다고 말하겠는가	謂公將安適
아득하게 넓고 넓은 우주이니	茫茫天宇間
이번 영결(永訣)은 끝이 없도다	此訣無終極
혼령은 마침내 어느 곳에 있는가	精神竟何處

가지를 꺾어 음식을 만들고 경옥 가루를 빻아서 양식을 만들리라.[折瓊枝以爲羞兮, 精瓊爢以爲粻.]"라고 한 데서 온 말로, 원래는 자신의 정결한 마음가짐을 형용한 것인데 후에는 주로 남의 집 자제를 높여 부르기도 한다.

774) 비태(否泰) : 주역의 두 괘의 이름이다. 하늘과 땅이 서로 교류하지 않고 만물이 서로 막힌 것을 비(否)라 하고 하늘과 땅이 서로 교류하고 만물이 서로 통하는 것을 태(泰)라고 하여, 만물의 성쇠와 운명의 순역(順逆)을 표현한다.

775) 동서(東序) : 하(夏)나라 때 태학(太學)의 명칭으로 성균관을 가리킨다.

흰구름처럼 남은 자취가 사라졌네 白雲空遺躅
고상한 풍모가 푸른 하늘을 쓸어주니 高風掃碧空
눈 덮인 산이 천 길이나 희게 되었네 雪山千丈白

종숙 서계공 정언굉[776] 만사
輓宗叔西溪公彦宏

내가 봉원[777]의 옛날을 생각하니 念我蓬原舊
흐르는 세월이 후손에게 이르렀도다 流光及裔孫
공은 능히 속세에 초연하였으나 公能超俗子
사적으로 우리 문중을 키우기를 기뻐하였네 私喜大吾門
바탕이 훌륭하였고 문채도 오히려 빛났으니 質美文猶炳
마음은 온화하고 기상은 더욱 따뜻하였네 心和氣益溫
연방(蓮榜)[778]에 발탁되어 벽수[779]에 들어가서 擢蓮登璧水
계과(桂科)[780]에 급제하여 중앙 관직에 진출했도다 分桂出天閽
속세에는 위엄 있는 봉황이 날아온 듯하고 塵世來威鳳
청운의 벼슬길에는 곤어(鯤魚)가 된 듯하네 雲程化海鯤
드높은 명성은 산악을 진동하였으며 高名動山岳
향기로운 덕은 난초나 창포보다 짙었네 馨德壓蘭蓀

---

776) 정언굉(鄭彦宏, 1569~1640) : 조선 후기의 문신·학자. 본관은 동래(東萊). 자는 여확(汝廓), 호는 서계(西溪). 아버지는 승조(承祖)이며, 어머니는 함녕 김 씨(咸寧金氏)로 염(恬)의 딸이다. 사마시에 합격하였고, 식년문과에 병과로 급제하였다. 청송 부사, 예빈 시정, 승문원 판교 등을 역임하였다. 저서로는《서계문집》2권이 있다.

777) 봉원(蓬原) : 정창손(鄭昌孫, ?~1392). 본관은 동래(東萊), 호는 우곡(愚谷), 시호는 양도(良度)이다. 안축의 사위이다. 고려 말 문과에 급제하여 1376년(우왕 2)에 대사헌이 되었고 그해 3월 청백리(淸白吏)에 선출되었다. 그 후에 봉원군(蓬原君)에 봉해졌다.

778) 연방(蓮榜) : 생원시와 진사시의 향시(鄕試)와 회시(會試)에 급제한 사람의 명부.

779) 벽수(璧水) : 벽수(璧水)는 벽옹에 둘린 물이니, 태학 즉 성균관을 가리킨다.

780) 계과(桂科) : 문과(文科)에 등과(登科)한다는 말이다. 절계(折桂)라고도 한다. 진 무제(晉武帝) 때 극선(郤詵)이 현량 대책(賢良對策)에서 장원(壯元)을 하고는, 소감을 묻는 무제의 질문에 "계수나무 숲의 가지 하나요, 곤륜산의 옥돌 한 조각이다.[桂林之一枝 崑山之片玉]"라고 답변한 고사에서 유래한 것이다.

나무가 빼어나니 바람이 더욱 시기하였고	木秀風偏怒
꽃향기 짙으니 눈이 내리기 시작하였네	花濃雪始繁
세상의 인정은 좋고 나쁨이 다르며	物情殊好惡
시운은 통하고 막힘이 차이가 나네	時運異亨屯
늙은이에게는 풍진세상이 괴로운데	白首風埃苦
번화한 속세에는 세월이 빠르구나	紅塵歲月奔
돌아와서 수초부[781]를 찾았으며	還尋遂初賦
귀향하여 중장원[782]에 누웠도다	歸臥仲長園
낙사[783]에서는 풍류가 원대하였으며	洛社風流遠
유림에서는 덕망이 높았도다	儒林德望尊
동향[784]에는 남긴 사랑이 있으며	桐鄕遺愛在
괴원에는 고풍이 남아 있도다	槐院古風存
하늘 위에는 진재가 없는가	天上無眞宰
인간 세상에는 지극한 원통이 있도다	人間有至冤
세상을 조문할 학을 누가 알겠는가	誰知弔世鶴
이로부터 창자가 끊어진 원숭이[785]로다	自是斷腸猿

781) 수초부(遂初賦) : 진(晉)나라 때에 손작(孫綽, 314~371)이 고양(高陽), 허순(許詢) 등과 함께 고상한 뜻을 품고 회계산(會稽山)에 은거하여 10여 년간을 산수를 유람하며 살면서 〈수초부(遂初賦)〉를 지었는데, 수초란 벼슬을 사직하고 은거하여 그 초심을 이루어 즐겁다는 의미이다. 《世說新語 言語》

782) 중장원(仲長園) : 후한(後漢)의 명사(名士) 중장통(仲長統)의 원림(園林)으로, 오준(吳竣)의 정원을 가리킨다. 중장통이 자기의 원림 속에서 유유자적하는 심경을 읊은 '낙지론(樂志論)'이라는 짧은 글이 유명하다.

783) 낙사(洛社) : 송(宋)나라 문언박(文彦博)이 서도 유수(西都留守)로 있을 때, 부필(富弼)의 집에서 연로하고 어진 사대부들을 모아 놓고 술자리를 베풀어 서로 즐겼던 모임을 낙양기영회(洛陽耆英會) 또는 낙사기영회(洛社耆英會)라 하였던 데서 온 명칭으로, 조선시대에 나이가 많은 임금과 벼슬에서 물러난 70세 이상 정2품 이상 문관들의 친목을 도모하기 위해 조직한 기로회(耆老會)를 가리킨다.

784) 동향(桐鄕) : 수령의 은혜로운 정사를 잊지 못하는 고을을 이른다. 한나라 주읍(朱邑)이 젊은 시절 그 고을 색부(嗇夫)로 있으면서 덕정(德政)을 남겼는데, 그 후 대사농(大司農)이 되었다가 병으로 죽을 무렵 자기 아들을 불러, 자기가 죽거든 자기를 동향(桐鄕)에다 묻어 달라고 부탁하였다. 그 아들이 그 말대로 동향에다 장례를 치렀는데, 과연 그곳 백성들이 모두 나서서 무덤을 일으키고 사당을 세워 제사를 지냈다고 한다. 《漢書 卷89 朱邑傳》

785) 창자가 끊어진 원숭이 : 옛날에 환공(桓公)이 촉(蜀)에 들어가 삼협(三峽)에 이르렀을 때, 한 부오(部伍)에서 원숭이의 새끼를 잡아온 자가 있어, 그 원숭이의 어미가 절벽에 올라가 그 병선(兵船)을 바라보고 슬피 부르짖어 울다가 마침내 그 배로 뛰어들어와서는 곧 숨을 거두므로, 그 어미의 배를 갈라보니, 창자가 마디마디 모두 끊어져 있었다는 고사에서 온 말.

자손들을 어느 누가 소홀히 하겠는가　子姓人誰忽
우리 가문은 의리가 남달리 돈독하도다　吾宗義獨敦
몇 년이나 사극[786]을 모셨던가　幾年陪謝屐
곳곳에서 상원(上元)의 술잔을 함께하네　到處共元樽
성대한 은혜는 말로 형용하기 어려우니　盛眷難容說
마음속으로 감히 잊을 수 없었도다　中心不敢諼
봄날 강가에서 바둑을 대국할 때는　春湖一棊局
저녁 비를 맞아가며 집 수를 세었도다　暮雨數家村
이런 일은 이미 묵은 자취가 되었으며　玆事已陳迹
이런 회포를 어찌 다시 말하겠는가　此懷那更言
눈앞에는 쌍벽 이룬 자제가 있으니　眼前雙玉樹
돌아가신 후에도 여번[787]이 많겠도다　身後萬璵璠
적선하면 응당 남은 경사가 있으며　積善當餘慶
물결을 보면 반드시 본원을 알 수 있도다　觀瀾必本源
보잘것없는 사람이지만 어찌 분수에 어두우리　賤生寧昧分
하잘것없는 동물도 오히려 은혜를 알도다　微物尙知恩
병약한 몸이라 삼년상을 넘길 것 같으니　廢疾踰三祀
구원[788]에서 뵈옵기를 약속하도다　承顔指九原
만사를 지어 멀리서 장례를 도우려니　題詩遙相紼
베개를 베어도 단지 마음이 녹아나도다　伏枕但銷魂

---

786) 사극(謝屐) : 사공극(謝公屐)의 준말로, 등산용 신발을 말한다. 남조 송(南朝宋)의 시인 사령운(謝靈運)이 명산을 유람할 적에 산을 오를 때에는 나막신[屐]의 앞굽을 떼어 버리고 산을 내려올 때에는 뒷굽을 떼어 걷기에 편리하도록 했다는 고사가 있다.《宋書 卷67 謝靈運列傳》

787) 여번(璵璠) : 노(魯)나라에서 생산되는 보옥(寶玉)의 이름이다.

788) 구원(九原) : 저승.

경청 김위 만사

輓金景淸渭

선조께서 정성을 다해[789] 후인을 계도하였으니	先祖勤斯啓後人
생삼사일[790]하는 그대를 보았도다	生三事一見君身
매번 명절을 맞으면 먼저 문안을 여쭈었으며	每當令節先存問
유독 은혜로운 마음으로 가까운 친척을 살폈도다	獨抱恩情視懿親
영기[791]가 항상 띠를 두른 것을 한하지 말라	莫恨榮期常帶索
원헌[792]이 안빈낙도했음을 알도다	須知原憲自安貧
흰머리와 붉은 얼굴로 이제 어디로 가겠는가	白頭紅頰今何處
하염없이 담론하며 밤을 새울 듯하네	談論依依似隔晨

종직 정학[793] 만사 3수 정묘년(1627)

輓鄭從直欅三首 丁卯

살아 있다고 해서 유독 기뻐하지도 말며	莫爲生者獨欣欣
죽었다고 해서 너무 슬퍼하지도 말라	莫爲死者長慽慽
덧없는 인생은 원래 물위의 거품인 것을	浮生元是水上漚

789) 정성을 다해 : 원문의 '근사(勤斯)'는 《시경》 〈치효(鴟梟)〉에 나오는 "사랑하고 정성 다해 자식을 기르느라 노심초사했노라.[恩斯勤斯 鬻子之閔斯]"라는 구절에서 온 말이다.

790) 생삼사일(生三事一) : 부모와 임금과 스승을 똑같이 섬기는 도리이다.

791) 영기(榮期) : 춘추시대의 은사(隱士)인 영계기(榮啓期)이다. 영계기가 녹구(鹿裘)에 새끼 띠를 한 초라한 행색으로 거문고를 타며 노래를 불렀는데, 공자가 선생의 즐거움은 무엇이냐고 물으니, 대답하기를 "하늘이 낳은 만물 중에 사람이 가장 귀한데 나는 이미 사람이 되었으니 이것이 첫 번째 즐거움이요, 남녀의 구별이 있어 남자는 높고 여자는 낮은데 나는 남자로 태어났으니 이것이 두 번째 즐거움이요, 사람이 태어나 강보(襁褓)를 면치 못하고 죽는 자도 있는데 내 나이 지금 90이니 이것이 세 번째 즐거움이다. 가난은 선비의 떳떳한 도이고 죽음은 인생의 끝이니, 내가 무엇을 걱정하겠는가."라고 하였다. 이는 곧 지족자락(知足自樂)함을 말한다. 《列子 天端》

792) 원헌(原憲) : 공자의 제자로 자는 자사(子思) 또는 원사(原思)이다. 집이 몹시 가난하였지만 의지가 굳고 학문을 좋아하였다. 그가 노(魯)나라에 살 때 매우 가난하여 오두막집 마당에는 풀이 무성하고 쑥대로 만든 방문은 온전치 못했으며 깨진 독으로 구멍을 내서 들창문으로 삼고서, 위로는 비가 새고 아래는 습기가 찬 방에서 바르게 앉아 거문고를 연주했다고 한다. 《莊子 讓王》

793) 정학(鄭欅) : 우복(愚伏) 경경세(鄭經世)의 막내아들.

설령 백 년을 산다 해도 또한 순식간이네　終使百年亦瞬息
돌아가신 그대를 생각하면 온갖 근심 없으니　念君長逝百無憂
허둥대는 나와 비교하면 결국 누가 나은가　較我遑遑果誰得
띠집에 꿇어앉아 잠을 이루지 못하는데　茅齋危坐未成眠
이웃집 황계[794] 우는 소리 또 듣네　隔隣又聽荒雞哭

서신이 새롭게 일변[795]에서 왔는데　有書新自日邊來
오랑캐가 이르기도 전에 관서가 무너졌다네　虜騎未至關西瓦
장수와 중신들이 속수무책으로 앉았으니　將臣拱手坐無策
임금의 수레가 남쪽으로 강화도를 바라보았네　翠華南望江都野
선생께서는 이때 어디를 주관하였던가　先生此時尙何處
가령 평안도에서는 누가 모시는 자였던가　縱使平安誰侍者
그대 만일 알았다면 어떤 마음이었을까　君若有知當何心
응당 눈을 감지 못하고 저승으로 돌아갔네　未應瞑目歸泉下

가련하도다 검호의 호숫가의 산이여　可憐檢湖湖上山
남전[796]에는 한 쌍의 옥을 묻어두었구나　埋却藍田一雙玉
한림의 무덤도 같은 산에 있다[翰林墳在一山]
좋은 자질이 땅에 들어가면 비록 바뀔 수 있지만　美質入土雖可化
온화하고 윤택함이 마음에 있으면 잊을 수 없네　溫潤在心忘不得
선인은 복을 받고 악인은 벌을 받는다고 누가 말했던가　福善禍淫是誰言
어진 자도 가끔 의탁할 곳이 없기도 하네　賢者往往無可托
마을 문에서 저물녘에 기대는 마음을 위로하지 말게　王閭莫慰暮倚心

---

794) 황계(荒雞) : 삼경(三更) 이전, 즉 새벽이 되기 전에 우는 닭을 이르는 말이다. 그 소리가 좋지 않아 상서롭지 못한 일의 징조로 여겼다.

795) 일변(日邊) : '일변(日邊)'은 '태양 가'라는 의미로, 태양은 임금을 상징하기 때문에 서울을 가리키는 말로 쓴 것이다.

796) 남전(藍田) : 산 이름이다. 옥산(玉山)을 말한다. 섬서성 남전현(藍田縣)에 있으며, 미옥(美玉)의 생산지였다. 남전산에 햇볕이 따뜻하면 옥에서 연기가 난다고 한다.

규방에서 과부가 통곡하는 소리를 들리네　　肯聽香閨孀婦哭

유원뢰 만사

輓柳雲瑞元賚

해곡(嶰谷)의 대나무[797]에 좋은 열매가 열렸으니　　嶰竹有佳實
둥글게 생겼고 보라와 붉은색을 겸하였네　　團圓兼紫紅
위의 있는 봉황새의 먹이가 되지는 않지만　　不爲威鳳食
붕새가 날아가는 바람 때문에 공중에서 떨어졌네　　空落大鵬風
거울을 마주하고 울고 있는 과부와　　對鏡泣孀婦
마을 문에 기대어 슬퍼하는 늙은이로다　　倚閭悲老翁
위기에 처하여 의지할 지팡이를 잃었으니　　臨危失所杖
누구로 더불어 공동[798]에 의지하리　　誰與倚崆峒

상사 덕유 김기후[799] 만사

輓金上舍德裕基厚

내가 병을 앓은 지 십수 년이니　　我病十數年
죽고 싶어도 바로 죽지 못하네　　求死不卽死
늘 침통한 가운데서 지내고 있으나　　每於沈痛中
참으면서 만사를 쓸 종이를 찾도다　　忍對求輓紙
이제 좋아하던 벗들은 모두 죽었으니　　送諸好人盡
구차하게 연명하여 무엇을 구하겠는가　　苟延將何俟
그대가 떠나가도 모름지기 슬프지만은 않으며　　子去未須悲

---

797) 해곡(嶰谷)의 대나무 : 해곡(嶰谷)에서 생산된 대나무. 옛날 황제(黃帝)가 신하인 영륜(伶倫)을 시켜 해곡에서 생산된 대나무로 황종관(黃鐘管)을 만들었다 한다.

798) 공동(崆峒) : 중국 황제(黃帝) 때의 은자 광성자(廣成子)가 있던 곳으로, 은자의 대명사로 쓰인다.

799) 김기후(金基厚) : 각주 447) 참조.

내가 살아 있다고 어찌 기쁠 수 있겠는가　吾存安足喜
다시 몇 달이 흐른 이후에는　又自數月來
겪은 괴로움을 누구와 견주겠는가　喫辛誰與比
이런 걸음은 단지 앞과 뒤가 있을 뿐이니　茲行只後先
서로 이별함에 많은 말이 필요 없다네　相訣無多字

유상지[800] 만사

輓柳尙之

국내에선 친지들이 드물었는데　海內親知闊
사람은 해마다 궁해지기 쉬웠네　人間歲易窮
때때로 얼굴을 마주할 때라도　有時雖對面
어느 곳도 조용할 수 없었도다　無處可從容
아름다운 봉황이 높은 하늘 밖에 있으며　彩鳳雲霄外
겨울 소나무가 눈 내린 달 속에 있네　寒松雪月中
지난 가을 초아흐렛날 나눈 이야기는　前秋九日話
이 다음에 다시 만날 수 있겠는가였네　此後更能逢

상사 김존중 만사 2수

輓金上舍存中二首

필마로 높은 서재를 찾은 지나간 일 기억하니　匹馬高齋記往時
맑은 밤에 등잔 심지 자르며 마음 터놓고 이야기했네　剪燈淸夜話心期
봄빛[801]이 얼굴에 가득하니 그대는 아직 건강하였는데　韶華滿面君還健
하얀 귀밑 수염으로 술잔 받으려니 나는 더욱 늙었네　霜鬢臨杯我較衰

---

800) 유상지(柳尙之) : 각주 203) 참조.

801) 봄빛 : 원문의 소화(韶華)는 아름다운 계절의 경치를 뜻하는 말로, 보통 춘광(春光)을 가리킨다. 여기서는 청춘 시절을 가리킨다.

서신이 그동안 드물었던 것이 또한 한이 되는데	書信向來稀亦恨
모습이 이렇게 떠나니 아득히 어디를 따를까	儀形此去杳何追
지금 서쪽 변방에는 속된 기운이 불길하니	只今西塞塵氛惡
죽어서 온전히 돌아가면 슬퍼할 일만은 아니라네	乘化全歸未足悲

수십 년 동안 도의로써 교제해 왔으니	數十年間道義交
전생의 그대는 어찌 신선이 아니었겠는가	前身豈不是仙曺
맑고 특이한 골상은 원래 속인이 아니었으니	淸奇骨相元非俗
산수를 방랑하며 일찍이 풍경을 보았네	放浪湖山早見爻
조물주는 무슨 마음으로 주고 빼앗음을 가볍게 하는가	眞宰何心輕與奪
진사에 올랐지만 시와 부를 담당할 수 없었네	上庠未足當風騷
인재 잃고 요절을 애도하며 천 가닥 눈물을 흘리니	傷才悼夭千行淚
녹기[802]와 금구[803]를 영원히 이미 버렸네	綠綺金龜永已抛

구찬조 만사

輓具贇祚

내가 병이 들어 직접 만나 볼 수가 없었으니	我病未及面
문밖을 나가 인사하는 것도 여의치 않았네	出門人事非
옛날 우산서당에서 일찍 이미 작별을 했는데	舊山曾已別
쓸쓸한 관(棺)은 기다려도 돌아오지 않는구나	孤櫬未須歸
나무는 오래되어 바람의 기세가 사나우며	樹古風威亂
하늘은 한없이 높아 기러기 그림자가 드무네	天長鴈影稀

802) 녹기(綠綺) : 녹기금(綠綺琴)의 준말로, 보통 거문고의 대칭으로 쓰인다. 전설에 의하면, 한(漢)나라 사마상여(司馬相如)가 〈옥여의부(玉如意賦)〉를 짓자, 양왕(梁王)이 기뻐하며 녹기금을 선물로 주었다고 한다.

803) 금귀(金龜) : 벼슬아치가 차는 거북 모양으로 된 인장이다. 당(唐)나라 하지장(賀知章)이 이백(李白)을 만나 서로 뜻이 맞으니 금귀를 잡혀서 술을 마셨다 한다. 이백이 고인이 된 벗 하지장을 생각하며 지은 시 〈대주억하감(對酒憶賀監)〉에 "금귀로 술을 바꾸어 먹던 곳에서 벗을 생각하며 눈물로 수건을 적시네[金龜換酒處 却憶淚沾巾]" 하였다.

장차 무엇으로 스스로 위로하겠는가　將何以自慰

훌륭한 자녀들이 집안에 가득하구나　蘭玉滿庭闈

공보 김기 만사

輓金恭父基

영원[804]이 통곡하며 이미 마음을 불태웠으니　鴒原茹慟已心焚

하늘 밖으로 떠난 기러기 어찌 감히 울겠는가　天外離鴻豈敢聞

늘그막에 한밤중에 흐르는 눈물을 막지 못하니　白首未禁中夜淚

푸른 산은 앞으로 고인들의 무덤으로 덮이겠네　青山將遍故人墳

만년에 즐기던 일은 본성과는 사뭇 달랐는데　晩年嗜好殆非性

젊은 시절 조심하고 엄숙함이 바로 그대였도다　少日矜莊卽是君

두터운 덕과 깊은 어짊은 당연히 크게 발휘하리니　厚德深仁當大發

집안에는 더군다나 훌륭한 자손들이 있음에랴　庭除況有紫蘭芬

상사 이지형 만사

輓李上舍之馨

훌륭한 우리 송재[805]의 후손이여　懿我松齋後

훤칠한 바다 학의 모습이었도다　頎然海鶴姿

훈훈하게 후덕한 품성을 열었으며　溫溫開德宇

빛나게 고결한 모습이 빼어났도다　炯炯秀芝眉

사마시에서 이름이 천거되던 날　司馬薦名日

804) 영원(鴒原) : 우애 있는 형제를 뜻하는 말이다. 《시경》〈소아(小雅) 상체(常棣)〉의 "저 할미새 들판에서 호들갑 떨듯, 급할 때는 형제들이 서로 돕는 법이라오. 항상 좋은 벗이 있다고 해도, 그저 길게 탄식만을 늘어놓을 뿐이라오.[鶺鴒在原 兄弟急難 每有良朋 況也永歎]"라는 말에서 유래한 것이다.

805) 송재(松齋) : 퇴계 이황의 숙부인 이우(李堣, 1469~1517)이다. 자는 명중(明仲), 호는 송재이다. 문과에 급제한 뒤 예문관 검열을 거쳐 정언, 승지, 형조 참판 등을 역임하였다. 중종반정에 협력하여 정국공신(靖國功臣)에 봉해졌다. 청계서원에 제향되었으며 문집으로 《송재집》이 전한다.

백우[806]가 병을 얻어 죽을 때였도다 伯牛亡疾時
동량의 재목을 갖추었다고 모두 말했으니 皆言棟樑具
묘당[807]에 오를 자질로 합당하였네 合作廟堂資
조물주는 본디 시샘이 많으니 造物素多忌
병세를 참으로 알지 못했도다 病情誠未知
사람의 일로서는 지나치지 않았던가 得非人事過
혹시나 그대의 운명이 기이했던가 或乃命途奇
십 년이나 여윈 모습이 심하였는데 十載淸羸甚
황천에는 아침 햇살이 더디도다 重泉曉旭遲
저무는 동구 밖에서 할머니가 그리워하니 暮閭王母戀
낮에도 곡을 하는 경강[808]의 모습일세 晝哭敬姜儀
어진 사람이 장수하지 못한 듯하지만 仁者如無壽
가업을 이을 자녀들이 넉넉하도다 傳家裕有兒
오히려 나의 마음을 위로해주니 猶能慰我思
눈물을 오랫동안 흘릴 필요가 없도다 不必淚長垂

종인 만사

輓宗人

마음과 취미는 온순하고 행실 역시 순수하니 氣味溫醇行亦純
형양공(滎陽公)[809]의 집안은 우리 몇 사람이네 滎陽家世數吾人

806) 백우(伯牛) : 염백우(冉伯牛)는 안회(顔回)·민자건(閔子騫)과 함께 공자의 제자 중 덕행(德行)으로 일컬어지는데, 나병(癩病)에 걸렸을 때 공자가 병문안을 가서 남쪽 창 너머로 그의 손을 잡고 "운명인가 보다. 이 사람이 이런 병이 들다니, 이 사람이 이런 병이 들다니."라고 탄식하였다. 《論語 雍也》

807) 묘당(廟堂) : 군주가 조회를 받거나 정사를 의논하는 전당(殿堂)을 이르는데, 조정을 일러 말한 것이다. 《장자(莊子)》 〈재유(在宥)〉에 "옛날에 현인(賢人)은 큰 산의 드높은 바위 아래에 숨어 살고 만승(萬乘)의 군주는 묘당 위에서 걱정하며 산다."라고 하였음.

808) 경강(敬姜) : 춘추시대 노나라 목백(穆伯)의 부인이자 문백(文伯)의 어머니이다. 일찍 과부가 되었고 예를 잘 알았는데, 목백의 상에는 낮에만 곡하고 문백의 상에는 밤낮으로 곡하니 공자가 예를 안다고 하였다. 《禮記 檀弓下》

809) 형양공(滎陽公) : 정습명(鄭襲明, ?~1151). 본관은 영일(迎日), 호는 형양으로 고려의 문신이다. 영일 정씨

청운의 뜻을 이룰 기량이 처음에는 적지 않았지만 　青雲器業初非少
백사[810]가 한적한 것은 스스로 진실이도다 　白社幽閒自是眞
영남(嶺南)의 하늘이 머니 오직 기러기가 끊기고 　嶺嶠天長唯斷鴈
개원에 시절이 가까우니 홀로 마음이 상하네 　開元節近獨傷神
고향 산에 뼈 묻으니 모름지기 무엇이 한스러운가 　故山埋骨何須恨
큰 파도가 하늘에 치솟으니 나루가 없도다 　鯨浪掀空未有津

개원에 선조의 무덤이 있는데 매년 봄가을에 종인들이 모여서 제사를 지냄[開元有先祖墳塋每年春秋宗人會奠]

가평 이자고 만사

輓李嘉平子固

이자고는 왕실 사람이다. 병자년(1636)에 난리를 피해 용궁에 왔다가 객사했는데 정축년(1637)에 고향으로 옮겨 장사 지냈다.[李宗室也 丙子避兵到龍宮客死丁丑返葬]

비록 그대의 행차가 용궁에 도착한 걸 알았지만 　雖識君行已到龍
그것은 석문 안에서 병을 앓는 것과 같다네 　其如臥病石門中
작년에 이별할 때에는 편지로만 위로하였는데 　有書惟慰昔年別
오늘 곤궁함에는 도와줄 힘조차 없도다 　無力可扶今日窮
초야에 근심이 깊어 나도 이미 늙었으며 　畎畝憂深吾已老
종묘에 욕이 겹쳐 그대는 늘 상심하였네 　宗祊辱重子長恫
외로운 충성 잊지 못해 응당 없애기 어려우니 　孤忠耿耿應難泯
무지개로 바뀌어 푸른 하늘에 걸쳐 보리라 　化作晴虹亘碧空

형양공파(滎陽公派)의 시조이다.

810) 백사(白社) : 백련사(白蓮社)의 약칭으로, 동진(東晉) 때 여산(廬山) 동림사(東林寺)의 고승(高僧) 혜원법사(慧遠法師)가 당대의 명유(名儒)인 도잠(陶潛), 육수정(陸修靜) 등을 초청하여 승속(僧俗)이 함께 염불 수행을 할 목적으로 백련사를 결성하고 서로 왕래하며 친밀하게 지냈던 데서 온 말이다.

수보 정전[811] 만사 무인년(1638)

輓鄭壽甫佺 戊寅

나는 병신년[812] 무렵에는　我在丙申間
어리석음에 장단이 없었도다　愚騃無短長
그대는 훌륭한 대장부가 되었으니　君爲美丈夫
글을 지으면 모두 귀한 옥(玉)이었네　吐辭皆琳琅
초음부터 수많은 무리들 가운데에는　始於衆廣中
와력과 규장[813]으로 구분되도다　瓦礫分圭璋
공은 나를 아우처럼 사랑하였으며　公愛我若弟
나는 공을 형처럼 여겼도다　我視公猶兄
이때는 왜구가 아직 물러나지 않았으니　是時寇未退
군마(軍馬)들이 강토를 에워쌌도다　戎馬環于疆
어리석은 나는 하던 일을 잃어버렸으니　愚蒙失所業
드디어 오랑캐와 같아질까 두려웠도다　恐遂同戎羌
관리들은 이것을 두렵게 생각하여　司牧爲是懼
선비를 모아 동쪽 행랑을 열었도다　聚士開東廂
공의 문장은 우뚝하여 으뜸이 되었으니　公文蔚爲頭
성수가 광망에 빛났도다.[814]　星宿爛光芒
나는 다행히도 공의 후배가 되어　我幸躡後塵
그대와 함께 날아오르는 데 참여했도다　與子參翺翔

---

811) 정전(鄭佺, 1569~1639) : 조선 후기의 학자. 자는 수보(壽甫), 호는 송오(松塢)이다. 생원시에 합격하였고, 인조반정 이후 유일(遺逸)로 천거되어 의금부 도사(義禁府都事)에 제수되었으나 나아가지 않았다. 구봉령(具鳳齡)·유성룡(柳成龍)·김성일(金誠一)의 문하에서 배웠다. 자품이 온아하였으며, 문학(文學)과 지행(志行)으로 추중(推重)을 받았다. 저서에 《송오집(松塢集)》이 있다.

812) 병신년(丙申年) : 1596년. 석문(石門) 정영방(鄭榮邦)이 20세가 되던 해.

813) 와력(瓦礫)과 규장(圭璋) : 와력(瓦礫)은 부서진 기와 조각과 벽돌 조각을 말하는데, 가치 없는 물건을 비유하는 말로 쓰인다. 규장(圭璋)은 예식 때 사용하는 옥(玉)으로, 고결한 인품을 갖춘 인물이라는 말이다.

814) 성수(星宿)가 …… 빛났도다 : 위인의 탄생을 비유하는 말이다. 묘수는 28수(宿)의 하나인데, 한(漢)나라 승상 소하(蕭何)가 묘성(昴星)의 정기를 받고 태어났다는 전설에서 유래한 것이다. 남조(南朝) 양(梁) 임방(任昉)의 〈왕문헌집(王文憲集) 서문(序文)〉에 "묘수가 광망을 드리우고, 덕성(德星)이 복을 내렸다.[昴宿垂芒 德精降祉]"라는 표현이 나온다.

마음을 가라앉혀 본말을 탐구하였는데	潛思究終始
무릇 몇 번이나 세월이 바뀌었던가	凡幾換星霜
책상을 나란히 하며 청아[815]하던 시절	聯榻菁莪春
행단[816]에는 좋은 향기가 발산했도다	壇杏發天香
삼강서원(三江書院)에서 저녁에 흉금을 열었으며	開襟江院夕
눈이 내려 온 산천에 고루 쌓였구나	積雪遍山岡
곤륜산의 옥은 본래 저절로 아름다우며	崑玉本自美
산의 돌도 광채를 발산한다네	山石發輝光
박태기나무[817]는 진실로 천시할 수 있으나	紫荊固可賤
난초나 혜초에서 향기로움을 빌렸도다	蘭蕙借芬芳
서로가 한 지역에서 살 것을 기약했으니	相期在一邦
쇠약하고 늙어서도 함께 도우려 했도다	衰白共扶將
어찌하다 중도에서 이별하게 되었는가	奈何中離違
그리하여 삼(參)과 상(商)[818]이 되었도다	仍爲參與商
나는 지부에서 병을 앓고 있으니	我病在芝阜
바라는 것은 오직 계피와 생강이로다	所須唯桂薑
평생 이 세상의 벗으로 여겼으니	平生江海友
지나간 일을 마음에서 잊을 수 없네	歷歷心不忘
듣건대 그대는 길가 우물을 사랑한다니	聞君愛道井
두건과 신발로도 오히려 편안하였도다	巾屨尙凱康
우물물이 어찌 하나같이 깊었는가	井泉一何深
바람이 불지 않으면 물결은 잔잔하네	波恬風不揚

815) 청아(菁莪) : 교육을 뜻한다. 《시경》 〈소아(小雅) 청청자아(菁菁者莪)〉의 준말로, 인재를 기르는 것을 읊은 시이다.

816) 행단(杏壇) : 공자가 강학(講學)했던 곳으로, 학교를 가리킨다. 《장자》 〈어부(漁父)〉의 "공자가 치유의 숲 속에서 노닐며, 행단 위에 앉아서 휴식을 취했나니, 제자들은 글을 읽고 공자는 거문고를 타며 노래를 불렀다.[孔子遊乎緇帷之林 休坐乎杏壇之上 弟子讀書 孔子絃歌鼓琴]"라는 말에서 나왔다.

817) 박태기나무 : 자형(紫荊)은 나무 이름으로, 박태기나무라고도 하는데, 주로 형제간의 우애를 의미한다.

818) 삼(參)과 상(商) : 삼(參)과 상(商)은 삼성(參星)과 상성(商星)으로, 상성은 동쪽에 있고 삼성은 서남쪽에 있어 서로 방향이 다르므로 동시에 뜨는 일이 없다고 한다. 헤어진 뒤로 서로 멀리 떨어져 있다는 뜻이다.

물길을 거슬러 올라가 진원을 얻는다면 沿流得眞源
예의로써 제방을 쌓음과 같다네 以禮爲隄防
마을 사람들은 면목을 새롭게 하고 村人新面目
산 위의 달은 간장을 펼쳐내네 山月奮肝腸
부귀를 어찌 원하지 않겠는가마는 富貴豈不願
하늘에 달렸으니 억지로 할 수 없네 在天不可强
빈천은 좋아하는 바가 아니지만 貧賤非所喜
운명이니 나는 항상 편안하였네 命也安吾常
성균관에서는 조금 다르다고 일컬었는데 上庠僅殊稱
성랑[819]이 어찌 충분한 보상이겠는가 省郎安足償
아! 그대는 형산의 옥돌이었으니 嗟爾荊山璞
팔리지 않는다고 또한 어찌 상심하겠는가 不售亦何傷
군자는 귀하게 여기는 바가 없으니 君子無所貴
귀하게 여기는 바는 마음에서 잊지 않도다 所貴心不忘
마음이 존재하면 이치는 저절로 터득하니 心存理自得
덕행은 이루어지고 말에는 문채가 있도다 德就言有章
몸가짐과 행동에는 잘못을 따르지 않으며 行身無詭隨
뜻을 세우면 오직 근엄하고 장중하였도다 植志唯矜莊
도를 행함에는 비록 넉넉하지는 못했지만 於道雖未優
이미 명성과 이익의 장(場)은 초월했도다 已超聲利場
살아서는 순응하고 죽어서는 편안하였으니 生順而死安
이 밖에는 아무것도 바랄 바가 없었도다 此外非所望
사람의 삶이 어찌 오래 살 수 있겠는가 人生豈長存
바다 물결도 또한 상전(桑田)으로 변하였도다 海波亦變桑
일흔은 예전부터 드물다고 하였으니 七十古稱稀
자손들이 하물며 집안에 가득함에랴 子孫矧盈堂

819) 성랑(省郎) : 조선시대, 의정부(議政府)의 당하관(堂下官)을 이르는 말. 국초에는 문하부(門下府)의 낭사(郎舍)에 딸린 관원을 이르는 말이었다. 정전(鄭佺)이 인조반정 후에 의금부 도사(義禁府都事)에 제수된 사실을 가리킴.

덧없는 세상에 조금 기탁할 따름이니	浮世特寄耳
구경[820]에 진전한 갈무리을 하도다	九京爲眞藏
죽는 사람은 드넓은 곳으로 돌아가는데	死者歸浩浩
살아 있는 사람은 허둥지둥 슬퍼하도다	生者悲倀倀
하물며 지금은 난리가 끝나지 않았으니	況今亂未已
몸을 맡길 곳을 알지 못하도다	不知身所僵
통곡으로 그대를 보내지 않으며	送子不以哭
애오라지 창랑가(滄浪歌)[821]를 끌어오네	聊用歌滄浪

도사 자첨 김시추[822] 만사

輓金都事子瞻是樞

세상에서는 선현의 후손은 영특하다고 말하는데[823]	世說先賢後裔英
공께서는 집안 명성을 떨어뜨리지 않았음을 알겠네	如公知不墜家聲
붕새는 마치 불어주는 힘[824]을 빌린 듯이 날아오르고	鵬搏若假吹噓力
천리마는 적에게 대적하려는 정성을 갚으려고 달리네	驥展能酬敵愾誠
술자리에서 부른 좋은 노래에는 속된 기운이 없었으며	臨酒雅歌無俗氣
시절에 비분하는 고상한 담론은 보통 마음에서 나왔네	憤時高論出常情
영명하고 의연한 혼백은 지금 어디에 계시는가	英魂毅魄今何處

820) 구경(九京) : 구원(九原)과 같이 쓰였다. 구원은 춘추시대 진(晉)나라 대부(大夫)의 묘지가 있던 곳인데, 나중에 구천(九泉), 저승을 의미하게 되었다.

821) 창랑가(滄浪歌) : 《맹자》 이루(離婁)에 "창랑의 물이 맑으면 내 갓끈을 씻고, 창랑의 물이 흐리면 내 발을 씻는다[滄浪之水淸兮 可以濯吾纓 滄浪之水濁兮 可以濯吾足]." 하였다. 초사(楚辭) 굴원(屈原)의 어부사(漁父辭)에도 같은 내용이 있다.

822) 김시추(金是樞, 1580~1640) : 조선 후기의 학자. 본관은 의성(義城). 자는 자첨(子瞻), 호는 단곡(端谷)·풍뢰헌(風雷軒). 김성일의 손자이고 유성룡과 정구의 문인이다. 정묘호란이 일어나자 의병대장에 추대되어 활약하였다. 병자호란에는 유진장(留鎭將)으로 활약하여 유일로 천거되었다. 동몽교관(童蒙敎官)을 제수받았으며 금부경력(禁府經歷)에까지 이르렀다.

823) 선현의 …… 말하는데 : 김시추가 학봉 김성일의 손자라는 사실을 가리킴.

824) 불어주는 힘 : 원문의 취허력(吹噓力)은 사람을 천거하는 것을 비유한 말. 《수서(隋書)》 유림전(儒林傳)에 "침을 뱉으면 마른 물고기도 살릴 수 있고, 한번 불면 깃 떨어진 새도 날게 할 수 있다." 하였다.

조물주는 아득하게 도깨비처럼 모질던가	眞宰茫茫鬼物獰

지난 날 풍산의 노상에서 만났을 때를 생각하면	憶昨豐山路上看
흰 머리카락을 비록 뽑았으나 아직 얼굴은 고왔도다	霜毛雖鑷尙韶顔
앞으로 장수하여 큰 복을 받으리라 말했는데	謂將眉壽膺胡福
누가 배사[825]가 마음속에 들어올 줄 헤아렸던가	誰料杯蛇入肺肝
사람의 일이란 이미 아침 이슬이 변하듯 따라야 하지만	人事已隨朝露變
모친께서는 저물녘에 아들이 돌아오길 아직 기다린다네	萱闈猶待暮兒還
질병이 서주[826]를 방해하여 장지에도 못갔으니	病妨絮酒違臨穴
눈 덮인 산봉우리에는 눈물이 시린 눈을 적시네	雪色峰頭淚眼寒

찰방 장호문 만사

輓張察訪好文

강하의 윤택함이 점차 교외까지 미치고	江河之潤漸及郊圻
송백의 그늘이 저 폐허를 가리는구나	松柏之陰蔭彼丘墟
공은 그 고을에서 실제로 교목[827]이었으니	公於其鄕實維喬木
효제와 충신으로 그 세속 교화에 힘을 썼도다	孝悌忠信用化其俗
기성[828]사람들은 집집마다 되돌릴 수 있었으니	箕城之人比戶可旋
만약 충신이 없다면 선행은 어디에서 생기겠는가	若無忠信善安從生

825) 배사(盃蛇) : 배중사영(盃中蛇影)의 준말. 진(晋)나라 악광(樂廣)이 친구와 술을 마실 때, 술잔 가운데 뱀 그림자가 있는 것을 보고 께름칙하게 여기다 병이 났는데, 뒤에 그 뱀 그림자가 벽에 걸린 활의 그림자였던 것을 알고 즉시 병이 나았다는 고사에서 나온 말.

826) 서주(絮酒) : 솜뭉치에 적신 술로, 조출한 제물을 뜻하는 말이다. 후한(後漢)의 서치(徐穉)가 먼 곳에 조문하러 갈 때 솜에 술을 적셔 볕에 말리고 닭을 구워 종이에 싼 다음, 무덤에 이르면 물에 적셔서 술기운이 나오게 하고 백모(白茅)를 깔아 닭을 차려 사용했다 한다.《後漢書 卷53 徐穉列傳》

827) 교목(喬木) : 몇 대에 걸쳐서 크게 자란 나무라는 뜻으로, 누대에 걸쳐 경상(卿相)을 배출한 명가를 비유할 때 쓰는 말이다.《맹자》〈양혜왕 하(梁惠王下)〉의 "이른바 고국이란 대대로 커서 높이 치솟은 나무가 있다는 말이 아니요, 대대로 신하를 배출한 오래된 집안이 있다는 것을 의미한다.[所謂故國者 非謂有喬木之謂也 有世臣之謂也]"라는 말에서 나온 것이다.

828) 기성(箕城) : 경북 울진군(蔚珍郡)의 기성면을 말한다.

반양[829]의 고사처럼 돌보아줌이 가장 깊었는데	潘楊之故眷顧冣深
지난 경진년에는 직접 왕림하여 서로 만났도다	去歲庚辰枉駕相尋
연홍[830]이 도모하지 못하듯 외롭게 돌아왔으니	燕鴻不謀致孤來忱
비록 얼굴은 떨어졌어도 마음에서는 어둡지 않았네	雖隔於面不昧於心
마음에 위로되는 것은 어진 사람에게 후사가 있음이니	我心有慰善人有後
지란처럼 훌륭한 자손들이 이미 자라서 무성하였네	芝蘭玉樹旣茁而茂
평생토록 질병을 앓아 지척이 천리와 같으니	生來抱疾咫尺千里
장례에 참석하지 못함에 애통이 어찌 끝이 있겠는가	臨葬未會痛何窮已

손청원 만사

輓孫淸遠

서로 알고 지낸 지 어언 오십여 년이며	相知五十有餘齡
동지로서 함께 거주하며 또한 동갑이었네	同志同居又一庚
거문고[831] 소리 슬픈데 어찌 어루만져 달랠까	綠綺聲酸那忍撫
황대사[832]가 괴로워서 귀로 듣기 어렵네	黃臺辭苦未堪聆
장수와 요절은 천명이니 인력을 용납하기 어려우며	彭殤有命難容力
재앙과 행복은 문이 없으니 어찌 본정을 그르치는가	禍福無門錯用情

---

829) 반양(潘楊) : 양쪽 집안이 대대로 서로 친인척의 교분을 맺어온 경우를 말한다. 진(晉)나라 반악(潘岳)의 집안이 그의 아내 양씨(楊氏)의 집안과 여러 대에 걸쳐 인척의 교분을 맺어왔는데, 반악이 그의 생질 양유(楊綏)를 위해 지은 〈양중무뢰(楊仲武誄)〉에 "반양의 친목이 본래 유래가 있었지.[潘楊之穆 有自來矣]" 한 것에서 유래하였다.

830) 연홍(燕鴻) : 멀리 떨어져서 만나지 못하는 아쉬움을 말한다. 연홍은 제비와 기러기로, 제비는 여름 철새이고 기러기는 겨울 철새여서 서로 만날 수가 없기 때문에 멀리 헤어져서 만나지 못하는 것을 비유하는 말로 쓰인다.

831) 거문고 : 본문의 '녹기(綠綺)'는 명금(名琴)의 이름이다. 한나라 때 사마상여(司馬相如)가 〈옥여의부(玉如意賦)〉를 지어 양왕(梁王)에게 바치자, 양왕이 기뻐하여 녹기를 사마상여에게 하사했다고 하는데, 후세에는 일반 거문고의 뜻으로 흔히 쓰인다.

832) 황대사(黃臺辭) : 당나라 무후(武后)가 황자(皇子)를 모두 죽이므로 당시에 이것을 풍자한 '황대사(黃臺辭)'라는 노래가 있었다. 그 내용은, "황대(黃臺)에 참외가 있는데 한 개 따고 두 개 따고 마지막에는 넝쿨만 안고 돌아가리라." 하였다.

덕으로 사람을 사랑했지만 나는 아직 미흡한데　以德愛人吾則未

추억하면 더욱 애통하지만 유명(幽明)을 달리하였네　追惟尤盡負幽明

무안현감 백도 신홍립[833] 만사

晩辛務安伯道弘立

거진에는 예전 일이 황폐해지니　渠津荒舊業

앙곡이 새로운 농장이 되었네　秧谷是新庄

올려보고 내려다본들 슬픔이 어찌 그치겠는가　俛仰悲何已

추억하니 눈물이 주르륵 흐르려 하네　追惟淚欲滂

예위[834]에서 처음으로 급제하였으며　禮闈初擢第

무안(務安)에서 잠시 수령이 되었도다　湖郡暫懷章

처음에는 어쩌면 은둔에 어긋났지만　始或違嘉遯

끝내는 괄낭[835]을 지킬 수 있었네　終能保括囊

가난을 견디며 혼탁한 풍속을 바로잡았으며　貧堪醫濁俗

비방에도 그윽한 덕을 덮어두지 않았도다　謗不掩幽光

집안에는 훌륭한 자녀들이 자라나니　堂下芝蘭茁

집 앞에서는 걸음걸이가 편안하였도다.　庭前步武康

고향에서는 어른들의 우두머리였으며　居鄕父老首

나에게는 장인의 항렬(行列)이었네　於我丈人行

이전에는 외람되이 공무를 받들었으며　曩忝承公幹

---

833) 신홍립(辛弘立, 1558~1638) : 조선 중기의 문신·학자. 본관은 영월(寧越). 자는 공원(公遠). 호는 추애(秋厓). 사마시에 합격하고, 유운용(柳雲龍)·권호문(權好文)에게 사사하여 그 연원을 이어받았다. 문과에 급제하여 홍문관 교리를 거쳐서 춘추관 기사관이 되고 외임으로 무안·용인의 수령을 역임하였다. 뒤에 고향으로 돌아와서 가훈을 전수하며, 김용(金涌)·김집(金集)·김응조(金應祖) 등 동문과 회합해 스승 권호문을 제사하면서 제문을 작성하는 등 스승에 대한 추모의 정성을 다하였다. 저서로는 《추애유집(秋厓遺集)》이 있다.

834) 예위(禮闈) : 과거(科擧)의 회시(會試)를 실시하는 장소를 지칭하며, 예부에서 주관하기 때문에 붙여진 이름이다.

835) 괄낭(括囊) : 주머니를 여민다는 뜻으로, 속에 감추어 두고서 밖으로 드러내지 않는 것을 말한다. 《주역(周易)》 〈곤괘(坤卦) 육사(六四)〉에 "주머니 끈을 묶듯이 하면 허물도 없고 칭찬도 없을 것이다.[括囊无咎无譽]"라는 말이 나온다.

삼가 모시고 관아의 행랑을 빌렸도다　叨陪賃府廂
새로운 지식은 대부분 뜻을 따랐으며　新知多率意
높은 식견으로 존양[836]에 힘썼도다　高見務存羊
의병의 진영에서는 주요 업무에 참여하였고　義幕參機務
학교에서는 우상[837]을 잡았도다　黌壇把羽觴
신의와 충성을 각각 면려하였으며　信兼忠各勉
형상과 세월을 서로 잊었도다　形與歲相忘
한(漢)나라에 평성의 재앙[838]이 있을 때　大漢平城厄
뭇 백성들은 길가에서 두려워하였도다　群生畏道傍
공께서 청기현[839]에 머무를 때　公棲青杞縣
나는 병을 앓아 임천에 거처하였네　余疾紫屛坊
약속을 하여 단합하기를 기대하였는데　有約期團合
까닭없이 오랜 희망이 무너졌도다　無端壞宿望
겨우 요학[840]이 되어 돌아왔으며　纔成遼鶴返
문득 초나라 원숭이처럼 단장이 끊겼네　却斷楚猿腸
별의 광채가 남극성에 드리우고　星彩垂南極
금신[841]이 묘역을 지켜주리라　金神護北邙
인간 세상에서 나그네 되기를 그만두고　人間休作客

---

836) 존양(存羊) : 구례(舊例)를 버리지 않고 그대로 두는 일. 노 문공(魯文公)이 종묘에 삭일(朔日)을 고유(告由)하는 제사에 참석하지 않으므로, 자공(子貢)이 그 제사에 소용되는 양(羊)마저 없애려 하니, 공자가 "사(賜)야, 너는 그 양을 아끼느냐? 나는 그 예를 아끼노라" 하였다. 제물에 양이라도 있으면 그런 예가 있었다는 것을 알지만, 양마저 없애면 그 예는 드디어 없어지게 되는 까닭이다. (《論語》 八佾篇)

837) 우상(羽觴) : 옛날 술 마시는 풍속에 유상곡수(流觴曲水)라는 것이 있는데, 물굽이를 만들어 놓고 둘러앉아 잔을 물에 띄워서 잔이 물결 따라 흘러가는 대로 차례로 마시는 것인데, 잔에 깃을 다는 것을 우상(羽觴)이라 하며 새처럼 빨리 가라는 뜻이다.

838) 평성(平城)의 재앙 : 한 고조(漢高祖) 유방(劉邦)이 직접 군대를 인솔하고 흉노의 묵특(冒頓) 선우(單于)를 치기 위해 출정했다가 평성(平城) 부근의 백등산(白登山)에서 7일 동안이나 흉노의 30만 대군에게 포위를 당했던 고사를 말한다.

839) 청기현(青杞縣) : 경북 영양군 청기면을 가리킴.

840) 요학(遼鶴) : 요동(遼東)의 학(鶴). 각주 66) 참조.

841) 금신(金神) : 서방의 신으로, 가을의 숙살지기(肅殺之氣)를 띠고 형벌을 주관한다. 소호(少皞) 혹은 욕수(蓐收)라고도 한다.

지하에서 다시 낭관(郎官)이 되소서 地下復爲郎
백전[842]에서 이름이 오히려 뛰어났으니 白戰名猶壯
붉은 꽃처럼 글귀 또한 향기로웠네 紅酣句亦香
문장은 응당 없어지지 아니하리니 文章應不朽
공의 의론이 어찌 끝내 사라지겠는가 公論豈終亡
한 묶음의 푸른 풀[843]로 이별하는데 一束青芻隔
장차 어떻게 선량한 사람을 드러내리오 將何表善良

참봉 김희맹 만사

輓金參奉希孟

나는 세상 사람들을 슬퍼하는데 余悲世之人
겉으로는 강해 보여도 속은 부드럽다네 色厲而內荏
또한 궁벽한 시골 선비를 미워하며 又嫉窮巷士
근심스럽게 한잔 술을 마시도다 慽慽一瓢飮
온화하고 편안하게 자신을 삼갔으니 和泰以敬身
나는 우리 공에게서 보았도다 我於吾公見
일찍이 20년 전을 생각하니 仍念廿載前
비로소 형주의 얼굴[844]을 알았도다 始識荊州面
층층 언덕에 아름다운 그림자 머무르며 層皐停彩影
경치 좋은 물가에 상서로운 무늬 떠오르네 景滋騰祥文

842) 백전(白戰) : 시문, 글재주를 겨루는 것을 말한다. 백전은 송나라 구양수(歐陽脩)가 처음 시도하였던 것이다. 그 뒤에 다시 소식이 빈객들과 함께 시도하였는데 "당시의 규칙을 그대들 준수하라. 손으로만 싸워야지 무기를 잡으면 안 될지니.[當時號令君聽取, 白戰不許持寸鐵.]"라 하였다.

843) 푸른 풀 : 원문의 청추(青芻)는, 생추(生芻)라고도 하는데, 싱싱한 풀 한 다발은 조제(弔祭)의 예물을 뜻한다. 후한(後漢)의 고사(高士)인 서치(徐穉)가 매우 가난하여 곽임종(郭林宗)의 어머니 상(喪)에 조문하러 가서 풀 한 다발을 집 앞에 두고 상주(喪主)를 보지 않은 채 돌아왔다는 데서 유래하였다.

844) 형주(荊州)의 얼굴 : 이백(李白)이 일찍이 자기를 천거해 달라는 뜻으로 당시 형주 자사(荊州刺史)로 있던 한조종(韓朝宗)에게 보낸 편지에 "제가 듣건대 천하의 담론하는 선비들이 서로 모여서 말하기를 '태어나서 만호후에 봉해지기는 굳이 원치 않고 다만 한 형주를 한 번 알기를 바랄 뿐이다.'라고 합니다.[白聞天下談士相聚而言曰 生不用封萬戶侯 但願一識韓荊州]"라고 한 데서 온 말이다.《古文眞寶, 與韓荊州書》

효도와 우애를 근본으로 삼는 집안이니 孝友本之家
충후한 사람들이 모여 사는 곳이로다 忠厚居於群
맑기는 궤람[845]의 그릇이 아니지만 明非氿濫器
지란[846]의 향기를 깨닫지 못하도다 不覺芝蘭薰
만년에는 뜻과 행실을 도탑게 하며 晩世敦志行
산림에서 궁리하며 실마리를 찾았도다 山林窮紬繹
세상에 드문 보배를 누가 알겠는가 誰知不世珍
형산의 돌[847]에 감추어졌다가 藏着荊山石
향기로운 쪽지를 자손에게 부과하니 芸籤課子孫
사람으로서는 또 하나의 즐거움이로다 人間亦一樂
덕을 펼치면 보답을 저버리지 않으니 種德不食報
홰나무 그늘[848]에는 저절로 녹음이 짙도다 槐陰自濃綠
나처럼 병에 얽혀 있는 사람은 如我病纏綿
몇 해 동안 병상에서 누워지냈네 數年臥床褥
옛날 유람을 점점 드물게 보니 舊遊看漸稀
친구들은 드물기가 새벽별과 같도다 落落天星曙
그대 또한 멀리 갔다는 부음 들으니 聞君又卽遠

---

845) 궤람(氿濫) : 작은 못을 뜻하는 말로 도량이 좁은 사람을 비유한다. 《후한서(後漢書)》 〈황헌열전(黃憲列傳)〉에 "봉고(奉高)의 그릇은 비유하자면 궤람이 비록 맑기는 하지만 쉽게 뜰 수가 있는 것과 같거니와 숙도(叔度)는 넘실거리는 천경의 호수와 같아 맑게 해도 맑아지지 않고 흐리게 해도 흐려지지 않아 헤아릴 수가 없습니다."라고 한 데서 온 말이다. 숙도는 황헌(黃憲)의 자이다.

846) 지란(芝蘭) : 훌륭한 자제를 일컫는 말이다. 진(晉)나라의 명사(名士)인 사안(謝安)이 여러 자제들에게 "왜 사람들은 모두 자기의 자제가 출중하기를 바라는가?" 하고 묻자, 조카 사현(謝玄)이 "이것은 마치 지란과 옥수(玉樹)가 자기 집 뜰에 자라기를 바라는 것과 같습니다." 하였다.

847) 형산(荊山)의 돌 : 훌륭한 재주를 가졌지만 알아봐 주는 사람이 없어서 오랫동안 세상에 드러나지 못했다는 말이다. 형산박(荊山璞)은 화씨벽(和氏璧)을 얻은 박옥(璞玉)을 가리킨다. 초(楚)나라 사람 변화(卞和)가 초산(楚山)에서 얻은 옥덩어리를 보물로 여기고 초나라 여왕(厲王)에게 바쳤다가, 왕을 속였다 하여 왼쪽 발을 잘렸다. 그 뒤 무왕(武王)이 즉위하자, 또 바쳤다가 역시 오른쪽 발을 잘렸다. 그 뒤 문왕(文王)이 즉위하였을 때는 인정을 받아, 화씨벽을 얻게 되었다.

848) 홰나무 그늘 : 원문은 괴음(槐陰)인데, 조상의 음덕으로 훌륭한 자손이 나올 것을 예측하는 말이다. 송(宋)나라 초기의 명신(名臣) 왕호(王祜)가 일찍이 자기 집 뜰에 삼공(三公)을 상징하는 세 그루 괴나무를 심어 놓고 스스로, "내 자손 중에 삼공이 되는 자가 반드시 나올 것이다.[吾子孫必有爲三公者]"라고 예언했는데, 그 후 과연 그의 아들 왕단(王旦)이 진종(眞宗) 때에 18년 동안이나 명상(名相) 노릇을 했던 고사가 있다.

나의 회포를 누구와 더불어 말하겠는가 我懷誰與語
이불을 끌어안고 슬픈 만사를 쓰자니 擁衾寫哀詞
공연히 두 뺨에 눈물이 흐르네 空垂雙頰筋

경탁 신정립 만사 2수

輓申景卓挺立 二首

단봉[849]의 문장에 파리한 학의 모습 丹鳳文章瘦鶴姿
해동(海東)에는 고금에 몇 남자가 있었던가 海邦今古幾男兒
준마는 스스로 천리를 가볍게 여기지만 驊騮自可輕千里
선계[850]에서 누가 가지 하나를 빌려주겠는가 仙桂誰能借一枝
젊은 시절 뛰어난 재주를 사람들이 아꼈지만 少日才華人共惜
만년에는 병이 깊어 나는 오히려 슬펐도다 暮年窮病我猶悲
집안에 남은 경사는 응당 오래도록 피어나리니 門闌餘慶應長發
도를 들은 어진 선비가 또 덕의 바탕이네 聞道賢郎又德基

학교에선 공손하였고 행단에선 거문고 탔으니 黌軒揖遜杏壇琴
경자년 중간에 우연히 그대 마음 알았노라 庚子年中偶識心
내가 지은 시를 들으면 귀신을 울릴 듯하고[851] 聞我詩成疑泣鬼
그대가 지은 부를 보면 황금을 경시하려 하네 觀君賦就欲輕金
오랑캐 지역의 바다 비에 수심을 길이 나누며 蠻煙海雨愁長別
산줄기 나무의 봄 구름에 고뇌를 홀로 읊도다 嶺樹春雲惱獨吟

---

849) 단봉(丹鳳) : 단봉조(丹鳳詔)의 약칭이며, 제왕(帝王)의 조서(詔書)를 범칭하는 말로 쓰인다. 후조(後趙)의 석호(石虎)가 오색지(五色紙)에 조서를 쓴 다음, 나무로 봉황새를 만들어 그 입에 이것을 넣어 천하에 반포한 것이 전고(典故)가 되었다.

850) 선계(仙桂) : 과거시험을 주관하는 예부 상서(禮部尙書)를 뜻하는 말이다. 계수나무는 진(晉)나라 극선(郤詵)이 장원급제한 뒤에 계림의 가지 하나[桂林一枝]를 꺾었다고 한 고사에서 유래하여, 과거 시험을 비유하는 말로 쓰이곤 한다.

851) 귀신을 울릴 듯하고 : 시문이 뛰어남을 일컫는 말이다. 두보가 이백에게 부친 시에 "붓 들어 쓰면 비바람을 놀라게 하고, 시를 이루면 귀신을 울렸네.[筆落驚風雨 詩成泣鬼神]"라고 하였다.

이승에서 죽음이 더딘 것이 도리어 괴이하니 還怪此生遲一死
억지로 쇠약한 병 붙들고 지금까지 이르렀네 强扶衰病到如今

학동 강후 정유번 만사 3수

輓鄭鶴洞康侯維藩 三首

산 아래 외로운 마을로 가는 길에 山下孤村路
영남에서 큰선비의 집이 있네 南中碩士家
옛날에 문사(文士)의 모임이 있던 곳 舊時文會地
오늘은 물소리 울리는 가리(珂里)[852]라네 今日水鳴珂
의리를 좋아함은 진실로 본성에 말미암으니 好義良由性
현인을 존숭함이 어찌 아부(阿附)이겠는가 尊賢豈是阿
세상의 변화를 보지 못했던가 得非看世變
한 번 잠들면 오히려 어긋남이 없다네 一寐尙無訛

병에 쌓여 깊은 산 속에서 지내다가 積病深山裏
십 년 만에 오늘 처음으로 돌아왔도다 十年今始歸
지닌 마음은 옥설[853]을 이었으며 有心承玉屑
거문고 줄 끊어짐을 견딜 수 없도다 無耐斷金徽
새로운 묘지 길에는 풀이 푸르며 草綠新阡路
옛날 낚시터에는 이끼가 얼룩지네 苔斑舊釣磯
앞으로 만날 기약이 응당 멀지 않으니 前期應不遠
눈물을 참아도 이미 옷깃을 적시네 忍淚已沾衣

---

852) 가리(珂里) : 가(珂)는 귀인(貴人)이 쓰는 마구(馬具)의 구슬 장식이다. 당나라 때 장가정(張嘉貞)이 재상이 되고 그의 아우인 가우(嘉祐)가 금오장군(金吾將軍)이 되어, 형제가 함께 조정에 들어갈 적이면 수레와 추종(騶從)들이 마을에 가득 찼으므로, 그들이 사는 곳을 가를 울리는 마을이란 뜻으로 '명가리(鳴珂里)'라고 한 데서 유래한 말이다.

853) 옥설(玉屑) : 상대방의 언사나 시문을 미화한 말이다.

아래로 늘어진 외로운 소나무가 곧으니	落落孤松直
훤칠한 덕이 있는 어른의 풍모로다	軒軒長者風
옳고 그름에는 연연함이 없으며	是非無係戀
찌꺼기는 모두 녹아서 사라지도다	渣滓盡消融
천박한 풍속에 많은 논의를 그치며	薄俗休多論
뜬구름처럼 높은 하늘을 지나가도다	浮雲過太空
죽고 난 뒤의 일을 홀로 생각하니	獨思身後事
거듭 나의 마음을 아프게 하네	重使我心恫

자약 조검[854] 만사

輓趙子約儉

작년에 남여[855]로 북간[856] 물가에서	去歲籃輿北澗汀
정신은 예전과 같아 반갑게 만났도다	精神猶昔眼雙青
동원[857]의 솜씨도 세상에 쓸모없음인가	東垣大手世寥闃
남극성[858]의 광채가 어두워졌네	南極老星光晦冥
경착[859]하던 한창 왕성하던 때를 보면	耕鑿及觀全盛日

854) 조검(趙儉, 1570~1644) : 조선 후기의 학자. 본관은 한양(漢陽). 자는 자약(子約), 호는 수월(水月). 영주 원당리(榮州元塘里)에서 출생. 임진왜란이 일어나자 형제가 의병을 일으켜 화왕산성(火旺山城)으로 가서 곽재우(郭再佑)를 도와 전공을 세웠고, 병자호란 때 인조가 남한산성에서 청군과 대치하자 늙어서 싸움에 참가하지는 못하고 집 뒤에 단(壇)을 모아 국가의 병란을 물리치고 임금이 무사하게 해달라고 하늘에 빌었다. 그 뒤부터 그곳을 축천단(祝天壇)이라 불렀다. 그는 또 집 뒤에 사의정사(思義精舍)를 지어 마을의 젊은이들을 교육하고 경서(經書)와 사기(史記)로 소일했다. 저서로는 《수월일고》가 있다.

855) 남여(藍輿) : 앞뒤를 각각 두 사람이 어깨에 메게 되어 있는 뚜껑이 없는 작은 가마.

856) 북간(北澗) : 경북 상주 우산(愚山)에 있는 냇물 이름.

857) 동원(東垣) : 금(金)나라 때 의가(醫家)였던 이고(李杲)를 동원노인(東垣老人) 또는 동원선생(東垣先生)이라 칭했던 데서, 전하여 의원(醫員)을 가리킨다.

858) 남극성(南極星) : 하늘의 남극(南極) 가까이에 있는데, 사람의 수명을 맡고 있는 별이라 하여 노인성(老人星) 또는 수성(壽星)이라고도 함.

859) 경착(耕鑿) : 요(堯) 임금 때 한 노인이 배불리 먹고 배를 두드리며 흙덩이를 치면서 노래하기를 "해가 뜨면 나가서 일하고 해가 지면 들어가서 쉬도다. 우물 파서 물을 마시고 밭 갈아서 밥을 먹거니, 임금의 힘이 나에게 무슨 상관이 있으랴.[日出而作 日入而息 鑿井而飮 耕田而食 帝力何有於我哉]"라고 한 데서 온 말로, 전하여 태평성대를 의미한다.

풍진세상에서 편안히 누웠으니 연세 들지 않겠네	風塵安臥未衰齡
한평생 누린 행복이 누가 그대와 같겠는가	一生享福誰如子
수곡과 삼산에서 차마 들을 수 없네	水谷三山不忍聽

자방 남진기 만사

輓南子方振紀

하회(河回)에 모인 당년에는 윗자리의 보배였고	河社當年席上珍
집안과 세상에서 선행에는 견줄 이가 없었네	居家行世善無隣
평생에 단지 향삼로[860]만 맡았으니	生平只辱鄕三老
비슷한 사람들이 어찌 일인자임을 알았겠는가	流輩安知第一人
비난과 명예는 살아 있을 때는 우리에게 있지 않으며	毁譽在時非在我
곤궁과 통달은 천명이니 인(仁)에 말미암지 않도다	窮通由命不由仁
가련하도다, 백초[861]가 자라는 황천의 바닥	可憐白草黃壚底
인간 세상의 옥과 옥돌 같은 사람들이 모두 묻히네	埋盡人間玉與珉

군평 김학 만사

輓金君平學

그대와 나이도 잊고 형체도 잊은 벗[862]이었는데	與君忘歲又忘形
당시에 범거경[863]이라 스스로 말했도다	自謂當時范巨卿

---

860) 향삼로(鄕三老) : 본디는 한(漢)나라 때의 관직 이름으로, 향마다 삼로 한 사람을 두어 교화를 관장하게 하였다. 후대에는 한 마을의 장로로서 그 마을의 교화를 맡은 사람을 가리키는 말로 쓰였다.

861) 백초(白草) : 북방 변경 지역에 많이 나는 풀 이름으로, 흰색을 띠고 있으며 목초로 쓰인다. 이 지역의 무덤에는 주로 백초가 자란다고 한다.

862) 형체도 잊은 벗 : 망형교(忘形交)와 같은 뜻으로 자기 형체를 잊고 한마음 한뜻이 된 아주 친밀한 친구를 말한다.

863) 범거경(范巨卿) : 후한(後漢) 때 범식(范式)으로, 거경은 그의 자이다. 범식이 장소(張邵)와 절친한 벗이었는데, 장소가 죽어 장례를 치르던 날 상여가 움직이지 않다가 천 리 밖 산양(山陽) 땅에 있던 범식이 백마(白馬)와 소거(素車)를 타고 이르러 조상하자 상여가 비로소 움직였다고 한다.

와각[864]에서 겨우 사람 만나 바로 위축되었고	蝸角纔逢人卽縮
매미 창자는 본래 사물과는 도모함이 없네	蟬腸本與物無營
시비가 모인 곳에는 성명 전하기 어려우며	是非叢裏稀傳姓
도의로 교제하는 가운데 명예를 성하게 얻네	道義交中盛得名
나는 병약하여 한 걸음도 옮길 수 없으니	我病未能移寸步
소거 타고 어떻게 명정(銘旌)에 절하겠는가	素車何計拜丹旌

백기 김희진 만사
輓金伯起希振

남화[865]의 말이 너무 실속 없고 과장되었는데	南華謾說太浮誇
기나긴 밤을 현궁[866]에 의탁할 수 있도다	脩夜玄宮可托些
서쪽 항구에 이미 훌륭한 두 아들을 묻었고	西港已埋雙玉樹
동쪽 이웃에는 두 형제가 병이 들었도다	東隣仍瘁兩荊花
하늘은 장차 효도와 의리에 어떻게 보답하려는가	天於孝義將何報
무릇 보고 듣는 사람이라면 누가 탄식하지 않겠는가	凡在瞻聆孰不嗟
도리어 괴이하게도 늙은 홀아비의 죽음이 더디니	却怪長鰥遲一瞑
차마 슬픈 눈물 떨치고 항사[867]를 쓰도다	忍揮哀淚寫恒沙

864) 와각(蝸角) : 달팽이의 뿔을 말한다. 《장자(莊子)》 〈칙양(則陽)〉에 이르기를 "달팽이의 왼쪽 뿔 위에 있는 나라를 촉씨(觸氏)라 하고, 달팽이의 오른쪽 뿔 위에 있는 나라를 만씨(蠻氏)라 한다. 서로 영토를 다투어서 전쟁을 하였는데, 시체가 몇만이나 될 정도로 즐비하였고, 패한 군대를 쫓아갔다가 15일이 지난 뒤에야 돌아왔다." 하였는데, 이 말은 흔히 작은 것을 놓고 서로 아옹다옹하는 것을 뜻하는 말로 쓰인다.

865) 남화(南華) : 남화진인(南華眞人)의 준말로, 장자(莊子)의 별칭이다. 당 현종이 천보(天寶) 원년(742)에 장자에게 남화진인의 봉호를 내리고, 《장자》를 《남화진경(南華眞經)》으로 부르게 하였다.

866) 현궁(玄宮) : 현실(玄室)이라고도 하는데, 왕이나 황후의 관(棺)을 묻은 광중을 가리킨다.

867) 항사(恒沙) : 항하사(恒河沙), 즉 인도의 갠지스 강에 있는 모래라는 말로, 헤아릴 수 없이 많은 것을 뜻한다.

외종조 첨지 권함 만사

輓外從祖權僉知諴

지난해 늦은 봄에 침전에서 뵈올 때는	去年春暮拜床前
흰머리에 쇠한 얼굴이 신선처럼 보였도다	白髮蒼顔望若仙
외갓집은 모두 장수한다고 스스로 기뻐하였는데	自喜外門皆壽考
뜻밖에 질병이 갑자기 온몸을 감쌌도다	不虞衰疾遽纏綿
덧없는 인생은 허둥지둥 참으로 꿈만 같은데	浮生草草眞如夢
저 세상은 캄캄하여 연한이 있지 않도다	長夜冥冥未有年
훗날 서쪽 고을을 어찌 지나갈 수 있으랴	他日西州那忍過
해질 무렵 골목길은 유독 예전과 같도다	夕陽門巷獨依然

石門先生文集 卷四

석문선생문집 권4

소疏

용궁의 사민이 혼조에서 부가한 하중의 세금을 줄여주기를 요청하는 글
龍宮士民請蠲減昏朝所加下中之稅疏

저희들[臣等]은 용궁현(龍宮縣)의 백성으로 목숨은 미물과 같지만 마음에는 지극한 원통(冤痛)을 품고 있습니다. 한번 울부짖으며 하소연할 생각이었지만 구중궁궐에 도달할 길이 없어 발을 끌고 머뭇거린 지가 오래되었습니다. 이제 엎드려 보건대, 성산(星山)의 도회관(都會官)이 금년 전답의 세금을 정함에 있어서 전답의 하(下)를 중(中)으로 부과한 것이 10분의 9라 하니 이것은 호조의 관내에서 갑술년(1634)의 조항에 따라 마련했기 때문에 부득이 이와 같이 되었을 것입니다. 저희들이 사적으로 괴이하게 여기는 것은, 이것이 행회(行會)[868]하는 사이에 간혹 자세히 살피지 못하여 이렇게 된 것이지 아마도 조정의 본의는 아닐 것입니다.

어찌하여 알았는가 하면 저희들이 듣기에 전하께서 양전(量田)할 때마다 혹 결부(結負)[869]가 과중한지 염려하였고 양전을 공평하게 하도록 힘썼으며 양전한 이후에는 잡세를 경감하게 하였습니다. 기타 백성들의 숨은 질병을 근심하는 마음이 경연(經筵)하는 자리에서 자주 드러났으니 전하께서 아래를 덜어서 위를 보태주지 않는 것을 급선무로 삼은 것이 분명합니다. 전하께서 이러하신대도 광해조에서 일시적으로 따라하던 구차한 정사를 개혁을 이룬 시대에 다시 시행할 수 있겠습니까?

저희들이 청컨대 근원을 찾아 말씀드리겠습니다. 대저 1등급에서 6등급까지 전답은 토지의 기름짐과 메마름으로 구분하여 세금을 부과하는 것입니다. 하중(下中)과 하하(下

868) 행회(行會) : 각 관아의 관장(官長)이 조정의 새로운 명령 내용을 관아에 속한 아랫사람들에게 통지하고 이에 대하여 논하는 자리를 말함.

869) 결부(結負) : 결복(結卜)의 원말로, 전지의 단위 면적임. 양전척(量田尺)으로 1척 평방(平方)을 파(把 줌)라 하고, 10파를 1속(束 뭇), 10속을 1부(負 또는 卜 짐), 1백 부를 1결(結 목)이라 함. 결부는 전지의 면적 또는 전세(田稅)를 의미하는 말로 사용됨.

下)는 해마다 그해의 풍년과 흉년을 살펴서 그 세금을 올리고 내려야 합니다. 하중(下中)은 일결(一結)[870]에 세금 여섯 말을 내고 하하(下下)는 일결에 네 말을 내야 합니다. 풍년이 들면 하중으로 세금을 내고 흉년이 들면 하하로 세금을 냅니다. 하중은 때에 따라 있기도 하고 없기도 하지만 하하는 항상 내는 세금이니 이것이 조종조(祖宗朝)의 오래된 법제입니다. 그런데도 상도(上道)의 척박한 땅에는 비록 풍년이 들더라도 하중의 세금이 없고 하도의 비옥한 땅에는 그것이 있습니다.

광해조에서는 국내에 사건이 많아서 경비가 점점 늘어나자 일을 담당한 사람이 드디어 지출을 헤아려 수입을 정하였으니 비정상적이고 근거 없는 법이 만들어졌습니다. 금년에 더욱 자각(自覺)[871]하고 내년에 더욱 늑정(勒定)하였는데 이른바 자각이란 숨거나 빠진 것을 발각하는 것이고 이른바 늑정이란 억제하여 강제로 정하는 것이다. 이 모두가 마음대로 거두어 만족하는 것이니 토지가 비옥하고 결부가 줄어드는 고을에 시행하면 그래도 괜찮을 것입니다. 그렇지만 왕명을 받드는 사람이 청렴하고 근실함에 소홀하여 피폐한 고을에는 미봉책에 그치고 주고 빼앗는 일에 공정하지 못하여 거두는 일에 한정이 없습니다. 이 때문에 “땅이 있어도 세금이 없고 세금이 있어도 땅은 없네.”라는 노래가 생겼습니다. 아, 이것이 어찌 선왕이 이루어 놓은 법이겠으며 오래도록 시행할 수 있는 법이겠습니까?

용궁현은 저희들이 살고 있는 고을입니다. 토지는 척박하고 백성은 가난하며 전후로 허결(虛結)[872]을 얻은 것이 이웃 고을보다 유독 많은데 하중(下中)을 추가한 것이 또한 10분의 9입니다. 수십여 년 누적되었으니 백성들은 명을 견디지 못하였는데 양전을 내리게 한다는 소문을 듣고 기뻐하며 고무되지 않은 이가 없었습니다. 모두가 말하기를, “조종조의 옛날 법제를 거의 오늘에 다시 보게 되었다.”고 말합니다. 늑정과 허세(虛稅) 또한 장차 감면되기를 요구하지 않아도 저절로 없어질 것이니, 노심초사하여 그 일이 완전히 성취되기가 쉽지 않을까 오히려 두려워하면서 밤낮으로 기대하고 있었습니다. 오늘에 이르러서 또한 갑술년의 조항으로 반포되니 저희들도 모르게 마음이 무

870) 일결(一結) : 전답(田畓)의 단위로 약 1만 파[把].

871) 자각(自覺) : 자각거(自覺擧)의 준말로, 자거(自擧) 혹은 각거(覺擧)라고도 한다. 공무 수행상의 잘못이 탄로 나기 전에 스스로 깨달아 자수하는 것을 말하는데, 이때는 죄를 면제받았다.

872) 허결(虛結) : 경작할 전지(田地)를 가지지 못한 사람에게 경작하는 전지가 있는 것으로 만들어 전세(田稅) 또는 구실을 물리는 것을 말한다.

너집니다. 모든 고을에서 모두 하중(下中)으로 매긴다면 양전의 새로운 결전(結田)에는 이미 중복되며 금년은 또한 깡그리 아무 것도 없으니 이것은 너무 높아서 시행할 수 없습니다.

광해조에서 늑정한 구법에 따라 바꾸지 않는다고 한다면 각 관청에서 어떤 곳은 하하(下下)로 하고 어떤 곳은 하중(下中)으로 하니 이것은 균등하지 못하므로 시행할 수 없습니다. 반복하여 추구해도 그 설명을 납득할 수 없습니다. 그러나 소인의 심정으로 헤아려보면 승류(承流)[873]가 교화를 베푸는 즈음에 우연히 살피지 못하여 지난해에 세금을 거두며 반포한 관례적인 문장을 사용하여 이렇게 되었을 따름이지 세금을 추가할 의사가 없는 듯합니다. 그렇기 때문에 조정의 본의가 아니라고 말합니다. 그러나 임금의 명령이 이미 이와 같으면 각 관청에서는 마음을 다해 봉행하는 것이 직분일 따름입니다. 이번에 깨끗이 씻어내지 못한다면 이러한 폐단을 언제 없앨 수 있겠으며 남아 있는 백성들은 어디에 의지하여 목숨을 보전하겠습니까?

일이 이미 그러한데도 또한 심각한 원통이 다른 고을과 다른 것이 있기에 저희들은 바라건대 다 말씀드리려 합니다. 대저 양전에 관한 일은 본디 균일하기 어렵지만 그러나 평상시의 원장(元帳)[874]을 살펴보아 크게 가감되지 않았다면 원통함은 없을 것입니다. 그러나 하삼도(下三道, 경상·전라·충청도)의 각 고을에서 양전한 것을 들어보면 원장에 미치지 않는 것이 반이 넘고 원장과 같은 것도 또한 많으며 원장보다 많은 것은 전혀 없거나 겨우 있다고 합니다. 저희의 고을은 평상시의 원장이 모두 3,204결이지만 지금 늘어난 것을 헤아려보면 많게는 310여 결에 이릅니다. 땅의 물가에 이르기까지 왕의 신하가 아님이 없는데[875] 저기는 가볍고 여기는 무겁다면 어찌 원통이 심하지 않겠습니까? 이 지경에 이르게 이른 까닭을 또한 조정에서 아는 바가 아닙니다.

용군현의 도감(都監)이 두렵고 겁이 나고 아는 게 없어서 국가에서 결부(結負)를 많이

---

873) 승류(承流) : 승류선화(承流宣化)로, 《한서(漢書)》 동중서전(董仲舒傳)에 나오는 말. 풍교(風敎)를 받들어 숭상하고 은택을 베풀어 백성을 교화하는 관원의 직분을 가리키는 말인데, 보통 방백(方伯) 등 지방 장관을 가리킬 때 쓰는 표현이다.

874) 원장(元帳) : 양안원장(量案元帳) 즉 토지 대장(土地臺帳)에 등재된 전결(田結)을 말한다. 원결(元結)이라고도 한다.

875) 땅의 물가 …… 없는데 : 《시경》 소아(小雅) 북산(北山)에 "하늘 아래 모든 곳이 왕의 땅 아님이 없으며, 땅의 모든 물가에 이르기까지 왕의 신하 아님이 없다.[普天之下 莫非王土 率土之濱 莫非王臣]"라는 말이 나온다.

얻으려 한다고 생각하고 그 수를 부풀려 늘려서 양전사에게 보고하였습니다. 양전사 신득연(申得衍) 또한 과중한 것을 염려하여 빨리 행대(行臺)[876]에게 보내 그 까닭을 따져 물으니 과중한 양전 때문에 죄를 얻을까 두려워하여 말하기를, "계묘년(1603) 전안(田案)에 속전(續田)[877]이 많게는 600여 결에 이르렀는데 원전(元田)[878]을 넣어서 헤아렸기 때문에 이와 같습니다."고 하였습니다. 양전사는 또한 일을 마치는 데 급했으므로 조사하여 그 실제를 얻지 못했습니다. 만일 조사하게 한다면 당시의 전안이 아직 있으니 속전에서 허실이 얼마인지는 바로 분변할 수 있습니다.

대개 용궁현은 태백산의 후미진 곳에 있는데 세 강이 모이는 곳으로 높은 곳은 토지가 척박하여 벼가 손에 가득차지 못하며 낮은 곳은 물이 넘쳐서 곡식이 모두 썩어버리니 그 재해를 입지 않는 곳이 거의 없습니다. 이것이 물이 있어도 여물지 못하고 가물어도 여물지 못하는 까닭이니 다른 고을과는 비교되지 않습니다. 이전에 결부가 적어도 오히려 견디지 못했는데 하물며 지금 과중함에 있어서이겠습니까? 전 순찰사 이기조(李基祚)[879]가 용궁현을 순찰할 때 그 사실을 정확히 알았지만 또한 아쉽게도 교체가 되어 장계를 받지 못했으리라 생각합니다. 지금 질문해 보시면 또한 알 수 있습니다.

삼가 바라옵건대 천지와 같은 어짊으로 만물을 길러주며 부모와 같은 사랑으로 아이들을 길러주시니 특별히 불쌍히 여기는 마음을 내리시어 변통하는 길을 조금 열어주어 경계가 정도(正道)를 얻고 어진 정사가 유행되게 하신다면 거의 마르고 썩은 곳에서 살이 돋아나고 죽어버린 풀에 꽃이 필 것입니다. 온 천지가 함께 봄을 맞았으니 어찌 이루지 못한 사물이 있겠으며 온 세상이 한 몸이니 다시는 한쪽이 마비되는 병환이 없어야 합니다. 그 하중(下中)이라는 세금은 비록 행회(行會)하는 사이에 잘못된 것이 아니더라도 또한 일시에 감면해 주시면 저희들은 지극한 은택 가운데에서 넉넉하게

---

876) 행대(行臺) : 임금의 명령을 받고 지방에 파견되어 불법한 일을 규찰하는 사헌부의 관원.

877) 속전(續田) : 땅이 나빠서 매년 농사짓지 못하고 한 해 걸러 경작했다 묵혔다 하는 전지. 이런 전지는 경작할 때만 세를 징수하였다

878) 원전(元田) : 양안원장(量案元帳) 즉 토지 대장(土地臺帳)에 등재된 전결(田結)을 말한다. 원결(元結)이라고도 한다.

879) 이기조(李基祚, 1595~1653) : 조선의 문신. 본관은 한산(韓山)이다. 자는 자선(子善)이다. 호는 호암(浩菴)이다. 문과에 급제한 뒤 인조반정으로 형조 좌랑에 기용된 후 여러 관직을 거쳐 이조 참판에까지 이르렀다. 청나라에 사신으로 가서 지나친 세공미의 부담을 감축하는 데 성공하였다. 이후 예조 판서에 이르렀으나 김육 등의 탄핵으로 함경 감사로 밀려났다가 공조 판서에 임명되어 돌아오던 중 김화에서 병으로 세상을 떠났다. 시호는 충간(忠簡)이다.

젖을 것이며 우러러 섬기고 굽어 길러서 다시 여한이 없을 것입니다. 삼가 생각하건대 성상께서는 천지와 부모와 같으니 가련하게 여겨서 헤아려 주시면 천만다행이겠습니다. 저희들은 지극히 두렵고 황송한 마음을 견딜 수 없습니다.

臣等以弊縣遺氓 命勻螻蟻 心懷至冤 思一鳴號 而天門九重 得達無階 跼足夷猶者久矣 今者伏見星山都會官分定今年田稅數 田畓下中殆十分之九 而該曹關內依甲戌條磨鍊 故不得不如是云 臣等私竊怪之 此必行會之間 或未審察而致此 恐非朝廷本意也 何以知之 臣等聞殿下於量田之時 或慮結負過重 務令平量 量後又令蠲減雜稅 其他憂民隱疾之意 累形於筵席之上 其不以損下益上爲急明矣 安有聖明如此 而以廢朝一時因仍苟且之政 又施於更化之日也哉 臣等請推本言之 夫自一等至六等 田畓之所以分膏瘠而定結負者也 下中與下下 視歲豐歉而爲之上下其稅者也 下中一結出稅六斗 下下一結出稅四斗 年登則稅以下中 年凶則稅以下下 下中隨時有無 而下下爲常稅者 此祖宗朝舊法也 然而上道瘠薄之地則雖豐歲無下中之稅 下道肥饒之地則有之 降及昏朝 國內多事 經費漸廣 當事之人 遂量出爲入 而刱爲不經無據之法 今歲加自覺 來歲加勒定 所謂自覺者 言隱漏者發覺也 所謂勒定者 抑勒而據定也 皆所以橫斂取足 而施之土沃結縮之邑則猶或可也 然而奉命之人 忽於廉謹 殘弊之邑 失於彌縫 與奪不公 征斂無藝 於是有有田無稅 有稅無田之謠 嗚呼 此豈先王成憲而久遠可行之法也哉 龍宮是臣等所居之邑也 土瘠民貧 殘破尤甚 而得前後虛結 比隣邑獨多 加以下中又十分之九 積至數十餘年 民不堪命 及聞量田令下 莫不懽忻皷舞 皆曰祖宗朝舊法 庶幾復見於今日 勒定虛稅 亦將不求蠲減而自無 恐恐然猶懼其事未易完就 日夜企而待之 至于今日 則又以甲戌條頒下 臣等不覺隕心焉 以爲列邑皆爲下中 則量田新結旣重 今年又是大無 是過高而不可爲矣 以爲因廢朝勒定之舊而不變則各官或爲下下或爲下中 是不均而不可爲矣 反復推究 不得其說 然以小人之腹而忖之 不過承流宣化之際 偶失於照勘 而用逐年收租頒行循例文字而致此 非有意於加賦而然也 故曰非朝廷之本意也 然上令旣如此 則各官之所以盡心奉行者職耳 於此而未蒙蕩滌則此弊何時而可祛 遺黎何賴而得全耶 此旣然矣 而又有深冤至痛異於他邑者 臣等請得究言之 夫量田之役 固難勻一 然視平時元帳 無大加減則可無冤枉矣 而聞下三道列邑所量 不及元帳者過半 與之等者亦多 過之者絶無而僅有臣等之邑則平時元帳共三千二十四結 而今量所剩多至三百十有餘結 率土之濱 莫非王臣 彼輕而此重 豈不冤甚 其所以致此者 亦非 朝廷之所知 本縣都監恇㥘無知 以爲國家

必欲多得結負 虛張其數 而報于量田使 量田使臣申得衍 亦以過重爲慮 捉致行臺詰問其由 則又恐以重量得罪 乃曰癸卯年田案 續田多至六百餘結 而以元田入量故如是耳 量田使又急於竣事 未及查考而得其實 若使查考 則其時田案尙在 續田多少虛實 立可辨矣 大槩本縣 僻在太山之趾 三江之會 其高處土薄 禾不滿握 下者水渰 穀盡腐爛 其不被災處無幾 此所以水亦失稔 旱亦失稔 非他邑比也 前日結負少而猶不堪 況今過之者乎 前巡察使臣李基祚巡到本縣 詗知其實 亦以爲慨然以臨遆未得狀啓云云 今若下問亦可知矣 伏念天地之仁 無物不育 父母之慈 無兒不鞠 特垂矜悶之情 少開變通之路 使經界得正 仁政流行 則庶幾枯胔復肉 死草生華 八方同春 寧有不遂之物 四海一體 更無偏枯之患矣 若其下中之稅 雖非行會間所誤 亦賜一時蠲免 則臣等當優游涵泳於至澤之中 仰事俯育 無復有遺恨矣 伏惟天地父母 哀憐而裁幸焉 臣等不勝惶懼屛營之至

영양의 사민들이 복현을 요청하는 글

英陽士民請復縣疏

저희들은 일찍이 계유년(1633) 사이에 복현(復縣)에 관한 일 때문에 궁궐에 와서 성은을 입기를 바랐는데 해당 부서에서 어렵다고 하여 일이 문득 정지되었습니다. 지체된 지 1년이 되어도 바라던 바를 이루지 못하고 돌아왔습니다. 그 뒤에 시사(時事)가 크게 변하여 국가의 걱정이 바야흐로 많아졌습니다. 저희들은 임금께서 욕을 당하던 날[880]에 이미 목숨을 바칠 수도 없었는데 문득 사사로운 소원을 요구하여 임금의 귀를 더럽히려 하니 의리상 스스로 편안할 수 없습니다만 번민하며 말없이 세월을 보낸 지가 지금 7~8년이 되었습니다.

그런데 일 년 동안 말하지 않으면 일 년의 원한이 쌓이며 몇 년 동안 말하지 않으면

880) 임금께서 …… 날 : 병자호란을 가리킴. 1636년(丙子年) 12월 청 태종이 2만 명의 대군을 이끌고 조선을 침략한 사건이다. 정묘호란의 약속을 지키지 않는다는 명분으로 침략하였으나 실제로는 명을 공격하기 전 조선을 군사적으로 복종시키는 것이 목적이었다. 인조는 남한산성으로 피하여 적의 포위 속에서 혹한과 싸우며 버텼으나 식량마저 끊어져 청에 항복할 수밖에 없었다. 1637년 1월 30일 인조가 삼전도에서 청에 항복하는 의식을 치르며 전쟁이 끝났다. 비교적 짧은 전쟁 기간에도 불구하고 항복 후 수많은 전쟁 포로가 발생하면서 조선은 막대한 피해를 받았다.

몇 년의 원한이 쌓입니다. 누적되어 십 년 정도 오래되면 물력(物力)이 고갈되고 생물이 다할 것입니다. 저희들이 비록 말하려고 하지 않더라도 그것이 가능하겠습니까? 저희들의 사정은 전날의 상소에서 이미 낱낱이 진술했습니다. 단지 생각하건대 임금의 여러 가지 업무에서 날로 멀어지는 일에 대하여 어떻게 하면 임금의 생각을 머무르게 할 수 있는지요? 이에 감히 다시 진술하여 올리오니 삼가 바라건대 성명(聖明)께서는 유의하여 받아주시옵소서.

대저 영양을 복현하지 않을 수 없는 것은 한두 가지로 다할 수 없습니다. 청컨대 그 근본을 추정하여 자세하게 말씀드리고자 합니다. 산은 태백산 아래로부터 높은 산봉우리와 험한 산마루가 가로질러 남쪽으로 7, 8백 리를 뻗었습니다. 산마루의 동쪽에 붙어서 고을이 된 것은 평해(平海), 영해(寧海), 영덕(盈德), 청하(淸河)이며, 산마루의 서쪽에 붙어 고을이 된 것은 봉화(奉化), 영양(英陽), 진보(眞寶), 청송(靑松)입니다. 이 몇몇 고을은 이 산마루를 넘어서 다스려진 적이 없으니 그것은 지형이 막혀 있고 구역이 저절로 구별되기 때문입니다.

영양이 언제 혁파되어 영해에 속했는지 알지 못합니다만 그러나 이것은 옛날도 지금도 아닙니다. 그 고금의 득실은 잠시 그만두고 논하지 않겠으며 지금의 형세의 이해를 가지고 말씀드리겠습니다. 영양에서 영해로 가는 길은 가까이는 일백 수십 리(里)이고 멀리는 이백여 리(里)나 되는데 그 사이에 하나의 큰 산마루가 가로놓였으니 옛날부터 울티재[泣嶺]라고 이름을 붙었습니다. 산은 깊고 골짜기는 험하며 수목이 하늘에 닿아서 쳐다보아도 해를 보지 못하고 굽어보아도 땅에 다다를 수 없습니다. 가운데에 한 가닥 샛길[鳥途]이 있는데 겨우 사람이 지나다닌 흔적이 있습니다. 사람들은 그 가운데로 80~90리를 지난 후에 비로소 인가를 볼 수 있기 때문에 굳이 혼자 갔다가 홀로 올 수 없으며 아침에 명령을 받고 저녁에 출발합니다. 이와 같은데도 하나의 고을로 통할 수 있겠으며 하나의 고을이 되면 그 폐단이 없겠습니까?

형세가 이미 저와 같기 때문에 요역(徭役)[881]에서 가볍고 무거움과 더하고 덜함의 차이가 없을 수 없었습니다. 영양현에서 영해부로 실어 들이는 것은 비록 무겁고 힘들더라도 말할 겨를이 없으며 영양현에서 영해부로 실어 나르는 경우와 또 영해부로부터

881) 요역(徭役) : 국가의 필요에 따라 민(民)의 노동력을 대가 없이 정기·부정기적으로 징발하는 세의 한 항목이다. 잡역(雜役)·잡요(雜徭)·소경요역(所耕徭役)·호역(戶役)·역역(力役)·부역(賦役) 등으로 불렸다. 요역은 원칙적으로 신분의 고하를 막론하고 개별 민호에 부과되며, 소유 토지의 많고 적음이 수취 기준이 되었다.

도로 내지로 실어 나르는 것은 모두 울티재를 경유하지 않고는 들어갈 수 없고 또 울티재를 경유해서 나와야 합니다. 그 비용이 없거나 비용이 있는가도 그것이 얼마인지 알지 못하니 지금 쇠잔(衰殘)한 물력으로 이렇게 과외(科外)의 징수를 하니 그 원통하고 억울함이 어떻겠습니까?

이 밖에 또 결코 행할 수 없는 것이 있습니다. 영양의 각종 군병의 수는 적게는 수백 명에 지나지 않으니 그들이 사변이 생겨서 서쪽으로 향하여 여기에서 곧바로 안동으로 향하면 하루의 일정에 지나지 않습니다. 만일 영해부를 경유하여 멀리 안동으로 향하면 바로 4~5일의 일정입니다. 완급을 다투는 즈음에는 하루도 급하거늘 하물며 4~5일이 늦어지는 일정을 어쩌겠습니까? 지난날 쌍령(雙嶺)[882]에서 군사를 징발한 일에서 또한 살필 수 있습니다. 그러나 이것은 단지 그 대강을 말씀드릴 따름입니다.

마치 영해부 사람들이 영양현 사람을 종을 보듯 하며 하리(下吏)들이 민가를 침탈하기도 하며 방납(防納)[883]의 이익을 다투어 차지하기도 하며 운송하는 가격을 본색(本色)[884]보다 배를 징수하는가 하면 군사를 뽑는 다과(多寡)는 물론이고 제출하는 베의 품질과 색깔이 균일하지 않는 등에 이르기까지 진실로 모두가 하나도 만족스럽지 못합니다. 그리고 산 일꾼의 우두머리와 도둑을 잡고 농사를 권장하는 관리가 한 달에 세 차례씩 아일(衙日)[885]하며 군정(軍丁)[886]은 한 달에 세 차례 순시하여 활쏘기를 시험하니 모두 영해부에서 한다면 한 번 왕래하는 데 걸핏하면 4~5일이 걸립니다. 가정에 있으면서 농사일에 힘을 쏟을 사람이 얼마나 되겠습니까?

그밖에 이름 붙이기 어려운 잡다한 폐단은 오직 자세하게 살피지 않을 수 없을 뿐만 아니라 또한 자세하게 살필 필요도 없습니다. 물론 이러한 온갖 폐단은 모두 하나의 울티재가 가로막은 것이 빌미가 됩니다. 저희들의 생각으로는 만일 영양을 치소(治所)로 삼고 영해를 속현(屬縣)으로 삼는다면 그 폐단은 조금 감소할 것입니다만 그렇더라

---

882) 쌍령(雙嶺) : 경기도 이천에 있다. 병자호란 때 경상도에서 징발한 군사들이 이곳에서 대패한 것은 남한산성이 더 이상 버티지 못하는 결정적 요인이 되었다.

883) 방납(防納) : 공물(貢物)을 대신 납부하는 것을 말한다. 즉 납세 의무자인 백성들 대신에 중간 상인이나 관리가 물품을 구입해서 상납하고 그 대가를 백성들에게 받는 것을 말하는데, 몇 배의 값을 강제로 요구했기 때문에 이로 인한 백성들의 피해가 막심하였다.

884) 본색(本色) : 전지(田地)에서 생산된 그대로의 것인 벼·보리·밀·콩 등으로, 생산물 그대로를 말함.

885) 아일(衙日) : 임금과 여러 신하들이 모여 조회를 하고 정사(政事)를 보는 날로, 양아일(兩衙日), 사아일(四衙日), 육아일(六衙日) 등으로 지켜진다.

886) 군정(軍丁) : 군적(軍籍)에 오른 16세 이상 60세 미만의 성인 남자로, 병역이나 부역에 징발되었다.

도 완전히 없지는 못할 것입니다. 영양을 다시 세우면 그 폐단은 완전히 고칠 수 있겠지만 단지 영양의 민력(民力)으로는 이러한 거듭되는 흉년에 관가(官家)의 체모(體貌)를 모두 갖추기가 쉽지 않을 것이니 참으로 걱정스럽습니다. 만약 진보(眞寶)와 더불어 합병한다면 그 폐단은 완전히 해소될 것이며 관사(官舍)도 모두 완전하여 아주 안전할 것입니다. 이 몇 가지 외에는 달리 좋은 방책이 없습니다.

엎드려 바라오니 전하께서 저희들이 거꾸로 매달려 고통스러운 모양을 통촉하셔서 청하는 바를 특별히 윤허하셔서 변통(變通)을 더욱 더하여 남은 백성들이 옛 거처에서 편안하게 살 수 있게 하신다면 저희들의 행복이 아니라 국가의 행복입니다. 저희들이 들은 바로는 주(周)나라 후직(后稷)[887]은 농사를 지을 때 그 흙의 성질에 적합하게 했을 따름이며, 하(夏)나라 우왕은 물을 다스릴 때 그 물의 성질을 따랐을 따름이며, 요순 임금이 백성을 다스릴 때에는 그 백성들의 마음에 따랐을 따름입니다. 지금 부모가 자식에 있어서도 또한 이와 같을 따름입니다. 강고(康誥)[888]에 이르기를, "갓난아이를 보호하듯이 한다."고 하였으니 저희들도 또한 이것으로 전하께 깊이 바라는 바입니다.

臣等曾於癸酉秊間 以復縣事 來籲闕下 庶幾蒙恩 而該曹持難 事遽停止 濡滯一年 不遂所願而還 厥後時事大變 國憂方殷 臣等既未能效死於 主辱之日 而旋以求伸私願 仰溷天聽 義不敢自安 悶默度日 于今七八年矣 然而一年不言而有一年之寃 數年不言而有數年之寃 積而至於十年之久 則物力竭矣 生類盡矣 臣等雖欲無言 其可得乎 臣等情事 前日之䟽 既已縷陳 第念萬機之務 日遠之事 何得能留 睿念 玆敢復爲陳達 伏惟聖明留神采納焉 夫英陽之不可不復 非一二可旣 請推探其本而深言之 山自太白以下高崗峻嶺 橫亘南紀者七八百里 附嶺之東而爲邑者 有曰平海, 寧海, 盈德, 淸河也 附嶺之西而爲邑者有曰奉化, 英陽, 眞寶, 靑松也 玆數邑者 未嘗有越此嶺而爲治者 以其地形阻絶 區域自別故也 不知英陽何年革罷 以屬於寧海 然此則非古也今也 其古今得失 姑置不論 而以今形勢之利害而言之 英陽之去寧海 其近者一百數十里 遠者二百餘里 而其間橫一大嶺 自古以泣爲名者 山深谷險 樹木連天 仰不見日 俯不臨地 中有一線鳥途 僅通人跡 人行其中八九十里而後始見有人煙 固不可單往而獨來 朝令而夕發也

887) 후직(后稷) : 중국 전설상의 주(周)나라 왕조의 건설자. 어머니가 거인(巨人)의 발자국을 밟고, 그가 태어났다 함. 주대(周代)에, 농업을 다스리는 신으로 숭배되었음.

888) 강고(康誥) : 《서경(書經)》 주서(周書)의 편명(篇名).

如此而尙可通爲一邑 爲一邑而能無其弊乎 形勢旣已如彼 故徭役不無輕重苦歇之不同 自本縣輸入于本府者 雖重且苦 有不暇言 自本縣輸運于本府 又自本府還爲輸運于內地者 莫不由泣嶺而入 又由泣嶺而出 其無費而有費者 不知其幾許 以今殘竭之物力 爲此科外之征斂 其爲寃抑如何 而此外又有決不可行者 英陽諸色軍兵之數 少不下數百名 其有事變而西向也 自此直向安東則不過一日程 若由本府迤向安東則乃四五日程也 緩急之際 一日爲急 而況遲以四五日程者哉 往日雙嶺調發之事 亦可觀矣 然此特言其梗槪耳 若府人之奴視縣人 下吏之侵漁民戶 防納之牟利爭占 運價之倍徵本色 以至抄軍之多寡無倫 出布之品色不均等事 固皆不一而足 與夫山干里正捕盜勸農之一朔三次衙日 軍丁之一朔三巡試射 皆於本府 則一番往來 動經四五日 幾何在家而致力於畎畝之間哉 其餘瑣瑣難名之弊 非惟不能覶縷 盖亦不須覶縷 凡此百弊 皆一泣嶺橫隔者爲之祟也 臣等之意 若以英陽爲治所 而寧海爲屬縣 則其弊少減 然未盡無也 以英陽復立 則其弊可以盡革 而但以英陽之民力 當此荐饑之日 官家體貌 恐未易卒備 誠爲可慮 若與眞寶合竝 則弊可全減 官舍皆完 可以萬全 玆數者之外 更無善策 伏乞聖明洞燭臣等倒懸艱苦之狀 特允所請 詳加變通 俾此孑遺民生 得安其舊居 非臣等之幸 乃國家之幸也 臣等聞稷之於畊稼 適其土性而已 禹之於治水 順其水性而已 堯舜之於治民也 順其民心而已 未有拂其性而能爲功者也 今夫父母之於子也 亦若是而已矣 康誥曰如保赤子 臣等亦以此深有望於 殿下也

서書

우복 선생에게 문목을 올림

上愚伏先生問目

[질문] 《가례(家禮)》를 보면, 삭망(朔望)에는 조전(朝奠)[889]을 올릴 때 찬물(饌物)을 진설합니다. 그러니 삼헌(三獻)하는 절차가 없다는 것을 잘 알 수 있습니다. 그런데 지금 사람들은 대부분 삼헌을 올리는 예를 행하고 있습니다. 이것은 어디에 근거해서 하는 것인지 모르겠습니다. 퇴계 선생께서 김취려(金就礪)[890]의 물음에 답하면서는 "《오례의주(五禮儀註)》에 의거하여 잇달아 세 잔을 올리는 것이 마땅할 듯하다."고 하였고, 정유일(鄭惟一)[891]의 물음에 답하면서는 "삭망에 전을 올리는 것은, 예서를 보면 역시 삼헌을 올리는 것을 제사 지내는 예에 의거하여 한다는 글이 없다. 그러니 아마도 예서를 따라서 해야만 할 것 같다."고 하였습니다.

모르겠습니다만 연달아 세 잔을 올린다는 것이 일시에 세 잔을 올리는지 아마도 예서를 따르는 자는 '조전설찬조(朝奠設饌條)'에 의거하여 단지 단작(單酌)을 행하는지요? 그러나 김취려의 질문은 신유년(1561)에 있었고 정유일의 질문은 기사년(1569)에 있었으니 중년과 만년의 견해가 어찌 반드시 같겠습니까? 최근에 들으니 임하(臨河) 김씨(金

---

889) 조전(朝奠) : 장사(葬事)에 앞서 이른 아침마다 영전(靈前)에 지내는 제사(祭祀)의 의식(儀式)이다.

890) 김취려(金就礪) : 조선 전기의 문신. 본관은 안산(安山). 자는 이정(而精), 호는 잠재(潛齋)·정암(靜庵). 판서를 지낸 김정경(金定卿)의 6세손으로 할아버지는 생원 김광오(金光澳), 아버지는 김휘(金暉)이다. 퇴계(退溪) 이황(李滉)의 문하에서 수학하였다. 내직으로 지평과 집의를 지냈으며, 외직으로 나아가 평산(平山), 죽산(竹山), 수원, 적성(積城)의 지방관을 역임하였다. 율곡 이이는 김취려에 대해 "비록 이황의 문하에 다녔다 하나 사실은 도학(道學)의 제자가 아니다."라고 평가하였다.

891) 정유일(鄭惟一) : 조선 전기의 문신·학자. 본관은 동래(東萊). 자는 자중(子中), 호는 문봉(文峯). 정목번(鄭穆蕃)의 아들이며, 이황(李滉)의 문하에서 수학하였다. 문과에 급제하여 진보·예안의 현감을 거쳐 영천군수 등을 지냈다. 이후 《명종실록》 편찬에 참여한 뒤 대사간·승지 등을 지냈다. 관직을 물러난 뒤 《한중록(閑中錄)》·《관동록(關東錄)》·《송조명현록(宋朝名賢錄)》 등을 저술하였으나 임진왜란 때 소실되었다. 안동의 백록리사(栢麓里祠)에 봉안되어 있다. 저서로는 《문봉집》, 편서로는 《명현록》이 있다.

氏) 문중에는 단지 단작을 행하고 상제(喪祭)에는 선조를 따른다고 하니 퇴계 선생에게 질문하여 정한 것이 없는지 어찌 알겠습니까? 예서에 근거하여 또한 이와 같은데 불과하다면 단지 단작을 행하는 것이 옳지 않겠습니까? 그러나 세상에는 삼헌을 행하는 자가 많으니, 어느 쪽을 따르고 어느 쪽을 버려야 할지 모르겠습니다.

家禮朔望則於朝奠設饌 其無三獻可見 而今人家多行三獻禮 不知何所據耶 謹按退溪先生喪祭禮答問 其答金而精 云依五禮儀註連奠三酌 恐或爲宜 答鄭子中所問 則云朔望奠 在禮亦無三獻等依祭之文 恐當從禮 不知連奠三酌 是一時連進三酌 而恐當從禮者 乃依因朝奠設饌條 只行單酌否 但金問在於辛酉 鄭問在於己巳 中晩所見 豈必盡同 且近聞臨河金門 只行單酌 喪祭從先祖 安知先正之不有所稟定 而據禮亦不過如此 則只行單酌者 無乃是乎 然世俗行三獻者多 不知何所從違

우복의 답변을 붙임 附遇伏答

[답변] "잇달아서 세 잔을 올린다."라고 한 것은, 아마도 김취려의 물음으로 인하여 이런 답을 한 것일 뿐이지, 예에 있어서 올바른 것은 아니네. '듯하다'고 한 '공혹(恐或)'이라는 글자를 보면 이를 잘 알 수 있네. 그러니 단지 정유일의 물음에 답한 말을 따르는 것이 예에 합치되는 것이네.

連奠三酌 恐是因金問而有此答耳 非禮之正 看恐或字可見 只得從答鄭之語 爲合於禮

[질문] 《의례(儀禮)》 〈사상례(士喪禮)〉를 보면, "월반에는 은전을 올리지 않는다.[月半不殷奠]" 하였습니다. 그런데 오늘날에는 사람들이 혹 삭망에 아울러 거행하면서 강쇄(降殺)하는 구별이 없으며, 혹 망전(望奠)을 완전히 폐하고 거행하지 않는 자도 있습니다. 그러나 본주(本註)를 보면, "사(士)의 경우 월반에는 삭일(朔日)과 같이 성대한 전(奠)을 다시 올리지 않는다." 하였으니, 이는 단지 성대하게 올리는 것만을 허락하지 않은 것이지, 완전히 폐하게 한 것은 아닙니다. 하물며 항시로 가묘에 알현하는 예에 보름날은 설주(設酒)도 아니하고 신주(神主)도 출주(出主)하지 않는다고 했으니 본래 이미 분별이 있었으며 완전히 폐지한다는 문장은 없습니다. 여기에 근거하면 역시 그것을 완전히 폐지할 수 없음을 알겠습니다. 다만 《가례(家禮)》 삭전조(朔奠條) 아래의 고 씨(高氏)

주(註)에 예소(禮疏)를 인용하여 말한 것은 오직 삭전(朔奠)에 관한 것뿐입니다. 망전(望奠)을 폐지하는 것을 알지 못하겠는데 혹시 여기에 견해가 있으신지요? 그러나 고 씨가 인용한 것은 아마도 예서 본래의 뜻을 잃은 듯합니다. 지금 예서(禮書)에 의거하여 행하는 자들은 보름에도 설전을 하니 삭전보다 차등을 두는 것이 어떻겠습니까?

士喪禮曰 月半不殷奠 今人家或有朔望幷擧 而無隆殺之別 或專廢望奠而不擧者有之 然考本註 士月半不復如朔盛奠云 則特不許其盛 非使之廢也 況常時家廟參謁之禮 望不設酒不出主 固已有分別 而無全廢之文 據此亦知其不得全廢也 但家禮朔奠條下高氏註引禮疏云云 唯朔奠而已 不知廢望奠者 其或有見於此耶 然高氏所引 恐失本禮文意 今欲依禮而行之者 望日亦設奠 而視朔奠有差則何如

우복의 답변을 붙임 附遇伏答

[답변] 사(士)의 상(喪)은 대부(大夫)의 상보다는 강쇄해야 하므로 월반에 은전을 올리지 않는 것이네. 이에 의거하여 본다면 단지 평상시에 상식을 할 때 올리는 찬과 같이 올리면 되는 것이네. 대개 은전(殷奠)은 본디 조전(朝奠)으로 인한 것이어서 밥, 국, 국수, 떡, 물고기, 고기 등의 음식이 있으므로 상식하는 예를 다시 행하지 않는 것이네. 예경(禮經)에서 이른바 "하실(下室)에 다시 음식을 올리지 않는다."라고 한 것이 이것을 두고 한 말이네. 장사 지낸 뒤에는 또 상식만 올릴 뿐 전을 올리지는 않네. 그러니 망일(望日)에 은전을 진설하지 않더라도 자식의 정에 있어서 크게 서운한 점은 없을 듯하네. 어떻게 생각하는가?

附遇伏答 士喪殺於大夫 故月半不殷奠 據此則只得如常時上食之饌而已 蓋殷奠本因朝奠 而有飯羹麪餅魚肉等饌 故上食禮不復行之 禮經所謂不復饋食於下室是也 葬後則又只有上食而無奠 望日不設殷奠 恐無大歉於人子之情 如何

[질문] 삼년상 안에 절일(節日)을 만났을 경우 묘소에 올라가는 자들이 만약 합장(合葬)하였을 경우에는 탁자를 별도로 하여 제사 지내서는 안 될 듯합니다. 단지 위(位)에는 신위(新位)와 구위(舊位)가 있으며, 복(服)에는 길복(吉服)과 흉복(凶服)이 있습니다. 지금 흉복으로 구위에 제사를 지내면 길제(吉祭)[892]의 신위에게 매우 미안할 듯합니다. 전에

듣건대 학봉 선생께서 상복을 입었을 때 합장한 분묘에서 친히 절사(節祀)를 행하였다고 하니 이것은 전에 행한 일로서 본받을 만한 일입니다. 다만 생각건대 학봉 선생은 비(妣)를 먼저 장사 지내고 고(考)를 나중에 장사 지냈으니 이와 같이 할 수 있었지만 만약 고를 먼저 장사 지내고 비를 나중에 장사 지냈을 경우에는 더욱 미안했을 것입니다. 서애(西厓)선생께서 어머니의 상을 당하여 선부군(先府君)의 묘에 합장하였는데 절사는 자질(子姪)들로 하여금 대신 지내게 하였다는 사실을 들은 이후 의혹이 완전히 풀렸습니다. 이제부터 무릇 절사를 만나면 모두 자질들에게 대신 지내게 하는 것이 어떻겠습니까?

三年之內 遇節日上墓者 若是合葬 則固不當別卓而祭 但位有新舊 服有吉凶 今以凶服從事於舊所 吉祭之位 似甚未安 尋聞鶴峯先生在喪 親行節祀於新舊合葬之墳 此前事之可法者 而但思之 鶴峰先生妣先而考後 故得如此 考先而妣喪在後 則尤爲未安 曾於寒食時 令子姪代行其後 始聞西厓先生丁內艱 合葬于先府君墓 而節祀則令子姪代行之 然後疑惑頓釋 欲自今後凡遇節祀 皆令子姪代行 何如

우복의 답변을 붙임 附遇伏答

[답변] 자질들로 하여금 대신 지내게 하는 것이 아주 좋네. 주 선생께서 절사에 대해 논한 것 가운데 이미 이런 말이 있네.

使子姪代行 甚得 朱先生論節祀 已有此語矣

[질문] 《예기》〈단궁(檀弓)〉을 보면, "빈소를 모시고 있을 적에 먼 촌수인 형제의 상을 들었을 경우, 같은 나라 안이면 가서 곡한다.[有殯 聞遠兄弟之喪 同國則往哭之]"라 하였습니다. 이것이 내종 형제와 외종 형제를 겸해서 말한 것인지를 모르겠습니다. 만일 그렇다면 외숙모의 상과 이모의 상에 가서 곡하는 것은 진실로 그 안에 있을 것입니다. 단지 선유(先儒)들이 어머니 집안의 제사는 겨레의 제사가 아니라는 말로써 미루어 보건대 예서에서 형제란 아마도 동종 형제를 말하는 것이 분명합니다. 무릇 상복을 입은 자는 어머니 집안의 상에는 모두 가볼 수 없는 것입니까? 예서에 비록 이와 같지만

---

892) 길제(吉祭) : 죽은 지 27개월 만에 지내는 제사.

우리나라는 어머니의 집안을 대우하는 것이 중국과는 다르므로 이것을 가지고 구속할 수는 없을 듯합니다. 어떻게 하는 것이 좋은지 알지 못하겠습니다.

禮 有殯 聞遠兄弟之喪 同國則往哭之 此未知兼內外兄弟而言之否 若然則舅之妻之喪 從母之喪 往哭之 固在乎其中矣 但以先儒以母家祭非族之祀之語推之 禮所謂兄弟似之同宗兄弟而言也 果爾 凡有喪者 於母族之喪 皆不得往見否 禮雖如此 我國則待母家 異於中朝 似不可以是爲拘 未知如何而可

우복의 답변을 붙임 附遇伏答

[답변] 예서(禮書)에서 이른바 형제는 동종 형제를 가리켜서 말하는 것이네. 외가 쪽의 상사(喪事)에는 먼 곳에 있을 경우에는 가지 않아도 괜찮네. 더구나 외숙모에 대해서는, 예에 있어서는 본디 복(服)이 없네. 법전(法典)에 비록 시마복(緦麻服)[893]을 입는다는 글이 있으나, 아마도 성인의 뜻이 아닌 듯하네.

禮所謂兄弟 指同宗而言也 外家喪事 在遠地則不往恐是 況舅之妻 禮本無服 法典雖有服緦之文 然恐非聖人意

채이복[894]에게 답함

答蔡元卿

병든 후에는 안부를 물을 인편이 없었습니다. 뜻밖에도 그대가 손수 편지를 써서 물으니 감사하기가 한량이 없습니다. 하물며 건강이 평안함을 알았으니 기쁨을 알겠습니다. 저는 정신과 근력이 날마다 점점 쇠약하여 한겨울인 줄도 알지 못하니 다시 어찌하겠습니까? 말씀드리고 싶은 것은 한 통의 편지로 다할 수 없지만 서로 만나기도 쉽지 않으니 어찌하겠습니까?

893) 시마복(緦麻服) : 오복(五服) 가운데 가장 경한 상복(喪服)으로 가는 삼베로 만들고 석 달 동안 입는데, 본종(本宗)은 고조부모(高祖父母)·증백숙조부모(曾伯叔祖父母)·족백숙부모(族伯叔父母)·족형제(族兄弟) 및 시집가지 않은 족자매(族姉妹)와 외성(外姓)은 내외종형제(內外從兄弟)·처부모(妻父母) 등임.

894) 채이복(蔡以復) : 각주 501) 참조.

病後無人問安否 不意吾兄手書來問 感慰無量 况審尊候萬重 喜可知矣 生精神筋力日漸耗鑠 未知深冬 又復如何 所欲言者非一筆可旣 相奉又未易奈何

사위 이신규[895]에게 줌

與李甥用賓

봄이 지난 뒤로 안부를 일체 통하지 못했는데 아직 부모를 봉양하는 생활이 어떠한지 알지 못하겠네. 염려스럽기는 쇠약함이 날로 심해지고 식사 요법이 날로 줄어들지만 일상적인 일이니 어찌 괴이하겠는가? 단지 강 건너 땅에 살면서도 발로 다시 밟을 수 없어 두세 아이들을 눈으로 다시 볼 수 없으니 탄식스럽네. 금년 봄은 가뭄이 이와 같으니 씨앗을 아직도 땅에 뿌리지 못했는데 하늘의 뜻이 어떠한지 알지 못할 따름이네.

春後聞問 一切不通 未委侍奉服履如何 奉慮 生衰憊日甚 食治日減 常事何足怪耶 第以江右之地 足不得復蹈 數三兒屬 目不得復覩可歎 今年春旱如此 牟種尙未入土 未知天意如何耳

아들 혼에게 답함

答焜兒

너의 편지를 보고 도중에 무사했음을 알았으니 매우 기쁘다. 서까래를 올리는 일이 급하기는 하지만 기와를 이는 일도 금년 형편으로 보아 어려울 것 같다. 단지 질병 때문만이 아니라 어제 서쪽 기별(奇別)을 들었는데, 서북지방에 변란(變亂)이 일어나서 병사들이 파주(坡州) 사이에 이르렀으니 각 도에서 군병을 징발한다고 하는구나. 비록 모조리 잡아들인다 하더라도 국가가 무사할 수 없을 듯한데 어느 겨를에 이런 일을 급하지 않다 하겠는가? 나의 일은 이미 말할 필요가 없다. 조카 위(熠)가 바야흐로 서울

---

895) 이신규(李身圭) : 각주 446) 참조.

에서 머무르고 있는데 일이 마침 이 지경에 이르렀으니 더욱 걱정스럽구나.

見書知道中無事甚喜 上椽不可不急 而瓦役今季勢似難爲 不但以疾病之故 昨日得西奇 西北變起 兵至坡州之間 方盡徵諸道軍兵云 雖盡捕之國家似不能無事 何暇爲此不急之事耶 愚爺事已不須言 㱿姪方在都中 而事適至此 尤爲悶慮

아들 혼에게 보냄

寄焜兒

근래에 소식이 막혔으니 집안이 편안한지 모르겠구나. 여기는 그럭저럭 지낸다. 보리씨 때문에 제(娣)가 오늘 출발하려다가 또한 사고 때문에 중지하였는데 3월 이전에는 움직이기 어려울 것 같다. 거기의 시사를 처리하고 2월이 지나가거든 너는 모름지기 빨리 와서 십 며칠을 머무르다가 가거라. 네가 지금까지 들어오지 못하면 마땅히 제가 십 며칠을 머물렀다가 가야 한다. 갑자기 왔다가 갑자기 돌아가서 나의 마음을 상하게 하지 말아라. 포내(浦內)는 평안하며 3월에 또 들어올 사람이 있느냐? 붉은 게 다리 여덟 개를 보내니 커다란 다리 세 개는 식히지 말고 먹어라. 이만 줄인다.

近阻甚 未知一家安未如何 此依遣 以種牟娣兒今日欲發行 而又以故中止 三月前似難動耳 其處時事 二月若過 汝須速來 留十數日出 汝未及今入來 亦當留娣十數日出去 勿爲欻往欻返 以傷余懷也 浦內平安否 三月亦有入來者耶 紫蟹八脚送去 大三脚與慊食 餘不盡言

아들 혼에게 답함

答焜兒

편지를 보고 대체로 편안한 줄 알았으니 위안이 된다. 이곳에는 어제와 같아서 말할 만한 것이 없다. 인동(仁同)의 며느리가 옷을 보냈는데 편지를 쓰지 못하였다. 편지를 써서 받았다는 뜻을 알리려 해도 눈앞이 흐려서 편지를 쓸 수가 없다. 그 마음에 낙심되지는 않겠는가? 네가 이전 편지에서 데리고 와도 되는지 안 되는지를 질문하였는데 매번 답장을 보낼 때 잊어버리고 언급하지 못하였다. 그 마음에 오려고 하는 데도 데리고 올 수 없다면 그 마음이 상할 것이다. 지금은 또 오려고 하지 않는다고 들은 듯한데 전에 오려고 한 것은 무슨 마음이고 지금 오지 않으려고 하는 것은 무슨 마음이냐? 모름지기 그 사이의 사정의 곡절을 자세하게 알아서 뜻에 따라 처리하는 것이 마땅할 것이다. 춘궁기에 왔다 갔다 하지 않는 것이 어떠하겠는가?

見書知大槩安好爲慰 此處如昨無可言 仁同婦送衣而無書 欲作書使知受之之意 而眼昏未作書 於其意不落莫否 汝前書有率來可不可之問 而每答書時忘未及之 其意欲來而不能率來則其情可傷 今又似聞欲不來云 前之欲來何意 而今之欲不來又何意也 須詳知其間事勢曲折 任意處之爲當 勿以春窘前却如何

조카 연에게 답함

答烻姪

편지를 통하여 근간에 병환이 가볍지 않음을 자세히 알았는데 그것 때문에 걱정이 그치지 않는구나. 나는 여전히 지치고 쇠미하지만 세상의 시끄러움이 별로 없고 새로운 거처에서 좋은 취미가 날로 깊어간다. 또한 약간의 단장이 있어서 일에 따라 마련되니 또한 병을 잊기에 충분하다. 다만 여러 곳의 병환이 이러한데도 약을 살 수가 없으니 마음이 흔들림을 면치 못한다. 진실로 네가 중중에 또 병을 얻었으니 형편상 상심하지 않을 수 없다. 음식은 점점 줄어들고 파리함은 날로 늘어난다고 들었는데 이것은 필시 두 사람이 상심해도 전혀 이로울 바가 없을 것이니 삼가고 삼가면 좋겠구나.

벽 사이에서 절구 한 수를 얻었는데 병을 치료하는 사람에게 도움이 있을 듯하여 써서 보낸다. "성난 마음 극도로 뜨거워서, 불타는 듯 자신을 손상시키네. 외물과는 다투지 말게나, 일이 지나가면 마음이 깨끗해진다네."

因書細審邇間症患非輕 爲之憂念不已 吾仍舊憊敗 餘無外撓 而新居佳趣日深 又有些少粧點 隨事隨辦 亦足以忘病 但以諸處病憂如許 而無藥可貿 未免撓心耳 固知汝病中又有病 勢不得不傷 聞飮食漸減而羸敗日增云 此必兩傷而了無所益 愼之愼之千萬

壁間得一絶 於調病人似有助故書送 忿氣劇炎火 焚如徒自傷 物來莫與競 事過心淸凉

기문記文

유종정기
遺種亭記

집의 남쪽에 소나무가 있는데 그 몸체가 꾸불꾸불하여 재목으로는 알맞지 못하지만 유독 가지와 잎이 무성하게 번창하여 그늘은 멀리까지 뻗칠 수 있다. 그 열매는 아주 많고도 커서 크게 이상하였는데 가을바람에 솔방울이 떨어지면 그 씨앗을 주워서 먹을 수 있다. 어린 소나무 수십여 그루가 그 곁에 줄지어 서 있는데 마치 어른이 거처하는데 자손들이 둘러싸서 모시는 것 같았다. 그 아래에 나아가서 땅을 깎아 평평하게 만들고 밤낮으로 배회하며 쳐다보고 거기에서 시를 읊조리니 또한 자신을 달래기에 충분하였다. 우연히 이름을 유종정(遺種亭)이라고 지었는데 어느 날 손님이 와서 이름을 지은 뜻을 묻기에 나는 웃으면서 대답하지 않았다.

손님이 말하기를, "이름이란 실제의 짝이니 그 이름에서 그 실제를 알 수 있습니다. 내가 이 정자를 살펴보니 청기와 가지의 두 시냇물이 좌우에서 둘러싸서 하나로 합해지는데 모여서는 못이 되고 흘러서는 여울이 되니 씻을 수도 있고 고기를 잡을 수도 있습니다. 안으로는 자라기둥이 하늘을 떠받치고 밖으로는 신선이 손을 모으고 읍을 하고 있으며 동쪽과 서쪽의 석문(石門)이 서로 마주하여 우뚝 서 있습니다. 연꽃과 맑은 하늘, 붉은 병풍과 서리 맞은 단풍, 그늘과 안개가 뒤섞여서 눈앞에 드러나니 기이한 절경이라 이를 만합니다. 때때로 한둘의 사우(士友)가 손을 잡고 정자에 오르면 뜨거운 햇볕이 엿보지 못하고 부채질하지 않아도 서늘한 바람이 저절로 이릅니다. 고금을 굽어보고 우러러 글의 뜻을 헤아려보며 한가롭게 배회하며 해가 장차 저녁이 되는 줄도 모르니 이 즐거움은 또한 진짜라고 말하지 않을 수 없습니다. 지금 그대는 문과나 무과에 나아가지 않고 생업을 다스리는 데에도 서투르며 그 집안에는 생업이 없습니다. 이러한 하나의 고상한 정치(情致)를 자손에게 전하고 또한 후인에게 전하려 하여 오히려 땅에 종자를 뿌리고 장래를 요구하니 이것이 이름을 얻은 실제일 것입니다."라고 하였다.

내가 말하기를, "아닙니다. 공은 내가 보잘것없는 사람인 줄 모르고 오히려 끌어다가 일인(逸人)이나 고사(高士)의 반열에 올리고자 하니 이것은 고라니와 사슴에게 호랑이 무늬를 입히는 것과 같습니다. 그 무늬는 비록 호랑이지만 그 속은 사슴일 따름입니다."라고 하였다.

손님이 말하기를, "옛날 두융(竇融)[896]이 천하의 난리를 보고 이르기를, "하서는 한 모퉁이에 치우쳐 있으니 여기가 참으로 내가 씨앗을 남길 곳이다."고 하였습니다. 명(明)나라 문황제(文皇帝)가 강을 건너 남하할 때 승려 도연(道衍)[897]이 방정학(方正學)[898]을 문황제에게 부탁하며 말하기를, "'죽이지 마소서. 그를 죽인다면 세상에서 독서하는 종자가 끊어질 것입니다."고 하였는데 문황제는 마침내 그를 죽였습니다. 두씨(竇氏)의 종족은 모두 보전하였고 자손들은 여러 대에 바뀌지 않았으며, 방씨(方氏)의 집안에는 종자조차 남지 않은 것은 아마도 이 때문일 것입니다. 명(明)나라 3백여 년에 호걸스러운 선비가 없지 않았으니 문장과 덕업이 일시에 빛났지만 유도(儒道)에 힘을 기울인 자들은 겨우 왕양명(王陽明)과 진백사(陳白沙)[899] 등 몇 명에 그칩니다. 그들의 학문 연원을 살펴보면 또한 강서(江西[900])의 학파이며 수사(洙泗)[901]의 적통이 아니니 독서하는 종

896) 두융(竇融) : 한나라 광무제(光武帝) 때 서북 변경의 장수.

897) 도연(道衍) : 명(明)나라 성조(成祖) 때의 요광효(姚廣孝)를 말한다. 원래 이름이 도연(道衍)으로 14세 때에 불문(佛門)에 들어갔다가, 태조(太祖)의 넷째 아들인 연왕(燕王) 즉 성조를 도와, 태조의 황태손(皇太孫)으로 제위에 오른 혜제(惠帝)를 축출하고 정난(靖難) 일등공신에 책봉되었으며, 이때 광효라는 이름을 하사받았다.

898) 방정학(方正學) : 정학은 명(明)나라 방효유(方孝孺)의 별호로, 명나라 성조(成祖)가 조카인 건문제(建文帝)의 제위(帝位)를 빼앗을 때에 죽은 충신이다.

899) 왕양명(王陽明)과 진백사(陳白沙) : 왕양명은 왕수인(王守仁)이고, 진백사는 진헌장(陳獻章)이다. 왕수인은 절강(浙江) 사람으로, 호가 양명이며, 지행합일설(知行合一說)과 치양지설(致良知說)을 주장하여 주자학파(朱子學派)와 서로 다투었는데, 세상에서는 그의 학파를 요강학파(姚江學派)라 불렀다. 진헌장은 자가 공보(公甫)이고 호가 석재(石齋)이며, 백사(白沙)에서 살았기 때문에 백사선생(白沙先生)이라고도 한다. 그의 학풍은 정좌(靜坐)하여 마음을 깨끗이 함으로써 이치(理致)를 직관(直觀)하는 것으로, 주자의 학풍과는 대치되었다.

900) 강서(江西) : 송나라 때의 심학가(心學家)인 육구연(陸九淵)을 말한다. 강서성(江西省) 귀계(貴溪)의 상산(象山)에서 강학하여 당시에 '상산선생'이라 일컬어졌고, 그의 형 육구소(陸九韶)·육구령(陸九齡)과 함께 상산학파를 형성하였다. 이들은 마음을 우주 만물의 근본으로 삼아 '심즉리설(心卽理說)'을 주장하여 정주(程朱)의 이학(理學)에 반대하였고, 명나라 때 왕수인(王守仁)에 이르러 그 이론이 집대성됨으로써 육왕학파(陸王學派)라고 통칭되었다.

901) 수사(洙泗) : 중국 산동성(山東省) 곡부(曲阜)를 지나는 두 개의 강물 이름으로, 이곳이 공자의 고향에 가깝

자가 끊어진 것이 아니고 무엇이겠습니까? 그대가 여기에 올 때 어찌 친척과 이별하고 분묘(墳墓)와 떨어지는 슬픔이 없었겠습니까? 그러나 머뭇거리면서 지금에 이른 것은 거기에 반드시 까닭이 있음을 나는 알겠습니다. 소견(所見)이 있어서 참을 수 없는 것을 참았고 끊을 수 없는 것을 끊은 것이 아니겠습니까?

내가 말하기를, "아닙니다. 이것은 바로 고인들의 이미 지난 자취입니다. 비록 한두 가지 우연히 서로 근사한 것이 있겠지만 비교하여 동일시하려고 한다면 또한 금, 은, 동, 철을 뒤섞어서 하나의 그릇을 만드는 것과 같습니다. 금은이 그 진귀함을 잃을 뿐만 아니라 동철(銅鐵) 또한 그 성질을 얻지 못합니다."라고 하였다.

손님이 말하기를, "그렇다면 종자를 남긴[遺種] 뜻을 들을 수 있겠습니까?"라고 하였다.

내가 말하기를, "내가 처음 여기에 와서 온 산에 가득 찬 푸른빛이 모두 소나무인 것을 보고 3년이 안 되어 한번 찾아오니 이미 불에 타버렸고 몇 년 뒤에 다시 오니 남아 있던 것도 모두 잘려 나갔습니다. 오직 이 소나무만 재목이 못되고 또한 궁벽한 곳에 있었기 때문에 온전했습니다. 이에 스스로 생각하기를, "재목이 아닌 것은 목수가 버리며 궁벽한 것은 땅이 치우친 것이다. 많은 것은 적은 것이 쌓인 것이며 어린 것은 높게 자라는 시초입니다. 가령 이 소나무가 길이 트인 큰 들판에 꼿꼿하게 홀로 서 있다면 도끼나 들불의 재앙에서 면할 수 있었겠습니까? 가령 연수가 불어나고 세월이 길어져서 적은 것은 쌓여서 점점 많아지며 어린 것은 자라서 더욱 크게 되면 훗날 눈과 서리를 무릅쓰고 구름과 하늘에 솟는 것도 반드시 이 한 그루의 소나무에서 비롯할 것입니다."고 하였다. 말이 끝나기 전에 마침 짐을 지고 정자 아래를 지나는 자가 속언(俗諺)으로 농담하기를, "여우가 바로 시어미고 시어미가 바로 여우라오."라고 하였다.

손님이 소리에 대응하며 말하기를, "내 또한 여우가 바로 시어미고 시어미가 바로 여우라고 말하겠소."라고 하였다. 내가 웃자 손님도 웃었다. 이윽고 손님이 떠나가자 드디어 그 말을 적어서 기문(記文)으로 삼는다.

屋之南有松 其身屈奇不中材 獨枝葉暢茂 蔭可及遠 其實甚繁且碩大異常 秋風子落則取其仁可啖 穉松數十餘株 離立其傍 如長者居而子孫環侍之也 就其下除地使平衍

고 또 그 강물 사이의 지역에서 제자들을 가르쳤기 때문에, 보통 유가(儒家)를 뜻하는 말로 쓰인다.

日夕徘徊瞻眺 嘯咏其中 亦足以自遣 偶名之曰遺種亭 一日客來問命名之意 余笑而不答 客曰名者實之賓也 卽其名可以知其實 吾觀夫斯亭也 靑杞嘉芝兩大溪 左右環遶而合于一 滙而爲淵 瀉而爲瀨 可濯可漁 內而鰲柱擎天 外而超偲拱揖 東西石門 相對峙立 芙蓉晴翠 紫屛霜楓 陰霏雜沓 當面呈露 可謂奇絶 時從一二士友携手登亭 則當炎而畏日不窺 不扇而凉風自至 俯仰古今 商確文義 倘佯容與 不知日之將夕 此樂亦不可不謂眞矣 今子不文不武 又拙於治生 無以業其家 則惟此一段高致 是子靑氈 欲以此自老 又將傳于後人 猶投種于地 責之將來 此其所以得名之實也歟 余曰否 公不知余無似 欲引而進之於逸人高士之列 是猶麋鹿而被之以虎文也 其文雖虎 而其中鹿而已 客曰昔竇融見天下大亂 曰河西僻在一隅 此眞吾遺種處也 明文皇渡江而南也 僧道衍以方正學托之文皇曰無殺 殺之則天下讀書種子絶矣 文皇竟殺之 竇氏宗族咸得保全 子孫累葉不替 方氏家無噍類 豈惟是哉 大明三百餘年 非無豪傑之士 文章德業 煥耀一時 而求其用力於吾道者 僅有王陽明陳白沙數人而止 而考其學問淵源 亦江西之派 非洙泗嫡傳也 讀書種子非絶而何哉 子之來此 豈無離親戚去墳墓之悲也 然而遲回至今者 吾知其必有由也 得非有所見而忍所不能忍 斷所不能斷者耶 余曰否 此乃古人已往之迹 雖有一二偶相近似者 而欲比而同之 則亦猶攪金銀銅鐵爲一器 不惟金銀失其眞貴 銅鐵亦不得全其性矣 曰然則遺種之意 可得聞乎 余曰余初來此 見滿山蒼翠皆松 未三季一來 已盡於火後數季又來 餘存盡斫 惟此松不材 且在僻處故全矣 仍竊自念 不材者匠之棄也 深僻者地之偏也 多者少之積也 稚者高之始也 使此松亭亭獨立於通衢大野之中 則其能免於斧斤野火之厄耶 使年滋而歲長 少者積之漸多 稚者長而益高 則他日之傲雪霜干雲霄者不必不自於此一株松矣 語未了 適有荷擔而過亭下者 以鄙諺相謔曰狐卽姑姑卽狐 客應聲對曰吾亦曰狐卽姑姑卽狐 余笑客亦笑 須臾客去 遂書其語以爲記

몽뢰암기

夢賚菴記

만력 계축년(癸丑年, 1613)은 지금 주상(主上, 광해군)께서 즉위하신 지 5년이 된다. 이해 7월 26일 임오일 밤에 꿈을 꾸니 내가 마치 외람되이 시종(侍從)의 반열에 있으면서 조용히 모시기를 가인례(家人禮)[902]처럼 주선하였는데 조정에서 물러날 때 주상께서 나에게 금전지(金牋紙)[903] 몇 폭을 하사하셨다. 그 첫 폭에 시가 있었는데, "종사관으로 받들기를 바라고 또 바랐지만, 서기로 멀리 나간 최치원(崔致遠)이라네. 채색 붓 휘갈기니 원기(元氣)가 생기도다."라고 하였는데 어떤 사람이 지었는지 모르겠고 또 무엇 때문에 지었는지 알지 못하였다. 그런데 특별히 나에게 주시니 마치 임금의 은총에 뜻을 둔 자가 그렇게 했겠지만 하늘의 해가 비추고 금빛 글씨가 빛나니 눈으로 바로 볼 수 없었다.

단지 자체(字體)가 단엄(端嚴)하고 기고(奇古)하여 세속의 서체와는 다름을 깨닫고 바로 절을 하고 머리를 조아리며 읽었다. 마치 '박망(博望)' 아래와 위에 한 글자가 빠진 듯하였는데 자세히 살펴보니 '망(望)' 아래에 또 '망(望)'자가 있었다. 또 읽다가 '최원정(崔遠廷)'에 이르러서는 내가 마치 주저하는 것이 있는 듯하였는데, 주상이 말씀하시기를, "치원(致遠)은 자호(自號)가 고운(孤雲)이었으며 원정(遠廷)은 그 자(字)일 것이다. 제3구가 빠져버렸는데 보충하라는 왕명이 있었으므로 나는 감히 사양하지 못하였다.

드디어 재배하고 말씀을 올리기를, "화려한 문장가인 우리 임금 요순에게 이르리라."고 하였다. 그 연결한 시어가 반드시 작자의 뜻은 아니겠지만 주상께서 크게 찬양하며 '고인이 갱가(賡歌)[904]한 아름다움이 있다'고 말씀하셨다. 나는 더욱 황공하게 움츠리며 몸을 둘 바가 없는 듯하였다. 꿈에서 깨어나서는 깜짝 놀라 물이 흐르듯 땀을 흘렸다. 밝게 비치는 천장(天章)[905]이 완연히 내 가슴속에 있었다.

삼가 생각하건대 나는 보잘것없는 어리석은 백성이지만 살아서 요순의 세상을 만났으니, 뜻은 비록 도유(都兪)[906]에 주었지만 재주는 직설(稷契)[907]이 아니니 어찌 태평성대

---

902) 가인례(家人禮) : 임금이 자기의 근친에 대한 예로써 공조례(公朝禮)와 가인례가 있는데, 공조례는 조정의 공식 예법이다. 예를 들면 삼촌이나 형도 공조례에서는 신하로서 임금에게 절하는 것이요, 가인례에서는 비공식으로 궁중에서 항렬과 나이를 따져 하는 것인데, 임금이라도 이때에는 삼촌과 형의 아랫자리에 앉는 것이다.

903) 금전지(金牋紙) : 금종이를 세모나게 접어 한쪽에 붉거나 푸른 명주실의 술을 물린 물건을 말한다. 경사에 사용하는 끈이나 보자기의 네 귀에 다는 것이다.

904) 갱가(賡歌) : 순(舜) 임금과 고요(皐陶)가 서로 주고 받은 노래로, 임금과 신하가 다 같이 덕을 힘써야 된다는 내용임. 《서경(書經)》 익직(益稷)에 보임.

905) 천장(天章) : 제왕의 시문(詩文). 남조(南朝) 진(陳)나라 서릉(徐陵)의 〈단양상용로비(丹陽上庸路碑)〉에 "어지(御紙)가 바람처럼 날리니 천장(天章)이 사해에 넘쳤다.[御紙風飛 天章海溢]"라고 하였음.

906) 도유(都兪) : 도유우불(都兪吁咈)의 준말이다. 도유는 찬성, 우불은 반대를 뜻하는 말로, 요(堯) 임금이 신하들과 정사를 토론할 때 찬성과 반대의 의견을 기탄없이 개진하였던 데서 유래하였다.

907) 직설(稷契) : 고기직설(皐夔稷契)이라 하여, 고는 고요(皐陶)로 순 임금 때 법의 집행을 맡은 사(士)였고, 기는 교육과 음악을 전담한 전악(典樂)이었고, 직은 후직(后稷)으로 농업을 담당하였고, 설은 민정 장관이라

에 밭 갈고 우물 파며 늙어 죽을 수 있겠는가? 어찌 자신이 대궐의 섬돌에 노닐면서 경광(耿光)[908]을 조금이라도 어길 수 있겠는가? 대저 사려가 편안하고 안정되지 못하면 꿈속이 일정하지 않을 수 있지만 그러나 생각이 미칠 수 없는 곳까지 느끼는 것은 마땅하지 못하다. 하물며 임금의 하사(下賜)를 입고 게다가 찬미해 주는 성대한 일에 있어서랴! 이것은 단지 꿈일 따름이니 가짜이지 진짜가 아니다. 오히려 황공하고 두려워 받들 바를 알지 못하겠다. 하물며 그것이 꿈이 아니었다면 마음가짐을 마땅히 어떻게 해야 하겠는가?

그렇지만 무릇 외부에서 오는 것은 모두 진짜가 아니다. 오직 사랑과 공경의 실제는 외부에서 빌릴 수 없으니 그 마음에서 일어나서 그 일에 드러난다. 가령 어버이를 만나면 효도하고 어른을 만나면 공경하며 그것을 미루어서 임금을 섬기면 충성이다. 현달하여 윗자리에 있는 자로서 제갈무후와 같은 사람은 죽고 난 뒤에 충성을 그만두었으며, 곤궁하여 아래에 있는 자로서 두보와 같은 사람은 한 끼 밥을 먹을 때에도 임금을 잊지 못했던 것이다. 성인에 이르러서는 존망(存亡) 때문에 생각을 바꾸지 않으며 곤궁과 현달 때문에 도모를 고치지 않는다. 공자가 말하기를, "만일 나를 등용하는 자가 있다면 나는 그 나라를 동주(東周)로 만들 것이다."라고 하였다. 또 말하기를, "심하도다, 나의 늙음이여. 꿈에 다시 주공을 만나지 못한 지가 오래되었다."라고 하였다. 이것을 본다면 공자의 마음은 왕실에 있었으므로 주공을 잊을 수 없었음을 알 수 있다.

나처럼 보잘것없는 사람이 감히 성현의 진퇴와 불망의 뜻에 스스로 비길 수는 없지만 그러나 마음속에 깊이 새겨 두고 장엄하게 외우고 사랑하며 즐긴다면 또한 그것은 임금께서 내려 주신 지극한 정성을 잊지 않는 것이다. 또한 자질(子姪)들에게 자랑하며 후손들에게 보여 주어 영구히 잊지 않게 하는 까닭이 아니라면 고인들이 사람이나 책에 이름을 짓는 뜻을 또한 어찌 빠트릴 수 있겠는가?

내가 바야흐로 산속에 집을 지어 종신할 계획을 삼았으며 또한 자질들이 학문에 전념하는 곳으로 만들려 하였지만 아직 이름이 없다. 마침 이날 공사가 끝나니 그 이름을 몽뢰암(夢賚菴)으로 지어서 죽을 때까지 잊지 않음을 보였다. 다만 유감스럽게도 이전에 가까운 자리에 있을 즈음에 방훈(放勛)[909]으로써 천하에 공정했던 마음과 중화(重

할 사도(司徒)의 직책을 관장하였다.

908) 경광(耿光) : 훌륭한 선조의 밝은 덕을 가리키는 단어로, 주공(周公)이 성왕(成王)에게 "문왕(文王)의 경광을 보시고 무왕(武王)의 큰 공렬을 드날리소서." 한 말에서 유래하였다.

華)로써 효도하고 우애하는 지극한 덕을 펼치지 못했으므로 임금의 은혜를 헛되이 입었으니 나는 다시 꿈속에서 얻을 수 없을 것이다. 드디어 개연히 붓을 잡고 집의 벽에 쓰노라.

萬曆癸丑 卽今上卽位之五年也 是歲七月二十六日壬午夜夢 余若叨據從班 周旋燕侍如家人禮 朝且退 上賜余金牋數幅 其首幅有詩云從事官承博望望 書記遠出崔遠廷 彩筆揮灑元氣生 不知何人所作 又不知何爲而作 而特以錫余 若有意於寵幸者然 而天日照臨 金翰交輝 目不能定視 但覺字體端嚴奇古 不類世俗書 乃拜手稽首而讀之 若博望上下欠一字 諦視之 望下又有望字 又讀至崔遠廷 余有若遲疑者焉 上曰致遠自號孤雲 遠廷意其字也 至第三句脫 因有命以補 余不敢辭 遂再拜獻言曰黼黻吾君致虞唐 其詞語承接 未必是作者意 而自上盛加贊揚 謂有古人賡歌之美 余愈兢惶跼蹐 若無所容及覺則駭汗如流 昭回天章 宛在懷矣 竊念糞土愚氓 生逢堯舜之世 志雖都兪 才非稷契寧耕鑿老死於康衢日月 豈意身遊玉陛 違耿光不尺乎 夫思慮不寧靜 能使夢寐不常 然不當相感於念所不及 而況與蒙賜賚 重之以褒美之盛事耶 此直夢耳 假也非眞也 猶憂惶感悸 罔知所以承當 況其不爲夢者 當如何處心耶 然凡自外來者 皆非眞也 惟愛敬之實 非可以外假 作於其心 見於其事 如遇親則孝 遇長上則悌 推而以之事君則忠 達而在上者 如諸葛忠武侯死而後已是已 窮而在下者 如杜甫一飯不忘是已 至於聖人 不以存亡而易慮 窮達而改圖 孔子曰如有用我者 吾其爲東周乎 又曰甚矣吾衰也 久矣吾不復夢見周公 觀乎此則其心存王室而不能忘周公可見矣 余之不肖非敢自附於聖賢進退不忘之義 然而銘骨刻心 莊誦而愛玩之 亦其未忘君賜之至誠 而又非所以詑子姪示後昆永久而難忘 則古人名子名書之義 又安可闕也 余方結屋于山中 以爲終老計 且爲子姪藏修之所 而未有名 適以是日工訖 仍命名夢賚 示終不忘也 獨恨其前席密邇之際 不能申之以放勛公天下之心 重華孝友之至德 而虛被龍光 已矣吾其復得以夢諸 遂慨然援筆而書之菴之壁

909) 방훈(放勛) …… 중화(重華) : 중국 고대 전설상의 황제인 요(堯)와 순(舜)을 함께 부르는 말. 태평성대를 이룬 성군(聖君)을 가리키거나 임금의 성덕(聖德)을 말함. 《서경(書經)》 〈요전(堯典)〉에 사신(史臣)이 요(堯)의 덕을 '방훈'이라 하고, 〈순전(舜典)〉에 순(舜)의 덕을 '중화'라고 한 데서 '훈화(勳華)'로 병칭되기도 함.

제문祭文

삼강서원 봉안문
三江書院奉安文

문충공 포은 정 선생 文忠公圃隱鄭先生

하늘이 외진 우리나라를 민망히 여겨	帝閔偏荒
영특하고 출중한 분을 내셨도다	篤生雋傑
호탕하고 상쾌하며 재주가 아주 뛰어났으며	豪爽俊邁
총명하심은 널리 통달하셨도다	聰明博達
추로[910]의 정통을 이었으며	鄒魯嫡傳
관민[911]의 지결을 얻으셨도다	關閩旨訣
스승의 도움에 말미암지 않으시고	不因師資
홀로 심학(心學)을 터득하셨도다	獨得於心
성명[912]이 함께 진보하였으니	誠明互進
조예가 순박하고 깊으셨도다	造詣醇深
작은 것을 밝히고 숨은 것도 찾아내시니	發微闡幽

910) 추로(鄒魯) : 공자는 노(魯)나라의 사람이고, 맹자는 추(鄒)나라의 사람이라는 뜻으로, 공맹(孔孟)을 가리켜 이르는 말.

911) 관민(關閩) : 관중(關中)과 민중(閩中)으로 송대(宋代)에 이학(理學)이 홍성했던 곳이다. 관중에는 횡거(橫渠) 장재(張載)가 있었고, 민중에는 회암 주희가 있었다.

912) 성명(誠明) : 사리를 분명히 아는 것을 명(明)이라 하고, 마음에 거짓이 없고 지극히 진실한 상태를 성(誠)이라 한다. 《중용장구》 제21장에 "성(誠)으로 말미암아 밝아지는 것을 성(性)이라 하고 명으로 말미암아 성해지는 것을 교라 이르니, 성하면 밝아지고 밝아지면 성해진다.[自誠明 謂之性 自明誠 謂之教 誠則明矣 明則誠矣]" 한 데서 온 말이다.

나처럼 어리석은 무리를 이끄셨도다　牖我群蒙

아 크나큰 우리 성인의 학문을　於皇聖學

동방에서 크게 밝히셨도다　大明于東

배와 수레가 닿는 곳이라면　舟車所及

명성을 알지 못하는 이 없도다　罔不知名

그 출처를 자세히 살펴보면　觀其出處

크고 작은 일들이 나라를 위함이셨네　爲國重輕

나라가 망하자 더불어 망하셨으니　國亡與亡

도(道)를 목숨으로 지키셨도다　以道殉身

백성에게 떳떳하고 만물에 모범되니　民彝物則

그에 힘입어 타락에 빠지지 않으셨도다　賴不墜淪

생각하건대 국가를 일으키려면　曰惟興國

학문을 연마할 장소가 있어야 한다네　講劘之所

산은 우뚝해야 높아지고　山峙而高

물은 모여야 더욱 커지도다　水潨益鋸

끼치신 향기 물거품이 되지 않았으니　遺芬未沫

초목도 그 향기를 머금었도다　草木含馨

덕음(德音)이 끊어지지 아니하여　音徽不斷

대현이 계속하여 태어났도다　大賢繼生

어느덧 묘우(廟宇)를 지어　於焉卜宇

사당에 함께 영령을 모셨도다　合堂妥靈

강물이 쉬지 않고 흘러가듯이　江流不盡

도학(道學)의 맥이 더욱 길어지리다　道脈彌長

혼령께서는 거기에 감응하셔서　神其格思

분명코 이 술잔을 받으소서　皦如玆觴

문순공 퇴도 이 선생 文純公退陶李先生

하늘이 호걸을 내놓아	天挺人豪
나라의 보배로 삼으셨도다	爲國之琛
그 보배란 무엇을 말하는가	其琛維何
아름다운 옥과 정제된 순금이로다[913)]	美玉精金
방당(方塘)[914)]이란 절구에서	方塘一絶
이미 대의를 나타내셨도다	已見大義
이락[915)]의 여러 교훈을	伊洛諸訓
깊이 연구하고 깊이 새기셨도다	沈潛沈漬
저곳 샘에서 물이 흐르듯이	如彼流泉
그 진보를 멈추지 않으셨도다	其進未已
경(敬)과 의(義)를 함께 지니고	敬義夾持
박학 검약(儉約) 모두 이루시었네	博約兩至
참으로 알고 실제로 행하였으며	眞知實踐
의리가 정밀하고 인에 익숙하셨네[916)]	義精仁熟
극복[917)]하는 공부와	克復之功
계개[918)]하는 학문이었네	繼開之學
하늘에는 해와 별이 있으며	日星于天

913) 아름다운 …… 순금이로다 : 순수한 인품을 비유한 것이다. 정이(程頤)가 지은 정호(程顥)의 행장(行狀)에 "순수하기가 정금(精金) 같고 온화하기가 양옥(良玉) 같다."라고 하였다.

914) 방당(方塘) : 네모난 조그만 연못을 말하며, 마음을 뜻한다. 주희(朱熹)는 '관서유감(觀書有感)'이라는 칠언 절구에서, "반 이랑 네모진 못 거울 하나 펼쳐져서, 구름 그림자 하늘 빛 서로 어울려 배회하네. 묻노니 어떡하면 저처럼 맑은가, 근원의 샘물 콸콸 쏟아져 내리기 때문일세.[半畝方塘一鑑開 天光雲影共徘徊 問渠那得淸如許 爲有源頭活水來]"라고 하였다.

915) 이락(伊洛) : 송(宋)나라 때 정호(程顥)와 정이(程頤)의 이학(理學)을 지칭한다. 두 사람이 이수(伊水)와 낙수(洛水) 사이에서 학문을 강론하였기 때문에 이락지학(伊洛之學)이라고 한 것이다.

916) 의정인숙(義精仁熟) : 사물의 당연한 도리에 정통하여 그 도리를 철저하게 행하는 것을 말한다.

917) 극복(克復) : 극기복례(克己復禮)의 준말로, 자신의 사욕을 이기고 천하의 공도(公道)인 예(禮)로 복귀하는 것을 말한다. 안회(顔回)가 인(仁)에 대해서 묻자, 공자가 극기복례를 하는 것이 인이라고 일러 준 내용이《논어》안연(顔淵)에 나온다.

918) 계개(繼開) : 계왕성개래학(繼往聖開來學)의 준말로, 과거의 성현의 학문을 잇고 앞으로 올 후학의 길을 열어 준다는 뜻이다.

나라에는 시귀[919]가 있도다	蓍龜于國
도는 높고 덕은 성대하였으니	道尊德盛
유림의 표준이 되셨도다	儒林準極
큰 도는 세상이 받아들이지 못했으며	大莫能容
공자처럼 더욱 성스러우셨네	孔聖猶然
거두어서 가슴속에 품으니	卷而懷之
한 골짜기가 천연[920]하도다	一壑天淵
아! 공경하는 선생이시여	恭惟先生
외가에서 길러지셨도다	鞠于外門
어릴 적에 담벼락에서 놀았는데	少嬉墻壁
그 붓 자취가 아직도 남아 있도다	墨迹猶存
향사(享祀)에는 무상하니	祀享無常
오직 존숭하는 바만 있도다	惟在所尊
우리나라가 비록 보잘것없지만	吾邦雖陋
감히 건안[921]에 뒤지시겠는가	敢後建安
삼강에 다다라 사당을 건립하니	臨江建祠
그 기둥만 보아도 깨달음이 있도다	有覺其楹
덕행이 있는 분을 배향하니	配以有德
일평생 상상할 수 있도다	以像生平
우리의 미미한 충정을 살펴서	鑑我微衷
우리가 올리는 향을 흠향하소서	歆我斯馨

919) 시귀(蓍龜) : 시(蓍)는 점을 칠 때에 쓰는 시초(蓍草)이고 귀(龜)는 거북 껍질로 역시 점을 칠 때에 사용하였다. 여기에서는 중대한 일을 잘 결단해 주는 지혜로운 인물을 지칭한다.

920) 천연(天淵) : 매우 큰 차이가 남을 비유하는 말이다. “솔개는 하늘 높이 날아오르고, 물고기는 못 속에서 뛰어 논다.[鳶飛戾天 魚躍于淵]”라는 말에서 기인하여, 하늘과 땅처럼 현격한 차이가 있음을 뜻하는 말이다. 《詩經 大雅 旱麓》

921) 건안(建安) : 후한(後漢) 시대 마지막 황제인 헌제(獻帝)의 연호이다. 이 시기엔 조조(曹操)·조비(曹丕)·조식(曹植) 그리고 건안칠자(建安七子) 등의 문인들이 활약하여 수많은 문학 작품을 저술하였다. 그 문풍이 호방하고 굳건하여 건안풍골(建安風骨)이라고 부른다. 후세에 시문의 전범으로 삼았다.

문충공 서애 유 선생 文忠公西厓柳先生

문운이 크게 창성하여	文運克昌
어진 인재가 많이 일어나셨도다	賢材蔚興
귀를 잡고 얼굴을 맞대고 가르치시니	提耳面命
누구인들 스승으로 섬기지 않았겠는가	孰不師承
배우러 오는 자들이 비록 많았지만	升堂雖衆
일유[922] 오직 증삼뿐이셨도다	一唯惟曾
내면으로 공부에 힘쓰셨으며	用功于內
더욱더 삼가고 조심하셨네	益加戰兢
도에 나아가려는 정성은	進道之誠
해가 막 떠오르는 듯하였도다	如日方升
인에 거처하고 의를 따랐으며	居仁由義
법도와 준칙을 실천하셨도다	蹈繩履矩
심신에 수렴한 것은	斂之於身
화창한 봄 따뜻한 날씨와 같도다	春和日煦
문장으로 지어낸 것은	發爲文章
경사로운 구름에 상서로운 별이시로다	慶雲景星
진실하도다! 선생이시여	允矣先生
나라의 기둥이 되시었도다	爲國之楨
망극하게도 난세를 당해서는	遭世罔極
환란에서 임금을 지키셨도다	捍王于艱
한 손으로 국가를 부지(扶持)하며	隻手扶天
망해 가는 나라를 보존하셨도다	以亡爲存
성공하는 것이 어려움이 아니라	成功非難
공을 차지하기가 어려우셨도다	居功爲難

922) 일유(一唯) : 《논어》 〈이인(里仁)〉에 보인다. 공자가 증삼(曾參)을 불러서 "나의 도는 하나의 이치로써 모든 일을 꿰뚫고 있다.[吾道一以貫之]"라고 하자, 증삼이 곧장 "예[唯]"라고 대답하고는, 다른 문인에게 설명하기를 "부자의 도는 충서일 뿐이다.[夫子之道, 忠恕而已矣.]"라고 한 것을 말한다.

문을 닫고 자신을 성찰하시니	塞竇省躬
좁은 방도 오히려 넓으셨도다	斗室猶寬
중(中)은 일정한 체(體)가 없으니[923]	中無定體
오직 의(義)를 편안하게 여기셨도다	惟義所安
은혜와 예의가 모두 온전하니	恩禮俱全
도덕이 더욱 빛나셨도다	道德彌彰
풍모(風貌)를 듣고 또한 일어나니	聞風亦起
하물며 고향임에 있어서랴	矧伊桑鄉
산천도 영험을 드러내어	山川效靈
그 은덕이 널리 펴졌도다	厥施斯普
여러 선비들이 함께 모의하여	多士協謀
그 사당(祠堂)을 크게 지었도다	克敞其宇
여부[924]의 예를 본받아서	禮倣廬阜
함장[925]들을 한 집에 모셨도다	函丈一堂
삼가 형작[926]을 올리오니	敬薦泂酌
양양[927]하게 강림(降臨)하소서	有臨洋洋

923) 중(中)은 …… 없으니 : "중(中)은 일정한 체(體)가 없고 때에 따라 있는 것이다.[中無定體 隨時而在]"《중용장구》의 시중(時中)에 대한 주희(朱熹)의 해설에 나오는 말이다.

924) 여부(廬阜) : 처음에 여부서원(廬阜書院, 경상북도 임하면(臨河面)에 있는 여강서원(廬江書院)을 가리킨다.)으로 서애선생의 위판을 옮겨 갈 적에 현(縣)에 사는 여러 현인들이 병산(屛山)의 사우(祠宇)를 철거하지 않으려고 하자, 우복 정경세가 합향(合享)하는 것이 중하다는 내용으로 편지를 보내어 곡진하게 말하였다. 그런데 1629년(인조 7)에 이르러서 원근의 사림들이 건녕(建寧)에서 주자(朱子)를 모신 고사(故事)에 의거하여 다시 배설한 것이다.

925) 함장(函丈) : 《예기》 곡례(曲禮)에 "만일 음식 대접이나 하려고 청한 손이 아니거든, 자리를 펼 때에 자리와 자리의 사이를 한 길 정도가 되게 한다.[若非飮食之客 則布席 席間函丈]" 한 데서 온 말로, 서로 묻고 배우는 사생(師生)의 사이를 말하는데, 전하여 스승의 별칭으로 흔히 쓰인다.

926) 형작(泂酌) : 소박하지만 정성껏 차린 제수를 뜻한다. 《시경》〈형작〉에 "저 길가에 괸 물을 멀리 떠다가, 저기서 떠내 여기에 붓는 정성만 지극하다면, 제사에 올릴 밥도 만들 수 있으리라.[泂酌彼行潦, 挹彼注玆, 可以餴饎.]"라고 하였다.

927) 양양(洋洋) : 《중용장구》의 "신의 기운 충만하여 위에 있는 듯하다.[洋洋乎如在其上]"에서 따온 말로, '洋洋'은 신의 기운이 유동(流動)하고 충만(充滿)하다는 뜻이다.

조골산[928] 기우문

照骨山祈雨文

이 나라의 진산(鎭山)[929]이신	鎭玆邦域
그대 밝으신 신이시여	惟爾明神
하늘이 신의 권한을 빌려주시어	天假神柄
우리 백성들을 오랫동안 지키셨도다	永庥吾民
이제 이러한 가뭄이	今玆之旱
어찌하여 이 지경에 이르렀는지요	胡至於斯
섣달의 눈이 상서로움에 인색하며	臘雪靳瑞
경칩의 우레가 시기를 어겼습니다	蟄雷愆期
밭두렁 보리에는 물이 마르고	隴麥枯波
들판의 뽕나무는 가지가 비었나이다	陌桑空枝
길쌈하는 부인과 농사짓는 남정네들	織婦耕男
눈물을 주룩주룩 흘리나이다	泣涕漣洏
신령에게 무슨 허물을 지었길래	何辜于神
이렇게 심한 책망을 받는지요	蒙此譴謫
무지개 바라는 마음 바야흐로 절실한데	霓望方切
신령의 보살핌은 더욱 아득하옵니다	神視愈邈
구름이 일어났다가 도리어 흩어지며	雲興還散
비가 모였다가 바로 날씨가 개입니다	雨集旋晴
푸른 하늘은 맑디맑으며	青天湛然
뜨거운 햇살은 더욱 밝아집니다	火日增明
온갖 생물은 타서 오그라들어	百物焦卷
살아나려는 의지조차 없습니다	無有生意
흐리고 개게 하는 권한을 잡았으니	執雨暘權

928) 조골산(照骨山) : 조운산(鳥雲山). 경상북도 안동시의 북후면 월전리에 있는 산이다(고도 : 635m).

929) 진산(鎭山) : 옛날 나라나 서울 또는 각 고을 뒤쪽에 있는 큰 산을 진호(鎭護)하는 주산(主山)으로 정하여 제사 지내던 산.

누가 그 허물을 맡아야 하는지요	誰任其咎
신령께서는 그 재앙을 지나쳤다 하시고	神其悔禍
이 땅의 우리에게 은택을 내리소서	澤我下土
상서로운 바람을 이끌어 와서	導以祥風
곧바로 단비를 내리소서	從以甘澍
우리의 온갖 곡식을 소생시켜	生我百穀
해마다 큰 풍년이 들게 하소서	俾歲大熟
신령의 은혜에 보답하려고	報神之惠
향사를 어기지 않으리이다.	享祀不忒

우복 선생 제문

祭愚伏先生文

아, 애통하도다.[930] 하늘이 사문(斯文)을 숭상할 뜻이 있다고 여겼는데, 어찌하여 한 분의 원로(元老)를 남겨두어 우리 유도(儒道)를 오래 전하도록 하지 않는가? 하늘이 교화를 일으키는 데에 마음이 없다고 여겼는데, 어찌하여 크나큰 임무를 내리면서 선생 같은 분에게 명하셨는가? 아아! 하늘이 실제로 이런 분을 잃으셨도다. 애통하오이다, 우리는 장차 누구에게 의지해야 하오리까?

삼가 생각하건대 선생은 천하를 경륜할 훌륭한 그릇이었으며 세상에 드문 뛰어난 인재셨도다. 일찍 서애(西厓) 선생 문하에서 인정을 받았으며 이미 낙건(洛建)[931]에 노닐 뜻을 두셨도다. 온화하면서도 침착한 기상(氣象)은 쌓여서는 덕이 되고 드러나서는 말이 되었으며, 응축하여 수렴한 공부는 얼굴에 빛나고 등에 가득하셨도다. 아름다운 명성을 조정에서 드날릴 때는 선학(仙鶴)이 속세로 나온 듯하였고, 아름다운 소문이 온 천하에 퍼질 때는 상서로운 기린이 세상에 나타난 듯하셨도다. 주선(周旋)하고 읍양(揖

930) 《우복집(愚伏集)》을 참고하여 "嗚呼哀哉"를 넣었음.

931) 낙건(洛建) : 정주학(程朱學)을 말한다. 정자(程子)는 낙양(洛陽)에서 살고 주자(朱子)는 복건(福建)에서 살며 강학하였으므로 이렇게 말한 것이다.

讓)함에는 예(禮)로써 하였으니 우뚝 군자다운 의용(儀容)이 있었으며, 시운(時運)의 변화와 운수의 기복(起伏)은 시기에 합당하였으니 조물주의 처분에 맡기셨도다.

저 미친개가 제멋대로 물어뜯고 있는데, 어찌 난초를 차고 반드시 그 향기를 풍기고자 하리오. 고향에 사는 어부와 나무꾼들을 다시 찾아 그들과 더불어 지기지우(知己之友)가 되었고, 선왕(先王)의 덕과 은택을 노래하면서 장차 생을 마치려 하셨지요. 그런데 어찌 영무(甯武)의 어리석음[932]을 본받으려는 날에 주 선왕(周宣王)의 양측(揚側)하는 명[933]을 갑자기 받을 줄 알았으리요. 몸을 닦으며 기다리면서 비록 늘그막에 시골에서 편안히 지내고자 하였지만 오직 의리가 있는바 어찌 감히 종사를 잊을 수가 있으셨으리오.

정사를 펼침에는 하소연할 데 없는 백성들에게 은혜를 끼쳤고, 간언을 올림에는 임금의 잘못된 마음을 바로잡았도다. 날마다 세 번씩 접견하는 경연에서는 걸핏하면 요순을 개진하였으며, 때때로 한가로이 지내는 곳에서는 늠연하기가 신명(神明)을 대하고 있는 듯하셨도다. 수양(修攘)[934]에는 방도가 있었으니 준회(遵晦)[935]에서 힘을 얻은 것을 더욱 보이셨도다. 진실로 임금을 성군으로 만들어 백성들에게 은택을 끼칠 수가 있었으니 또한 어찌 입언(立言)하고 저술(著述)할 필요가 있었겠는가.

다만 임금의 총애가 커지면 커질수록 여러 사람의 입에서 쇠를 녹일 듯한 비방[936]이 모였지요. 이에 짊어지고 있던 짐을 잠시 풀어 놓을 수 있었으니 이는 하늘이 그대를

---

932) 영무(甯武)의 어리석음 : 나라가 혼란스러울 적에 어리석은 척하면서 지내는 것을 말한다. 공자가 말하기를, "영무자(甯武子)는 나라에 도가 있을 때에는 지혜롭고 나라에 도가 없을 때에는 어리석었으니, 그 지혜는 따를 수가 있으나 그 어리석음은 따를 수가 없다." 하였다. 《論語 公冶長》

933) 주선왕(周宣王)의 양측(揚側)하는 명 : '양측'은 어진 이를 등용한다는 뜻이다. 《서경》 〈요전(堯典)〉에 "밝은 데에서도 찾아내고 측루에서도 드러낸다.[明明, 揚側陋]"라고 하였으며, 또 채침(蔡沈)의 주(注)에 "측루(側陋)는 미천(微賤)한 사람이니, 덕(德) 있는 사람을 뽑는 데는 귀천(貴賤)을 가리지 않는다."라고 하였다. 주선왕(周宣王)이 중산보(仲山甫)·윤길보(尹吉甫)·방숙(方叔)·소호(召虎) 등을 임명하여 북의 험윤(玁狁)을 정벌하고 남의 형만(荊蠻)·회이(淮夷)·서융(徐戎) 등을 쳐 주나라를 중흥시켰다.

934) 수양(修攘) : 내수외양(內修外攘)의 줄인 말로, 안으로는 나라를 잘 다스리고 밖으로는 외적을 물리치는 것을 말한다.

935) 준회(遵晦) : 준양시회(遵養時晦)의 줄인 말로, 현재의 상황에 순응하며 역량을 축적하고 있는 것을 뜻하는 말로, 《시경》 〈작(酌)〉에 "아, 성대한 왕사로 도를 따라 힘을 길러 때로 감추어 이에 크게 밝아진 뒤에야 이에 큰 갑옷을 쓰셨도다.[於鑠王師, 遵養時晦, 時純熙矣, 是用大介!]"라고 한 데서 유래한 말이다.

936) 여러 사람의 …… 비방 : 원문의 중구삭금(衆口鑠金)은 근거 없는 말로 헐뜯고 비방하여 사람을 궁지에 몰아넣는 것을 말한다. 전국시대 장의(張儀)가 위왕(魏王)에게 "뭇사람의 입은 무쇠도 녹일 수 있고, 참소가 쌓이면 뼈도 녹일 수 있다.[衆口鑠金 積毁銷骨]"라고 한 말에서 유래한 것이다.

옥처럼 만들려는 뜻이셨도다. 자신의 분수가 세상과 어울리기 어려우면 차라리 자신이 좋아하는 바를 따르는 것이 나았지요. 바야흐로 경치 좋은 곳을 선택하여 남은 생애를 보내며 드디어 즐거운 일을 끝까지 다하고 청명한 시절을 즐기려 하셨지요.[937]

몸에 파고드는 병마를 제거하기 어려움이 애통하였으며, 백 명의 몸으로도 대신할 수 없음이 개탄스러웠도다. 빛나고도 밝으며 바르고도 큰 기운은 올라가서 열성(列星)이 되었으며, 임금을 돕고 천하를 경륜할 재주는 거두어져 널 하나에 들어가셨도다. 지난번 떠날 때는 백성의 여망(輿望)이 되었지만 나라에 그래도 믿을 바가 있어서 걱정이 없었는데, 지금 돌아가심에 세상 사람들의 슬픔이 되었으니 우리 도가 장차 누구에게 의지하여 폐해지지 않겠는가. 우리 백성들이 복이 없다지만, 하늘이 어찌 차마 이렇게까지 한단 말인가. 아아, 애통하도다.

제가 선생님을 따른 것은 하루아침만 모신 것이 아니니, 우산(牛山)의 야기(夜氣)에 어찌 초목의 싹이 돋아나지 않겠으며,[938] 기수(沂水)에서 봄바람을 쏘일 때에 혹 관동(冠童)의 줄에 끼이기도 하였도다.[939] 비록 보고 느껴서 무엇을 얻지는 못하였지만 어쩌면 모범으로 삼아 귀의할 수는 있었습니다. 장석(丈席)에 먼지가 일어나니[940] 옷자락을 쥐고 가르침을 청하는 일을 다시 할 수가 있겠으며, 의형(儀形)이 꿈속으로 들어오니 가르침을 받으며 곁에서 모시기를 예전처럼 할 수가 있겠습니까.

매화산과 가을 경치처럼 장중하고 단엄한 모습은 아직 바뀌지 않았는데 가을바람과

---

937) 즐거운 …… 하셨지요. : 《한창려집(韓昌黎集)》 권10의 〈봉화복야배상공감은언지(奉和僕射裴相公感恩言志)〉라는 오언율시(五言律詩)에 나오는 구절로, "동산 숲 속에서 즐겁게 노니는 일을 끝까지 하고, 종 치고 북을 치며 청명한 시대를 한껏 즐겼다.[林園窮勝事, 鍾鼓樂淸時.]"라고 한 데에서 나온 말이다.

938) 우산(牛山)의 …… 않겠으며 : 우산은 제(齊)나라 동남쪽에 있는 산이며, 야기(夜氣)는 한밤중의 깨끗하고 맑은 기운으로, 밤중에 고요히 생각할 적에 생겨나는 양지(良知)와 선념(善念)을 말한다. 맹자가 말하기를, "우산의 나무가 일찍이 아름다웠는데, 대국(大國)의 교외에 있기 때문에 도끼와 자귀로 매일 나무를 베어 간다. 그러니 어찌 아름답게 될 수 있겠는가. 밤에 자라나는 바와 우로(雨露)가 적셔 주는 바에 싹이 나오는 것이 없지 않다. 그런데 또 연이어 소와 양을 방목한다. 그러므로 저와 같이 민둥산이 된 것이다." 하였다. 《孟子 告子上》

939) 기수(沂水)에서 …… 하였도다. : 스승을 모시고서 노닐었다는 뜻이다. 공자가 제자들과 있다가 각자의 뜻을 묻자, 증점(曾點)이 타던 비파를 놓고 일어서 "늦은 봄에 봄옷이 다 지어지면 대여섯 명의 어른과 예닐곱 명의 아이들과 함께 기수에서 목욕하고 무우(舞雩)에서 바람을 쐬고서 돌아오겠습니다." 하니, 공자가 감탄하였다. 《論語 先進》

940) 장석(丈席)에 …… 일어나니 : 앉아 있는 자리에서 먼지가 일어날 정도로 하루 종일 단정한 모습으로 앉아 있는 것을 말한다. 장석은 앉아서 강의하는 자리로, 함장(函丈)과 같은 말이다. 《예기》 〈곡례 상(曲禮上)〉에, "만약 상대방이 음식 대접이나 하려고 초청한 손님이 아닐 경우에는 자리를 펼 때 자리와 자리 사이를 한 길 정도 떼어 놓는다.[若非飮食之客 則布席 席間 函丈]" 하였다.

저녁 노여움처럼 평담하고 화평한 기상은 갑자기 사라지셨도다. 일은 지나가고 사람도 그 사람이 아니니 편안히 쉴 곳[941]이 없음을 진실로 알겠으며, 날은 저물고 길은 머니 장차 발을 들어 편안하려 하옵니다. 아, 애통하도다.

영원히 먼 길을 떠나갈 시기가 이미 임박하였기에 추모하는 정성이 갑절이나 절실하옵니다. 무덤이 예전과 같이 정해졌으니 국사봉(國師峯)을 등지고 검호(撿湖)를 앞에 두었습니다. 선영 가까이에 새로운 무덤이 있으니 오른쪽은 한림학사(翰林學士)이고 왼쪽은 선교랑(宣教郎)이도다. 기쁘게도 평소처럼 혼정신성(昏定晨省)하겠으니 깊은 시름이 이제야 위로되는구나. 달려가서 살펴보니 선한 이에게 복을 준다는 것은 헛말인 듯하며, 이치를 추구하여 터득하니 보답을 누리는 것은 마땅히 자손에게 달렸도다. 내가 어찌 함부로 말하겠는가, 하늘은 반드시 운명을 정해 놓는다고. 아, 애통하도다.

살고 죽는 것이야 당연한 이치이니 영령(英靈)에게 무슨 슬픔이 있으시리요마는, 이승과 저승은 길이 다르니 어리석은 저에게는 크나큰 슬픔입니다. 술잔을 올리며 영결을 하오니 옷소매가 장차 피눈물에 붉게 물들며, 상여 줄을 잡고 길게 탄식하니 하늘의 해마저 어두컴컴해지옵니다. 말로는 뜻을 다할 수가 없고, 곡하는 것으로는 슬픔을 다할 수가 없습니다. 어둡지 않은 혼령이 계시다면 저의 술잔을 흠향하시기 바라나이다. 아, 애통하도다.

嗚呼哀哉 謂天有意於右文 何不憖一老而壽吾道 謂天無心於興化 何必降大任而命若人 已焉哉 天實喪斯 痛矣乎 吾將安放 恭惟先生 經天偉器 間世英材 早受知於厓門已游意於洛建 雍容沉密之氣 蘊爲德而發爲言 凝聚斂藏之功 睟於面而盎於背 蜚英聲於朝著 仙鶴出塵 播令聞於寰區 祥麟在世 周旋揖讓之以禮 蔚然君子人儀容 消息盈虛之合時 任乎命物者處分 彼猘犬方肆其狺噬 何蘭佩必欲其芬芳 追尋故山之漁樵與爲知己 歌詠先王之德澤若將終身 那知甯武效愚之辰 遽承周宣揚側之命 修身以竢 雖欲安於桑榆 惟義所存 其敢忘乎宗社 立政則惠民無告 納約則格君非心 日三晉接之筵 動必開陳堯舜 時一燕閒之地 凜若對越神明 及至修攘之有方 益見遵晦之得力 苟可以致君澤物 又何必立言著書 第緣眷注之益隆 衆口金鑠 仍獲負荷之暫釋 天意玉成 自分與世

941) 편안히 쉴 곳 : 원문의 '탈가(稅駕)'는 '해가(解駕)'와 같은 말로, 수레를 풀고 편안하게 휴식하고자 하는 뜻이다. 이사(李斯)가 진(秦)의 재상이 되어 부귀가 극도에 이르자 "내가 탈가할 곳을 알지 못하노라."라고 한 데서 온 말이다.《史記 卷87 李斯列傳》

難諧 孰若從吾所好 方將選名區而盡餘齒 遂欲窮勝事而樂淸時 痛二豎之難除 慨百身而莫贖 光明正大之氣 升爲列星 黼黻經綸之才 斂就一木 昔者去爲民望 國猶有所恃而無憂 今也沒爲世悲 道將何所依而不廢 民之無祿 天胡忍玆 嗚呼哀哉 自小子之從魚 非一朝之侍燕 牛山夜氣 豈無萌蘗之生 沂水春風 或備冠童之列 雖未能觀感而有得 或庶幾矜式而依歸 丈席生塵 摳衣請益之可再 儀形入夢 承誨侍湯之猶前 梅嶽秋容 莊重端嚴之相未改 商飆夕怒 平澹冲和之氣遽亡 事去人非 固知稅駕無所 日暮途遠 且欲擧足安之 嗚呼哀哉 卽遠之期已臨 追慕之誠倍切 佳城仍舊卜 背國師而案撿湖 近域有新塋 右翰林而左宣敎 懽侍定如平昔 疚懷可慰斯今 由往以觀 福善殆若虛說 推理以得 食報當在孤孫 吾豈妄云 天必有定 嗚呼哀哉 死生常理 在英靈其何悲 幽明異途 是愚昧之偏痛 布奠觴而永訣 衣袂將殷 秉翣紼而長吁 天日爲黑 言不盡意 聲不盡哀 不昧者存 庶歆菲薄 嗚呼哀哉

외구 기봉 유공[942] 제문

祭外舅岐峰柳公文

생각하건대 영령께서는 타고난 자질이 삼가고 중후하며 화평하였으며 마음가짐은 공명하고 정대하였으니 은혜가 만물에 미치셨도다. 재주는 반착(盤錯)[943]을 다스릴 수 있었으며 지혜는 훈유(薰蕕)[944]를 분별할 수 있었지만 한 집안으로 거두어들였고 천석(泉石) 안에서 늙으셨도다. 대개 타고나는 것은 하늘이고 만나는 것은 시대이기 때문에 능력은 있었지만 그것을 펼칠 수 없으셨도다. 그러나 자신을 검속하는 부지런함과 행

942) 기봉(岐峰) 유공(柳公) : 유복기(柳復起, 1555~1617). 조선 전기 안동 출신의 문신. 본관은 전주(全州). 자는 성서(聖瑞), 호는 기봉(岐峯). 외숙부는 김성일(金誠一)이고 아들은 유우잠(柳友潛)이며 사위는 정영방이다. 김성일의 문하에서 수학하였으며, 정구(鄭逑)와 더불어 교유하였다. 임진왜란 때 의병을 일으켜 싸웠으며, 정유재란 때는 곽재우(郭再祐)를 따라서 화왕산성(火王山城)을 지켰다. 전란이 끝난 뒤에는 굶주려 방랑하는 백성들을 진휼하는 데 힘썼다. 벼슬이 예빈시정에 이르렀다. 만년에 기양서당(岐陽書堂)을 짓고 후진을 양성하였다. 저서로는 《기양세고(岐陽世稿)》와 《기봉선생일고(岐峰先生逸稿)》가 전한다.

943) 반착(盤錯) : 반근착절(盤根錯節)의 준말로, 어려운 일에 비유된다. 주로 외직(外職)으로 나가 맡기 어려운 고을을 잘 다스리는 것을 뜻한다.

944) 훈유(薰蕕) : 훈은 향내 나는 풀, 유는 악취 나는 풀인데, 선인과 악인 또는 군자와 소인을 비유한다.

동을 다스리는 고결함, 일을 처리하는 정밀함과 사물을 대하는 마땅함은 지금에 구해도 그 짝을 찾기 어려우며 옛날에 비겨도 또한 부끄러울 바가 없나이다. 그리고 더욱 선조를 받드는 일에 정성과 공경을 다하였으니 대체로 향리에서는 착한 선비였고 집에서는 효자였으니 이른바 '살아서는 순응하고 죽어서는 편안한 자'[945]에 공은 거의 근접하셨도다.

유감스러운 것은 덕이 있는 자에게 내리는 벼슬에 있어서 유독 흠결이 있는 것이로다. 그러나 벼슬아치나 산림처사 가운데 둘 다 이룰 수 없다면 저가 공에게 바라는 것은 바로 공에게는 불행이지 공이 기뻐하는 바는 아니로다. 그렇다면 하늘이 공에게 인색한 까닭은 바로 공의 소원을 이루는 까닭이며 또한 그 뒤를 창대하게 하여 무궁한 복을 열어 주는 것이니 어찌 근원이 없이 이와 같을 수 있겠습니까? 아, 애통하도다.

영방(榮邦)이 공에게 인정을 받은 지가 대체로 지금까지 22년에 이르나이다. 비록 날마다 가르침을 받지는 못했지만 그 공경하고 본받은 것이 어떠하였는데 갑자기 의지할 곳을 잃었습니다. 아, 그 삼가고 중후한 성품과 화평한 기색, 공정하고 성실한 견해와 바르고 옳은 의론을 다시 볼 수 있겠으며 다시 들을 수 있으리오? 아, 한 구역의 산언덕에 서실(書室)은 그대로인데 화초가 다투어 자라고 수석이 졸졸 흐르지만 유독 공의 기침하는 소리는 들리지 않습니다. 아, 공의 영령이시여. 여기를 버리고 어디로 가셨나이까? 세월은 빨리 지나가 장례일이 임박했습니다. 모두가 애통해 하며 길게 인사하노니 말은 다함이 있지만 정은 그지없나이다. 아, 애통하도다.

惟靈 天資謹厚而和平 處心公忠而正大 惠足以及物 才足以剸盤錯 智足以辨薰蕕 而斂之一室之內 老於泉石之裏 蓋所賦者天而所遇者時 故有是能而無厥施 然其撿身之勤 制行之高 處事之精 接物之宜 求之今而罕有其比 方於古而亦無所愧 而尤盡誠盡敬於奉先之事 蓋亦鄕之善士家之孝子 而所謂生順死安者 公庶幾近之矣 所可恨者 獨有欠於命德之器 然而鐘鼎山林 不可以兩遂 則吾之所望於公者 乃公之不幸 非公之所喜也 然則天之所以嗇之者 乃所以遂公之願 而又令昌大其後 以啓無窮之祉者 豈亦無所自而能如是耶 嗚呼哀哉 榮邦之受知於公 蓋將二十有二季于此矣 雖未能日承訓誨 其

945) 살아서는 …… 편안한 자 : 장재(張載)의 〈서명(西銘)〉에 "살아서는 내 하늘에 순응하고, 죽어서는 내 편안하리라.[存吾順事 沒吾寧也]"고 하였다.

所以矜式者如何 而遽失其所依歸 嗚呼 其謹厚之性 和平之色 公忠之見 正大之論 其可得而復覯耶 其可得而復聞耶 嗚呼 一區山阿 書室依然 花卉競秀 水石淙淙 而獨不聞謦咳之音 嗚呼 公之靈 其捨此而何之耶 時月駦過 葬日已迫 一慟長辭 言有窮而情不可極 嗚呼哀哉

백 씨 매오공 제문 신사년(1581)

祭伯氏梅塢公文 辛巳

아, 애통하도다. 형님은 나이 열세 살에 크나큰 슬픔을 만나셨도다. 부모를 여의고도 자립하여 근엄하고 단정하셨도다. 덕망은 무성하고 행실은 이루어졌으며 명예는 중후하고 융성하셨도다. 공은 특이함을 구하지 않았지만 남들이 저절로 공을 특이하게 여겼도다. 학봉 선생의 문하에 학도들이 많이 몰렸는데 공은 자리에서 빼어나셨도다.

임진년에 이르러 산하가 갈기갈기 찢어지니 집안의 재앙이 비록 심했지만 의열(義烈)에는 찬란함이 있으셨도다. 비록 그 사람에게 잘렸지만 어찌 근원이 없겠는가. 남을 구제할 준비는 되었으나 나아가 취할 뜻은 없었도다. 저 화려함을 줄여서 나의 맑은 복에 편안하셨도다. 유술(儒術)에 마음을 두었지만 겉으로 드러내기를 일삼지 않으셨도다. 자기를 다스림에 절도가 있었고 집안을 다스림에 법도가 있으셨도다. 죽은 이를 섬기기를 산 사람 섬기듯 하였으며 빠트리거나 빠짐이 없었도다. 새벽에 찾아뵈는 예절은 심하게 비가 내려도 그만두지 않으셨도다. 살아 계시듯이 대하는 정성은 심한 질병에도 잊은 적이 없으셨도다. 반드시 경건하고 반드시 신중하여 처음부터 끝까지 해이하지 않으셨도다.

인후(仁厚)하다는 소문이 원근까지 이르렀으며 우애의 돈독함은 세상의 분수보다 훨씬 더하셨도다. 보고는 관철하지 않음이 없었으니 더욱 예의에 뛰어나셨도다. 졸지(猝地)에 처해도 알맞게 대응하였으며 실정을 참작하여 처분을 하셨도다. 저절로 고인에게 합치하였으며 조금도 드러내어 발휘하지 않았도다. 내가 사적으로 하는 말이 아니라 선현들이 감복한 바이로다. 다른 사람의 말과는 저절로 구별되니 어떻게 말하는지 알지 못하겠도다. 아우의 소견으로는 흠결 없는 구슬과 같도다.

돌아가시는 날에 서로 부르짖으며 이별하였도다. 말씀하시기를, "생각하건대 삶과 죽음이란 아침이면 반드시 저녁이 오는 것과 같다. 나에게는 부족함이 없으니 내 마음에 아픔도 없다."고 하셨도다. 먼저 제사 지내는 일을 말하고 다음에 행신(行身)을 언급하며 허물을 짓지 말고 우리 선인에게 부끄러움이 없게 하라고 하셨도다. 교훈과 경계를 여러 번 다짐하였는데 말소리가 낭랑하여 지금도 귀에 남아 있는 듯하니 언제라야 잊겠는가?

제가 어린 시절부터 철이 들 때까지 끝내 잘못을 면할 수 있었던 것은 누구의 공이겠는가? 그러나 정을 다하지 못했으니 내 마음은 실제로 애통하도다. 살아서는 순탄했고 죽어서는 편안하였으니 형님의 소원은 다 마치셨도다. 비어 있는 침상에는 냉기가 가득하니 나는 어디에 의지하겠는가? 실낱같은 목숨은 별다르지 않아 다시 침실 문에 들어오네. 형은 응당 동생을 가련하게 여기며 마음은 죽어도 형체는 존재하도다. 죽어서 서로 따를 수만 있다면 마땅히 예전처럼 하겠지만 실정이 그렇게 할 수 없으니 여기에서 영원히 이별하리라. 아, 애통하도다.

嗚呼哀哉 兄年十三 逢天大戚 孤露能立 謹嚴端慤 德茂行成 名重譽隆 公不求異 人自異公 鶴老之門 學徒坌集 莫非譽髦 公則絶席 逮于壬辰 山河幅裂 家禍雖酷 義烈有赫 雖在其人 亦豈無自 有濟物具 無進取意 薄彼芬華 安我淸福 存心儒術 不事表襮 律己有度 治家有法 事死如生 罔有欠闕 晨謁之禮 甚雨不廢 如在之誠 劇疾忘殆 必虔必愼 始終不懈 仁厚之聞 達於遠近 友愛之篤 過於常分 無見不徹 尤長於禮 臨猝應變 酌情裁處 暗合古人 或闡未發 非我敢私 先正攸服 自別人言 未知云何 以弟所見 如玉不瑕 啓手之日 呼與相訣 曰惟死生 如朝必夕 我無不足 無我有衋 先言禋事 次及行身 無得有愆 愧我先人 敎誡申申 語聲琅琅 今猶在耳 何日可忘 弟自幼孩 以至發蒙 終免罪戾 是誰之功 然莫盡情 我心實恫 生順死安 兄願畢矣 床空被冷 我安依矣 縷命未殊 復入寢門 兄應憐弟 心死形存 死可相從 固當如昔 如其不然 此乃永隔 嗚呼哀哉

유계화[946] 제문

祭柳季華文

아, 영령이시여! 시경(詩經)을 외우고 예기(禮記)를 읽으면서 인(仁)을 추구하고 의(義)를 탐구하였도다. 학문은 성취하기를 기약하여 가는 것 같았는데 도달함이 있었으며 일찍이 과거에 발탁되었으니 벼슬길을 기약했도다. 한 사람이 이익을 안겨 주자 양다리로 산처럼 버텼으며 명성은 여러 사람이 따르게 되었으나 공은 마치 자신을 더럽히는 것처럼 보았도다.

전금(展禽)의 화(和)함[947]을 가지고 백이(伯夷)의 개결(介潔)함[948]을 겸하였도다. 그 맑기는 물과 같았고 그 곧기는 화살과 같았도다. 그 덕은 바람과 같아 쓰러지지 않는 풀이 없었으며 그 은택은 비와 같아 젖지 않는 사물이 없었도다. 말하지 않아도 믿었으며 위엄을 부리지 않아도 엄격하였도다. 나가서 동장(銅章)[949]을 찼으며 백성들은 춘대(春臺)[950]에 누웠도다.

작은집으로 돌아와서는 쑥대밭에 문을 닫았는데 지난 가을에 한 번 일어났으나 또한 마지못해서였도다. 용사(用舍)[951]는 다른 사람에게 말미암고 말하고 침묵하는 것은 자기에게 달렸도다. 잠깐 오대(烏臺)[952]에 있었는데 좋은 명예가 오랫동안 전해지도다. 옥

---

946) 유계화(柳季華) : 유진(柳袗)을 가리킨다. 각주 448) 참조.

947) 전금(展禽)의 화(和)함 : 춘추시대 노(魯)나라의 명재상으로 전(展)은 성이고 금(禽)은 자(字)이다. 식읍(食邑)이 유하(柳下)이고 시호가 혜(惠)이므로 일반적으로 유하혜라고 칭한다. 그는 마음이 너그러워 조정에서 세 번 축출을 당하였으나 원망하지 않았으며, 사람이 곁에서 옷을 모두 벗더라도 "너는 너이고 나는 나이니, 네 어찌 나를 더럽히겠는가." 하여 유유히 함께 거처하였다 한다. 이 때문에 맹자는 그를 일컬어 "성인(聖人) 중에 화한 자이다.[聖之和者]" 하였다. 《論語 衛靈公》《孟子 萬章下》

948) 백이(伯夷)의 개결(介潔)함 : 중국 은(殷)나라 말에서 주(周)나라 초기의 현인. 이름은 윤(允). 자는 공신(公信). 주나라 무왕(武王)이 은나라의 주왕(紂王)을 치려고 했을 때, 아우인 숙제(叔齊)와 함께 간하였으나 받아들여지지 않고 주나라가 천하를 통일하자 수양산으로 들어가 굶어 죽었다.

949) 동장(銅章) : 동(銅)으로 만든 관인(官印)으로, 군현(郡縣)을 맡은 지방관을 뜻한다.

950) 춘대(春臺) : 《노자(老子)》 제12장에 "세속의 중인들은 화락하여 마치 성대한 잔칫상을 받은 듯, 따사한 봄날 높은 누대에 올라 사방을 조망한 듯 즐거워한다.[衆人熙熙 如享太牢 如登春臺]"라고 한 데서 온 말인데, 전하여 태평성대를 뜻한다.

951) 용사(用舍) : 용사행장(用舍行藏)의 준말로, 사람을 쓰고 버리는 것이다. 《논어》 술이(述而)에 "조정에서 나를 써 주면 나아가서 나의 도를 펼치고, 조정에서 나를 버리면 물러나 나의 도를 마음속에 간직한다.[用之則行 舍之則藏]"라는 공자의 말이 나온다.

952) 오대(烏臺) : 중국의 어사부(御史府)의 별칭인데, 여기에서는 사헌부를 가리켰다. 한(漢)나라 때에 어사부(御史府)에 측백나무를 심었는데, 그 위에 까마귀가 깃들었으므로 어사부를 백대(柏臺) 또는 오대라고 칭하였다.

경(玉京)[953]은 어디인가 돌아오는 길이 아득하도다. 마음은 궁궐에 매달려 있는데 몸은 영남에 내려왔도다. 빈천을 어찌 사양하며 부귀를 어찌 탐내겠는가? 오직 천명에 편안하며 그 즐거움이 매우 화락하도다. 노성(老成)하기는 비록 멀지만 전형(典刑)을 고치지 않았도다. 사문(斯文)에서 의지함이 중하였고 학자들은 기대함이 있었도다. 어쩌다가 시운이 좋지 못해 이 지경에 이르렀는가? 하늘도 믿을 수 없으며 이치 또한 알기 어려우니 아 슬프도다.

지난해 겨울 끝에 공이 나에게 찾아와서 의심나는 것을 질문하며 시를 지어 서로 화답하였도다. 쇠잔한 세상을 걱정하고 쇠미한 도를 근심하였으며 밤늦게까지 쉬지 않아 새벽까지 이르렀도다. 우리 스승의 문하에서는 성대한 예식을 거행했는데 이러한 커다란 일이 적합하고도 잘 살폈도다. 내가 돌아올 무렵에 도양(道陽)[954]에 만나기로 약속하였는데 그 말이 아직 귀에 남았으니 어찌 잊을 수 있겠는가. 아, 슬프도다.

구미(龜尾)와 상주(尙州)의 거리는 일백 리도 되지 않지만 한번 눈감으면 보지 못하니 찾아온들 어찌 보겠는가? 검루(黔婁)[955]가 비록 가난하였지만 그래도 바른 옷을 입을 수 있었는데 하물며 장례에는 꾸밈이 있으니 내려준 수의가 질박하였도다. 죽음 또한 어찌 유감이겠으며 삶 또한 어찌 부족했겠는가. 아, 애통하도다. 객지에서 죽은 관(棺)이 처음 돌아올 때 가는 길마다 목이 메었으며 어리석은 부부들도 억울한 심정이 아님이 없었도다. 장사가 이미 정해지자 친척과 빈객들이 모두 모여 운구할 때에는 상여 끈을 잡았으며 떠나보낼 때는 무덤에 이르렀도다. 나는 병을 앓은 몸이라 스스로 이르지 못했도다. 동문의 유생으로 정분으로는 땅을 쓸어야 하지만 아들에게 제사를 올리게 하여 슬픔을 제문에 부쳤도다. 영령께서 남아 계신다면 흠격하기를 바라나이다.

惟靈 誦詩讀禮 求仁講義 學期於成 如往有至 早擢蓮魁 方期釋褐 一人啗利 兩脚山嶷 名爲衆趨 公視若浼 以展禽和 兼伯夷介 其淸如水 其直如矢 其德如風 無草不靡 其澤如雨 無物不沾 不言而信 不威而嚴 出佩銅章 民臥春臺 歸來斗室 門掩蒿萊 前秋一起

953) 옥경(玉京) : 백옥경(白玉京)이라고도 하는데 천제(天帝)가 산다는 하늘 위 궁궐이다. 여기에서는 임금이 있는 도성 궁궐을 가리킨다.

954) 도양(道陽) : 경상북도(慶尙北道) 안동시(安東市) 풍천면(豊川面) 도양리(道陽里).

955) 검루(黔婁) : 춘추시대 제(齊)나라의 어진 사람. 제왕이 정승으로 맞이하려 했으나 나가지 않았음. 집이 몹시 가난해서 죽은 후에 염습(斂襲)할 이불조차 없었다고 함.

亦非獲已 用舍由人 語默在己 一日烏臺 令譽千秋 玉京何許 歸路悠悠 心懸北闕 身落南州 貧賤何辭 富貴寧饕 惟命是安 其樂陶陶 老成雖遠 典刑無改 斯文倚重 學者有待 云胡不淑 而至於斯 天不可恃 理亦難知 嗚呼哀哉 去歲冬末 公來過我 有疑斯叩 有唱斯和 憂世之衰 愍道之微 亹亹夜坐 以至星稀 及吾師門 方擧縟禮 斯事體大 更合商諦 迨我旋歸 約會道陽 言猶在耳 其又可忘 嗚呼哀哉 龜之去商 里不滿百 一瞑無視 有來何覿 黔婁雖貧 猶得正被 況禮有文 質於贈襚 死亦何憾 生亦何歉 嗚呼哀哉 旅櫬初還 行路哽咽 愚夫愚婦 莫不掩抑 窀穸旣定 親賓咸集 行則執紼 送則臨穴 我病後人 不能自致 同門之生 分義掃地 奠侑于兒 哀寓于辭 不亡者存 庶幾格思

유상지[956] 제문

祭柳尙之文

아, 상지여, 이 지경에 이르렀는가? 사람이 천지 사이에서 태어나서 죽는 것은 생각하건대 기질이 아니겠는가? 타고난 기질이 후한 자는 장수하고 박한 자는 요절하는 것 또한 보통의 이치가 아니겠는가? 그렇다면 태어나서 예순 살까지 건강하고 병이 적은 사람은 기질이 후하지 않겠는가? 기질이 후한데도 오래 살지 못하는 자는 그 까닭이 어디에 있는가? 아니면 기질이 삶과 죽음에 관여하는 바가 없으니 이치 또한 믿을 수 없는가?

아, 슬프도다. 나와 상지는 세상에서 형제가 된 지가 지금 사십 년이다. 어릴 때부터 어른에 이르기까지 잠시도 떨어지지 않았으니 마치 비목어[957]처럼 움직일 때마다 반드시 서로 따랐으며, 마치 환산의 새[958]처럼 날아다닐 때에도 숲을 달리하지 않았도다.

지난해 한가을에 나는 고질병이 들어 가은(加恩)에 채(蔡) 의원(醫員)에게 나아갔는데

956) 유상지(柳尙之) : 각주 203) 참조.

957) 비목어(比目魚) : 넙치는 두 눈이 한쪽에 붙어 있어, 짝을 짓지 않으면 가지 않는다[不比不行]는 고사에서 유래하여, 형체와 그림자처럼 떨어질 수 없는 친구나 부부 관계를 뜻하는 말로 쓰이게 되었다. 《爾雅 釋地》

958) 환산(桓山)의 새 : 《공자가어(孔子家語)》 안회(顔回)에 있는 말. 공자가 누군가 슬피 우는 곡성(哭聲)을 듣고 안회에게 그 이유를 물으니, 이는 생이별(生離別)한 자의 곡소리라고 대답하면서 인용한 말로, 환산에 있는 새는 네 마리의 새끼를 낳는데 자라면 사해(四海)로 흩어져 간다. 이때 어미가 슬피 울며 보내는데, 이 곡성이 어미새의 곡성과 같다고 대답한 말이다.

길을 떠난 지 며칠이 되었을 때 형의 행차가 때마침 이르렀도다. 당시에 가을바람이 조금 일어나고 울긋불긋한 단풍이 산에 가득하였도다. 강을 따라 수십 리를 함께 가며 말고삐를 잡고 서로 앞서거니 뒤서거니 하면서 이틀을 묵고 은성(銀城)에 도착하니 산수가 더욱 기이하였도다. 나는 비록 피곤하여 누웠지만 형은 유독 몹시 좋아하여 자못 문사구전(問舍求田)[959]하려는 뜻을 가졌는데 시구로 표현하기에 이르렀도다. 거기에서 돌아올 때 형이 먼저오고 나는 뒤에 왔는데 내가 남포(南浦)에 이르러 편지를 보내 형을 맞이하니 형은 지포(芝圃)로부터 매오(梅塢)에서 나를 맞이하였도다. 마침 운수가 좋지 않았기 때문에 술을 마시며 취하게 되었으니 이것은 수십 년 이래로 없었던 즐거운 일이었도다. 아, 이것이 어찌 내 몸이 죽을 때까지 이별이 될 줄 알았겠는가?

금년 칠월에 이계명이 송촌(松村)에서 찾아와 형에게 병이 있다고 말했지만 나는 우연히 감기에 걸렸으니 당연히 약을 쓰지 않아도 나을 것이라고 말했는데 어찌 하나의 질병 때문에 갑자기 일어나지 못하게 되었는가? 형은 병을 앓으면서도 편지를 보내 이르기를, "바야흐로 한 가지 약을 가져오게 했으니 복용하여 효과가 있으면 살 것이고 효과가 없으면 이제 영결할 것이오."라고 말했도다. 나는 답장하기를, "형의 병이 어찌 여기게 이르겠는가? 아마도 생사가 바뀌지는 않을 것인데 이렇게 서글픈 말을 하는가? 만일 그 생각을 평안하게 하고 그 음식을 때에 맞게 먹으며 약이 되는 음식으로 보충하면 편안해지지 않는 병은 없을 것이오. 내년 봄에 석문에 꽃이 피고 달이 뜨거든 소요할 수 있을 것이니 형도 기억하리라 생각할 따름이오."라고 하였도다.

형은 평소 성격이 굳세고 과감하여 다른 사람에게는 허여해 주는 일이 적었고 이치를 보는 것은 명백하였으며 집에 거처할 때는 구차한 일이 없었도다. 다른 사람들이 모두 좋아하고 공경하였는데 돌아가셨다는 소문을 듣고는 모두 착한 사람이 돌아갔으니 우리 고을에 그런 분이 다시는 없을 것이라고 말하였도다. 아, 여기에서 군자의 모습을 볼 수 있도다. 자손들은 집안에 그득하였으며 기복(朞服)과 공복(功服)에서부터 시마복(緦麻服)[960]에 이르는 친척들이 헤아릴 수 없을 정도로 많았으니 이것이 비록 선대

---

959) 문사구전(問舍求田) : 집이나 전답을 구한다는 뜻이다. 삼국시대 위(魏)나라 허사(許汜)가 일찍이 유비(劉備)와 함께 이야기를 나누던 중, 자기가 한번은 진등(陳登)을 찾아갔더니, 진등이 손님 대접을 제대로 하지 않아 주인인 자신은 높은 와상으로 올라가 눕고, 손님인 자기는 아래 와상에 눕게 하더라고 말하자, 유비가 말하기를, "그대는 전답이나 집을 구하려고 다니는 사람이라, 그대의 말이 채택할 만한 것이 없었기 때문이다.[君求田問舍 言無可采]"라고 했던 데서 온 말이다. 본뜻은 자기 일신상의 계책만 생각할 뿐, 국가의 대사(大事)에는 관심이 없음을 말한 것인데, 전하여 여기서는 은거(隱居)하려는 계책을 의미한다.

부(先代夫)께서 적선(積善)한 소치(所致)이기는 하지만 형처럼 덕을 겸비한 분이 계승하지 않았더라면 어찌 이러한 다복(多福)을 향유할 수 있었겠는가? 이미 큰 복을 누리고 또 자수하고자 한다면 이것은 이치상으로 겸하기 어려운 것이도다. 접때에 이치를 믿을 수 없다는 것은 아마도 하늘로부터 원망을 면하기 어려울 것이며 이치에 통달한 사람의 말도 아니도다. 세상에 어찌 양주학(楊州鶴)[961]이 다시 있겠는가?

나는 무신년 이래로 질병이 몸을 얽어 죽을 뻔한 지가 몇 차례였도다. 지금 겨우 나아지려 하지만 기력이 쇠약하여 형의 병을 듣고도 문병할 수 없었으며 형의 상을 듣고도 또한 달려가지 못했도다. 신세를 어루만지면 스스로 가련해 하며 분의(分義)를 돌아보며 부끄러워하니 형은 그것을 아는가 모르는가?

嗚呼尙之 而至於斯耶 人之生且死於天地間者 顧非氣耶 禀氣厚者壽而薄者夭 亦非理之常歟 然則生年六旬 康健而少病者 非氣之厚耶 氣厚而不能延長者 其理何在耶 抑氣無所與於生死 而理亦不足恃歟 嗚呼哀哉 吾與尙之爲兄弟於世間 今四十年矣 自少及長 未嘗少離 如比目之魚 動必相隨 桓山之鳥 飛不異林 蓬痲相益 麗澤相資 可謂物我無形 而肝膽一家矣 中年以後 漸相乖遇 命不身謀 情隨事變 各居其居 各眷其眷 則始不期睽而自睽矣 雖間或相見 不過昨往而今來 朝聚而夕散 其得團圓時日 詩酒相娛者 則無幾矣 去年中秋 余以痼疾 就蔡醫於加恩 啓程且有日矣 兄行適至 于時金風乍起 紅綠滿山 沿江數十里 並轡相先後 信宿而達于銀城 則山水益奇 吾雖憊臥 而兄獨篤好 頗有問舍求田之意 至形於詩句 其返也兄先而我後 我至南浦 以書邀兄 兄自芝圃 逆我于梅塢 因作戹會 飮酒至醉 此則數十年來所未有之樂事 嗚呼 此豈知爲終天之訣耶歟 今年七月 季明自松村來 言兄有病 余謂偶爾之感 當勿藥有喜 豈意以一疾而遽至不起耶 兄病中寄書云方命來一藥 服之效則生 不效則此爲永訣 語 吾答以兄病豈至此 得無爲生

960) 기복(朞服) …… 시마복(緦痲服) : 상복(喪服)을 입어야 할 유복자(有服者)들이 각기 해당되는 상복을 입는 것으로서, 죽은 사람에 대한 유복자들의 친소원근(親疎遠近)과 존비(尊卑)의 신분에 따라서 참최(斬衰)·자최(齊衰)·대공(大功)·소공(小功)·시마(緦痲) 등 다섯 가지의 상복, 즉 오복(五服)을 입는다.

961) 양주학(楊州鶴) : 인간이 바라는 소망을 모두 겸비하는 것을 말한다. 예전에 사람들이 모여서 각자 소원을 말하였는데, 한 사람은 많은 돈을 갖는 것이 소원이라 하였고, 한 사람은 학(鶴)을 타고 하늘에 오르는 것이 소원이라 하였고, 한 사람은 양주 자사(楊州刺史)가 되는 것이 소원이라 하자, 이를 듣고 있던 한 사람이 많은 돈을 허리에 차고서 학을 타고 양주 고을의 하늘을 날아오르는 것이 소원이라 했던 데서 나온 말이다.《淵鑑類函 鳥部三 鶴》

死所動 而作此悲楚語耶 若平其思慮 時其飮食 補之以藥餌 則亦無病不安 明春石門花月 可以倘佯 想兄亦記憶耳 兄平生性剛果 於人少許可 見理明白 居家無苟且事 人皆愛而敬之 及聞其屬纊 則咸曰善人亡矣 吾鄕中無復有人矣 嗚呼 此可以見君子矣 子孫滿堂 自期功以至緦服之親 多至不可卞 此雖先大夫積善所致 而如無吾兄謙德以承之 則其何能享有此福耶 旣享胡福 而又欲其壽考 此理之難兼者也 向之所謂理不可恃者 恐未免怨尤于天 而非達理者之言也 世間寧復有楊州鶴耶 吾自戊辰以來 疾病纏身 濱死者數矣 今僅向完 而氣力綿綴 聞兄之病 不能相問 聞兄之喪 又失匍匐 撫身世而自憐 顧分義而慚覥 兄其知也耶不知也耶

장여 조수전 제문 임신년(1632)

祭趙丈汝壽佺文 壬申

내가 전에 공을 방문했을 때는	我昔訪公
영양현 동쪽이었도다.	英陽縣東
산은 깊고 물은 겹겹이었는데	山深水重
공은 그 안에 은거하였도다	公臥其中
내가 당시 공을 보고는	我時見公
공께서 동원공[962]에 견주었도다	擬東園公
공의 명승지를 나누어서	欲分公勝
병든 내가 편안하려 하였도다	以安吾癃
석문에 달이 밝을 때에는	石門晴月
엄연히 두 노인이 마주하였도다	儼對兩翁
어찌 하늘이 은혜롭지 못하여	胡天不惠
약속을 끝까지 지키지 못하게 하는가	俾約無終
공은 충성과 신의로 말미암아	以公忠信

962) 동원공(東園公) : 진(秦)나라 말기에 폭정(暴政)을 피해 상산(商山)에 숨어 살았던 네 명의 노인, 즉 동원공(東園公), 하황공(夏黃公), 녹리선생(甪里先生), 기리계(綺里季)를 가리킨다.

복록과 경사가 함께 융성하였도다	福慶俱隆
수명은 짧아 이순이었으며	壽啬耳順
아들은 둘에 그쳤도다	蘭止二叢
하늘의 뜻이 아직 정해지지 않았으니	天其未定
이 이치는 아득하도다	此理夢夢
충만한 용모는	充然之容
덕망 있는 어른의 모습이로다.	長者之風
한번 가고는 돌아오지 않으니	一往不復
온 경내가 텅 비었도다	闔境爲空
혼인으로 맺어진 친구이기에	婚姻之故
내 마음은 더욱 슬프도다	我心尤恫
제사는 비록 남의 손을 빌리지만	奠雖倩手
마음은 실제로 충심에서 나왔도다	情實由衷

신여섭[963] 제문

申汝涉祭文

공을 사망했다고 여기자니 사복시정(司僕寺正)으로부터 밀성(密城, 밀양)을 맡은 지 얼마 되지 않았으며, 공을 사망하지 않았다고 여기자니 이는 어찌하여 찾아와도 기뻐하는 바가 없고 떠나가도 슬퍼하는 바가 없는가? 두드려도 응답하지 않고 물어도 말하지 않도다. 붉은 만장(輓章)이 앞에서 인도하고 목마(木馬)가 뒤를 따르도다. 평생 친애하던 바를 버리고 도깨비와 이웃이 되었도다. 그렇다면 공은 결국 사망했으니 다시 서로 만나지 못하도다. 나는 공과는 비록 이종 형제가 되지만 마음에는 사이가 없었도다.

공과 평소 거처할 때 서로 좋아하였으니 간담(肝膽)처럼 하나가 되었도다. 온화하고 즐겁게 서로 화목하였으니 내가 나이고 공이 공인지조차 알지 못하였도다. 서로 다른 것은 형체(形體)와 출처(出處)뿐이었는데 어찌 지금 나를 버리고 먼저 갈 줄 알았겠는가?

---

963) 신여섭(申汝涉) : 신즙(申楫)을 가리킴. 각주 175) 참조.

나를 버린 것도 오히려 귀에 쟁쟁한데 어찌 노친(老親)과 처자(妻子)를 버리고 지하에서 눈을 감을 수 있겠는가? 아, 공은 어찌 알면서도 차마 하지 못할 일을 차마 하였는가?

아, 애통하도다! 공은 하늘에서 뛰어난 자질을 받았으며 기개와 도량이 넓고 컸도다. 안으로는 비뚤어진 생각이 없었으며 밖으로는 잘못을 따르는 행동이 없었도다. 평범하지 않은 기량으로 비상한 재주를 안고 바로 도가 있는 문하에 들어갔으니 장려와 성취가 많았도다. 과거 급제자의 문적(文籍)에 이름을 올리게 되어 청운(靑雲)의 벼슬길을 얻었으니 장차 큰일을 하려 하였는데 운명이 시대와 어긋나서 들어와서는 낭서(郎署)에 묻혔으며 나가서는 문서 더미에서 곤궁한 지가 거의 삼십여 년에 이르렀도다.

그렇지만 마음속에 보존한 것이 밖으로 드러나서 알아주기를 구하지 않아도 남들이 알아주었도다. 비록 어려운 일을 다스리는 것에 유능하다는 소문이 있어서 위로 임금에게 알려졌지만 일을 맡으면 재간(才幹)과 국량(局量)이 있었으며 동료들에게 명예를 얻었으니 이것은 또한 공의 조박(糟粕)[964]이지 공이 쌓은 것은 아니었도다. 그러나 이것 때문에 차츰 세상에 알려져서 바야흐로 당시에 등용되려 할 때 공은 부모를 편안하게 봉양하는 것을 급하게 여겨 온갖 핑계를 대고 영남(嶺南)으로 내려왔는데, 어버이를 봉양하기를 구한 것이 도리어 어버이에게는 골수에 사무치는 원통함이 될 줄 어찌 알았겠는가?

공은 평소에 질병이 없었는데 만년에는 허약한 질병이 많았도다. 금년 여름에 도성(都城)에서 병을 얻어 죽을 고비를 넘긴 것이 몇 번이었도다. 내려오는 일정(日程)을 잡은 후에 우수(雨水)[965]에 중상을 입어 겨우 친가에 이르러 병이 발작하여 치료하지 못하였다. 나는 당시에 골짜기에 있었으니 지리가 멀어서 서로 알지 못하였는데 마침내 질병 소식과 부고가 함께 이르렀도다. 평소 지극히 친애하던 사이였지만 돌아가실 무렵에 영결하지 못했으니 그 애통함을 어찌 다 말할 수 있겠는가? 아, 공의 바르고 소박한 도량, 효도하고 우애하는 정성, 청렴하고 근신하는 절의를 다시 볼 수 있겠는가?

아, 나 또한 노쇠한 나이에 질병이 깊어서 아침저녁을 헤아릴 수 없는 처지인데 시사(時事)는 날로 변화하니 장차 어느 곳에 몸을 두겠는가? 이렇게 말한다면 죽은 자가

---

964) 조박(漕舶) : 술찌꺼기라는 뜻으로 고인이 남긴 글을 가리키는데, 곧 고인의 진면목을 추구하지 않고 껍데기만 익힘을 일컫는 말이다.

965) 우수(雨水) : 24절기의 하나. 양력 2월 19일 무렵으로 입춘과 경칩 사이에 있음. 날씨가 많이 풀려 초목이 싹트는 시기.

살아 있는 자보다 현명하지 못하다는 것을 어찌 알겠는가? 아, 하음(河陰)에는 밤에 눈이 내리는데 영령께서 방황하실 것을 상상하도다. 시골 막걸리와 거친 음식을 마련하여 하늘에 사무치게 통곡하는데 누가 맛을 보겠는가? 한마디 말로 길게 하직하노니 마음은 칼로 도려내는 듯하도다.

以公爲亡也 自太僕卿之任密城屬耳 以公爲不亡也 是何來無所欣而去無所慽耶 叩之不應而問之不言也 丹旋先導 木馬隨後 去平生之所親愛而與鬼魅爲隣也 然則公其果亡矣 不復相見矣 嗚呼 余與公雖爲從母昆季 而心則無間 其平居相好 肝膽爲一 怡愉湛樂 自不知我之爲我而公之爲公也 其所不同者 惟形骸與出處耳 豈知今者棄我而先乎 棄我猶耳 其忍捨老親與妻子而能瞑目於地下乎 嗚呼 公豈有知而能忍於所不忍之地者乎 嗚呼哀哉 公天稟絶異 氣宇磊落 內無邪曲之念 外絶詭隨之行 以不凡之器 抱非常之才 仍就有道之門 奬勵成就居多 及通名桂籍 得路雲衢 將大有爲 而命與時乖 入而沉于郎署 出而困乎簿領者 迨將三十餘年矣 然而存諸中者見於外 不求知而人知 雖以治劇有能聲上達于宸聰 當事有幹局 得譽於寮寀 亦公之糟粕 非公之蘊也 然以此稍稍見稱於世 方嚮用於時 而公以便養爲急 百計南來 豈知求所以養親者 反爲親入骨之痛也哉 公素無病 晩多羸瘁之疾 今年夏 在都中得病 幾死者數 及下程之後 重傷於雨水 纔至親庭而病作不救 余時在峽中 地遠不相知 畢竟病報與訃書俱至 以平生親愛之至 不能永訣於啓手足之際 其爲茹痛胡可勝言 嗚呼 公雅素之量 孝友之誠 廉謹之節 其可得而復見耶 嗚呼 吾亦衰齡病深 計無朝夕之久 而時事日變 將置身何地 以此言之 安知死者之不有賢於生者也 嗚呼 河陰夜雪 想英靈之彷徨 村醪野羞 哭徹天兮誰見嘗 一言長辭 心如受刃

지갈誌碣

지사 조공 묘지
知事趙公墓誌

조씨는 한양의 저명한 성씨이다. 건국 초기에 양경공(良敬公)의 시호를 받은 조연(趙涓)[966]은 좌명공신(佐命功臣)으로 한평부원군(漢平府院君)에 봉해졌는데, 공이 그의 8대손이다. 4대를 내려와 휘 종(琮)은 청하현감(淸河縣監)을 지내고 비로소 영주(榮州)에 와서 정착하였다. 증조부인 휘 형완(亨琬)이 풍산(豐山)으로 이거(移居)하였고, 조부인 휘 원(源)이 다시 영양(英陽)으로 이주하였는데 처향(妻鄕)을 따른 것이다. 공의 작위에 따라 증조부는 통정대부(通政大夫) 공조참의(工曹參議)에 추증되었고, 조부는 가선대부(嘉善大夫) 형조 참판(刑曹參判) 겸 동지의금부사(同知義禁府事)에 추증되었다. 아버지 휘 광인(光仁)은 자헌대부(資憲大夫) 한성부 판윤(漢城府判尹) 겸 지의금부사(知義禁府事)에 추증되었다. 어머니는 광주 안 씨(廣州安氏)로 정부인(貞夫人)에 추증되었으며 충순위(忠順衛) 아무개의 따님이다. 할머니와 어머니의 산소는 모두 현의 동쪽 비래동(飛來洞)에 있다.

공의 휘는 임(任)[967]이고, 자는 자중(子重)으로 만력(萬曆) 계유년(1573)에 태어났다. 어려서 부모를 잃고 족인(族人)인 오 씨(吳氏)의 집에서 길러졌다. 힘들고 고생스러운 일을 두루 겪었지만 장성해서는 자력으로 집안을 다스려 풍성함을 이룰 수 있었고, 오 씨 내외를 섬기기를 부모를 섬기는 듯하였다. 형님과 누이가 한 분씩 있었는데 기우는 것을 부지(扶持) 해주고 급한 것을 구제해 주기를 게을리 하지 않았으니 형제간의 화락함은 상정(常情)에서 나온 것이다.

---

966) 조연(趙涓) : 용원부원군(龍原府院君) 조인벽(趙仁璧)의 아들로, 어머니는 환조(桓祖)의 큰 딸인 정화공주(貞和公主)이다. 조선이 건국되자 천우위 대장군(千牛衛大將軍)으로 왕을 호위하였고, 1400년(정종 2) 제2차 왕자의 난에 이방원(李芳遠)을 도와서 좌명공신(佐命功臣) 4등이 되고 한평군(漢平君)에 봉해졌다.

967) 조임(趙任) : 각주 493) 참조.

정묘년(1627)에 오랑캐가 쳐들어와 나라의 계책이 모조리 고갈되었다. 곡식을 모으는 명령[募粟令]이 하달되었다는 소식을 듣고 공은 마침내 개연히 말하기를, “무릇 이 땅에서 태어나서 먹는 것은 털끝만한 것도 모두 나라의 은혜이다. 이러한 때에 나라 재정에 보탬이 안 된다면 비록 곡식이 있은들 나 혼자만 편안하게 차마 먹을 수 있겠는가?”라고 하였다. 이에 집안에 비축해 두었던 쌀과 포를 다 털어 헌납하였다. 조정에서는 이 일을 가상히 여겨 공에게 지중추부사(知中樞府事)를 제수하고 삼대를 추숭하였으니, 역시 영광스러운 일이었다. 병자년(1636)에 임금이 남한산성에서 위급한 상황에 처했을 때, 공이 매양 한밤중에 눈물을 흘리며 천지신명에게 기도드리며 무사하길 빌었지만 사람들 중에는 아는 자가 없었다.

난리가 끝난 후에 관곡을 포탈하여 납부하지 않는 부정이 있었는데, 안동이 매우 과도한 처지에 놓여 있었다. 안동도호부사(安東都護府使) 민성징(閔聖徵)[968]이 일을 맡은 자들에게 포흠(逋欠)[969]이 많을 것을 가지고 가혹하게 문책하였는데, 창관(倉官) 등은 옥사하는 데까지 이르렀고 가업을 다 비워 내어도 오히려 부족한 지경이었다. 개령 현감(開寧縣監)을 지낸 김윤명(金允明)[970]의 장손이 그 중 하나였다. 공은 일찍이 김윤명에게 수학하였는데, 제전(祭田)을 판다는 소식을 듣고 말하기를, “내 살아서 이 사람의 대에서 제사가 끊어짐을 차마 볼 수 있겠는가”라 하고는, 곡식을 운반하여 관청에 납입하고 죽은 목숨을 부지하게 하여 무사함을 얻을 수 있었다. 공의 의리에 관한 일은 이와 같은 일들이 많았다.

공의 형 조검(趙儉)[971]은 공보다 4개월 먼저 세상을 떠나셨다. 공은 본래 쇠병(衰病)과

---

968) 민성징(閔聖徵, 1582~1647) : 조선 중기의 문신. 본관 여흥(驪興), 자 사상(士尙), 호 졸당(拙堂), 시호 숙민(肅敏)으로 성휘(聖徽)로 개명하였다. 문과에 급제, 사관이 되고, 우승지를 거쳐 개성부 유수 재직 중 이괄(李适)의 난이 일어나자 관내의 이괄 일파를 상계하지 않고 처형한 죄로 파직되었다. 다시 전라도관찰사로 기용되었으며, 평안도 관찰사로 있을 때 선사(宣沙)·광량(廣梁) 등지에 진(鎭)을 설치, 변방 경계를 엄중히 하였다. 병자호란 때 김상헌과 함께 척화파로 심양에 잡혀갔다가 귀환하여 호조·형조 판서를 지냈다. 영의정이 추증되었다. 저서에 《송경방고록(松京訪古錄)》이 있다.

969) 포흠(逋欠) : 포는 조세의 포탈이고, 흠은 관청의 재화를 사사로이 소비하여 부족을 초래하는 것을 말함.

970) 김윤명(金允明, 1541~1604) : 조선 중기의 문신. 본관은 김녕(金寧). 자는 수우(守愚), 호는 정양당(靜養堂). 진사시에 합격하여 성균관에 들어갔으며, 우정언(右正言), 충청도 관찰사를 거쳐 그 뒤 전라도 관찰사·병조 참판·대사간·대사헌 등을 지낸 뒤, 호조 참판·의금부 도사·오위도총부 부총관 등이 되었다. 1584년 벼슬을 사직하고 귀향하여 역동서원(易東書院) 등에서 후진 양성에 힘썼다. 저서로는 《정양당집(靜養堂集)》이 있다.

971) 조검(趙儉) : 각주 854) 참조.

상통(傷痛)이 있었는데, 더욱 심해져서 일어나지 못할 것을 알고 있었다. 마침내 집안일을 처치하고, 종을 나누어 형편이 어려운 조카들에게 주었다. 7월 5일에 정침(正寢)에서 생을 마쳤는데, 실로 숭정(崇禎) 갑신년(1644)이었으니 향년 73세였다. 그해 모월 모일에 일월산(日月山) 용화동(龍化洞) 손향(巽向)의 언덕에 안장하였는데 정부인(貞夫人) 권씨(權氏)와 함께 묻혔다. 공의 전취(前娶)는 안동 권 씨이니 자식은 없었고 무덤은 사월(沙月)에 있다. 공의 계실(繼室) 또한 안동 권 씨로 봉사(奉事)를 지낸 아무개의 따님으로 4남 3녀를 두었다. 장남은 정황(廷璜)으로 또한 벼슬이 지사(知事)에 이르렀다. 차남은 정진(廷珍), 정숙(廷琡), 정옥(廷玉)이다. 장녀는 신전(申欆)에게 시집갔고, 차녀는 정기형(鄭基亨)과 윤시형(尹時衡)에게 각각 시집을 갔으니, 이들은 모두 선비[士人]들이다. 장남 정황은 아들이 없어서 차남 정진의 장자를 후사로 삼았으니, 공이 평소에 명한 것이었다. 차남 정진은 4남 2녀를 두었다. 장남은 바로 의(顗)이다. 정숙은 3남 2녀를 두었고, 정옥은 아들 하나를 두었다. 사위 신전은 3남 3녀를 두었고, 사위 윤시형은 1남 1녀인데 모두 어리다.

지사(知事) 정황(廷璜)이 말하기를, "공을 아는 자 가운데 나와 같은 사람이 없습니다."라고 하며 누차 나에게 명(銘)을 지어주기를 요구하였다. 나는 기상(期喪)이 있어서 빈소에 있었는데 비애(悲哀) 중에 있는 몸이라 글로써 명(銘)을 지을 겨를이 없었으므로 잠시 대략적인 것을 기록하여 보낸다.

趙氏漢陽著姓 國初謚良敬公諱涓 以佐命功封漢平府院君 公其八代孫也 四世有諱琮清河縣監 始來榮川家焉 曾大父諱亨琬移居豊山 祖諱源又移于英陽 從妻鄕也 以公爵贈曾大父通政大夫工曹參議 祖嘉善大夫刑曹參判兼同知義禁府事 考諱光仁資憲大夫漢城府判尹兼知義禁府事 妣廣州安氏 貞夫人 忠順衛某之女 祖考妣考妣墓同在縣東飛來洞 公諱任字子重 萬曆癸酉生 少孤鞠于族人吳氏之門 備經艱辛 長能自力治家致殷阜 事吳外內如事父母 有一兄一姊 扶傾濟急不怠 怡怡出常情 丁卯虜來 國計蕩竭 聞募粟令下 公遂慨然 曰凡生食于此土者 秋毫皆國恩也 不以此時補國用 雖有粟 吾其安而食諸 於是傾儲輸米布 朝廷嘉之 授知中樞府事 追崇三代 亦榮矣哉 丙子南漢圍急 公每於夜中 涕泣禱神明丐無事 人無知者 亂後官穀逋負 安東居尤 府使閔聖徵 呵任事者以多欠甚苛 倉官等迫於瘐死 罄家業猶不給 開寧縣監金允明長孫其一也 公嘗受學於縣監聞賣其祭田 曰吾生而忍見斯人絶祀耶 運穀納官 貸其死命 得無事 公於義多類是 公兄

儉先公四月下世 公本衰病傷痛轉劇 知不起 遂處置家事 分臧獲與姪子之缺薪水者 以七月五日 終于正寢 實崇禎甲申也 享年七十三 同年某月日 葬于日月山龍化洞巽向之原 貞夫人權氏同塋 公前娶安東權氏不育 墓在沙月 繼室亦安東權氏 奉事某之女 有四子三女 男長廷璜亦職知事 次廷珍, 廷琡, 廷玉 女長適申檥 次鄭基亨 次尹時衡 皆士人也 廷璜無子 以廷珍長子顗爲後 公平日所命也 廷珍四子二女 男長卽顗 廷琡三子二女 廷玉一子 申檥三子三女 尹時衡一子一女皆幼 知事謂知公莫余若也 屢乞銘於余 余有期喪在殯 悲哀中不暇銘以文 姑錄其梗槩以歸之

선고 처사 부군 비문

先考處士府君碣陰

돌아가신 부군(府君)의 성은 정씨(鄭氏), 휘는 식(湜), 자는 청지(淸之), 그 시초는 동래인(東萊人)이다. 고려조에서 복야(僕射)의 벼슬을 지낸 휘 목(穆)의 후손이다. 8대조인 예문응교(藝文應敎) 휘 승원(承源)에 이르러서 안동에 적을 두었다. 용궁(龍宮)에 장사지냈는데 자손들이 이로 인해서 이곳에 거주하게 되었다. 사직(司直)을 지낸 휘 복주(復周)라는 분이 있었는데, 바로 부군의 고조가 된다. 부군의 증조부인 휘 환(渙)은 홍문응교(弘文應敎)를 지냈고, 조부인 휘 윤기(允奇)는 생원이었다. 부군의 아버지인 휘 원충(元忠)은 진사였고, 어머니는 부계(缶溪) 홍 씨(洪氏)로 문광공(文匡公) 휘 귀달(貴達)의 증손녀이다.

부군께서는 가정(嘉靖) 경술년(1550)에 태어나고, 만력(萬曆) 신사년(1581)에 돌아갔으니 향년 32세였다. 삶은 비록 짧았지만 행동을 절제함은 매우 고상하였는데 불초 소생들은 모두 어려서 미처 알 수 없었다. 조금 장성해서 이웃 마을 선배들과 문중의 장로들이 서로 입을 모아 부군의 일을 말해 주었는데 칭찬하기를 그치지 않았으니 아마도 우리 어린 자식들이 알게 하고자 한 것이다. 시간이 점점 흘러 선배들이 거의 다 돌아가시니 거의 징험할 수 없게 되었다. 옛 사람들의 말에 이르기를, "징험할 만한 것이 없는데 기록을 남기면 이는 선조를 기만하는 것이오, 징험할 만한 일이 있는데 기록하지 않는다면 이는 선조를 잊어버린 것이다."라고 하였다. 우리 자식들은 이를 두렵게 여겨 한 집안의 정사(政事)를 고찰하고 장로들의 구전을 징험하여 아래와 같이 차례로 글을 지을 수 있었다.

부군은 어려서부터 효성과 우애로 소문났었다. 조모께서 일찍부터 병에 걸려서 여러 일들을 친히 하지 못하였으므로 서조모(庶祖母)께서 대신 수고로움을 맡았다. 조부는 성품이 매우 엄격하여 평서(平恕)함이 많지 않으셨지만 부군께서는 화평한 마음으로 부친의 뜻을 받들어 모두가 기쁘고 즐거워하는 마음을 얻게 되었다. 조부께서 병에 걸려 침상에 계신 지가 몇 개월이 되자, 부군께서는 천지신명에게 빌면서 탕약을 보살피고 밤낮으로 곁을 지켰다. 상(喪)에 미쳐서는 너무도 슬퍼하여 마치 몸을 지탱할 수 없는 듯하였다. 묘소 곁에서 여막살이를 하였는데 할머니를 뵐 때가 아니면 발걸음이 산 밖으로 나가지 않았다. 상복을 벗고는 조모에게 효도와 공경을 다하여 봉양하였으며, 서조모를 대우하기를 조부가 살아계실 때와 같이 하였고, 서제매(庶弟妹)를 대우하는 데에도 차이가 없었다. 조모의 형제는 단지 세 자매뿐이었는데 조모가 순서상 맏이였으므로 그 집안의 일을 주관하는 것은 당연히 부군에게 있었다. 부군께서 말씀하기를, "나는 집안의 맏아들이 되는데, 외가의 제사를 받들게 되면 실로 근본을 둘로 나누는 혐의가 있게 된다."라 하고는, 조부께 아뢰어 외가의 제조(祭條)와 전택(田宅), 하인 등을 이종 사촌에게 물려주고 부군께서는 아무것도 취하지 않았다.

종조부(從祖父)에게 소실(小室)이 있었는데, 그 아들이 사람을 죽이고 체포되었다가 중도에 달아났었다. 추관(推官)은 종조부가 그 아들을 빼돌렸다고 생각하여 종조부를 체포하려는 몹시 급한 상황이었다. 이때 종조부는 집에 있지 않았고 이러한 화 또한 모르고 있었다. 부군께서 말씀하시기를, "내가 아니면 누가 소명하겠는가."라고 하며, 마침내 스스로 나아가 이치로 변론하였다. 방백(方伯)도 마음속으로 옳다고 여기고 살펴 빨리 해결될 수 있도록 도와주었기 때문에 그 일이 잘 해결되었다. 이러한 일들은 어찌 재물에 임하여 구차히 얻고 환난에 임하여 구차히 면하려는 자라면 할 수 있겠는가?[972] 부군의 큰 행적은 이와 같으니 나머지는 가히 알 만하다.

불행하게도 전염병에 걸려 천수(天壽)를 다하지 못하였으니 아, 애통하도다! 선비(先妣)는 안동(安東) 권씨(權氏)로, 태사(太師) 행(幸)의 후손이며 참봉 휘 제세(濟世)의 넷째 따님이다. 성품이 온화하였으며 집안을 다스리고 선조를 받드는 데 매우 예법이 있었

972) 《예기》 〈곡례〉에 "재물에 임하여 구차하게 얻지 말고, 환난에 임하여 구차하게 면하지 말라.[臨財毋苟得 臨難毋苟免]"라고 한 구절이 보인다.

는데, 부군께서 돌아가시자 자녀 교육에 방도가 있었다. 일찍이 말씀하시기를, "남자는 학문을 바탕으로 사람됨을 이루고, 여자는 지조와 신의로 자신을 지켜야 한다. 과부의 자식과는 세상에서 벗 삼지 않는 것[973]은 가르침이 없기 때문이니, 너희들은 각각 힘써야 한다."라고 하였다. 종족들이 그러한 것을 크게 칭찬하고, 모두 현모(賢母)라 여겼다. 임자년(1612)에 65세의 나이로 숙환(宿患) 때문에 침소에서 돌아가셨다. 그해 모월 모일에 마산(馬山) 진좌태향(震坐兌向)[974]의 언덕에 장사 지냈다. 부군의 묘소는 이전에 노현산(老峴山)에 있었는데, 병진년(1616) 모월 모일에 이장하여 선비의 묘와 합장하여 오른쪽에 모셨다.

자식은 2남 1녀를 두었는데 장남 영후(榮後)는 참봉 벼슬을 지냈다. 선취(先娶)는 평산(平山) 한 씨(韓氏)로 임진년에 적에게 죽임을 당했으며, 후취(後娶)는 한양(漢陽) 조씨(趙氏)이다. 장녀는 계례(笄禮)를 치르기 전이었는데, 한 씨 부인과 함께 절개를 지키고 죽었다. 차남 영방(榮邦)은 진사로 완산(完山) 유 씨(柳氏)에게 장가갔다. 한 씨 부인은 아들 위(熭) 하나를 낳았으며, 조 씨 부인은 2남 4녀를 두었다. 아들은 괴(焥)와 연(烻)이고, 첫째 딸은 정시회(鄭時晦)에게 시집갔고, 둘째 딸은 전상구(全尙耉)에게 시집갔고, 셋째 딸은 박응형(朴應衡)에게 시집갔고, 막내딸은 이해(李楷)에게 시집갔으며, 사위들은 모두 사인(士人)이다. 영방은 4남 3녀를 두었다. 아들은 혼(焜), 행(烆), 렴(熑), 제(焍)이다. 첫째 딸은 사인(士人) 김시준(金時準)에게 시집갔고, 둘째 딸은 생원(生員) 이신규(李身圭)에게 시집갔고, 막내딸은 사인(士人) 조정환(趙廷瓛)에게 시집갔다. 부군의 증손(曾孫)은 남녀 합하여 59인이다. 장남 영후(榮後)가 공인(工人)을 구하여 돌을 반듯하게 다듬어 놓았지만 단지 비문을 아직 갖추지 못했으므로 나[榮邦]에게 비석 뒷면에 비문(碑文)을 기록하라고 급히 명하였다. 나는 때를 놓치면 유감이 더욱 깊어질까 염려하여 읍혈(泣血)하면서 기록하노라.

先府君姓鄭諱湜字淸之 其初東萊人 麗朝僕射諱穆之後也 至八代祖藝文應敎諱承源籍安東 葬龍宮 子孫因居焉 有諱復周司直 是府君高祖 曾祖諱渙弘文應敎 祖諱允奇生員 考諱元忠進士 妣缶溪洪氏 文匡公諱貴達之曾孫女也 府君生于嘉靖庚戌 卒于萬曆

973) 과부의 …… 않는 것 : 《예기》 〈곡례〉에 말하기를 "과부의 자식은 드러남이 있지 않으면 함께 벗으로 사귀지 않는다.[寡婦之子, 非有見焉, 弗與爲友.]"라고 하였다.

974) 진좌태향(震坐兌向) : 동쪽을 등지고 서쪽을 향함.

辛巳 享年三十二 在世雖淺 而制行甚高 不肖孤等皆幼不及知 稍長隣鄕先進門中長老交口道府君事 嘖嘖不已 蓋欲令孤輩知也 世漸遠 先輩凋謝殆盡 幾於無徵 古人云無徵而書 是誣其先 有徵而不書 是棄其先 孤等用是爲懼 考之一家之政 徵於長老之口 得撰次如左 府君自少以孝友聞 王母夙嬰疾 不親庶事 庶祖母代執勞 王父性峻嚴少平恕 府君以和愉承藉之 俱得其歡心 王父病在牀者累月 府君禱神明視湯藥 日夜于側 及喪毁甚如不支 廬于墓次 非時省王母 足不出山外 服闋奉王母盡孝敬 待庶祖母如王父在時 遇庶弟妹無間也 王母兄弟只姊妹三人 王母序居長 幹其家蠱 當在府君 府君曰吾爲宗子 承外家祀 實有二本之嫌 白王父盡以其祭條田宅臧獲 讓與從母弟無取 從祖有小室其兄殺人就捕 中道而逸 推官意從祖邀奪 逮捕甚急 時從祖不在家 禍且不測 府君曰非我而誰明 遂自詣理辨 方伯心義之 及省供快釋 以故事得已 玆豈臨財苟得 臨亂苟免者得爲也 大者如此 餘可知矣 不幸遭毒癘 不得盡天年 嗚呼慟哉 先妣安東權氏 太師幸之後 參奉諱濟世之第四女 性柔婉 治家奉先 甚有禮法 及府君歿 則教子女有方 嘗曰男子資學問成人 女子以貞信守己 寡婦之子 世莫與者 以無教也 爾等其各勉焉 宗黨亟稱之皆以爲賢母 歲壬子壽六十五 以疾考終于寢 以是年某月日 葬于馬山震坐兌向之原 府君墓先在老峴山 丙辰年月日 移奉與先妣墓合葬而居右 子男二女一 長榮後參奉 先娶平山韓氏 壬辰死於賊 後娶漢陽趙氏 女未笄 與韓氏俱死節 次榮邦進士 娶完山柳氏 韓氏生一男煟 趙氏生二男四女 男曰焴, 烶 女一適鄭時晦 二適全尙耈 三適朴應衡 四適李楷 皆士人也 榮邦四男三女 男焜, 炘, 燫, 焍 女適士人金時準 次生員李身圭 次士人趙廷瓛 曾孫男女合五十九人 榮後購工治石 但未文 疾篤命榮邦誌諸陰 榮邦恐後時而爲恨益深 泣血以誌

행록行錄

선형 매오공 행록
先兄梅塢公行錄

몸소 효와 의를 행하여 명성이 밖으로 드러났으니 당시에 두드러지게 칭송을 받은 것은 세상에서는 어쩌면 어려운 일이다. 그러나 직접 가르침을 받은 자들은 감화되었고, 그것을 들은 자들은 기뻐하며 따랐으니, 사람들이 흠잡을 만한 것은 거의 없었다. 왜적들이 백성을 살해하고 포로로 잡는 것을 일삼다가 한 사람의 달가워하는 마음을 얻어 효성을 한번 보고는 또한 능히 감격하여 눈물을 흘리며 반드시 그 죽지 않고자 하여 마침내 원하던 바를 이루고 난 뒤에 그만두는 데 이르러서는 아직 들어보지 못한 바이다. 나의 형님 매오공의 행적이 이것이다.

공은 일찍이 아버지를 여의고 홀어머니를 효성으로 봉양하였는데, 무릇 그 뜻을 봉양한 것이 지극한 정성에 흠결이 없었다. 승관(勝冠)[975]에 학봉 선생의 문하에서 유학하였는데, 온화하고 유순하며 겸손하고 공손하였기 때문에 매우 사랑을 받았고, 장려하여 발전하는 방도가 여러 제자들보다 뛰어났다. 임진왜란 때 공은 어머니를 받들고 산골짜기에서 병란을 피했는데, 왜적 떼가 장차 가까워지는 것을 보고 화가 어머니에게 미칠까 두려워하여 마치 달아나 피하는 것처럼 하다가 붙잡히게 되었다. 적이 공을 잡고는 마침내 다시는 샅샅이 뒤져 찾지 않았다. 공이 왜적의 장수를 보았지만 공은 전혀 죽음을 두려워하는 마음이 없었다. 오직 슬픔을 억누르고 땅바닥에 십여 글자를 써서 노모가 계신다고 말하였는데 말하는 기색이 정성스럽고 간절하였다. 적장(賊將) 또한 '쓸모가 있으니 없애지 않겠다[有用勿去]'라고 네 글자를 써서 보이고는 인하여 눈물을 흘렸다. 여러 왜적들 중에 와서 침탈하고 포학하게 행동하는 자가 있으면 꾸짖

975) 승관(勝冠) : 약관(弱冠). 승(勝)은 머리꾸미개이고 관(冠)은 갓이니 관례(冠禮)를 치르는 때의 나이를 말한다.

어 못하게 하였고 가는 곳마다 공을 반드시 함께 데리고 갔다. 날이 저물자 밖으로 인도하여 점점 멀어질 때까지 높은 곳에 앉아 바라보며 전송하였는데, 공이 떠나가서 강가에 이르기를 기다린 후에 돌아갔으니 아마도 공이 가는 도중에 해를 입을까 염려해서였다. 강을 반쯤 건넜을 때 적군 한 명이 칼날을 휘두르며 쫓아오다가 물속에 빠져 죽었으니 어찌 하늘의 도움이 아니겠는가.

임자년(1612) 정월에 어머니께서 병에 걸려 오랫동안 앓기를 대여섯 달에 이르렀다. 의원을 찾고 시탕(侍湯)하는 여가에 신명께 기도함에 이르기까지 그 극진함을 다하지 않음이 없었다. 밤낮으로 밖에서 이슬을 맞으며 분주하게 다니면서 슬프게 통곡하고 먹고 자는 것을 모두 폐한 지가 거의 한 달 남짓이 되었다. 내가 이와 같은 것을 걱정하여 어머니의 뜻이라 하면서 멈추라고 하면 이르기를, "어찌 어머니께서 병이 위독하신데 사람의 자식으로 방에 편안히 있으면서 음식을 자유롭게 먹을 수 있겠는가?"라고 하였다. 어머니 상을 당함에 미쳐서는 몸이 상한 것이 너무 심하여 오히려 부축을 받으며 장례를 치렀는데 예에 어긋나는 것이 없었다.

삼년상 안에 다시 중병을 얻어 거의 상을 감당할 수 없었는데, 신명이 도와서 삼년상을 마칠 수 있었다. 추모하는 정성과 선조를 받드는 예의는 늙을수록 더욱 독실하였다. 매양 선조의 기일을 만나면 슬퍼하고 근심하며 소복(素服)으로 밤을 새웠는데, 선부군(先父君)의 기일에는 더욱이 상을 당한 당시에 어렸기 때문에 스스로 정성을 다하지 못했음을 평생의 지극한 아픔으로 여겼다. 항상 말씀하기를 "집안의 제사에는 가장 구차해서는 안 되는데 세상 사람들이 속절(俗節)[976]을 중히 여겨 정제(正祭)[977]를 소홀하게 하는 것은 온당하지 않다."라고 하였다. 항상 사중삭(四仲朔)[978]에 미리 좋은 날을 헤아려서 사당에 아뢰고 재계(齋戒)할 때는 한결같이 《가례(家禮)》에 따라 하였다. 재계할 때는 반드시 몸을 정결히 하였고 제사할 때는 반드시 정성을 다하였으니 중병을 핑계로 조금도 소홀히 하지 않았다. 내가 말하기를, "옛날 사람들은 근력이 미치지 못하면 사당에 아뢰고 물러나 쉬는 예가 있었는데 어찌 반드시 병을 무릅쓰고 이렇게 하십니까?"

976) 속절(俗節) : 제삿날 이외에 철에 따라 사당이나 선영에 차례를 지내는 날. 곧 음력 설날·한식·단오·동지 같은 날을 가리킨다.

977) 정제(正祭) : 한 해에 네 번 철마다 조상의 사당에 지내는 정규적인 제사. 중월(仲月, 2월·5월·8월·11월)의 삼순(三旬) 정일(丁日) 또는 해일(亥日)을 택하여 고조(高祖) 이하의 조상에게 드리는 제사.

978) 사중삭(四仲朔) : 네 계절의 각각 가운데 달. 음력으로 2월·5월·8월·11월을 이른다.

라고 하였더니, 말씀하기를, "옛날 사람에게 있어서는 그럴 수 있겠지만 나는 그렇게 할 수 없네."라고 하며 끝내 변함이 없었다. 정월 초하루나 단오 같은 명절 제사는 집에서 행하였고, 오직 한식과 추석에는 묘소에 올라가서 행하였다. 또 말씀하기를, "정부자(程夫子)가 선대를 제사한 여섯 가지 조목 가운데, 아버지에게 지내는 제사는 주부자(朱夫子)가 그를 따라 생일날에 제사를 지냈다. 대체로 계추(季秋, 음력 9월)는 만물이 이루어지는 때이다. 사람의 자식으로 조상에게 보답하는 정성을 다함에 있어서 마음은 진실되고 간절해야 하며 예에는 혐의가 없도록 해야 한다. 나의 생일이 또한 마침 그때 그때라서 부모님께서 애쓰면서 길러주신 것을 생각하면 스스로 차마 그냥 지나칠 수 없다."라고 하였다. 이에 이날 대청에 나아가서 한결같이 정제(正祭)에 지내는 품절(品節)에 의거하여 제사를 행하되, 축문은 조금 바꾸어서 '애쓰면서 길러주신 것을 생각하니 높은 하늘처럼 그지없습니다[言念劬勞昊天罔極]'고 하였다.

계유년(1633)에 옛 사당이 비좁았기 때문에 세 칸을 고쳐 지었는데 주위 담장과 부엌을 모두 도식(圖式)에 따라 지었다. 앞에는 대문이 있었는데 간가(間架)를 조금 덧붙여서 집안사람들이 바람과 비를 피할 수 있는 곳으로 만들었다. 노복 한 사람을 영원히 면제시켜주면서 사당을 청소하는 일을 부탁하였다. 날마다 새벽에는 반드시 세수하고 머리를 빗고 의관과 띠를 갖추고 사당에 들어가 엄숙하게 배알하였다. 만일 자력으로 하지 못할 때면 혹 다른 사람에게 업혀 와서 행하였으며 물러나 한 곳에 앉아서 집안일을 점검하며 자제들과 종들 가운데 그 임무를 감당하지 못하는 자는 벌을 주었다. 비록 병환이 심해졌을 때도 여전히 진설(陳設)하는 것을 잊어버리지 않았다. 돌아가시기[易簀][979] 하루 전 날이 9월 보름날이었는데 동쪽 창문에 해가 떠오르는 것을 보고 자제들에게 이르시를, "오늘 해가 이미 떴는데 다례를 아직도 올리지 못했으니 어찌하느냐?"라고 하였으니, 그 죽음에 이르러서까지 정성이 두터운 것이 이와 같았다.

매양 형제가 각자 떨어져 사는 것을 한스러워하며 말씀하시기를, "송촌(松村)과 용궁(龍宮)은 모두 분묘(墳墓)가 있는 곳이니 이곳에 있으면 저곳을 버려두는 것이고 저곳에 있으면 이곳을 버려두는 것이니 유감이 없을 수 없기는 마찬가지이다. 차라리 형제가 함께 살면서 죽고 사는 것을 서로 지켜주는 계획을 생각하는 것이 오히려 양쪽의 유감

979) 돌아가시기[易簀] : 대자리를 바꾸어 깐다는 말로, 죽음을 의미한다. 증자(曾子)가 병이 들어서 임종하기 직전에 아들 증원(曾元)을 시켜서 깔고 있던 대자리를 다른 것으로 바꾸어 깔게 하였다. (《禮記》 〈檀弓 上〉)

이 있는 것보다 나을 것이다."라고 하였다. 내가 기유년(1609) 봄에 가족을 데리고 용궁으로 돌아오니, 형님께서는 종가의 터전을 분할하여 나에게 주었는데, 나는 종가의 터전을 분할하는 것이 온당하지 않다고 생각해 굳이 사양하고 감히 받지 않았다. 마침내 자신이 가졌던 땅을 주며 살게 했으니 바로 지금의 지부(芝阜)가 이것이다. 형제가 번갈아 서로 왕래하기에는 오히려 십 리를 멀다고 여겼다. 노쇠하여 병이 들자 항상 나를 불러 서로 마주보고 먹고 잤으며 걱정과 기쁨을 반드시 함께하였다. 병자호란 때 청부(靑鳧, 청송)와 진성(眞城, 진보) 사이에서 병란을 피하다가 얼마 안 되어 형님은 돌아가고 나는 남았는데, 이로부터 처음으로 형님과 서로 떨어지게 되었다. 난리가 안정되지 않자 몸을 숨길 곳이 깊지 않으면 안 된다 하시기에 형님의 명을 따랐다. 그러나 때때로 와서 문안할 때면 혹은 한 달이나 혹은 수개월을 머물다 가라고 하셨는데, 나도 급하게 돌아가고 싶지 않았다. 돌아갈 때 문득 손을 잡고서 오랜 시간을 아쉬워하였다. 기묘년(1639) 봄에 내가 이미 절하고 하직하고는 지부(芝阜)에서 묵게 되었는데, 이튿날 아침에 형님이 대나무 가마[竹兜子]를 타고 좇아와서 말씀하기를, "땅이 멀고 몸에 생긴 병으로 다시 보지 못할까 두려워서 왔노라."고 하였으니, 그 우애의 돈독함이 대부분 이와 같았다.

이보다 앞서 형제가 모두 질병에 걸려서 틈틈이 와서 뵈올 때면 책상 위의 종이를 가져다 보여주었는데, 바로 전지(田地)와 노비를 나누어 주는 문서였다. 내가 말하기를, "어찌 이 일에 급급해 하십니까?"라고 하니, 형님이 말씀하기를, "둘 다 모두 병이 깊으니 하지 않을 수 없다."라고 하였다. 내가 말하기를, "항상 세상 사람들이 재산을 나누는 것을 보면 종가(宗家)에 많이 후하게 하는 것이 이치와 형세로 당연한데 지금 도리어 지차(之次)에게 넉넉하게 하는 것은 진실로 이미 불가합니다. 더군다나 남의 후사가 된 자는 복제(服制) 또한 본종(本宗)보다 강복(降服)[980]합니다."라고 하였다. 이러한 일들에는 또한 마땅히 넉넉함과 부족함이 있으니 고쳐서 행하기를 요청하였으나 형님은 손을 휘저으며 그치게 하고 말씀하기를, "내가 이미 헤아렸으니 자네는 여러 말 말게. 부모님이 살아 계셔서 판단하여 처리하셨다면 자네 말이 오히려 괜찮겠지만 형제가 처리함은 저절로 서로 같지 않다네. 또한 복제는 의로써 강복되고 재산은 또한 의로써 줄이는

---

980) 강복(降服) : 어떤 사유가 있어서 자신에게 해당되는 상복(喪服)에서 한 단계 낮추어서 상복을 입는 것을 말한다.

것이 또한 성인의 제도가 아니겠는가? 자네는 생각해 보게."라고 하였다.

내가 일찍이 위와 팔뚝의 통증을 앓았는데, 종종 심하게 되면 형님께서 손수 쓰다듬어 주기를 마치 어린 아이를 보살피듯 하였으며 근심이 얼굴에 드러나고 음식을 잘 드시지 못하였다. 십 리 떨어진 곳에서 서로 안부를 묻고 선물을 주고받았다. 어떤 노인의 집이 길 옆에 있었는데 말하기를, "정씨(鄭氏) 집안의 아이 종들 가운데 낯선 사람이 없다."고 하였다. 임종할 즈음에 이르러 영결하면서 말하기를, "내가 죽으면 자네가 남지만 자네가 죽으면 누가 남겠는가."라고 하였으니 아아! 그 남은 사랑을 다하지 못한 것이 이와 같았다.

병이 위독하였지만 오히려 삶과 죽음이 마음을 움직이지 못하였는데 항상 이르기를 "삶에 죽음이 있는 것은 마치 해가 반드시 저무는 것과 같다. 내가 평생에 큰 과오가 없었고, 또 몸에 욕을 입지 않고 선인들에게 이르렀으며, 수명이 여기까지 이르렀으니 이것 또한 충분하다. 죽은 사람 때문에 산 사람을 상하게 하지 말 것이며 오직 나를 보냄에 예로써 하고 아들과 조카들에게 제사를 엄격하게 지내기를 가르치되 나의 뜻을 저버리지 않으면 좋겠다."고 하고 다른 일에는 한 마디도 언급하지 없었다. 정침(正寢)으로 옮기자 차분히 죽음을 맞이하였으니 여기에서 평소에 지조를 지킨 바가 우연이 아니었음을 더욱 알겠도다. 아! 슬프도다.

공은 자품(資稟)이 매우 뛰어났는데 밝음은 어두운 곳을 비출 수 있었고 재주는 훌륭한 일을 할 수 있었으며 행동은 세상에 모범이 될 만하였으니 당시에 등용되었다면 어찌 남과 같지 못하였겠는가? 그러면서도 높은 사람인 것처럼 과장하지 않았고 명예를 구하는 것에 과하지 않았으며 깊숙이 거처하며 천진(天眞)을 길렀으며 은거하며 곤궁한 것을 스스로 즐겼다. 성품이 깊고 궁벽한 것을 좋아하여 집의 서쪽에 대나무를 심고 매화를 심었으며 다시 몇 칸의 집을 그 사이에 두고 밤낮으로 그 안에서 거처하였다. 짙은 녹음이 뜰에 가득하고 맑은 향기가 방으로 들어오니, 베개 하나와 책상 하나를 동쪽과 서쪽을 따라 배치하여 한가로이 즐기며 어디를 가도 편안하지 않음이 없었다. 인하여 자호를 '매오거사(梅塢居士)'라 하였고, 자손들이 집에 가득하였으니 즐겁게 살다가 세상을 마쳤다.

권세와 이익의 길에 마음을 내달리며 득실을 기쁨과 슬픔으로 삼는 것과 비교해 보면 서로의 거리가 멀었다. 젊었을 때 술 마시기를 즐겼기 때문에 선친께서 훈계를 남기기를, 술을 마시되 취하는 데 이르지 않도록 하라고 하셨다. 만년에 기력이 노쇠하여 술을 빌려 힘을 내고자 하였는데 술잔을 잡는 일이 비록 빈번하였지만 또한 조금 취하고는 멈추었다. 손님이 오면 말을 잊었고 손님이 가면 잠에 드셨다. 세상이 어지러워도 편안하였고 여러 사람이 수고로워도 편안하였다. 남의 급한 일을 도와줌에는 친밀하고 소원한 관계를 따지지 않았고, 남의 상(喪)을 도와줌에는 재산이 있고 없음을 따지지 않았다. 종족에게 어질었던 마음이 이웃 마을에까지 미쳤고, 붕우에게 있던 신의가 향당에까지 미쳤다.

이치에 어긋나는 일[橫逆]이 닥쳐와도 그대로 받아들이고 보복하지 않았으며 재앙과 환란이 이르면 이치로써 스스로 떨쳐 버렸으니, 또한 마음에 터득함이 없거나 평소에 수양함이 없었다면 어찌 능히 그럴 수 있겠는가? 젊었을 때 한번 해액(解額)[981]에 참여하였다가 어지러운 세상을 만나고부터는 다시는 과거 공부를 일삼지 않았다. 그러나 서책에 마음을 두고는 일찍이 그냥 지나친 적이 없었는데, 만년에는 경사(經史)와 제자백가의 책을 모아 유자(儒者)의 일에 더욱 힘을 기울였다. 심한 병에 들지 않으면 손에서 책을 놓지 않고 말씀하기를, "감히 학문을 하려는 것이 아니라 병을 잊어버리고자 함이다."라고 하였다. 예서에 있어서 소견이 더욱 깊었는데 이전의 사람들이 밝히지 못한 것을 많이 터득하였다.

일찍이 천장(遷葬)[982]할 때 복제(服制) 문제로 우복 선생에게 편지를 왕복하면서 이르기를, "구준(丘濬)[983]은 '장사를 마치고 제사를 지낸 뒤에 곧바로 상복을 벗고 소복으로 바꾸어 입고 돌아온다.'라고 하였습니다. 저의 생각으로는 이미 시신을 넣은 널을 보면 애통하고 참담한 마음이 초상 때와 다름이 없는데, 성인이 절충하여 시마복(緦麻服)으로 정하였습니다. 비록 감히 마음대로 예제(禮制)를 뛰어넘어서는 안 되겠지만, 장례 후에 그 의복을 남겨두었다가 때때로 성묘할 때 입어서 슬픔을 펼치고 달수가 이미 다한 뒤에 묘소에 올라가 제복(除服)하는 것이 어떻겠습니까?"라고 하였다. 선생이 답

981) 해액(解額) : 향시(鄕試)에 합격한 사람에게 국가가 해장(解狀)을 주어 해인(解人)이라 하였는데, 해액은 그 합격한 사람의 정원을 말한다.

982) 천장(遷葬) : 원래 장사 지냈던 곳에 사정이 생기거나, 옮겨서 장사 지내야 할 사유가 생겨서 다시 장사 지내는 것을 말한다.

983) 구준(丘濬, 1420~1495) : 명(明)나라의 유학자이자 정치가이다. 자는 중심(仲深), 호는 심암(深菴) 또는 경산(瓊山)이며, 시호는 문장(文莊)이다. 효종 때 예부상서로 문연각 태학사를 겸하여 정무에 참여하였다. 당시 폐단을 직언하여 황제를 잘 보필하였고 주자학과 전고에도 밝았다. 저서로는 《대학연의보(大學衍義補)》·《가례의절(家禮儀節)》·《주자학적(朱子學的)》 등이 있다.

서에 이르기를, “평상시에 묘소에 올라갈 때에는 《가례(家禮)》에 ‘슬픈 마음으로 살핀다.[哀省]’[984]라는 글이 있네. 하물며 개장(改葬)하고 석 달 안에는 평상시와 같지 않으니 자네가 보여준 정성이 참으로 인정과 예에 합당하네. 이는 인정에서 발하는 바를 알고 능히 스스로 다할 수 있는 자라야만 터득할 수 있는 것이네.”라고 하였다. 그 밖에 예를 논한 것이 한두 가지가 아니었다.

훗날 우복 선생께서 나에게 이르기를, “자네 형님께서 학문을 익힌 노력이 없다고 스스로 말하지만 나는 생각하건대 자질이 아름다운 자는 비록 학력이 없더라도 좋은 선비가 되는데 방해가 되지 않을 것이네. 지금 논한 바를 살펴보건대 독서하지 않고 마음으로 얻는다는 것은 불가능할 것이니 참으로 학문을 좋아하고 힘써 행한 사람이네.”라고 하였다. 아! 선한 일을 하고도 어진 사람에게 알아줌을 받지 못한다면 비록 수많은 사람들이 칭찬하더라도 어찌하여 그것이 많다고 하겠는가! 이중명(李仲明)이 공을 애도한 만시(輓詩)에 이르기를, “학봉(鶴峰) 김 선생의 문하에서 수학하였고[摳衣][985], 우복(愚伏) 정 선생에게는 특별한 손님이었다.[下榻][986]”라고 하였다. 아아! 중명이 어찌 구차한 말로 지나치게 사람을 칭찬했겠는가. 형님의 아름다운 덕과 훌륭한 행실이 다른 사람에게 미친 것을 한마디 말로써는 다할 수 없다. 서종제(庶從弟) 가운데 그 어버이를 잘 섬긴 자가 있었는데 사람들이 그가 학식이 없으면서도 능히 이와 같이 한 것을 기특하게 여겼다. 물으면 말하기를 “저의 눈은 책을 알지 못하고, 발은 향리를 벗어나지 않아서 보고 들은 것이 없으나 오직 문중의 어른께서 하시던 것을 법식으로 취했을 따름입니다.”라고 하였으니 비록 그 타고난 자질이 아름답더라도 보고 감화되는 효과 또한 속일 수 없다.

공의 집안 종들은 충성과 신의가 있어서 믿을 만한 자들이 무리지어 나왔으나 또한 어찌 모두 그 자질이 아름다운 자들이겠는가. 옛날에 진실로 겨울에 죽순이 돋아나고,

---

984) 슬픈 마음으로 살핀다.[哀省] : 《가례(家禮)》 묘제(墓祭)에 “묘소를 세 바퀴 돌면서 슬픈 마음으로 살핀다.[環繞哀省三周]”라고 하였다.

985) 문하에서 수학하였고[摳衣] : 옷의 앞자락을 들어 올려 경의를 나타낸다는 뜻으로 스승으로 섬김을 이르는 말이다. 《예기(禮記)》 〈곡례 상(曲禮上)〉에서 “옷을 걷어잡고 자리 모퉁이로 나아가 반드시 응답하는 것을 삼가야 한다.[摳衣趨隅 必愼唯諾]”라고 하였다.

986) 특별한 손님이었다.[下榻] : 걸상을 내려 특별히 손님을 대우하는 것을 말한다. 후한 때 남창태수(南昌太守) 진번(陳蕃)은 평상시에 빈객을 전혀 접대하지 않았는데, 다만 은사(隱士)인 서치(徐穉)가 찾아오면 특별히 걸상 하나를 내려 그를 정중히 접대하고, 그가 떠난 뒤에는 다시 그 걸상을 제자리에 매달았다고 한다. (《後漢書》 卷83 〈徐穉列傳〉)

개가 변화하여 동뢰(同牢)[987]한 것이 있었으니 사물도 오히려 그러하거늘 하물며 사람에 있어서임에랴! 아아, 형님의 효성과 의리에 감복한 자가 비록 많았으나 아는 자는 적었으며, 아는 자가 비록 있었지만 말할 수 있는 자가 있지 않았으니 마침내 사라져서 알려지지 않는 데에 이를까 두렵다. 우선 그 큰 것을 모아서 잊어버릴 것에 대비하였는데 다만 형님을 잃은 뒤로 정신이 혼미하고 심란하여 지난 일을 곰곰이 생각하면서 유광(幽光)[988]을 떨쳐 일으킬 수 없었다. 오직 친우와 여러 현인들에게 바라노니 빠진 것은 보충하고 거친 것은 가다듬어 대대로 지킬 가승(家乘)[989]을 정해준다면 아마도 죽은 자는 잊히지 않을 것이고 살아 있는 자는 유감이 없을 것이다.

躬行孝義 聲聞著外 表表見稱於時者 世或難焉 然炙之者感化 聞之者悅服 人無間然者則鮮矣 至於寇賊之以殺擄爲事 得一人甘心焉者 一見誠孝 亦能感涕 必欲其無死 使終遂所願而後已 則所未聞也 我家兄梅塢公之行是已 公早喪所怙 孝奉偏母 凡所以養其志者 至誠無闕 勝冠遊學於鶴峰先生之門 以溫柔遜悌 甚見愛重 奬進之方 異於諸弟子 壬辰之變 公奉先妣避兵山谷中 見賊蒐將近 恐禍及所恃 若將奔避者而就執 賊得公遂不復窮搜 以公見其將 公了無怖死心 惟悲遑掩抑 畫地作十餘字 言有老母 辭氣愿款 賊將亦書有用勿去四字以示之 因以出涕 衆賊有來侵虐者則呵禁之 於其所往 必携與之偕 至晩引出 稍遠坐高目送之 待公去至江上然後方迴 蓋恐其中路見害也 涉江過半 有一賊揮刃趕來 渰死水中 庸非天乎 壬子正月 先妣感疾彌留 至五六月 尋醫侍湯之餘 以至祈禱于神明者 無所不用其極 晝夜露立于外 奔走悲號 寢食俱廢者 殆將月餘 余愍其如此 以親意止之 則曰安有親病危篤而人子安於居室飮食自由者乎 及乎大故 柴毁已甚而猶扶掖將事 禮無違者 三年之內 再得重病 幾不能勝喪 神明所佑 得以終制 追慕之誠奉先之禮 老而彌篤 每遇先世忌日 感愴怵惕 素服終夕 於先府君之忌 尤以當時幼 不獲自盡 爲平生至痛 常曰人家祭祀 最不可苟 世人重俗節而忽正祭甚未安 常於四仲朔 預卜吉日 告廟致齊 一如家禮 齊必致潔 祭必致誠 不以重病而或怠 余曰古人筋力不逮則有告廟退休之禮 何必强疾爲此 曰在古人則可 在吾則不可 終不變 其於節祀正朝端午

987) 동뢰(同牢) : 옛날 혼례 때에 신랑과 신부가 함께 희생(犧牲)을 먹는 의식에서 유래한 말로, 혼인을 가리킨다.

988) 유광(幽光) : 남에게 알려지지 아니한 덕(德).

989) 가승(家乘) : 한 집안의 계보. 한 집안의 사승(史乘). 한 집안의 역사적 기록. 족보, 문집 따위.

行於家 惟寒食秋夕上墓 又曰程夫子祭先六條中祭禰一節 朱夫子從之 以其生日行事 夫以季秋成物之時 寓人子報本之誠 情爲眞切 禮無嫌礙 吾生日亦適丁其時 念父母劬勞 自不忍虛過 乃於是日就正堂 一依正祭品節而行之 惟祝辭小變曰言念劬勞 昊天罔極云云 歲癸酉以舊廟狹隘 改搆三間 周垣廚庫 皆依圖式 前有大門 稍添間架 以爲家衆避風雨之所 永除一僕 屬以祠宇掃除之役 每日淸晨 必盥櫛具冠帶 入廟庭肅謁 如不能自力 則或人負而行 退坐一處 撿看家事 子弟僕隸有不勝任者罰之 雖在病革 猶不能忘設 易簀前一日 是九月之望也 見東窓日上 謂子弟曰今日日已出 茶禮尙不擧行何歟 其至死誠篤如此 每以兄弟各處爲恨 曰松村龍宮 俱是墳墓所在 在此遺彼 在彼遺此 其不能無憾則均焉 寧兄弟同居 以爲死生相守之計 則猶勝於兩憾矣 余以己酉春眷歸龍宮 兄割宗家基址以畀余 余以分割宗基未安 固辭不敢受 遂以自占之地與居焉 卽今芝阜是也 兄弟遆相往來 猶以十里爲遠也 及其衰病 常呼余相對寢食 憂喜必同 丙子之亂 避兵于靑鳧眞城之間 未幾兄返余留 自是始與兄相離 蓋亂靡有定 藏身之所 不可不深 從兄命也 然以時來省 則或彌月或數月挽留 不欲余遽歸 歸時便握手不樂者久之 己卯春 余旣拜辭 宿于芝阜 翌日早兄乘竹兜子追至曰地遠身病 恐不得復見故來耳 其友愛之篤多此類也 先是兄弟俱有疾病 間來拜則取案上紙令視之 乃分田民文券也 余曰何汲汲於是哉 兄曰兩病俱深 不得不爾 余曰常見世人爲此 多厚於宗家 理勢當然 今反優於支子 固已不可 況爲人後者 服亦降於本宗 此等事亦當有豐殺 請改爲之 兄揮手止之 曰吾已忖度 爾無多談 父母在而裁處 則爾言猶可也 兄弟處置 自不相同 且服以義降 財亦義減 亦聖人制乎 爾其思之 余嘗患胃脘痛 往往而劇 兄手自撫摩 如保嬰兒 憂形於色 食爲之減 十里之間 問遺相踵 有一老人家在路傍 曰鄭氏僮奴 吾無面生者 及啓手足之際 與之爲訣 曰我死汝在 汝死誰存 嗚呼 其餘愛之不盡者如此 病革猶不以死生動念 常曰生之有死 如日必暮 吾平生無大過惡 又無辱身以及先人 得壽至此 是亦足矣 無以死傷生 惟送我以禮 訓子姪嚴祭祀 不負吾意可也 無一言及他事 移居正寢 從容就盡 到此益知平日操守之不偶然也 嗚呼痛哉 公資禀絶異 明足以燭幽 才足以有爲 行足以範世 使見用於時 則何遽不若人哉 然而不夸大以高人 不矯激以邀名 深居養眞 隱約自娛 性喜奧僻 就堂西蒔竹栽梅 復以數間屋子置于其間 日夜處其中 濃綠滿庭 淸香入戶 一枕一榻 隨意東西 婆娑遊嬉 無適不安 因自號梅塢居士 子孫滿堂 樂以終世 其視馳心於勢利之途 以得失爲欣慼者 相去遠矣 少時嗜酒 以先親遺戒 飮不至醉 晩年氣力衰少 欲借酒爲力 把盃雖頻 亦微醺而止 客至忘言 客去就睡 世亂而安 衆勞而逸 周人之急 不問親踈 恤人

之喪 不計有無 仁於宗族 以及隣里 信於朋友 以及鄕黨 橫逆之來 直受不報 禍患之至 以理自遣 亦豈無得於心無養於素而能然乎 少時一參解額 自遭世亂 不復事擧子業 然留心書冊 未嘗放過 晩年聚經史子集 益着力於儒者事 非有甚病 手不釋卷 曰非敢爲學 欲以忘病 其於禮書 所見尤深 多得前人之所未發 嘗以遷葬服制 往復於愚伏先生云 丘氏以爲葬畢祭後卽除 易素服而還 愚意旣見屍柩 哀痛慘怛之意 無異初喪 而聖人折衷定以緦麻 雖不敢徑情逾越 葬後留其服 以時省墓 服以紓哀 月數旣盡 然後上墓除之 何如 先生答書云常時上墓 禮有哀省之文 況改葬三月之內 與常時不同 所示一款 允合情禮 乃知情之所發 能自盡者得之 其他論禮者非一 他日先生謂余 曰伯公自言無講學之功 吾以爲資質美者 雖無學力 不害爲善士 今觀所論 非讀書心得者不能 眞好學力行人也 噫爲善而不見知於賢者 則雖千百人譽之 烏在其多乎 李仲明輓公詩云摳衣金鶴老下榻鄭愚翁 嗚呼 仲明豈苟言溢美人哉 兄之懿德美行之及於人者 有不可以一言而盡庶從弟有善事其親者 人異其無學識而能如此 問之則曰吾目不知書 足不出鄕 無所見聞惟門長所爲而取式焉耳 雖其天質之美 而觀感之效 亦不可誣也 公家奴隷 有忠信可仗者輩出 亦豈皆其質之美者哉 古固有笋生於冬 犬化而同牢者 物猶然 況於人乎 嗚呼 兄之孝義 服之者雖深 而知之者蓋寡 知之者雖存 而能言之者不在 恐遂湮沒而以至於無聞也 姑撮其大者 以備遺忘 而第喪兄以後精神昏憒 不足以尋思往事 發揚幽光 惟望親友諸賢有能補闕刪蕪 定爲世守之家乘 則庶死者不亡 生者無憾矣

유사遺事

우복 선생 유사
愚伏先生遺事

을묘년(1615)에 심경(沈憬)이 무고하여 끌어들인 일[990]에 연루되어 의금부에 체포되었다. 당시에 죽옥(鬻獄)[991]이 이미 성행하고 있었는데, 혼조(昏朝)에서는 비록 선생의 억울함을 알고 있었지만 오히려 풀어 주려고 하지 않았다. 나는 한강(寒岡) 선생에게 들은 바를 가지고 동료들과 의논하였는데, 채낙이(蔡樂而) 군이 편지를 가지고 곧바로 가서 선생께 몰래 전했다. 선생께서 답하시기를, "제군들이 나를 사랑하는 방식은 오히려 나에게 누가 되네. 옛 사람 중에 비록 그렇게 한 사람이 있지만 지금의 일과는 저절로 같지가 않으니, 바라건대 내 말로써 제군들에게 사례(謝禮) 해주게. 군자는 사람을 덕으로 사랑하지 고식적(姑息的)으로 사랑하지 않는다[992]고 하니, 만약 도리가 어떠한지 논하지 않고 반드시 행하려고 한다면 다시는 서로 볼일이 없을 것이다."라고 하셨다.

내가 고을에 있을 때이다. 한강 선생이 초정(椒井)[993]에서 목욕하고 남쪽으로 돌아갈 때, 유계화(柳季華)[994]와 여러 동인(同人)들과 함께 지보역(知保驛)에서 배알하였다. 나는

---

990) 심경(沈憬)이 …… 끌어들인 일 : 심경이 '광해가 장차 모후(母后)인 인목대비(仁穆大妃)를 폐위(廢位)할 것이다.'라는 말을 발설하였다가 체포되었는데, 광해군이 그 말의 출처를 캐묻자, 심경이 우복 정경세에게서 들었다고 무고한 일을 말한다.

991) 죽옥(鬻獄) : 뇌물을 받고 법을 왜곡하여 그릇된 판결을 내리는 것을 말함.

992) 군자는 …… 않는다 : 《예기(禮記)》 〈단궁 상(檀弓上)〉에 나오는 말을 축약한 것으로, 원문에는 "군자는 덕으로 사람을 사랑하고, 소인은 고식적으로 사람을 사랑한다.[君子之愛人也以德 細人之愛人也以姑息]"라고 하였다.

993) 초정(椒井) : 지금의 봉화군 물야면(物野面) 오전리(梧田里)에 있으며 '오전약수탕'이라 한다. 이곳이 옛날에는 순흥부 수식면(水息面) 소속이었는데 금성대군 변란에 순흥부가 폐지되면서 잠시 영천군(榮川郡, 현재 영주시)에 속하기도 하였다. 수질이 피부 질환에 효험이 있는 것으로 저명하여 주세붕, 정구 등 유명 인사가 찾았다가 시를 남겼다.

994) 유계화(柳季華) : 유진(柳袗)을 가리킴. 각주 448) 참조.

여쭙기를, "후한(後漢)의 위소(魏劭)는 그 스승을 위하여 뇌물을 바쳐 죄를 면하였습니다.[995] 의리(義理)에 있어서는 해로움이 없을 듯한데, 시의(時議)에 비난이 있는 것은 어째서 입니까?"라고 하였다. 한강 선생께서 답하기를, "해로울 것이 없다. 옛 사람 중에 그렇게 행동한 사람이 있으니, 굉요(閎夭)와 산의생(散宜生)이 그렇게 하였다.[996] 만약 하고자 하는 바가 있으면 모름지기 때를 놓치지 않고 해야 한다."라고 하셨다.

당시 체옥(滯獄)된 지 이미 오래됨에 겨울 추위가 매서워서 여러 재신(宰臣)들은 공이 병들까 염려하고 있었다. 이 때문에 김응기(金應箕)가 공에게 알리기를, "날씨의 추위가 이와 같으니, 병든 사람이 반드시 견뎌낼 수 없습니다. 어찌 질병을 아뢰어 보방(保放)[997]하지 않으시는지요? 응교(應敎) 이명(李溟)이 병을 아뢰어 옥사에서 나올 수 있었으니, 이 일이 이미 규례(規例)가 되었습니다. 만약 수본(手本)[998]을 올리면 즉시 임금에게 아뢰어 시행될 것입니다."라고 하였다. 선생께서 대답하기를, "응교 이명은 자신에게 진짜 병이 있었고 나에게는 병이 없다. 어찌 병이 없는 것으로 병이 있다고 하여 스스로 임금을 속이는 죄를 취하겠는가? 이와 같다면 옥사에 들어갈 때는 죄가 없었는데, 옥사를 나올 때는 죄가 있게 되는 것이다."라고 하셨다.

병진년(1616) 겨울에 선생께서는 율리(栗里)에 있는 집에 계셨다. 한강 선생이 무신년(1608)과 을묘년(1615)에 은혜를 온전히 하라는 뜻으로 올린 두 상소[999]에 대해 선생에게 찾아와 묻는 사람이 있었는데, 선생께서 말씀하시기를, "무신년의 상소는 어떠한지 모르겠으나, 을묘년의 상소는 어찌 좋지 않겠는가?"라고 하셨다. 다시 "죄에 경중이 있기

---

995) 후한(後漢)의 …… 면하였습니다. : 후한 때 사람인 위소가 사필(史弼)을 구한 일을 말한다. 사필이 무고를 당해 기시(棄市)의 형에 처해지게 되었는데, 위소가 자신의 집을 팔아 그 돈을 당로자(當路者)였던 후람(侯覽)에게 뇌물로 주고 사형에서 면하게 하였다. 《後漢書》 卷64 〈史弼列傳〉

996) 굉요(閎夭)와 …… 그렇게 하였다. : 은(殷)나라 때, 나중에 주(周)나라 문왕(文王)이 된 서백(西伯)이 주왕(紂王)에 의해 유리(羑里)에 있는 옥(獄)에 갇히자, 산의생(散宜生)과 굉요(閎夭) 등이 여상(呂尙)으로부터 황금 천일(千鎰)을 받아 이를 가지고 미녀와 문마(文馬)를 사 주왕에게 바치고 서백을 석방시킨 고사를 이른다. 《史記》 卷32 〈齊太公世家〉

997) 보방(保放) : 조선시대에 죄수의 건강이나 유교 윤리상 수금(囚禁)이 부당한 것으로 인정되는 경우에 죄인을 일정 기간 동안 보증인을 세우고 풀어 주던 것을 말한다. 병으로 인한 보방과 친상(親喪)으로 인한 보방 등이 있으며, 병이 낫거나 친상을 치른 뒤에는 재수감하였다.

998) 수본(手本) : 공사(公事)에 관하여 상사(上司) 또는 관계 관서에 보고하는 문서를 말한다.

999) 은혜를 …… 두 상소 : 광해군 즉위년에 임해군(臨海君)이 유배된 뒤, 조정의 일방에서 임해군에게 중벌을 가해야 된다는 논의가 있자, 정구(鄭逑)가 대사헌을 사직하는 차자를 올리면서 광해군이 형제간의 은의(恩義)를 온전하게 하는 쪽으로 처리해야 된다고 주장한 일. 《한강집(寒岡集)》 권2 대사헌 사직차(大司憲辭職箚)

때문입니까?"라고 물었다. 선생께서 대답하시기를, "아니다. 무신년에 한강 선생은 사헌부 대사헌으로 있었다. 옛날에 도응(桃應)이 맹자께 묻기를, '고요(皐陶)가 사사(士師)[1000]로 있는데, 고수(瞽瞍)가 살인을 하였을 경우에는 어떻게 하였겠습니까?'라고 하니, 맹자께서 말씀하시기를, '법대로 집행할 뿐이다.'라고 하였다. 지금의 대사헌은 바로 옛날의 사사이다. 만약 고요의 법으로써 기준을 삼고 맹자의 말로써 헤아려 본다면, 임해군이 입은 죄명은 마땅히 법대로 집행해야 하는 데 해당되겠는가, 아니면 마땅히 놓아주어야 하는 데 해당되겠는가?

을묘년(乙卯年)의 경우는 한강 선생이 이미 옥사를 다스리는 관리가 아니었다. 임금의 덕을 보충할 수 있는 것은 마땅히 이르지 않는 것이 없어야 한다. 더구나 은혜를 온전히 하는 것은 임금의 성대한 덕이며, 임금의 아름다운 점을 따라 주는 것은 신하된 자의 대의(大義)이다. 중신(重臣)된 자로서 누가 그 임금이 선을 다하고 아름다움을 다하게 해서 후세에 사필(史筆)을 잡은 자로 하여금 비방하는 말을 쓰는 일이 없도록 하고자 하지 않겠는가?"라고 하셨다. 이에 다시 묻기를, "고금에 따라 차이가 없을 수 있습니까?"라고 하니, 선생이 답하시기를, "세대에는 선후가 있겠으나 이치에는 고금이 없다."라고 하셨다. 다시 묻기를, "한강 선생께서는 그것이 불가하다는 것을 몰랐습니까?"라고 하니, 선생께서 답하시기를, "그것은 알 수가 없다. 다만 한강 선생의 출처는 다른 사람과는 구별이 된다. 이는 또한 산야에 사는 순박하고 곧은 사람이 행하는 바에서 나온 것이다. 비록 허물이 있다고 말하더라도 또한 이 일을 미루어서 그의 어짊을 알 수가 있다."라고 하셨다.

선생은 계해년(1623)과 갑자년(1624)에 홍문관 부제학으로 있었는데, 처음에는 폐세자(廢世子)인 이지(李祬)가 땅을 파고 도망치려고 한 변고를 만났으며, 두 번째에는 인성군(仁城君)과 여러 왕자들의 이름이 역적 이괄(李适)의 무리들이 자백한 공초(供招)에 나오는 변고를 만났다. 선생은 이 두 가지 일에 대해서 양사(兩司)가 의(義)를 끊도록 청하는 것에 이견(異見)을 세웠다가, 훈신(勳臣)과 재신(宰臣)들에게 면전에서 잘못되었다고 지적당하고 여러 가지로 헐뜯는 일을 당하였는데도 자신의 주장을 바꾸거나 뜻을 꺾지 않으셨다. 무진년(1628)에 역옥(逆獄)이 일어났을 때에는 선생이 대사헌으로 있었다. 그 사건으로 인하여 여러 차례 사직하였으나 윤허를 받지 못하였다. 억지로 출사하던 중

1000) 사사(士師) : 고대 중국에서 법령과 형벌에 관한 일을 맡아보던 재판관.

에 또 인성군(仁城君) 이공(李珙)의 이름이 또 역적의 초사(招辭)에서 나왔다. 선생은 비록 그의 죄가 사형시킬 만한 죄인지 아닌지는 몰랐으나, 이미 법을 집행하는 관원으로 있었으니, 다른 것은 감히 따져 볼 겨를이 없었다. 백관(百官)이 정청(庭請)[1001]하는 날에 이르렀으니, 은혜를 온전하게 하는 것이 임금의 성대한 덕이고, 그런 임금의 뜻을 따라 주는 것이 신하로서의 충성과 사랑이 된다는 것을 어찌 몰랐겠는가. 그러나 고요(皐陶)는 사사(士師)의 자리에 있으면서 단지 법이 있는 줄만 알고, 천자의 아버지가 존귀한 분이란 것은 몰랐다. 그러한즉 하물며 왕자에 대해서는 알 수 있었겠는가. 살인을 한 죄를 오히려 그냥 내버려 둘 수가 없는데 하물며 이름이 역적의 공초에서 나옴에 있어서랴. 왕법(王法)을 이미 폐할 수 없다면 오직 마땅히 자신에게 있는 도리만을 다할 뿐이다. 일부러 추국(推鞫)을 마치고 공훈(功勳)을 감정(勘定)함에 이러한 고사(古事)로 말미암아 이에 누차 상소를 올려 면직시켜 주기를 청하였다. 이는 또한 회재(晦齋) 이언적(李彦迪) 선생의 을사사화(乙巳士禍)에서의 일과 대략 같다.[1002] 진실로 옛 현인·군자들의 행하는 바는 시대는 달라도 서로 부합하지 않음이 없다. 그러니 선생께서 일을 처리함이 명백하고 통쾌함은 비록 백세 뒤를 기다려도 의혹되지 않는 것이라고 할 수가 있다. 그러나 반드시 후세에 전해질 문자가 곡진하고 상세하게 갖추어짐을 기다린 뒤에야 미진함이 없을 수 있다. 삼가 보건대, 선생의 행장 가운데에는 무진년에 역변(逆變)이 일어난 초기에 도헌(都憲, 대사헌)을 사양하였다는 한 단락이 생략되고 기록되어 있지 않으니, 후세에 선생의 사적(事蹟)을 알고자 하는 자들에게 근거로 삼을 바가 없게 하고 기준이 없어지는 곳으로 함께 돌아가게 하였다. 비록 우연히 조감(照勘)에 실수가 있었다고 하더라도 유감이 없을 수 없는 것은 마찬가지이다. 그러므로 내가 분별하지 않을 수 없기 때문에 선생에게 들은 것을 아울러 기록하는 것이다.

乙卯以沈憬獄事 逮繫禁府 時鬻獄已成 昏朝雖知其枉 而猶不肯釋 榮邦以所聞於寒岡者 謀於同儕 蔡君樂而徑以書密通於先生 先生答曰諸君之所以愛我者 乃所以累我也 古人雖有爲之者 與今日事自不同 幸以吾言謝諸君 君子愛人以德 不以姑息 若不論道

1001) 정청(廷請) : 나라에 큰일이 있을 때 백관이 궁정에 나아가 의견을 올리고 하교를 기다리는 것을 말한다.

1002) 회재(晦齋) …… 대략 같다. : 이언적은 이조·예조·형조의 판서를 거쳐 1545년(명종 즉위년) 좌찬성이 되었다. 이때 윤원형(尹元衡) 등이 을사사화를 일으키자 선비들을 심문하는 추관(推官)에 임명되었으나 스스로 관직에서 물러났다.

理如何 必欲爲之 勿復相見也 余在鄕時 寒岡先生浴椒南歸 與柳季華諸同人 拜於知保驛 余問曰後漢魏劭 爲其師納賂免罪 於義似無害 而時議有譏之者如何 寒岡答曰無害古人有行之者 閎夭, 散宜生是也 若有所欲爲 須及時爲之也 時滯獄已久 冬寒斗嚴 諸宰之憂公病者 因金應箕以通于公 曰日寒如此 病人必不能堪 何不呈病保放耶 李應敎溟告病出獄 此事已爲規例 若上手本 卽當白上施行矣 先生答曰李應敎自是眞病 吾則無病 何可以無病爲有病 自取欺君之罪乎 若是則入獄非罪 出獄爲罪矣 丙辰冬 先生在栗里第 有以寒岡戊申乙卯全恩二疏來就問者 先生曰戊申疏未知如何 乙卯疏豈不善乎曰以罪有輕重歟 曰非也 戊申則寒岡爲憲長 昔桃應問於孟子曰皐陶爲士 瞽瞍殺人則如之何 孟子曰執之而已 今之憲長 卽古之士師也 若準之以皐陶之法 揆之以孟子之言 則臨海所被罪名 在所當執乎 在所當捨乎 乙卯則寒岡旣非治獄之官 凡可以補君德者 宜無不至 况全恩者 人君之盛德 而將順其美者 人臣之大義也 爲重臣者 孰不欲其君之盡善盡美 而無爲後世秉筆者之所訾譏也哉 曰古今得無異乎 曰世有先後 理無古今 曰寒岡不知其不可乎 曰此則未可知也 但寒岡出處 與佗人自別 此亦出於山野樸直之所爲雖曰有過 亦可卽此而知其仁矣 先生癸亥甲子 爲玉堂長官 初遭廢世子袿穴地將逃之變再遭仁城及諸王子出於适黨之招 皆立異於兩司斷義之請 至被勳宰直斥 醜詆萬端 而不變不挫 戊辰逆獄之時 則先生爲都憲 因事累辭不得請 黽勉出仕 而仁城君珙又出於賊招 雖不知其罪之可死與否 而旣爲秉法之官 則佗非所敢計也 當百官廷請之日 豈不知全恩之爲盛德而將順之爲忠愛也哉 然而士師爲職 但知有法 而不知天子父之爲尊則況於王子乎 殺人之罪 猶不可捨則况名爲謀逆者乎 王法旣不可廢則惟當自盡其在我者而已 故鞠畢勘勳 自是古事 而乃至累疏乞免 此又與晦齋先生乙巳辭勳事畧同 自古賢人君子之所爲 無不異世而同符 其處事之明白痛快 雖謂之百世不惑可也 然必待傳後文字委曲備悉然後可無未盡 而竊見先生行狀中 於戊辰逆變之初 辭都憲一節 畧而不錄 使後之欲知先生事蹟者 無所考據 而同歸於沒星之秤 雖曰偶失於照勘 而其不能無憾則一也 余故不得不辨 因並錄其所聞於先生者云

잡저雜著

임진년에 변고를 만난 사적
壬辰遭變事蹟

임진년(1592) 4월에 왜적이 부산을 침범하였고 연달아 동래부의 패전 소식이 이르렀다. 왜적들의 군대가 향함에 가는 곳마다 바로 와해(瓦解)되고, 방백(方伯)과 연수(連帥)[1003]들은 머리를 받들고 쥐처럼 도망가니 인심이 어수선해져서 수습할 수 없었다.

형님은 가족을 데리고 장차 안동으로 피난하러 들어가려 하였는데, 이윽고 적들이 두 갈래로 나누어 한 경로는 안동으로 향하고 한 경로는 상주로 향한다는 것을 들었다. 계획이 막히게 되어 마침내 안동으로 가는 것을 실행에 옮기지 않았다. 얼마 지나지 않아 방어사(防禦使)와 조방장(助防將) 등은 전진했을 때는 이미 하나의 적도 볼 수 없었으며 물러나면서는 청야(淸野)[1004]를 말하며 여러 고을의 창고와 곡식을 쌓아둔 곳을 불태워 버렸다. 곳곳에서 불이 일어나 화염이 하늘에 가득하였으니, 돌이켜보면 도리어 적을 위해 앞장서서 내달린 것이다. 이를 본 사람들은 왜적이 이미 이르렀다고 잘못 알고 허둥지둥 바쁘게 달아나니 마을이 텅텅 비어 있었다. 형님네 가족은 또한 마산으로 들어갔는데 마산은 험하거나 막히지는 않았다. 얼마간 적들의 동향에 대해서 전해 들은 것이 잘못된 것임을 알고, 바로 집으로 돌아와서 집안 살림을 처치(處置)한 후에 출거(出去)하였다. 그렇지만 안동 일대에는 왜적이 없었으니 알지 못하였다.

24일. 대동산(大洞山)으로 들어갔는데 산과 집과의 거리가 5리가 안 된다. 앞으로는

1003) 방백(方伯)과 연수(連帥) : 제후의 우두머리라는 말이다. 주(周)나라 때 서울의 천리 밖에 방백(方伯)을 두었는데, 5국(國)을 속(屬)이라 하여 속에는 장(長)을 두고, 10국을 연(連)이라 하여 거기에는 수(帥)를 두어 우두머리로 삼았다. (《예기》〈왕제〉) 조선시대에는 고을 수령을 천자국의 제후에 비겼으므로, 방백과 연수는 감사와 병사(兵使)에 해당한다.

1004) 청야(淸野) : 들판을 말끔히 청소한다는 뜻으로, 일대를 텅 비게 함으로써 적군이 군수 물자를 취할 수 없게 하는 전술을 가리킨다.

큰 강이 흐르며 바위 골짜기는 깊고 그윽하니, 사람들이 모두 믿고 안심하며 다시 다른 계책을 만들지 않았다. 대개 나라가 태평한 지 백여 년이라 백성들은 전쟁을 몰랐으니, 멀리 생각함이 없어서 가까운 근심을 잊은 것이 이와 같았다. 며칠이 지나지 않아 요망(瞭望)[1005]하는 자들이 이르기를, 왜적의 대다수가 수산(壽山)과 죽원(竹院) 등지에 가득 차서 넘친다고 하였다. 이튿날에 또 듣기를, 대군(大軍)은 조령(鳥嶺)으로 향해 떠나고 약간의 군사를 나누어 주둔시킨다고 하였다. 이때부터 주둔한 왜적들이 간혹 열 명 정도에서 간혹 삼사십 명이 대오를 지어 촌락과 산골짜기를 드나들며 살인과 노략질을 자행하며 부녀와 우마, 재물, 피륙을 빼앗아가는 일이 없는 날이 거의 없었다.

5월 초하루. 보잘것없는 왜적 수십 명이 구일봉(九日峰)에 올라가서 병기를 번쩍이며 시위하면서 장차 내달려들 모양을 보였다. 산중에 있던 사람들이 왜적들을 고립된 약체로 보고 여러 사람이 모여서 그들을 몰아내어 쫓아버렸다. 형님께서 말하기를, "왜적이 분노하여 갔으니 내일에는 반드시 대규모로 올 것이다. 이곳을 버리고 떠나느니만 못하다."라고 하였다. 형수와 여러 부인들이 뜻을 같이 하여 말하기를, "생지(生地)가 참으로 쉽지는 않으나 사지(死地)는 더욱 쉽지 않습니다. 지금 이곳을 버리고 어디로 가려하십니까? 또한 적들이 만약 대규모로 온다면 지금 이미 가는 길을 차단해 놓았을 겁니다."라고 하였다. 모두들 어찌해야 할지 알지 못했다.

때마침 내리는 비로 강물이 점점 불어났다. 또 여러 사람의 의논이 합해지지 않아서 우물쭈물하는 사이에 왜적의 기병과 보병들이 이미 들판에 널리 퍼져 있었다. 포성이 한 번 일어나더니 여러 왜적들이 일제히 크게 소리를 질렀다. 사람들은 모두 혼이 빼앗겼고 새와 짐승들은 모두 숨어 버렸다. 이에 높고 가파르며 깊고 험한 곳을 차지하여 노친(老親)이 편안히 머무를 곳으로 삼았다. 우리 형제는 그 곁에서 엎드려 있었고 형수와 누이도 각각 숨어 있는 곳이 있었다. 잠시 후 그곳을 버리고 절벽에 의지해서 암석을 향해 위험하고 가파른 곳을 올라가니, 노친이 말씀하시기를, "나는 이곳에 있는데 너희들은 어디로 가느냐?"라고 하셨다. 들었지만 마치 듣지 못한 것처럼 하고 나 또한 뒤를 쫓아서 그곳에 머물렀다. 누이가 나를 꾸짖으며 말하기를, "노친께서 계시지 않는가? 네가 이곳에 와서 어찌하려 하느냐?"라고 하고는, 돌아가서 노친을 보호하게 하였다.

잠시 후에 왜적 하나가 산위에서부터 소리를 내며 아래로 내려왔는데, 형수는 그것

1005) 요망(瞭望) : 높다란 곳에서 적정(敵情)을 관망함.

을 보고 암석 위에서 아래로 투신하였고 누이도 뒤따라 투신하였다. 암석은 강물을 압도하여 낭떠러지가 내려왔으니, 떨어지면 서로 잇달아 물에 빠져 죽게 된다. 노친께서는 그것을 보지 못했고 우리들은 그것을 보았으나 어찌할 수 없었다. 형님이 나에게 이르기를, "우리 형제는 모두 여기에 있으니 죽어도 반드시 여한이 없겠지만 각자 피난하여 혹 생존하는 사람이 있는 것만 못하다."라고 하였다. 내가 듣지 않으려고 하니, 밀면서 떠나게 하고 말하기를, "너는 아직도 걸음걸이가 씩씩하고 또한 헤엄치는 재주가 있으니, 이곳에서 적에게 모두 죽을 수는 없다."라고 하였다.

나는 나이가 어리고 미혹함이 심하였으며 또한 계책이 갑작스럽게 나와 향해 갈 바에 대해 어두웠다. 잘못하여 적들이 오는 길로 가다가 두 왜적을 만났는데, 왜적 하나가 칼을 뽑아들고 앞으로 돌진하자 나는 나도 모르게 땅에 엎어졌다. 그 뒤에서 칼을 끌고 있던 다른 왜적이 그를 멈추게 하고 내가 가는 곳을 가리켰다. 그 후로는 다시 왜적을 보지 못했는데, 산을 오르고 물에 들어가면서 왜적들이 돌아가기만을 기다렸다. 형님은 왜적 하나가 장차 이르는 것을 보고 화가 어머니에게 미칠까 두려워, 마침내 스스로 둘러가며 마치 피하는 사람처럼 하다가 왜적에게 잡히었다. 왜적은 이 때문에 또한 다른 곳으로 가고 다시는 오지 않았다.

그 후로는 왜적이 우리 종가(宗家)에 진을 쳤는데 군대를 모으니 무려 수백 명이나 되었다. 형님은 사당에 이르러 감실(龕室)의 창호가 훼손되고 깨진 것을 보고 자신도 모르게 실성하고 통곡하였다. 여러 왜적들은 칼날을 비기며 다투고 있었는데, 그 가운데 한 왜적은 용모와 거동이 마치 장군처럼 보이는 자가 있었다. 형님이 땅에 글씨를 쓰니 뚫어지게 바라보다가 그 사내도 또한 땅에 글씨를 썼다. 형님은 그가 글자를 아는 사람임을 알고, 땅에 '노모가 산중에 계시는데 사생을 알지 못한다[老母在山中 死生不知]'는 몇 마디를 썼다. 그 사내 또한 '쓸모가 있으니 죽이지 않겠다[有用勿去]'라고 썼다. 이로 인하여 왕복하며 서로 보여준 것이 서너 번이었는데, 그가 쓴 글자는 내용을 혹 알 수도 있고 혹 알지 못할 수도 있겠지만 형님의 사정은 이미 알았을 것이다.

형님이 눈물을 흘리는 것을 보고 또한 그렇게 눈물을 흘렸으며 그가 가는 곳에는 반드시 형님을 동행하였다. 군진 밖을 나와서 집 뒤에 있는 봉우리를 올랐는데 이 봉우리는 동쪽으로 구일봉까지 이어져 있었다. 들판에 하나의 적도 없는 것을 보고는 형님을 풀어주어 돌아가게 하였는데, 형님이 강둑까지 도착하기를 기다린 후에야 비로소 돌아갔다. 아마도 처음부터 끝까지 죽는 자가 없기를 바란 것이 이르지 않는 곳이 없었으니 어찌 하늘로부터 부여받은 본성은 오랑캐라고 하여 인색하지 않았기 때문이 아니겠는가?

형님이 강을 건너면서 반에 이르렀는데, 갑자기 뒤처진 왜적 하나가 칼을 휘두르며 쫓아와서 수심이 깊은 곳을 지나다가 물에 빠져 죽었다. 하늘에 힘입어 왜적의 목숨을 끊었는데 그렇지 않았다면 위태로웠을 것이다. 이윽고 화를 면하고 한곳에서 모였는데 모자와 형제들이 모두 형수와 누이의 죽음 때문에 한바탕 통곡하였다. 이날 물에 빠져 죽은 자가 다섯이었는데, 우리 집안에서는 형수와 누이 그리고 한윤경(韓允卿)의 아내, 마을 부인 두 명이었다. 포로로 잡힌 남녀도 몇 명이나 되었으며, 칼에 상처를 입고도 죽지 않은 자도 더러 있었고, 죽은 자들은 또한 얼마나 되는지 알 수 없었다. 산림 숲 사이에서 통곡하는 소리가 하늘에 가득하여 차마 들을 수가 없었다.

처음에는 노친께서 만약 형수와 누이에 대해서 물어본다면 장차 어떤 말로 대답할까 생각하였는데, 이러한 지경에 이르니 노친께서 도리어 위로해 주며 말씀하시기를, "너희 누이 등에게 속마음이 있었으니 나는 이미 그것을 헤아리고 있었다. 죽음이 이미 마땅한 장소를 얻었으니 한스럽게 여길 것이 아니다. 다만 너희들이라도 온전하니 다행일 뿐이구나. 다만 젖먹이 손주들은 오히려 그 생몰을 알지 못하니, 급히 노복에게 명하여 두루 찾아보게 하여라."라고 하셨다. 당시 조카 위(煟)는 태어난 지 16개월 정도였는데 파리하고 약해서 걸을 수 없었기에 건실한 종을 시켜서 업고 멀리 가게 하였는데, 왜적에게 핍박받게 되자 마산 산기슭에 위(煟)를 두고 달아나 버렸다. 울부짖으며 포복(匍匐)하기를 새벽부터 해가 질 무렵까지 하니 기력이 다하여 땅에 엎어질 지경이었다. 날은 이미 저물어 어둑해졌고 풀과 나무는 무성히 빽빽했으니 찾을 곳이 없었지만 형님은 강을 건너서 유무(有無)를 소리쳐 물었다. 처음에는 형님의 말소리만 들리다가 울음소리가 한 번 일어났으므로 이윽고 조카를 찾을 수 있었는데, 온 몸에 피가 흐르고 숨기운은 실낱처럼 끊어지지 않았다.

바로 그날 밤 한밤중에 노친을 모시고 예천의 용문산으로 옮겨갔다. 다음날 형님께서 장차 다시 나가서 죽은 자들을 거두어 살피고자 하였다. 노비 중에 이름이 명춘(命春)이라는 자가 있었는데 눈물을 흘리며 앞으로 나오면서 말하기를, "왜적의 진영을 출입하며 낮에는 엎드려 있다가 밤에 나와서 강의 상류와 하류 전체에서 주검을 구해본다면 반드시 얻기를 기대할 수 있습니다. 이는 주인께서 하실 바가 아니니 적이 내는 소리의 완급을 듣고 노복들을 호령하시고, 대부인을 모시고 동으로 가고 북으로 가는 것은 또한 저희 노비들이 할 수 있는 바가 아닙니다. 제가 직접 가기를 청하노니 시신을 수습하지 못하면 돌아오지 않겠습니다."라고 하였다.

형님은 그 노비가 본디 충성스럽고 신의가 있어 믿을 만하다고 여기고 건장한 종 두세 명을 보태 주었다. 가니 당시 왜적들이 출몰하지 않는 곳이 있어서 찾을 수 있었다. 먼저 누이의 시신을 수습하여 강의 가장자리에 묻었다. 형수의 시신은 수습하지 못하고, 다만 형수가 당일 얼굴을 가리던 적삼만을 수습하여 누이와 같은 곳에 함께 묻어드렸다. 장차 하류에 가서 찾다가 갑자기 적을 만나 종조부(從祖父) 댁의 노비 금동(今同)과 함께 사로잡혔다. 왜적이 사람들이 있는 곳을 물으니 명춘(命春)은 알려주지 않았지만 금동이 알려주었다. 왜적이 곧바로 금동은 풀어주었지만 명춘을 죽이려 하였다. 명춘이 말하기를, "나는 이제 죽을 것이고 너는 돌아갈 것이다. 돌아가서 내 주인에게 알릴 수 있으면 거기에서 행한 대로 전해 주길 부탁한다."고 하였다. 이어서 하나의 허리띠와 조아(絛兒)[1006]를 가지고 와서 돌려주었는데, 이것은 곧 죽은 누이가 순절하며 남긴 물건이다. 생각하건대 개복(改服)[1007]할 때 그 주인에게 그것이 누이의 시신임을 알게 하려는 것이었다.

왜적이 나무 두 개를 얽어서 십자 모양으로 만들어 마산의 재사(齋舍)의 뜰 안에 세우고는 밧줄로 그 사지(四肢)를 십자 모양의 나무에 묶어놓고 포악하게 창으로 찔렀는데 죽을 때까지 욕하는 소리가 입에서 끊이지 않았다. 금동이 그가 죽는 것을 보고 와서 말하였으니 아, 또 애처롭도다! 처음 누이가 죽었을 때 두 시신이 강 위에 떠 있었는데 머뭇거리면서 떠나지 못하다가 한참 뒤에 가라앉았다. 수영을 잘하는 한 사내가 헤엄쳐 들어가서 장차 건지려고 하였지만 미치지 못하였는데, 후에 곧 첨지 숙부 집의 숙평(叔平)이었다는 것을 알았다.

죽기 며칠 전에 형수가 말하기를, "꿈속에서 열 개의 체발(髢髮)[1008]을 얻었는데 이것이 무슨 조짐입니까?"라고 하니, 옆에 있던 한 할머니가 말하기를 "체발은 머리를 꾸미는 것이니 그것을 얻었다면 어찌 좋은 징조가 아니겠는가?"라고 하였다. 형수가 말하기를 "이러한 시기에 머리꾸미개가 오히려 좋은 징조라 할 수 있겠습니까?"라고 하였다. 좌중에 있던 이웃 부녀자 가운데 포로로 잡혔다가 돌아온 자를 두고 말한 것이다.

1006) 조아(絛兒) : 실을 꼬아 만든 띠.

1007) 개복(改服) : 복상(服喪)의 기간을 바꿈. 즉 삼년복을 기년복(朞年服) 등으로 개복하여 치르는 것.

1008) 체발(髢髮) : 여자들이 숱이 적은 머리에 머리숱이 많아 보이라고 덧넣었던 딴 머리.

어떤 사람이 말하기를, “반드시 급박한 가운데는 죽고 싶어도 죽지 못합니다.”라고 하였다. 형수가 말하기를, “갈 적에는 비록 그 마음이 아니지만 그 올 적에는 다만 그 몸이 아닐 것이다.”라고 하였다. 일찍이 형수가 항상 패도(佩刀)를 지니고 있는 것을 보고 누이는 손수 비단 실을 땋아서 띠를 만들어 항상 허리 사이에 차고 다녔다. 그 계획은 틀어져 어긋났지만 그러나 그 반드시 죽겠다는 마음은 정해 놓은 지 오래되었다. 아! 죽기를 구하여 죽음을 얻었으니 죽은 자에게 무엇을 탓하겠는가마는 뒤에 죽는 자로 하여금 마음에 칼날을 받는 것 같도다. 어찌 동시에 함께 죽지 못하고 이렇게 끝없는 슬픔을 품고 있는가!

壬辰四月 倭賊犯釜山 繼而東萊敗報至 兵鋒所向 到便瓦解 方伯連帥奉頭鼠竄 人心洶駭 莫可收拾 兄以一家將避入安東 旣而聞賊分二道 一路指安東 一路指尙州 慮爲其所梗 遂不果東 居無何 防禦使助防將等 進旣無以見一賊 退而以淸野爲言 焚列邑倉庫及凡貯穀處 處處火起 煙焰漲天 顧反爲賊先驅 見之者錯認倭寇已至 倉黃奔走 閭閻一空 兄一家亦入馬山 山無險阻 且知誤爲傳聞所動 卽還家 處置家事後出去 然而安東一路無賊則不知矣 二十四日 入大洞山 山距家未五里 前臨大江 巖洞深邃 人皆恃以爲安 更不爲佗計 蓋昇平百年 民不知兵 無遠慮而忘近憂者如是 未數日 瞭望者云 倭大衆彌漫于壽山竹院等處 翌日又聞 大軍則向鳥嶺而去 分若干軍留鎭 自是留鎭之倭 或數十或三四十名作隊 往來出入村閭山谷 恣行殺掠 以婦女牛馬財帛去者 殆無虛日 五月初一 零賊數十輩 登九日峯耀兵 示將隳突之狀 山中人視爲孤弱 羣聚而驅逐之 兄謂賊怒去 明日必大來 不如違而去之 兄嫂與諸婦人合辭言 曰生地固未易 死地尤不易 今捨此欲安之乎 且賊若大來 今已有伏截其去路 皆不可知奈何 時雨多江水漸生 又羣議不合依違之間 賊騎步已遍野 砲聲一起 衆倭齊聲大呼 人皆褫魄 各鳥獸匿 乃占得崖嶔深險處 爲老親安泊之所 吾兄弟伏在其傍 嫂氏與姊氏 亦各有竄伏處 少頃棄之 緣崖向巖石上危絶處去 老親曰吾在此 汝等安往 聽之而若無聞也 余又追後而止之 姊氏詈余 曰老親不在乎 汝來此何爲 使之還護老親 俄有一賊自山上作聲下來 嫂氏見之 從巖上投下姊氏隨之 巖壓水而隳下 下則相繼入水死 老親未之見 吾輩見之 而無如之何 兄謂余曰吾兄弟俱在此 死必無餘 不如各避或有生存者 余不肯則推使去之 曰汝尙健步 且有水才 不可在此而俱死於賊 余年少迷甚 且計出倉卒 昧所向往 誤向賊來路而去 遇二賊 一賊拔刃突前 余不覺仆地 一賊自後挽刃者而止之 且指示吾去處 自後更不見賊 登山入

水 以俟賊歸 兄見一賊將至 恐禍及所恃 遂自迤往若將避者而就執 賊因亦佗往不復來 其後賊以吾宗家爲陣 團聚其軍 無慮數百 兄至祠堂 見龕室牕戶毁破 不覺失聲痛哭 衆賊爭露刃擬之 其中一賊儀狀如將者見 兄以指晝地 諦視之 渠亦以指晝地 兄知其爲識字者 書老母在山中 死生不知若干語 渠亦書有用勿去 因往復相示者數四 其所書字 或可知或不可知 而兄情事則已知之矣 見兄淚下 亦爲之涕出 於其所往 必携之與 出陣外登家後峯 迤東至九日峯 見野中無一賊 縱使還去 待兄至江畔然後始迴 蓋終始欲其無死者 無所不至 豈非秉彝之天不以夷而啬者耶 兄涉江至半 忽有落後者一賊 揮釖趕來由水深處入渰死 賴天剿其命 不然則危矣 旣免會一處 母子兄弟 皆爲之一痛 是日溺死者五人 吾一家二婦人及韓允卿妻 其二村婦 被擄男女若干人 刃傷不死者頗有之 死者又不知其幾 林藪間哭聲殷天 殊不可聞也 初意老親若問姊氏與嫂氏 將何辭以對 及是則老親反慰解之 曰汝妹等有心 吾已忖之 死已得所 非所恨也 但喜汝等全耳 惟是乳孫尙不知存歿 急令奴僕遍索之 時熠生已十六月 而瘦弱不能行 使健僕負令遠去 爲賊所迫 棄之馬山山麓而走 啼呼匍匐 自晨至暮 氣盡力竭 仆倒於地 日已昏黑 草樹茂密 無從可得 兄隔江呼問其有無 始聞兄言 啼作一聲 尋得之 滿身血流 氣息不絶如線 卽是夜夜半 奉老親移入于醴泉之龍門山 明日兄將欲復出 收視死者 有奴名命春者 泣于前而言曰出入賊中 晝伏夜出 求之於一江上下 以必得爲期 非主所能 聞賊聲緩急而號令奴僕奉大夫人之東之北 亦非奴隷所得爲也 隷也請自去 不得屍則不還 兄以其奴素忠信可仗 益以健僕數三往 往則時賊之有無出沒以求 先得姊氏屍 瘞于江畔 嫂氏屍則未遇 但得嫂氏當日蔽面衫 同瘞於一處 將往求于下流 猝遇賊 與從祖宅奴今同同被擄 賊詢以人物所在 命春則不告 今同則告之 賊直今同將捨之 而戮命春 命春曰吾今死矣 汝則歸 歸可告吾主 具以囑之 如其所爲 仍將一腰帶條兒付還 此乃亡姊殉身之物也 意得之於改服之時 而欲令其主知其爲姊氏屍也 賊縛兩木爲十字樣 立之馬山齋舍庭中 以繩子纏縛其四肢於十字木 亂槊刺之 至死罵不絶口 今同見其死而來言 吁亦慘矣 始姊氏死時 兩屍浮在江面 遲徊不去 良久然後沉沒 有善水者一漢 游入將救之而不及 後乃知僉知叔家叔平也 未死前數日 兄嫂曰夢得十髢 是何兆也 傍有一媪 曰髢首飾也而得之 庸非善徵 嫂曰此時首飾 尙可謂之善耶 坐間以鄰近婦女被擄得還爲言者 一人曰必急遽中 覓死不得 嫂曰其去也雖非渠心 其來也獨非渠身乎 嘗見嫂氏常以佩刀自隨 姊氏手辮帛縷爲帶條兒 常於腰間帶持 其計則齟齬矣 然其必死之心 定之者久矣 嗚呼 求死得死 於死者何歉 而使後死者心若受刃 何不同死於一時 而抱此無涯之慟也耶

石門先生文集 附錄

석문선생문집 부록

묘지명 병서墓誌銘幷序

홍여하(洪汝河)[1009]

선대부(先大夫)[1010]께서는 동문 선비 가운데 석문(石門) 정공(鄭公)을 경모(敬慕)하여 자주 지포(芝圃)[1011]의 옛 집으로 찾아가서 문안을 드렸다. 나는 달려가기에는 아직 어렸지만 실제로 행차를 따라갔는데, 공을 모시고 담소하는 사이에 그 아정(雅靖)하고 순고(純古)한 모습이 울연(蔚然)히 군자임을 알 수 있었다. 이윽고 공이 동쪽으로 이사를 가서 마침내 다시 보지 못했으니, 슬프도다.

공의 휘는 영방(榮邦)이고 자는 경보(慶輔)이다. 어려서 아버지를 여의고 공부할 기회를 놓쳤는데, 우복(愚伏) 정 선생(鄭先生)[1012]이 우산(愚山)에서 강학(講學)한다는 소식을 듣고 개연(慨然)히 문하에 들어가 배우기를 청하였다. 먼저 《중용》, 《대학》, 《심경》을 배웠는데, 공은 깊이 생각하고 정밀하게 사색하여 은미한 말과 오묘한 뜻에 대하여 차이를 분석하여 완전히 능통한 이후에 그만두었다. 선생이 감탄하며 칭찬하기를, "학업은 궁리(窮理)와 격물(格物)을 중요하게 여기니, 성현이 되는 길도 모두 이로 말미암아 나아간다. 그대의 기량과 식견을 보건대 어찌 노력하지 않음을 근심하겠는가?"라고 하고는 '잊지도 말고 조장하지도 말라'[1013]는 뜻을 가지고 시를 써서 주었다. 공은 물러나

1009) 홍여하(洪汝河, 1620~1674) : 조선 후기의 문신. 본관은 부계(缶溪). 자는 백원(百源), 호는 목재(木齋)·산택재(山澤齋). 홍경삼(洪景參)의 증손으로, 할아버지는 홍덕록(洪德祿)이고, 아버지는 대사간 홍호(洪鎬)이며, 어머니는 고종후(高從厚)의 딸이다. 주자학에 밝아 당시 사림의 종사(宗師)로 일컬어졌다. 1689년 부제학에 추증되고, 문경의 근암서원(近巖書院)에 제향되었다. 저서로는 《목재집》이 있고, 편서로는 《주역구결(周易口訣)》·《의례고증(儀禮考證)》·《사서발범구결(四書發凡口訣)》·《휘찬여사(彙纂麗史)》·《동사제강(東史提綱)》·《해동성원(海東姓苑)》·《경서해의(經書解義)》 등이 있다.

1010) 선대부(先大夫) : 홍호(洪鎬, 1586~1646)를 가리킨다. 각주 225) 참조.

1011) 지포(芝圃) : 지금의 예천군 지보면 도장리로 정영방이 강학하던 지포강당이 남아 있다.

1012) 우복(愚伏) 정 선생(鄭先生) : 정경세(鄭經世)를 가리킨다. 각주 429) 참조.

1013) 잊지도 …… 말라 : 사람이 의리를 쌓는 데 있어 급하게 서두르지 말고 하나하나 차근차근 쌓아 가라는 뜻으

가슴에 새겨 두고는 감히 조금도 해이하지 않았다.

29세에 진사가 되자 어떤 사람이 성균관에 유학하기를 권하였지만 따르지 않았다. 이때부터 벼슬에 나가려는 뜻을 끊어버리고 더욱 학업에 정진하였다. 훗날 우복 선생이 이조 판서가 되었을 때 공에게 말하기를, "성조(聖朝)에서 암혈(巖穴)을 드러내[1014] 선비들의 절의를 권장하려 하니 내가 그대를 천거하려고 하는데 어떻게 생각하는가?"라고 하였다. 공이 걱정스럽게 말하기를, "저는 성품이 졸렬하여 남과 잘 어울리지 못합니다. 한번 나가서 학교의 명예를 함께 잃어버릴까 두렵습니다."라고 하니 선생이 그 뜻을 가상하게 여겨서 다시는 말하지 않았다.

공은 성품이 효성스럽고 삼갔으며 봉양에는 정성을 다하였고 거상(居喪)에는 슬픔을 다하였다. 때때로 위장병을 앓아 통증이 거의 숨이 끊어질 지경이었지만 오히려 아픔을 참고 일을 잘 처리하였다. 장례와 제사의 절도(節度)에는 한결같이 우복 선생의 가르침을 생각하고 자세하게 강구하여 인정과 예법을 지극하게 하였다. 일찍이 후사(後嗣)로 출계하여[1015] 낳아 준 부모님을 잘 봉양하지 못하는 것을 평생의 통한으로 여겼다. 백 씨 매오공(梅塢公)[1016]과 우애가 독실하여 잠시라도 떨어지지 않았는데 중년에는 강을 사이에 두고 지내면서 맛있는 음식을 얻으면 번번이 먼저 보낸 뒤에 자신이 먹었으며, 형에게 병이 있으면 얼굴과 말투에 근심을 띠었고 일찍이 옷을 벗고 잠든 적이 없었다.

가정교육은 엄격을 근본으로 삼았으며 음란하거나 요망한 행동은 완전히 물리쳐서 가까이 하지 못하게 하였으며, 자제들이 곁에서 모실 때는 감히 장난치거나 게으른 낯빛을 띠지 못하게 하였다. 과거 공부에 전념하는 이가 있으면 문득 정숙자(程叔子)[1017]

로, 맹자가 "반드시 하는 일이 있어야 하되, 결과를 미리 기약하지 말아서, 마음에 잊지도 말고 빨리 자라도록 돕지도 말라.[必有事焉而勿正 心勿忘勿助長也]"라고 한 말이 있다. 《孟子 公孫丑上》

1014) 암혈(巖穴)을 드러내 : 은둔한 선비를 세상에 나오게 한다는 뜻이다. 사마천(司馬遷)의 〈보임소경서(報任少卿書)〉에 "어진 이를 초빙하고 유능한 이를 등용하여 암혈의 선비를 드러낸다.[招賢進能 顯巖穴之士]"라는 말이 있다. 《文選 卷21 報任少卿書》

1015) 후사(後嗣)로 출계하여 : 정혼(鄭焜)이 찬한 가장(家狀)을 보면, 정영방은 종조숙부에게 후사로 나갔다는 기록이 있다. 《石門集 附錄 家狀》

1016) 매오공(梅塢公) : 호가 매오인 정영후(鄭榮後)를 가리킨다. 각주 8) 참조.

1017) 정숙자(程叔子) : 북송 중기 낙양(洛陽) 사람. 자는 정숙(程叔)이고, 호는 이천(伊川)이며, 시호는 정공(程公)이다. 이천백(伊川伯)에 봉해져 이천선생(伊川先生)으로 불려진다. 형 정호(程顥)와 함께 주돈이(周敦頤)에게 배웠고, 형과 함께 이정자(二程子)라 불리며 정주학(程朱學)의 창시자로 알려졌다.

가 시험제도를 월과(月課)로 고친 말[1018]을 인용하여 경계하였다. 장엄함으로 자신을 지켰고 온화함으로 사람을 대하여 남의 선행이 있으면 칭송하여 자신도 그렇게 되기를 기약했고, 허물이 있는 자는 용서하였다. 이로 말미암아 따르며 복종하지 않는 사람이 없었다. 젊은 시절에는 술을 마시기를 좋아했는데, 우복 선생의 경계가 있고는 드디어 입에서 끊고 다시 마시지 않았다.

공은 젊어서부터 은둔하려는 뜻이 있어 진보(眞寶) 북쪽 임천(臨川)[1019]에 거처를 정하여 좋은 경관을 얻었다. 병자년(丙子年)에 난리를 새롭게 치른 후에 공은 동쪽으로 가기를 결심하였는데 그곳에는 푸른 절벽이 둘러서 있었고 숲은 무성하고 아름다웠다. 계곡을 따라 흰 돌이 무리지어 있었는데 갈고 다듬은 것이 마치 옥을 깎아 놓은 듯하였다. 그 가운데에 물을 대어 연못을 만들고 서석지(瑞石池)이라 명명하였고, 그 위에는 주일재(主一齋)와 운서헌(雲棲軒)을 짓고, 날마다 회암(晦庵)과 도옹(陶翁)의 글을 가지고 와서 옷깃을 여미고 단정하게 앉아서 읽었다.

매양 바람이 온화하고 날씨가 따뜻하면 지팡이를 짚고 나막신을 신고 산수를 배회하며 시를 읊조리고 멀리 바라보며 하루를 보내면서 돌아오는 것조차 잊었다. 보는 사람들이 지상의 신선에 견주었으니 이로 말미암아 자호(自號)를 석문(石門)이라 했다. 문사(文詞)는 넉넉하면서도 아름다웠고 힘차면서도 뛰어났는데, 시를 더욱 잘 지었다. 우복 선생은 공이 당체(唐體)를 잘 배웠다고 일찍이 칭찬하였다. 저술로는《암서만록(巖棲漫錄)》·《석문(石門)》[1020] 등의 원고가 있다.

갑진년(1664, 현종 5) 봄에 공의 손자 요빈(堯賓) 씨가 찾아와 말하기를, "우리 선인(先

1018) 정숙자(程叔子)가 …… 고친 말 : 송나라 정이(程頤)가 학제(學制)를 자세히 살핀 뒤에 시험을 월과(月課)로 고치고, 향공(鄕貢)의 진사(進士) 수를 줄이도록 철종(哲宗)에게 건의한 것을 가리킨다. 정이는 "학교는 예의로 사양하는 곳이니, 달마다 시험으로 그들을 경쟁시키는 것은 가르치고 기르는 도가 전혀 아닙니다. 청컨대 시험을 월과로 고쳐서 목표에 이르지 못한 자를 학관이 불러 가르치고, 다시는 고하(高下)를 평가하지 않도록 하시고, 또 존현당을 지어 도덕이 있는 천하의 선비들을 맞이하며, 향공 진사(鄕貢進士)의 수를 줄여 이익으로 유혹하는 법을 없애며, 번잡한 격식을 생략하여 교관에게 교육을 일임시키며, 행검을 장려하여 풍교를 순후하게 하기를 청합니다.[伊川先生看詳學制 大槪以爲 學校禮義相先之地 而月使之爭 殊非教養之道 請改試爲課 有所未至 則學官召而教之 更不考定高下 制尊賢堂 以延天下道德之士 鐫解額以去利誘 省繁文以專委任 勵行檢以厚風教]"라고 하였다.《小學 善行》《宋名臣奏議 卷79 儒學門 學校下 上哲宗三學看詳條制》

1019) 임천(臨川) : 지금의 경상북도 영양군 입암면 연당리를 가리킨다.《石門鄭先生事跡》(東萊鄭氏石門公派宗中, 2002)

1020) 석문(石門) : 정영방의 문집인《석문집(石門集)》을 가리킨다. 이 책은 4권 3책으로 권두에 정언충(鄭彦忠), 조술도(趙述道)의 서문이 있으며, 부록에 유심춘(柳尋春)의 발문이 있다.

人)께서 할아버지의 행록(行錄)을 찬술하여 그것을 가지고 세상의 군자에게 묘지명(墓誌銘)을 부탁하려고 했지만 뜻을 이루지 못하고 돌아가셨습니다. 지금 묘지명을 묻을 수 없으니 그대가 지어주십시오."라고 했다. 나는 굳게 사양했는데, 훗날 또 찾아와서 더욱 간절하게 요청하였다. 그래서 행장을 받아서 읽어보고 말하기를, "내가 어려서 선대부를 따라 공을 뵈었지만 이윽고 다시 뵙지 못하다가 공께서 갑자기 돌아가셨으니 후학인 저는 오늘에서야 슬퍼합니다. 다행스럽게도 이 일을 도울 수 있으니 어찌 굳이 사양하겠습니까. 돌아보건대 말학(末學)의 비천한 제가 어떻게 공의 덕과 학문의 성대함을 드러내어 후세에 드리우겠습니까. 생각하건대 공은 일찍부터 우복 선생의 지결(旨訣)을 받들어 위기지학(爲己之學)[1021]에 힘썼으니 내외·경중의 분변이 이미 명확하였고 마음 보존은 더욱 확고했습니다. 비록 노선생께서 나라를 위해 현자들을 급하게 찾을 때 공을 천거하려 해도 그럴 수 없었으니,[1022] 공이 마음을 보존한 바를 알 수 있습니다. 고요한 곳에서 은거하며 성현의 글을 완색(玩索)하면서 실컷 노닐며 무젖어 날마다 깨닫는 것이 있었으니, 만년에 이른 경지는 자못 헤아릴 수 없습니다. 훗날의 군자들이 반드시 이로 인하여 공의 풍모를 알 수 있을 것입니다."라고 했다. 요빈 씨가 말하기를 "예. 잘 알겠습니다."라고 했다.

공의 계통(系統)은 동래(東萊)에서 나왔는데 고려부터 조선에 이르기까지 현달하여 족보에 오를 만한 인물이 배출되었다. 고조부 휘 환(渙)은 홍문관 응교(應敎)였고, 증조부 휘 윤기(允奇)는 성균관 생원이었으며, 조부 휘 원충(元忠)은 성균관 진사였다. 고(考)의 휘는 식(湜)이며, 비(妣)는 안동 권 씨(安東權氏)로 만력(萬曆) 정축년(1577, 선조 10)에 공을 낳았다. 어려서 아버지를 여의고 종조숙부(從祖叔父) 휘 조(澡)의 후사가 되었으며, 비(妣)는 진성 이 씨(眞城李氏)다. 조부의 휘는 원건(元健)이고 진사 원충(元忠)의 동생이다. 공은 경인년(1650, 효종 1) 7월 7일에 돌아갔는데, 9월 9일 경신(庚申)에 장례를 지냈

1021) 위기지학(爲己之學) : 남이 알아주기를 바라면서 공부하는 위인지학(爲人之學)에 상대되는 말로, 오직 자신의 덕성을 닦기 위해서 공부하는 것을 말한다. 《논어(論語)》 〈헌문(憲問)〉의 "옛날의 학자들은 자신을 위한 학문을 하였는데, 오늘날의 학자들은 남에게 보여 주기 위한 학문을 한다.[古之學者爲己 今之學者爲人]"라는 공자의 말에서 나온 것이다.

1022) 노선생(老先生)께서 …… 없었으니 : 인조반정 후 정경세가 이조 판서가 되었을 때 나라의 인재로 정영방을 적극 추천하였으나, 정영방은 자해(紫蟹, 바닷게) 한 보자기를 싸 보내며 사양한 일이 있다.(《石門鄭先生事跡》) 이 구절에서 '퇴곡(推轂)'이란 옛날에 제왕이 장수를 파견할 때에 바퀴통을 밀어 주면서 "곤내(閫內)는 과인이 제어할 테니 곤외(閫外)의 일은 그대가 제어하라."라고 하며 전권(全權)을 위임했던 것을 말한다.(《史記 卷102 馮唐列傳》)

다. 무덤은 송제(松堤) 선영의 오른쪽 기슭에 있으며 건좌(乾坐, 서북 방향을 등짐) 진향(辰向, 동남 방향)이다.

완산 유 씨(完山柳氏) 예빈시(禮賓寺) 정(正)에 추증된 유복기(柳復起)[1023]의 따님에게 장가들었는데, 부인은 군자의 배필이 되기에 덕이 부족함이 없었다. 4남 3녀를 두었는데, 장남은 혼(焜)으로 바로 공의 행록을 찬술한 사람이니 이를 보면 그 사람됨을 알 수 있다. 차남은 행(烆), 염(燫), 제(焍)이다. 장녀는 김시준(金時準)에게 시집갔고, 차녀는 생원 이신규(李身圭), 조정환(趙廷瓛)에게 시집갔다. 내외의 자손은 남녀 백여 명이다. 요빈(堯賓)은 혼(焜)의 장남이다. 명(銘)하여 이르기를,

선각자 우복 선생 유림의 종장으로 떨쳤는데	有覺愚翁振儒宗
공이 크게 울려 쇠북 메아리를 치게 했도다[1024]	公能大扣韻洪鍾
경전 탐구하고 의리 받들며 공부 그치지 않았고	耽經畏義功莫輟
벼슬에 매이지 않고 스승의 가르침에 힘썼네[1025]	仕吾未信致師說
골짜기에 은거하며 석인[1026]처럼 마음이 넉넉했으며	棲遲一壑碩人寬
내 거문고와 내 서책으로 지극한 즐거움 보전했네	我琴我書至樂存
온전히 본성으로 되돌아가 자신이 욕되지 않았으니	渾然返璞不辱己
어진 후손이 돌에 새겨 내 추모의 글을 묻네	有孫鑽石埋我誄

중훈대부 전 경성판관 겸 춘추관 기주관 목재 홍여하는 삼가 쓰노라.

先大夫於同門士雅 敬慕石門鄭公 頻造省芝圃舊第 走尙幼實從之 行奉公談燕間 得見其雅靖純古 蔚然君子人也 俄而 公東入 遂不復覩 悲夫 公諱榮邦字慶輔 早孤失學

1023) 유복기(柳復起) : 각주 942) 참조.

1024) 공이 …… 했도다 : 정경세(鄭經世)의 학문을 잘 계승하였다는 뜻이다. 원문의 '大叩'와 '洪鍾'은 《예기》 〈학기(學記)〉에 남이 묻는 것에 잘 대답하는 자는 마치 쇠북을 두드리는 것과 같아서 작은 채로 치면 작게 울어주고, 큰 채로 치면 크게 울어준다는 말에서 유래하였다.

1025) 벼슬살이 …… 않고 : 《논어(論語)》 〈공야장(公冶長)〉에 공자가 칠조개(漆雕開)에게 벼슬을 하라고 권하자, 그가 대답하기를 "저는 아직 벼슬을 감당할 자신이 없습니다.[吾斯之未能信]"라고 한 말이 있다. 칠조개의 이 말은 겸양한 표현이다.

1026) 석인(碩人) : 덕이 높은 현자.

聞愚伏鄭先生講道愚山中 慨然登門請學 首授以庸學心經 公覃思精索 微辭奧義 剖析異同 融貫乃已 先生歎賞曰 學貴窮格 聖賢功程 皆由是進觀公器識 何患不做 因取勿忘勿助之旨 賦詩以贈 公退而服膺 不敢少懈 及年二十九 成進士 或勸遊泮 不肯 自是絶意進取 益專精學業 後先生長銓部 謂公曰 聖朝顯巖穴以勵士節 吾欲薦公何如 公蹙然曰某性蹇拙寡諧 一出懼倂失上庠名 先生嘉其意 不復言 公性孝謹 養盡其誠 喪致其哀 時患胃脘痛幾絶 猶扶掖將事 葬祭品節 一惟先生之稟 講究纖悉 極其情文 常以出後 不得申於所生 爲終身痛 與伯氏梅塢公 友愛篤至 不須臾離 中年居隔水 得一美味 輒先寄然後入口 病則憂形色辭 未嘗解衣而寢 家敎以嚴爲本 哇淫妖翫 屛絶不使近 子弟侍側 不敢色戱惰 有專治擧業者 輒引程叔子改試爲課語以戒之 莊以持己 和以接物 稱人之善必當 而有過者恕之 由是人無不推服 少日 善食酒 以先生戒勉 遂絶口不復飮 公少有隱遁之志 卜居于眞北臨川 得異境焉 及丙子新去亂 公意決東 其地翠壁環立 林樾茂美 並溪列衆白石 礱琢若玉削然 灌其中爲池 名曰瑞石 構主一齋雲棲軒於其上 日取晦菴陶翁書 整襟端坐而讀之 每遇風和景暖 杖屨徜徉於泉石間 吟嘯眺望 盡日忘返 見者皆擬之地上仙 因自號石門 文詞贍麗遒逸 尤工詩 先生嘗稱其善學唐體 所著有巖棲漫錄石門等稿 甲辰春 公孫堯賓氏 來曰 吾先人撰大父行錄 將以謁諸世之君子 志不克就而亡今無以掩諸幽 吾子圖之 走敢辭 佗日又來請益懇 乃受狀而讀之曰 余幼從先大夫獲拜公 旣而不復拜扣 而公遽棄後學 至今悲之 幸而克相玆役 其何敢辭 顧惟後生膚淺 其何以發公之德之學於永久 以庇其後人乎 惟公早承旨訣 從事爲己之學 其於內外輕重 辨之旣明 而守甚確 雖以老先生爲國急賢 欲推轂公而不得 則其所守可知已 及其肥遯靜處 玩索聖賢之書 優遊涵泳 日有得焉 則晩年所造未可量也 後之君子 殆有因此 而得公之風槩者歟 堯賓氏曰唯唯 公系出東萊 自麗代迄本朝 斑斑可譜 高祖諱渙弘文應敎 曾祖諱允奇成均生員 祖諱元忠成均進士 考諱湜 妣安東權氏 以萬曆丁丑生公 旣孤 出繼于從祖叔父諱澡 妣眞城李氏 祖諱元健進士弟也 公卒以庚寅七月七日 葬以九月九日庚申 墓在松堤先兆右麓 坐乾外向辰 娶完山柳氏 贈禮賓正復起之女 配君子無違德 有四子三女 長曰焜 卽撰公行錄者 覽此可以知其人矣 次炘 次爗 次焍 女長適金時準 次李身圭生員 次趙廷瓛 內外孫男女百餘人 堯賓焜長子也 銘曰 有覺愚翁振儒宗 公能大扣韻洪鍾 耽經畏義功莫輟 仕吾未信致師說 棲遲一壑碩人寬 我琴我書至樂存 渾然返璞不辱己 有孫鑽石埋我誄

中訓大夫 前行鏡城判官 兼 春秋館記注官 木齋 洪汝河 撰

묘갈명 병서墓誌銘幷序

권상일(權相一)[1027]

생각하건대 우리 우복(愚伏) 선생 문하의 선비 가운데 석문(石門) 정공(鄭公)이 있는데 휘는 영방(榮邦)이고 자는 경보(慶輔)이다. 약관(弱冠)에 선생께 유학하여 《중용》, 《대학》, 《심경》 등의 책을 수학하였다. 정밀하게 사색하고 묵묵히 탐구하며 침식(寢食)을 잊는 지경에 이른지라 선생께서 칭찬을 아끼지 않으셨다. 을사년(1605, 선조 38)에 진사에 올랐으나 광해군의 혼조(昏朝)를 만났으니 벼슬할 뜻을 끊어버리고 진보(眞寶)의 임천동(臨川洞)에 거처를 잡았다.

병자호란(1636) 이후에는 드디어 집을 완전히 옮겨 살았는데, 시냇가에 작은 못을 파서 서석지(瑞石池)라 명명하고 주일재(主一齋)라는 띠집과 운서헌(雲棲軒)을 지었다. 좌우에 도서(圖書)를 두고 시를 읊조리며 유유자적하였는데 때로는 지팡이를 짚고 맑은 못과 푸른 절벽 사이를 거닐다가 흥이 다하면 이에 돌아오곤 하였다. 경인년(1650)에 선영(先塋) 아래에 있는 집으로 돌아와 살다가 6월에 병을 얻었다. 7월 7일에 목욕하고 머리를 감게 하고 손톱을 깎게 한 후 편안하게 돌아갔다. 안동부(安東府) 동쪽 선어연(僊漁淵) 위의 손향(巽向) 언덕에 장사 지냈다.

공은 어려서부터 원대한 기량(器量)을 지니고 성품이 효성과 우애가 깊었으며 상사(喪事)에는 이척(易戚)[1028]이 모두 극진하였다. 형님인 매오공(梅塢公) 영후(榮後)와는 형

1027) 권상일(權相一, 1679~1759) : 조선 후기의 문신·학자. 본관은 안동(安東). 자는 태중(台仲), 호는 청대(淸臺). 상주의 근암리(近菴里)에서 출생했다. 아버지는 증이조 판서 심(深)이며, 어머니는 경주 이 씨로 부사 달의(達意)의 딸이다. 학문을 일찍 깨우쳐 20세에 옛사람들의 독서하는 법과 수신하는 방법을 모아 〈학지록(學知錄)〉을 저술하였다. 저서로는 《청대집》, 《초학지남(初學指南)》, 《역대사초상목(歷代史抄常目)》, 《일기(日記)》 등이 있다. 시호는 희정(僖靖)이다. 죽림정사(竹林精舍)·근암서원(近菴書院)에 향사되었다.

1028) 이척(易戚) : 이(易)는 형식에 치중한 것을, 척(戚)은 슬픔을 가리키는 말로, 형식적으로나 내용적으로 모두 훌륭하게 상례를 치르는 것을 말한다. 《논어(論語)》 팔일(八佾)에 "상례는 형식적으로 잘하기보다는 차라리 슬퍼하는 마음이 가득해야 한다.[喪與其易也寧戚]"고 하였다.

우제공(兄友弟恭)을 지극히 갖추었는데, 형님에게 병환이 있으면 근심하며 옷을 벗지 않고 잠을 잤으며 맛있는 음식이 있으면 반드시 형님에게 먼저 보냈다. 집 안에서는 자녀들에게 조금도 게으르지 못하게 하였으며 가무와 여색, 기호품을 가까이하지 못하게 하였다. 젊을 때는 가끔 술을 마셨지만 우복 선생의 경계를 듣고는 입에서 끊어버리고 마시지 않았다.

향리(鄕里)에 거처할 때는 정성스럽게 착한 일은 돕고 과실을 막았으며, 도포를 입은 선비들에게 갑론을박하는 일이 있으면 공이 그들을 위해 시비를 가리면 문득 흡연(翕然)[1029]히 안정되었다. 우복 선생께서 이조 판서로 재임할 때 공을 천거하고자 하였으나 공은 삼가 사양했으며, 만년에는 주자의 책을 즐겨 읽으면서 항상 상자에 넣어 가지고 다녔다. 공이 지은 시문에는 모두 의지와 취향이 있었는데 시는 더욱 담박하고 고풍스러워 당체시(唐體詩)의 격조(格調)를 얻었으며 유고(遺稿) 두 권이 집에 간직되어 있다.

정씨(鄭氏)는 계통이 동래(東萊)에서 나왔는데 원조(遠祖)인 목(穆)은 고려조의 좌복야(左僕射)였다. 고조의 휘는 환(渙)으로 홍문관 응교(應敎)였는데 연산조에 직간하다가 돌아갔고, 증조의 휘는 윤기(允奇)로 성균관 생원이었으며, 조부의 휘는 원충(元忠)으로 진사였다. 부친의 휘는 식(湜)이고 모친은 안동 권 씨(安東權氏)로 참봉 제세(濟世)의 따님이다.

공은 만력(萬曆) 정축년(1577)에 태어나 5세에 아버지를 여의었고, 조금 자라서는 종조부 원건(元健)의 아들인 조(澡)의 후사로 입양되었으며 어머니는 진성 이 씨(眞城李氏)이다. 배위(配位)는 완산 유 씨(完山柳氏)로 도승지에 추증된 유복기(柳復起)의 따님으로, 군자의 배필이 되기에 덕이 부족하지 않았는데 을유년(1645) 정월에 임천의 우거하던 집에서 돌아가니 임천 북쪽 기슭 오향(午向)에 장사 지냈다. 아들은 혼(焜), 행(烆)과 염(爁), 제(焍)이며 사위는 김시준(金時準), 생원 이신규(李身圭), 조정환(趙廷獻)이며 내외의 자손이 백여 명이다.

혼(焜)의 증손(曾孫) 태흥(泰興)이 찾아와 묘갈명(墓碣銘)을 청하기를 두세 차례에 이르니 끝내 사양할 수 없어서 묘갈명을 짓는다. 명(銘)하기를,

훌륭한 스승 얻어 배우러 갔으니　　得賢師而負笈

1029) 흡연(翕然) : 대중(大衆)의 의사(意思)가 한 곳으로 쏠리는 정도(程度)가 대단한 모양.

우산이 우뚝하도다	愚山崔崒
어지러운 세상 피해 절개를 지켰으니	遁世亂而全節
석문이 더없이 깨끗하도다	石門清絶
가족을 데리고 산으로 들어갈 때에는	盡室入山之歲
개연히 동해로 뛰어드려는 뜻이었도다	慨然蹈海之志
끝내 고향땅에서 일생을 마쳤으니	畢竟首丘而終
송장은 울창하고 푸르도다	鬱鬱乎松庄之蒼翠

숭정(崇禎) 둘째 을해년(1755)에 대사간(大司諫) 안동 권상일은 삼가 짓노라.

惟我愚伏先生門下士 有石門鄭公 諱榮邦 字慶輔 弱冠負笈 受庸學心經諸書 精思默究 至忘寢食 先生歎賞不已 乙巳登上庠 値昏朝 絶意進取 卜居于眞城臨川洞 丙子亂後 遂盡室移棲 鑿小池于溪邊 名以瑞石臨池 結茅齋曰主一 軒曰雲棲 左圖右書 吟弄自適 時携杖徜徉於澂潭 翠壁之間 興窮乃返 歲庚寅還居于先壟下 六月感疾 七月七日 命沐髮剪爪 怡然而逝 葬于安東府東仙漁淵上巽向之原 公自幼有遠大器 性甚孝友 遭憂易戚俱盡 與兄梅塢公榮後 友敬備至 有疾則憂不解衣 有美味必先送 家居子弟 不敢小惰 聲色玩好不近於前 少日嘗近酒 以先生戒 絶口不飮 處鄕黨 惓惓扶善遏過 縫掖有甲乙論 公爲之開陳是非 輒翕然以定 先生長銓曹時 欲薦公 公蹙然辭 晩年喜讀朱書 常藏篋自隨 所著詩文 皆有意趣 而詩尤淡古 得唐人格 遺稿二卷 藏于家 鄭氏系出東萊 遠祖穆高麗左僕射 高祖渙 弘文應教 燕山朝以直諫廢 曾祖允奇生員 祖元忠進士 考湜 妣安東權氏 參奉濟世之女 公以萬曆丁丑生 五歲而孤 稍長出爲季 從祖元健之子 湪之嗣 妣眞城李氏 聘完山柳氏 贈都承旨 復起之女 配君子無違德 丁酉正月沒于臨川寓第 葬在川之北麓午向 男焜炘爀焍 女適金時準 次李身圭生員 趙廷獻 內外孫百餘人 焜之曾孫泰興來請墓銘 至再三不得終辭 敍而且銘 銘曰 得賢師而負笈 愚山崔崒 遁世亂而全節 石門清絶 盡室入山之歲 慨然蹈海之志 畢竟首丘 而終鬱鬱 乎松庄之蒼翠

崇禎再乙亥 大司諫 安東 權相一 謹述

가장家狀

정혼(鄭焜)

돌아가신 부군(府君)의 휘는 영방(榮邦)이요 자는 경보(慶輔)이며 동래 정씨(東萊鄭氏)이다. 17대조(代祖)의 휘는 목(穆)으로 고려조에 좌복야(左僕射)를 지냈는데, 그 뒤 대대로 고관대작을 이어와 드디어 드러난 문벌이 되었다. 휘가 환(渙)이신 분이 계셨는데 홍문관 응교를 지냈고 연산군 때 직간하다 귀양 가서 돌아가셨으니 이분이 부군의 고조이시다. 증조의 휘는 윤기(允奇)로 생원이었고 조부의 휘는 원충(元忠)으로 진사였으며 아버지의 휘는 식(湜)인데 일찍 돌아가셨다. 어머니는 안동 권 씨(安東權氏)로 참봉 제세(濟世)의 따님이다.

부군께서는 만력 정축년(1577)에 태어났는데 나면서부터 남다른 데가 있어서 여러 어른들이 모두 원대한 성취를 기대하였다. 다섯 살 때 아버지를 여의고 조금 자라서는 출계(出系)하여 종조숙부(從祖叔父, 휘 澡)의 후사(後嗣)가 되었다. 임진왜란(1592)이 일어나자 학문을 궁구하지 못하는 것을 매우 슬퍼하여 분발하였는데 기해년(1599)에 우복(愚伏) 정 선생이 관직에서 물러나 상주(尙州)의 우곡산중(愚谷山中)에서 학문을 가르칠 때 부군께서 남보다 먼저 나아가 유학을 하였다. 먼저 《중용》, 《대학》, 《심경》을 수학하였는데, 부군께서는 깊이 생각하고 자세히 고찰하여 고인의 의향과 취지를 깊이 터득하였다. 공자 말씀의 표리(表裏)와 주자서(朱子書)의 차이에 이르러서는 반복해서 토론하고 바로잡아 꼭 맞게 합치된 이후에라야 그만두었다. 우복 선생께서 매양 칭찬하고는 한참 뒤에 말씀하시기를, "무릇 학문이란 궁리(窮理)와 격물(格物)을 귀하게 여기니 비록 본성을 다하고 천리를 알더라도 반드시 여기에 말미암아 전진하지 않을 수 없으니 그대의 기량과 식견을 볼 때 어찌 이루지 못할까 근심하겠는가? 다만 잊지도 말고 조장하지 않도록 하는 데 힘쓸 따름이다."라고 하였다. 이어서 시를 지어 주시며 이르기를, "그대에게 시험 삼아 꽃과 버들을 묻나니, 누가 더 푸르게 하고 누가 더 붉게 하는가?"

라고 하였으니 아마도 각고면려(刻苦勉勵)하는 것을 풍자한 것이다.

부군에게는 생가와 양가의 노모가 모두 계셨기 때문에 매양 몇 달마다 한 번씩 귀가하여 아침저녁 문안을 드리고 나머지 시간에는 단정히 방에 앉아 종일토록 책상을 마주하였다. 집안 살림이 가난하였지만 일찍이 마음에 두지 않았으니 그로 인해 생활이 늘 어려웠으나 또한 편안하게 지냈다.

을사년(1605)에 진사가 되었는데 친한 이들이 성균관에 들어가기를 권했지만 부군께서는 관직에 나아갈 마음이 없었기 때문에 끝내 응하지 않으셨다. 무신년(1608) 이후에 조정이 혼탁해지자 깊숙하고 조용한 거처를 거듭 생각하며 세상일에는 관심을 가지려 하지 않으셨다. 드디어 진보(眞寶)의 북쪽 임천으로 거주지로 정하고 항상 찾아서 꿈에 그리고 마음으로 가려했지만 모친이 연로하고 자녀가 어려서 완전히 가는 것을 결심할 수 없었다.

병자호란이 일어나자 바로 집안일을 맏아들 혼(焜)에게 맡기고 가족을 데리고 임천으로 들어갔는데, 산과 물이 빙 둘러싸고 풀과 나무가 무성하며 맑은 못과 푸른 절벽은 밝고 아름답기 그지없었다. 부군께서는 스스로 평소에 바라고 원하던 것을 보상받았기 때문에 늘 장구(杖屨)를 바르게 하고 어른과 아이들을 이끌고 수석(水石) 사이를 거닐며 한갓 바위와 소나무 아래에 기대면서 아침부터 저녁까지 하루를 보내다가 흥이 끝나야 집으로 돌아오셨다. 집의 서쪽에 작은 개울이 있었는데 개울 주변에 흰 돌이 촘촘히 박혀있어서 마치 자르고 깎은 것이 하늘이 만든 것 같았다. 그 아래에 연못을 만들었으니 이름이 서석지(瑞石池)였으며, 위에 집 두 칸을 지었으니 주일재(主一齋)와 운서헌(雲棲軒)이었다. 도서가 벽에 가득하였고 시를 읊조리며 유유자적하였으니 보는 사람마다 모두 지상에 있는 신선에 비유하였다.

경인년(1650)에 조카 위(煟)에게 이르기를, "내 나이가 많고 병이 깊어 고향 생각이 더욱 간절하니 네가 나를 데리고 송장(松庄)으로 가겠느냐?"라고 하였는데, 송장은 바로 선대의 묘소가 있는 곳이다. 6월에 질병을 얻었는데 7월 7일에 아들 혼(焜)에게 명하여 목욕하고 손톱을 깎게 하고는 태연히 생을 마치셨다.

아아, 슬프도다. 부군의 효성과 우애는 하늘이 내셨으니 임술년(1622)에 생모의 초상(初喪) 때는 위통(胃痛)을 앓아 가끔씩 기절을 하였는데 부축을 받으면서도 일을 치르기를 게을리하지 않았다. 모든 상례(喪禮)와 장례(葬禮)의 절차를 우복 선생에게 배워서 바르게 하며 마음과 예의를 극진히 하지 않음이 없었다. 출계(出系)를 하였기에 생모에게 효도를 항상 다하지 못하는 것을 평생의 통한으로 여겼다. 만형인 매오공(梅塢公)과는 우애가 돈독하여 기쁘고 화목하게 지내면서 하루도 서로 떨어지지 않았다. 중년에 10리쯤 떨어진 곳에 집을 지어 살았는데 맛있는 음식이 하나라도 있으면 먼저 형님에게 보내고 먼저 입에 대지 않았으며, 형님에게 병환이 있으면 근심스러운 빛이 역력했고 옷을 벗지 않은 채 잠자리에 들었다.

집에 거처할 때는 몸가짐이 단정하였고 사람을 대할 때는 간명하였으며 일을 처리할 때는 검소하였다. 자녀들이 종일토록 옆에서 시중을 들 때에는 놀거나 게으른 낯빛이나 이치에 어긋나는 말씀을 드러내지 않았다. 단아한 성품과 청빈한 태도로 여색이나 보물을 절대로 눈앞에 가까이하지 않았으며, 부녀자들이 간혹 노리개를 가지고 있으면 문득 서로 경계하기를, "할아버지께서 알지는 않은가?"라고 하였다. 젊을 때는 술을 가까이 하였지만 우복 선생께서 경계하시자 마침내 끊어버렸다. 평소에 세속적인 재미에는 담박하였는데 일찍이 말씀하시기를, "세상 사람들이 과거에서 명성을 얻는 것을 중시하여 본심을 잃어버리고 끝내 돌아갈 줄 모르는 데 이르는 것은 다름이 아니라 이기심이 유혹하기 때문이다. 정이천(程伊川)이 과거 제도를 학과 위주로 고쳐야 한다는 것은 어찌 본질을 고치는 법규가 아니겠는가?"라고 하였다. 그런 까닭에 자질(子姪)들이 혹시 과거 공부에 전념하는 자가 있으면 비록 못하도록 금지하지는 않아도 끝내 좋아하지 않으셨다.

다른 사람의 선행을 칭찬함에 있어서는 반드시 적당하고 실상에 맞게 하였으며 다른 사람의 잘못을 미워하는 것도 거스르지 않고 억측하지 않으셨다. 근엄하였지만 온화함을 잃지 않았으며 웃음을 웃어도 시류에 물들지 않으셨기 때문에 현명하거나 어리석은 자들이 각기 그 마음을 다했으며 원근에서는 기쁘게 따르지 않는 이가 없었다. 마을에 사고가 일어나 선비들의 의론에 틈이 생겨서 사이가 나빠졌을 때 부군께서 의리를 개진하여 혼란스럽고 시끄러운 것을 짐작하여 풀어주면 마침내 합치에 이른 것이 대부분이었다. 아! 부군의 의지와 행실이 집안이나 마을에 드러난 것은 이와 같았을 따름이며, 대체로 행할 수 있는 커다란 일들을 세상에서 알지 못하는 것이 있었다. 좋지 않은 시절을 만나 더욱 깊이 산속으로 들어갔으니 그 바른 뜻이 있는 곳을 세상에서는 더욱 알지 못했던 것이다.

일찍이 우복 선생을 모셨는데 선생께서 이조 판서를 맡았을 때 묻기를, "성군의 시대에 산림의 선비를 추천하라고 하니 내가 그대를 조정에 천거하려고 하는데 어떠한가?"

라고 하였다. 부군께서 움츠리며 기뻐하지 않고 이르기를, "저는 성품이 옹졸하여 세상과 화합할 수 없으니 한번 출사하여 앞길을 모두 잃을까 두렵습니다."라고 하니 선생께서 웃으시며 말하기를, "내가 원래 그대의 뜻을 알고 있지만 그저 한번 물었을 뿐이네."라고 하셨다.

만년에는 주자서(朱子書)를 읽기를 좋아하여 항상 상자에 한 부를 넣어두고 심한 병환이 아니면 반드시 단정히 앉아 용모를 바르게 하고 읽었는데 임종하실 때까지 계속하였다. 특히 시에 능통하였는데 무릇 시름에 잠기거나 한적한 때를 만나 사물이나 마음에 감촉되는 것은 문득 시로써 펼쳐 내었다. 선생께서는 부군의 시가 당체를 잘 터득했다고 매우 칭찬하셨다. 평소에 저술한 것이 매우 많았지만 흩어지고 잃어버려 수습하지 못했으며《암서만록(巖棲漫錄)》한 권과《석문고(石門稿)》두 권이 집에 보관되어 있다. 그 해 9월 9일 경신일(庚申日)에 송제(松堤)의 선영(先塋) 오른쪽 기슭 건좌(乾坐) 손향(巽向)이며 외향(外向)은 신향(辰向)의 언덕에 장사 지냈다.

모친은 완산 유 씨(完山柳氏)로 도승지에 증직(贈職)된 유복기(柳復起)의 따님이며, 절부(節婦) 김 씨(金氏)의 손녀이며 교리(校理) 식(軾)의 증손녀이다. 법도가 있는 가문에서 태어나 자라서 부군에게는 좋은 배필이 되었는데, 을유년(1645) 정월 7일에 임천에서 병환으로 돌아가셨다. 8월 을유일(乙酉日)에 임천의 북쪽 기슭 자좌(子坐) 오향(午向)이며 외향(外向)은 정향(丁向)의 언덕에 장사 지냈는데 흙을 둘러 봉분을 쌓았으며 송제(松堤)의 무덤과는 백 리의 거리이다. 5남 3녀를 두었으니 장남은 혼(焜)이고, 차남은 행(烆)이며 그 다음은 요절하였고 다음은 염(爦), 다음은 제(焍)이다. 맏사위는 김시준(金時準)이고 다음은 생원(生員) 이신규(李身圭)이며, 다음은 조정환(趙廷瓛)이다. 내외의 후손은 남녀가 백여 명이다.

불초 소자가 하늘로부터 큰 재앙을 당했지만 곧장 죽어 없어지지 않았으니 아버님의 은거하신 광채가 후세에 완전히 사라질까 두려워하여 삼가 피눈물을 흘리며 대략의 개요를 위와 같이 기록하노라. 당세의 대인군자(大人君子)에게 질정을 받고 석자의 비석에 한마디 말씀을 내려주어 자손들의 호천망극(昊天罔極)[1030]을 보여주기를 바란다. 아, 슬프도다.

1030) 호천망극(昊天罔極) : 부모의 은혜가 하늘처럼 넓고 커서 다함이 없음.

先府君諱榮邦 字慶輔 系出東萊 十七代祖諱穆 仕麗朝左僕射 厥後累世大官 遂爲閈閥 有諱渙 弘文館應敎 諫燕山被謫卒 是府君高祖也 曾祖諱允奇 生員 祖諱元忠 進士 考諱湜 蚤卒 妣安東權氏 參奉濟世之女 府君以萬曆丁丑生 生而有異 諸父兄皆以遠大期之 五歲孤 稍長出爲從祖叔父後 遭壬辰之亂 以學文未究 慨然發憤 己亥愚伏鄭先生解官 講道於愚谷山中 府君負笈先登焉 首授以庸學心經 府君遂覃思精察 深得古人意趣 至於聖言之表裏 子書之異同 反覆論訂 無不脗合 然後已焉 先生每歎賞 良久曰 凡學貴於窮格 雖盡性知天 未必不由此進 觀公器識何患不做 但勿忘勿助長爲務耳 因以詩贈曰 從君試問 花兼柳孰使靑靑 孰使紅 蓋諷其刻苦也 府君以兩庭親老 每數月一歸 晨昏之餘 端坐一室 終日對案 家中零碎 曾不掛心 以故生活屢空 而亦恬如也 乙巳中進士 所親或勸遊泮 府君以進取非心 終不肯 戊申以後 朝廷濁亂 益思深居靜處 不欲與世事相聞 遂卜地于眞北之臨川 尋常夢想神迬 而以親老子幼 未能決意長往 丙子亂作 乃傳家事於長子焜 盡室入臨川之地 山水灣環 草木蓊鬱 澂潭翠壁 到底明媚 府君自以得償 平生志願 每治杖屨 携冠童逍遙於水石之間 徙倚於巖松之下 終朝盡日 興窮乃返 屋西有小溪 溪邊白石齒列 截削天成 其下築池 名曰瑞石池 上結屋二間 齋曰主一 軒曰雲棲 圖書滿壁 唫哢自適 人之見之者 皆擬於地僊 歲庚寅 謂姪子渭曰 吾年暮病深 益切首丘之念 汝可將余去至松庄 松庄乃先壟地也 六月感疾 七月七日 命子焜沐髮剪爪 怡然就盡 嗚呼痛哉 府君孝友出天 壬戌丁內虞時 患胃脘痛 往往而絶 猶扶掖將事不懈 凡喪葬之禮 無不講正於先生 而極其情文 常以出後不得盡節於所生爲終身痛 與伯兄梅塢公 友愛篤至 怡愉懽洽 無日相離 中年結屋於十里地 有一美味 必先寄使 不先入口 病則憂形色辭 未嘗解衣而寢 居家莊以持身 簡以御衆 儉以行政 子弟終日侍側 不敢出戲慢之色鄙倍之言 雅性淸苦 聲色寶玩 截然不近於眼前 婦人輩或持玩好 輒相戒曰 得無阿翁知乎 少日嘗近酒 以先生戒 遂絶飮 生平澹泊於世味 嘗曰世人重科名而失本心 遂至於忘返者 無佗利心誘之也 程叔子改試爲課 豈非治本領之大法乎 以故 子姪或有修治擧業者 雖不切禁 終非所好也 稱人之善 必當必實 嫉人之惡 不逆不億 矜嚴而無失於和 嘻笑而不至於流 故賢愚各盡其情而遠近無不悅服 鄕黨有事士論携貳 府君開陳 義理推釋 紛囂終至於翕然者居多 噫 府君志行之見於家鄕者 若此而已 若夫可行之大者 則世或有不知者 逢時不辰 入山轉深 其雅意所在 世尤莫得以知之也 嘗侍先生 先生時長銓問曰 聖代崇進 山林之士 吾欲薦公於朝何如 府君蹙然不悅曰 某性蹇拙 不能俯仰於世 一出懼併失前步 先生笑曰 吾固知公意 聊試之爾 晚年喜

讀朱書 常以篋盛一部 非甚病 必端坐斂容讀之 至易簀乃已 尤善詩 凡遇幽愁閒適 觸物感心者 則輒以詩宣之 先生亟稱其善得唐體 平日所著甚多 而散逸不收 有巖棲漫錄一卷 石門稿二卷 藏於家 以其年九月九日庚申 葬于松堤 先塋右麓乾坐巽向外向辰之原 先妣柳氏 籍完山 贈都承旨復起之女 節婦金氏之孫 校理軾之曾孫也 生長法家 媲美于府君 以乙酉正月七日病歿于臨川 八月乙酉 葬于臨川北麓子坐午向外向丁之原 繚以土堆 與松堤之兆 百里而遠 有五男三女 男長曰焜 次烆 次炁 次熑 次焍 女長金時準 次生員李身圭 次趙廷瓛 內外孫男女 又百餘人 不肖孤遭天大禍 不卽死滅 大懼先人幽隱之光 永泯于後 謹泣血而略記大槪如右 仰正于當世之大人君子 冀惠一言於三尺之碣 垂示子孫昊天罔極 嗚呼痛哉

제문祭文

이환(李煥)[1031)]

그대의 아름다운 행동을 생각해보니	念夫君之懿行
지금 세상에 있는 그 옛날 군자로다	古君子於今世
학문하고 남은 여가에 예에 노닌 것[1032)]은	學餘力而遊藝
거의 숫자로 헤아릴 수 없도다	殆不可以數計
그 가운데에서 느낀 소감에 대해서	就其中之所感
나의 회포를 아울러 진술하노라	兼我懷而陳辭
우리는 결혼하던 초년부터	自執鴈之初載
한솥밥을 먹으며 의지하며 따랐노라	同鼎爨而肩隨
그대는 내가 면장[1033)]할까 두려워하여	君憂我之面墻
큰 길을 보이며 순탄하게 살았도다	示周行而平步
안자[1034)]의 좋은 교제를 거론하며	擧晏子之善交
담수[1035)]처럼 사귀려고 노력하였네	欲淡水之爲務

1031) 이환(李煥) : 각주 370) 참조.

1032) 유예(遊藝) : 공자는 학문하는 방법을 말하면서 "도에 뜻하고 덕에 의거하고 인에 의지하고 기예에 놀아야 한다.[志於道 據於德 依於仁 遊於藝]"라고 하였다. 《論語 述而》

1033) 면장(面墻) : 이치에 어두워 꽉 막히고 고루하다는 뜻이다. 공자가 아들 백어(伯魚)에게 "너는 주남(周南)과 소남(召南)을 배웠느냐? 사람으로서 주남과 소남을 배우지 않으면 마치 담장을 마주하고 선 것 같다.[女爲周南召南矣乎 人而不爲周南召南 其猶正牆面而立也與]"라고 했다. 《論語 陽貨》

1034) 안자(晏子) : 춘추시대 제(齊)나라 대부 안영(晏嬰)을 가리킨다. 그의 시호는 평(平), 자는 중(仲)으로, 영공(靈公)·장공(莊公)·경공(景公)을 차례로 섬겨 매우 지혜로운 재상으로 이름났다. 공자는, "안자는 사람 사귀기를 잘하여 오랠수록 존경한다."고 하였다.

1035) 담수(淡水) : 물처럼 담박한 군자의 사귐을 이른다. 《장자》 〈산목(山木)〉에 "군자의 사귐은 담담하기가 물과 같고, 소인의 사귐은 달기가 단술과 같다.[君子之交, 淡若水, 小人之交, 甘若醴.]"라고 하였으며, 《예기》 〈표기(表記)〉에는 "군자의 접함은 물과 같고 소인의 접함은 단술과 같으니, 군자는 담담하여 이루고 소인은

금인의 삼함[1036]을 경계했으며　戒金人之三緘

세상과 더불어 어긋남이 없게 했도다　無與世而齟齬

비록 좁은 성질을 고치지 못했더라도　雖褊質之莫改

오히려 이 말을 따라서 섬겼다　尙從事於斯語

또한 거문고와 비파처럼 금슬이 좋아　亦如琴而如瑟

거듭하여 아들과 딸을 두었네　仍有子而有女

만약 천성에 따라 성취하게 하였다면　倘賴天而成就

아마도 가업을 전하는 것 잃지 않았을 것을　庶不墜乎傳家

바야흐로 좋은 아내 얻어 살림을 차렸지만　方宜室而主饋

갑자기 고분의 슬픔[1037]을 노래하였도다.　俄叩盆而悲歌

남아서 울부짖는 어린아이 거느리려니　挈呱呱之遺孩

좌우에서 품에 안고 혼을 녹였도다　左右抱而銷魂

십여 년 동안 추위와 더위를 무릅쓰며　十餘年之寒暑

아침저녁으로 부지런히 고복[1038]하였네　勤顧復於朝昏

어찌하여 기이한 불행이 혹독하게 겹쳐져서　何奇禍之荐酷

어리고 예쁜 사람이 계례할 때 울게 하는가　哭婉孌於當笄

진실로 그대와 비유할 수 없더라도　苟非君之能譬

거의 원숭이 울음[1039]을 알리지 않았네　幾不報於猿啼

달아서 무너진다.[君子之接, 如水, 小人之接, 如醴, 君子淡以成, 小人甘以壞.]"라고 하였다.

1036) 금인(金人)의 삼함(三緘) : 입을 세 겹으로 꿰맸다는 뜻으로, 말조심을 비유하는 말이다. 공자가 주(周)나라 태묘(太廟)에 갔을 적에 쇠로 만든 사람[金人]의 입을 세 겹으로 꿰맨[三緘其口] 것을 보았는데, 그 등 뒤에 새긴 명문(銘文)을 보니 "옛날에 말조심을 하던 사람이다. 경계하여 많은 말을 하지 말지어다. 말이 많으면 실패가 또한 많으니라.[古之愼言人也 戒之哉 無多言 多言多敗]"라고 되어 있더라는 고사가 전한다. 《孔子家語 觀周》

1037) 고분(叩盆)의 슬픔 : 아내의 죽음을 말한다. 《장자(莊子)》 〈지락(至樂)〉에 "장자(莊子)의 처가 죽자, 혜자(惠子)가 조문을 갔는데 장자는 바야흐로 두 발을 뻗고 앉아서 질항아리를 두들기며 노래하고 있었다.[莊子妻死 惠子弔之 莊子方箕踞叩盆而歌]"라고 했다.

1038) 고복(顧復) : 고아복아(顧我復我) 즉 '나를 돌아보고 나를 다시 살폈다'는 뜻으로, 자신을 보살펴 준 어버이의 은혜를 말한다. 《시경》 〈육아(蓼莪)〉에 "아버지는 나를 낳으시고, 어머니는 나를 기르셨다. 나를 다독이시고 나를 기르시며, 나를 자라게 하고 나를 키우시며, 나를 돌아보시고 나를 다시 살피시며, 출입할 땐 나를 배에 안으셨다. 이 은혜를 갚으려면 하늘이라 한량이 없도다.[父兮生我 母兮鞠我 拊我畜我 長我育我 顧我復我 出入腹我 欲報之德 昊天罔極]"라는 말이 나온다.

1039) 원숭이 울음 : 춘추시대 초(楚)나라 대부(大夫) 양유기(養由基)가 원숭이를 쏘려고 활을 당기자, 발사하기

풍수의 한[1040]이 앞뒤에서 뒤흔들어　風樹撼於前後
그대는 여섯 살에 삭장[1041]을 짚었도다　君削杖者六歲
백행의 근원은 이미 오래되었으니　百行源之旣深
소대상이 연이어 계속되었도다　大小連之有繼
내 아이들 관감[1042]에 익숙하니　吾兒習於觀感
부모와 형제에게 순종하였도다　順父母與兄弟
한 마음으로 오로지 슬프게 사모하다가　一意篤於悲慕
두 병마가 고황[1043]에 들었도다　二竪嬰於膏肓
목숨은 관례(冠禮)보다 짧다고 하니　命云短於旣冠
단지 앞날이 창창함을 원통하도다　但乎寃於蒼蒼
재주가 있든 없든 각자의 자식이니　才不才而各子
하물며 늘그막에 고독하게 됨에랴　況爲獨於頭白
복자하[1044]가 시력을 잃은 것은　卜子夏之喪明
결국 지극한 감정이 드러난 바이로다　果至情之所發
고상한 의리가 구름에 다다랐으니　高義薄於層雲
그대는 나에게 죽지 말기를 권면했도다　君勉我以無死
산을 나누어 주며 이웃에 살게 하였으니　許分山而卜隣
아마 평생토록 시종을 함께하려 했겠지　擬百年而終始

도 전에 원숭이가 울면서 눈물을 흘렸다는 '만호원제(彎弧猿啼)'의 고사가 전한다. 《淮南子 說山訓》

1040) 풍수(風樹)의 한 : 부모를 잃은 슬픔을 뜻한다. 각주 691) 참조.

1041) 삭장(削杖) : 상복(喪服) 재최(齊衰) 3년 복에 사용하는 상장이다. 오동나무로 만드는데, 껍질을 제거하므로 삭장이라 한다.

1042) 관감(觀感) : 눈으로 보고 마음으로 느낌을 말한다. 《주역》〈함괘(咸卦) 단(彖)〉에 "천지가 감동하면 만물이 화생하고 성인이 인심을 감동시키면 천하가 화평하니 감동하는 바를 보면 천지 만물의 정을 볼 수 있다.[天地感而萬物化生 聖人感人心而天下和平 觀其所感而天地萬物之情可見矣]"라고 하였다.

1043) 고황(膏肓) : 본문의 '이수(二竪)'는 두 개의 병마(病魔)라는 뜻으로 치료가 불가능한 중병을 일컫는다. 춘추시대 진(晉)나라 경공(景公)이 병이 들었는데 꿈속에서 두 병마가 문답을 하다가 고황 사이에 숨기로 하겠다는 내용을 들었다. 그 뒤에 의원이 와서 진맥을 하고는 "질병이 이수자(二竪子)가 되어 고황 사이에 숨었기 때문에 치료가 불가능하다."고 한 데서 유래하였다. 《春秋左傳 成公10年》

1044) 복자하(卜子夏, 기원전 507~?) : 복자하는 본명이 복상(卜商)으로, 공문십철(孔門十哲) 중의 한 사람이다. 자하가 노년에 서하(西河)로 물러가 살다가 아들을 잃었는데, 너무 많이 울어서 시력을 잃었다. 이로부터 원문의 '상명(喪明, 시력을 잃은 일)'은 자식을 잃은 슬픔을 의미하기도 한다. 《禮記 檀弓 上》

세상의 일이 이다지도 헤아리기 어려운지　世事極於艱虞
모이고 헤어짐이 늘그막에 많았구나　聚散多於遲暮
처음 심정 회상하니 목이 멜 듯한데　顧初心而如噎
아침 이슬 같은 인생이 한탄스럽네　歎人生之朝露
내 다시 반합[1045]을 잃어버렸으며　我再失於胖合
그대 또한 홀아비로 여생을 보냈도다　君又鰥於殘年
삼강서원(三江書院)[1046] 모임에서 만났으니　三江院之會面
하늘로부터 그 편의를 내려받았도다　縱天假以其便
두 사람의 마음은 죽고 사는 것보다 괴로웠으니　兩心苦於存亡
청안[1047]이 머금은 눈물에 흐려졌도다　青眼昏於含淚
각각 뜻을 말하며 시를 지었는데　各言志而有詩
지은 시가 서너 편에 이르렀도다　篇亦至於三四
악수하고 헤어진 후의 오토[1048]여　分手後之烏兎
서로 사모하던 세월마저 다 되었구나　盡相思之光陰
옛집[松川]에서 탈가[1049]한다는 소식 듣고　聞稅駕於舊庄
여윈 말에 채찍 가해 서로 찾았도다　策羸馬而相尋
놀랍게도 예전 법식을 고쳤지만　驚典刑之改古
정신이 아직 맑음에 기뻐했도다　喜精神之猶淸
얼마간 이별의 한을 달래려고　說多少之離恨
푸른 등잔을 밤새도록 밝혔다네　剪碧燈於三更

1045) 반합(胖合) : 반(胖)은 희생(犧牲)의 반쪽을 말하는데, 혼례를 치를 때 희생을 반으로 쪼개어 시아버지와 시어머니에게 각각 바치는 데서 유래하여 부부의 인연을 말한다.

1046) 삼강서원(三江書院) : 1643년(인조 21) 경상북도 예천군 삼강리에 건립된 서원으로, 정몽주(鄭夢周)·이황(李滉)·유성룡(柳成龍)을 배향하였다. 현재는 소실되고 터만 남아 있다.

1047) 청안(青眼) : 다정한 눈길이라는 뜻이다. 삼국시대 위(魏)나라 완적(阮籍)이 속된 사람을 만나면 백안(白眼) 즉 흰 눈자위를 드러내어 경멸하는 뜻을 보이고, 의기투합하는 사람을 만나면 청안 즉 검은 눈동자로 대하여 반가운 뜻을 드러낸 고사가 전한다.《世說新語 簡傲》

1048) 오토(烏免) : 신화에 해 속에는 세 발 달린 까마귀가 있고 달 속에는 옥토끼가 있다고 하여 해와 달을 가리켜 오토라고 한다. 좌태충(左太沖)의 〈오도부(吳都賦)〉에, "하늘에 올라 해와 달 속의 까마귀와 토끼를 잡고, 날짐승과 길짐승의 소굴을 모두 뒤진다.[籠烏兎於日月 窮飛走之棲宿]"라는 구절이 있다.《文選 第5卷》

1049) 탈가(稅駕) : 이사(李斯)가 진(秦)나라의 재상(宰相)이 되어 부귀가 극도에 이르자 "내가 탈가할 곳을 알지 못하겠다."라고 한 데에서 나온 말로, 수레를 풀고 편안하게 휴식한다는 의미이다.

말학 후생을 근심하고 잊지 못하며 憂耿耿於末學
마음속으로 선현을 그리워하였네 意眷眷於先正
선행은 하늘이 어찌 저버리겠는가 善何負於神天
꿈에 흰 닭을 보고[1050] 병에 걸렸으니 雞入夢於一病
슬프게도 우리들은 더욱 외로워지도다 哀吾黨之益孤
긴긴 밤에 새벽 오기 어려움을 개탄하노니 慨長夜之難晨
통곡이 어찌 사적인 애통에 그치겠는가? 哭豈止於私慟
세상에는 이런 분 다시없으리라 世無復乎斯人
바람은 쌀쌀하게 불어오며 風淒淒以颯至
구름은 아득하게 하늘에 떠 있네. 雲漠漠兮愁空
오르내리는 영령이 계시는 듯하니 陟降靈之如在
아마도 나의 깊은 충정 아시리라 庶知我之深衷

유직(柳稷)[1051]

아, 우리 공은 於惟我公
동래(東萊) 정씨(鄭氏)로다 系出蓬萊
훌륭한 집안으로 과거에 올랐으며 瓊班仙籍

1050) 꿈에 흰 닭을 보고 : 꿈에 흰 닭을 봤다.[夢白鷄]'라는《진서(晉書)》 권79 〈사안열전(謝安列傳)〉에 나오는 고사이다. 사안이 말하기를 "옛날 환온(桓溫)이 살아 있을 때 나는 항상 나를 온전히 보존하지 못할까 두려워했다. 그런데 어느 날 갑자기 환온의 수레를 타고 16리를 가다가 흰 닭 한 마리를 보고 멈추는 꿈을 꾸었다. 환온의 수레를 탔다는 것은 내가 그의 지위를 대신한다는 것이고 16리를 간 것은 지금까지 16년 동안 그 지위를 누린 것이다. 흰 닭은 유(酉)에 해당하는데 이제 태세(太歲)가 유(酉)에 있으니 나는 병석에서 아마 일어나지 못할 것이다."라고 말하였는데 얼마 뒤 세상을 떠났다. 후에 흰 닭을 꿈에 본다[夢白雞]는 것은 죽음의 징조를 의미하는 말로 쓰였다.

1051) 유직(柳稷, 1602~1662) : 조선 중기의 학자. 본관은 전주(全州). 자는 정견(廷堅), 호는 백졸암(百拙庵). 할아버지는 유복기(柳復起)이며, 아버지는 유우잠(柳友潛)이다. 1630년(인조 8) 진사시에 합격하였으나 벼슬길에 나아가는 것을 서두르지 않고《중용》과《대학》의 연구에 힘썼다. 성균관에서 이이(李珥)와 성혼(成渾)의 문묘종사를 성사시키자 영남 유생 800여 명과 함께 서울에 올라와서 상소하였다. 성균관에서는 유직의 이름을 유적(儒籍)에서 삭제하고 부황(付黃)의 벌까지 내렸다. 이때부터 문을 닫고 세상일에 뜻을 버리고 집에 '백졸암(百拙庵)'이라는 편액(扁額)을 걸었다. 문인들과 도학을 강론하였으며, 원근의 선비들과 인근 고을의 수령들이 찾아와서 가르침을 청하였다. 저서에《백졸암문집》이 있다.

대대로 우뚝이 빛났도다	赫世嵬嵬
이에 공께서 태어나시니	緊公之生
비범한 재주를 가지셨도다	殊異凡材
약관에 스승 찾아	弱冠從師
우복 선생의 문인이 되었도다	愚伏之門
도(道)가 여기에 있다[1052]는	道在是矣
큰 방도를 들었도다	大方已聞
그 중후함은 산과 같고	其重如山
그 고요함은 깊은 소와 같도다	其靜如淵
그 식견은 시귀[1053]와 같았고	其識蓍龜
그 학문은 연원이 있었네	其學淵源
이력이 풍부하였으니	歷覽之富
오래전부터 앞에 있었도다	千古在前
의논을 결정함에는	議論之決
삼강[1054]에서 형세를 따랐네	三江順勢
여러 가지 아름다움을 갖추고	有衆美該
털끝만큼의 모자람도 없었도다	無一毫餒
내가 세상 사람을 보기에는	吾觀世人
분수 밖의 일에 골몰하도다	役役身外
공은 덧없는 영화 보기를	公視浮榮
마치 자신을 더럽힌다고 여겼네	若將浼己
작은 성공이 무슨 쓸모 있느냐며	小成何有

1052) 도가 여기에 있다 : 오랜 유람을 마치고 돌아와 정거(定居)하는 것을 말한다. 송나라 학자인 소옹(邵雍, 1011~1077)이 백원(百源)에서 여러 해 동안 독실하게 공부하다가 탄식하기를, "고인은 위로 천고를 벗하는데 나는 사방에도 미쳐 본 적이 없으니 문득 그만둘 수 있겠는가?[昔人尙友千古, 而吾未嘗及四方, 遽可已乎?]" 하고, 이에 오·초(吳楚)와 제·노(齊魯)와 양·진(梁晉)의 옛 땅을 두루 유람하고 오랜 뒤에 돌아와 말하기를 "도가 여기에 있다.[道在是矣.]"라고 한 고사에서 유래한다. 《宋名臣言行錄外集 卷5 邵雍 康節先生》

1053) 시귀(蓍龜) : 점을 치는 데 쓰이는 거북의 껍질과 시초(蓍草). 나라의 중요한 일을 결정하는 데 중추적인 역할을 말함.

1054) 삼강(三江) : 삼강서원(三江書院)을 가리킨다.

은거하며 뜻을 구하셨네　　隱居求志
낙동강 물가에 용처럼 숨어서　　洛波龍臥
군자의 덕을 밝히셨도다　　潛德孔昭
자형화(紫荊花)[1055]처럼 빛났으며　　荊花燁燁
화락을 즐기셨다네　　和樂陶陶
병자호란이 일어나자　　丙子之亂
온 세상이 비색(否塞)[1056]하였도다　　天地否塞
난리를 피해 동쪽으로 갔으니　　避兵東入
진보(眞寶)의 골짜기라네　　子眞之谷
빙빙 날아 천 길을 오르니　　翺翔千仞
우뚝하여 미치기 어렵도다　　卓乎難及
몇 칸의 초가집을 세우고　　數間茅棟
한 이랑의 연못을 만들었도다　　一畝方塘
기이한 돌이 있었으며　　有石奇峭
향기로운 꽃도 심었도다　　有草芬芳
석인(碩人)의 마음이 넉넉하니[1057]　　碩人之薖
살 만한 터를 얻었도다　　棲息得地
좌우에 도서를 두었는데　　左圖右書
앞에는 경서(經書)요 뒤에는 사서(史書)로다　　前經後史
아침에 꽃피고 저녁에 달뜨니　　花朝月夕
좋고 아름다운 절기로다　　令節佳期
비록 술은 즐기지 않았으나　　雖不嗜飮

1055) 자형화(紫荊花) : 남조(南朝) 양(梁)나라 경조(京兆) 사람인 전진(田眞) 삼 형제가 각기 재산을 나누어 가지고 마지막으로 뜰에 심어 놓은 자형화(紫荊花)를 갈라서 나누어 가지려 하니 자형화가 곧 시들었다. 삼형제가 이에 뉘우치고 다시 재산을 합하니, 자형화가 다시 무성하게 자랐다 한다.《績齊諧記 紫荊樹》여기서는 형제간의 우애를 상징하고 있다.

1056) 비색(否塞) :《주역》에서 〈비괘(否卦)〉는 하늘과 땅이 교융하지 못하는 형상으로, 천지의 운수가 꽉 막힌 때를 말한다.

1057) 석인(碩人)의 마음 넉넉하니 : 산림에서 안빈낙도하는 은자의 생활을 비유한 말이다. 과(薖)는《시경》〈위풍(衛風) 고반(考槃)〉의 "숨어 살 집이 언덕에 있으니, 큰 선비의 마음이 넉넉하도다.[考槃在阿 碩人之薖]"라는 말에서 나옴.

또한 시 읊기를 좋아하였네　且愛吟詩

희롱하듯 시를 주고받았는데　簸弄酬唱

하나의 사물조차 놓치지 않았도다　一物不遺

여유롭게 유람하며 머물면서　優遊徜徉

노후까지 편안하게 살았도다　暮境淸便

집 밖을 벗어나지 않아도　不出於房

이 마을이 바로 신선 세계였네　此鄉卽仙

저 숲과 강을 둘러보건대　瞻彼松江

바로 공이 은거한 곳이네　乃公菟裘

노후에 병환이 드시니　老病侵尋

오매불망 고향 생각뿐이었네　一念首丘

금년 봄에 임천에서 나와　今春出山

노후를 마칠 계획을 정했도다　計定終老

눈앞의 강과 호수에서는　滿目江湖

고기와 새가 다투어 환영했네　爭迎魚鳥

이르는 곳마다 기이한 절경이니　到底奇勝

공에게 줄 선물은 실제로 많았네　餉公實多

운수가 꿈속 닭을 만나고[1058]　運値夢鷄

술잔의 뱀[1059]을 보고 병이 들었네　疾感杯蛇

천산[1060]에 주인이 없고　天山無主

소미성(少微星)[1061]이 빛을 잃었네　少微淪彩

1058) 꿈속 닭을 만나고 : 꿈속 닭은 진(晉)나라 사안(謝安)이 꿈속에서 흰 닭을 본 뒤에 닭띠 해인 유년(酉年)에 죽었다는 데서 나온 말이다.

1059) 술잔의 뱀 : 진(晉)나라 악광(樂廣)이 친구와 술을 마실 때, 술잔 가운데 뱀 그림자가 있는 것을 보고 께름칙하게 여기다 병이 났는데, 뒤에 그 뱀 그림자가 벽에 걸린 활의 그림자였던 것을 알고 즉시 병이 나았다는 고사에서 나온 말.

1060) 천산(天山) : 둔괘(遯卦)를 말한다. 육십사괘 중 건괘(乾卦)와 간괘(艮卦)가 겹쳐서 둔괘의 형상을 이루는 괘를 말한다. 하늘 아래에 산이 있음을 상징한다. 은둔을 뜻하는 괘로서, 군자(君子)가 그 지위에서 물러나 세상을 피해서 산다는 뜻이 있다. 여기서는 정영방이 은둔하는 곳을 가리킨다.

1061) 소미성(少微星) : 소미성은 처사성(處士星)으로, 소미성이 희미하거나 떨어지면 인간 세상의 처사(處士)가 죽는다 한다.

원근에서 다투어 탄식하며	遠近爭嗟
사림들은 한숨을 쉬었도다	士林興喟
아!	嗚呼
공과 저의 아버님은	公與先人
기질은 달라도 차례는 같도다[1062]	異氣同倫
도의로 교제하며 합치되어	道契脗合
속마음까지 친숙하였도다	肝膽宿親
소생에게 죄가 많아	不肖積戾
일찍 아버님을 여읜 재앙에 걸렸도다	早孤罹殃
두 집안이 왕래가 없음은	兩家蔑咨
고모께서 이어 돌아가셨기 때문이네	姑氏繼亡
온통 근심과 괴로움에	一味憂苦
비통한 심사를 어찌 다하리오	悲緖曷窮
다행히도 혜소[1063]에게는	所幸稽紹
의지할 산공[1064]이 있었네	賴有山公
작년 봄이 저물 무렵	往年春暮
한가한 틈을 내어 찾아뵈었도다	展謁閒中
고금의 이야기와	古今之譚
성현의 글이었도다	聖賢之書
공부하기를 강조하여 말씀하며	力言爲學
스스로 그만두어서는 안 된다고 하셨네	不可自沮
묵은 원고를 꺼내 보이시며	搜出宿稿

1062) 기질은 …… 같도다 : 정영방은 제문을 지은 유직(柳稷)의 고모부이다. 유직의 할아버지인 유복기(柳復起)의 사위이므로 유잠의 아버지인 유우잠(柳友潛)의 매형(妹兄)이다.

1063) 혜소(稽紹) : 자는 연조(延祖)인데, 어머니 섬기는 일에 지극히 효성스러웠고, 벼슬은 시중(侍中)에 이르렀으며, 진 혜제(晉惠帝) 때 하간(河間) 성도(成都)의 난에 죽었다. 옛날 사람은 기공(期功)의 상사에 모두 벼슬을 버리고 복을 입었는데, 혜소는 맏아들의 상사로 해서 관직을 버린 경우이다.

1064) 산공(山公) : 진(晉)나라 무제(武帝) 때 이부 상서(吏部尙書)를 10여 년 넘게 맡았던 산도(山濤)를 말한다. 관원을 주의(注擬)할 때마다 여러 사람을 올려 황제의 뜻을 중시하였고, 내외의 인물을 두루 찾아 천거하여 인재를 많이 등용한 바 있다. 《晉書 卷43 山濤列傳》

자세히 살펴보라고 명하셨도다	命之披閱
훌륭한 말씀을 손에 넣으니	琳琅入手
광채에 눈이 아찔했도다	光彩眩目
그 경지를 헤아리지 못했으니	未窺涯涘
어둡고 침침함을 경계하였도다	警發昏瞀
항상 덕을 사모하였지만	尋常戀德
자주 찾아뵙지 못했도다	未獲頻造
봄 사이에 멀리서 달려왔지만	春間遠邁
병은 깊어 고질이 되었도다	疾病沈痼
공의 행차가 저희 집을 지났지만	行軒歷陋
어르신을 모시지 못했도다	違侍杖屨
돌아가신 뒤에 달려와 통곡한들	易簀奔哭
저의 회한을 어찌 다하겠는가	我懷何極
바람 부는 작은 집과 달빛 비치는 정자는	風軒月榭
이미 묵어 버린 자취가 되었도다	已是陳迹
가는 국화와 떨기 대나무는	細菊叢篁
누구를 위해 푸르른가	爲誰而綠
아!	嗚呼
세상 도리는 구름과 같아	世道如雲
국면이 뒤집히게 되었구나	局面飜覆
안팎으로 분열되니	中外携貳
바른 도리가 막혀 버렸도다	正道迍阨
경박함을 진정시키는 일은	鎭服浮躁
누구의 손에 달려 있는가?	其在誰手
공의 의연함을 생각하면	緬公毅然
비통한 그리움만 더해지도다	益增悲慕
세월은 이렇게 빨리 흘러	歲月云邁
벌써 무덤 만들 때가 되었네	窀穸已迫
강물도 목메어 울부짖고	江流嗚咽

단풍잎도 쓸쓸히 떨어지네 楓葉蕭瑟
선어대와 읍취정 아래에서는 僊漁亭下
누구라 가슴 적시지 않으리오 孰不霑臆
삼가 잔을 채워 제사드리오니 敢酹泂酌
바라건대 충심을 굽어 살피소서 庶鑑衷曲

이신규(李身圭)[1065]

아아, 슬프도다. 작년 6월 중순에 공께서 편안하지 못하다는 소문을 듣고 며칠 후에 이어서 듣기로는 회복되어 편안하다고 하였다. 다음 달 7월 초에 또 들으니 병세가 더욱 위독하다고 하여 황급히 이날 말을 재촉하여 출발하여 풍산에 이르렀을 때 부음이 닿았으니 하루 전날 유시(酉時)에 갑자기 일을 당했던 것이다. 급히 송천의 집으로 달려가 마루에 올라서 뵈오니 반함(飯含)[1066]을 하고 염습(殮襲)도 이미 마친 뒤였다. 여러 아들과 조카 및 손자들이 가슴을 치며 통곡하고 부여잡고 울부짖었다. 수의(壽衣)를 덮은 이불을 들고 살피니 수염이나 얼굴빛이 완연히 평소의 모습인데 어찌 유독 공의 조용하신 웃음과 말씀을 듣지 못하며 옛날의 한가롭고 편안한 모습이 전혀 아닌가?

아! 슬프도다. 공의 후덕한 풍모는 연못처럼 깊었으며 학문의 조예는 깊고 원대하셨도다. 약관에 우복(愚伏) 정 선생 문하에서 유학하여 매우 일찍 도를 깨우쳤으니 선생께서 지극히 칭찬하셨도다. 공의 효성스럽고 우애로운 행실과 맑게 닦은 지조에 이르러서는 사림에게 추앙과 존중을 받으셨도다. 평소의 삶은 담박하여 어떤 일을 경영하기를 일삼지 않았으며 무릇 세상에서 애호하는 것에는 담백하게 보였도다. 인품이 침착하고 차분함을 스스로 지녔으며 세상에 나아가 출세하려는 뜻이 없으셨도다. 이로부터 세상의 일을 사절하고는 문을 닫고 바른 뜻을 구하며 이렇게 삶을 마치시려는 듯하였다. 우복 선생이 바야흐로 조정에 계실 즈음 공을 천거하고자 하였으나 공이 편지를 써서 사양하니 선생께서 다시는 공을 천거하려 하지 않으셨도다.

1065) 이신규(李身圭) : 각주 446) 참조.
1066) 반함(飯含) : 염습(殮襲)할 때, 죽은 사람의 입속에 구슬이나 쌀 따위를 넣는 일. 또는 그런 절차.

공께서는 만년에 진보의 석문을 은거지로 정하였는데 경관이 명승지였기 때문이었도다. 그 골짜기는 그윽하고 깊으며 시내는 깨끗하고 맑음을 사랑하여 거기에 집을 짓고 거처하셨다. 소나무와 대나무, 화초를 가꾸면서 날마다 그 사이에서 시를 읊으며 마음을 기르며 전적(典籍)을 토론하셨도다. 의리의 은미한 부분까지도 마음에 새기고 세속의 밖으로 뜻을 넓히셨도다. 이와 같이 생활한 지가 십수 년이 계속되었으니 유연(悠然)히 늙음이 이르는 것도 깨닫지 못하셨도다. 연세가 점차 높아져서 근력(筋力)이 더욱 쇠약해지자 곧바로 골짜기를 떠나실 계획을 세우셨으니 이에 송천(松川) 옛집의 서쪽에 언덕 하나를 얻어 그 위 몇 간의 집을 짓고는 작년 3월에 서너 명을 데리고 서책을 가지고 여기로 이거하셨다. 이곳은 앞에는 강물이 굽이치며 흐르고 뒤에는 바위로 된 산등성이 공손히 읍하는데 지망(地望)이 맑고 깨끗하며 시야가 넓게 펼쳐진 곳이었다. 집 안을 깨끗이 청소하니 방에는 책들이 가득하고 아침저녁으로 쉬기도 하고 거닐기도 하면서 장차 노후를 마칠 뜻을 가지셨다.

공께서는 평소에 열병이 잦아서 약을 수시로 잡수셨는데 강가에 거처함으로부터 맑고 기운이 상쾌하고 체력이 강건하였으며 좌우에서 부축할 자손들이 눈앞에 가득하였다. 어찌 하늘이 현인으로 하여금 만수무강하여 덕이 더욱 밝고 복이 더욱 두텁게 하지 않았는가? 아아, 우연히 감기가 들어 여러 아들을 내버리듯이 하여 막연히 돌아볼 생각이 없었으니 또한 홀로 어찌하겠는가?

아! 슬프도다. 소자는 외람되게 훌륭한 가문에 장가들어 문하에서 가르침을 받은 지 삼기(三紀)[1067]가 되었도다. 공께서는 우리를 아들처럼 보았으며 우리들도 공을 아버님처럼 보았도다. 비록 소자가 거칠고 지리멸렬하였지만 공께서는 그래도 가르쳐 주고 이끌어 주셨도다. 우리를 사랑하고 우리를 권면하신 뜻이 깊고 간절했을 뿐만이 아니었는데도 끝내 공의 지극한 뜻에 만분의 일도 갚지 못하였으니 장차 지하에서 할 말이 없을 것이로다.

아, 슬프도다! 바야흐로 공께서 병석에 계실 때는 멀리 떨어져 있어서 찾아뵙지 못했으며 장례를 치를 때는 질병이 깊어 또 참여할 수 없었도다. 세월이 머무르지 않아 홀연 소상(小祥)에 이르렀으니 풍채(風采)와 영원히 이별하며 음성을 들을 수 없는데도 하나의 병에 걸려 집을 나설 엄두도 내지 못하도다. 한 잔의 술로 대신 치전(致奠)[1068]을

1067) 삼기(三紀) : 36년. 1기(紀)는 12년임.

드리면서 유명(幽明)을 등지고자 하니 존령(尊靈)께서 계신다면 바라옵건대 밝게 임하시옵소서. 아, 슬프도다!

嗚呼哀哉 前年六月中 聞公有不安節 而後數日 繼聞旋向蘇安 越七月初 又聞証勢甚篤 遑遑焉是日促馬而發行 到豊山 訃書至矣 前一日酉時 遽至不淑 急走江庄 升堂而候之 飯且含矣 襲已卒矣 諸子姪若諸孫 哭擗而攀號矣 擧衾冒而省焉 鬚眉容色 宛然平日矣 何獨不聞公笑語從容 而非復昔日之燕申耶 嗚呼痛哉 公德宇淵沖 造詣深遠 弱冠遊愚伏鄭先生之門 聞道甚早 先生亟稱許焉 至其孝友之行 淸修之操 爲士林所推重 平居澹然不事營爲 凡世間玩好 視之泊如也 爲人沈靜自持 無意於進取 自是謝絶世故 杜門求志 若將終身矣 愚伏先生 方其在朝之日 欲爲公薦剡 而公作書讓之 先生不復爲公謀矣 公晩年卜地于眞城之石門 以有泉石之勝也 愛其洞壑幽深 溪潭潔淸 築室而居之 樹以松竹花卉 日嘯詠於其間 頤養襟靈 討論墳典 玩心於義理之微 放意於塵垢之外 如是者 積十數年 悠然不知老之將至矣 至於春秋漸高 筋力益衰 則於是而爲出峽之計 乃於松庄舊第之西 得一阜 構數間茅棟于其上 前年三月 携三五擔書冊 移處于此 江流盤屈於前 巖峀拱揖於後 地望淸絶 眼界寬閒 淨掃一室 有圖有書 朝焉夕焉 息焉游焉 殆將有終老之志矣 公素多疢疾 藥餌相須 自居于江上 神氣淸爽 體力彊健 左扶右携 子孫滿前 豈非天之畀碩人以萬壽康寧而德彌卲福彌厚也耶 嗚呼 一疾偶感 棄諸孤若遺 而漠然無顧念者 亦獨何耶 嗚呼痛哉 小子忝入德門 供灑掃之役于門下 三紀于玆矣 公之視我如子 我之視公如父 雖小子之鹵莽滅裂 而公猶且提誨之誘掖之 其愛我勤我之意 不啻深切 而終不能報塞其至意之萬一 將無以有辭於地下矣 嗚呼痛哉 方公之病在牀也 相去之遠 旣不能省侍 及其葬也 賤疾深重 又不能臨穴 日月不居 忽及于練 風神永隔 謦欬難追 一病支離 無計出門 倩奠一觴 痛負幽明 靈其有知 尙克昭臨 嗚呼痛哉

1068) 치전(致奠) : 사람이 죽은 때에 친척(親戚)이나 스승 또는 벗이 제물(祭物)과 제문(祭文)을 가지고 조상(弔喪)하는 일.

조카 정연(鄭埏)

삼가 생각하건대 저의 죄악은 극에 달하여 하늘도 돌보지 않아 십 년 이내에 이미 아버님이 돌아가셨고 또 숙부님의 상을 당하니 하늘을 향해 통곡하며 슬퍼하지만 어찌 할 방도가 없도다. 세월이 쉬지 않고 흘러 어느덧 멀리 떠나보낼 기한이 다가왔으니 장차 돌아와도 계시지 않으므로 숙부님의 모습을 다시는 뵙지 못할 것이로다. 우리 문중은 누구를 믿고 유지하겠으며 집안의 명성은 누구에게 의탁하여 추락하지 않으리오. 쓸모없는 저는 어느 곳을 의지하여 능히 일어설 수 있으리오. 몽매한 후생은 누구에게 덕업을 질문하겠습니까? 순수한 유학의 기상, 세상에서는 그런 분을 보지 못할 것이로다. 그렇다면 숙부님의 돌아가심은 어찌 단지 우리 집안만의 통한일 따름이겠는가?

아, 슬프도다! 생각하건대 숙부께서는 천품이 관대하며 기개와 도량이 넓고 굳세셨도다. 총명하던 어린 시절에 하늘의 도움을 받지 못했으며 지학(志學)의 나이[15세]에 난리를 만나 아버님을 여의고도 자립할 수 있으셨도다. 학문 강습에 뜻을 두고 선각자[우복 선생]의 문하에 유학하여 이미 군자의 큰 도리를 배우셨도다. 일찍 과거를 위한 학업을 버리고 몸을 닦기 위한 학문에 전심하셨도다. 존성(存省)[1069]을 체험하기를 노년에 이르러서도 더욱 굳게 하셨도다. 말과 행동이 서로 일치하였으며 스승께 들었던 취지를 벗어나지 않으려고 기약하셨도다. 이것이 숙부님의 덕행의 대략인데 향인들이 칭송하며 원근에서 감복하였도다. 공께서 배운 바를 널리 펼치지 못한 것을 애석해 한다면 공의 명성과 칭송은 실제로 실정보다 지나친 것이 아니며 석진(席珍)[1070]을 포기하고 마침내 임천(臨川)에서 늙은 것은 아마도 하늘이 이 세상에 내린 행운이도다.

만년에 병자호란이 일어나자 임천의 석문 안으로 우거하여 집을 짓고 연못을 파며 속세와의 인연을 끊고 그저 마음 닿는 대로 즐긴 것이며, 수석(水石)의 사이에서 마음대로 읊조리며 가없는 풍월을 기쁘게 스스로 즐기신 것이다. 그것은 성인이 이른바 '남이 알아주지 않아도 후회하지 않는다'는 것이 아니겠는가. 아! 숙부님의 평소 실천하신 실상은 조카가 오히려 알고 언급할 수 있는 것은 모두 알기 쉽고 보기 쉬운 일이지만 그 원대한 것들은 아마도 좁은 소견으로는 십분의 일조차도 엇비슷하게 그릴 수 있는

1069) 존성(存省) : 존성(存省)은 존양(存養)·성찰(省察)의 준말로, 본성을 함양하고 마음에서 일어나는 선악(善惡)의 기미를 살핀다는 뜻이다.

1070) 석진(席珍) : 좌석의 보배라는 뜻으로, 재질이 아름다운 유자(儒者)를 가리킨다. 《禮記 儒行》

것이 아니옵니다.

아, 슬프도다! 저의 본성이 조급하고 경망스러워 언제나 부형께 걱정만 끼쳤는데 지난겨울 임천에서 뵈었을 때는 이끌어 주시고 깨우쳐 주심이 다른 날보다 더하셨도다. 또한 옛 성현의 교훈을 인용하여 기질을 변화시키는 방도를 보여 주었으므로 가슴속에 품고 돌아와서는 거의 허물이 없었도다. 섭생을 잘 하지 못하여 갑자기 울화병을 얻었는데 새로 알게 된 것은 달콤하지 않고 옛날 습관이 때때로 일어나 급한 성격이 불처럼 타오르니 마음을 제어하기 어려웠으며 약품도 효과가 나지 않아 질병은 날로 깊어 갔도다. 금년 봄에 숙부께서 송촌(松村)의 새 정자[읍취정(挹翠亭)]에 지냈으니 조카들이 장차 이른다는 소식을 들었지만 성명을 보전하지 못하여 걱정이 그치지 않았도다. 연달아 음식을 보내고 또 손수 편지를 보냈는데 편지에는 질병을 치료하는 처방을 자세하게 가르쳐 주었으며, 아울러 짧은 절구 시 한 수를 보내 경계하셨도다. 칼날과 사나운 말[銛鋒悍馬][1071]의 비유와 분노를 억제하고 조용하게 수양하는 시가 어찌 다만 화기를 가라앉히고 질병을 치료하는 약석(藥石)일 뿐이겠는가?

돌보아 주심을 받들어 평소 조급하게 행동하는 허물을 거의 면하였는데 날마다 보내 주신 서찰을 펼쳐서 두세 번 규복(圭復)[1072]하며 병중의 사업으로 여겼도다. 매양 새집에 이르면 재미있는 흥취가 날로 깊어져 병을 잊는다고 말할 수 있었도다. 나도 모르게 정신이 가벼워졌으니 내 질병이 조금 나으면 물에 달빛이 비치는 곳으로 달려와 모시기를 날마다 바랐도다. 신병은 차도가 없고 또 집안에 상환(喪患)이 겹쳐서 봄에서 여름까지 시일만 끌다가 끝내 달려가 뵙지 못하고 갑자기 오늘에 이르렀도다. 저 푸른 하늘은 어찌하여 이렇게 심하게 하십니까? 지금 찾아와 방에 들어가도 음성이 이미 막혀 버렸으며 두드려도 알지 못하고 불러도 듣지 못하도다. 경모(敬慕)하고 추념(追念)함이 이와 같은데도 지팡이와 신발은 자취조차 없나이다. 서석지(瑞石池)의 안개와 달에는 마을

1071) 칼날과 사나운 말[銛鋒悍馬] : 인심을 제어하기 어려움을 비유한 말이다. 진덕수(眞德秀)가 말하기를, "인심이 발함은 칼날과 같고 사나운 말과 같아서 쉽게 제어할 수가 없다. 그러므로 '위'라고 말하였고, 도심이 발함은 불이 처음 타오르는 것과 같고 샘물이 처음 나오는 것과 같아서 쉽게 확충할 수가 없다. 그러므로 '미'라고 말한 것이다.[人心之發如銛鋒如悍馬 有未易制馭者 故曰危 道心之發如火始然如泉始達 有未易充廣者 故曰微]" 하였다. 《心經附註 卷1》

1072) 규복(圭復) : 《시경》 〈억(抑)〉의 "흰 구슬의 티는 갈아 없앨 수 있거니와, 말의 허물은 어찌할 수가 없다.[白圭之玷 尙可磨也 斯言之玷 不可爲也]"라고 한 것을 남용(南容)이 세 번씩 되풀이하여 읽었던 데서 온 말로, 상대방의 시문을 정성스럽게 읽는 것을 말한다.

아이가 찾아와 노닐고 읍취정(挹翠亭)의 가을 풍경에는 갈매기가 이미 차지했으니 닿는 곳마다 마음이 아프고 말끝마다 또한 목이 메이도다.

아! 소인의 무리가 은덕을 등지고 장례에 다다라 장난을 쳤지만 다행히 신의 도움을 받아 하던 일이 오래 걸리지 않았도다. 무덤은 오늘 남기신 명을 따라 만들었는데 구름이 바뀌어 비가 내리듯 세상 이치는 날마다 그릇되니 숙부님의 영령께서는 또한 마땅히 무덤 속에서 크게 탄식할 것이로다. 아, 슬프도다! 선영 아래에 새로운 묘역을 이루니 눈에 보이는 산수는 영령께서 어둡지 않으시니 오가시는 데 막힘은 없으리라. 마땅히 아버님과 더불어 부모님을 곁에서 함께 모시소서. 숙부님을 따라가서 아버님을 다시 뵙고 싶지만 천지가 아득하여 갈 바를 모르겠나이다. 매달리어 부르짖어도 이르지 못하니 피눈물을 줄줄 흘리나이다. 아, 슬프도다!

伏以姪罪大惡極 不弔于天 十年之內 旣失所怙 又喪叔父 號天哭踊 無所逮及 日月不居 奄及卽遠之期 將反而亡 不得復見儀形矣 門戶何恃而扶持 家聲何託而不墜 無賴姪子 何所依仰而能立 蒙學後生 於何考德問業 而純儒氣像 世不見其人矣 然則叔父之損世 豈但爲私門之痛怛而已哉 嗚呼痛哉 惟我叔父 天資寬厚 氣度弘毅 不夭于歧嶷之時 丁亂于志學之年 孤露能立 有志講習 出遊先覺之門 已聞君子之大道 早棄科場之業 專心爲己之學 存省體驗 至老愈篤 言行相應 期不負聽受之旨者 是叔父德行之梗槩 而鄕人稱之 遠近悅服 無不惜公之不得展布所學 則公之聲稱 實非過情 而虛抛席珍 終老臨川者 天豈斯世之幸耶 晩年因亂 寓居川上石門之內 結茅穿塘 謝絶世故 玩其適情者於水石之間 得意唫咊 風月無邊 怡然自樂 無慕乎外者 其非聖人所謂不見知而無悔者歟 嗚呼叔父 平日踐履之實 姪子猶可及知而言之者 皆易知易見之事 而若其遠者大者則殆非管見之所可髣髴而什一之也 嗚呼痛哉 姪子本性躁妄 每爲父兄之憂 去冬省侍于臨川 提撕警策 加於佗日 且引諭古訓 以示變化氣質之方 佩服歸來 庶幾無過 不善攝生遽得火鬱之病 新知靡甘 舊習時乘 躁性乘火 心氣難制 藥不策効 病日沈痼 今春叔父出住于松村新亭 聞姪子之將至 不保性命 軫念不已 連遣食物 且手筆寄書 滿紙縷縷以敎養病之方 兼寄小詩一絶以誡之 銛鋒悍馬之喩 懲忿靜養之詩 豈但爲降火調病之藥石哉奉以周旋 庶免平生躁動之過 而日展下書 圭復再三 以爲病中事業 每到新居 佳趣日深足以忘病之語 不覺神魂飄越 日望此病之少間 趨陪杖屨於水月之境 身病不差 又遭家內喪患 荏苒春夏 竟不趨省 而遽遭今日 彼蒼者天 曷其有極 今來入室 音容已閟 叩不

知矣 呼不聞矣 羹墻猶是 杖屨無迹 瑞石煙月 村童來戲 新亭秋景 鷗鳥是占 觸緒心痛 言亦哽塞 嗚呼 羣少負德 臨葬戱劇 幸蒙神助 不永所事 佳城今日 遺命是遵 而飜雲覆雨 世道日非 叔父英靈 亦應深慨於冥冥之中矣 嗚呼痛哉 新阡舊壟 眼中山水 精靈不昧 來往無阻 應與先考同侍承歡 願隨叔父 復見親顔 天冥地漠 不知所之 攀號莫逮 泣血漣洏 嗚呼痛哉

만사輓詞

이환(李煥)[1073]

슬픈 만사 지어서 나의 비통함을 말하려 하니	欲寫哀詞道我悲
크나큰 슬픔을 한 구절 애사로는 다하기 어렵네	悲多難盡一哀詞
서로 만난 날이 멀지 않음을 바로 알겠지만	卽知相見終非遠
단지 저승에서 서로 알아보지 못할까 두렵네	只恐冥冥兩不知
남매가 된 지도 어언간 오십 년이나	同爨于今五十年
남아 있는 것은 오직 옛 산천뿐이로다	餘存惟有舊山川
인정도 늙어지니 더욱 헤아리기 어려운데	人情到老尤難料
거친 언덕에 뼈 묻으니 그 또한 울적하다	埋骨荒原亦怫然
친구는 평생 동안 또한 수없이 많았는데	親舊平生亦已多
그대와 나눈 정의는 남과는 다르다네	與君情意異於佗
이제 찾아와 통곡하는 게 오히려 뒤늦으니	今來一哭猶居後
이로 인해 서주를 차마 지나가지 못하겠네	爲是西州不忍過
어른이 계시는 터에 어른의 무덤을 만드니	長者基爲長者墳
이 통곡이 그대를 위하는 줄 바야흐로 알겠네	方知此號爲吾君
일찍이 시 읊고 술 마시며 함께 놀던 곳인데	曾將詩酒同遊地
홀로 산천 대하니 가슴이 불타는 듯하도다	獨對山川膽欲焚

1073) 이환(李煥) : 각주 370) 참조.

상주가 은근히 만사 하나를 부탁하는데	哭子慇懃囑一辭
저승에서 모름지기 나의 처자식에게 말하리라	九原須語我妻兒
나 자신도 곤궁한 홀몸이라 의탁할 이 없으니	自爲窮獨身無托
늘그막에 의지할 곳 없어 죽음 늦다 원망하네	白首無依怨死遲

남급(南礏)[1074]

낙동강은 태백산에서 흘러나와서	洛水出太白山
서쪽으로 아득히 내달려서 용궁 땅에 이르러	西馳遙遙至于竺城下
남쪽으로 돌아들어 맑고 차가운 소(沼)를 이루네	南滙爲淸冷之淵
양쪽 기슭에서 물을 끼고 흘러서	兩麓夾水行
봉황이 춤추고 용이 날아들 듯 그 주위에 모였네	鳳舞龍飛萃其邊
맑고 깨끗한 기운이 밤낮으로 그 가운데에 맺혀	淸淑之氣日夜凝于中
부슬부슬하고 자욱하여 안개지만 안개가 아니네	霏霏靄靄煙非煙
이로 말미암아 몇몇 영웅호걸의 기운을 모아	由來鍾毓幾英豪
형께서 어떻게 전적으로 그 기운을 타고났는가	吾兄稟受何其專
지닌 재주는 또한 원백[1075]에 뒤지겠는가	有才肯落元白後
밝은 도리는 복희씨 앞에도 나설 만하네	有道可出羲皇前
근궁[1076]의 명성은 젊은 시절의 일이며	芹宮妙譽少年事
만년에는 산골에서 온전한 천리를 터득했네	晩歲林壑能全天
형은 형답고 동생은 동생다운 아버지와 자식들이	兄兄弟弟父父子
한 집에서 화목하니 남들과는 비길 수 없네	一堂湛樂人無肩
진보(眞寶)는 산수가 가장 아름다운 곳이니	眞城山水第一區

1074) 남급(南礏) : 각주 377) 참조.

1075) 원백(元白) : 원진(元稹)과 백거이(白居易)를 가리킨다. 모두 당(唐) 때의 시인으로, 젊어서부터 서로 재주가 맞먹었으며 시풍(詩風)도 함께 평이한 것을 좋아하여, 주고받은 시가 많기로는 이 두 사람의 경우를 넘는 사람이 없다고 한다.

1076) 근궁(芹宮) : 성균관(成均館)을 말한다. 옛날 제후(諸侯)의 학궁(學宮)을 반궁(泮宮)이라 하였는데, 그 반궁의 물, 즉 반수(泮水)에 미나리를 심었기 때문에 이런 이름이 붙게 되었다. 《시경》 〈노송(魯頌) 반수(泮水)〉에 "즐거워라 반수에서, 잠깐 미나리를 뜯노라.[思樂泮水, 薄采其芹.]"라고 하였다.

진실로 속세의 늙은이가 머무를 곳이 아니라네	信非塵翁俗子所盤旋
집을 옮겨 새로 지음에 깊은 뜻이 있었으니	移家卜築有深意
단지 자연의 경치에 이끌려서만은 아니었네	非直爲山水景物役
세상에 사나운 바람이 몰아침을 보기 싫어하였네	厭見世路多風顚
거문고와 책과 그림에는 고인의 뜻이 깊으며	琴書圖畵古意長
암석과 지대(池臺)는 맑은 흥취로 끌어 주네	巖石池臺淸興牽
우거진 가지에 봄빛 들어 양쪽 기슭이 고우며	千枝春色艶兩崖
둥그런 가을 달은 앞 내를 비추도다	一輪秋月明前川
술을 가지고 길손 이르러 농사 얘기 시끄럽고	載酒客至農語喧
멀리에서 벗이 찾아와 자연의 이치를 연구하네	自遠朋來天理硏
가슴속 회포를 깨끗이 씻어 속세와 인연 끊고	襟懷灑灑絶一塵
말마다 포부 넓어 옛 현인을 추모하네	言語侃侃追古賢
귀를 막고 어지러운 논쟁을 듣지 않았으며	掩耳不聞議之紛
입을 닫고 남의 허물을 말하지 않았네	閉口不道人之愆
밖으로 삭힐 바가 없으면 안으로 매이지 않으며	外無所鑠內無累
거친 음식에 만족하며 백 년을 견디었네	麤糲足以支百年
어찌하여 한 번 떠나 나에게 머무르지 않으니	如何一去不我留
74년 세월이 바람 앞에 등불 같구려	七十四載風燈然
하늘이 낸 큰 재주는 반드시 쓸모가 있는데	天生大才必有用
이런 생각을 누가 높고 푸른 하늘에 따지겠는가	此意誰詰空靑玄
거칠고 어설프며 게으른 것을 가장 인정하였으니	疎迂慵懶㝡見許
속마음 배 갈라 보이듯 정성을 드러냈도다	腎腸心腹開拳拳
몇 년 전에 오언시 열 편을 보냈는데	年前五字十篇詩
의리는 금석을 꿴 듯하고 말은 구슬을 이은지라	義貫金石辭珠聯
지금까지도 책상에 있는데 어찌 차마 보겠는가	今猶在案豈忍看
탄식은 하늘에 통하고 눈물은 황천에 통하네	有聲徹天淚徹泉
선유하던 못가[1077]에 봉우리가 우뚝 솟았는데	仙遊潭上屹立峯

1077) 선유(仙遊)하던 못가 : 정영방이 말년에 안동 송천의 선어대에서 유람한 사실을 가리킴.

봉우리 안 무덤은 친히 정해 놓은 곳이네　峯裏佳城親所篿
좋은 날 좋은 때에 멀리 떠날 기약하고　日吉辰良卽遠期
초당 앞에는 단풍나무 물이 들었네　草堂堂前楓似然
아들 넷에 딸이 셋, 쉰 명의 손자들이　四男三女五十孫
땅을 치며 하늘에 부르짖어 심장이 뚫리려 하네　叩地呼天心欲穿
하늘로 승화한 공에게 무슨 유감이 있겠는가　歸天乘化公何憾
백발 여생 한갓 스스로 가련하도다　白髮餘生徒自憐

김시온(金是榲)[1078]

젊은 나이에 진사가 되고[1079] 바로 그만두었으니　妙歲搴蓮卽便休
청산과 자맥[1080]은 이미 홍구[1081]였네　青山紫陌已鴻溝
가슴에 서린 맑은 시상은 대적할 이 없었으며　胸蟠淸思詩無敵
명승지에 집터 정하니 지혜에 맞수가 적었도다　家擇名區智寡儔
속세 떠난 산수 경치를 자신의 소유로 만드니　物外煙霞爲己有
세속의 영화와 쇠락은 뜬구름처럼 여겼도다　世間榮悴任雲浮
예전부터 고상한 운치로 신선과 연분을 쌓았는데　從前高致兼僊分
이로부터 영명한 정신으로 옥루에 누웠도다　自此英魂臥玉樓

1078) 김시온(金是榲, 1598~1669) : 조선 중기의 학자. 본관은 의성(義城). 자는 이승(以承), 호는 도연(陶淵)·표은(瓢隱). 어려서부터 재행이 경상좌도에 이름났으나, 벼슬에는 뜻을 두지 않고 병자호란 이후에는 더욱 학문에만 힘썼다. 문장보다 경학의 연마에 정진하였으며, 예학(禮學)을 깊이 연구하여 예서의 편찬을 시작하였으나 완성하지 못하였다. 조정에서 참봉직과 같은 관직을 제수하였으나, 끝내 응하지 않고 '숭정처사(崇禎處士)'라 자칭하였다. 증손 김성탁(金聖鐸)이 경연에 입시하게 되어, 김시온의 절의가 알려져 3품직을 증직받았다. 문집으로 《표은집(瓢隱集)》이 전한다.

1079) 진사가 되고 : 원문의 '건연(搴蓮)'은 '연꽃을 따다.'라는 의미로, 과거에 합격한 것을 말한다. 연꽃의 열매인 연과(蓮果)가 연달아 과거에 합격한다는 의미인 '연과(連科)'와 발음이 같기 때문에 과거 합격을 비유하는 말로 쓰이며, 연방(蓮榜) 역시 생원시나 진사시에 입격한 것을 말한다.

1080) 자맥(紫陌) : 도회지 주변의 도로나 번잡한 속세를 의미하는데, 여기에서는 도성을 가리킨다.

1081) 홍구(鴻溝) : 옛날 중국의 운하(運河) 이름으로, 한(漢)나라와 초(楚)나라가 패권을 다툴 때 서로의 경계선으로 삼았던 곳이다. 《사기(史記)》 고조본기(高祖本紀)에 "항우(項羽)가 이에 두려워한 나머지, 한왕(漢王)과 천하를 중분(中分)하기로 약속하고는, 홍구 이서(以西)를 떼어 한나라에 주고 자신은 홍구 이동(以東)을 차지하기로 하였다."는 말이 나온다.

두세 번 함께 어울려 담소하던 추억이 떠오르나	追憶重三陪語笑
육이[1082]에 크게 상심하여 춘추를 저버렸네	偏傷六二負春秋
어찌 한 번 이별이 천고의 이별일 줄 알았던가	那知一別成千古
막다른 길에 홀로 서서 눈물을 거두지 못하네	獨立窮途淚不收

김근(金近)[1083]

어귀부터 명성이 대단했으니	谷口聲名大
많은 이가 상사공[1084]을 흠모하도다	多欽上舍公
산수 경치 즐기심을 평생 일로 자족하고	煙霞生事足
시와 술로 세상 어지러움 없애셨도다	詩酒世紛空
부드럽고 따뜻함이 평생의 뜻이었으니	藹藹平生志
수많은 이들이 죽지 않은 것처럼 여겼네	詵詵不死同
밤 창가에 붉은 불빛 홀로 비치니	夜窓虹獨照
가을바람 맞으며 눈물을 흘리네	迸淚立秋風

젊은 시절에는 동문수학하던 벗이었으며	早年同榻友
늘그막에는 혼인으로 동서가 되었네	晩歲托婚家
서찰은 나부끼듯 자주 이르렀으며	書札翩翩到
친한 정은 더욱 친밀하였네	情親密密加
호수 가에서 학이 알려주기 기다렸으며[1085]	湖邊期報鶴
술잔 속에서 어찌하여 뱀에게 놀랐던가[1086]	杯裏奈驚蛇

1082) 육이(六二) : 주역(周易)에서 구오효(九五爻)와 짝이 되는 효이다. 조정에서는 신하의 지위, 집안에서는 부인의 처지를 나타낸다. 여기서는 정영방의 부인 전주 유 씨가 1645년에 돌아가자 크게 상심하여 부인이 죽은 지 5년 뒤에 정영방도 돌아간 사실을 가리킨다.

1083) 김근(金近) : 각주 449) 참조.

1084) 상사공(上舍公) : 조선시대 성균관의 유생으로서 생원시(生員試)나 진사시(進仕試)에 합격한 사람을 가리킨다. 여기서는 진사시에 합격했던 정영방을 가리킨다.

1085) 호수 가에서 …… 기다렸으며 : 송나라 임포(林逋)가 서호(西湖)에 은거했는데, 출타 중에 객이 방문하면 기르던 학이 날아와서 알렸다고 한다.

바른 도리를 얻었으니 유감이 없을 줄 알지만　得正知無憾
슬픈 회포는 늙어갈수록 더욱 많아지네　悲懷老更多

이시명(李時明)[1087]

지난해 팔월 서석지에서 뵈었는데　前年八月拜瑤池
올해 중양절에 통곡하며 만사를 보내네　今歲重陽哭送詞
사람의 일은 잠깐이라 바람에 흔들리는 촛불이던가　人事須臾風轉燭
텅 빈 산골짜기 적막한데 비가 문짝을 두드리네　溪墟寂寞雨侵扉
영묘한 마음으로 홀로 완상함을 누가 능히 엿보랴　靈襟獨玩誰能覬
좋은 말을 외롭게 개진하고 또 시로 표현하였네　好語孤開且寓詩
대박산[1088] 꼭대기에 구름과 달은 옛날 그대로이니　大朴山頭雲月古
공의 정령이 여기에 머무르리라 상상하네　想公精爽此棲遲

유직(柳稷)

여남[1089]에는 고결한 선비의 명성이 자자한데　汝南高士聲名重
임천의 산인과 은거한 자취가 같도다.　水北山人隱迹同
호련[1090]으로 낭묘[1091]에 등용됨이 합당했으나　瑚璉合登廊廟上

1086) 술잔 속에서 …… 놀랐던가 : 진(晉)나라 악광(樂廣)이 하남 윤(河南尹)으로 있을 때, 가깝게 지내던 사람이 다녀간 후로 다시 오지 않으므로 그 까닭을 알아보니 그 사람의 말이 "전에 자네를 만나 술을 마실 때 막 잔을 들고 마시려 하니 술잔 속에 뱀이 있으므로 속으로는 싫었지만 그대로 마시고 나서 병이 들었다."라고 하였다. 이때 하남 청사(河南廳舍)의 벽 위에 뱀을 그린 각목(角木)이 하나 있었으므로 악광이, 술잔 속에 있었다는 뱀은 아마 이 각목의 그림자였으리라 생각하고 그 사람을 다시 불러 먼저 그 자리에서 술을 차려 놓고 들면서 "지금도 그 뱀이 보이는가?"라 하니 "먼저 보던 것과 같다."라고 하므로 악광이 그 사실을 일러 주자 환히 깨닫고 병이 나았다는 고사가 있다. 《晉書 卷43 樂廣傳》

1087) 이시명(李時明) : 각주 145) 참조.

1088) 대박산(大朴山) : 경상북도 영양군에 있는 산이다. 영양읍에 있는 작약산 남쪽, 행곡령 바로 위쪽에 있는 산을 가리키며 일명 함박산이라고도 한다.

1089) 여남(汝南) : 중국 한(漢)나라 때 여수(汝水) 남쪽에 설치되었던 군으로, 문인(文人)과 달사(達士)가 많이 살았다고 함.

동량되기를 기꺼이 버리고 초야에 묻혔도다	棟樑虛棄野山中
연못과 누대의 풍월은 가없는 취향이며	池臺風月無邊趣
성현의 말씀과 훈계를 여기에서 공부하네	賢聖言謨這裏功
어버이 잃은 사람이 지금 어디를 우러를까	孤露卽今何所仰
오랜 정과 의리가 슬픔을 갑절이나 더하네	百年情義倍增恫

완담향사[1092]에 추향할 때 고유문

浣潭鄕社追享時告由文

이산두(李山斗)[1093]

조상이 남기신 일을 자손이 이어가니	祖貽孫述
도학을 존중하고 학업을 널리 펼치셨도다	道尊業廣
두 분 선생의 위패 양쪽으로 더하시어[1094]	二子兩曾
가지런히 모시고 함께 제향하나이다	列侍齊享
가문의 명예를 더욱 진작하셨으니	家聲益振
대대로 이어온 덕 오래도록 미치리라	世德遠曁

1090) 호련(瑚璉) : 호(瑚)와 연(璉)은 모두 고대에 제사를 지낼 때 곡식을 담는 그릇인데, 그 귀중함으로 인해 큰 임무를 감당할 만한 재능을 소유한 사람에게 비유하였다. 《논어(論語)》 〈공야장(公冶長)〉에 "자공(子貢)이 묻기를, '저는 어떻습니까?'라고 하니, 공자가 말하기를, '너는 그릇이다.'라고 하였다. 자공이 또 묻기를, '무슨 그릇입니까?'라고 하니, 공자가 말하기를 '호련이다.'"라고 하였음.

1091) 낭묘(廊廟) : 대신들이 정사(政事)를 의논하고 집행하는 곳. 즉 묘당(廟堂), 조정(朝廷)을 뜻한다. 《후한서(後漢書)》 29권 〈신도강전(申屠剛傳)〉에 "낭묘(廊廟)의 계책을 미리 정하지 않고, 군대를 움직임에도 깊이 생각하지 않고 있다.[廊廟之計 旣不豫定 動軍發衆 又不深料]"라고 하였음.

1092) 완담향사(浣潭鄕社) : 경북 예천군 용궁현(지금의 지보면 마산리)에 있던 서원. 1568년에 정귀령(鄭龜齡), 정옹(鄭雍), 정사(鄭賜) 삼부자를 배향하였고 1678년에 정환(鄭渙), 정광필(鄭光弼)을 추향하고, 1764년에 정영후(鄭榮後), 정영방(鄭榮邦) 형제를 추향하였다. 대원군 때 훼철되었다가 1998년에 완담서원으로 복원하였다.

1093) 이산두(李山斗, 1680~1772) : 조선 후기의 문신. 본관은 전의(全義). 자는 자앙(子仰), 호는 나졸재(懶拙齋). 식년문과에 병과로 급제하여 여러 벼슬을 거쳐 판결사를 역임하였다. 그 뒤 지중추부사가 되었다가 남포군수(藍浦郡守)로 천거되어 외직으로 나갔다. 기로소에 들어갔을 때 영조는 공인에게 이산두의 도상(圖像)을 그려 오라 하고, 원손에게 '九十歲像'이라는 네 글자를 쓰게 하였다. 시호는 청헌(淸憲)이다.

1094) 두 분 선생 …… 더하시어 : 완담향사 상덕사(尙德祠)에 1764년에 정영후(鄭榮後), 정영방(鄭榮邦) 형제를 추향한 사실을 가리킨다.

매오공과 석문공 두 분께서는 　梅塢石門
금옥같이 귀하신 형제분이시다 　金昆玉季
행동과 의리는 이미 독실하시며 　行義旣篤
문예와 학문을 겸비하셨도다 　文學兼備
훌륭하신 자취는 사라지기 어려워서 　懿蹟難泯
사림의 논의가 함께 일어났네 　士論齊起
성대한 의식을 장차 거행하려 함에 　縟儀將擧
감히 그것으로써 아뢰나이다 　敢告厥以

봉안문 奉安文

화악[1095]은 빼어난 기운을 기르고 　華嶽毓秀
동해의 바다는 맑은 기운 빚었도다 　蓬海釀淑
현철한 분을 세상에 내었으니 　篤生哲人
대대로 훌륭한 덕행을 지녔도다 　代有令德
삼 세대에 걸쳐서 다섯 현인[1096]이 계시니 　三世五賢
아울러 한 문중의 자랑이로다 　並美一門
널리 이전부터 제향을 올렸으니 　肆昔躋享
고을과 나라에서 함께 존경하도다 　鄕邦共尊
아! 우리 매오 석문 두 분은 　猗我二公
선대의 공렬(功烈)을 따랐도다 　遹追前烈
효도와 우애를 근본으로 삼았고 　本之孝友
학문과 예술을 이루었음이라 　濟以學術
생각하건대 매오공께서는 　惟梅塢堂
갖춘 인품이 순수하고 돈독하였도다 　資稟純篤

1095) 화악(華嶽) : 화악은 중국 화산(華山)을 가리키는데, 두보(杜甫)의 〈위장군가(魏將軍歌)〉에 “위 장군의 우뚝한 골격 긴장한 정신은, 화악의 높은 봉우리에 가을 매를 본 것 같네.[魏侯骨聳精爽緊 華嶽峯尖見秋隼]” 한 데서 온 말로, 전하여 웅건 장대(雄健壯大)한 기상을 의미한다. 《杜少陵詩集 卷4》
1096) 다섯 현인 : 완담향사에 배향된 다섯 분을 가리킨다.

행동과 의리는 천성에서 나왔으며	出天行義
시문 짓는 일을 대수롭지 않게 여겼도다	餘事文墨
석류[1097]로서 왜인을 감동시켜	錫類感倭
온전히 어머님을 위험에서 구하셨도다	脫危全親
헌면[1098]을 진흙탕 길로 보았으며	軒冕泥塗
전원에서 천하를 경륜하셨도다	丘園經綸
학봉 선생의 학통을 이어받고	淵源鶴峯
우복 선생을 사우로 삼았도다	師友愚谷
책력을 고치고 제도를 바로잡았으며	改曆質制
전에 드러나지 않은 것을 드러냈도다	發前未發
관혼상제를 행함에 있어서는	冠婚喪祭
한결같이 정주자[1099]를 따랐도다	一遵朱程
저렇게 우뚝한 두 분의 절의는	卓彼雙節
또한 본보기로 삼을 만하도다	亦可觀刑
떳떳한 본성은 덕을 좋아하는 바이니	秉彛攸好
사람들에게 교화와 훈도가 있었도다	人有薰陶
임종할 때 명문(銘文)을 지었는데	臨絶有銘
학문의 힘은 속이기 어렵다고 하였네	學力難誣
또한 동생 석문공께서는	亦奧石門
날로 달로 나아가며 진취하셨네	日邁月征
우복 선생에게 입설[1100]하였도다	愚山立雪
누가 뛰어난 영재라 아니하겠는가	孰非俊英

1097) 석류(錫類) : 길이 복을 받을 사람이라는 뜻으로 효자를 가리키는데, 《시경》 대아(大雅) 기취(旣醉)의 "효자의 효도 다함이 없는지라, 영원히 복을 받으리로다.[孝子不匱 永錫爾類]"라는 말에서 나온 것이다.

1098) 헌면(軒冕) : 고관의 거마(車馬)와 면복(冕服)을 가리키는 것으로, 전하여 고관을 말한다.

1099) 정주자(程朱子) : 정자(程子)와 주자(朱子). 정자는 중국 송나라의 정명도(程明道, 1032~1085)와 정이천(程伊川, 1033~1107) 두 형제를 말하며 이(二)정자라고도 한다. 주자는 중국 송나라 때의 학자인 주희를 높이어 이르는 말이다.

1100) 입설(立雪) : 송(宋)나라의 유작(游酢)·양시(楊時)가 정이(程頤)를 처음 찾아가 뵈었을 때 정이가 눈을 감고 명상에 잠겨 있으므로 두 사람은 곁에 시립(侍立)하여 날이 저물도록 기다렸는데, 정이가 물러가라고 명하였을 때에는 문 밖에 눈이 석 자[尺]나 쌓였었다는 고사가 있다.

어렵고 의심나면 변론하고 대질하였으니	難疑卞質
나를 일깨우는 자는 복상(卜商)이라[1101] 하였도다.	起予者卜
당신에게 내린 벼슬도 맡지 않으셨으니	仕吾未信
형제분이 같으셨도다	伯仲子若
먼저 세우신 뜻이 워낙 컸으므로	先立乎大
세상이 그것을 빼앗을 수 없었네	物莫能奪
임천의 한 계곡에서 은거하며	一丘臨川
홀로 명나라와의 의리를 지키셨도다	獨守崇禎
마음을 문장으로 드러내시니	發爲文章
구슬처럼 빛나고 쇠처럼 울리도다	玉暎金鏗
형제분이 서로 화목하시니[1102]	塤唱篪和
서로 이해하심이 더욱 빛났도다	相得彌章
집안을 바르게 다스렸으며	爲政于家
고을에서는 법식이 되었도다	矜式于鄕
끼치신 향기는 사라지지 않으며	遺芬不沫
훌륭하신 자취는 없어지지 않도다	懿蹟難湮
선배들이 글로 남겨서	先輩有筆
우리 후인들을 인도하였도다	牖我後人
사림에서 논의가 일제히 일어나니	士論齊發
도모하지 않아도 같은 소리도다	不謨同聲
영령을 편안히 모실 곳이 있으니	安靈有所
예전부터 내려온 사당이로다	仍舊廟庭
좋은 날을 가려 정성껏 모시니	卜吉祗虔
작은 정성을 흠향하소서	庶歆微誠

1101) 나를 …… 복상(卜商)이라 : 공자의 제자인 자하(子夏)의 성명. 공자가 《시경》을 가지고 자하와 문답하면서, "나를 일깨운 자는 상이로다. 비로소 더불어 시를 말할 만하구나.[起予者商也 始可與言詩已矣]" 하였다는 고사를 차용하였다. 《論語 八佾》 여기서는 자신을 깨우쳐 줄 만큼 훌륭한 제자를 가리키는 말이다.

1102) 형제분이 서로 화목하시니 : 원문의 '塤唱篪和'는 '壎篪相和'와 같은 말로, 형은 질나팔을 불고 아우는 이에 화답하여 저를 분다는 뜻으로 형제가 서로 화목함을 이름.

습유拾遺

용궁(龍宮)의 정영방(鄭榮邦) 경보(慶輔)공이 돌아가신 지가 이미 60년이 지났으니 세상에서는 그의 성명을 거론할 수 있는 사람이 없었다. 몇 해 전에 나라에서 부서를 설치하여 여지승람(輿地勝覽)을 편찬할 때 자못 남겨진 서책 중에 망가진 책 두 권을 구하니 대부분이 경보공이 손수 쓰신 시편(詩篇)이었다. 시체가 고묘(高妙)하고 흥취가 심오하며, 문체는 더욱 우아하여 세상에서 떠드는 자들이 미칠 바가 결코 아니었다. 우리나라에서 보잘것없고 하찮은 재주를 가진 무리들도 모두 소문을 내는데 오히려 이와 같이 매몰되어 있으니 하물며 세상에서 위대한 것임에랴. 그의 시 오언절구는 가장 훌륭하기에 한두 편을 여기에 기록해 둔다.

서암(西巖)에서 이르기를,

굽이굽이 한 길이 못 되는데	曲折未尋丈
푸른빛은 무릇 몇 층인가	靑蔥凡幾層
때때로 그윽하고 고요한 곳에는	時於幽闃處
아마도 저녁에 돌아가는 승려 있겠네	疑有暮歸僧

회원대(懷遠臺)에서 이르기를,

천지가 언제쯤 생겨났을까	天地來幾時
사해는 막히지 않은 것 같네	四海如不隔
만일 사람을 만날 수 없다면	若人未可見
여전히 달 밝은 저녁에 배회하리라	徘徊仍月夕

도휴(稻畦, 벼밭)에서 이르기를,

근년에는 비와 해가 적당하여	近歲雨暘時
남쪽 밭 메벼가 무릎 위로 올라오네	南畦秔一膝
가을이 오면 누구 집으로 들어갈까	秋至入誰家
손님 불러 좋은 찰밥을 대접겠네	客來長飯秫

상판(桑坂, 뽕나무 둑)에서 이르기를,

벼를 심어도 배는 계속 주리고	種禾腹長飢
뽕을 가꾸어도 비단옷 입지 못하네	種桑衣無帛
바라건대 그대는 고달프게 살지 말게나	願君莫勞生
바다 같은 세상은 아침저녁으로 바뀐다네	滄溟變朝夕

매단(梅壇, 매화나무 언덕)에서 이르기를,

찬 기운이 완전히 걷히지 않았는데	寒氣未全薄
세월이 비로소 새롭게 바뀌도다	歲華初向新
아득히 화정[1103]의 붓을 가지고	遙將和靖筆
강가에 봄이 오면 색칠하리라	點綴一江春

와룡암(臥龍巖)에서 이르기를,

진실로 황실의 원손(元孫)이 아니라면	苟非帝室胄
누가 흔쾌히 일어나려 하겠는가	疇肯幡然起
흥하고 망하는 건 다만 한때이지만	興亡只一時
대의는 천지에 가득 찰 것이네	大義窮天地

1103) 화정(和靖) : 서호처사(西湖處士)로 불린 북송의 임포(林逋)를 가리킨다. 각주 171) 참조.

입암(立巖)에서 이르기를,

강둑에 한 그루의 돌기둥	江畔一株石
우뚝이 푸른 하늘에 솟아 있네	亭亭半碧空
한갓 꼿꼿하지 못해서가 아니니	無能徒偃蹇
도리어 석문옹과 흡사하구나	還似石門翁

동사(冬詞, 겨울노래)에 이르기를,

인정은 노소가 되고	人情爲老少
천도는 저절로 음양이 되네	天道自陰陽
관가에서 두렁길을 넓혀 주니	官家寬一陌
소나무와 대나무가 두세 줄이네	松竹兩三行

몽예(夢囈) 남극관(南克寬)의 시고(詩稿) 속에 기록된 글에서 나옴.

龍宮鄭榮邦慶輔 死已六十年 世無能擧其名者 頃歲設局 修輿地勝覽 頗求遺書中有敗冊二卷 蓋慶輔手書諸詩 體氣高妙 興寄深遠 文尤雅麗 絶非諱世者可及 東土淺少軽才之徒 無不發聞 猶有埋沒如此 況天下之大乎 其詩五言絶句最善 試記一二

西巖曰 曲折未尋丈 青蔥凡幾層 時於幽闃處 疑有暮歸僧

懷遠臺曰 天地來幾時 四海如不隔 若人未可見 徘徊仍月夕

稻畦曰 近歲雨暘時 南畦秔一膝 秋至入誰家 客來長飯秫

桑坂曰 種禾腹長飢 種桑衣無帛 願君莫勞生 滄溟變朝夕

梅壇曰 寒氣未全薄 歲華初向新 遙將和靖筆 點綴一江春

臥龍巖曰 苟非帝室胄 疇肯幡然起 興亡只一時 大義窮天地

立巖曰 江畔一株石 亭亭半碧空 無能徒偃蹇 還似石門翁

冬詞曰 人情爲老少 天道自陰陽 官家寬一陌 松竹兩三行

出南夢囈克寬詩稿中記語

공은 진실하고 믿음직하였으며 학문을 좋아하였고 의지와 행실이 순수하고 성실하였다. 양가(養家)의 어머님을 모심에 효도로써 소문이 났으며, 형제간에 우애가 있었고 친척에게는 화목하였으며 고을에 거처할 때는 부드러웠다. 만년에는 진보현 임천에 터를 잡았는데 석문의 바위와 서석지가 절경을 이룬 곳이었다. 몇 간의 집을 짓고 꽃을 골고루 심었으며 좌우에는 도서로 채우고 시를 읊으며 유유자적하셨으니 거의 20년 동안 부귀영화가 사모할 만한 줄 알지 못하였다.

공은 나의 조모(祖母, 우복 선생의 부인)의 생질(甥姪)이 되며, 조부(祖父, 우복 선생)의 문하에서 수학하셨는데 조부께서 애지중지하여 집안일을 대부분 공에게 맡겨 다스리게 하셨다. 공께서는 시를 읊는 것을 즐겨하셨는데 일찍이 내가 천거되었다는 소식을 듣고 회포를 읊은 절구 4수를 지었는데 그 면려하고 경계하는 뜻이 깊었으며 마지막 시는 공이 자신을 비유한 것이다.

무첨당(無添堂) 정도응(鄭道應)[1104]의 〈한거잡기(閒居雜記)〉에서 나옴.

公忠信好學 志行醇慤 事所後母以孝聞 友兄弟睦族姻 處鄉黨油如也 晚卜眞城之臨川 有石門巖池之勝 結數椽廬 列植花卉 左右圖書 嘯詠自適者 幾二十年 不知榮利之爲可慕也 公於吾祖母 義爲甥姪 遂受學于先祖之門 先祖愛重之 家事多委公經紀焉 公喜吟詩 嘗聞余赴召 有賦懷四絶 其勉戒之意 深矣 末篇公自喩也

出鄭無添堂道應閒居雜記

1104) 정도응(鄭道應) : 각주 530) 참조.

발문跋文

정내주(鄭來周)[1105)]

군자는 덕행과 사업을 귀하게 여기지 저 문사(文辭)라는 것은 비루한 것이다. 그러나 문사에 드러나지 않으면 그 사람됨을 알 수 없으니 문사 또한 그만둘 수 없다. 우리 문중에 석문공이 계셨는데 일찍이 공의 유집을 구해서 읽어 보니 그 문장은 의미가 깊고 그 시는 빠른 듯하면서도 맑은 기운이 서려 있었다. 공은 타고난 자질이 고아하고 학문과 덕행을 충분히 수양하였으며 마음속에 도량이 컸다는 것은 문장에 그대로 나타나 있다. 그의 글을 읽고 그의 시를 암송해 보니 이제서야 가히 그 인품을 알 것 같다.

공은 우복 정 선생을 스승으로 섬겨 우복 선생의 요결(要訣)을 전수받았는데 우복 선생께서 공에게 벼슬을 하도록 권했으나 않았다. 이것은 대개 칠조개가 말한 "저는 아직 벼슬을 감당할 자신이 없습니다.[吾斯之未能信]"라는 뜻이다. 그러나 내가 공의 문장과 시가를 살펴보니 때때로 시대를 상심하거나 풍속을 민망히 여기고 비분강개하는 말이 있었다. 비록 자신이 산림에 은거한다 하여도 꿈결에서도 상위(象魏)[1106)]를 생각하며 못내 잊지 못하는 마음이 있었으니 공도 역시 결국 세상을 잊는 사람은 아니었다.

불행하게도 병자·정묘호란 이후에 천하가 육침(陸沈)[1107)]되었는데 공은 드디어 은거할 마음을 굳히고 목석(木石)과 미록(麋鹿)의 무리와 함께 살고자 했으니 어찌 공자께서 이른바 '몸가짐은 조촐함에 맞고 방자함은 권도에 맞는다.[身中淸廢中權]'[1108)]는 말씀이

1105) 정내주(鄭來周, 1680~1745) : 조선 후기 동래 부사를 지낸 문신. 본관은 동래(東萊). 자는 내중(來仲), 호는 동계(東溪). 문과에 급제하여 승지, 영해(寧海) 부사를 지내고 동래부사에 임명되었다. 이후 병조참판, 형조참판을 거쳐 남양 부사를 지냈다. 저서로는 《동계만록(東溪漫錄)》과 《관혼의상제례일통(冠婚儀喪祭禮一統)》이 전한다.

1106) 상위(象魏) : 대궐의 문을 말한다. 상(象)은 법(法)을 말하고, 위(魏)는 높다는 뜻인데, 옛날에 법조문을 대궐의 문 위에 내걸었기 때문에 이렇게 칭하는 것이다.

1107) 육침(陸沈) : 육지가 물에 잠긴다는 뜻으로 나라가 외적(外賊)에게 침입을 당하여 매우 어지럽거나 망함을 비유하여 이르는 말.

아니겠는가. 창려(昌黎) 한퇴지(韓退之)가 말하기를, “쓰임을 받으면 도를 사람들에게 베풀고, 버림을 받으면 문장으로 전하여 후세에 법이 되게 한다오.”[1109]라고 하였다. 공은 세상에 쓰이지 못하였으니 비록 사람들에게 베푼 것은 없지만 문장으로 전한 것은 후세에 법이 될 만한데 이제 또 좀먹은 책 사이에 매몰되어 세상에 전해질 수 없으니 더욱 애석해한다.

나의 10세조 결성공(結城公, 諱 龜齡)과 아들 수찬공(修撰公, 諱 雍), 직제학공(直提學公, 諱 賜), 직제학공의 손자 문익공(文翼公, 諱 光弼), 수찬공의 손자 응교공(應教公, 諱 渙)이 용궁의 완담사(浣潭祉)에 가지런히 배향되었는데, 공은 응교공의 현손으로 대대로 용궁의 구업(舊業)을 지켜왔다. 우리 문중의 시례(詩禮)와 유풍(遺風)에서 실제로 듣고 보고 배운 것이 공의 글 속에 많이 수록되어 있다. 나처럼 부족한 후학이 공의 글을 보면 개연히 격세지감[1110] 있으니 드디어 보잘것없는 글이라고 개의치 않고 삼가 몇 마디의 말을 권말에 쓴다.

영조 9년 임자년(1732) 초겨울에 문중의 후학 가선대부 병조 참판 정내주(鄭來周)는 삼가 쓰노라.

君子德行事業之爲貴 彼文辭而已者 陋矣 然無徵於文 則無以得其人 文亦不可以已也 吾宗有石門公焉 走嘗得其遺集而讀之 其文淵然而深 其詩翛然而清 其天資之高 充養之厚 襟期之曠 見於文字者然也 讀其文誦其詩 今可以得其人矣 公師事愚伏鄭先生傳其旨訣 愚伏公使之仕不應 蓋漆雕開吾斯未信之意也 然吾見其文字歌詠之間 往往有傷時憫俗悲憤慷慨之語 雖迹晦山林 而夢想象魏 有眷眷不忘之意 公亦非果於忘世者不幸丙丁以後 天下陸沉 公遂決意長往 木石之與居 麋鹿之與羣 豈孔氏所謂身中清廢中權者耶 韓昌黎云用則施諸人 捨則垂諸文 以爲後世法 公不用於世 雖無以施諸人 其垂諸文者 可爲後世法 而今又沉埋於蠹簡之中 不能傳于世 重可惜也 吾十世祖結城公結城公之子修撰公直學公 直學公之孫文翼公 修撰公之孫應教公 並腏食於龍宮之浣潭

1108) 공자가 우중(虞仲)·이일(夷逸)을 일러 “몸가짐은 조촐함에 맞고, 방자함은 권도에 맞는다.[身中清廢中權]”라고 하였다. 우중은 주(周)나라 태왕(太王)의 둘째 아들로, 아우인 계력(季歷)에게 왕위를 양보하기 위해서 미리 도망하였다.《論語 微子》

1109)《唐宋八大家文抄》卷4 韓愈,〈答李翊書〉에 나오는 말.

1110) 격세지감(隔世之感) : 완전히 바뀐 다른 세상이 된 것 같은 느낌 또는 다른 세대와 같이 많은 변화가 있었음을 비유하는 말.

社 而公以應敎公玄孫 世守龍宮之舊業 吾宗詩禮遺風 實有耳目之擩染者 多載於其文字中 不肖後生 見其文 愾然有隔世而感慕者 遂不敢以文拙爲嫌 謹識數語于卷末云

上之九年壬子 孟冬 宗人後學 嘉善大夫 行兵曹判書 鄭來周 謹識

정필규(鄭必奎)[1111]

석문 정 선생은 우복 선생의 문하에서 직접 가르침을 받았으니 연원(淵源)은 단적으로 박약(博約)[1112]하며 형님 매오공과는 우애가 지극히 돈독하였으며 세상의 명예나 물욕에는 담박하였다. 1636년 병자호란 이후에는 임천의 석문으로 깊이 들어가 경정(敬亭)을 짓고 날마다 그곳에 거처하며 경전을 궁구하였다. 가끔 속세의 부조리를 비분강개하였으니 시인으로 풍천(風泉)의 감회[1113]가 조용하게 읊조리는 가운데에 넘쳐 일어났는데 최고는 '차마 남한산성을 마주할 수 없네'[1114]라는 구절이다. 몹시 슬퍼하며 탄식하였는데 본래의 모습을 늠름하게 드러내어 백세를 풍자하고 면려하였으니 선현으로서의 서술이 갖추어졌다. 늦게 태어난 말학(末學)이 어찌 감히 한마디의 헛말을 덧붙일 수 있겠는가마는 부족한 사람으로서도 그 속에서 마음속으로 느낀 바가 있다. 맹자가 말하기를, "그 시를 외우고 그 글을 읽으면서도 그 사람을 몰라서야 되겠는가? 이로써 그 세상을 논하는 것이다."[1115]라고 하였으니 대저 이미 시를 외우고 글을 읽으면서 또

1111) 정필규(鄭必奎, 1760~1831) : 본관 청주. 자 명응(明應). 호 노암(魯庵). 예천(醴泉) 용궁(龍宮)에 거주. 약포(藥圃) 정탁(鄭琢)의 7세손. 천사(川沙) 김종덕(金宗德)의 문인. 경사(經史)에 능통하였으며 문장과 덕의가 본보기가 되고 만년에 혜릉참봉(惠陵參奉)을 제수되었으나 부임하지 않음. 저서에 《노암집(魯庵集)》이 있음.

1112) 박약(博約) : 박문약례(博文約禮)의 준말로, 스승에게 배워 식견을 넓히고, 그 지(知)를 예(禮)로 요약하여 행(行)으로 실천하는 것을 말한다. 안연(顔淵)이 스승인 공자의 도에 대해서 감탄하며 술회한 뒤에 "선생님께서는 차근차근 사람을 잘 이끌어 주시면서, 학문으로 나의 지식을 넓혀 주시고 예법으로써 나의 행동을 단속하게 해 주셨다.[夫子循循然善誘人 博我以文 約我以禮]"라고 말한 《논어》 〈자한(子罕)〉에서 발췌한 것이다.

1113) 풍천(風泉)의 감회 : 풍천(風泉)은 《시경(詩經)》의 편명인 〈비풍(匪風)〉과 〈하천(下泉)〉을 지칭하는 말이다. 현인이 국가의 쇠망을 걱정하는 내용으로 되어 있는 이 시를 보고 작자와 서로 감회가 같다는 것을 나타낸 말이다.

1114) 차마 …… 없네 : 《石門先生文集》 卷之一 〈英陽書堂題壁上二絶〉에 나오는 구절이다. "暮入英陽縣 松間一室淸 曾嘆南漢事 不忍對山城 書堂未百步 山城在焉 一掬傷時淚 臨江灑碧波 西南流不盡 滄海濶無涯"

1115) 그 시를 …… 되겠는가? : 《맹자》 〈만장(萬章)〉에 "천하의 선사(善士)를 벗함으로써도 아직 족하지 않아서 또 우러러 옛사람을 논하는 것이다. 그 시를 외우고 그 글을 읽으면서도 그 사람을 알지 못하면 되겠는가?

다시 세상을 논한다는 것은 고인들이 표리(表裏)를 평론하는 방법이었다.

아! 우복 선생께서 선생[石門]의 도량을 매우 중시하여 이조 판서로 재임하실 때 조정에 천거하고자 하였으나 선생이 삼가 사양하니 우복 선생께서 말하기를, "내 본래 그대의 뜻을 아는 바이지만 그냥 시험 삼아 물었을 뿐이다."라고 말씀하였다. 아! 선생은 처음부터 세상을 잊은 것은 아니었을 터이지만 그때에 나이가 40세[1116]가 넘었으니 학문을 쌓아서 우수하면 세상에 나아가 임금을 보좌해야 마땅하거늘 어찌 실행하지 않고 이와 같이 고사한 것은 어째서인가? 대개 그 시세(時世)를 따져보면 말한 뜻에 드러난 것을 상상할 수 있으니 아마도 단지 칠조개가 말한 '저는 이 말을 믿을 수 없다'라는 뜻인가.

선생이 계암(溪巖) 김령(金坽)[1117] 선생에게 보낸 시에 이르기를, "흰 빛을 어찌 눈에 견주겠는가, 괴로운 마음을 봄은 알지 못하네. 그로 인해 시를 지어 그대에게 보내니, 마음 기약에 어둡다고 말하지 말게."라고 하였다. 계암 선생이 답시에 이르기를, "세모에 눈서리가 빈번하여, 산천이 추위에 희미하네. 한밤중에 낡은 거문고 어루만지며, 오직 종자기에게만 의지하네."라고 하였다. 오랜 세월이 흐른 뒤에 이 시를 암송하는 자들은 두 선생의 심기(心期)와 고절(苦節)이 서로 말없이 일치하였음을 알 수 있을 것이다. 그리고 선생의 맏아들인 익재(益齋, 諱 焜)공이 지은 가장(家狀)에 대략 이르기를, "대저 실행할 수 있는 큰 것이라면 세상에는 간혹 알지 못하는 사람이 있다. 좋지 못한 시대를 만나 산 속으로 깊숙하게 은거하는 그 고상한 뜻이 있는 바는 세상에서는 더욱 알 수가 없다."고 하였다. 이것은 바로 가정에서 실제를 기록한 것이니 생각해 보면 반드시 선생의 평소 은거하려는 뜻을 잘 알 수 있는데 거듭 말하고 탄식하며 인용했지만 발설하지 않은 것이 이와 같았다.

아, 안타깝도다. 선생의 시문은 형식에 맞고 점잖으며 간결하고 고아하며 오묘하고 깊이가 있는데, 몽예(夢囈) 남극관(南克寬)이 수록(收錄)하여 표창한 것들은 후세의 자운(子雲)[1118]이라고 말할 수 있다. 그렇지만 문장은 선생에게 있어서 단지 요긴한 일이 아

이로써 그 세상을 논하는 것이니, 이것이 바로 우러러 벗하는 것이다.[以友天下之善士爲未足, 又尙論古之人. 誦其詩讀其書, 不知其人可乎? 是以論其世也, 是尙友也.]"라고 한 데서 나왔다.

1116) 40세 : 원문의 '강사(彊仕)'는 맹자의 부동심(不動心)에 대한 주에서 주자(朱子)가 "강한 벼슬이니, 군자는 도가 밝아지고 덕이 서는 때이다.[彊仕, 君子道明德立之時.]"라고 한 데서 나왔다. 《孟子 公孫丑上》

1117) 김령(金坽) : 각주 400) 참조.

1118) 자운(子雲) : 한나라 때 양웅(揚雄)의 자. 한유(韓愈)의 글에 "양웅이 《주역》에 비겨서 스스로 《태현(太

닐 따름이었다. 만일 이것으로 선생의 진짜를 다했다고 말한다면 그렇지 않다. 유독 애석하게도 궁벽한 산속에서 해를 보내니 그 자취가 은미(隱微)하여 세상에서는 드디어 그 꼿꼿한 절의를 발휘할 수 없었으니 그윽이 잠겨 있는 광채였다.

이제 선생께서 작고하신 지 170여 년이 지났는데도 유고가 아직 후세에 전해지지 못하니 식자들이 유감스럽게 여겨 왔다. 후손 인욱(仁勗) 씨가 80세의 고령인 부친의 명을 받아 문갑(文匣)에 간직하던 유고 몇 편을 찾아내어 족숙(族叔) 윤(奫)과 매오 선생의 후손인 상사(上舍) 익상(羽相), 지헌(持憲) 교(僑)가 더욱더 고쳐 쓰고 거듭 교정을 거쳐 글자를 새기는 사람에게 부탁할 무렵에 나 필규(必奎)에게 한 마디의 발문을 부탁하였다. 나는 아는 것이 천박하고 문사가 저속하다고 거듭 사양했으나 어쩔 수 없었다.

돌이켜 생각하니 보잘것없는 나는 향리의 후학으로 선생의 덕행과 학문, 풍절(風節)을 평소에 경앙(景仰)하였으며, 또한 나의 선조인 청풍자(淸風子) 정윤목(鄭允穆)[1119] 선생과 선생은 도의로 맺은 사귐이 매우 친밀하였다. 날씨가 추우면 서로 만나기를 약속하여 시를 주고받은 것이 작품으로 남아 있는데, 삼가 읽고 돌려줄 때 거듭 애통한 감회가 일어났다. 이 발문을 쓰는 일은 비록 매우 감당할 수 없으나 역시 끝내 사양할 수 없는 까닭이 있다. 드디어 수십 줄의 졸문으로 여러 선배들이 찬술한 가운데 누락된 의미를 보충하여 우리 선생의 굳은 절개와 그윽한 광채의 만 분의 일이나마 약술하려고 한다.

신사년(1821) 8월 상순에 후학 서원(西原) 정필규는 삼가 쓰노라.

石門鄭先生親炙愚翁之門 淵源端的博約 梅塢之堂友愛篤至 於世間名利泊如也 一自崇禎丙子翟亂之後 深入臨川之石門 築敬亭 日處其間 講究經訓 間以悲憤慷慨 詩人風泉之感 溢發於端居題詠中 最是不忍對山城之句 惻怛悽惋 凜然露得本相 風勵百世 先賢叙述備矣 晩生末學 更何敢贅一辭爲哉 抑不佞竊有所感於中者 孟子曰誦其詩讀其書不知其人可乎 是以論其世也 夫旣誦詩讀書 而又復論世者 乃古人表裏尙論之法也 於乎 愚伏先生甚器重 先生嘗長銓部 擬薦于 朝 先生蹙然以辭 愚伏曰吾固知公意 聊以試之耳 噫先生初非果於忘世者 當是時 年踰彊仕 學積而優 出而輔佐聖明 將何施不做 而

玄)》을 지었는데, 사람들이 알아보지 못하고 비웃자 '세상에서 나를 알아주지 않음이 해로울 것이 없고, 후세에 다시 양자운이 있어서 반드시 좋아할 것이다.[世不我知無害也, 後世復有揚子雲必好之.]'라고 했다."라고 한 말이 있다. 《唐宋八大家文抄 卷4 與馮宿論文書》 여기서는 후세에 알아줄 사람이 있을 것임을 말하였다.

1119) 정윤목(鄭允穆) : 각주 381) 참조.

若是其必辭後已何哉 蓋嘗論其時世而有可以想得於言意之表者矣 豈但柒雕氏吾斯未能信之意也耶 先生贈溪巖金先生詩曰素色雪堪比 苦意春不知 因以逑相贈 莫謂昧心期 溪巖答詩曰歲暮霜雪繁 山川晦寒姿 中宵拊古琴 所賴唯鐘期 千載之下 諷誦此詩者 庶有以知夫兩先生心期苦節之默相吻合 而先生長子益齋公撰家狀畧曰若夫可行之大者則世或有不知者 逢時不辰 入山轉深 其雅意所在 世尤莫得以知之也 此是家庭實記 想必深得乎先生平日隱晦之意 而重言複歎 引而不發如此 嗚呼唏矣 至如先生詩文之典重簡雅 高妙深遠 南夢賚所以蒐錄而表章之者 亦可謂後世之子雲矣 然而文章在先生特餘事耳 若以是盡先生之眞云爾則未也 獨惜乎歲暮窮山 其迹隱微 世遂莫得以發揮其貞孤之節 幽潛之光也 今去先生之易簀百七十有餘年 而遺稿尙未壽傳 識者恨之 後孫仁勖以其八耋大人公命 搜出巾衍所藏若干篇 與其族叔𪊲, 梅塢先生後孫上舍羽相, 持憲僑 更加繕寫 重經校勘 方付于剞劂氏 要必奎以一言識後 必奎以識膚辭俚 累辭不獲 因竊惟念眇末鄕後生 景仰先生之德學風節有素 且我祖淸風先生與先生 道契甚密 歲寒相期唱和詩什 宛然在篇 奉讀以還 重爲之畵然興感 今玆之役 雖甚不敢當 而亦有所不敢終辭者 遂以十數行拙語 謹補諸先輩撰述中闕漏之意 畧叙我先生苦節幽光之萬一云爾

辛巳八月上浣 後學西原鄭必奎謹識

유심춘(柳尋春)[1120]

석문 정 선생과 나의 수암(修巖, 諱 柳袗) 선조와는 도의로 사귄 우정이 매우 친밀한 사이라서 간혹 방문하여 종일 강론하기도 하였는데 지금까지 고사(故事)로 전송되는 것이 있으니 아! 당시 이택(麗澤)[1121]의 의리를 상상할 수 있다. 하루는 공의 후손 인욱

1120) 유심춘(柳尋春, 1762~1834) : 조선 후기의 문신. 본관은 풍산(豊山). 자는 상원(象遠), 호는 강고(江皐). 사마시에 합격하여 생원이 되고, 학행으로 천거되어 세자익위사익위(世子翊衛司翊衛)가 되었다. 1830년(순조 30) 왕의 하교로 3대가 과거에 급제한 것을 치하하고 돈녕부(敦寧府)의 도정에 임명하였고, 아들 유후조(柳厚祚)가 급제하였으므로 다시 통정대부에 올랐다. 평소에 《주자대전(朱子大全)》을 탐독하여 성리학에 조예가 깊었으며 시문에도 능하였다.

1121) 이택(麗澤) : 붕우(朋友)가 함께 학문을 강습하여 서로 이익을 줌을 뜻한다. 《주역(周易)》 태괘(兌卦)에 "두 못이 연결되어 있는 형상이 태(兌)이니, 군자가 이를 본받아 붕우 간에 강습한다."라는 말에서 유래하였다. '여택'으로 읽지 않고 '이택'으로 읽어야 한다.

(仁勗) 씨가 공의 유고와 부록을 가지고 나를 찾아와 보이면서 발문 한마디를 적어 달라고 청하였는데 나는 고루한 후생이라 어찌 감히 선배의 문장과 관련되는 일을 감당하겠는가. 돌이켜보건대 일찍이 수학한 바가 있어서 공의 풍모를 사모하고 공의 덕행을 흠모하였는데 이제 그 행장과 지갈 등을 읽어 보니 더욱 증명되었다.

공은 천성이 매우 고결하고 덕성과 기량이 일찍 성취되었는데 이윽고 우복 정 선생의 문하에 들어가서 물망물조(勿忘勿助)[1122]의 가르침을 받고는 물러 나와서 마음속에 새기고 진실하게 체험하였다. 가정에서는 효도와 우애를 다하였고 향리에서는 신의를 지켰으며 장엄(莊嚴)으로 자신을 지켰고 용서(容恕)로 외물에 미쳤다. 일상적으로 사용하는 데에서 벗어나지 않고 그 의리의 취지를 깊이 터득하였으니 공은 학문에 있어서 부지런히 힘쓰고 힘쓰기를 그만두지 않았던 분이다. 일찍 성균관 진사가 되었지만 출사할 뜻을 끊었으며 명리를 보기를 담박하게 여겼다. 우복 선생께서 이조 판서로 계실 때 공을 조정에 천거하려고 하였으나 공은 삼가 사양하였으니 공이 내외의 경중을 분변하는 것이 또한 어떠했겠는가?

공은 평소에 은둔할 생각을 품었는데 석문 한 구역을 얻고는 그곳의 산수가 맑고 고움을 사랑하여 일생을 마칠 뜻을 가졌다. 병자호란 이후에 공은 동쪽으로 들어가서 인지(仁智)에 즐거움을 붙였으며 운림(雲林)에 신세를 맡기고는 시절을 아파하고 외물에 느낌을 지은 작품이 대부분 비풍(匪風)과 하천(下泉)의 생각이었다. 공과 같은 분은 어찌 성대(聖代)의 일민(逸民)이며 백세의 고풍(高風)이 아니겠는가? 대체로 공은 배운 것이 바르기 때문에 그 지킨 것이 확고하였으니 정고(貞固)[1123]한 덕을 쌓고 고고(孤高)한 절의를 드러내어 평생토록 실천하였는데 깨끗하여 한 점의 티끌조차 없었다. 공은 우복 선생께서 가르친 바를 저버리지 않은 분이었으며 나의 선조와 깊은 우정을 나눈 것이 여기에 남아 있게 되었다.

애석하게도 사우(師友) 사이에 오고간 서한(書翰)은 거의 잃어버렸거나 흩어져서 전해지지 못하고 오직 시문 몇 편이 책상자에 남아 있지만 오히려 그 한두 가지를 고찰할

1122) 물망물조(勿忘勿助) : 마음속으로 잊지도 않고 급히 서두르지도 않는 것을 말한다. 농사에 비유하면, 잊는 것은 농부가 아예 밭을 돌보지 않는 것이며, 서두르는 것은 밭에 자라는 곡식을 빨리 자라게 하기 위하여 고갱이를 뽑아 올리는 것[揠苗]과 같은데, 이런 내용이 《맹자》 〈공손추 상(公孫丑上)〉 호연장(浩然章)에 나온다.

1123) 정고(貞固) : 정도(正道)를 굳게 지키는 것을 말한다. 이는 《주역》의 사덕(四德) 가운데 정(貞)을 풀이한 말로, 건괘(乾卦) 문언(文言)에 "정도를 굳게 지키면 모든 일을 제대로 처리할 수가 있다.[貞固足以幹事]"는 말이 나온다.

수 있으니 받들어 읽고 암송하는 나머지 또한 어찌 상상하고 흠모하는 마음이 없을 수 있겠는가? 이 때문에 참람(僭濫)함을 헤아리지 못하고 그 감회를 적어서 돌려보낸다.

순조 21년 신사년(1821) 단오절에 전(前) 익위사(翊衛司) 익위(翊衛) 풍산(豊山) 유심춘은 삼가 쓰노라.

石門先生鄭公 曁吾修巖先祖道義契甚密 間輒造訪 講論彌日 至今尙有傳誦故事者 嗚呼 當時麗澤之義 可以想見也 日公之後孫仁勛甫 以公遺稿附錄來示不佞 請有一言識其後 不佞晩生固陋 何敢當先輩文字事哉 顧嘗有所受 竊慕公之風而欽公之德矣 今讀其狀與誌者而益徵焉 公天分甚高 德器夙就 旣而從愚伏鄭先生遊 受勿忘勿助之旨 退而潛心服膺 眞切體驗 居家而盡孝友之實 處鄕而有孚信之著 莊以持己 恕以及物 不離乎日用之常 而深得其義理之趣 公之於學 蓋有俛焉孶孶而不已者矣 蚤登上庠 絶意進取 視名利泊如也 先生嘗長銓部 欲薦引公 而公蹙然辭之 公之於內外輕重之辨 又何如哉 雅懷嘉遯 得石門一區 愛其山明水秀 有終焉之志 逮夫丙子以後則公遂東矣 寓眞樂於仁智 付身世於雲林 傷時感物之作 率多匪風下泉之思 若公者豈非聖代之逸民 而百世之高風耶 蓋其所學者正 故其所守者確 蓄之爲貞固之德 挺之爲高孤之節 平生蹈履 皭然無一點泥滓 公於是乎不負先生之所以敎者 而吾先祖托契之深 爲有在於是也 惜乎 其師友間往復書疏 幾於散佚無傳 而獨詩文若干篇遺在巾衍者 尙可以考見其一二 則奉玩莊誦之餘 又烏得無想像歆慕之心哉 是庸不揆僭猥 書其所感者以歸之 上之二十一年辛巳端陽節 前翊衛司翊衛 豊山柳尋春謹書

【影印】

石門先生文集

여기서부터 영인본을 인쇄한 부분입니다. 맨 뒷면에서 시작됩니다.

石門先生文集序
不侫生也晩。恨未及親炙於吾宗石門公。日公之後
孫好相袖。公遺稿示不侫曰。先祖隱德不仕。有遺草
二冊在。
先王朝修地誌徵逸書。遂爲秘府之藏。南夢賚克寬
推還之。而遂返合浦之珠矣。願得一言以弁卷。不侫
辭不得。仍以卒業焉。凡爲詩四百七十餘首。文十八
篇。文頗贍麗可誦。而詩尤淸絶有調。有唐之境而不
鶩聲氣之末。參宋之情而不墮故實之陋。其五言絶
大有康樂長吉之致。讀之與石門秀色相發。諷之與

石門先生文集序　一

石門風泉相答。有非近世操觚之士所可幾及也。夢
賚之評曰。體氣高妙。興寄深遠。信乎以子雲而知子
雲者也。夫詩出性情。淸廟之什。多作於峩峩奉璋之
士。則今公之詩。豈無所本而然哉。公少師愚伏鄭先
生。參陞堂之列而講性命之學。晩而隱居求志于石
門山中。與兄梅塢公講磨朝夕。孝友著於閨庭。行誼
聞於鄕黨。發之吟哢之間者。充然得其情性之正冲
和之氣。而惜其韜而在下。不得與之鏗鏘乎廟瑟廷
球之間。而與街謠巷吟同歸堙沒而不傳。噫。宮沉羽
微。抱我微絃。此終古之憾也。今嶺之士人。以公懿德

茂行。可祭於社。發謀出力。將俎豆公兄弟于馬山浣
潭之社。浣潭之社。卽吾宗世德之祠也。孔門以德行
爲四科之首。而公以有德有行。廟食千秋。則其於餘
事文章。雖無傳焉。又奚憾焉。而宗人方謀繡梓。以圖
不朽。於是乎無餘憾矣。然而其所以爲不朽之實。則
又不在玆也。宗人嘉善大夫行承政院都承旨鄭彦
忠謹序。
鄭文莊先生講道愚山。石門公從之遊。受中庸心經
訖。先生贈以詩曰。從君試問花兼柳。孰使靑靑孰使
紅。蓋寓意也。夫天之生物。各無不足之理。其氣機之

石門先生文集序　二

融溢。天理之流動。形形與色色。靑者自靑。紅者自紅。
莫非自然而然者也。故聖人之敎人。其先後輕重進
退疾徐。莫不因其自然之理。以爲集義也。則正則近
於留情。忘則涉乎去念。助長則有揠苗之病。故必也
優遊厭飫。漸進而不驟。然後眞心現前。不知其所以
然而然者矣。是以函丈從容之間。寄興於問柳尋花。
寓至理於輕風淡靄之外者。豈非頂門上第一義乎。
由是公之所以推是道而施於日用者。未嘗躐易以
爲高。亦未嘗忽近而求遠。孝於親則仁之實著焉。友
于兄則義之實存焉。譬諸草木。區以別焉。及夫天地

閒矣。賚人隱矣。西山之老梅無恙。東嶺之孤松特秀。睠彼石門。雲木參差。褰裳而去。地近東海。則爲歸根之木歛萼之花者。公之微意可見。而其亦所受於先生者哉。先生嘗長銓部。擬公試杀雕之仕。公蹙然避席。公之遯迹山林。昂昂以石門千仞爲依歸者。此時已兆之矣。是以其發而爲詩者。蕭森高古。與大曆諸子幷驅而齊武。如瓊枝瑞草。無一點夭艶。公眞可與言詩已矣。南夢囈克寬近來以詩爲隻眼。嘗爲之評曰。體氣高玅。興寄深遠。夢囈其知言哉。公沒。竺山人士慕仰公不衰。享公兄弟于浣潭里社。公之節行。猶

可表白於後世矣。迺者公之後孫觀熈東宅甫猥問一言于述道。述道藐然後生也。不敢以荒言汚着佛頭。終始誦文莊鄭先生之詩爲石門先生文集序。

上之二年壬戌端陽節。漢陽趙述道謹叙。

石門先生文集卷之一

辭

日晩歌寄柳德茂。

駕余車兮登山。渺惆悵兮不還。采幽蘭兮空谷。望美人兮雲間。日欲落兮咸池。碧桂凋兮芳華。歇時難得以再好。羌不可乎遠別。

送襄陽許使君令公辭 竝小序

使君於吾王母內弟也。累典郡。有能治聲。及莅襄陽。又昇秩貫玉。解職將歸。書來告別。遂往拜作數日款。仍書嘗所慕悅之情

與不忍相別之意。爲辭。辭曰

惟令公法家拂士兮。屈百里而綰銀章。公及時而告歸。可此別之無將。戒余僕兮秣余馬。言余指乎襄陽。八其地而聽民謠。知政令得其所弛張也。豈但閭境之寧。閫化亦被於隣鄕。故明朝之褒嘉。崇爵秩而優償。載馳兮載驅。槐柳陰兮周行。俄將命出門而導我。莞爾一笑兮昇堂。閑塵襟而促膝。迎素月於東廂。承淸誨而警惕。聞至論而激昻。眷眷於世道之汚隆。感感於旅人之棲遑。永歎斯文之墜地。寤寐先正於羹墻。念夫公承家而傳後。非徒事乎善良。追淸謹之懿

行。礪一代之貪贓。貽臣死之大節。樹萬古之綱常。雖蔵名於米鹽。亦鶏群之鸞凰。以一善而多公者。其猶遺泰山而舉毫芒也。聞庭啟兮麗景遲。輕陰嫩綠兮春茫茫。頌神休兮詠太康。煎山花兮酌瓊觴。離別恒由於會合。雖樂極而黯傷。兀然相對而無言兮。髮何短兮心何長。幾年雲泥相隔兮。幸今日之聯牀。嗟別多而會少。又時事之難量。舉趾遑遑兮欲何之。天無梯兮海無梁。何天之不管人離合兮。增余懷之悲涼。風蕭瑟而拂衣。雨淋浪以沾裳。川原繚以逶迤。蘭芷茁以幽芳。江魚撥剌而隊遊。野鳥呼號以羣翔。感時

物之自得。顧吾心而有亡。望石門以夷猶。背水洒之崇崗。苟一息之未絕。潑仁累德兮敢忘。

賦

鄭瓜亭賦 並序

鄭叙蓬原人。仕高麗毅宗朝。位知臺事。以直見廢。謫居蓬原亭子浦溆之上。而治圃其前。手種瓜爲事。既取以自號。又作歌詞。以寓戀君憂國之忠。其詞悽惋。殆不免過哀而傷。後人謂之鄭瓜亭曲。嘗見麗史樂府中。有鄭瓜亭曲。而其詞無傳。惟柳思菴詩。佗鄉作客頭渾白。到處逢人眼不青。清夜沉沉滿窓月。琵琶一曲鄭瓜亭。李陶隱詩。琵琶一曲鄭瓜亭。遺響悽然不忍聽。俯仰古今多少恨。滿簾疎雨讀騷經。雖不見其詞。而其詞哀怨。見二詩可想矣。余寓居臨川。見士子輩命題鄭瓜亭爲賦。得見之。爲之感歎。盖瓜亭即侍中沆之子。而侍中乃吾先祖僕射試事中公弟也。非若佗人之汎然於其遭遇者。遂援筆賦此。

朝發軔於臨川。夕弭節乎蓬原。江波咽而有聲。煙樹暝而無痕。夫何樂浪之一隅。絕有似乎湘沅。豈三閭之遺騷。何壹鬱而煩冤。念夫子之洵美。紛懷瑾與握蘭。蘊馨德而不出。來東帛之戔戔。際風雲之嘉會。同魚水之交歡。庶獲展其抱負。位又躋於臺端。上無重華之好察。下有逆耳之忠言。鳳孤飛而無所集。鸞萬族之啾喧。恩未終於玉汝。迹已遠於金鑾。將澤物之素願。學種瓜於青門。時及時而繁衍。子離離兮滿園。手摘摘兮不盈筐。君不御兮誰丞饗。誠徒切於獻芹。日未照於覆盆。傷流波之不復。感頹陽之再暾。芰余衣兮荷余裳。悵思君兮不敢諼。托胡琴而訢懷。輸滿

腔之牝丹悲義馭之駸駸悲長夜之漫漫棄辭條而
色死鴈出塞而聲酸放妾聞而嚧噫纍臣爲之汍瀾
自古忠直者難容君胡爲乎不自寬賈賦鵩於長沙
屈懷沙於湘源皆滄浪之自取雖欲追而蓋難彼務
光與巢許在邃古而不論吳市有南昌之尉東門掛
逢萌之冠斯乃全身而遠害稽何由而相干自子逝
今五百餘年世愈變而難存義見制於蹈海勇無賴
於拔山劒鬼魅之與處求晷刻之苟安草可衣兮木
可食郭長往而不還無今昔之可別又何爲乎永歎
歌白雲而歸來山青青兮水潺湲

哀周房山鶴賦 並序

青梟有周房山俗呼爲小方丈山山深谷
轉人迹罕到其懸蘿絕壁奇形勝槩不下
於金剛歲乙卯間有子母鶴飛集其巓人
有欲見之者則輒徐徊盤旋以故遠近觀
者皆潔身精禋車馬駢闐以爲僊鶴復出
於人間有一氓欲彈而得之彎弦一發鶴
乃應聲長逝遂不復返嗚呼鶴瑞世之靈
禽也胡爲來此而得此奇禍耶雖謂之不
靈可也余與甥姪讀鮑昭之舞鶴賦因有
感於斯禽遂書此以示之

惟胎化之僊禽儲靈表之瓌奇挹明月兮爲性被白
雲兮爲衣朝遊盤於崑圃暮矯翼於沭池挹玉醴而
不渴餐沆瀣而無飢爾乃琪林兮玉樹翠崖兮丹壁
嬉遊兮翺翔含生兮亭毒哺黃口兮勤斯恩備至於
覆育顧六翮之未成悶余室之風雨飄東南兮一夕
雙影吊兮子母天霜寒於舊棲海雲迷於歸路邈青
梟之僊境實東國之天台赤霞接於蒼島彩煙連於
蓬萊聊於焉而托迹戢軒天之雲翰非擇地於飲啄
冀假食於朝旰集崇崇之峭崿蔭落落之長松胡顚

沛而改度暫軒旋而雍容望故林而逈佇引圓吭而
淸唳聲九皐而聞下來士女之瞻睇或連袂而歌詩
或輦賄而潔事爭攔街而盈堵指希代之奇瑞本非
營於世累又無猜於物類何人情之罔極反百計而
巧伺蠱吹短狐毒流玄蜂利鏃讓雪驚丸迅風朱絃
一發殷血如傾驚世間之慘禍飈遠擧於青城玄裳
弊兮離披長脛斷兮躑躅哀音悽兮竹露孤夢寒兮
桂月何昔日之安閒今直爲此顚頷也想朅來於遼
陽復徘徊於緱氏鶴乎於時吊城郭之是人民之非
昔也吾恐鶴之不暇悲人兮人民之悲爾鶴也於是

上帝聞之惻然。與喟曰。咨爾鶴兮。聽余明誡。天地位育。兩儀交布。維形與氣。人物均賦。人雖最靈。愚智有間。物雖云偏。靈蠢相懸。奈何烏猩。鍛翮甘効。紇干之凍雀。雷門入鼓。奚異下枝之乾鵲。而或蘇僊風致可晤。語兮曾掠過而不逗。僊李危亾可高遊兮。胡區區告其凶咎。皆由爾之厲階。哀不密而致危。倘縹縹聲上其隱德。雖豫且其何爲。般紛紛其離此殃兮。亦爾鶴之郵也。雖然天道回旋。物極必反。禍福相倚。憂喜萃門。屈兮伸之由。窮兮達之兆。謀者反敗於謀。巧者反中其巧。故設機者未必爲智兮。而傷肥者乃所以爲狡也。朕言不再。盍銘肝肺。歸留讖言。以俟來許。

詩

五言絶句

英陽書堂題壁上三絶。在丙子亂後

暮入英陽縣。松間一室淸。曾嘆南漢事。不忍對山城。

書堂未百步山城在焉。

一掬傷時淚。臨江灑碧波。西南流不盡。滄海闊無涯。

贈金五友堂性之近

我屋東山下。門前有五松。佗時欲相訪。青出雪霜中。

櫻桃

海上珊瑚子。蓬僊獻月宮。姮娥應戱擲。飄失桂秋風。

露荷

秋露下碧荷。團團青玉珠。騷人掃紫硯。手摘研猩朱。

馬上

古道無行迹。松陰獨自還。朔風吹暮雪。瞑色入空山。

盆庄三十三詠

盆庄

卜築得江皐。久久成幽致。豈無蔬與魚。獨味風雷義。

書室

斗屋巖松下。幽偏類釋居。閉門無俗念。對案有殘書。

芝圃

燁燁園中芝。亦足療我飢。常恨綺黃翁。而多閙是非。

竹洞

擧世愛芳草。此君吾所取。雖無鳳凰來。猶作連天箒。

衡門

橫木本無關。塵喧自不到。時來問碧蘿。獨有南溪老。

松逕

細逕穿幽磴。輕陰覆紫苔。杖藜時倦出。手拾墮枝迴。

梅塢

海曲迷殘雪。山中有別春。攀枝欲相贈。雲隔玉溪濱。

菊壇

陶令籬邊色。山齋竹裏看。寧從巖底老。不願上金盤。

葵厓

種在幽厓側。何曾見日光。寸心傾又倒。應只戀頹陽。

萱砌

山翁有底憂。種萱無閑地。嫠有不恤緯。何況丈夫志。

荷池

小於一方盂。涵盡秋天碧。中有十丈花。芳香人不識。

安息榴

尤物不在多。何須自異域。誰令世之人。好德如好色。

四季花 花評以爲花王

德配坤爲王。時膺臘作春。赭鞭風化遠。判楚盡臣鄰。

幽磵

有磵邃而寬。端居理情性。日昃半庭陰。幽禽相對咏。

西巖

曲折未尋丈。靑蔥凡幾層。時於幽閒處。疑有暮歸僧。

懷遠臺

天地來幾時。四海如不隔。若人未可見。徘徊仍月夕。

滌敲亭

不待涼飈至。朱炎肅九秋。若爲移晩爽。得入鳳凰樓。

撫松臺

蒼蒼孤松樹。手撫結幽憂。落日下山盡。朔風吹不休。

邀月亭

薄暮頑雲散。松間露玉盤。披襟迎灝氣。不許隔心肝。

山田

長夏忍飢腸。闢林種豆粟。只望供征徭。此外安待足。

稻畦

近歲雨暘時。南畦稏一膝。秋至入誰家。客來長飯秫。

迎春臺 一云太乙峯

欲識春消息。來登太乙峯。如何偏惠化。白髮吝韶容。

望秋峯 一云觀稼亭

西登觀稼顚。西南俯大野。誰爲沮溺儔。中有耦耕者。

驛亭

行行者誰子。畏日無停策。誰知巖竇間。枕泉漱白石。

佛宇 世傳新羅氏所建有魚居士者新之

聖祖崇儒雅。荒原古宇欹。空留丈六像。爲我壯坤維。

修正灘 見輿地志

洛水從天來。澄明鏡相似。源湙自不窮。有本皆如是。

興國寺

昔聞窮格地。今日見羹牆。寺外江流遠。三韓道脉長。

二樂亭

鳳山失一支江心起陵阜莫問亭上人但識亭中趣

三淸洞 舊時有講堂今廢爲店

白鹿千年迹青蘿一逕直玉泉山月在不必遣人知

多仁津

四海方昏墊誰爲經濟仁遑遑沙上客無乃問津人

飛鳳山

勢入層霄翥翩如瑞世姿幾時辭下邑去作舜庭儀

遯嶽

秀拔出雲衢貞孤無與友似嫌躁進流卻立羣巒後

石門先生文集卷一 十

鸞浦 一名桃花津

春至桃花發江流迷故津時有繫舟客問余何世人

雨後

夜聞山雨來卻謂秋聲早柴扉晩始開溪水村前道

別海南友生金之望 式南 尹僎伯績 尹裕甫 緯

君亦相思否吾心已惘然花山從夜月不隔海南天

同年金而獻 璇 置酒叙別邀陳汝優 好善 不來二絶

日暮上高臺懷人人不來東看無等嶺離恨共崔嵬

餞席天將夕歸程草已春城中十萬戶我獨遠行人

龍城與同年叙話 龍城南原別號

同年房子省 公遠 及康侯 余時字以康侯 夜深仍鼎坐月上廣寒樓

贈金而獻

爲謝同年友相離今幾春聯鑣尋客館留話遠來人

房子省 元震 獨無詩別贈

拙句不足酬此情安可負今若不贈言其如別離後

雲峯縣遇雨

夜雨雲峯縣湖春嶺客情聞雞猶未寐一坐到天明

題杜冲

行止皆無地吾身定是誰平生不相負惟有杜冲枝

石門先生文集卷一 十一

敬亭雜詠三十二絶

敬亭

有事無忘助臨深益戰兢惺惺須照管毋若瑞巖僧

克己齋

衆欲攻吾鑄其彊幾百秦紅爐一點雪三月不違仁

棲霞軒

暮挹崦嵫翠朝呑暘谷紅巖齋如羽化吾亦御冷風

倚笻臺

柳渚觀魚戲林巒采藥還倚笻多少思不語對青山

玉成臺。纍石爲臺。粉素如璧。亦取義於西銘末句語。

光風自何來。霽月當心白。只見累璧成。詎知生貧戚。

四友壇 四友者梅竹松菊也。松菊仍舊有。竹移自竺山。梅重不可致遠。今以紫荊之苦淡。蓮之清馥。石竹之耿介。資之以幽貞之趣。亦可以補梅之鈌耶。孔子曰臧武仲之智。公綽之不欲。卞莊子之勇。冉求之藝。文之以禮樂。亦可以爲成人矣。況蓮稱君子。紫荊識友于。石竹入湯液。雖謂之備德

行兼才能可也。備德行兼才能者。與之處一堂。豈非吾益友乎。若曰猶未足以當梅兄之標格。吾不信也。姑存此以待博雅君子之能有辨者焉。

梅菊雪中意。松篁霜後色。遂與歲寒翁。同成帶礪約。

瑞石池 石內文而外素。藏於人迹罕到之處。如淑人靜女操貞潔而自保。又如遯世君子蘊德義而不出。其中所存。的然有可貴之實。可不謂之瑞乎。或有嫌其非眞玉者。此則大不然。若果玉也則吾其可得而

有諸。有之而能不爲奇瑞者乎。至如似玉而非玉者。徒竊美名而不適於用。反不如拙者之守其純愚而無欺世盜名之害也。又安足爲瑞乎。

天生白玉墀。地獻青銅鑑。止水澹無波。方能該寂感。

僊遊石 方而正。可坐四五人。其北又有二石臨渠。其大如之。通謂之僊遊。

手持白鳳尾。淨掃文石痕。借問誰星駕。安期與羨門。

通眞橋 自僊遊抵玉成臺中有二石成行。點在波心。添以一石。恰似成一橋矣。

斷虹卧波心。僊眞自來往。俯視甕盎中。醯雞徒悵望。

碁枰石 僊遊左。有石方正如碁盤。

神僊不好碁。碁盤寧在此。有時月明宵。依俙聞落子。

爛柯巖 與碁枰並立。其狀無別。但碁枰差長而此四方如。

聲利非能涴。邱林敢辭饞。家童樵不返。知在爛柯巖。

濯纓盤 在爛柯之左。水落則出。波漲則沒。

明瑩水底石。平鋪勝玉盤。塵纓來一滌。不必服神丹。

花藥石 在觀瀾石下

槿非不爲華。朝發夕還謝。何如玉刻成。一綻無冬夏。

戱蝶巖 在東邊與花蘂相對

翩翩一粉蝶。如欲趁花開。莫化蒙莊去。重令世道隤。

封雲石

海鶴下青溪。刷毛迎朝旭。彩雲籠其巓。拍拍飛不得。

觀瀾石 在花蘂石上

長出層階下。高屋衆石中。觀瀾時有得。欲說意無窮。

調天燭 在封雲石右。狀如玉壺。

立者秀而特。清光無遠邇。六符旣得平。萬方從此理。

六符泰階六符。四時調謂之玉燭。

玉界尺

石門先生文集卷一　十四

卧者平而頎。方正如繩削。尋尺未須分。旣枉焉得直。

魚牀石 在調天燭右。方正平直如牀。其底湲潤爲魚窟宅。

下瞰牀巖底。其中無數魚。憐渠得意處。不復我豫且。

卧龍巖 在東邊

炎精入楚氛。涇渭誰能分。世無德操鑑。牢卧南陽雲。

又

苟非帝室胄。疇肎幡然起。興亡只一時。大義窮天地。

祥雲石 卧龍巖前後。點點布列者皆是。

皎皎展霜縑。團團布珩瑀。不知方寸間。何處藏甘雨。

落星石 點在波間

不謂芙蓉池。得此文明石。近聞太陽下。無人看太白。

垂綸石 在卧龍巖前

裊裊一竿絲。蕭蕭雙鬢雪。出入物色中。羊裘非所屑。

尙絅石 在玉成臺左

石能內含章。猶惡其有著。人何不務實。汲汲求名譽。

灑雪矼 在瀑流下

幽幽琪水林。巖石儘奇絶。上天或無雲。窣裏猶飛雪。

分水石 在瀑流上

水流雖分二。其源一而已。此理苟能知。當如參也唯。

石門先生文集卷一　十五

挹清渠

引水入方塘。淪漪清且光。眞源尋可到。惟是迫頴陽。

吐穢渠 放水處有石槽

天故玉爲槽。出入令有處。吐故而納新。曾聞伯陽語。

魏伯陽參同契中語

咏歸堤 下面累石築堤。其上平衍。亦足以徘徊嘯咏。

散步玉溪月。朗吟雲谷詩。靑巒增矗矗。綠水故遲遲。

又

聖學有明晦。天機無古今。宣尼不在世。誰復賞微音。

主一齋 挹清渠上有隙地。令趙甥搆屋二間。爲諸孫藏修之地。

爲學須要敬。行身莫近名。吾衰無自得。聞汝讀書聲。

臨川雜題十六絶

臨川村居舊號

曾於丙子春。伴宿臨川。月夢中五色毫。云我資行筆。

丙子三月。來宿村家。夢中有以緘封一函餽余者曰某人以此奉公開見之。有筆材若干條。五彩炫耀。目不能正視。欠伸而覺。落月滿窻矣。心自語曰。鄭水朱華。先照臨川之筆。以村號臨川而有此夢耶。因以詩記之。

遺種亭 在舊寓南。別有記

巍巍聳絶壑。密密布輕陰。若使癡騃長。從當必鄧林。

龜浦 潭上有石。酷似龜形。

桑田知幾變。藏六留遺骨。死猶憶清潭。不願藏藻梲。

蘿月崦

新月照西麓。巖光爛如玉。我欲往觀之。荔壁無行迹。

紫陽山 主山土色紫。又在水北。故名紫陽。

昔朱先生所居地爲紫陽。不學其所當學者而獨區區於山川之美號。每一稱之。時自哂耳。

盛德由心學。山名只口傳。遺珠空守櫝。其亦異前賢。

大朴山 紫陽祖山。在青杞東。大朴是舊號。

大朴未消散。融爲一巨嶽。或能產英豪。同我三韓俗。

立石 在合江。高十餘丈。

六鼇骨未朽。撑柱五雲層。杞婦獨癡絶。謾憂天或崩。

集勝亭 在立石上

爲待漁舟子。巖扉夜不扃。清宵林下見。月滿集勝亭。

芙蓉峯 卽集勝之上峯

誰將玉井蓮。種在銀河畔。煙雨去相遙。孤芳猶未綻。

紫錦屛

紫蓋丹屛北。芙蓉壁月東。人間奇絶地。盡在一屛中。

青杞溪 青杞古縣名

溪上千章木。非無杞梓材。如何人不識。大廈任將頹。

嘉芝川 因舊號

敢問歌芝子。能無駟馬憂。何知奇偉節。誤墮幄中籌。

骨立巖

紫錦屛西角。高孫骨立巖。全身清若此。應復哂人饞。

超優島 在北坪

超然鶴背翁。獨立滄浪月。每見雙鳧飛。遥知朝玉闕。

磨天壁

山學直方大壁立千仞彊。川爲道德波流光萬里長。

文巖

山川相繆結。定爲幽匠設。可惜舊日遊。但賞文巖雪。

庚子冬與眞守鄭子野氏賞雪于此。文巖與大朴皆在數十里外。而猶且及之者。欲見山水之源委耳。

由由軒十二詠 戊子○由由軒南義興礫號。

明月生池上。團團似玉盤。持盈本不易。故作半輪看。

右半月塘

歲去疑猶雪。香來覺已春。高標誰敢友。馨德自成鄰。

右十梅壇

川上分爲萬。亭中合作三。神光隨處滿。要與靜相涵。

右邀月臺

旣見還成別。令吾髮欲銀。憐渠亦已皓。擄樂爲何人。

右餞月壇

滿逕栽黃菊。秋月餐落英。如何宇宙內。纔見兩淵明。

右黃花逕

響雜平沙鴈。陰連翠荻林。時於風雨夜。認作楚江潯。

右斑竹塢

有子且繁陰。鄉村無比樹。爲種北堂前。且傲南斗數。

右七楸亭

鬱鬱三槐樹。陰陰數頃田。能令宋宴遠。造物亦無權。

右三槐陌

睠彼一園中。千紅與萬紫。孰無雨露恩。歲寒惟見爾。

右後凋壠

陰壑氷猶在。陽坡日易煦。天公非私人。地道猶敏樹。

右先春坊

以色雖難別。論心卻不同。得無懷若節。仍辱衆芳中。

右百花岸

章臺街裏雪。陶令宅中煙。攀折誰將贈。長安在日邊。

右萬柳堤

贈王上人

王旣不自言。我愛溫而粟。若使作古磬。清音搖海月。

贈韓裕伯 克昌號鷲洲

驊騮生絶國。意氣溢天閑。九衢騁無地。放在山海間。

李石溪晦叔時明訪余溪舍。以五言絶爲贈。

卻次四絶。

窮山近數月。羸臥絆時令。回首鳴騶地。天風雪滿汀。

地有三清勝。年分十二令。非無花卉飾。獨愛晩松汀。

燮理朝多舊。承宣邑有令。何爲懷耿耿。垂淚對空汀。

彛倫由性得。成敗果誰令。説到山城事。龍泉吼夕汀。

戊寅立春

國泰官無事。民安歲亦豐。佴令妻與子。和樂兩融融。

次李季明煐蕪湖雜詠 號湖憂

峯號何時昉。蒼然自古今。安知無尚父。霈澤及林林。

右國師峯

闕拃龍移祚。西來幾甲周。山河猶似昨。凍雨爲潸羞。

右龍飛城

嘉慶坊中樹。芳華正得時。誰非藝苑秀。我最善公垂。

公垂唐李紳字

右茂李村

昔有烏有者。烏知非有後。蒙莊謂烏黠。黠不是烏否。

右黠姓家

何處無亭臺。曾經長者目。爲問御風人。海籌添幾屋。

右白石臺

喬木臨江曲。荒原極目平。繁華驚一夢。風月只雙清。

右清遠亭

雲棧縈還斷。春林合又開。絶無行客過。時有采樵來。

右新臨遷

叢林豈虎溪。老宿非靈徹。灼膚何所爲。法界俱消滅。

右梨洞寺

藹藹春如海。汪汪水滿田。雨暘時旣若。行見大豐年。

右草面坪

印沙認鴈回。鈹月知魚泳。涯邈豈難窮。舟車惟所命。

右涯邈洞

春江深不測。行李信篙工。日暮人爭渡。波安向候風。

右河豐津

佳城何鬱鬱。天爲滕公墓。已見庭除間。芝蘭映玉樹。

右青山

勝景秘千春。江灘同七里。豈惟羊裘翁。高致傳無已。

右長沙

攬取蕪湖勝。中間結小廬。西南臨曲渚。秀色看紆餘。

右三灘

觸石起雖微。終難遽遏絶。太陽不可干。淫雨宜爲節。

右遏雲岑

川源旣已長。合流深增廣。波浪幾時平。魚龍方震蕩。

右合江

一入覆盆下。三光皆莫知。春明門外客。不到意先悲。

李海昌被謫來此

右盆浦

昔我鄕先生。令吾敦匠事。仍擾山水奥。允合明宮地。

右書院

色奪頳虬夘。甘勝崖竇蜜。何如綴樹間。待我賓遥日。

右柹園

狙公愛養狙。朝暮爭三四。君獨樹何爲。無非觀物意。

郭景純云栗茅于室

右栗洲

惱人庚熱酷。連榻午陰清。客去靜相對。惟聞山鳥鳴。

右竹塢

天地風霜苦。孤芳耐得全。明如絶代女。獨立靚粧鮮。

右菊圃

寒氣未全薄。歲華初向新。遥將和靖筆。點綴一江春。

右梅壇

幽居阻長堤。栽松日以茂。雖中棟樑材。何心安傑構。

右松堤

披雲起草堂。種桃緣江水。誰謂子長貧。生涯雲錦裏。

右桃源

種禾腹長飢。種桑衣無帛。願君莫勞生。滄溟變朝夕。

右桑坂

寄柳陶軒尚之友潛

月白天無雲。庭空風滿樹。思君不可言。獨下堦前步。

贈金義精得曦庚子

病鶴層霄意。寒松歲暮心。相逢方一笑。湖海兩情深。

送柳景清 入洛

京洛幾百里。行人何日還。人間無別恨。只有敬亭山。

集赤壁體字題南叔顯彥隆達草亭

月出千山白。秋來萬壑幽。長風吹桂渚。孤客倚蘭舟。

月夜自敬亭步至栢堂示申汝涉楫

夜出敬亭池。夜景更奇絶。歸來心不忘。猶說清漪月。

集王右軍字書懷二絶

爲愛石門好。一往當不還。何須畢婚娶。然後入名山。

天下幸無事。故吾爲逸民。種桃分節氣。還似避秦人。

甲子華光夏自青鳧來見夜話。適風雨大作。

留一日。臨行勉以遷喬之意篤學之義。贈人以言古事也。但言有善不善。不知吾所言者果能有裨於贒者也。乙酉

風雨林泉夜。看君喜可知。丁寧付一語。遇險或能思。

五言律詩

詠雪

八戶鬪粧粉。飛簾眩水精。此時携玉友。何處訪梅兄。遠洞兼雲暗。高峯助月明。應嫌春色晩。着樹綴繁英。

上愚伏先生

秋風動高興。落日滿空城。樹古蒼煙重。川長白鳥輕。

遙尋方外去蹔向此中行始信箕山客逃堯不爲名

蒼水院滯雨寄德茂 庚子

旅窓誰與對向夕獨憑欄海日晴還雨江樓晩更寒淹行蒼水院歸夢白鷗灘君亦思鄕客離懷想一般

書懷 辛丑○幷小序

人生之於世間事多矛盾正孟子所謂動心忍性橫渠所謂貧賤憂戚庸玉汝于成也乃爲學者用工之地故聊書此以爲戒

客意轉蕭索年華落敬亭貧知交有道病覺夜難經遇事惟書忍逢人肎說醒夕陽歸望斷宿鳥返林坰

贈申汝涉

申子儒林秀南州早擅名人才推有弟年事忝爲兄碧蕙方春茂滄江到底淸數年長作別安得不傷情

龍頭亭次朴提督韻

合流河亭主心將白鳥閒冥棲巖壑裏高臥水雲間赤城追孫綽玄壇揖子安風塵塵世狹爭似此江寬

四時詞 臨趙松雪浣花帖

春

窮源一草屋且喜歲華新雲臥猶堪樂風光自不貧水煙籠月曉花雨濕江春只得無塵事何須世外人

夏

蓬戶經春掩湖園半已荒竹生孫未長花著子猶香白日無塵客靑山入草堂流鶯似相識故故過林塘

秋

步出東山外山光看水心興隨秋色老波共客愁深露重衣全濕鐘疎月欲沉黃花與白酒佗日更西林

冬

歲暮荒園裏寒花更不香人情爲老少天道自陰陽閉屋煙霞古澄心水月光官家寬一陌松竹兩三行

秣馬猪田

驛路春將盡佗鄕客始還行舟津樹外歸馬草花間人意趨庭急雲容出峀閒遙知到家日穉子候松關

除夜次孟浩然秦京途中韻

迢遞邵城道蒼茫細雨天新年生海澨故國隔山川客子愁行路居人喜種田明朝出門望溪柳已含煙

次柳尙之壁上黃海月 汝一 韻

岐山何嶷嶷岐下碩人居閉戶應嫌俗垂綸豈爲魚春來治舊圃雨過長新蔬溪老時相訪山醪問有餘

余聞松堤山水之勝往訪之李玉爾 珍 李汝潤玿二丈亦偕途上口贈

路盡松堤驛川從普覽山中間開勝境末世要安間
久坐無塵慮臨還有厚顏林亭猶不惡回首即雲關

九日次李季明韻

彊欲登高去龍鍾歲屢遒菊花依舊日筋力少今秋
且好同佳賞何妨典敝裘人生貴適意富貴亦雲浮

附原韻

客裏重陽近天涯歲月遒夢回山雨夜魂斷葉聲
秋遊說無長策行歌敝短裘年來多浪迹益覺此
生浮

戊申二月

國運寧全否河清已半千愚民誇聖德佳穀自皇天
二十六日天雨穀類皆草實閭閻雲爭遶林泉月獨
懸所悲饑餓迫垂死太平年

陪王母船路到新寓

暮泊東城外晨炊桂谷前江聲秋後駛山色霧中妍
遊子趨陪日慈親喜懼年常懷南極祝神祇鑑吾虔

次蔡樂而衍文西湖韻

桃花分異界流水只相通日月藏壺裏江山見畫中
僊家丹九轉塵世厄三空吾欲尋眞去風吹夢裏蓬

靈巖途中憶趙景毅 弘遠 途左有廢院壁
上有詩云聖神新化及湖鄉遐邇欣瞻舜殿
蒙鄒喜天門看漸近五雲深處是咸陽其下
有商山過客次題之語諦觀其筆迹乃景毅
書也景毅以己酉秋自海南赴舉洛中溺死
於恩津之楮橋水詩乃是行所題而迹留人
亡令人起悲感之懷因得五言律一篇

廢院題詩客商山舊識人更能逢面目何處是恩津
暮雨埋青嶂春波捲綠蘋音悲未忍去征馬爲逡巡

謝尹上舍裕甫佩酒重看

嶺下聞聲久相逢海上村吾心應自信世道未須論

野水風吹櫂春城雨掩門思君何處切獨坐對清樽

奉贈青潭丈 時爲玉川倅

邂逅青潭老留連玉水隅杯罇無俗氣談論有工夫
野渡春雲細山城曉月孤更能陪杖屨臨別此踟躕

鑑開堂次呂陜川聖遇大老韻 堂即金山金
僉知草亭

引水開新鑑茅齋即舊墟壁間波瀲灧池面樹扶疎
南郭先生宅西湖處士廬城中車馬客爭識此幽居

贈趙文仲 謝許以鶴林守梅花石陽正
墨竹

我從湖路返君已到龍宮而目三年後行裝二月中
鶴林梅欲雪灘叟竹舍風倘有雨來使鉊柳寄野翁

次呈蔡樂而丈韻求前諾木鶴四季

故人離別久書信若爲通歲月看頭上音容憶夢中
鶴韸瑤海遠花謝玉盆空悵望停雲外春湖雨一蓬

己酉秋往北縣題縣廨壁上

舊識才山路重來更覺遙入山風颯颯向夜雨蕭蕭
厮卒輸荒草尉人拾墮樵空齋成獨立心事轉無聊

贈具丈二首

終朝行峽裏向夕到溪隈落葉人蹤斷層雲棧道回

荊扉當谷掩苔逕逐泉開童子驚相問君從底處來
地僻無塵累樓危壓水隈潭爲玉鏡靜山作錦屛回
竹屋經年閉蓬門見客開風塵猶未靖吾亦此中來

贈別申汝涉入洛

鳥嶺山路險之子欲何之天寒爲客日月滿望鄉時
砥柱中流見松心後凋知與君離別意非但爲相思

六月四日曉坐

得雨將移稻臨軒坐待明雖云鋤者樂未愜病夫情
壠樹非新綠江灘只舊聲聊將詩記事誰與細相評

六日大雨復用前韻

昨日終宵雨今朝眼忽明憂勤上帝意欣戚小民情
大野飜江色高山響瀑聲莫將時早晚付與嬾農評

送洪無住叔京鎬以 追崇奏請使書狀赴
京二首 壬申

聞君遠行役重涉大江來別日惟今夕歸期後臘梅
素知存定力不患少全才早晩登灣去滄溟着一杯
誰遣春山好生憎柳色青以君無枉步使我抱離情
大聖垂名教中朝重禮經行程雖過魯不合見諸生

送別權別提仁甫宏赴洛

銷魂惟是別此別未須悲空谷聞蘭早衡門愜鶴遲

半氈遼海客高旆漢官儀江上秋應好淸罇可共持

次李晦叔題趙獻卿廷獻壁上韻

我作林泉主風光冐畜君眠分花塢月耕共石門雲
樵牧從吾好狐狸任渠羣南山深隱豹不是爲生文

山居有感

峽裏誰相語愁腸日九回火田還有稅瓦釜絶無煤
勸農名實異逃戶族鄰哀大暑今雖去明年恐又來

次權省吾詹西湖韻 丙寅

吾生猶汩沒歲月又侵尋況阻故人面誰知今日心
相思非一夕隻字抵千金坐想西湖裏生涯鶴與琴

次韓裕伯 丁丑

冥冥投絶谷。忽忽已凉天。俗子憂來日。忠臣泣去年。
時危無以救。身病未須憐。賴有鰲洲在。詞源倒百川。

李晦叔以草堂韻語余次贈五首

數椽開書室。寧論戶牖低。放靑溪入海。移碧稻連畦。
詞藻陳無已。磨礱宓不齊。求蒙數三句。尤覺警昏迷。
夜坐親黃卷。仍敎斗柄低。典謨都載腹。蔬筭未盈畦。
墨海爲麴糵。騷壇是火齊。文章同廛市。老眼眩生迷。
俗弊心逾下。天高首冒低。承家存禮讓。接物去町畦。
鯨海濤聲壯。螺鬟黛色齊。思君中夜夢。不限嶺雲迷。

靑雲出塞遠。丹極去天低。武畧輕秋扇。文謨甚夏畦。
平城能有漢。郢墨尙存齊。古史如觀火。夫人太執迷。
嘆時虎臣在敵地。文官有持服。爲清朝撰受降碑。
進學要循序。升高必自低。古人明指的。今世昧芸畦。
助長無如宋。觀周莫適齊。嗟余曾失路。中道懼還迷。

偶吟

芝田有一寶。被以佗山質。外貌旣如此。俗眼何由別。
抱之入潑山。終身不復出。却笑古之人。徒勞三見刖。

次竹溪朴君惇韻 時朴避丙亂到眞安

故國豈無念。欲往何所如。寧茹商嶺草。毋憶漢江魚。
病得安心法。閒看養性書。桃花流不極。何處訪吾廬。

寄關西鄭方伯

潑山聞過鴈。歲月𢙣奔川。去日非來日。增年是減年。
金戈韜朔雪。玉節老江煙。努力崇名檢。邊風太劇顚。
時清陰諸人被拘。邊鄙多事。

呈嶺伯鄭公 壬午

纔聞朝　北闕。旋見管南門。忠讜知誰似。賢勞敢自
言。雨隨車霡霂。化被物氤氳。只恨衰遲甚。無由拜鹿
轓。

次李晦叔二首

午榻初醒睡。瓊章自比鄰。隋珠安足貴。荊璞始爲珍。
窮峽又佳節。佗鄕惟故人。迢然雲雨外。一味任天眞。
聞君亭榭好。心日往還來。俗客何曾到。煩襟自可開。
虛簷分象緯。小窓當罇罍。況復天中節。輕黃已上梅。

次李季明蕪湖十景

澤國霜氛早。胡禽舉陣歸。空江依玉宇。遙夜夢金微。
警必申三令。尊應御六飛。獨非蒲塞產。名分截難違。
右寒沙宿鴈

不識東籬苦。陽坡盡日眠。草迷無色別。煙抹有蹊穿。
恥受籠頭畫。寧爲麈尾牽。尙聞騎欻至。東刃也登先。

右暖草眠牛

步出江皐外。韶光已十分。淡陰輕類靄。濃綠密如雲。
露氣晴猶滴。鵠聲晝亦聞。負暄雖甚美。無路獻吾君。

右北林春綠

志士悲秋晏。汀洲又見鴻。等爲將謝葉。先占欲衰叢。
丹竈通新火。彤霞灑晩風。自憐遲暮客。無事易傷衷。

右西壁霜紅

漁翁能占夜。篝火下江涯。淡霧初生處。微風不動時。
逶迤遵渚遠。隱約出林遲。駭浪長爲屋。猶憂世道危。

右陰洞漁火

桑麻初可下。巨野欲平沉。炊玉知燃桂。烹銀想漑鬵。
離離開又合。脉脉去還尋。聞說星官語。明年歲守心。

右黍村炊煙

開戶不知雪。初疑鶴遍松。舊聞銀作海。今見玉爲峯。
斷壑兼雲鎖。荒城併路封。梅花應已發。何處試吟笻。

右馬峴松雪

潦盡沙逾淨。秋高月益明。閒吟淸意句。卻見古人情。
物欲能爲累。機心可使萌。應嫌鐘漏遠。鶴唳報更更。

右獺浦沙月

昨夜前灘雨。新添水半篙。何人持敗檝。落日試驚濤。
性命寧容惜。安危不以毫。回看林樾下。漁父一肩高。

右訖津行舟

淸遠亭前水。彎環欲轉頭。橫眠當大路。利涉督經舟。
行旅歸無盡。湍波截不留。得非柱下史。時見駕靑牛。

右蘇川渡橋

次羅君章萬甲韻。謝遠枉之意。三首

白首逢多難。靑錢買別山。方忻爲我獲。那計自天慳。
坐屈君章蓋。行尋社若灣。須知眞宰意。不必帶蓑還。

日月懸霄漢。川原盡海山。人家隨朴陋。土俗任寒慳。
萬里羈臣淚。三年淺水灣。臨流禁不得。一倂去無還。

老矣遺塵事。悠然對晩山。晩山羅號 病能容我適。樂不與人慳。小雨埋丹壑。輕風颺碧灣。倦遊聊整出。乘興欲忩還。

晩山次韻以酬。又步其韻。二首

望遠天連塞。懷歸日下山。榎枏元自直。霈澤獨何慳。卿月句陳外。文星析木灣。憶曾臨合浦。能使去珠還。

居有東西瀼。才無大小山。得詩雖感幸。臨和卻愁慳。跂月窺前嶺。長虹飮夕灣。有懷時獨出。倚杖至鴉還。

羅秀士星斗次韻見寄。復步其韻。以酬。四首

歸去非無路。其如隔海山。旅懷桑梓遠。寂水歲年慳。
採藥朝乘雨。叉魚夜宿灣。棲遑君莫恨。天道自能還。
阻濶無多遠。中間只一山。基因難耦廢。詩爲苦愁慳。
未卜重携日。長來舊別灣。何當乘馬出。朝往未宵還。
迢迢青杞水。隱隱嘉之山。聳若獰虬動。澄無俗子慳。
關爲徐相宅。滙作趙珊灣。雙面門皆石。能容人往還。
悠悠塵世裏。誰識此江山。峽束湍偏怒。源深候較慳。
行人迂避棧。漁子曲尋灣。誰道雲無意。長空去卻還。

次玄谷韻贈金察訪二首

小蘗江之右。高名斗以南。行能令栢悅。處豈使林慙。

往者何須說。歡然不待酣。何當挽歸棹。共指壁西潭。
遍見村家幛。江山無嶺南。假形能造妙。眞宰定懷慙。
含笑臨高閣。揮毫倚半酣。青邱嫌僻陋。思欲卧衡潭。

臨川觀漲 癸未

大水圍三面。孤村只數家。下牀無尺土。棲壁有塵鴉。
高卧臨川許。飜飛泝漢槎。西成雖失望。猶可餐朝霞。

謁三賢祠。退而有感。次山長長字韻三首

誰將尚德廟。擬建廢池傍。只爲斯文計。非生末學光。
歧多看道一。源遠覺流長。不死逢今日。中心喜欲狂。
矗矗峯連起。碓蟠綠水傍。幾年埋釰氣。今日見龍光。

一畝儒宮敞。千秋道脉長。安知風化地。不有斐然狂。
文星當嶺徼。荆棘化河傍。白石波中柱。青山齋後光。
地因人自勝。名與水誰長。時聽松林外。行歌類楚狂。

次韻寄琴正始 大雅 二首

爲愛西流水。頻來水上行。因吾懷土念。知子望鄉情。
坐久須人盡。眠遲看月生。少時村里舊。一一入心銘。
二日山中雪。山齋絶點塵。證君心似玉。助我鬢如銀。
麗美琴詞伯。孤寒鄭子眞。谷蘭雖寂寞。松韻轉淸新。

追次幽谷題舍兄梅塢公壽席韻

此會寧辭醉。當筵屬巨觥。家兄初度日。官酒遠來情。

露菊經秋艶。寒蟾盡意明。團欒終永夜。猶恐曙霞生。

十月旣望。陪舍兄觀獵于三樹亭。仍成小酌

歸程得月有作。

江頭成小酌。雲鏬轉氷輪。玉兎呈全面。姮娥露半身。
似嫌將散夕。如恨欲歸人。隨我林泉去。毋令傷我神。
翁將有林泉之行故云

次李仲明 燦 韻 號菊窻

得書雖慰意。豈若話蘋汀。郢堊誰能斲。牙琴孰解聽。
浮生元草草。衰髮已星星。聚散無非數。休歎江海萍。

舟中聯句

勝會何時再慶輔。人間此日難仲明。輕風來白石。落照倒淸灡慶輔。舟可依巖泊。琴何待月彈維贍。茲遊須盡樂汝善。不醉不忍還慶輔。

琴正始和余立巖詩。步其韻以謝。前三首逸

十年逢世亂。今又遇三空。窮之匡時畧。毫無濟物功。惟臨忠義水。忽憶舞雩風。非子來相發。誰憐一禿翁。

復用前韻呈四首

神僊吾亦訝。驗此未爲空。只有餐霞術。餘無鍊道功。升天飛白日。跨鶴御泠風。何事蓬山客。居然已作翁。

立石一號臨江老僊

日月將焉寓。穹窿賴底空。如非撐柱力。孰見轉圜功。吞吐三霄霧。吹噓九萬風。千秋誰與友。惟有鹿門翁。

一名鰲柱石

長松蔭絶磴。綠水暎虛空。苔嫩氈爲累。沙明屐罔功。披襟當灝氣。露頂灑江風。始識安詳輩。公然避世翁。

江畔一株石。亭亭半碧空。聳天難効力。捍水未言功。獨立淸宵月。長吟紫塞風。無能徒偃蹇。還似石門翁。

次琴正始韻三首

冬暖憂炎瘴。春寒恐雪滂。吾生愚亦甚。天譴耿難忘。城市歸心懶。山林引興長。臨川泉石好。未害著淸狂。

聞子憂時作。令人涕欲滂。園葵非可惜。魯女不能忘。何恠丹心破。偏驚白髮長。窮途堪慟哭。阮籍未爲狂。

漢末多名士。其中若范滂。君臣雖義重。母子奈全忘。樹屋三冬穩。山泉一味長。無人知則已。何必事佯狂。

寄李季明

松江未百里。一別動炎凉。志士悲秋早。愁人恐夜長。幾年惟二豎。今日復重陽。爲寫相思句。因君寄草堂。

五言排律

述行篇 乙卯○聞愚伏先生自江陵被拿命。馳往省之。途中有作。

漢道方全盛。明君繼緝熙。登庸賢夢卜。事業等臯夔。時完平爲首相 足見三階正。心知四境夷。誰教梟獍逆。動引搢紳爲。時逆獄屢起 玉石何曾別。忠姦幷受夷。可憐愚谷老。亦被 聖朝疑。腸爲憂時斷。形因戀闕衰。皇天后土鑑。卿士庶人知。白璧磨逾潤。靑銅洗益奇。緇磷非可變。燥濕不能移。夫豈斯文墜。能無至德疵。學將今日驗。道在幾時施。小子蒙深眷。嚴程敢後期。行裝惟短劍。落日太多歧。命賤浮埃重。心忙逝水遲。兒隨河伯去。還戴曉星馳。至茂屹灘落水中幾危。翌日復理裝登程。衣薄風偏怒。驂羸路剩危。花妍

逢日藥松老傲霜枝觸物添雙淚攄懷異五噫官程
槽有稅旅館屋無籬不寐防飢虎非時怯老狸乞柴
供宿爨買草取輕資嶺外逢來信愁邊得展眉逶聽
全失實獄體乃如斯昭代豈宜爾我公誠數而中心
猶鬱抑前路轉逶迤去去惟看日遑遑不計時昔曾
瞻魏闕今又望京師廟貌應依舊鵷行想有儀千門
珠錯落雙闕鳳參差俛仰深增感周觀但自咨重華
元濬哲庶政本倫夔夸友誰能間愚蒙自是私流言
朝著駭致使 膚情悲逆豎譸張甚王章岸獄宜天
威時一震士類或橫罹梁獄書遲報鍾冠髮欲絲大

石門先生文集卷一 三十八

明幽亦照藻鑑物無遺哀慕均 子生成仰聖慈會
看恩雨霈那使惡聲滋洛友秋霜氣松君海鶴姿叔
京汝涉先已赴洛義心俱奮發窮厄與追隨但有金
蘭好寧知桂玉炊余客橐已空而叔京汝涉相周恤
得醻因共翾逢韲便同吹顧我極狼狽病親傷別離
歸嘶魏劭義留切狄梁思莫慰門閭望仍吟雨雪詩
夢中山近遠愁裏月盈虧久世非初計終南奈未辭
庶聞神所相獨自惄如飢若乃微君故胡爲滯漢濱
遂凌意南下待漏出門宿于漢江踰嶺得聞先生以
是日蒙 赦命臨江不得渡舟子爲躑躅

走筆付李仲明回便問後期

昨夕行何似終宵念不忘未妨乾得雨唯恐病添傷
可念青山約能乘白石涼錦鱗雖莫致剡木會須粧
握手重維纜論文各盡觴綠江流不舍明月照無方
惠好貽蘭蕙沿洄振佩纕神僊定誰是鸞鶴與翺翔
可否須相示無令失所望伏惟尊照察丙戌日端陽

奉別宗伯丹陽鄭使君

緬憶先丞相經邦志應殫公孫非一世德業冠三韓
門下無桃李庭前長蕙蘭合堂交衆芴列坐映貂冠
詩禮青氈舊箕裘家履安天閑寧蹋驥枳棘暫棲鸞

石門先生文集卷一 三十九

碩鼠人方厭祥麟世改觀憂民踰疢疾惠政急縈單
治譽儂何謟珠還衆所嘆南轅雙鬢白北拱寸心丹
行色同秋水歸期迫歲闌福星留不得卿月望應寒
孺子離慈母羈禽失羽翰吾宗稱素睦子姪罄交歡
夙慣承顏面寧慳倒肺肝待人如未款約已似無官
盛德無前列謙光不又看自非情好篤安得旅愁寬
宇內方騷屑閤中擬憂難無端將濶別忍淚已汍瀾
野渡寒煙暝江楓病葉殘前程七百里何處卸征鞍

奉別晩山西行

懿昔安定伯雲仍得令公六韜藏武畧三賦貯文雄

珥筆麟臺側含香鳳閣中爵通門地顯名與事功崇
文犀騰官誥秋旻起螮蝀非天能稰福惟命有窮通
泣血追西日時公丁內艱開襟遡北風幽宄壓　睿
念審理雪屯蒙公意悲歡弃天恩進退隆春明門外
客大朴峽中翁出處初雖異羈孤諒卽同衰遲容拙
狀跼蹐見危衷鄉信聞賓鴈衡廬掩候虫丹心憂聖
世白首愧終童得馬未爲喜納規方是聰慈祥須著
力淸愼更加功莫以三緘口能忘一飯忠佇見邦國
泰因使歲年豐嶲望歸鍾鼎離情屬燕鴻勝遊成宿
昔奇事隋虛空遠樹千層碧斜陽一抹紅驪駒歌未

石門先生文集卷一　四十

闋徒御發怱怱

與琴正始諸友觀獵至茅菴夜話口占

獻卿憐我病導我渡靑川步步緣雲磴行行至洞天
經過多勝處登覽更翛然蘭若頻幽閒茅茨絶淨娟
負暄看老宿下榻欠周旋搯獵離平地攄懷取上巓
泌江天與遠官嶺海相連暝色生寒樹鐘聲起遠煙
同來綦酒侶伴宿斗牛邊硯水頻添滴蘭缸不改懸
文楸一兩手塵世百千年座押偷桃子旁徵響錫禪
高山聞放石走馬認加鞭記勝無佳語還慚猥在前

石門先生文集卷一

石門先生文集卷之二

詩

五言古詩

龍宮學堂懷朴士豪世雄 ○ 效靑蓮體

春風不解愁吹我登高樓雲開碧山出月入淸江流
美人來不來對此勞心曲何由一相見道我長相憶

謝孫淸遠浣以李邑吉帖見贈

李公眞奇才筆法今無偶醉裏一揮手滿紙蛟蛇走
千金君不珍把贈知心友歸來出懷中壁間生風雨
驚起半夜夢虛簷江月午

石門先生文集卷二　一

有感

野火八春山春山摠花木烈炎勢連天殘英誰復惜
縱使焚花枝莫更焚松栢花枝暫時好松栢凌霜碧

讀李白少年費白日之句忽然有感于中效其體贈汝涉

少年費白日歌吹臨淸漪不言老相尋但苦韶華遲
日月生東溟每向西山馳遂令綠樹林化爲紅錦枝
點檢頭上髮半是鏡中絲寄語少年子努力當及時

余解佩刀寘州廨案上有頃覓之無有矣遂作此時在仁川

我有莫邪精。珍寶比瓊玖。磨洗十年意。擬斫佞人首。
今朝忽不見。得隨雲雷否。只恐埋古獄。寃氣射牛斗。

仁同道中書主人壁上。

南國一浮雲。飄如遠行客。客行無定跡。東西與南北。
朝發花山中。暮向中津泊。明朝入星山。今日猶淸洛。
人疲起無力。馬瘦行有骨。主人已厭客。相看愁滿額。
誰聞彈鋏歌。空有徙薪策。輾轉不能寐。長夜何由畢。
不知來日暮。又向誰家宿。

復寄朴士豪求和

所思在東隣。阻晤同千里。昨日寄書來。訪我溪亭裏。

石門先生文集卷二　二

擧頭不見君。但見庭前水。三春坐曉晩。別意知何似。
洞房冷如水。孤燈吹不起。愔愔款一枕。明明見吾子。
贈我綠綺琴。遺我春江芷。金徽若在手。芳香猶未已。
自非精神感。其何能若是。夢裏荷繾綣。覺後增我思。
古人重交道。尙友曠千祺。矧今生並世。此樂固無比。
莫以心如玉。採他秋蘭萎。高山有松栢。郊郭有桃李。
桃李春暫好。松栢寒不死。持此勗交心。風霜愼終始。

次尙之盆菊韻

座上黃金華。繁枝任欹側。江城豈無地。誰向盆中植。
是知君子人。所在伴馨德。我亦愛此花。種在臨江閣。
貞如絶代姿。孪豔明人目。凜若義士顔。臨危不變色。
心期乃不淺。要在風霜夕。此地却相逢。此情何可極。
溪盃爲一傾。暗香來郁郁。主人亦風流。千金重愛惜。
新詩與奇葩。一樣聞淸馥。莫使獨醒人。煩將充佩服。
聊須泛白醪。以永今夕樂。

比縣阻雨次壁上韻。

我來比縣裏。滯雨僊峨陰。不辭時日多。但恐山溪淺。
太白雄西北。當空矗萬岑。玆山素靈異。庶爲開愁霖。

次李季明韻

我愛石門幽。(尉巖洞口有石門)中藏一盤谷。平生棲

石門先生文集卷二　三

遁志。欣與子同獲。偶値春暮月。玆焉一遊目。橋度碧
澗款。路入懸崖曲。期人白日晩。與汝涉期會(不至)。繫
馬巖花落。鳧飛雪浪生。犬吠雲關隔。暮歸溪上村。巖
巒參中陟。松牕半夜雨。滴瀝鳴疎屋。撫已忽自疑。翻
思所從入。劉安豈殊人。服食眞虛說。從前鍊道書。不
恨空棄擲。雲崖與月谿。上下長相逐。

附原韻

我友鄭慶輔。卜居尉巖谷。美景飫舊聞。奇觀使新
獲。步步入幽溪。行行且遊目。巖巒互吞噬。道途又
回曲。水鳥任浮沉。山花自開落。僊人在何許。悵望

雲霞隔斷我俗緣盡。山谷悠登陟。遂欲老於此棲
遲數間屋。但恐桃源中漁舟解遡。入煩將此間趣。
流傳世上。說。流觀儘美矣。此遊豈輕擲。惟當我與
子求與清景逐。

贈齊飛丈人 己酉

聞有一高士。結廬齊飛陰。世人鄙得見。但見山雲深。
我願從之遊。登陟輕千岑。從來齊靡翁。起作商家霖。
胡爲遠世氛。抱膝空長吟。况今四海內。戈戟星羅森。

寄由由軒

幽幽畹中蘭。脉脉陌上花。郁郁抱清香。燦燦含露華。

豈無一時好。高秋當奈何。此中有一樹。天寒發幽姿。
素色雪堪比。苦意春不知。蜂蝶豈得媒。桃李莫敢欺。
誰知調鼎實。零落野塘陲。見採所不辭。不採亦何悲。
不時自不惡。不識尤更奇。惟有由由翁。與之同襟期。

次由由軒韻

爲學雖以正。慮患宜復密。微服過宋意。亦見無固必。
夫人處斯世。行己可無術。飲食爲養人。有時能致疾。
孰若一忠信。蠻貊亦無失。爲謝由由翁。因翁警非一。

追次李明啓巖韻

石門何幽絕路。紆松溪谷只。緣遠市朝。遂爲吾輩獲。

神僊知不遠。五雲常在目。即將謝塵寰。採芝雲崖曲。
手拍洪崖肩。相期遊碧落。既非名所累。甘與世相隔。
白日易蹉跎。冊邱阻登陟。百年兩鬢霜。四海一草屋。
昨夢騎白鹿。還從丹穴入。仍逢綠毛叟。授以鍊丹說。
世故解誤人。奇遊恐虛擲。痁來起徘徊。江畔雲相逐。

贈鄭清風穆如 允穆

昨我從外還。有書自長浦。初看不似字。瞿然髮欲竪。
却疑馮婦倫。縛致南山虎。又訝入海中。誤觸龍公怒。
久乃省其辭。首云寄慶甫。其下復何言。春風日正煦。
欲持一尊酒。醉卧江之滸。君詩似清風。頓使沉痾愈。

呼兒掛床頭。半壁生風雨。驚起幽人午夜夢。月滿洛
江江浦樹。

附次韻

有美一人在。盈盈隔江浦。不見今十年。沉沉嬰二
竪。忽此披華牋。文彩彪如虎。措語何詭怪。有似向
我怒。一讀又一讀。句法逼杜甫。我今衰朽甚。短褐
負朝煦。坐看春已暮。芳菲歇江滸。不得從之遊。何
方清疾愈。夜來尊酌罷。簷花落細雨。行當奮飛墮
君前。共醉流霞攀玉樹。

乙亥正月。過安公立。見盆梅盛開。以詩賭之。

請以五字詩。易君一樹梅。襟期固不遠。邂逅亦奇哉。
江城豈無地。托根一盃苔。雪霜非不嚴。千枝方盛開。
清香滿燠室。如爲故人來。我欲邀此兄。日夕共傾盃。
公立若無吝。應付鬈頭回。

次韓裕伯秋風三疊韻。丙子裕伯解職南下。奉偏母入英陽。將爲久住之計。

秋風衆所悲。旅懷良獨苦。居民盡厭兵。況子曾傷虎。
旣爲製芰荷。何須賦鸚鵡。早晩入名山。及今方解組。
朝歌不足憂。廟堂輕虞詡。
秋風鳴不已。旅恨焉可竆。古人甘一餓。今我願三空。

寧從倜儻生。跣足海之東。世無大聖人。於何折其衷。
桑榆未爲晩。永言陟方蓬。
秋風已自悲。旅鴈況敢聽。旣以羨長草。兼之懷鶺鴒。
寒虫亦何事。永夜悲前庭。曠哉商山翁。擧趾鴻冥冥。
采芝有遺歌。今人徒耳聆。

石門山一首。送羅正甫好義還錦城。羅錦城人。丁丑避胡亂到此。

峨峨石門山。松檜鬱蒼蒼。悠悠嘉廩川。流波何湯湯。
流波注海門。松檜困氷霜。氷霜雖已重。猶可集鸞凰。
海門蛟鰐橫。戰血殷爲盃。水與松相別。聲聲多激昂。

逝矣各異趣。但願無相忘。羅寓嘉廩谷

呈嶺伯鄭公

北山有愚叟。寸蹤徒志大。塡海海不平。筭甕甕已破。
老入石門中。意欲希夷臥。衰疾遽纏綿。藥餌爲日課。
未成東海死。虛作西山餓。

贈金溪巖子峻玲

谷中有一樹。天寒發幽姿。素色雪堪比。苦意春不知。
樵夫相謂言。不若樜李時。我乃聽其言。中心竊獨悲。
因以述相贈。莫謂昧心期。公有休官之意故云

附次韻

歲暮霜雪繁。山川晦寒姿。時光自不留。天意誰能
知。擾擾羣物多。動息皆有時。冥觀消息理。何必懷
潫悲。中宵撫古琴。所賴惟鍾期。

寄李上舍叔明 絅○並小序

士生斯世。不貴知面。貴相知心。似聞叔氏以僕書札踈數。爲交道淺深。豈不以仲氏知藥而僕抱病。叔氏動止能自由而仲氏不能故也。何故人之知叔氏而叔氏之不知故人耶。爲發一笑。聊作數句詩以自見。

江雲有卷舒。江水有疾徐。所見雖不同。斯理固自如。

省愆不自得。還對古人書。

次李叔明韻

太空本無心。風雲故多事。難將寸尺陰。得翳幽冥意。明月非可疑。醴言非誠饋。於道若無失。吾心安所愧。所以前聖言。天人無二視。明珠光溢把。吟弄有餘思。

次李晦叔立巖吟韻

九皐亦不遠。鳴鶴聲長聞。風裁李元禮。筆法王右軍。一篇立巖吟。千秋輝石門。時於雷雨夕。半壁動龍文。

六言

拜雙節二墓

芳蘭自甘霜苦。斷鴈偏傷侶稀。萬古貞心不昧。白日烈烈其暉。

贈道師

綠樹陰中衲衣。青山影裏柴扉。流水自能淸淨。浮雲本無是非。

七言絶句

二月見梅有感二絶

二月中旬始見梅。梔花欲發杏花開。可憐斂此凌霜榮。合汚同流免俗猜。

荊蘭雖或偶同塲。燕石終難混夜光。不必區區分早晩。須於閙處謾天香。

晩春遊西溪

水底新蒲亂抽芽。池邊高柳已藏鴉。三春多病閒遊少。虛負溪南一樹花。

擬古少年行

玉花驄馬勒黃金。白日交馳出上林。更向鸊鵜泉畔獵。呼鷹飛度雪山岑。

擬古閨思

一聲霜雁叫新秋。閨裏佳人不勝愁。却念玉關征戍客。月明何處獨登樓。

贈高夢參 高以相地名

山家靈驗君休說。脩短由來自有時。萬古無心淸渭水。豈令嬴祚永蒼姬。

屛間八詠 丁酉

小草毶毶春漲肥。紅梔花發燕初歸。曲江渡處無人見。手采蘋荷有所思。

綠樹陰濃夏日長。南塘波暖睡鴛鴦。玉人去後無消息。惹起離愁步晩陽。

霜落吳江秋水淸。一雙白鷺暎波明。江南落日采蓮女。兩兩撐舟下遠汀。

雪打粧樓畫掩門。數鍾偸盡不成醺。相思一夜梅花
發。折取瓊枝擬贈君。
潯陽西畔憶陶生。垂柳陰中獨掩扃。人去千秋三逕
在。寒松百尺四時青。
水滿橫塘彩鴨飛。鳳僊香暖襲羅衣。王孫一去無歸
日。芳草年年洛水涯。
碧玉千竿拂彩雲。寒蟾八月瀉金盆。孤山道客無人
識。梅雨空庭與鶴分。
紅杏初開映玉欄。月明誰伴捲簾看。相思欲奏陽春
曲。腸斷瑤箏不忍彈。

書懷示拙軒 朴士豪號

坐無相語卧無眠。遥夜傷心淚滿巾。家在竺山歸未
得。天涯長作望鄉人。

訪水閣 在五老峰下 次松川韻

寺在廬山第幾峰。廬山又在白雲中。客來尋寺千岑
隔。日暮出來何處鐘。

謝彥精携酒見訪 時棲王成

夢尋歸路不分明。何處離鴻喚却驚。江海故人携酒
至。爲言消遣客中情。

詠懷

天涯爲客又新年。厭見春江草色連。夢入故山煙雨
裏。自驅黃犢飮前川。

奉次舍兄漁父辭

荻洲蘆岸月如紗。閒往青莎發櫂歌。乘興幾同鷗鷺
宿。歸家時少不歸多。

栢軒翫月

一片氷輪似有期。海風吹送碧琉璃。廣寒宮畔秋應
老。正折瑤階第一枝。

贈別柳德茂

一別江頭去路長。臨流欲渡意茫茫。峽中暮雨鵑聲

苦。一度聞來一斷腸。

寄德茂

海外無緣寄尺封。歸程歷盡數千峰。明朝若過眞城
去。又隔江雲一萬重。

次具栢潭龍頭亭韻。寄主人孫君達 興智 文。

百尺危樓洛水邊。夢尋此月二更天。秋風煙雨尊爐
節。知有閒人泛釣船。

過龍頭復用前韻

獨倚青山落照邊。空江雲盡水連天。臺前秋晩無人
渡。風起蘆花雪滿船。

逢鄭景烈光世寄德茂

千里相思屬暮秋。草堂寒月夜悠悠。君歸若問雲巖伴。爲報霜華已上頭。

春雪

病懶春寒擁布衾。起看飛雪暗蹊林。野城知有梅花發。琪樹瑤沙底處尋。

廬江書院別李石南伯憲敬遵諸公

行人歸盡暝鴉啼。五老峰頭日欲低。獨立江干無限意。碧雲東去白雲西。

龍城道上

誰能劃却石峴山。塡得西津白龍水。遂使龍宮數百里。高陵互壑平如砥。

上愚伏先生

幽人白首卧青山。松桂陰中閉石關。却笑浮雲飛不定。乍看東去復西還。

江院期伯憲不至

盡日空齋閑寂寞。古松無雨自蕭蕭。沙頭目斷行人少。雪滿江干水拍橋。

贅樓與柳尚之飲至醉。口號贈別。二絶

登樓送別令人愁。愁情脉脉長於水。君歸莫過巫峽山。落日猿啼雲樹裏。

巫峽天寒氷塞川。敬亭月出清猿啼。此夕送君向何處。騎馬出門烏欲棲。

花谷次贈主人孫大仁。癸卯○赴試玄風。主人有爲浮榮之句故云。

儞人莫道爲浮榮。非爲浮榮作此行。萬古嚴陵人盡識。羊裘未是實逃名。

自玄風投宿于公山店舍。路極險。口占語同行諸益。

隔山何處有人家。白石嵯峨似犬牙。莫道褭斜天下險。世間行路幾褭斜。

禊飲暎湖樓

江煙漠漠柳潑青。渚雨濛濛花自落。人間勝遊不常有。潑盃滿酌葡萄色。

中津待舟

中津晨雞喔喔鳴。行人初發中津路。中津渡頭嗄長奔。縹波無聲日欲暮。

訪尚之省吾 時二友肄業僊刹寺

故人云住玉屛間。何處高峰閉石關。詠罷碧雲江路黑。滿天風雨近僊山。

敬亭池詠示李季明

時携溪友上高臺手撥松枝掃紫苔聲斷步虛人不見碧巖千仞鶴徘徊

甲辰重陽日對菊

滿庭踈雨覓寒香空對青叢擧一觴天意亦嫌花事晩故敎今歲兩重陽

次古詩題稼亭兄壁上

境僻林深客到稀渚清沙白鷺雙飛一望収得三秋興十里長郊信馬歸

贈稼亭兄

桓譚西笑非無意張翰東歸爲有魚何似此翁無世戀閉門晴晝臥看書

與伯氏梅塢公同赴洛梅塢公先下鄉夢見跋涉狀覺來有詩 又有四韻

漢水悠悠鳥嶺高夢中歸去不知勞覺來猶臥邵城裏曙角吹霜入鬢毛

雪後

騎馬出門微醉消江南何處訪梅梢暮鴉歸盡行人少落日銜山水拍橋

次李明韻寄士豪

與君同道又同鄉幾度相思到野塘昨夜有期還獨宿可憐孤月照空林

別趙進士濟仲 林芳歸洛二絶

煙雨霏霏古渡頭愛君無計挽征輈西飛白日東流水野草江花各種愁

爲把孤尊洛水頭嶺雲千里送行輈多情惟有長洲月留照幽人一段愁

附伯氏梅塢公次韻贈濟仲

遙向行塵幾擧頭綵雲長路護征輈歸來獨立春江上菱唱無端撩別愁

附濟仲次答主人昆季韻

小舟當發碧江頭爲感吾君送遠輈酒盡離筵情不盡別懷還倍望鄉愁

濟仲臨發有贈別主人昆季詩一絶未及攀和追次其韻

客去田舟泊岸沙水流無盡夕陽斜草堂前夜論心地可得重携賞月華

附原韻

南江微雨濕汀沙馬嶺低回去路斜客裏相親情意厚臨分斗覺鬢成華

與李王爾李汝潤二丈偕行途上口贈。

峽中三日尚遲回。扠得煙霞滿袖來。造物欲藏眞面目。却令濃翠餙巖臺。 是朝雲霧生巖腹

再到至叢石灘

叢巖離立水中央。高下隨形儼作行。恰似孔門諸弟子。摳衣端拱向宮牆。

次申汝涉屛巖之作 松堤上流。泉石絶勝。清流貯玉。翠巖屛回。怳然別一天地。因名之曰屛巖。余有卜居意。求石田數頃。惟屋子未成。

屛巖一曲屋三間。水作青龍谷作盤。只爲幽居無俗累。非緣遯世入深山。

附原韻

峽中千古別人間。留與詩僊任考盤。長恨此生關世念。十年空負好江山。

復次山字韻

危臺高出綠雲間。金掌僊人奉玉盤。夜半忽聞風雨過。怳疑笙鶴下秋山。

記夢中作 庚戌

翩翩二客跨青鸞。新搆危樓百尺寒。十二玉欄春色遍。瑞桃枝上月團團。

贈齊飛文人二絶

擇地何時來避秦。衣冠秊貌見天眞。相逢莫問塵間事。我亦屛巖一病人。

曉日東昇月在西。依然光景武陵溪。傍人莫道無僊分。眞境重來路不迷。 曾於戊申秋來故云

與申汝涉向浦內馬上口占二絶

十里長郊竝馬回。野花迎客霧中開。孤舟閣岸無人楫。嗅得田間牧子來。

僉知亭子碧江回。江上山花次第開。日晏汀洲紅霧歛。行人一棹鏡中來。

贈別申汝涉入洛二絶

原野蕭蕭百草折。北風動地天霜寒。問君此夕欲何向。出門一笑行路難。

君欲西行我欲東。一年天氣今朝寒。留連三日不忍去。始信人間離別難。

贈眞城使君鄭子野 之諶 二絶

魯連東去避風塵。吾亦歸來碧海濱。爲問眞安賢太守。可能容我一愚民。

自是淸時有逸民。桃源不必避秦人。南村聽說人居好。欲乞閒田老此身。

贈鄭穆如

山花飛盡渚花開。燕語頻頻鶯語清。蒼茫濁酒故人句。春樹暮雲今日情。

聞李士式 師規 舟過前灘。追寄二絶。庚申

聞君三日此夷猶。一拜浚嗟未及謀。爲向灣頭惆悵久。濕雲如抹水如油。

寒雨霏霏晩更多。滄江七月欲增波。故人今夜宿何處。蘆岸火殘披短蓑。

贈可移二絶

江梅初發雪封枝。苦操雖寒不可移。手撫長條仍獨立。眞安何處有心期。

每因風便憶瓊枝。別後星霜幾度移。坐對江梅還不語。可憐香信獨如期。

逢南應吉 夜宿口占

鳥散雲收洞壑空。故人今日自安東。兒童莫怪翁無睡。十八年來一夜同。

與金存中 恩 期磻溪。有雨不果往。

龍宮十月雨連天。坐度幽期日抵年。造物定知吾輩意。會看風伯掃雲煙。

晩晴遂從馬上口占。語李用賓。身圭 號酉溪

騎馬江干近午天。安不用嗖長年。儂庄只在疎林外。荔壁松欞帶濕煙。

偕金德裕 基厚 金存中 金仲敦 李用賓及安姓二童。遊磻溪。晴沙小草。步步明媚甚可愛。相與鼎坐而語。及分携。有風塵重別離之意。步前韻語同行諸益。

步入磻溪小洞天。冠童先後各忘年。莫輕藉草論心地。回首西關鎖狼煙。

次柳修巖季華 袗 題金性之 笙 潭韻

雲散天空湧玉輪。八秋光影絶清新。千巖盡是瓊瑤窟。萬象誰非造化神。 右東峰新月

庭松移影榻生寒。時見歸鴉度遠山。溪上小庄紅欲斂。石田茅屋盡圖間。 右西岑落照

詩未能言畫未容。數聲風便落齋中。碧峰攢疊無尋處。惟有殘霞萬縷紅。 右山寺暮鐘

十里清江抱遠村。朝來一抹逐柴門。晩風吹着窮閻裏。宛見昇平富庶痕。 右水村朝煙

層崖環作錦屛風。粧點溪庄八鏡中。山外只應塵客路。故教流水泛殘紅。 右雨岸春花

潭上雙屋秋日斜。風光若比鏡湖多。背巖千樹紅於

鋪肎數芙蕖十里花。　右雙厓秋葉
惡雲無端下大荒。臥槎橫渡玉虹涼。興來何必孤舟
月。踏起村牛趁晩陽。　右斷橋飛雪
忽財中夜一聲雷。想見春林物意催。謾有石門田數
頃。介於心曲去還來。　右長林驟雨
暖風晴日露華顯。問柳尋花到水邊。無限閒情人未
會。也應分付渚禽眠。　右釣渚眠鷗
小潭元自鏡涵虛。吾亦無心學豫且。好是一天風定
後。倚節隨處玩游魚。　右鏡潭游魚
數聲風遂動雲根。吹入巖扉月一痕。落盡梅花人不

見。隔江何處有漁村。　右沙汀漁遂
山翁無事作生涯。樵罷空林日已斜。人世百年何役
役。欲回天地入高歌。　右石逕樵歌
詠蔡景慕　無絃琴二絕 景慕於曦陽山顚得自枯桐斲以爲琴。
景慕床邊數尺桐。金徽剝盡倚西風。步虛聲斷無尋
處。萬壑霜松水月中。
千仞山頭石上桐。霜枝摧落海鷗風。斲來制出軒虞
外。徵羽宮音自在中。
次李器成 元圭 屛間十絕

滑滑春泥欲沒肩。何如飽臥壠頭煙。事歸天上門還
掩。叟有何人嗖牛眠。　右茅山二牛
湖外孤山逸翮斜。任敎梅塢長苔花。一逢春雨歸來
晩。何處叢霄訪道家。　右孤山放鶴
莫是松江舊釣磯。剩看瓊屑鴈和飛。歸來沙渚寒相
倚。春盡衡陽却不知。　右雪江眠鴈
岸草汀煙共一痕。歸村有路近黃昏。忽然吹出江南
弄。語澁雛猿怨楚雲。　右牛背牧遂
爲底飛來落野塘。敗荷蹤短未深藏。吳姬十歲腰肢
細。玉作肌膚雪作裳。　右荷塘白鷺

霜落南湖積氣昏。荻花深處影紛紛。憐渠歲歲來如
約。人事違心八九分。　右蘆洲落鴈
不恨僊源去莫由。春來物意嫩兼柔。溪風不動巖花
老。山鳥無聲洞壑幽。　右花石春鳥
萬疊深山一竹扉。數椽曾不掩茅茨。此間更有何人
到。應吠潭雲帶月歸。　右柴門吠犬
農扈催春穀雨晴。時哉何事不歸耕。十牽旁難人將
盡。小惹區區莫浪爭。　右春郊鬪牛
聽雨松牕苦憶耕。東菑還喜占新晴。可憐犢鼻南山
下。何事中宵叩角行。　右春壠耕牛

用喦成求畫韻贈金察訪
爲是胸藏造化工。天教暫厄幸南中。秖今安得桃花
浪。千仞磯頭坐此翁。
李彦瞻㖶以所製別庄上樑文見示。書其後
以還。
曉起梅牕展彩雲。明珠璀璨紫蘭芬。安知頌祝明堂
手。點綴山齋相偉文。
矗矗林巒磵水隈。早梅應對菜花開。可憐一曲黃茅
店。何事閒抛製錦才。
抱病窮居百不聞。故人書問獨慇懃。何如從付春塘

帖。卧見鴛鴦護水紋。公以裵畫八帖見許而不送
前日不量才拙。妄以三絶。奉投。乃蒙攀和。奬
踰其實。顧惟踈蕪。曷容酬報。玆敢復用其韻。
每一韻各四絶。
我所思兮在停雲。欲遡從之拾澗芬。有報却傳陳御
動。枉於中夜候乾文。有約不來故云
闢爲星月鬪爲雲。荊璞含輝蕙吐芬。桂下當年藏不
盡。風流千載動人文。因姓用事
曾從蘭署躡青雲。環佩猶聞帶舊芬。富貴倘來非所
慕。豈如遵養晦時文。來詩有休官之語

春來狼火息蕪雲。依舊宗祊薦苾芬。坐使泰階平
似水。誰言絳灌素無文。時宰列多勳臣
拙性由來喜僻隈。自知非若菾雕開。世間別有經綸
手。數墨尋行不謂才。第五詩擬議非倫。聊以此答之。
自接芝眉去隩隈。竹窻如得向明開。賜商進退皆由
我。才也何嘗棄不才。喜有過從之樂
甕裏春光未有隈。香風吹撥綠雲開。主人每有愁城
役。輒卷膚公麴秀才。公喜酒
不恨高居隔水隈。皆憑翰墨好懷開。愧吾只有東陽
瘦。未有東陽致瘦才。

夫人性癖蓋嘗聞。羊棗非珍嗜或勤。繪事尚能與聖
謂。沮洳安得起淪紋。厭眞反苦求圖畫。何似春池戱
水紋。乃來詩語。故反辭譏之。
曉窻啼鳥寢中聞。暝樹春雲夢思勤。誰遣新詩醒我
目。朱梅入竹錦添紋。
爲是人間事不聞。拮据經歲不辭勤。更憐止水明如
鏡。肯許微風颭作紋。右自況
固陋濬慙未有聞。相知雖晩屬望勤。願君無以心如
王。徒取羅紈爛五紋。
次彦瞻韻二絶

昔者山翁不出山。枉蒙佳管辱拈斑。歸來洗手蒼薇水。氷雪凝生頰舌間。

魚喜潑潭鳥喜山。一春歸臥落花斑。去來一任漁人意。不問紅流出世間。

病中憶臨川小築 辛未壬申兩年冬余病重。自度難久於世苦吟中得一絶以見志。

世間無地避風塵。況復沉痾與一死隣。雙扃石門歸臥好。不知能作幾旹人。

次病中吟二絶

趙生心似鑑無塵。新搆茅廬作比隣。但使沉痾能去

體。未爲無與耦耕人。

擧世紛華是一塵。別區雲水與爲隣。旹來照影綠潭裏。中有忘機如我人。

書妻任甫 令兄東槎錄後三絶

東槎行役盛文忠。海外情形一筆窮。覽了憑臆無復寐。太行千仞起胷中。

伏見城中虎烈竄。赤猴爲坎僅逃躬。二陵餘憤天應鑑。假手源家一燼空。伏見城平秀吉所都。丙申地震城陷。其子秀頼移都大坂。爲源家康所滅。

堤上當年縱見戕。至今留得姓名香。海枯山湧非虛語。定是英靈一死不亡。倭京有海水。每於三月上巳乾盡。又富士山湧出地上可萬仞。載於倭史云。

丙子四月三日往石門。中路遇雨。至臨川晩晴。因次放翁青村韻。

細雨驅牛入石門。柴扉茆屋欲消魂。晩來風動楊花起。四月臨川雪一村。

贈申汝涉四絶

路近鄕山菊已斑。天心似欲慰間關。蒼夫奔走村童鬧。始識綿州太守還。

堂上靈春歲幾回。瓊酥添壽鼓如雷。遙知彩舞承顔

地。歡與悲懷一並來。汝涉爲設壽酌。而來而從母不在世故云。

孤露餘生雪滿顚。每於中夜獨潸然。日西盡矣追何及。謾憶當初啜菽年。時余王母服初闋

平生相愛是心知。喜則同懽戚則悲。比目元來非二體。如何今日各天涯。

次朴竹溪絶句一韻各二絶。

初因兵火入林泉。卽是逃塵匪學僊。却憶故山煙雨裏。滿庭紅綠爲誰妍。

危巖百尺逈林泉。離立山門作老僊。閱盡興亡猶不

去好隨風日供淸姸。
薔薇承旭露涓涓。雪手薰香讀惠篇。佼若掃淸遼
瀋路。飛騎報捷更加鞭。
一年已迫黃梅節。雙眼新開白雪篇。惟有耳聾治
不得。未聞撾賊下金鞭。
焜兒書來。憂其子女患疹。題書背。
笑汝癡如乃父然。汝嘗患疹我憂煎。一生窮困由爺
子。天旣與窮應與全。
朴完悔 自丹陽過林泉。遣人相問。問其
人以掌令赴 召。
林泉雙面石爲門。扃鐍何曾禁往還。縱有軒車無敢
入。惟堪一味飽淸閒。
日午林齋睡未醒。忽聞山外故人行。緣痾縱未承顔
面。擧目巖巒似益淸。
溪居偶書
石扉長掩野人居。階下叢葵手自鋤。夜來愛摘冬靑
葉。今日伊誰訪弊廬。是夕汝涉來自靑鳧
奉靑鳧使君
近床虫語夜微寒。僊宰如今安未安。飛燕不來鴻又
去。滿簾殘月獨憑欄。

羅同知令公送人告別。得二絶。臨行奉呈。
聞說公行只在明。中宵獨坐度嚴更。等閒人世無期
別。別有幽愁不可名。
千載重逢舜禹明。頻聞羸老亦持更。可憐獨立江邊
石。不爲身謀肯爲名。
訪礌溪主人不遇
春江氷解鴨頭濱。馬踏長沙八澗潯。莫道自來還自
去。梅花猶見故人心。
病後上松隅兄 丙申在松村
洛江初日雨霏霏。古樹殘紅濕不飛。病起不知春已
去。語諸相識餞春歸。
寄申汝涉二絶
南浦波恬採綠蘋。故人江海久相分。愁來欲奏相思
曲。落盡江花不見君。
幾時相見鬱陶開。花落江樓鶯子來。春盡海山消息
斷。半宵孤夢碧雲隈。
次韻別柳尙之 戊戌○時尙之避兵于英陽
日圍東望漲愁雲。山木溪程未可分。滿地兵塵生遠
別。不知何處更逢君。
次李季明韻

岳邑江聲坐臥宜中流一棹故遲遲世人解道蓬瀛
好身到蓬瀛却不知

趙子重任遺歲饌以一絶謝

世路艱虞不可彈此皆無恙即平安多君知我窮居
況爲送山梁作歲餐

夢中作

貧家生長六男兒敎忍天寒復忍飢憂樂元非兩項
事欲排憂去與誰爲

覺來復用前韻

只念慈親不念兒苟非衰病不憂飢人生會有重祠
日貧求歸庭可再爲

次南叔顯彥草亭韻

花正開皆雨正霏水村煙郭遍春輝今朝預約江南
伴共向巖前煮軟薇

和舍兄江上即事 臨赤壁體

蘭陵美酒盈樽中客來一笑江上酌扁舟西下水茫
茫洞簫一聲山月白秋天月出秋水空桂渚風來桂
槳下中江擧酒問明月風流之子何爲者

贈遠上人

偶然林磵値名師十二峰前日暮時爲問廬山深幾
許如今相見敬亭池

匡山贈遠上人

偶然飛錫過匡山茅舍經春掩竹關遙識清宵孤鶴
夢海天爐雨碧峰間

次遠上人韻

背樹臨泉作小亭繙陰移案讀黃庭世人那得知師
在唯聽寒鐘半夜聲

自睍

送君東去路何賒峽裏狂瀾未有涯此地向來同灔
澦扁舟珍重愼經過

次玉溪子擬寄朴士豪

梅牕殘燭隔霜清遠水羈禽一兩聲彈罷玉琴人不
見落花涼月滿空城

愚山道中得一絶示申汝涉

愚伏山中訪道人黃冠野服臨苔磯松沙曉旭客夢
驚騎馬出山雲滿衣

次趙可畦棐仲翊韻 時公謫公州

千里初因驛使行一封遙見故人情錦江水濶蛟龍
惡此外憑誰問死生

饗舍別琴聲遠 衣達

庭槐葉盡碧欄空。何處鐘聲度遠風。今夕送君重有感。去年曾別此樓中。

龍城途中偶吟

江路楓華落暮秋。去鄉之客意悠悠。回頭却羨雲間鳥。來不拘牽去自由。

次朴士豪見寄韻

三復清詩覺有神。野花溪柳媚青春。別來留作相思面。憐我塊居寂寞濱。

次蔡上舍元卿以復醉睡軒韻

睡緣心醉醉緣觴。餘事吟詩肆放狂。堪笑石門衰病客。才非何遜瘦東陽。

次高使君 用厚 韻二絶 時爲花山伯

廿二年前在洛中。三清陪賞鬪花風。寧知湖海漁樵迹。得躡芳筵到夜窮。乙巳春榜。公爲壯元。同作三清禊會。

古栢龍鍾卧壑中。幾年吟嘯度霜風。皆倈得遇知音賞。不恨空山歲律窮。

敬次伯氏祠宇楣間韻二絶

癸觀于盥及于成。如見當年孝子誠。尙使雲仍能勿替。九原猶足慰親情。

孝悌良心自性成。其於追遠孰無誠。我今多病兼衰晩。慙愧林烏反哺情。

附原韻

高曾祖禰四龕成。禴祀烝嘗展孝誠。敬奉從今期永久。承家孫子體余情。

九月十三夜得一絶。只記扶病歸來駐杖斑一句。餘不記。朝來續成之 乙酉

扶病歸來駐杖斑。竹牀蒲席卧松間。不知身世長爲客。雲物依然似故山。

十月旣望。陪舍兄觀獵于三樹亭。歸程得二絶。

少時頻向此中遊。白首重來感未休。萬古滔滔長不改。清江一曲抱村流。

呼鷹馳馬出江津。三樹亭中酒數巡。浮世百年眞一瞥。不知他日更何人。

次贈李仲明二絶

世事年來秖自悲。燕鴻夫豈不同時。峨洋舊曲今重理。爲有知音是子期。

聚則相歡散則悲。老來非復少年時。春江縱好春猶遠。春到無魔又可期。來詩有要趂春江作好期之句

次醉睡軒韻并序

酒之爲物。和人血脈。暢人志氣。又能令人合歡忘憂解紛釋亂。其爲用可謂大矣。然以此戕身命覆邦家者滔滔。此雖在乎人。而其爲禍亦甚烈。蔡君元卿儒者也。非外物所能移者。而猶以醉睡自號者抑何歟。其無乃有所感而寓之於酒者耶。大禹疏儀狄。孔子責宰予。儒者之於學也。舍聖賢將誰師。惟日孳孳。弗能弗措。則雖欲醉而臥。臥而睡。奚暇以爲。李季明爲作詩并序。

元卿持以示余。且請余續貂。余觀文與詩含勗少意思。而規警偲切之言則或少。余以爲愛元卿者似不必如是。遂書此以歸之。

君當聽我且停觴。一念存亡判聖狂。醉夢半生渙自恨。臨歧回首已頹陽。

次仲明贈別韻四絶

人生非死卽相離。離者雖離合有期。未到死前俱自勗。時存警盃是心知。

野棠花落水禽悲。此是山翁欲去時。不害留連聯席話。紫陽松石有幽期。

浮生有合合還離。離合相尋無盡期。却羨波頭雙白鳥。世間離合不曾知。

老人無事自生悲。況復親知濶別時。嶺海天長稀見面。時憑晴月托襟期。

期仲明不至用前韻。

老去情懷易作悲。剪燈論舊又何時。夜來惟見東牕外。桂魄流輝似有期。

寄仲明一絶并小序

兄之免維縶於塵韁幸矣。贐之抱病出峽亦未易隔一衣帶水可源源相奉。而三江

一面之後。不得再奉。卽今節近黃梅。天氣清和。兄養病在床。雖有起居之便。頤養之樂。孰若輕舟短櫂。從容沿泝於晴江白石之間乎。偶思蔡元卿陽字韻。得一絶以呈。

匏尊桂櫂蘇僊興。沂浴雩風點也狂。老去方知眞味在。玆遊元不屬青陽。

次仲明韻示琴師

滿坐松風五月寒。暮天空濶碧雲團。孤鸞別鶴君休奏。我本多愁制恐難。

舟中次仲明用蔡元卿韻

水滿長江月滿觴。波濤入筆助詩狂。醉中但覺風生
耳。不道舟行近上陽。

又次贈曺汝善 希仁 維瞻

不是尋常近酒觴。一生如醉又如狂。逢場或作陶劉
興。志則夷齊餓首陽。

席上次蘇湖卷中韻

樽酒相逢盡故人。滿堂渾是太和春。斷絃重入峨洋
手。水色山光一竝新。

江院次仲明韻

山爲鸞翔水玉寒。穆清宮邃日星團。遺塵剩馥今猶

石門先生文集卷二 二十四

在。惟恐諸生造詣難。

與許方伯

王事寧宜一鞅掌。浮生有限變無常。松間小屋清如
許。未害人方召伯棠。

苦羊役有作寄 英甫 無示 宜彥 三絶 松
村有羊戶。余家在松村。

看我頭邊映雪霜。人間七十已亾羊。從前聽說羊腸
苦。船到羊腸說剩長。

不死西山不蹈東。峽中空喫十年窮。歸來羞與齊民
伍。還作祈連仗節翁。余丙子後入臨川

朝來出牧僾天霜。破屋歸看漏月光。安得金華道士
術。俾羊爲石石爲羊。羊死則皆徵於牧羊之戶。一羊
之價多至七十疋木。

送鄭咨議道應赴 徵賦懷四絶。

淇園眷得紫鸞雛。瑞世光輝五德俱。聞說岐陽方佇
待。一聲能達九重無。

丙子年中事大謬。臣民恨未與亡俱。欲令措世雍熙
上。倫紀何嘗一日無。

相彼川源混混流。地平天遠去無休。惟當積漸泓涵
後。方運龍驤萬斛舟。

石門先生文集卷二 二十五

無情歲月悪如流。利善關頭役未休。林下十年無得
力。幾皆輕浪泛蘭舟。

次柳德哉 仁培 韻四絶

憂時憂病自難裁。搜盡形容今始來。若果靜便安
暮境。石門泉石是輿臺。

山下長江江上臺。灝神不必問蓬萊。此來剩覺眞
源近。尋未窮時不討回。

遼鶴千年去莫回。碧雲何處獨徘徊。何如一二忘
形友。選勝尋山往復迴。

何事行迷苦未迴。得非頹運故相催。未聞鼓瑟聲希

處諸子人人獲盡陪。

同年金而獻以林子順香奩體一絶語余云

錦城兒女鶴橋畔柳枝折贈金羈郎。年年春草傷離別。月井峯高錦水長。揮筆次其韻。二

絶

江畔誰家浣紗女。江頭何處冶遊郎。臨江一別遠於水。花搏玉窻春晝長。

三疊陽關一掬淚。爲來江畔送阿郎。莫將錦水方離恨。錦水安能萬里長。

石門先生文集卷之二

石門先生文集卷之三

詩

七言律詩

次金士悅兌文棲鳳臺韻

雪中乘興叩巖扃。樽酒相携共一亭。山勢壯來開別墅。地形南擁護林坰。桃花流水方春見。子晉吹笙或夜聽。更是空濛煙雨裏。剩看漁火點殘星。

題浪裏船歌曲後 戊戌。浪裏船歌 天朝曲名

生離死別去家鄉。三疊陽關淚萬行。春老鶯聞悲鶴髮。蛛絲金匣掩鸞堂。恩情却被功名誤。風物空教怨恨長。浪裏船橫人不見。至今清唱總心傷。

觀魚臺 庚子夏。與丹陽諸友生。同登有作。

一片高臺鬼所慳。秦皇漢武亦徒然。西吞弱水三千里。東接扶桑九萬天。夸父非狂寧逐日。麻姑可信會爲田。我來惟覺心腸腐。冉服逋誅已二年。倭兵以已亥撤歸

泣嶺

岱巀色參天一字橫。古人何義泣爲名。孤臣去國地連海。戍客懷家秋入城。落日荒閭迷遠望。高樓錦瑟度寒更。世間多少傷心事。到此回頭便濯纓。

上省克金先生 弘微○癸卯

年來謝劣卽林泉今代何人是大賢嶺嶠八千頭有雪才名三十客無氊高秋幽興憑詩遣湖海滾愁借酒宣最愛芙蓉清水裏不將雕飾損天然

附次韻

卧聽囪前皎皎泉酒中都賴聖兼賢餘年正耐尊盈綠萬事眞成雨濕氊兩日逢君情自暢一盃相屬意難宣勉子中庸功莫輟他時飛躍認天然

上愚伏先生 甲辰

磵谷幽幽翠壁重偶因山路入山中鼇巖尚有擎天意愚石還多障水功靈境自將塵境別眞源應與婺源通到來暗想巖栖樂夢斷東華百尺紅

附次韻

山幾縈紆水幾重爲情來訪寂寥中明知五夜懸燈話絶勝三年數墨功只怕吾心澄不定休言此道遠難通從君試問花無柳孰使青青孰使紅

復用前韻

何年來占翠雲重穩卧空山水石中囪下研朱尋舊業鼻端觀白課新功地分塵界氛埃斷境接仙源霧雨通留寢小齋清不寐碧峰初日照窓紅

省克堂出宰江陵奉呈一首

先生一出紐金章林下無人月色凉汲直何難寧社稷漢皇元是重淮陽三山入望清都近五馬臨程綵斾忙預爲州民伸遠賀卽今賢倅舊龔黃

別金秀才昆季迬江陵

棲雲居士病相仍別有幽愁自不勝道谷二郎蔡冀驥陽春三月下江陵壺中寒玉清堪愛手裏垂楊綠可憎今日送君遊萬里他時溟海起雙鵬

別申景鴻

自我分携隔幾年相看只覺面依然舊時花府懸燈話此夜龍宮聽雨眠兩地萍蓬稀會合一番談笑亦良緣前頭更有臨江約莫遣魔兒與後先

吊奠東岡金先生有感

身佩安危下玉墀新阡終使士林悲君亡寶鑑從誰補國喪蓍龜事有疑千里獨來停薄奠九原何處閉清儀長途回首增傷慟淮海風濤尚未涯

星州道上曉望

行人候曉理歸裝五夜聞雞始啓程驛路裏花春後在園林新葉雨中生村因經燹寒依堵州爲臨邊晝閉城亂離餘生多慘惔荒原一望便沾纓

舍兄自洛中下鄕。余往迓之。忽於夜夢見跋涉艱苦之狀。得一律示明甫。

客裏懷人心更苦。客裏有夢不如無。行人今日歸何處。片夢中宵在半途。嶺嶠天空歸鴈遠。海門波濶鶺鴒孤。平生不識分携恨。此地相思淚眼枯。

洛陽書事 乙巳

仁州道上雪未消。洛陽城中春意微。陽坡風暖杏花滿。寒食月明人語稀。鄕使不來日西下。遊人欲去鴻北飛。白馬紅蓮 恩賜大萱堂彩舞宜早歸。

種松 庚戌○在芝阜書齋

等是潑山百尺姿。托根頑石長來遲。天高地厚身甘矮。雪虐風饕節益奇。莫與凡材爭寸土。好從幽砌養虬枝。自今但用勤培埴。敢討干雲柱廈時。

松村書堂

江村占得一名區。形勢從容近所無。營構正因先輩力。藏修只爲後生徒。霜添野菊成三徑。風起松濤似五湖。不識世間眞境在。家家空掛武夷圖。

與道師訪下流泉石

偶與高僧說小溪。出門微路繞臺西。石頭松老寒泉淨。洞口雲深異鳥啼。坐愛清陰移白日。行憐芳草信青蔾。他時若得身無事。爲把孫尊訪舊蹊。

與李玉甫、李汝潤偕行道上口贈。

石溪雲嶠路欹危。古木秋藤馬去遲。未路風塵無好況。洞天魚鳥有幽期。青山綠水千年秘。翠壁丹崖萬丈奇。自古人情多漫浪。不將形勝入新詩。

尙之諸友肆業仙刹。往見而還。仍寄一律。

信宿招提出洞天。至今魂夢掛巖邊。玉峰翠束頹雲起。銀瀑紅春落照懸。山對小岐開綠鳳。池連方丈會眞僊。故人久此棲雲壑。遙想靈襟絕俗緣。

聞渡海使回船 後崔有源果論辱國之罪。僅停越敍之事。

一路塵埃暗不開。人言回答使方回。此行本爲求珠去。他日寧論賣國來。海茫風沙迷漢節。夷陵煙雨泣秦灰。古原誰植冬青木。唯有清宵杜宇哀。壬辰 靖陵見掘。以玉體移葬於別處。

次蔡樂而文西湖韻 四首

百頃澄潭一道回。孤山千仞恰飛來。玉爲明鏡環臺下。金作芙蓉聳水隈。雨後捲簾看窈窕。月邊移棹任沿洄。若非今日林和靖。疑是南昌舊尉梅。

一代名賢去不回。洪寓菴卜居于此 茂林千古幾人

來宿鴉棲定江皐夕賈客炊依水石隈悲溪桑梓漫
垂涕咏罷蒹葭空泝洄忽見蔡兄詩語好更憐風月
屬歐梅
誰把三公擬道淵已將窮達聽於天幽棲肯念生涯
足逸跡垂爲世累牽光景自然成活畫丹青不必倩
龍眠只今堪惜商山老猶自東華有宿緣
青山一面號陶淵此是人間小有天孤嶼明湖名獨
步小舟藜杖夢相牽採芝誰與穿雲語罷酒應知藉
草眠自笑辱巖病處士秖今猶未拂塵緣

玉果道中得一律上愚伏先生

行人臘月發龍州告別萱闈淚不收爲客十年今日
遠去家千里幾時休錦城官路猶南下玉果江波故
北流謾有歸期長入夢青青春草滿河洲

次李季明一閒齋韻

敬亭西下舊松關新搆茅齋號一閒路轉溪林穿合
沓囪臨絶澗鎻潺湲雲崖採藥衣巾濕野寺尋花杖
屨斑和得陽春無好語强將荒澁定還删

次李蒼石先生韻二首

曾把聲名動士林歸來草屋暎江心古人解道溫如
玉今我惟知利斷金汾水盡頭滄海闊鳳山高處白

雲溪故園松菊應依舊寧使孫芳入越吟
歲晏山亭菊有華芳香采采憶汾涯音容雖已阻三
月肝膽早知爲一家蹈海可能逃濁世褰裳直欲問
星河此身茹恨身無翼咫尺儇區不得過

附元韻

憶曾征騎駐雲林景物蕭然慰客心細聽風松生
晚籟靜憐霜菊坼秋金路頭愧我迷方久谷口尋
君卜地溪遠別又逢搖落日幾回東望惱孫吟
幾人塵土鬢成華世事悠悠苦未涯聳背獨臨風
月地虎頭新幻畫圖家鉤簾秀色分青嶂歆枕寒

聲落絳河望裏江雲不甚隔別來秋鴈又初過

次李季明洪叔京登西岳作

四岳之中此最優登臨可想鎭雄州人間客有耽佳
趣天上星知聚勝流今日殿中辭紫綬昔年關外駕
青牛從將咳唾留儇府珠貝無勞入海求

送花山宋使君象仁二首丙寅

我侯高義薄層雲政簡心清衆所云才局劉雞曾所
惜誠能服虎近無聞徒令白屋懷廉叔誰向丹墀借
寇君露冕行春如可再吾將騎竹候溪濆
幾多姑息誤愚氓方見賢侯政化成黃閣奈無憂世

念青門猶可及春畊歸心不許千山隔行也還爭一
鳥輕病蟄窮鄉聞最後聊將韮水拜前旋

泛舟龍巖 辛未○四月陪舍兄自長川歷見宋進士彥明因佩酒來泛龍巖沙伐國時祀天臺臺址尚存

江畔高臺號祀天因知沙伐國多賢不肤棊布三韓
地能保宗祊百許年貽代即今逢聖后滄江從此落
吾前調和玉燭賡工在何預龍巖一釣船

三山觀漲 愚伏先生赴難至三山遇雨留十數日三山報恩別號也

邑人爭報水生洲爲遣羈懷畫上樓百濟地偏雲一
發三連城古石千秋興亡有數寧關念天地無窮自
可愁誰挽潢流淪賊窟餘波分雪島中蓋三連城新羅地三國時交戍之處島中蓋指丁卯江華事而言

方臺贈趙景行 遵道次蒼石韻二首

世說安期在閬風閬風元在有無中一生孰若從吾
好萬事應須付化工雲宿碧簷仍作雨水環青嶂欲
成虹憑君莫作尋常看回視青衫素髮翁

名區一別馬牛風長使煙霞入夢中處世未看崖岸
異起樓還謝畫圖工酒醒明月臨秋水客散高峰倚
暮虹他日辱巖吾許遂短筇來往兩衰翁

次礌溪翁小閣舟韻

臨溪有閣小如舟踏石穿林一逕幽昔我蹔登方盛
夏此君當坐似淺秋軒左右有竹雅懷固已輕中散
拙句何須辱下求仍笑吾生生計拙却於牖户失綢
繆

此翁於世若虛舟秉志如蘭選地幽已識壺中無甲
子誰知皮裏有春秋大江灣處臨雖僻孤艇歸時遡
可求只得相望不得見莫云情好兩綢繆

題李叔明書後 壬申

人生半百已云衰加九除三又可知鬢上更無添白
處潤邊還有續青期宿痾望斷醫治路親友書存頌
禱辭惟願此身遲一死得看神化鑄雍熙

次羅同知蓮塘叙別韻

冊鵲黃州起大蘇仍教淨友德還孤多情海客空傾
盞有意鮫人爲泣珠落日沿回歌蔽芾明時歸去做
唐虞他年太液看花處尚憶林泉一釣徒

林泉道中

逕谷村前下馬韉清流一曲繞巖邊青楓樹老紫苔
石白粒花開黃粟田村女採桑窺廢壘行人敲火吸

新煙綠霞碧玉心猶戀歸島吾家亦惆然
次權別坐喜雨之作
看君句法逮安表肖學時人巧奪胎乍帶雨聲驚午
枕故添詩思入江梅山容礫礫承清旭水勢溶溶漾
碧苔惟有荊圍長夜夢竹扉松逕去無回
黃山寺滯雨次默師軸中韻贈圓上人丙子
岐山西畔玉芙蓉化作金虬繞向東廢寺重修新閒
奮居僧甚勤老無聾必時聯榻人何在今雨還愁路
未通欲問沙門留月日但云佳節近天中
次韓著作韻二首

一年人事又溪秋逝水頹光不可收蛩語淒清如慰
客山居寥落自生愁轂藩媚盜誠愚計架漏偷安豈
遠謀萬古穹窿常自運杞人癡絶淚空流
客來溪峽幾經秋況復山田必所收路上傳聞無好
語人間何往不窮愁七年病忽三年艾五日蟾遲六
日謀嘆息中宵成獨坐碧天如海鴈聲流
丙子入臨川李君浩來言余觀魚之作因憶
得其韻
憶昔身遊地一邊只今心想却茫然眞僊豈必無斯
世勝地何嘗有別天極北羣山稊粒粒日南諸島荇

田田早知白髮終難禁寧叩壺公學度年
合竹溪朴君二絶韻得七言律二首復呈
森凉晚出浴清泉歸卧林亭意欲倦古木蒼藤龍作
勢斷崖丹蘚錦爭姸分身與影成三友合韻聯章得
二篇天作石門非有鑰絶無詩客枉吟鞭
世人誰復識龍泉雷焕當時久已僊不惜星文空晦
蝕生憎社魅假嬋姸愁窮白帝啼猿峽喜見青蓮泣
鬼篇忽憶往時淸使返未聞持贈繞朝鞭
題蔡景慕小亭次全德久克恒韻二首
耳厭塵寰萬族喧嶧陽新斲自枯根羲洋舊曲歸重

理雲樹遺篇入細論君子好生誠至德吾儕無死敢
忘恩早知餘慶皆由善不發于身在後昆
誰遣希音息衆喧應探月窟及天根堪輿言外有新
得集驗方中無此論不獨神鍼能起死亦令枯骨遍
啣恩牧堂已矣今難作服事西山欲以昆宋儒蔡西
山先生深於醫藥地理之書嘗發揮玉髓經其序云
先君牧堂嘗詔子弟地理醫藥爲人子所不可不學
不知醫藥禍在一人不知地理禍在一門如是而可
待人爲之乎今景慕姓蔡而自先大夫以活人爲心
鍼術精妙高步一時至景慕而兼治堪輿家事有相

類者。故借以爲用。時受鍼者上下竝三百餘人。全慶尹亦來。德久侍行。首先題詩。柳持平亦和。

次晩翠堂權峻甫 山立 韻二首 竝小序

外兄峻甫氏之宅邊有五松。細葉輕陰甚可愛。峻甫氏日哦詩其下。徘徊眷戀。若人所無而獨有之者。夫貞孤難奪。貫四時而長青者。非峻甫之松獨爾。顧眞知可愛而篤好者。惟峻甫氏耳。峻甫氏旣取以爲號。仍作七言律二篇。求余和不置。遂次其韻。但所謂晩翠堂。猶有扁而無屋。崔季昇令公爲作序云。

昔聞避世在墻東。今見藏踪委巷中。安樂無窩高非邵子。盤桓有地是陶翁。嚴霜烈日何嘗異。勁節孤懷暗與同。可惜城頭無限樹。芳華凋盡海鯤風。

吾兄雖老亦風流。天遣斑鳩八杖頭。物亦羞蒙秦雨露。人方畏觸褚陽秋。紅塵迹遠郍能免。白雪詞高未易酬。自古山林多竊吹。不言休者是眞休。

白菊一叢寄李石溪新寓

品植求來不計程。東籬留得伴淵明。徂季酷旱貧滋潤。復月嚴寒試落英。素色却從盃裏失。淸香疑自雪中生。新居歲暮應無此。添一孤芳匪主盟。

高使君作花山倅。仍作榜會。公先唱同榜同庚已自奇。余續而成之。

同榜同庚已自奇。相知相見底差池。天開溟海鵬程闊。地入煙霞鶴夢遲。莫把雲泥論氣槩。須將雪月證襟期。幽蘭縱馥猶能變。豈若松筠貫四時。

次柳德哉韻 己卯 ○與權別坐朴晦叔諸人。同話于黃山。聞德哉不在。未訪而來。後以遐棄爲言而不一來。故五六句及之。

猿谷滋知路不多。只緣衰病未經過。却因瓊韻開塵慮。如入芝田嚼彩霞。斬一着鞭君豈負。巧相違扶我應遐。荒蕪強綴聊成謝。非欲鉛刀簉莫邪。

次李季明四時韻四首

天竺之南綠水灣。幾年無主任荒閒。衡茅不讓東西瀼。詞藻何慚大小山。臨澗碧桃花爛熳。隔林黃鳥語間關。一生憂樂何須問。身在煙霞紫翠間。 右春

春盡蕪湖野水分。園林布葉密如雲。上江漁火昏方見。滋樹啼鶬晝亦聞。莫謂往時遺地志。須知今日屬人文。思君每取詩三復。又擬零陵一炷薰。 右夏

嘉遯雲林遠世塵。求之於古豈多乎。甘爲箕潁長貧

十一月數畝梁大丈夫。一枕新涼蒼竹塢。滿園清馥紫
蘭盍傍人莫道無隣並。馨德從來自不孤。 右秋
送盡年華已白頭。知心惟有舊沙鷗。相親相近不相
訝。自去自來還自休。未厭窮居隨簡朴。要從暖日討
清幽。鶴長鳧短由天賦。豈可令悲又使憂。 右冬

遣興 丙申○在松村作

春盡江樓落晚花。出門殘日看棲鴉。客來鯨海星霜
久。家在龍山道路賒。萬里風塵天北極。一年芳草洛
南涯。子規啼近窗前樹。無限鄉愁幾倍加。

對酒有感二首

石門先生文集卷三　十四

浪迹飄飄幾日休。二年溪上送殘秋。無醫可藥相如
病。有酒難銷宋玉愁。歸鴈一聲天似海。去鄉千里客
登樓。洛東江水將離恨。日夜滔滔不盡流。
異方簫鼓不曾休。歸計蹉跎又一秋。山澗幽泉牽別
恨。草堂殘月照鄉愁。馮驩爲客長彈鋏。王粲思家獨
上樓。更是去年添淚處。碧天如水鴈聲流。

羅公以長律一篇見寄。用別韻三首奉次却寄。

病中膚垢欲生鱗。絶登枯槎即我眞。承玉自憐無麗
藻。級蘭猶幸襲芳塵。龜今得水寧希室。松本凌霜不
戀春。莫恨世間知己少。此來魚鳥亦相親。

細酌松醪斫錦鱗。山居風味此爲眞。一件巾屨無餘
物。萬疊峰巒不屬塵。更覺高風饕盛暑。曾知寒谷
發陽春。從前愛慕心難忘。豈意如今特地親。
一夜前灘減石鱗。煙蓑何處問玄眞。初因 聖上棄
林藪。兼洗寰中鐵馬塵。惠澤已能騰萬口。垂輝何止
映千春。從來弭告皆 君德。敢貪鴻休記所親。

又次一首奉呈

青溪白粒配銀鱗。鼎坐松間軟語眞。臺閣失公非至
計。江山得我不凡塵。灘聲磨處疑捐佩。樹色蔥蘢訝
別春。若見麻姑煩爲問。歲星來漢與誰親。

羅公次韻以示又次

石門先生文集卷三　十五

波紋蹙作萬魚鱗。中有人疑太乙眞。但見綸巾常對
酒。安知羅襪不生塵。盤中瑞核桃千歲。堂上靈根椿
萬春。我亦前身蓬島客。此來深覺兩心親。

奉贈眞安李使君兼呈金察訪行案二首 察
訪於使君爲聘舅。而李秀才侍行。於察訪是
宅相也。

皇蓋時巡爲盍簪。銀鞍遙簇鳳溪南。澹臺偃蹇寧辭
慢。山簡風流自不慚。蘭佩繞聞聲盡馥。松醪未飲望
猶酣。氷清玉潤元相稱。更愛蚌珠映碧潭。

面面奇峰似玉簪。雙溪纏繞抱西南。青山可買應無
價。白髮非公豈不慚。梅塢雪消春信迫。茅簷日永午
眠酣。何人畫我閒中趣。花鴨輕鷗共一潭。

次李季明雪後見寄二首

布衾如水暗書缸。睡罷初疑月滿窗。人斷驛亭聞折
竹。火殘茶竈見寒釭。夢尋舊路銀千界。案得新詩玉
一雙。不是子猷關病蟄。好乘幽興泊松江。

雪霽天衢鴈路通。遠書珍重落簾櫳。如君未必眞成
老。而我居然已作翁。病後一分雙鬢改。別來千里兩
情同。青山不語雲無意。爭月論他聱與聾。

又次季明韻

忽驚瓊雪墮塵床。薰以蘭芳十襲藏。此等文章知有
數。吾人疾病奈無常。愁窺明鏡頭疑鶴。夢入滄浪路
轉羊。怊悵出門時一望。小亭蒼翠雜煙光。

次洪叔京見訪韻二首

病來回畔友梅兄。多子相尋涉遠汀。雪壓寒松龍未
起。藍田寶玉器初成。醉中歡意無離意。湖上長亭共
短亭。逢別世間常事耳。不須揮淚浪沾纓。

自是三清第一流。緣何今夕落滄洲。樽中綠酒雖無
限。坐上佳兒久莫愁。青草池塘曾夢想。白駒場藿此

優遊。玉京路在春風後。更待巖花倒玉舟。

次朴府伯應衢韻 甲申

僊翁雖未離塵寰。朝飮瑤池暮海山。兩耳不聞分水
嶺。一心惟愛落星灣。孤標落落終難忘。歸袂飄飄豈
可攀。西望忽然看不見。濕雲殘雪隔孱顏。

次李器成題朴府伯草堂韻

孝子巖前有別村。編蓬爲屋葦爲門。室如懸磬心常
泰。身似虛舟跡漫勤。綠陰峰瘦秋霜近。黔娃江暄夏
景繁。最愛夫人無外慕。竹床蒲席絶塵喧。

次李季明韻

我旣傷懷不自禁。君之於此又何深。人生天地未無
憾。賤若昆蟲皆有心。已識彭殤都是數。誰令診怪復
來侵。山中毎苦知更鳥。參未橫時月欲沉。

次江院種檜韻

歲在青雞月屬陽。寸根移種近鱣堂。非關異日祥鸞
集。佇待明時聖道昌。扶植斯文昭闕里。挽回元氣庇
宮牆。終當效死支傾廈。不獨亭亭貫雪霜。

題挹翠亭五首

晩將矮屋縛江濱。谷口煙嵐對子眞。造物無私供萬
象。名區有待秘千春。縈迴水抱中和氣。平遠山如蘊

籍人誰遣詩豪能說此時資吟玩爲頤神五句六句
乃放翁語能盡出此間形勝無餘蘊故詩中借言之
朱子云放翁詩豪中之豪者也
衰老仍思寂寞濱晩來偶此養吾眞青巒恰受三間
屋白髮同涵九寓春世上悠悠興敗事胸中歷歷古
今人憑軒一笑還堪恨幾箇英雄枉用神丙子入林泉
家於官道大溪濱動靜隨時趣亦眞簷外縱無三逕
地胷中賴有一園春緣江瀲若開新釀瑞石依如別
故人清世何歸非樂土水雲隨處寓形神瑞石在林泉
我來觀水洛之濱擬挹餘波𪗋道眞俗學可堪季巳

石門先生文集卷三　十八

暮此心猶與物爲春中宵鼓柮誰家子落日行歌底
處人懷仰昔賢還獨立滿川花柳爲傳神
小舟來往碧湖濱因憶當時賀季眞野服何須狂道
士桃花不必武陵春沙禽水鳥是知己牧豎樵翁非
別人堪笑高歌商嶺客却來存漢費精神

孝友堂四首 並序

丙戌夏余出浦上居竹下小堂數月堂乃
先兄梅塢公宴處之所也兄平居制行甚
高雖不湀知兄者亦莫不以孝友稱之昴
於其時實湀迷愚猶得奉以周旋得免罪
於鄕黨親友不幸獨存於世見甥姪等於
奉先事親之際克誠克敬其兄弟又能和
樂其人不在其事猶存余安得不悲且喜
也堂舊無扁余揭孝友二字爲扁非獨以
一時所感而命之名也蓋聖賢敎人必先
以孝悌者豈不以一世聲名德業光明峻
偉者實自孝悌中涵養成就推出得來耶
爾等其更勉之庶無負吾意可也因作七
言律四首其一書所以命名之義其二自
悼其三乃叙吾平素其四又申之以飭勵

石門先生文集卷三　十九

之意皆出於肝膈而無以吾老耄之言而
忽之也

孝友之堂我所名喜而能不墜家聲親情載悅潛鱗
躍羣季交懽死亦榮薄俗亦應知感化至誠元自格
神明昔兄轉死爲生日眼見鸞酋滂淚橫
幼失承顏長益煢其於風樹不停聲身將影隻生何
樂病與時危死卽煢獨鴈呼羣迷海徼慈烏啼血逮
天明我憂欲鳥渾無地多事陰雲遶月橫
不向人間道姓名却來林下聽泉聲草衣木食眞吾
分霞佩芝裳亦已榮誰玩斷絃千古遠獨憐殘月五

叟明。義軒邈矣今難覿。惟愛孱巖一字橫。
言顧其行行顧名。毋令宗黨但聞聲。求之方寸自無
慊。養以專城奚足榮。愛本性生非待勉。學由心得要
須明。老夫亦起尋眞興。試問僊源路豈橫。

七言排律

臺城柳十六韻 戊戌

江都往事何須問。碧草東風聽碧雞。草碧繁華春夢
過。依依堤柳暮煙迷。臺城憶昨開淸宴。錦帆連牽弄
彩霓。嫩綠一春滚雨露。淸陰十里蔭江堤。御爐煙鎖
靑羅薄。遲日風和翠線低。江院天晴花似雪。龍舟日

暖醉如泥。笙簧臺殿猶歌舞。風雨關河已鼓鼙。盛麗
有時成代謝。寢園無主遍耕犁。故都蕭索非前日。裊
柳依然夾舊蹊。葉作宮眉顰水曲。行成騎隊繞臺西。
風歸漠漠連金殿。雨過蒼蒼拂玉梯。綠影不隨時事
變。裊枝留與暮鴉棲。千秋遺恨江波咽。六代興亡野
鳥啼。剪綠庭空花寂寂。放螢園廢草萋萋。從來荒樂
多如許。莫向遺墟倍感凄。落日古城城下路。一詩聊
和古人題。

七言古詩

庚子臘月廿九日。自老峴投宿桂谷。明日向

松村。馬上口占。

銀河淡影沒曙天。青巖亭前氷塞川。北風一夜吹殘
雪。驅馬初疑生素月。客中明日是歲除。客行何爲猶
未已。去年過冬南山中。今年別歲桂谷裏。秊來行李
只如此。不知明秊又何地。瘦馬凌兢苦不前。若到松
川日應暮。鶴髮幾時空倚閭。行子十年長在路。歸雲
出峀水西流。睠物可耐懷鄕愁。悠悠客恨無人知。時
對靑銅頭欲絲。

邵城道上口占寄沈習之。

南客來時正風雪。南客歸時已碧草。南州此去千餘

里。何由再踏邵城道。漢江水濶島嶺高。兩地相思愁
欲老。

河豐津阻水

秋江八月潦水多。沒盡高原三數曲。江中怒濤滚幾
許。江上靑山只百尺。薄暮寒雨從天來。滚秋暝煙連
江碧。客來欲向龍宮去。借問孤舟何處泊。

病中吟寄朴士豪 丙午

昨我與君訪巫峽。是時尚覺春來早。寒梅一枝半坼
雪。弱柳千絲初拂道。邇來臥病不出門。想見街頭生
碧草。洞裏巖扉久已掩。磯上蒼苔爲誰掃。春光欲晚

君不來。若待君來春已老。人生季少不再至。莫負溪
山花月好。

庚戌季冬。將向錦城。以白雪行一首。別大家
舅氏武夷李季明。天地人分韻得地字。

山中靜夜松桂喧。櫪馬沙禽寒不睡。起來羣山湧白
波。大海直掀階前地。松巔病鶴擁潑巢。塞上征鴻垂
兩翅。大家舅氏武夷子。聞我遠行來相視。夜向山堂
共惜別。傾盡斗酒猶不醉。吟髭半腮凝曉液。落紙宛
若鮫人淚。錦城歸路湖天外。我行悠悠何日至。征駒
催動日已高。回首江雲但空翠。

愚伏先生赴京別章

嶺南山水名吾東。其間往往生豪雄。先生又是嶺之
秀。洛中方識滄衣翁。夙將風裁動朝端。仙鶴一下鷲
人寰。貧賤雖云有道恥。枳棘豈合棲祥鸞。歸來卜築
愚山下。着破藍衫出無馬。悠悠遠懷寄黃虞。坐嘆長
江流不舍。天時爰屆一陽新。蟄雷初驚天下春。金門
曉闢旭日昇。萬國爭賀瞻堯仁。先生是時奉玉帛。五
雲遙望連閶闔。固知周行儘英流。箇中何人爲第一。
親承天地發育恩。準擬東還布鰈域。北風蕭蕭吹五
兩。龍灣八月秋波漲。西山行吊採薇翁。紫市倘酹文
丞相。風霜異地節候殊。愷悌只賴神明扶。臨岐落日
獨惆悵。離魂遠逐西飛鳧。

贈鄭穆如

吾友西原相公胤。字曰穆如躡清風。爲人嘐嘐不爲
今。我嘗得之千人中。十句缺生來嗜酒恒取醉。醉來
吐辭爲長句。詩成手自寫。一掃窮千紙。大字頗奇古。
樛木老藤互撐倚。小字較瘦勁。快刀利槊相錯置。嘻
嘻今之人誰識清風子。世稱善書如裴子張輩對此
應須愧欲死。我家正在清江曲。清江之詞有八篇。請
君爲我書數幅。細字穩帖如蠶眠。掛我書齋之半壁。

坐看變化如雲煙。

北風吟一首。贈青鳧李使君令公。

昨夜顛風自北來。掀天動地無涯邊。沙飛石走邱陵
平。直恐海飜爲桑田。已看松栢摧爲薪。縱有蕙蘭何
能全。憑凌已極勢必衰。只爲眞宰迭經權。林藏彪虎
澤藏龍。忍使宇內淪腥羶。青鳧隱吏葛洪徒。句漏作
令非徒然。丹成幸分一刀圭。莫向崑邱獨作僊。我欲
一入蓬萊山。不問人間風與雨。石樓一卧千千年。

立巖吟。寄晚翠堂。

君莫言蜀道難。男兒性命未須慳。憶昔風塵鴻洞兮。

翠華東狩兮 廟社離壇吾將歸死東海兮但見雲
嶺連天勢鬱盤豈知有此洞壑非人寰安頓妻孥雖
得少安兮回首白登兮不覺叩膺而長嘆無論山回
與水環室苿容膝猶為寬田翁野叟亦往往而來觀
兮云我亂定留無還初着山杏若金彈轉覺霜葉逞
蒲團西歸鄉里豈無歡畏途至今猶生酸不辭鎮鸞
駕往來蓬瀛間揚雲霓而鳴玉鑾人間何處是三
韓嶰谷秋老紅琅玕雖然獨卧七寶欄未若掩迹林
泉兮柴門双關江干一石截然獨立兮姿堅頑上磨
青穹下揷滄波不許猿猱鼯鼠之亂攀行人凜凜毛

骨寒到此鮮有精神完貞孤高苦素性攸安兮凡吾
所以自况者在此非徒事乎考槃也宇宙間一種節
義雖在人而亦隨世之隆殘兮或有如秋霜烈日或
有為虫臂鼠肝吾老外兄氣宇桓貌隱南山非為斑
時將素懷付毫端意欲使我推波而助瀾晩翠之堂
倚孱顏不棟不楹非青非丹猗歟取號不在堂不在
山誰復知之誰敢訕不但寓意自一般同心之言如
握蘭我語雖拙兄何刪

種松 己亥

生平景慕赤松遊半世林泉歌考盤幽居最愛後凋
姿苦操每趁風霜着庭前比植杜陵柟手撫朝暮長
盤桓雲關笑傲樂事多軒冕人間非我干義經一卷
足生涯陋巷簞瓢聊自歡山中歲暮誰與歸壑底空
傷摧蕙蘭閒卻何處訪獨秀寸根移自西山巒慇懃
培埴不憚勞竹塢塢邊闢小壇殘黃依俙綠漸凋半
庭疎影侵衣冠虬枝能傲一庭雪稚葉尚聞濤聲寒
千年非爲結茯苓九霄豈待棲祥鸞寒姿庶見雪月
夜白甲蒼髯低小欄溪根下有蟄龍知直幹上聳青
雲端窮居因以作庭實歲晏貞心期一般君看萬紫
與千紅水岸山村三月闌冰霜一落竟凋歇獨有屈

鐵難摧殘心期永托歲寒中勁節肎受秦皇官他年
應作棟樑材不然化爲蒼龍蟠

雜詩

敬亭吟

山青青水泠泠敬亭亭上頭重迴幾疊芙蓉屛謂世
鳥不驚謂盡溪有聲主人時獨來鏡面雨過秋波平

芝圃八景 巫山一段雲體兼禁題體

龍淵夜雨

日落大荒黑風吹孤棹寒漁舟收纜及前灘回首失
重巒疎響聞潭竹幽香識渚蘭忽驚鳧鴈鬧江干月

出已宵闌。

煙寺暮鐘

落照紅將斂。残霏翠不齊。眷眷忽自片雲西。知有數僧棲。一水波聲伏。羣山黛色低。卻今心地撥昏迷。無事更提撕。

山店朝嵐

野濶残星隱。江暄宿靄微。天風吹縷繞山飛。半雜雨霏霏。愁黛粧逢就。孤煙露易晞。幾家松竹護巖扉。亭午尚依俙。

河橋晩雪

澤畔迷寒鶩。城頭集暮鴉。怳然身世落瑤華。大地玉無瑕。野外川逶直。坤端嵒等差。客愁天末日西斜。何處有人家。

長郊牧篴

小雨歸平野。殘陽在遠村。數聲何處隔高原。吹斷碧雲痕。古堞棲鴉散。危梢落葉飜。商謳不必在齊門。韻水有清源。

幽浦漁燈

古渡風殘夜。長汀水活時。青熒幾點點江湄。波底自相隨。正見月初落。欲稀星漸移。此翁於世本無期。不怕有人知。

平沙落鴈

荻花渾如雪。河橋近有霜。凌空三兩字成行。點點下蘆塲。剩帶邊愁至。遥添刻漏長。江南蒲地稻兼粱。何事此來翔。

廣津維舟

岸豁何時斷。江深不肯流。長年一醉也悠悠。日暮遶方脩。向者輕風浪。居然閣晩洲。煙波幾隔鳳凰樓。西望使人愁。

次金義精效憶秦娥

愁如雪。西山尺氷寒梅發。寒梅發。幾度芳華。美人傷別。巫山山下松江夕。一笑相逢須盡樂。須盡樂。明日相思。碧海霜月。

輓詞

愚伏先生輓詞

陶匡正脉國蓍龜。此是邦人所共知。身把行藏着用舍。人將出處卜安危。班行久屈絲綸手。宵旰虛求柱石資。天意盍令寧社稷。人文猶幸屬宗師。世間波浪終難定。天上風雲未易期。蘭被挫來香益烈。金經鍊過色逾奇。心勞幽厲淪亾日。目覩宣光撥亂姿。扶植

斁倫名義正賁揚熙載物情宜既膺堯舜君民責要
及明良際遇時黼黻笙鏞廊廟用準繩規度士林儀
謂興禮樂猶云可馴致雍熙所不疑此說至公安敢
諂斯民無祿欲何爲未看國祚歸盤石空使愚瞭泣
路歧御月麗天難夏覲文星入地可能追陽春和氣
思談論烈日嚴霜寓劄詞獨有檢湖湖上樹秋聲葉
葉替人悲

輓李蒼石先生

天未欲平治鰈域文何存吾至於斯歲非辰巳賢人
厄時到艱虞正學衰已信道之將廢命安知來者得
如茲西山直立三千尺仰止猶能慰我思

輓柳修巖季華五首

聞禮趨庭早求仁立雪誠文章宜粉地鹽菜可鉶羹
義質雖天賦工夫若性成方期陶一世何遽閉佳城
恥作龍門士寧求鴈塔名昏朝科舉無公道公司馬
榜下有當路用事者聞公得別試以書來試公公遂
不赴因以廢舉楩柟元自直氷蘗未爲清紐鵲恩俱
洽居烏議獨平時姜鶴年以掌令獲罪將不測公立
異遂遽持平而還驊騮方得路鵾鵬奈先鳴
緬憶先丞相與邦德業優根深當大茂源遠必長流

玉樹連株秀瓊苗滿畹抽雲仍應未替積善是箕裘
梅墅承家日諸生哭裼裘愚伏先生喪公爲執禮及
葬時有爭以古今禮衆莫知所定後竟從公議片言
鉗衆楚大禮克從周雖切山頹慟稍寬道喪憂今方
議腏食徵子與誰儔

輓趙黔澗靖

猥托金蘭末追將四十春愛君心似玉憐我鬢成銀
杞國憂雖過濠梁樂自眞如何中道失羸卧暮江濱

昭代簪纓族東韓禮法家驊騮方展足世道劇頹波
紫陌收歸興青門學種瓜精神猶不泯商領鬱嵯峨

輓金雲川涌〇甲子

我愛雲川翁頎然一海鶴獨負蒼生憂久掩懸磬屋
冠冕未爲榮江湖非所辱進欲舜吾君退言返初服
用舍本非吾行藏合有則徒令五州民口碑銘遺德
善積不徒然瓊枝比立竹公意益兢兢天心胡漠漠
驊騮未半途虐雪摧松栢否泰實相尋終須享胡福
嘻嘻雲川翁溫其如美玉玉既不自言世人焉得識
但相君子儀未登東序席嘻嘻雲川翁古少今罕覿
忠孝乃家傳氷蘗由天得於人實英特在邦猶喬木
胜別忽不見謂公將安適茫茫天宇間此訣無終極

精神竟何處。白雲空遺躅。高風掃碧空。雪山千丈白。

輓宗叔西溪 彦宏

念我蓬原胄。流光及裔孫。公能超俗子。私喜大吾門。
質美文猶炳。心和氣益溫。擢蓮登壁水。分桂出天閽。
塵世來威鳳。雲程化海鯤。高名動山岳。馨德藹蘭蓀。
木秀風偏怒。花濃雪始繁。物情殊好惡。時運異亨屯。
白首風埃苦。紅塵歲月奔。還尋遂初賦。歸臥仲長園。
洛社風流遠。儒林德望尊。桐鄉遺愛在。槐院古風存。
天上無眞宰。人間有至冤。誰知弔世鶴。自是斷腸猿。
子姓人誰忽。吾宗義獨敦。幾年陪謝屐。到處共元樽。

盛眷難容說。中心不敢諼。春湖一碁局。暮雨數家村。
玆事已陳迹。此懷那更言。眼前雙玉樹。身後萬璵璠。
積善當餘慶。觀瀾必本源。賤生寧昧分。微物尚知恩。
廢疾踰三禩。承顔指九原。題詩遙相紼。伏枕但銷魂。

輓金景淸 渭

先祖勤斯啓後人。生三事一見君身。每當令節先存問。獨抱恩情視懿親。莫恨榮期常帶索。須知原憲自安貧。白首紅顔今何處。談論依依似隔晨。

輓鄭從宜 樺 三首 丁卯

莫爲生者獨欣欣。莫爲死者長慽慽。浮生元是水上漚。縱使百年亦瞬息。念君長逝百無憂。較我遑遑果誰得。茅齋危坐未成眠。隔隣又聽兒雛哭。

有書新自日邊來。虜騎未至關西尾。將臣拱手坐無策。翠華南望江都野。先生此時尚何處。縱使平安誰侍者。君若有知當何心。未應瞑目歸泉下。

可憐檢湖湖上山。埋却藍田一雙玉。翰林墳在一山 美質八斗雖可化。溫潤在心忘不得。福善禍淫是誰言。贊者往往無可托。王闇莫慰暮倚心。月聽香閨孀婦哭。

輓柳雲瑞 元賚

嶰竹有佳實。團圓兼紫紅。不爲威鳳食。空落大鵬風。對鏡泣孀婦。倚閭悲老翁。臨危失所杖。誰與倚崆峒。

輓金上舍德裕 基厚

我病十數年。求死不即死。每於沈痛中。忍對求輓紙。送諸好人盡。苟延將何俟。子去未須悲。吾存安足喜。又自數月來。喫辛誰與比。玆行只後先。相訣無多字。

輓柳尚之

海內親知濶。人間歲易窮。有時雖對面。無處可從容。彩鳳雲霄外。寒松雪月中。前秋九日話。此後更能逢。

輓金上舍存中 二首

匹馬高齋記逢時剪燈清夜話心期韶華滿面君還
健霜鬢臨杯我較衰書信向來稀亦恨儀形此去杳
何追只今西塞塵氛惡稱化全歸未足悲

數十年間道義交前身豈不是仙曹清奇骨相元非
俗放浪湖山早見交眞宰何心輕與奪上庠未足當
風騷傷才悼夭千行淚綠綺金龜永已拋

輓具 賚祚

我病未及面出門人事非舊山曾已別孤櫬未須歸
樹古風威亂天長鴈影稀將何以自慰蘭玉滿庭闈

輓金恭父 基

鴒原茹慟已心焚天外離鴻豈敢聞白首未禁中夜
淚青山將遍故人墳晚年嗜好殆非性少日矜莊卽
是君厚德深仁當大發庭除況有紫蘭芬

輓李上舍 之馨

懿我松齋後頎然海鶴姿溫開德宇烱烱秀芝眉
司馬薦名日伯牛亡疾時皆言棟樑具合作廟堂資
造物素多忌病情誠未知得非人事過或乃命途奇
十載淸羸甚重泉曉旭遲暮閭王母戀晝哭敬姜儀
仁者如無壽傳家裕有兒猶能慰我思不必淚長垂

輓宗人

氣味溫醇行亦純家聲世數吾人青雲器業初非
少白社幽閒自是眞嶺嶠天長唯斷鴈開元節近獨
傷神故山埋骨何須恨鯨浪掀空未有津 開元有先祖墳塋每年春秋宗人會奠

輓李嘉平子固 李宗室也丙子避兵到龍宮客死丁丑返葬

雖識君行已到龍其如臥病石門中有書惟慰昔年
別無力可扶今日窮耿耿向憂深吾已老宗枋厚重
子長恫孤忠耿耿應難泯化作晴虹亘碧空

輓鄭壽甫 佺○戊寅

我在丙申間愚騃無短長君爲義丈夫吐辭皆琳琅
始於衆廣中瓦礫分圭璋公愛我若弟我視公猶兄
是時寇未退戎馬環于疆愚蒙失所業恐遂同戎羌
司牧爲是懼聚士開東廂公文蔚爲頭星宿爛光芒
我幸躡後塵與子參翺翔潛思究終始凡幾換星霜
聯榻青義春檀杏發天香開襟江院夕積雪遍山岡
崑玉本自美山石發輝光紫荊固可賤蘭蕙借芬芳
相期在一邦衰白共扶將奈何中離違仍爲參與商
我病在芝阜所須唯桂薑平生江海友歷歷心不忘
聞君愛道井巾屨尚凱康井泉一何深波恬風不揚

沿流得眞源。以禮爲隄防。村人新面目。山月舊肝腸。
富貴豈不願。在天不可強。貧賤非所喜。命也安吾常。
上庠僅殊稱。省郎安足償。嗟爾荆山璞。不售亦何傷。
君子無所貴。所貴心不亡。心存理自得。德就言有章。
行身無詭隨。植志唯矜莊。於道雖未優。已超聲利場。
生順而死安。此外非所望。人生豈長存。海波亦變桒。
七十古稱稀。子孫列盈堂。浮世特寄耳。九京爲眞藏。
死者歸浩浩。生者悲倀倀。况今亂未已。不知身所僵。
送子不以哭。聊用歌滄浪。

輓金都事子聸 是樞

世說先賢後。斉英如公。知不墜家聲。鵬摶若候吹噓
力。驥展能酬敵。懐誠臨酒雅。敢無俗氣。憤時高論出
常情。英魂。毅魄今何處。眞宰茫茫鬼物獰。
憶昨豐山路上看。霜毛雖鑷尚韶顏。謂將眉壽膺胡
福。誰料杯蛇入肺肝。人事已隨朝露變。萱闈猶待暮
兒還。病妨挈酒遠臨穴。雪色峰頭淚眼寒。

輓張察訪 好文

江河之潤。漸及郊圻。松栢之陰。蔭彼邱墟。公於其鄉。
實維喬木。孝悌忠信。用化其俗。箕城之人。比户可旌。
若無忠信。善安從生。潘揚之故。眷顧寖深。去歲庚辰。

枉駕相尋。燕鴻不謀。致孤來悅。雖隔於面。不昧於心。
我心有慰。善人有後。芝蘭玉樹。旣茁而茂。生來抱疾。
咫尺千里。臨葬未會。痛何窮已。

輓孫清遠

相知五十有餘齡。同志同居又一庚。綠綺聲酸那忍
撫。黃壹辭苦未堪聆。彭殤有命難容力。禍福無門錯
用情。以德愛人吾則未。追惟尤盡負幽明。

輓辛務安伯道 弘立

葉津荒舊業。秧谷是新莊。俛仰悲何已。追惟淚欲滂。
禮闈初擢第。湖郡暫懐章。始或違嘉遯。終能保括囊。

貧堪甘濁俗。謗不掩幽光。堂下芝蘭茁。庭前步武康。
居鄉父老首。於我丈人行。曩忝承公幹。叨陪貳府廂。
新知多率意。高見務存羊。義幕參機務。鸞壇把羽觴。
信兼忠各勉。形與歲相忘。大漢平城厄。群生畏道傍。
公棲青杞縣。余疾紫芝坊。有約期團合。無端壞宿望。
纔成遼鶴返。却斷楚猿腸。星彩垂南極。金神護壯卬。
人間休作容。地下復爲郎。白戰名猶壯。紅酣句亦香。
文章應不朽。公論豈終亾。一束青芻隔。將何表善良。

輓金參奉 希孟

余悲世之人。色厲而內荏。又嫉窮巷士。慽慽一瓢飲。

和泰以敬身。我於吾公見。仍念廿載前。始識荆州面。
層阜停彩影。景滃騰祥文。孝友本之家。忠厚居於羣。
明非沉濫器。不覺芝蘭薰。晩世敦志行。山林窮紬繹。
誰知不世珎。蔵着荆山石。芸籤課子孫。人間亦一樂。
種德不食報。槐陰自濃綠。如我病纏綿。數年卧床褥。
舊遊看漸稀。落落天星曙。聞君又卽遠。我懷誰與語。
擁衾寫哀詞。空垂雙頰筋。

輓申景卓 挺立 二首

丹鳳文章瘦鶴姿。海邦今古幾男兒。驊騮自可輕千
里。僊桂誰能借一枝。少日才華人共惜。暮年窮病我

猶悲。門闌餘慶應長發。聞道賢郞又德基。
鸞軒揖遜杏壇琴。庚子年中偶識心。聞我詩成疑泣
鬼。觀君賦就欲輕金。蠻煙海雨愁長別。嶺樹春雲惱
獨吟。還怪此生遲一死。強扶衰病到如今。

輓鄭鶴洞康侯 維藩 三首

山下孤村路。南中碩士家。舊時文會地。今日水鳴珂。
好義良由性。尊賢豈是阿。得非看世變。一寐尚無訛。
積病滚山裏。十年今始歸。有心承玉眉。無耐斷金徽。
草綠新阡路。苔斑舊釣磯。前期應不遠。忍淚已沾衣。
落落孤松直。軒軒長者風。是非無係戀。渣滓盡消瀜。
薄俗休多論。浮雲過太空。獨思身後事。重使我心恫。

輓趙子約 儉

去歲藍輿北澗汀。精神猶昔眼雙靑。東垣大手世家
閔。南極老星光晦冥。耕鑿及觀全盛日。風塵安卧未
衰齡。一生享福誰如子。水谷三山不忍聽。

輓南子方 振紀

河社當年席上珍。居家行世議無隣。生平只辱鄕三
老。流輩安知第一人。毁譽在時非在我。窮通由命不
由仁。可憐白草黃壚底。埋盡人間玉與珉。

輓金君平 塈

與君忘歲又忘形。自謂當時范巨卿。蝸角纔逢人卽
縮。蟬腸本與物無營。是非叢裏稀傳姓。道義文中盛
得名。我病未能移寸步。素車何計拜丹旌。

輓金伯起 希振

南華謾說太浮誇。脩夜玄宮可托些。西港已埋雙玉
樹。東隣仍委兩荊花。天於孝義將何報。凡在聰聆孰
不嗟。卻怪長鰥遲一瞑。忍揮哀淚寫恒沙。

輓外從祖權僉知 誠

去年春暮拜床前。白髮龍顏望若僊。自喜外門皆壽
考。不虞衰疾遽纏綿。浮生草草眞如夢。長夜冥冥未

有年。他日西州郡恐過。夕陽門巷獨依然。

石門先生文集卷之三

石門先生文集卷之四

疏

卯 龍宮士民請蠲減睿朝所加下中之稅疏

臣等以弊縣遺氓。命句螻蟻。心懷至冤。思一鳴籲。而天門九重。得達無階。跼足喪猶者久矣。今者伏見星山都會官分定今年田稅數。田畓下中殆十分之九。而該曹關內依甲戌條磨鍊。故不得不如是云。臣等私竊怪之。此必行會之間。或未審察而致此。恐非朝廷本意也。何以知之。臣等聞 殿下於量田之時。或慮結負過重。務令平量。量後又令蠲減雜稅。其他憂民隱疾之意。累形於筵席之上。其不以損下益上爲急明矣。安有聖明如此。而以廢朝一時因仍苟且之政。又施於更化之日也哉。臣等請推本言之。夫自一等至六等田畓之所以分膏瘠而定結負者也。下中與下下視歲豐歉而爲之上下其稅者也。下中一結出稅六斗。下下一結出稅四斗。年登則稅以下中。年凶則稅以下下。下中隨時有無。而下下爲常稅者。此 祖宗朝舊法也。然而上道瘠薄之地則雖豐歲無下中之稅。下道肥饒之地則有之。降及昏朝。國內多事。經費漸廣。當事之人。遂量出爲入。而剏爲不經

無擴之法今歲加自覺來歲加勤定所謂自覺者言
隱漏者發覺也所謂勤定者抑勤而擴定也皆所以
橫斂取足而施之土沃結縮之邑則猶或可也然而
奉命之人忽於廉謹殘弊之邑失於彌縫與奪不公
征斂無藝於是有有田無稅有稅無田之謠嗚呼此
豈 先王成憲而久遠可行之法也哉龍宮是臣等
所居之邑也土瘠民貧殘破尤甚而得前後虛結比
隣邑獨多加以下中又十分之九積至數十餘年民
不堪命及聞量田令下莫不懽忻鼓舞皆曰 祖宗
朝舊法庶幾復見於今日勤定虛稅亦將不求蠲減

而自無恐恐然猶懼其事未易完就日夜企而待之
至于今日則又以甲戌條頒下臣等不覺隕心焉以
爲列邑皆爲下中則量田新結旣重今年又是大無
是過高而不可爲矣以爲因廢朝勤定之舊而不變
則各官或爲下下或爲下中是不均而不可爲矣又
復推究不得其說然以小人之腹而忖之不過承流
宣化之際偶失於照勘而用逐年收租頒行循例文
字而致此非有意於加賦而然也故曰非 朝廷之
本意也然上令旣如此則各官之所以盡心奉行者
職耳於此而未蒙蕩滌則此弊何時而可祛遺黎何

賴而得全耶此旣然矣而又有濫寃至痛異於他邑
者臣等請得究言之夫量田之役固難句一然視平
時元帳無大加減則可無寃枉矣而聞下三道列邑
所量不及元帳者過半與之等者亦多過之者絶無
而僅有臣等之邑則平時元帳共三千二十四結而
今量所剩多至三百十有餘結率土之濱莫非王臣
役輕而此重豈不寃甚其所以致此者亦非 朝廷
之所知本縣都監恇㤼無知以爲國家必欲多得結
負虛張其數而報于量田使量田使臣申得衍亦以
過重爲慮提致衍臺詰問其由則又恐以重量得罪

乃曰癸卯年田案續田多至六百餘結而以元田八
量故如是耳量田使又惡於竣事未及査考而得其
實若使査考則其時田案尚在續田多少虛實立可
辨矣大槩本縣僻在太山之趾三江之會其高處土
薄禾不滿握下者水漭穀盡腐爛其不被災處無幾
此所以水亦失稔旱亦失稔非他邑比也前日結負
少而猶不堪況今過之者乎前巡察使臣李基祚巡
到本縣詗知其實亦以爲慨然以臨遞未得狀啓云
云今若下問亦可知矣伏念天地之仁無物不育父
母之慈無兒不鞠特垂矜悶之情少開變通之路使

經界得正仁政流行則庶幾枯荄復肉死草生華八
方同春寧有不遂之物四海一體更無偏枯之患矣
若其下中之稅雖非行會間所誤亦賜一時蠲免則
臣等當優游涵泳於至澤之中仰事俯育無復有遺
恨矣伏惟天地父母哀憐而裁幸焉臣等不勝惶懼
屛營之至

英陽士民請復縣疏

臣等曾於癸酉年間以復縣事來籲 閣下庶幾蒙
恩而該曹持難事遂停止濡滯一年不遂所願而還
厥後時事大變 國憂方殷臣等旣未能效死於

石門先生文集卷四 四

主辱之日而旋以求伸私願仰溷 天聽義不敢自
安隱默度日于今七八年矣然而一年不言而有一
年之寃數年不言而有數年之寃積而至於十年之
久則物力竭矣生類盡矣臣等雖欲無言其可得乎
臣等情事前日之疏旣已縷陳第念萬機之務日遠
之事何得能留 睿念玆敢復爲陳達伏惟 聖明
留神采納焉夫英陽之不可不復非一二可旣請推
撥其本而溯言之山自太白以下高岡峻嶺橫亘南
紀者七八百里附嶺之東而爲邑者有曰平海寧海
盈德淸河也附嶺之西而爲邑者有曰奉化英陽眞

寶靑松也玆數邑者未嘗有越此嶺而爲治者以其
地形阻絶區域自別故也不知英陽何年革罷以屬
於寧海然此則非古也今也其古今得失姑置不論
而以今形勢之利害而言之英陽之去寧海其近者
一百數十里遠者二百餘里而其間橫一大嶺自古
以泣爲名者山深谷險樹木連天仰不見日俯不臨
地中有一線鳥途僅通人跡人行其中八九十里而
後始見有人煙固不可單徃而獨來朝令而夕發也
如此而尚可通爲一邑爲一邑而能無其弊乎形勢
旣已如彼故徭役不無輕重苦歇之不同自本縣輸

石門先生文集卷四 五

入于本府者雖重且苦有不暇言自本縣輸運于本
府又自本府還爲輸運于內地者莫不由泣嶺而入
又由泣嶺而出其無費而有費者不知其幾許以今
殘竭之物力爲此科外之征歛其爲寃抑如何而此
外又有决不可行者英陽諸色軍兵之數少不下數
百名其有事變而西向也自此直向安東則不過一
日程若由本府迤向安東則乃四五日程也緩急之
際一日爲急而況遑以四五日程者耶往日雙嶺調
發之事亦可觀矣然此特言其梗槪耳若府人之奴
視縣人下吏之侵漁民户防納之年利爭占運價之

倍蓰本色以至抄軍之多寡無倫出布之品色不均等事固皆不一而足與夫山干里正捕盜勸農之一朔三次衙日軍丁之一朔三巡試射皆於本府則一番往來動經四五日幾何在家而致力於畎畝之間哉其餘瑣瑣難名之弊非惟不能覼縷蓋亦不須覼縷凡此百弊皆一泣嶺橫隔者爲之祟也臣等之意若以英陽爲治所而寧海爲屬縣則其弊必減然未盡無也以英陽復立則其弊可以盡革而但以英陽之民力當此荐饑之日官家體貌恐未易卒備誠爲可慮若與眞寶合並則弊可全減官舍皆完可以萬

全玆數者之外更無善策伏乞 聖明洞燭臣等倒懸艱苦之狀特 允所請詳加變通俾此孑遺民生得安其舊居非臣等之幸乃 國家之幸也臣等聞稷之於畊稼適其土性而已禹之於治水順其水性而已堯舜之於治民也順其民心而已未有拂其性而能爲功者也今夫父母之於子也亦若是而已矣康誥曰如保赤子臣等亦以此深有望於 殿下也

書

上愚伏先生問目

家禮朔望則於朝奠設饌其無三獻可見而今人家多行三獻禮不知何所據耶謹按退溪先生喪祭禮答問其答金而精云依五禮儀註連奠三酌恐或爲宜答鄭子中所問則云朔望奠在禮亦無三獻等依祭之文恐當從禮不知連奠三酌是一時連進三酌而恐當從禮者乃依因朝奠設饌條只行單酌否但金問在於辛酉鄭問在於己巳中晩所見豈必盡同且近聞臨河金門只行單酌喪祭從先祖安知先正之不有所稟定而據禮亦不過如此則只行單酌者無乃是乎然世俗行三獻者多不知何所從違

附愚伏答

連奠三酌恐是因金問而有此答耳非禮之正者恐或字可見只得從答鄭之語爲合於禮

士喪禮曰月半不殷奠今人家或有朔望並擧而無隆殺之別或全廢望奠而不擧者有之然考本註士月半不復如朔盛奠云則特不許其盛非使之廢也況常時家廟叅謁之禮望不設酒不出主固已有分別而無全廢之文據此亦知其不得全廢也但家禮朔奠條下高氏註引禮疏云云唯朔奠而已不知廢望奠者其或有見於此耶然高氏所引恐失本禮文意今欲依禮而行之者望日亦設奠而視朔奠有差

則何如。

附愚伏答

士喪殺於大夫。故月半不殷奠。据此則只得如常時上食之饌而已。盖殷奠本因朝奠而有飯羹麪餠魚肉等饌。故上食禮不復行之。禮經所謂不復饋食於下室是也。葬後則又只有上食而無奠。望日不設殷奠。恐無大歉於人子之情。如何。

三年之內。遇節日上墓者。若是合葬則固不當別卓而祭。但位有新舊。服有吉凶。今以凶服從事於舊所吉祭之位。似甚未安。尋聞鶴峰先生在喪。親行節祀

於新舊合葬之墳。此前事之可爲法者。而但思之鶴峰先生妣先而考後。故得如此。若考先而妣喪在後則尤爲未安。曾於寒食時。令子侄代行。其後始聞西厓先生丁內艱。合葬於先府君墓。而節祀令子姪代行之。然後疑惑頓釋。欲自今後凡遇節祀。皆令子姪代行。何如。

附愚伏答

使子姪代行甚得。宋先生論節祀。已有此語矣。

禮有殯聞遠兄弟之喪。同國則往哭之。此未知兼內外兄弟而言之否。若然則舅之妻之喪。從母之喪。往哭之固在乎其中矣。但以先儒以母家祭非族之祀之語推之。禮所謂兄弟似指同宗兄弟而言也。果爾凡有喪者。於母族之喪。皆不得往見否。禮雖如此。我國則待母家異於中朝。似不可以是爲拘。未知如何而可。

附愚伏答

禮所謂兄弟。指同宗而言也。外家喪事在遠地則不往。恐是。況舅之妻。禮本無服。法典雖有服緦之文。然恐非聖人意。

答蔡元卿

病後無人問安否。不意吾兄手書來問。感慰無量。況審尊候萬重。喜可知矣。生精神筋力。日漸耗鑠。未知滚冬又復如何。所欲言者非一筆可旣。相奉又未易奈何。

與李甥用賓

春後闊問。一切不通。未委侍奉服履如何。奉慮不淺。憊日甚。食治日減。常事何足怪耶。弟以江右之地。足不得復蹈。數三兒屬。目不得復覩。可歎。今年春旱如此。牟種尚未入土。未知天意如何耳。

答焜兒

見書知道中無事。甚喜。上椽不可不慝。而一尼役今季勢似難爲。不但以疾病之故。昨日得西奇。西北變起。兵至坡州之間。方盡徵諸道軍兵云。雖盡捕之。 國家似不能無事。何暇爲此不急之事耶。愚爺事已不須言。壻姪方在都中。而事適至此。尤爲悶慮。

寄焜兒

近阻甚。未知一家安未如何。此依遣。以種牟⿰火芳兒今日欲發行。而又以故中止。三月前似難動耳。其處時事二月若過。汝須速來。留十數日出。汝未及今入來。亦當留⿰火芳十數日出去。勿爲欻往欻返。以傷余懷也。

浦內平安否。三月亦有入來者耶。紫蠏八脚送去。大三脚與燫食。餘不盡言。

答焜兒

見書知大槩安好。爲慰。此處如昨無可言。仁同婦送衣而無書。欲作書使知受之之意。而眼昏未作書。於其意不落莫否。汝前書有率來可不可之問。而每答書時忘未及之。其意欲來而不能率來則其情可傷。今又似聞欲不來云。前之欲來何意。而今之欲不來又何意也。須詳知其間事勢曲折。任意處之爲當。勿以春寒前却如何。

答烻姪

因書細審邇間病患非輕。爲之憂念不已。吾仍舊憊敗。餘無外撓。而新居佳趣日深。又有些少粧點。隨事隨辦。亦足以忘病。但以諸處病憂如許。而無藥可買。未免撓心耳。固知汝病中。又有病勢不得不傷。閒飮食漸減。而羸敗日增云。此必兩傷而了無所益。愼之愼之千萬。

壁間得一絶。於調病人似有助。故書送。忿氣劇炎火。焚如徒自傷。物來莫與競。事過心淸凉。

記

遺種亭記

屋之南有松。其身屈奇不中材。獨枝葉暢茂。蔭可及遠。其實甚繁且碩。大異常。秋風子落則取其仁可啖。稺松數十餘株。離立其傍。如長者居而子孫環侍之也。就其下除地使平行。日夕徘徊瞻眺。嘯咏其中。亦足以自遣。偶名之曰遺種亭。一日客來問命名之意。余笑而不答。客曰名者實之賓也。卽其名可以知其實。吾觀夫斯亭也。靑杞嘉之兩大溪。左右環遶而合于一。滙而爲淵渟。而爲瀨。可濯可漁。內而鰲柱擎天。外而超僊拱揖。東西石門相對峙立。芙蓉晴翠紫屛

霜楓陰霏雜沓當面呈露可謂奇絶時從一二士友携手登亭則當炎而畏日不窺不扇而凉風自至俯仰古今商確文義倘徉容與不知日之將夕此樂亦不可不謂眞矣今子不文不武又拙於治生無以業其家則惟此一段高致是子青氊欲以此自老又將傳于後人猶投種于地責之將來此其所以得名之實也歟余曰否公不知余無似欲引而進之於逸人高士之列是猶麋鹿而被之以虎文也其文雖虎而其中鹿而已客曰昔竇融見天下大亂曰河西僻在一隅此眞吾遺種處也明文皇渡江而南也僧道衍

以方正學托之文皇曰無殺殺之則天下讀書種子絶矣文皇竟殺之竇氏宗族咸得保全子孫累葉不替方氏家無噍類豈惟是哉大明三百餘年非無豪傑之士文章德業煥耀一時而求其用力於吾道者僅有王陽明陳白沙數人而止而考其學問淵源亦江西之派非洙泗嫡傳也讀書種子非絶而何哉子之來此豈無離親戚去墳墓之悲也然而遲回至今者吾知其必有由也得非有所見而恐所不能恐斷所不能斷者耶余曰否此乃古人已往之迹雖有一二偶相近似者而欲比而同之則亦猶攬金銀銅鐵

爲一器不惟金銀失其眞貴銅鐵亦不得全其性矣曰然則遺種之意可得聞乎余曰余初來此見滿山蒼翠皆松未三年一來已盡於火後數年又來餘存盡斫惟此松不材且在僻處故全矣仍竊自念不材者匠之棄也深僻者地之偏也多者少之積也稚者高之始也使此松亭亭獨立於通衢大野之中則其能免於斧斤野火之厄耶使年滋而歲長少者積之漸多稚者長而益高則他日之傲雪霜干雲霄者不必不自於此一株松矣語未了適有荷擔而過亭下者以鄙諺相謔曰孫即姑姑即孫客應聲對曰吾亦曰孫即姑姑即孫余笑客亦笑須臾客去遂書其語以爲記

夢賚菴記

萬曆癸丑即今 上即位之五年也是歲七月二十六日壬午夜夢余若叨擬從班周旋燕侍如家人禮朝且退 上賜余金牋數幅其首幅有詩云從事官承博望星書記遠出崔遠廷彩筆揮灑元氣生不知何人所作又不知何爲而作而特以錫余若有意於寵幸者然而天日照臨金翰文輝目不能定視但覺字體端嚴奇古不類世俗書乃拜手稽首而讀之若

愽望上下欠一字諦視之望下又有望字又讀至崔遠廷余有若遲疑者焉 上曰致遠自號孤雲遠廷意其字也至第三句脫因有命以補余不敢辭遂再拜獻言曰黼黻吾君致虞唐其詞語承接未必是作者意而自 上盛加賁揚謂有古人賡歌之義余愈兢惶跼蹐若無所容及覺則駭汗如流貽回天章宛在懷矣竊念蕢土愚氓生逢堯舜之世志雖都俞才非稷契寧耕鑿老死於康衢日月豈意身遊玉陛違耿光不尺乎夫思慮不寧靜能使夢寐不常然不當相感於念所不及而況與蒙賜賚重之以褒美之盛

事耶此直夢耳假也非眞也猶夏惶感愽罔知所以承當況其不爲夢者當如何處心耶然凡自外來者皆非眞也惟愛敬之實非可以外假作於其心見於其事如遇親則孝遇長上則悌推而以之事君則忠達而在上者如諸葛忠武侯死而後已是已窮而在下者如杜甫一飯不忘是已至於聖人不以存亡而易慮窮達而改圖孔子曰如有用我者吾其爲東周乎又曰甚矣吾衰也久矣吾不復夢見周公觀乎此則其心存王室而不能忘周公可見矣余之不肖非敢自附於聖賢進退不忘之義然而銘骨刻心莊誦而愛玩之亦其未忘 君賜之至誠而又非所以詒子姪示後昆求久而難忘則古人名子名書之義又安可闕也余方結屋于山中以爲終老計且爲子姪藏修之所而未有名適以是日工訖仍命名夢賚示終不忘也獨恨其前席密邇之際不能申之以放勛公天下之心重華孝友之至德而虛被龍光已矣吾其復得以夢諸遂慨然援筆而書之菴之壁

祭文

三江書院奉安文

帝閟偏荒篤生雋傑豪爽俊邁聰明愽達鄒魯嫡傳

關閩旨訣不因師資獨得於心誠明互進造詣醇深發微闡幽牖我羣蒙於皇聖學大明于東舟車所及罔不知名觀其出處爲國重輕國亡與亡以道殉身民彝物則賴不墜淪曰惟興國講劘之所山峙而高水漾益鉅遺芬未沫草木含馨音徽不斷大賢繼生於焉卜宇合堂妥靈江流不盡道脈彌長神其格思歆如茲觴

右文忠公圃隱鄭先生

天挺人豪爲國之琛其琛維何美玉精金方塘一統已見大義伊洛諸訓沉潛浸漬如彼流泉其進未已敬義夾持愽約兩至眞知實踐義精仁熟克復之功

繼開之學日星于天著龜于國道尊德盛儒林準極
大莫能容孔聖猶然卷而懷之一壑天淵恭惟先生
鞠于外門火嬉墻壁墨迹猶存祀享無常惟在所尊
吾邦雖陋敢後建安臨江建祠有覺其楹配以有德
以像生平鑑我微衷歆我斯馨

右文純公退陶李先生

文運克昌贇材蔚興提耳面命孰不師承升堂雖衆
一唯惟曾用功于内益加戰兢進道之誠如日方升
居仁由義蹈繩履矩斂之於身春和日煦發爲文章
慶雲景星允矣先生爲國之楨遭世罔極捍 王于

石門先生文集卷四 十六

艱隻手扶天以亾爲存成功非難居功爲難蹇蹇省
躬斗室猶寬中無定體惟義所安恩禮俱全道德彌
彰聞風亦起矧伊桑鄉山川效靈厥施斯普多士協
謀克敞其宇禮倣廬阜函丈一堂敬薦泂酌有臨洋洋

右文忠公西厓柳先生

照骨山祈雨文

鎭玆邦域惟爾明神天假神柄求庥吾民今玆之旱
胡至於斯臘雪靳瑞蟄雷愆期隴麥枯波陌桑空枝
織婦耕男泣涕漣洏何辜于神蒙此譴謫霓望方切
神視愈邈雲興還散雨集旋晴青天湛然火日增明
百物焦卷無有生意孰雨暘權誰任其咎神其悔禍
澤我下土導以祥風從以甘澍生我百穀俾歲大熟
報神之惠享祀不忒

祭愚伏先生文

謂天有意於右文何不憖一老而壽吾道謂天無心
於興化何必降大任而命若人已焉哉天實喪斯痛
矣乎吾將安放恭惟先生經天偉器間世英材早受
知於厓門已游意於洛建雍容沉密之氣蘊爲德而
發爲言凝聚斂藏之功晬於面而盎於背蜚英聲於
朝著仙鶴出塵播令聞於寰區祥麟在世周旋揖讓

石門先生文集卷四 十七

之以禮蔚然君子人儀容消息盈虛之合時任乎命
物者處分役衞犬方肆其狺噬何蘭佩必欲其芬芳
追尋故山之漁樵與爲知己歌詠 先王之德澤若
將終身邦知寧武效愚之辰遽承周宣揚側之命修
身以俟雖欲安於桑榆惟義所存其敢忘乎 宗社
立政則惠民無告納約則格君非心日三晉接之遴
動必開陳堯舜時一燕間之地凜若對越神明及至
修攘之有方益見遵晦之得力苟可以致君澤物又
何必立言著書勞緣 眷注之益隆衆口金鑠仍獲
負荷之暫釋天意王成自分與世難諧孰若從吾所

好方將選名區而盡餘齒遂欲窮勝事而樂清時痛二豎之難除慨百身而莫贖光明正大之氣升爲列星黼黻經綸之才斂就一木昔者去爲民望國猶有所恃而無憂今也没爲世悲道將何所依而不廢民之無禄天胡忍玆嗚呼哀哉自小子之從魚非一朝之侍燕牛山夜氣豈無萠蘖之生沂水春風或備冠童之列雖未能觀感而有得或庶幾矜式而依歸丈席生塵摳衣請益之可再儀形入夢承誨侍湯之猶前梅嶽秋容莊重端嚴之相未改商飈夕怒平澹冲和之氣遽亾事去人非固知稅駕無所日暮途遠豈

欲舉足安之嗚呼哀哉即遠之期已臨追慕之誠倍切佳城仍舊卜背國師而案撿湖近域有新塋右翰林而左宣教懽侍定如平昔疚懷可慰斯今由往以觀福善殆若虗說推理以得食報當在孫孫吾豈妄云天必有定嗚呼哀哉死生常理在英靈其何悲幽明異途是愚昧之偏痛布奠觴而永訣衣袂將殷秉翣紼而長吁天日爲黑言不盡意聲不盡哀不昧者存庶歆非薄嗚呼哀哉

祭外舅岐峰柳公文

惟靈天資謹厚而和平處心公忠而正大惠足以及物才足以剸盤錯智足以辨薰蕕而斂之一室之内老於泉石之裏盖所賦者天而所遇者時故有是能而無厥施然其撿身之勤制行之高處事之精接物之宜求之今而罕有其比方於古而亦無所愧而尤盡誠盡敬於奉先之事盖亦鄉之善士家之孝子而所謂生順死安者公庶幾近之矣所可恨者獨有欠於命德之器然而鍾鼎山林不可以兩遂則吾之所望於公者乃公之不幸非公之所喜也然則天之所以畜之者乃所以遂公之願而又令昌大其後以啓無窮之祉者豈亦無所自而能如是耶嗚呼哀哉榮

邦之受知於公盖將二十有二年于此矣雖未能日承訓誨其所以矜式者如何而遽失其所依歸嗚呼其謹厚之性和平之色公忠之見正大之論其可得而復覿耶其可得而復聞耶嗚呼一區山阿書室依然花卉競秀水石淙淙而獨不聞謦咳之音嗚呼公之靈其捨此而何之耶時月鶩過葬日已迫一慟長辭言有窮而情不可極嗚呼哀哉

祭伯氏梅塢公文 辛巳

嗚呼哀哉兄年十三逢天大戚孫露能立謹嚴端慤德茂行成名重譽隆公不求異人自異公鶴老之門

學徒坌集莫非譽髦公則絶席逮于壬辰山河幅裂
家禍雖酷義烈有赫雖在其人亦豈無自有濟物具
無進取意薄彼芬華安我清福存心儒術不事表襮
律已有度治家有法事死如生罔有欠闕晨謁之禮
甚雨不廢如在之誠劇疾忘殆必虔必愼始終不懈
仁厚之聞達於遠近友愛之篤過於常分無見不徹
尤長於禮臨猝應變酌情裁處暗合古人或闡未發
非我敢私先正攸服自別人言未知云何以身所見
如玉不瑕啓手之日呼與相詑曰惟死生如朝必夕
我無不足無我有盡先言棰事次及行身無得有愆

石門先生文集卷四　二十

䰟哉先人教誡申申語聲琅琅今猶在耳何日可忘
身自幼孩以至發蒙終免罪戾是誰之功然莫盡情
我心實恫生順死安兄願畢矣床空被冷我安依矣
縷命未殊復入寢門兄應憐身心死形存死可相從
固當如昔如其不然此乃永隔嗚呼哀哉

祭柳李華文

惟靈誦詩讀禮求仁講義學期於成如往有至早擢
蓮魁方期釋褐一人啗利兩脚山嶷名爲衆趨公覘
若浼以展禽和兼伯夷介其清如水其直如矢其德
如風無草不靡其澤如雨無物不沾不言而信不威

而嚴出佩銅章民卧春臺歸來斗室門掩蒿萊前歎
一起亦非獲已用舍由人語默在已一日烏臺僉譽
千秋玉京何許歸路悠悠心懸北闕身落南州貧賤
何辭富貴寧饕惟命是安其樂陶陶老成雖遠典刑
無改斯文倚重學者有待云胡不淑而至於斯天不
可恃理亦難知嗚呼哀哉去歲冬末公來過我有疑
斯叩有唱斯和憂世之衷懸道之微亹亹夜坐以至
星稀及吾師門方擧縟禮斯事體大更合商諦迨我
旋歸約會道陽言猶在耳其又可忘嗚呼哀哉龜之
去商里不滿百一瞑無視有來何覿黔婁雖貧猶得

石門先生文集卷四　二十一

正被況禮有文質於贈襚死亦何憾生亦何歉嗚呼
哀哉旅櫬初還行路哽咽愚夫愚婦莫不掩抑窀穸
既定親賓咸集行則執紼送則臨穴我病後人不能
自致同門之生分義掃地奠侑于兒哀寓于辭不亡
者存庶幾格思

祭柳尚之文

嗚呼尚之而至於斯耶人之生且死於天地間者顧
非氣耶稟氣厚者壽而薄者夭亦非理之常歟然則
生年六旬康健而少病者非氣之厚耶氣厚而不能
延長者其理何在耶抑氣無所與於生死而理亦不

足恃歟嗚呼哀哉吾與尚之爲兄弟於世間今四十年矣自少及長未嘗少離如比目之魚動必相隨桓山之鳥飛不異林蓬麻相益麗澤相資可謂物我無形而肝膽一家矣中年以後漸相乖遇命不身謀情隨事變各居其居各眷其眷則始不期睽而自睽矣雖間或相見不過旺往而今來朝聚而夕散其得團圓時日詩酒相娛者則無幾矣去年中秋余以痼疾就蔡醫於加恩啓程且有日矣兄行適至于時金風乍起紅綠滿山沿江數十里並轡相先後信宿而達于銀城則山水益奇吾雖備困而兄獨篤好類有問

舍求田之意至形於詩句其返也兄先而我後我至南浦以書邀兄兄自芝園遂我于梅塢因作厄會飲酒至醉此則數十年來所未有之樂事嗚呼此豈知爲終天之訣耶歟今年七月李明自松村來言兄有病余謂偶爾之感當勿藥有喜豈意以一疾而遽至不起耶兄病中寄書云方命來一藥服之效則生不效則此爲永訣語吾答以兄病豈至此得無爲生死所動而作此悲楚之語耶若平其思慮時其飲食補之以藥餌則亦無病不安明春石門花月可以倘佯想兄亦記憶耳兄平生性剛果於人少許可見理明白

居家無苟且事人皆愛而敬之及聞其屬纊則咸曰善人亡矣吾鄉中無復有人矣嗚呼此可以見君子矣子孫滿堂自期功以至緦服之親多至不可卞此雖先大夫積善所致而如無吾兄謙德以承之則其何能享有此福耶既享胡福而又欲其壽考此理之難無者也向之所謂理不可恃者恐未免怨尤于天而非達理者之言也世間寧復有楊州鶴耶吾自戊辰以來疾病纏身瀕死者數矣今僅向完而氣力綿綴聞兄之病不能相問聞兄之喪又失匍匐撫身世而自憐顧分義而慚靦兄其知也耶不知也耶

祭趙文汝壽侄文 壬申

我昔訪公英陽縣東山滚水重公卧其中我時見公擬公園公欲分公勝以安吾癃石門晴月儼對兩翁胡天不惠俾約無終以公忠信福慶俱隆壽耆耳順蘭止二叢天其未定此理夢夢克肽之容長者之風一往不復闔境爲空婚姻之故我心尤恫奠雖倩手情實由衷

祭申汝涉文 己卯

以公爲亡也自太僕卿之任密城屬耳以公爲不亡也是何來無所欣而去無所感耶叩之不應而問之

不言也。舟旋先導。木馬隨後。去平生之所親愛而與鬼魅爲隣也。然則公其果亡矣。不復相見矣。嗚呼。余與公雖爲從母昆季。而心則無間。其平居相好。肝膽爲一。怡愉湛樂。自不知我之爲我而公之爲公也。其所不同者。惟形骸與出處耳。豈知今者棄我而先乎。棄我猶耳。其忍捨老親與妻子而能瞑目於地下乎。嗚呼。公豈有知而能忍於所不忍之地者乎。嗚呼哀哉。公天禀絶異。氣宇磊落。內無邪曲之念。外絶詭隨之行。以不凡之器。抱非常之才。仍就有道之門。奬勵成就居多。及通名桂籍。得路雲衢。將大有爲。而命與

時乖。入而沉于郎署。出而困乎簿領者。迨將三十餘年矣。然而存諸中者。見於外。不求知而人知。雖以治劇有能聲。上達于 宸聰。當事有幹局。得譽於寮寀。亦公之糟粕。非公之蘊也。然以此稍稍見稱於世。方嚮用於時。而公以便養爲急。百計南來。豈知求所以養親者。反爲親入骨之痛也哉。公素無病。晩多羸瘁之疾。今年夏在都中。得病幾死者數。及下程之後。重傷於雨水。纔至親庭。而病作不救。余時在峽中。地遠不相知。畢竟病報與訃書俱至。以平生親愛之至。不能永訣於啓手足之際。其爲茹痛。胡可勝言。嗚呼。公

雅素之量。孝友之誠。廉謹之節。其可得而復見耶。嗚呼。吾亦衰齡病瘦。計無朝夕之久。而時事日變。將置身何地。以此言之。安知死者之不有賢於生者也。嗚呼。河陰夜雪。想英靈之彷徨。村醪野羞。哭徹天兮誰見嘗。一言長辭。心如受刃。

誌碣

知事趙公墓誌

趙氏漢陽著姓。國初諡良敬公諱涓。以佐命功封漢平府院君。公其八代孫也。四世有諱琮。淸河縣監。始來榮川家焉。曾大父諱亨琓。移居豐山。祖諱源。又移

于英陽。從妻鄕也。以公爵 贈曾大父通政大夫工曹參議。祖嘉善大夫刑曹參判兼同知義禁府事。考諱光仁。資憲大夫漢城府判尹兼知義禁府事。妣廣州安氏。貞夫人。忠順衛某之女。祖考妣考妣墓同在縣東飛來洞。公諱任。字子重。萬曆癸酉生。少孤。鞠于族人吳氏之門。備經艱辛。長能自力治家。致殷阜。事吳外內如事父母。有一兄一姊。扶傾濟急。不怠怡怡出常情。丁卯虜來。 國計蕩竭。聞募粟令下。公遂慨然曰。凡生食于此土者。秋毫皆 國恩也。不以此時補國用。雖有粟。吾其安而食諸。於是傾儲輸米布。

朝廷嘉之。授知中樞府事。追崇三代。亦榮矣哉。丙子南漢圍急。公每於夜中。滂泣禱神明。丐無事。人無知者。亂後官穀逋負。安東居尤。府使閔聖徵呵任事者以多欠甚苛。倉官等迫於瘦死。罄家業猶不給。閔寧縣監金允明長孫其一也。公嘗受學於縣監。鬻賣其祭田曰吾生而忍見斯人絕祀耶。運穀納官。貸其死命。得無事。公於義多類是。公兄儉先公四月下世。公本衰病。傷痛轉劇。知不起。遂處置家事。分臧獲與姪子之缺薪水者。以七月五日。終于正寢。實崇禎甲申也。享年七十三。同年某月日。葬于日月山龍化洞巽

向之原。貞夫人權氏同塋。公前娶安東權氏不育。墓在沙月。繼室亦安東權氏奉事某之女。有四子三女。男長廷璜亦職知事。次廷珍。廷璥。廷玉。女長適申檥。次鄭基亨。次尹時衡。皆士人也。廷璜無子。以廷珍長子顗爲後。公平日所命也。廷珍四子二女。男長卽顗。廷璥三子二女。廷玉一子。申檥三子三女。尹時衡一子一女皆幼。知事謂知公莫余若也。屢乞銘於余。余有期喪在殯。悲哀中不暇銘。以文姑錄其梗槩以歸之。

先考處士府君碣陰

先府君姓鄭。諱湜。字清之。其初東萊人。麗朝僕射諱穆之後也。至八代祖藝文應教諱承源。籍安東。藝龍宮子孫因居焉。有諱復周司直。是府君高祖。曾祖諱浚弘文應教。祖諱允奇生員。考諱元忠進士。妣金溪洪氏文臣公諱貴達之曾孫女也。府君生于嘉靖庚戌。卒于萬曆辛巳。享年三十二。在世雖淺。而制行甚高。不肖孤等皆幼不及知。稍長隣鄉先進門中長老交口道府君事嘖嘖不已。蓋欲令孤輩知也。世漸遠。先輩凋謝殆盡。幾於無徵。古人云無徵而書是誣。其先有徵而不書是棄其先。孤等用是爲懼。考之一家

之政。徵於長老之口。得撰次如左。府君自少以孝友聞。王母夙嬰疾。不親庶事。庶祖母代執勞。王父性峻嚴少平恕。府君以和愉承藉之。俱得其歡心。王父病在牀者累月。府君禱神明。視湯藥。日夜于側。及喪毀甚如不支。廬于墓次。非時省王母。足不出山外。服闋奉王母盡孝敬。待庶祖母如王父在時。遇庶弟妹無間也。王母兄弟只姊妹三人。王母序居長。斡其家蠱當在府君。府君曰吾爲宗子。承外家祀。實有二本之嫌。白王父盡以其祭條田宅臧獲。讓與從母弟無取。從祖有小室。其兄殺人就捕中道而逸。推官意從祖

邀奪逮捕甚急時從祖不在家禍且不測府君曰非
我而誰明遂自詣理辨方伯心義之及省供佚釋以
故事得已玆豈臨財苟得臨亂苟免者得爲也大者
如此餘可知矣不幸遭毒癘不得盡天年嗚呼慟哉
先妣安東權氏太師幸之後參奉諱濟世之第四女
性柔婉治家奉先甚有禮法及府君歿則教子女有
方嘗曰男子資學問成人女子以貞信守己寡婦之
子世莫與者以無教也甬等其各勉焉宗黨咸稱之
皆以爲賢母歲壬子壽六十五以疾考終于寢以是
年某月日葬于馬山震坐兌向之原府君墓先在老

石門先生文集卷四　二十八

峴山丙辰年月日移奉與先妣墓合葬而居右子男
二女一長榮後參奉先娶平山韓氏壬辰死於賊後
娶漢陽趙氏女未笄與韓氏俱死節次榮邦進士娶
完山柳氏韓氏生一男熠趙氏生二男四女男曰焴
熤女一適鄭時晦二適全尚考三適朴應衡四適李
楷皆士人也榮邦四男三女男焜烆爄焠女適士人
金時準次生員李身圭次士人趙廷瓛曾孫男女合
五十九人榮後購工治石但未文疾篤命榮邦誌諸
陰榮邦恐後時而爲恨益潸泣血以誌

行錄

先兄梅塢公行錄

躬行孝義聲聞著外表表見稱於時者世或難焉然
炙之者感化聞之者悅服人無間然者則鮮矣至於
寇賊之以殺擄爲事得一人甘心焉者一見誠孝亦
能感涕必欲其無死使終遂所願而後已則所未聞
也我家兄梅塢公之行是已公早喪所怙孝奉偏母
凡所以養其志者至誠無闕勝冠遊學於鶴峰先生
之門以溫柔遜悌甚見愛重獎進之方異於諸弟子
壬辰之變公奉先妣避兵山谷中見賊蒐將近恐禍
及所恃若將奔避者而就執賊得公遂不復窮搜以

石門先生文集卷四　二十九

公見其將公了無怖死心惟悲遑掩抑畫地作十餘
字言有老母辭氣悤款賊將亦書有用勿去四字以
示之曰以出濟衆賊有來侵虐者則呵禁之於其所
往必携與之偕至晩引出稍遠坐高目送之待公去
至江上然後方迴蓋恐其中路見害也涉江過半有
一賊揮刃趕來擠死水中庸非天乎壬子正月先妣
感疾彌留至五六月尋醫侍湯之餘以至祈禱于神
明者無所不用其極晝夜露立于外奔走悲號寢食
俱廢者殆將月餘余愍其如此以親意止之則曰安
有親病危篤而人子安於居室飲食自由者乎及乎

大故。柴毁已甚。而猶扶掖將事。禮無違者。三年之內。一身得重病。幾不能勝喪。神明所佑。得以終制。追慕之誠。奉先之禮。老而彌篤。每遇先世忌日。感愴怵惕。素服終夕。於先府君之忌。尤以當時幼不獲自盡。爲平生至痛。常曰人家祭祀。最不可苟。世人重俗節而忽正祭。甚未安。常於四仲朔。預卜吉日。告廟致齊。一如家禮。齊必致潔。祭必致誠。不以重病而或怠。余曰古人筋力不逮。則有告廟退休之禮。何必強疾爲此。曰在古人則可。在吾則不可。終不變。其於節祀。正朝端午行於家。惟寒食秋夕上墓。又曰程夫子祭先六條

中祭禰一節。朱夫子從之。以其生日行事。夫以季秋成物之時。寓人子報本之誠。情爲眞切。禮無嫌礙。吾生日亦適丁其時。念父母劬勞。自不忍虛過。乃於是日就正堂。一依正祭品節而行之。惟祝辭小變曰言念劬勞。昊天罔極云云。歲癸酉以舊廟狹隘。改搆三間。周垣廚庫。皆依圖式。前有大門。稍添間架。以爲家衆避風雨之所。永除一僕屬以祠宇掃除之役。每日清晨。必盥櫛具冠帶。入廟庭肅謁。如不能自力。則或人負而行。退坐一處。撿看家事。子弟僮隸有不勝任者。罰之。雖在病革。猶不能忘。設易簀前一日。是九月

之望也。見東囱日上。謂子弟曰今日日已出。茶禮尚不擧行何歟。其至死誠篤如此。每以兄弟各處爲恨曰。松村龍宮俱是墳墓所在。在此遺彼。在彼遺此。其不能無憾則均焉。寧兄弟同居。以爲死生相守之計。則猶勝於兩憾矣。余以己酉春眷歸龍宮。兄割宗家基址以畀余。余以分割宗基未安。固辭不敢受。遂以自占之地與居焉。卽今芝阜是也。兄弟遞相往來。猶以十里爲遠也。及其寢病。常呼余相對寢食。憂喜必同。丙子之亂。避兵于青鳧眞城之間。未幾兄返余留。自是始與兄相離。盖亂靡有定。藏身之所。不可不深。

從兄命也。然以時來省。則或彌月或數月挽留。不欲余遽歸。歸時便握手不樂者久之。己卯春。余旣拜辭。宿于芝阜。翌日早。兄乘竹兜子追至曰。地遠身病。恐不得復見。故來耳。其友愛之篤。多此類也。先是兄弟俱有疾病。間來拜則取案上紙。令視之。乃分田民文券也。余曰何汲汲於是哉。兄曰兩病俱深。不得不爾。余曰常見世人爲此。多厚於宗家。理勢當然。今反優於支子。固已不可。況爲人後者。服亦降於本宗。此等事亦當有豐殺。請改爲之。兄揮手止之曰。吾已忖度。爾無多談。父母在而我處則爾言猶可也。兄弟處置。

自不相同且服以義降財亦義減亦聖人制乎爾其
思之余嘗患心胃腕痛往往而劇兒手自撫摩如保嬰
兒憂形於色食爲之減十里之間問遺相踵有一老
人家在路傍曰鄭氏僮奴吾無畜生者及啓手足之
際與之爲訣曰我死汝在汝死誰存嗚呼其餘愛之
不盡者如此病革猶不以死生動念常曰生之有死
如日必暮吾平生無大過惡又無辱身以及先人得
壽至此是亦足矣無以死傷生惟送我以禮訓子姪
嚴祭祀不負吾意可也無一言及他事移居正寢從
容就盡到此益知平日操守之不偶然也嗚呼痛哉

公資稟絶異明足以燭幽才足以有爲行足以範世
使見用於時則何遽不若人哉然而不夸大以高人
不矯激以邀名深居養眞隱約自娛性喜與僻就堂
西畤竹栽梅復以數間屋子置于其間日夜處其中
濃綠滿庭淸香入戶一枕一榻隨意東西婆娑遊嬉
無適不安因自號梅塢居士子孫滿堂樂以終世其
視馳心於勢利之途以得失爲欣慼者相去遠矣少
時嗜酒以先親遺戒飮不至醉晩年氣力衰少欲借
酒爲力把盃雖頻亦微醺而止客至忘言客去就睡
世亂而安衆勞而逸周人之急不問親踈恤人之喪

不許有無仁於宗族以及隣里信於朋友以及鄕黨
橫逆之來直受不報禍患之至以理自遣亦豈無得
於心無養於素而能然乎少時一參解額自遭世亂
不復事擧子業然留心書冊未嘗放過晩年聚經史
子集益着力於儒者事非有甚病手不釋卷曰非敢
爲學欲以忘病其於禮書所見尤深多得前人之所
未發嘗以遷葬服制徃復於愚伏先生云丘氏以爲
葬畢祭後卽除易素服而還愚意旣見屍柩哀痛慘
怛之意無異初喪而聖人折衷定以緦麻雖不敢徑
情踰越葬後留其服以時省墓服以紓哀月數旣盡

然後上墓除之何如先生答書云常時上墓禮有哀
省之文況改葬三月之內與常時不同所示一欵允
合情禮乃知情之所發能自盡者得之其他論禮者
非一他日先生謂余曰伯公自言無講學之功吾以
爲資質美者雖無學力不害爲善士今觀所論非讀
書心得者不能眞好學力行人也噫爲善而不見知
於賢者則雖千百人譽之烏在其多乎李仲明輓公
詩云摳衣金鶴老下榻鄭愚翁嗚呼仲明豈苟言溢
美人哉兄之懿德美行之及於人者有不可以一言
而盡庶從今有善事其親者人異其無學識而能如

此問之則曰吾目不知書足不出鄕無所見聞惟門長所爲而取式焉耳雖其天質之美而觀感之效亦不可誣也公家奴隷有忠信可仗者輩出亦豈皆其質之美者哉古固有笋生於冬犬化而同牢者物猶然况於人乎嗚呼兄之孝義服之者雖淺而知之者益寡知之者雖存而能言之者不在恐遂湮没而以至於無聞也姑撮其大者以備遺忘而苐喪兄以後精神昏憒不足以尋思往事發揚幽光惟望親友諸賢有能補闕刪蕪定爲世守之家乘則庶死者不亡生者無憾矣

遺事

愚伏先生遺事

乙卯以沈憬獄事逮繫禁府時鸞獄已成昏朝雖知其枉而猶不肎釋欒邦以所聞於寒岡者謀於同儕蔡君欒而徑以書密通於先生先生答曰諸君之所以愛我者乃所以累我也古人雖有爲之者與今日事自不同幸以吾言謝諸君君子愛人以德不以姑息若不論道理如何必欲爲之勿復相見也

余在鄕時寒岡先生浴椒南歸與柳李華諸同人拜於知保驛余問曰後漢魏劭爲其師納賂免罪於義似無害而時議有譏之者如何寒岡答曰無害古人有行之者閔夭散冝生是也若有所欲爲須及時爲之也

時滯獄已久冬寒斗嚴諸宰之憂公病者因金應箕以通于公曰日寒如此病人必不能堪何不呈病保放耶李應教須告病出獄此事已爲規例若上手本卽當白上施行矣先生答曰李應教自是眞病吾則無病何可以無病爲有病自取欺君之罪乎若是則入獄非罪出獄爲罪矣

丙辰冬先生在栗里第有以寒岡戊申乙卯全恩二

疏來訪問者先生曰戊申疏未知如何乙卯疏豈不善乎曰以罪有輕重歟曰非也戊申則寒岡爲憲長昔桃應問於孟子曰皐陶爲士瞽瞍殺人則如之何孟子曰執之而已今之憲長卽古之士師也若準之以皐陶之法揆之以孟子之言則臨海所被罪名在所當執乎在所當捨乎乙卯則寒岡旣非治獄之官凡可以補君德者亟無不至况全恩者人君之盛德而將順其美者人臣之大義也爲重臣者孰不欲其君之盡善盡美而無爲後世秉筆者之所訾譏也哉曰古今得無異乎曰世有先後理無古今曰寒岡不

知其不可乎。曰此則未可知也。但寒岡出處。與佗人自別。此亦出於山野橫直之所爲。雖曰有過。亦可卽此而知其仁矣。

先生癸亥甲子。爲王堂長官。初遭廢世子窆穴地將逃之變。再遭仁城及諸王子出於逆黨之招。皆立異於兩司斷義之請。至被勳宰直斥醜詆萬端。而不變不挫。戊辰逆獄之時。則先生爲都憲。因事累辭不得請。黽勉出仕。而仁城君珙又出於賊招。雖不知其罪之可死與否。而旣爲秉法之官。則佗非所敢計也。當百官廷請之日。豈不知全恩之爲盛德而將順之爲忠愛也哉。然而士師爲職。但知有法而不知天子父之爲尊。則況於王子乎。殺人之罪。猶不可捨。則況名爲謀逆者乎。王法旣不可廢。則惟當自盡其在我者而已。故鞫畢勘勳。自是古事。而乃至累疏乞免。此又與晦齋先生乙巳辭勳事畧同。自古賢人君子之所爲。無不異世而同符。其處事之明白痛快。雖謂之百世不惑可也。然必待傳後文字委曲備悉。然後可無未盡。而竊見先生行狀中。於戊辰逆變之初。辭都憲一節。畧而不錄。使後之欲知先生事蹟者。無所考據。而同歸

於沒星之稱。雖曰偶失於照勘。而其不能無憾則一也。余故不得不辨。因並錄其所聞於先生者云。

雜著

壬辰遭變事蹟

壬辰四月。倭賊犯釜山。繼而東萊敗報至。兵鋒所向。到便瓦解。方伯連帥奉頭鼠竄。人心洶駭。莫可收拾。兒以一家將避入安東。旣而聞賊分二道。一路指安東。一路指尚州。慮爲其所梗遂。不果東。居無何。防禦使助防將等進。旣無以見一賊。退而以清野爲言。焚列邑倉庫及凡貯穀處。處處火起。煙焰漲天。顧反爲賊先驅。見之者錯認倭寇已至。倉黃奔走。閭閻一空。兒一家亦入馬山。山無險阻。且知誤爲傳聞所動。卽還家。處置家事後出去。然而安東一路無賊。則不知矣。二十四日。入大洞山。山距家未五里。前臨大江。巖洞深邃。人皆恃以爲安。更不爲佗計。蓋昇平百年。民不知兵。無遠慮而忘近憂者。如是未數日。瞭望者云倭大衆瀰漫于壽山竹院等處。翌日又聞大軍則向鳥嶺而去。分若干軍留鎭。自是留鎭之倭。或數十或三四十名作隊。往來出入村閭山谷。恣行殺掠。以婦女牛馬財帛去者。殆無虛日。五月初一。零賊數十輩。

登九日峯耀兵示將隳突之狀山中人視爲孤弱羣
聚而驅逐之兄謂賊怒去明日必大來不如違而去
之兄嫂與諸婦人合辭言曰生地固未易死地尤不
易今捨此欲安之乎且賊若大來今已有伏截其去
路皆不可知奈何時雨多江水漸生又羣議不合依
違之間賊騎步已遍野砲聲一起衆倭齊聲大呼人
皆褫魄各鳥獸竄乃占得崖嶔巉險處爲老親安泊
之所吾兄弟伏在其傍嫂氏與姊氏亦各有竄伏處
少頃棄之緣崖向巖石上危絕處去老親曰吾在此
汝等安往聽之而若無聞也余又追後而止之姊氏

詈余曰老親不在乎汝來此何爲使之還護老親俄
有一賊自山上作聲下來嫂氏見之從巖上投下姊
氏隨之巖壓水而隒下下則相繼入水死老親未之
見吾輩見之而無如之何兄謂余曰吾兄弟俱在此
死必無餘不如各避或有生存者余不肯則推使去
之曰汝尚健步且有水才不可在此而俱死於賊余
年少迷甚且訃出倉卒昧所向往誤向賊來路而去
遇二賊一賊拔刃突前余不覺仆地一賊自後挽刃
者而止之且指示吾去處自後更不見賊登山入水
以俟賊歸兄見一賊將至恐穉及所恃遂自逝往若

將避者而就執賊因亦佗往不復來其後賊以吾宗
家爲陣圍聚其軍無慮數百兄至祠堂見龕室牕戶
毁破不覺失聲痛哭衆賊爭露刃擬之其中一賊儀
狀如將者見兄以指畫地諦視之渠亦以指畫地兄
知其爲識字者書老母在山中死生不知若干語渠
亦書有用勿去因往復相示者數四其所書字或可
知或不可知而兄情事則已知之矣見兄淚下亦爲
之涕出於其所往必携之與出陣外登家後峯迤東
至九日峯見野中無一賊縱使還去待兄至江畔然
後始迴蓋終始欲其無死者無所不至豈非秉彝之

天不以夷而喬者耶兄涉江至半忽有落後者一賊
揮劒趕來由水淺處入渰死賴天剿其命不然則危
矣旣免會一處母子兄弟皆爲之一痛是日溺死者
五人吾一家二婦人及韓光卿妻其二村婦被擄男
女若干人刃傷不死者頗有之死者又不知其幾林
藪間哭聲殷天殊不可聞也初意老親若問姊氏與
嫂氏將何辭以對及是則老親反慰解之曰汝妹等
有心吾已忖之死已得所非所恨也但喜汝等全耳
惟是乳孫尚不知存歿悶令奴僕遍索之時熠生已
十六月而瘦弱不能行使健僕負令遠去爲賊所迫

棄之馬山山麓而走啼呼匍匐自晨至暮氣盡力竭
仆倒於地日已昏黑草樹茂密無從可得兄隔江呼
問其有無始聞兄言啼作一聲尋得之滿身血流氣
息不絶如線卽是夜夜半奉老親移入于醴泉之龍
門山明日兄將欲復出收視死者有奴名命春者泣
于前而言曰出入賊中晝伏夜出求之於一江上下
以必得爲期非主所能聞賊聲緩急而號令奴僕奉
大夫人之東之北亦非奴隷所得爲也隷也請自去
不得屍則不還兄以其奴素忠信可仗益以健僕數
三往往則時賊之有無出沒以求先得姊氏屍瘞于

江畔嫂氏屍則未遇俄得嫂氏當日蔽面衫同瘞於
一處將往求于下流猝遇賊與從祖宅奴今同同被
擄賊詢以人物所在命春則不告今同則告之賊直
今同將捨之而戮命春命春曰吾今死矣汝則歸歸
可告吾主具以囑之如其所爲仍將一腰帶條兒付
還此乃亡姊殉身之物也意得之於改服之時而欲
令其主知其爲姊氏屍也賊縛兩木爲十字植立之
馬山齋舍庭中以繩子纏縛其四肢於十字木亂槊
刺之至死罵不絶口今同見其死而來言吁亦慘矣
始姊氏死時兩屍浮在江面遲佪不去良久然後沉

沒有善水者一漢游入將救之而不及後乃知僉知
叔家奴平石也未死前數日兄嫂曰夢得十髢是何
兆也傍有一媼曰髢首飾也而得之庸非善徵嫂曰
此時首飾尚可謂之善耶坐間以鄰近婦女被擄得
還爲言者一人曰必悉遽中覔死不得嫂曰其去也
雖非渠心其來也獨非渠身乎嘗見嫂氏常以佩刀
自隨姊氏手辮帛縷爲帶條兒常於腰間帶持其計
則齟齬矣然其必死之心定之者久矣嗚呼求死得
死於死者何歉而使後死者心若受刃何不同死於
一時而抱此無涯之慟也耶

石門先生文集卷之四

石門先生文集附錄

墓誌銘幷序

先大夫於同門士雅敬慕石門鄭公頻造省芝圃舊第走尙幼實從之行奉公談燕間得見其雅靖純古蔚然君子人也俄而公東入遂不復覩悲夫公諱榮邦字慶輔早孤失學聞愚伏鄭先生講道愚山中慨然登門請學首授以庸學心經公覃思精索微辭奧義剖析異同融貫乃已先生歎賞曰學貴窮格聖賢功程皆由是進觀公器識何患不做因取勿忘勿助之旨賦詩以贈公退而服膺不

敢少懈及年二十九成進士或勸遊泮不肎自是絶意進取益專精學業後先生長銓部謂公曰聖朝顯巖穴以勵士節吾欲薦公何如公蹙然曰某性蹇拙寡諧一出懼幷失上庠名先生嘉其意不復言公性孝謹養盡其誠喪致其哀時患胃脘痛幾絶猶扶掖將事奠祭品節一惟先生之禀講究纖悉極其情文常以出後不得申於所生爲終身痛與伯氏梅塢公友愛篤至不須臾離中年居隔水得一美味輒先寄然後入口病則憂形色辭未嘗鮮衣而寢家敎以嚴爲本哇淫妖詭屛絶不使

近子弟侍側不敢色戲惰有專治舉業者輒引程叔子改試爲課語以戒之莊以持己和以接物稱人之善必當而有過者恕之由是人無不推服少日善飮酒以先生戒勉遂絶口不復飮公少有隱遁之志卜居于眞北臨川得異境焉及丙子新去亂公意决東其地翠壁環立林樾茂美並溪列泉白石礱琢若玉削然灌其中爲池名曰瑞石構主一齋雲棲軒於其上日取晦庵陶翁書整襟端坐而讀之每遇風和景暖杖屨徜徉於泉石間吟嘯眺望盡日忘返見者皆擬之地上僊因自號石門

文詞贍麗遒逸尤工詩先生嘗稱其善學唐體所著有巖棲漫錄石門等稿甲辰春公孫堯賓氏來曰吾先人撰大父行錄將以謁諸世之君子志不克就而亡今無以掩諸幽吾子圖之走敢辭佗日又來請益懇乃受狀而讀之曰余幼從先大夫獲拜公旣而不復拜扣而公遽棄後學至今悲之幸而克相玆役其何敢辭顧惟後生膚淺其何以發公之德之學於永久以庇其後人乎惟公早承旨訣從事爲己之學其於內外輕重辨之旣明而守甚確雖以老先生爲國惡賢欲推轂公而不得則

其所守可知已及其肥遯靜處玩索聖賢之書優
游涵泳日有得焉則晩年所造未可量也後之君
子殆有因此而得公之風槩者歟堯賓氏曰唯唯
公系出東萊自麗代迄本朝斑斑可譜高祖諱渙
弘文應教曾祖諱允奇成均生員祖諱元忠成均
進士考諱湜妣安東權氏以萬曆丁丑生公旣孤
出繼于從祖叔父諱㵾妣眞城李氏祖諱元健進
士第也公卒以庚寅七月七日葬以九月九日庚
申墓在松堤先兆右麓坐乾外向辰娶完山柳氏
贈禮賓正復起之女配君子無違德有四子三

女長曰焜郎撰公行錄者覽此可以知其人矣次
炘次爀次焍女長適金時準次李身圭生員次趙
廷瓛內外孫男女百餘人堯賓焜長子也銘曰
有覺愚翁振儒宗公能大扣韻洪鐘耽經畏義功
莫輟仕吾未信致師說棲遲一壑碩人寬我琴我
書至樂存渾然返璞不辱已有孫鑽石埋我誄
中訓大夫前行鏡城判官兼春秋館記注官洪汝
河撰

墓碣銘幷序

惟我愚伏先生門下士有石門鄭公諱榮邦字慶
輔弱冠負笈受庸學心經諸書精思黙究至忘寢
食先生歎賞不已乙巳登上庠値昏朝絶意進取
卜居于眞城臨川洞丙子亂後遂盡室移棲鑒小
池于溪邊名以瑞石臨池結茅齋曰主一軒曰雲
棲左圖右書吟美自適時携杖徜徉於潋潭翠壁
之間興窮乃返歲庚寅還居于先壠下六月感疾
七月七日命沐髮剪爪怡然而逝葬于安東府東
僊漁淵上巽向之原公自幼有遠大器性甚孝友
遭憂易戚俱盡與兄梅塢公榮後友敬備至有疾
則憂不解衣有美味必先送家居子弟不敢小惰

聲色玩好不近於前少日嘗近酒以先生戒絶口
不飮處鄕黨惓惓扶善遏過縫掩有甲乙論公爲
之開陳是非輒翕然以定先生長銓曹時欲薦公
公蹙然辭晩年喜讀朱書常藏篋自隨所著詩文
皆有意趣而詩尤淡古得唐人格遺稿二卷藏于
家鄭氏系出東萊遠祖穆高麗左僕射高祖渙弘
文應教燕山朝以直諫廢曾祖允奇生員祖元忠
進士考湜妣安東權氏參奉濟世之女公以萬曆
丁丑生五歲而孤稍長出爲季從祖元健之子㵾
之嗣妣眞城李氏聘完山柳氏贈都承旨復起

之女配君子無違德乙酉正月没于臨川寓第葬
在川之北麓午向男焜炘爈熺女適金時準次李
身奎生員趙廷瓛內外孫男女百餘人焜之曾孫
叅興來請墓銘至再三不得終辭叙而且銘銘曰
得贒師而負笈愚山崔峯遯世亂而全節石門淸
絶盡室入山之歲慨然蹈海之志畢竟首邱而終
鬱鬱乎松庄之蒼翠
崇禎再乙亥大司諫安東權相一謹述

家狀

先府君諱榮邦字慶輔系出東萊十七代祖諱穆

仕麗朝左僕射厥後累世大官遂爲閥閱有諱渙
弘文館應敎諫燕山被謫卒是府君高祖也曾祖
諱允奇生員祖諱元忠進士考諱湜蚤卒妣安東
權氏參奉濟世之女府君以萬曆丁丑生生而有
異諸父兄皆以遠大期之五歲孤稍長出爲從祖
叔父後遭壬辰之亂以學文未究慨然發憤己亥
愚伏鄭先生解官講道於愚谷山中府君負笈先
登焉首授以庸學心經府君遂覃思精察深得古
人意趣至於聖言之表裏子書之異同反覆論訂
無不沕合然後已焉先生每歎賞良久曰凡學貴

於窮格雖盡性知天未必不由此進觀公器識何
患不做但勿忘勿助長爲務耳因以詩贈曰從君
試問花兼柳孰使靑靑孰使紅蓋諷其刻苦也府
君以兩邊親老每數月一歸晨昏之餘端坐一室
終日對案家中零碎曾不掛心以故生活屢空而
亦恬如也乙巳中進士所親或勸遊泮府君以進
取非心終不肎戊申以後朝廷濁亂益思深居靜
處不欲與世事相關遂卜地于眞址之臨川尋常
夢想神遊而以親老子幼未能浚意長往丙子亂
作乃傳家事於長子焜盡室入臨川之地山水灣

環草木蓊蔚澂潭翠壁到底明媚府君自以得償
平生志願每治杖屨携冠童逍遙於水石之間徙
倚於巖松之下終朝盡日興窮乃返屋西有小溪
溪邊白石齒列截削天成其下築池名曰瑞石池
上結屋二間齋曰主一軒曰雲棲圖書滿壁喟嘆
自適人之見之者皆擬於地僊歲庚寅謂姪子熠
曰吾年暮病深益切首邱之念汝可將余去至松
庄松庄乃先壠地也六月感疾七月七日命子焜
沐髮剪爪怡然就盡嗚呼痛哉府君孝友出天壬
戌丁內虞時患胃脘痛往往而絶猶扶掖將事不

僻凡喪葬之禮無不講正於先生而極其情文常
以出後不得盡節於所生爲終身痛與伯兄梅塢
公友愛篤至怡愉懽洽無日相離中年結屋於十
里地有一美味必先寄使不先入口病則憂形色
辭未嘗解衣而寢居家莊以持身簡以御衆儉以
行政子弟終日侍側不敢出戲慢之色鄙倍之言
雅性淸苦聲色寶玩截然不近於眼前婦人輩或
持玩好輒相戒曰得無阿翁知乎少日嘗近酒以
先生戒遂絶飮生平澹泊於世味嘗曰世人重科
名而失本心遂至於忘返者無他利心誘之也程

叔子改試爲課豈非治本領之大法乎以故子姪
或有修治擧業者雖不切禁終非所好也稱人之
善必當必實嫉人之惡不逆不億矜嚴而無失於
和嘻笑而不至於流故賢愚各盡其情而遠近無
不悅服鄕黨有事士論携貳府君闢陳義理推釋
紛囂終至於翕然者居多噫府君志行之見於家
鄕者若此而已若夫可行之大者則世或有不知
者逢時不辰入山轉深其雅意所在世尤莫得以
知之也嘗侍先生先生時長銓問曰 聖代崇進
山林之士吾欲薦公於 朝何如府君蹙然不悅

曰某性蹇拙不能俯仰於世一出懼併失前步先
生笑曰吾固知公意聊試之爾晩年喜讀朱書常
以篋盛一部非甚病必端坐斂容讀之至易簀乃
已尤善詩凡遇幽愁閒適觸物感心者則輒以詩
宣之先生亟稱其善得唐體平日所著甚多而散
逸不收有巖棲漫錄一卷石門稿二卷藏於家以
其年九月九日庚申葬于松堤先塋右麓乾坐巽
向外向辰之原先妣柳氏籍完山 贈都承旨復
起之女節婦金氏之孫校理軾之曾孫也生長法
家婉義于府君以乙酉正月七日病歿于臨川八

月乙酉葬于臨川北麓子坐午向外向丁之原繚
以土堆與松堤之兆百里而遠有五男三女男長
曰焜次烆次夭次熑次㷆女長金時準次生員李
身圭次趙廷巘內外孫男女又百餘人不肖孫遭
天大禍不卽死滅大懼先人幽隱之光永泯于後
謹泣血而畧記大槩如右仰正于當世之大人君
子冀 惠一言於三尺之碣垂示子孫昊天罔極
嗚呼痛哉

祭文　李煥

念夫君之懿行古君子於今世學餘力而遊藝殆

不可以數計。就其中之所感。兼我懷而陳辭。旨執
鴈之初載同鼎爨而肩隨。君憂我之面墻。示周行
而平步。舉晏子之善交。欲淡水之爲務。戒金人之
三緘。無與世而齟齬。雖褊質之莫改。尚從事於斯
語。亦如琴而如瑟。仍有子而有女。倘賴天而成就。
庭不墜乎傳家。方空室而主饋。俄叩盆而悲歌。挈
呱呱之遺孩。左右抱而銷魂。十餘年之寒暑。勤顧
復於朝昏。何奇禍之荐酷。哭婉孌於當笄。苟非君
之能譬。幾不報於猿啼。風樹撼於前後。君削杖者
六歲。百行源之旣濬。大小連之有繼。吾兒習於觀

感。順父母與兄弟。一意篤於悲慕。二竪嬰於膏肓。
命云短於旣冠。但呼究於蒼蒼。才不才而各子。况
爲獨於頭白。卜子夏之喪明。果至情之所發。高義
薄於層雲。君勉我而無死。許分山而卜鄰。擬百年
而終始。世事極於艱虞。聚散多於遲暮。顧初心而
如噎。歎人生之朝露。我再失於胖合。君又鰥於殘
年。三江院之會面。縱天假以其便。兩心昔於存亡。
青眼昏於含淚。各言志而有詩。篇亦至於三四。分
手後之烏兎。盡相思之光陰。闘稅駕於舊庄。策羸
馬而相尋。驚典刑之改古。喜精神之猶淸。說多少

之離恨。剪碧燈於三更。憂耿耿於末學。意眷眷於
先正。善何負於神天。雖入夢於一病。哀吾黨之益
孤。慨長夜之難晨。哭豈止於私慟。世無復乎斯人。
風凄凄以颯至。雲漠漠兮愁空。陟降靈之如在。庶
知我之深衷。

又 柳櫻

於惟我公。系出蓬萊。瓊班僊籍。赫世嵬嵬。緊公之
生。殊異凡材。弱冠從師。愚伏之門。道在是矣。大方
已聞。其重如山。其靜如淵。其識蓍龜。其學淵源。歷
覽之富。千古在前。議論之淩。三江順勢。有衆叢該。

無一毫餒。吾觀世人。役役身外。公視浮榮。若將浼
已。小成何有。隱居求志。洛波龍臥。潛德孔昭。荆花
燁燁。和樂陶陶。丙子之亂。天地否塞。避兵東入。子
眞之谷。鶣翾千仞。卓乎難及。數間茅棟。一畝方塘。
有石奇峭。有草芬芳。碩人之邁。棲息得地。左圖右
書。前經後史。花朝月夕。令節佳期。雖不嗜飮。且愛
吟詩。歔美酬唱。一物不遺。優游徜徉。暮境淸便。不
出於房。此鄕鼻僊。睠彼松江。乃公菟裘。老病侵尋。
一念首邱。今春出山。許定終老。滿目江湖。爭迎魚
鳥。到底奇勝。餉公實多。運值學雞。疾感杯蛇。天山

無主必微淪彩遠近爭嗟士林興喟嗚呼公與先
人異氣同倫道契吻合肝膽宿親不肖積戾早孤
罹殃兩家蔭咨姑氏繼亡一味憂苦悲緒曷竆所
幸𥡴紹賴有山公往年春暮展謁聞中古今之譚
聖賢之書力言爲學不可自沮搜出宿稿命之披
閱琳琅入手光彩眩目未窺涯涘警發昏蒙壽常
戀德未獲頻造春間遠邁疾病沉痼行軒歷陋違
侍杖屨易簀奔哭我懷何極風軒月榭已是陳迹
細菊叢篁爲誰而綠嗚呼世道如雲局面翻覆中
外携貳正道迤陁鎭服浮躁其在誰手緬公毅然

益增悲慕歲月云邁窀穸已迫江流嗚咽楓葉蕭
瑟僊漁亭下孰不霑臆敢酹洞酌庶鑑衷曲

又 李身圭

嗚呼哀哉前年六月中聞公有不安節而後數日
繼聞旋向蘇安越七月初又聞證勢甚篤遑遑焉
是日促馬而發行到豐山訃書至矣前一日酉時
遽至不淑悤走江庄升堂而候之飯且含矣襲已
卒矣諸子姪若諸孫哭擗而攀號矣舉衾冒而省
焉鬚髯容色宛然平日矣何獨不聞公笑語從容
而非復昔日之燕申耶嗚呼痛哉公德宇淵冲造

詣濬遠弱冠遊愚伏鄭先生之門聞道甚早先生
亟稱許焉至其孝友之行清修之操爲士林所推
重平居澹然不事營爲凡世間玩好視之泊如也
爲人沉靜自持無意於進取自是謝絕世故杜門
求志若將終身矣愚伏先生方其在朝之日欲爲
公薦剡而公作書讓之先生不復爲公謀矣公晩
年卜地于眞城之石門以有泉石之勝也愛其洞
壑幽邃溪潭潔淸築室而居之樹以松竹花卉日
嘯咏於其間頤養襟靈討論墳典玩心於義理之
微放意於塵垢之外如是者積十數年悠然不知

老之將至矣至於春秋漸高筋力益衰則於是而
爲出峽之計乃於松庄舊第之西得一阜搆數間
茅棟于其上前年三月携三五擔書冊移處于此
江流盤屈於前巖峀拱揖於後地望清絕眼界寬
闊淨掃一室有圖有書朝焉夕焉息焉游焉殆將
有終老之志矣公素多疾疾藥餌相須自居于江
上神氣淸爽體力彊健左扶右携子孫滿前豈非
天之畀碩人以萬壽康寧而德彌卲福彌厚也耶
嗚呼一疾偶感棄諸孫若遺而漠然無顧念者亦
獨何耶嗚呼痛哉小子忝入德門供灑掃之役于

門下三紀于玆矣公之視我如子我之視公如父
雖小子之鹵莽滅裂而公猶且提誨之誘掖之其
愛我勸我之意不啻潑切而終不能報塞其至意
之萬一將無以有辭於地下矣嗚呼痛哉方公之
病在牀也相去之遠既不能省侍及其葬也賤疾
滚重又不能臨穴日月不居忽及于練風神永隔
謦欬難追一病支離無計出門倩奠一觴痛負幽
明靈其有知尚克昭臨嗚呼痛哉

又　　姪子熤

伏以姪罪大惡極不吊于天十年之內既失所怙

又喪叔父號天哭踊無所逮及日月不居奄及卽
遠之期將反而亡不得復見儀形矣門戶何恃而
扶持家聲何託而不墜無賴姪子何所依仰而能
立蒙學後生於何考德問業而純儒氣像世不見
其人矣然則叔父之捐世豈但爲私門之痛悼而
已哉嗚呼痛哉惟我叔父天資寬厚氣度弘毅不
天于岐嶷之時丁亂于志學之年孤露能立有志
講習出遊先覺之門已聞君子之大道早棄科場
之業專心爲己之學存省體驗至老愈篤言行相
應期不負聽受之旨者是叔父德行之梗槩而鄉

人稱之遠近悅服無不惜公之不得展布所學則
公之聲稱實非過情而虛抛席珍終老臨川者天
豈斯世之幸耶晩年因亂寓居于川上石門之內
結茅穿塘謝絶世故玩其適情者於水石之間得
意噫嘻風月無邊怡然自樂無慕乎外者其非聖
人所謂不見知而無悔者歟嗚呼叔父平日踐履
之實姪子猶可及知而言之者皆易知易見之事
而若其遠者大者則殆非管見之所可髣髴而什
一之也嗚呼痛哉姪子本性躁妄每爲父兄之憂
去冬省侍于林泉提撕警策加於他日且引諭古

訓以示變化氣質之方佩服歸來庶幾無過不善
攝生遽得火鬱之病新知靡甘舊習時棄躁性棄
火心氣難制藥不策效病日沉痼今春叔父出住
于松村新亭聞姪子之將至不保性命軫念不已
連遣食物且手筆寄書滿紙縷縷以敎養病之方
兼寄小詩一絶以試之銛鋒悍馬之喩懲忿靜養
之詩豈但爲降火調病之藥石哉奉以周旋庶免
平生躁動之過而日展下書圭復再三以爲病中
事業每到新居佳趣日潑足以忘病之語不覺神
魂飄越日望此病之少間趨陪杖屨於水月之境

身病不差又遭家內喪患荏苒春夏竟不趨省而
遽遭今日彼蒼者天曷其有極今來入室音容已
闃叩不知矣呼不聞矣羹墻猶是杖屨無迹瑞石
煙月村童來戲新亭秋景鷗鳥是占觸緖心痛言
亦哽塞嗚呼羣少負德臨葬戲劇幸蒙神助不永
所事佳城今日遺命是遵而飜雲覆雨世道日非
叔父英靈亦應潸慨於冥冥之中矣嗚呼痛哉新
阡舊壠眼中山水精靈不昧來往無阻應與先考
同侍承歡願隨叔父復見親顔天冥地漠不知所
之攀號莫逮泣血漣洏嗚呼痛哉

輓詞 李煥

欲寫哀詞道我悲悲多難盡一哀詞卽知相見終
非遠只恐冥冥兩不知

同變于今五十年餘存惟有舊山川人情到老尤
難料埋骨荒原亦怫然

親舊平生亦已多與君情意異於佗今來一哭猶
居後爲是西州不忍過

長者基爲長者墳方知此號爲吾君曾將詩酒同
遊地獨對山川膽欲焚

哭子慇懃囑一辭九原須語我妻兒自爲窮獨身
無托白首無依恐死遲

又 南礏

洛水出太白山西馳遙遙至于笠城下南匯爲淸
冷之淵兩麓夾水行鳳舞龍飛萃其邊淸淑之氣
日夜凝于中霏霏靄靄煙非煙由來鍾毓幾英豪
吾兄禀受何其專有才冐落元白後有道可出義
皇前芹宮妙譽少年事晩歲林壑能全天兄兄弟
弟父父子一堂湛樂人無肩眞城山水第一區信
非塵翁俗子所盤旋移家卜築有深意非直爲山
水景物役厭見世路多風顚琴書圖畫古意長巖

石池臺淸興牽千枝春色艶兩崖一輪秋月明前
川載酒客至農語喧自遠朋來天理硏襟懷灑灑
絶一塵言語恢恢追古賢掩耳不聞議之紛閉口
不道人之愆外無所鑠內無累麤糲足以支百年
如何一去不我留七十四載風燈然天生大才必
有用此意誰詰空靑玄疎迂慵懶家見許腎腸心
腹開眷眷年前五字十篇詩義貫金石辭珠聯今
猶在案豈忍看有聲徹天淚徹泉僊遊潭上屹立
峯峯裏佳城親所箕吉辰良卽遠期草堂堂前
楓似燃四男三女五十孫叩地呼天心欲穿歸天

乘化公何憾。白髮餘生徒自憐。

又　金是楹

妙歲騫蓮即便休。青山紫陌已鴻濡。肯蟠淸思詩無敵。家擇名區智寡儔。物外煙霞爲已有。世間榮悴任雲浮。從前高致兼優分。自此英魂卧玉樓。追憶重三陪語笑。偏傷六二負春秋。那知一別成千古。獨立窮途淚不收。

又　金近

谷口聲名大多。欽上舍公。煙霞生事足詩。酒世紛空。藹藹平生志。詵詵不一死同。夜窻虹獨照。迸淚立秋風。

早年同榻友。晩歲托婚家。書札翩翩到。情親密密加。湖邊期㪅鶴。杯裏奈驚蛇。得正知無憾。悲懷老更多。

又　李時明

前年八月拜瑤池。今歲重陽哭送詞。人事須臾風轉燭。溪壚寂寞雨浸扉。靈襟獨玩誰能覩。好語孤開且寓詩。大朴山頭雲月古。想公精爽此棲遲。

又　柳㮨

汝南高士聲名重。水北山人隱迹同。瑚璉合登廊廟上。棟樑虛棄野山中。池臺風月無邊趣。質聖言謨這裏功。孫露即今何所仰。百年情義倍增恫。

浣潭鄕社追享時告由文　李山斗撰

祖貽孫述。道尊業廣。二子兩曾。列侍齊享。家聲益振。世德遠暨。梅塢石門。金昆玉季。行義既篤。文學兼備。懿蹟難泯。士論齊起。縟儀將擧。敢告厥以。

奉安文

華嶽毓秀。蓬海釀淑。篤生哲人。代有令德。三世五賢。並美一門。肆昔躋享。鄕邦共尊。猗我二公。適追前烈。本之孝友。濟以學術。惟梅塢堂。資禀純篤。出

天行義。餘事文墨。錫類感倭。脫危全親。軒冕泥塗。邱園經綸。淵源鶴峯。師友愚谷。改磨質制。發前未發。冠婚喪祭。一遵朱程。卓彼雙節。亦可觀刑。秉彝攸好。人有薰陶。臨絶有銘。學力難誣。亦粤石門。日邁月征。愚山立雪。孰非後英。難疑下質。起予者卜。仕吾未信。伯仲子若。先立乎大。物莫能奪。一邱臨川。獨守崇禎。發爲文章。玉暎金鏗。塤唱篪和。相得彌章。爲政于家。矜式于鄕。遺芬不沫。懿蹟難湮。先輩有筆。牖我後人。士論齊發。不謀同聲。妥靈有所。仍舊廟庭。卜吉祗虔。庶歆微誠。

拾遺

龍宮鄭滎邦慶輔歿已六十年。世無能擧其名者。頃歲設局修輿地勝覽。頗求遺書。中有敗冊二卷。簽慶輔手書諸詩。體氣高妙。興寄深遠。文尤雅麗。絶非譁世者可及。東土淺少輇才之徒。無不發聞。猶有埋沒如此。況天下之大乎。其詩五言絶句最善。試記一二。西巖曰曲折未尋丈。青蔥凡幾層。時於幽閒處。疑有暮歸僧。懷遠臺曰天地來幾時。四海如不隔。若人未可見。徘徊仍月夕。稻畦曰近歲雨暘時。南畦秔一縢。秋至入誰家。客來長飯秫。桑

坂曰種禾腹長飢。種桑衣無帛。願君莫勞生。滄濵變朝夕。梅壇曰寒氣未全薄。歲華初向新。遙將和靖筆。點綴一江春。臥龍巖曰苟非帝室胄。疇肯幡然起。興亡只一時。大義窮天地。立巖曰江畔一株石。亭亭半碧空。無能徒偃蹇。還似石門翁。冬詞曰人情爲老少。天道自陰陽。官家寬一陌。松竹兩三行。

出南夢賚克寬詩稿中記語

公忠信好學。志行醇慤。事所後母以孝聞。友兄弟睦族姻。處鄉黨油如也。晩卜眞城之臨川。有石門巖池之勝。結數椽廬。列植花卉。左右圖書。嘯咏自適者幾二十年。不知榮利之爲可慕也。公於吾祖母義爲甥姪。遂受學于先祖之門。先祖愛重之。家事多委公經紀焉。公喜吟詩。嘗聞余赴 召。有賦懷四絶。其勉戒之意深矣。末篇公自喻也。

出鄭無忝堂道應閒居雜記

石門先生文集附錄終

君子德行事業之爲貴彼文辭而已者陋矣然無徵於文則無以得其人文亦不可以已也吾宗有石門公焉走嘗得其遺集而讀之其文渢然而潑其詩儁然而清其天資之高充養之厚襟期之曠見於文字者然也讀其文誦其詩今可以得其人矣公師事愚伏鄭先生傳其旨誄愚伏公使之仕不應蓋黍離閔吾斯未信之意也然吾見其文字歌詠之間往往有傷時憫俗悲憤慷慨之語雖迹晦山林而夢想象魏有眷眷不忘之意公亦非果於忘世者不幸丙丁以後天下陸沉公遂凌意長往木石之與居麋鹿之與

石門先生文集跋 一

羣豈孔氏所謂身中清廢中權者耶韓昌黎云用則施諸人捨則垂諸文以爲後世法公不用於世雖無以施諸人其垂諸文者可爲後世法而今又沉埋於蠹簡之中不能傳于世重可惜也吾十世祖結城公結城公之子修撰公直學公直學公之孫文翼公修撰公之孫應教公並綴會於龍宮之浣潭社而公以應教公玄孫世守龍宮之舊業吾宗詩禮遺風實有耳目之濡染者多載於其文字中不肖後生見其文慨然有隔世而感慕者遂不敢以文拙爲嫌謹識數語于卷末云

上之九年壬子孟冬宗人後學嘉善大夫行兵曹參判鄭來周謹識

石門鄭先生親炙愚翁之門淵源端的傳約梅塢之堂友愛篤至於世間名利泊如也一自崇禎丙子翟亂之後潑入臨川之石門築敬亭日處其間講究經訓間以悲憤慷慨詩人風泉之感溢發於端居題詠中最是不忍對山城之句惻怛悽惋凜然露得本相風厲百世先贊敘述備矣晩生末學更何敢贅一辭爲哉抑不佞竊有所感於中者孟子曰誦其詩讀其書不知其人可乎是以論其世也夫旣誦詩讀書而

石門先生文集跋 二

又復論世者乃古人表裏尚論之法也於乎愚伏先生甚器重先生嘗長銓部擬薦于　朝先生毅然以辭愚伏曰吾固知公意聊以試之耳噫先生初非果於忘世者當是時年踰彊仕學積而優出而輔佐聖明將何施不做而若是其必辭後已何哉蓋嘗論其時世而有可以想得於言意之表者矣豈但黍離氏吾斯未能信之意也耶先生贈溪巖金先生詩曰素色雪堪比苦意春不知因以述相贈莫謂昧心期溪巖荅詩曰歲暮霜雪繁山川晦寒姿中宵拊古琴所賴惟鍾期千載之下諷誦此詩者庶有以知夫兩

先生心期苦節之默相吻合。而先生長子益齋公撰
家狀畧曰若夫可行之大者則世或有不知者。逢時
不辰。入山轉深。其雅意所在世尤莫得以知之也。此
是家庭實記。想必深得乎先生平日隱晦之意。而重
言複歎。引而不發如此。嗚呼唏矣。至如先生詩文之
典重簡雅。高妙深遠。南夢囈所以蒐錄而表章之者。
亦可謂後世之子雲矣。然而文章在先生特餘事耳。
若以是盡先生之眞云爾則未也。獨惜乎歲暮窮山。
其迹隱微。世遂莫得以發揮其貞孤之節。幽潛之光
也。今去先生之易簀百七十有餘年。而遺稿尚未壽

石門先生文集跋　三

傳。識者恨之。後孫仁昜以其八耋大人公命。捜出巾
行所藏若干篇。與其族叔斎梅塢先生後孫上舍羽
相持。憲僑更加繕寫。重經校勘。方付于剞劂氏。要必
奎以一言識後。必奎以識膚辭俚。累辭不獲。因竊惟
念眇末鄉後生。景仰先生之德學風節有素。且我祖
清風先生與先生道契甚密。歲寒相期。唱和詩什宛
然在篇。奉讀以還。重爲之盡然興感。今玆之役雖甚
不敢當。而亦有所不敢終辭者。遂以十數行拙語。謹
補諸先輩撰述中闕漏之意。畧叙我先生苦節幽光
之萬一云爾。辛巳八月上浣。後學西原鄭必奎謹識。

石門先生鄭公暨吾修巖先祖道義契甚密。間輒造
訪講論彌日。至今尚有傳誦故事者。嗚呼。當時麗澤
之義可以想見也。日公之後孫仁昜甫以公遺稿附
錄來示不佞。請有一言識其後。不佞晩生固陋。何敢
當先輩文字事哉。顧嘗有所受。竊慕公之風而欽公
之德矣。今讀其狀與誌者而益徵焉。公天分甚高。德
器夙就。旣而從愚伏鄭先生遊。受勿忘勿助之旨。退
而潛心服膺。眞切體驗。居家而盡孝友之實。處鄉而
有孚信之著。莊以持己。恕以及物。不離乎日用之常。
而深得其義理之趣。公之於學。蓋有說焉。孶孶而不

石門先生文集跋　四

已者矣。蚤登上庠。絶意進取。視名利泊如也。先生嘗
長銓部。欲薦引公。而公蹙然辭之。公之於內外輕重
之辨。又何如哉。雅懷嘉遯。得石門一區。愛其山明水
秀。有終焉之志。逮夫丙子以後。則公遂東矣。寓眞樂
於仁智。付身世於雲林。傷時感物之作。率多匪風下
泉之思。若公者豈非　聖代之逸民而百世之高風
耶。蓋其所學者正。故其所守者確。蓄之爲貞固之德。
挺之爲高孤之節。平生蹈履。皭然無一點泥滓。公於
是乎不負先生之所以教者。而吾先祖托契之深。爲
有在於是也。惜乎其師友間往復書蹟。幾於散佚無

傳。而獨詩文若干篇遺在巾衍者。尚可以考見其一
二。則奉玩莊誦之餘。又烏得無想像歆慕之心哉。是
庸不揆僭猥。書其所感者以歸之。
上之二十一年辛巳端陽節。前翊衛司翊衛豐山柳尋
春謹書。

石門先生文集跋　五

石門先生文集跋終

【影印】

石門先生文集

여기서부터 영인본을 인쇄한 부분입니다. 이 부분부터 보시기 바랍니다.